HEYNE BÜCHER

SCIENCE FICTION

Herausgegeben
von Wolfgang Jeschke

Von **David Wingrove** erschien in der Reihe
HEYNE SCIENCE FICTION & FANTASY:

DIE CHRONIK DES CHUNG KUO:
1. *Das Reich der Mitte* · 0605251
2. *Die Domäne* · 0605252
3. *Die Kunst des Krieges* · 060253
4. *Schutt und Asche* · 0605254
5. *Das gebrochene Rad* · 0605255
6. *Der weiße Berg* · 0605256
7. *Monster in der Tiefe* · 0605257 (in Vorb.)
8. *Ein Herz aus Stein* · 0605258 (in Vorb.)

Weitere Bände in Vorbereitung

DAVID WINGROVE

CHUNG KUO
Eine Chronik in sechzehn Teilen

FÜNFTES BUCH

Das gebrochene Rad

Roman

Übersetzt, kommentiert
und mit Anmerkungen versehen
von
MICHAEL K. IWOLEIT

Deutsche Erstausgabe

WILHELM HEYNE VERLAG
MÜNCHEN

HEYNE SCIENCE FICTION & FANTASY
Band 0605255

Titel der englischen Originalausgabe
THE WHITE MOUNTAIN
CHUNG KUO – BOOK THREE
(Erster Teil)
Deutsche Übersetzung von Michael K. Iwoleit
Das Umschlagbild ist eine Collage
von Jan Heinecke

Umwelthinweis:
Dieses Buch wurde auf
chlor- und säurefreiem Papier gedruckt.

Redaktion: Wolfgang Jeschke

Printed in Germany 1996
Umschlaggestaltung: Atelier Ingrid Schütz, München
Technische Betreuung: M. Spinola
Satz: Schaber, Satz- und Datentechnik, Wels
Druck und Bindung: Presse-Druck, Augsburg

ISBN 3-453-08594-9

Widmung

Für Lily Jackson,

von deinem Enkel David, zum Anlaß Deines fünfundneunzigsten Geburtstags,

in aller Liebe.

INHALT

PERSONEN-VERZEICHNIS

中國

HAUPTCHARAKTERE

ASCHER, EMILY – Als Volkswirtschaftlerin ausgebildet, schloß sie sich zur Jahrhundertwende der revolutionären *Ping Tiao*-Gruppe an und wurde Mitglied im Rat der Fünf, der ihre Politik bestimmt. Eine leidenschaftliche Kämpferin für soziale Gerechtigkeit, frühere Geliebte von Bent Gesell, dem Führer der *Ping Tiao*.

DEVORE, HOWARD – Einst Major in den Sicherheitskräften des T'ang, ist er eine der führenden Gestalten im Kampf gegen die Sieben geworden. Ein hochintelligenter und kühl kalkulierender Mann, der hinter den Kulissen die Fäden zieht, als der Krieg der zwei Richtungen eine neue Wende nimmt.

EBERT, HANS – Sohn von Klaus Ebert und Erbe des mächtigen GenSyn-Konzerns, Major in den Sicherheitskräften des T'ang, ein bewundernswerter und verläßlicher Mann für seine Vorgesetzten. Ebert ist ein komplizierter junger Mann, ein tapferer und intelligenter Offizier, der aber auch einige selbstsüchtige, ausschweifende und grausame Charakterzüge aufweist. Als Anhänger von DeVores Zielen hat er den Ehrgeiz, nicht bloß ein ›Prinz‹ unter seinen Mitmenschen zu sein, sondern ein Herrscher.

FEI YEN [1] – ›Fliegende Schwalbe‹, Tochter von Yin Tsu, einem der Oberhäupter der ›Neunundzwanzig‹, den untergeordneten aristokratischen Familien von Chung Kuo. Einst verheiratet mit Han Ch'in, dem Sohn von Li Shai Tung, hat sie nach dessen Ermordung seinen Bruder Li Yuan geheiratet, der neun Jahre jünger ist als sie. Diese klassisch schöne Frau ist von zerbrechlicher Erscheinung, doch willensstark und leidenschaftlich, wie sie in ihrer heimlichen Affäre mit Tsu Ma, dem T'ang von Westasien, bewies.

HAAVIKKO, AXEL – Aufgrund der falschen Anschuldigung eines Offizierskollegen hat Leutnant Haavikko den Großteil eines Jahrzehnts in Ausschweifungen und Selbstverleugnung verbracht. Im Herzen ein guter, ehrlicher Mann, der mit seinem Freund Kao Chen die Entschlossenheit teilt, den Mann bloßzustellen, der vor zehn Jahren sein Ansehen ruiniert hat: Hans Ebert.

KAO CHEN – Früher ein *Kwai,* ein gedungener Mörder aus dem Netz, der untersten Ebene der großen Stadt, hat Chen sich von diesen ärmlichen Anfängen emporgearbeitet und ist jetzt Hauptmann in den Sicherheitskräften des T'ang. Als Freund und Gehilfe von Karr und enger Vertrauter von Haavikko ist Chen einer der Fußsoldaten im Krieg gegen DeVore.

KARR, GREGOR – Major in den Sicherheitskräften des T'ang, von Marschall Tolonen aus der Region unter dem Netz rekrutiert. In seiner Jugend war er ein ›Schlächter‹ – ein Kämpfer auf Leben und Tod. Ein Riese von einem Mann, der ›Falke‹, den Li Shai Tung gegen seinen Widersacher DeVore fliegen lassen will.

LEHMANN, STEFAN – Albino und Sohn von Pietr Lehmann, dem früheren Führer der Dispersionisten, jetzt Leutnant unter DeVore. Ein kühler, unnatürlich leidenschaftsloser Mann, der der Archetyp eines Nihilisten zu sein scheint und dessen einziges Ziel darin besteht, die Sieben und ihre große Stadt zu stürzen.

LI SHAI TUNG – Inzwischen in seinen Siebzigern, T'ang von Europa und einer der Sieben, dem herrschenden Rat von Chung Kuo. Jahrelang ist er Dreh- und Angelpunkt des Rats und inoffizieller Wortführer der Sieben gewesen, aber die Ermordung seines Erben Han Ch'in hat ihn geschwächt und seine einst feste Entschlossenheit aufgeweicht, Veränderung um jeden Preis zu verhindern.

LI YUAN – Zweiter Sohn von Li Shai Tung und nach der Ermordung seines älteren Bruders Erbe der Stadt Europa. Erscheint älter, als er ist, doch seine kühle, nachdenkliche Art verbirgt ein leidenschaftliches Naturell. Er ist verheiratet mit der neun Jahre älteren, heißblütigen Fei Yen, die zuvor die Frau seines Bruders war, der einem Mordanschlag zum Opfer fiel.

MACH, JAN – Ein Wartungsbeamter im Ministerium für Abfallrecycling und vorübergehend Mitglied der Reserve von Li Shai Tungs Sicherheitskräften. Führt ein Doppelleben und ist zugleich Mitglied im Rat der Fünf, der die Politik der revolutionären *Ping Tiao*-Bewegung bestimmt. Aber seine Unzufriedenheit mit ihren Aktionen hat ihn bewogen, seine eigene Gruppierung, die *Yu*, zu gründen, die zu einer neuen und noch dunkleren Macht in den Tiefen der Stadt Europa werden soll.

TOLONEN, JELKA – Tochter von Marschall Tolonen und in Ermangelung eines mütterlichen Einflusses in einem sehr maskulinen Umfeld aufgewachsen. Doch ihr ehrliches Interesse an Kriegskunst, Waffen und Strategie verhüllt eine andere, weiblichere Seite ihres Wesens; eine Seite, die nach dem mißlungenen Attentat der *Ping Tiao*-Terroristen auf sie zum Vorschein kommt.

TOLONEN, KNUT – Marschall im Rat der Generäle und früherer General unter Li Shai Tung. Ein großer Mann mit kantigem Kinn und der unerschütterlichste Verfechter der Werte und Ideale der Sieben. Von leidenschaftlichem, furchtlosen Naturell, läßt er nichts unversucht, um seine Herren zu beschützen, doch nach langen Jahren des Krieges ist auch sein Glaube an die Notwendigkeit des Stillstandes zunehmend erschüttert.

TSU MA – Als T'ang von Westasien und einer der Sieben, dem herrschenden Rat von Chung Kuo, hat Tsu Ma seine zügellose Vergangenheit hinter sich gelassen, um einer der treusten Anhänger von Li Shai Tung im Rat zu werden. Ein starker, gutaussehender Mann Mitte dreißig, der sich kürzlich aus seiner heimlichen Affäre mit Fei Yen gelöst hat, die – wäre sie öffentlich bekannt geworden – leicht das Ende der Sieben hätte bedeuten können.

WANG SAU-LEYAN – Der Junge T'ang von Afrika. Seit der Ermordung seines Vaters hat er seine früheren Angewohnheiten abgelegt und ist zu einem klugen und geschickten Widersacher von Li Shai Tung und der alten Garde unter den Sieben geworden. Eine kratzbürstige, berechnende Gestalt von ausschweifendem Geschmack, der Vorbote der Veränderung im Rat der Sieben.

WARD, KIM – Geboren im Lehm, dem dunklen Brachland unter den Fundamenten der großen Stadt. Kims ungewöhnlich schneller und scharfer Verstand kennzeichnet ihn als einen der potentiell größten Wissenschaftler von Chung Kuo. Seine Vision eines gewaltigen, die Sterne umspannenden Netzes, die er in der Dunkelheit entwickelte, hat ihn ins Licht der oberen Welt getrieben. Jetzt, nach einer langwierigen Persönlichkeits-Rekonstruktion, ist er dem Personal von Li Yuans Verdrahtungsprojekt zugeteilt worden.

DIE SIEBEN UND IHRE FAMILIEN

CHI HSING – T'ang von Australien und Ozeanien

FANG MING-YU – Kurtisane einer Untergeordneten Familie

FU TI CHANG – Prinzessin einer Untergeordneten Familie

HOU TUNG-PO – T'ang von Südamerika

LAI SHI – Prinzessin einer Untergeordneten Familie

LI FENG CHUANG – Halbbruder und Berater von Li Shai Tung

LI SHAI TUNG – T'ang von Europa

LI YUAN – Zweiter Sohn von Li Shai Tung und Erbe der Stadt Europa

MIEN SHAN – Prinzessin einer Untergeordneten Familie
PEI RO-HEN – Oberhaupt der Familie Pei (eine der ›Neunundzwanzig‹ Untergeordneten Familien)
TSU MA – T'ang von Westasien
TSU TAO CHU – Neffe von Tsu Ma
WANG SAU-LEYAN – T'ang von Afrika
WEI FENG – T'ang von Ostasien
WU SHIH – T'ang von Nordamerika
YIN CHAN – Prinz einer Untergeordneten Familie; Sohn von Yin Tsu
YIN FEI YEN – ›Fliegende Schwalbe‹; Prinzessin einer Untergeordneten Familie und Frau von Li Yuan
YIN HAN CH'IN – Sohn von Yin Fei Yen
YIN TSU – Oberhaupt der Familie Yin (eine der ›Neunundzwanzig‹ Untergeordneten Familien) und Vater von Fei Yen
YIN SUNG – Prinz einer Untergeordneten Familie; Sohn von Yin Tsu

FREUNDE UND GEFOLGSLEUTE DER SIEBEN

AUDEN, WILLIAM – Hauptmann im Sicherheitsdienst
CHAN T'ENG – Meister der Inneren Kammer in Tongjiang
CHANG LI – Erster Mediziner der Stadt Europa
CHANG SHIH-SEN – Persönlicher Sekretär von Li Yuan
CH'IN TAO FAN – Kanzler von Ostasien
CHUNG HU-YAN – Kanzler von Europa
EBERT, BERTA – Frau von Klaus Ebert
EBERT, HANS – Major im Sicherheitsdienst und Erbe von GenSyn
EBERT, KLAUS STEFAN – Chef von GenSyn (Genetic Synthetics) und Berater von Li Shai Tung
FEN CHO-HSIEN – Kanzler von Nordamerika
HAAVIKKO, AXEL – Leutnant im Sicherheitsdienst
HAAVIKKO, VESA – Schwester von Axel Haavikko

HENG YU – Transportminister der Stadt Europa
HUA – Persönlicher Arzt von Li Shai Tung
HUNG FENG-CHAN – Oberstallknecht in Tongjiang
HUNG MIEN-LO – Kanzler von Afrika
KAO CHEN – Hauptmann im Sicherheitsdienst
KARR, GREGOR – Major im Sicherheitsdienst
NAN HO – Meister der Inneren Kammer von Li Yuan
NOCENZI, VITTORIO – General des Sicherheitsdienstes, Stadt Europa
SCOTT, ANDERS – Hauptmann im Sicherheitsdienst und Freund von Hans Ebert
SHEPHERD, BEN – Sohn von Hal Shepherd
SHEPHERD, BETH – Frau von Hal Shepherd
SHEPHERD, HAL – Berater von Li Shai Tung und Oberhaupt der Familie Shepherd
SUN LI HUA – Meister des Kaiserlichen Haushalts in Alexandria
TOLONEN, JELKA – Tochter von Marschall Tolonen
TOLONEN, JON – Bruder von Knut Tolonen
TOLONEN, HELGA – Frau von Jon Tolonen
TOLONEN, KNUT – Marschall im Rat der Generäle und Vater von Jelka Tolonen
WANG TA CHUAN – Meister des Inneren Palastes von Li Shai Tung
YEN SHIH-FA – Stallknecht in Tongjiang
YU – Arzt von Li Yuan

PING TIAO

ASCHER, EMILY – Volkswirtschaftlerin und Mitglied im ›Rat der Fünf‹
GESELL, BENT – inoffizieller Anführer der *Ping Tiao* und Mitglied im ›Rat der Fünf‹
MACH, JAN – Wartungsbeamter im Ministerium für Abfallrecycling und Mitglied im ›Rat der Fünf‹; Gründer der Splittergruppe *Yu*

MAO LIANG – Prinzessin einer Untergeordneten Familie und Mitglied im ›Rat der Fünf‹
QUINN, RICHARD – Mitglied im ›Rat der Fünf‹

ANDERE CHARAKTERE

ARCHITEKT – Theoretischer Psychologe in der Abteilung für Persönlichkeits-Rekonstruktion
BAMBUSFLÖTE – *Mui tsai* (›Sklavenmädchen‹) von Hans Ebert
BARYCZ, JIRI – Kommunikationsoffizier im Verdrahtungsprojekt
BEATTIE, DOUGLAS – Deckname von DeVore
CURVAL, ANDREW – Experimentalgenetiker, der für ImmVac arbeitet
DEVORE, HOWARD – ehemaliger Major in den Sicherheitskräften des T'ang
EBERT, LUTZ – Halbbruder von Klaus Ebert
ELLIS, MICHAEL – Assistierender Direktor im Verdrahtungsprojekt
ENGE, MARIE – Serviererin im Teehaus Drachenwolke
GANZ, JOSEPH – Deckname von DeVore
GOLDHERZ – junge Prostituierte, die von Hans Ebert für seinen Haushalt gekauft wurde
HAMMOND, JOEL – Beamter im Verdrahtungsprojekt
KAO CH'IANG HSIN – Tochter von Kao Chen und Wang Ti
KAO JYAN – ältester Sohn von Kao Chen und Wang Ti
KAO WU – zweiter Sohn von Kao Chen und Wang Ti
KUSTOW, BRYN – Amerikaner; Freund von Michael Lever
LEHMANN, STEFAN – Albino und Sohn von Pietr Lehmann, dem früheren Anführer der Dispersionisten; Leutnant von DeVore
LEVER, CHARLES – ›Der alte Lever‹, Chef von ImmVac, einem pharmazeutischen Konzern in Nordamerika; Vater von Michael Lever

LEVER, MICHAEL – Amerikaner; Sohn von Charles Lever
LO WEN – Persönlicher Diener von Hans Ebert
LOEHR – Deckname von DeVore
MU CHUA – ›Madam‹ des Hauses der Neunten Ekstase, einem Luxusbordell
NOVACEK, LUBOS – Kaufmann; Vertrauter von Minister Heng
REID, THOMAS – Sergeant in DeVores Streitkräften
REYNOLDS – Deckname von DeVore
SCHWARZ – Leutnant von DeVore
SPATZ, GUSTAV – Direktor des Verdrahtungsprojekts
STEVENS, CARL – Amerikaner; Freund von Michael Lever
T'AI CHO – Freund von Kim Ward
TARRANT – Konzernchef
TS'UI WEI – Bürger des *Hsien* Bremen
TUAN TI FO – alter Han-Mystiker und Meister des *Wei Chi*
TURNER – Deckname von DeVore
WANG TI – Frau von Kao Chen
WARD, KIM – Waisenkind aus dem ›Lehm‹ und Wissenschaftler
WIEGAND, MAX – Leutnant von DeVore

ERSTER TEIL
SOMMER 2207

An der Brücke von Ch'in

»Der weiße Glanz zieht sich auf die Hügel des
Westens zurück,
Hoch in der Ferne erblühen saphirblaue Blüten.
Wo wird ein Ende des Alten und des Neuen sein?
Tausend Jahre hat der Wind verweht.
Der Sand des Ozeans ist versteinert,
Fische spucken Blasen an der Brücke von Ch'in.
Der leere Schein strömt weiter in die Ferne,
Die Bronzesäulen schmelzen mit den Jahren
dahin.«

– Li Ho: *Weiter für immer und ewig*
(9. Jahrhundert n. Chr.)[2]

KAPITEL · 1

Versengte Erde

Li Shai Tung stand neben dem Teich. Ihm gegenüber, am Eingang des Arboretums, war eine einzige Lampe entzündet worden, deren Licht düster von den rauchgläsernen Wandpanelen widerschien, die das durch Farn- und Palmblätter gefilterte Licht zu einem blaßgrünen Schimmer verschleierten. Doch dort, wo der große T'ang stand, war es dunkel.

In diesen Tagen suchte er die Nähe der Dunkelheit wie die eines Freundes. Bei Nacht, wenn der Schlaf ihn mied, kam er hierher und starrte durch Lagen von Dunkelheit auf die Schemen seiner Karpfen unter der Wasseroberfläche. Ihre langsamen, friedlichen Bewegungen beruhigten ihn, milderten den Schmerz in seinen Augen, die Anspannung in seiner Magengrube. Oft stand er, das schwarze Seidenwand eng um seinen dürren, alten Körper geschlungen, für Stunden unbewegt da. Dann verließ ihn für eine Zeitlang seine Müdigkeit, als wäre in der kühlen, halbdunklen Stille hier kein Platz für sie.

Dann erschienen die Gespenster. Bilder prägten sich in die Schwärze, erfüllten die Dunkelheit mit den lebhaften Formen der Erinnerung. Han Ch'ins Gesicht, das ihn anlächelte, in seiner Hand ein halb aufgegessener Apfel aus dem Obstgarten in Tongjiang. Lin Yua, seine erste Frau, wie sie sich in ihrer Hochzeitsnacht demütig vor ihm verbeugte, ihre kleinen Brüste wie eine Opfergabe mit den Händen bedeckend. Oder sein Vater Li Ch'ing, lachend mit je einem Vogel auf dem Zeigefinger beider Hände, zwei Tage vor seinem tödlichen Unfall. Sie alle und weitere drängten sich in den Hintergrund wie Gäste einer Totenfeier. Aber davon erzählte er niemandem etwas, nicht einmal seinem Arzt. Diese Trugbilder waren ihm auf seltsame Weise ein Trost. Ohne sie wäre die Dunkelheit bedrückend, nichts als reine Schwärze gewesen.

Manchmal flüsterte er leise einen Namen, und der Angesprochene trat dann auf ihn zu, mit einem heiteren Glanz in den Augen. So hatte er sie jetzt im Gedächtnis: fröhlich und in bester Verfassung. Schatten aus einem sommerlichen Land.

Er stand mehr als zwei Stunden so da, bis ein Diener kam. Er wußte gleich, daß etwas Ernstes anlag; sie hätten ihn sonst nicht gestört. Er spürte die Anspannung wie eiserne Fesseln um seine Brust und seine Stirn zurückkehren; spürte die Müdigkeit in seine Glieder zurücksickern.

»Wer verlangt nach mir?«

Der Diener machte eine tiefe Verbeugung. »Es ist der Marschall, *Chieh Hsia*.«

Er ging hinaus und warf die Dunkelheit wie einen Mantel ab. Der Bildschirm in seinem Arbeitszimmer war hell erleuchtet und zeigte Tolonens Gesicht. Li Shai Tung setzte sich in den großen Stuhl und schob Minister Hengs Notiz zur Seite. Für einen Moment saß er da und sammelte sich, dann beugte er sich vor und berührte das Tastfeld.

»Was ist los, Knut? Welches Übel hält Sie vom Schlafen ab?«

»Euer Diener schläft nie«, scherzte Tolonen, aber sein Lächeln war halbherzig und sein Gesicht aschfarben. Als er das sah, fröstelte Li Shai Tung. *Wen hat es jetzt erwischt?* fragte er sich. *Wei Feng? Tsu Ma? Wen haben sie diesmal umgebracht?*

Der Marschall drehte sich um, und das Bild auf dem Schirm drehte sich mit ihm. Er sendete aus einer mobilen Einheit. Hinter ihm erstreckte sich ein breiter Korridor mit rauchgeschwärzten Wänden. Weiter hinten arbeiteten Männer an einer Notbeleuchtung.

»Wo sind Sie, Knut? Was ist passiert?«

»Ich bin in der Bremer Festung, *Chieh Hsia*. In den Kasernen der Sicherheitszentrale.« Tolonens Gesicht, auf der rechten Hälfte des Monitors, starrte noch einen Moment lang in den Korridor hinein, dann wandte es sich wieder dem T'ang zu. »Hier sieht's übel aus, *Chieh Hsia*. Ich glaube, Ihr solltet Euch das selbst ansehen. Scheint das Werk der *Ping Tiao* zu sein, aber ...« Tolonen zögerte, und in sein altes, vertrautes Gesicht grub sich tiefe Besorgnis. Er zuckte zusammen, dann sprach er weiter. »Nur ist das hier anders, *Chieh Hsia*. Völlig anders als alles, was sie bisher angestellt haben.«

Li Shai Tung überlegte, dann nickte er. Seine Gesichtshaut war fast schmerzhaft gespannt. Er atmete einmal flach ein und sagte: »Dann komme ich, Knut. Ich bin so bald wie möglich da.«

* * *

Das Gelände war schwer wiederzuerkennen. Das ganze Deck war verwüstet, über fünfzehntausend Menschen tot. Der Schaden erstreckte sich bis auf die benachbarten Stöcke und die darüber- und darunterliegenden Decks, doch das war nichts verglichen mit dem, was sich hier ereignet hatte. Li Shai Tung ging neben seinem Marschall, wandte dabei das Gesicht von rechts nach links und betrachtete die häßlichen Teerklumpen – die einzigen Überreste einst menschlicher Körper –, die bei den versiegelten Ausgängen übereinanderlagen, und bemerkte den allgegenwärtigen, krankhaft süßen, schrecklichen Geruch von verbranntem Fleisch. Am Ende der Hauptstraße blieben die beiden Männer stehen und blickten zurück.

»Sind Sie sicher?« Dem alten T'ang standen Tränen in den Augen, als er seinen Marschall ansah. Sein Gesicht war schmerzverzerrt, seine Hände krampfhaft ineinander verschränkt.

Tolonen zog einen Beutel aus der Tasche seines Uniformrocks und gab ihn dem T'ang. »Das haben sie zurückgelassen. Damit wir wissen, wer's war.«

Der Beutel enthielt fünf kleine stilisierte Fische. Zwei der goldenen Anhänger waren geschmolzen, die anderen glänzten wie neu. Der Fisch war das Symbol der *Ping Tiao*.

Li Shai Tung kippte sie auf seine Handfläche. »Wo sind sie gefunden worden?«

»Auf der anderen Seite der Versiegelungen. Es waren sicher noch mehr da, aber die Hitze …«

Li Shai Tung erschauderte und ließ die Fische auf den Boden fallen. Die *Ping Tiao* hatten das Deck in einen gewaltigen Ofen verwandelt und jeden in seinem Innern gekocht; Männer, Frauen und Kinder. Plötzlicher Zorn durchbohrte wie ein Schwert seine Eingeweide. »*Warum?* Was wollen sie damit erreichen, Knut? Was wollen Sie?« Eine Hand zuckte nervös vor, zog sich wieder zurück. »Das ist das Schlimmste daran. Diese Morde. Diese sinnlosen Massaker. Wozu?«

Tolonen hatte es vor einigen Jahren schon einmal seinem alten Freund Klaus Ebert gesagt; jetzt wiederholte er die Worte gegenüber seinem T'ang. »Sie wollen alles niederreißen. Restlos alles. Um jeden Preis.«

Li Shai Tung starrte ihn an, dann sah er weg. »Nein …« begann er, als wollte er es bestreiten; doch dies eine Mal war ein Abstreiten ummöglich. Dies hatte er immer befürchtet; seine dunkelsten Träume waren wahr geworden. Ein Vorzeichen der Dinge, die noch kommen sollten.

Er war kürzlich krank gewesen. Zum ersten Mal in seinem langen, gesunden Leben hatte es ihn ans Bett gefesselt. Auch das schien ein Zeichen zu sein. Ein Hinweis darauf, daß sich ihm die Dinge entwanden. Er verlor an Einfluß – mit seinem eigenen Körper fing es an und setzte sich nach außen fort.

Er nickte bei sich, weil er endlich begriff, daß es hier

um ihn ging. Dies war ein persönlicher Angriff. Denn *er* war der Staat. *Er* war die Stadt.

Eine Krankheit kursierte, ein Virus in den Adern der Welt. Korruption griff um sich. Dispersionismus, Nivellierung, selbst die aktuelle Obsession der Oberen, die Langlebigkeit – all dies waren Symptome dafür. Das Vorgehen solcher Gruppen war subtil, boshaft, nicht unmittelbar augenfällig, doch letztendlich würde es fatale Auswirkungen haben. Die Erwartungen hatten sich geändert, und das hatte die Stabilität des Ganzen untergraben.

Sie wollen alles niederreißen.

»Was haben sie hier getan, Knut? Wie haben sie es getan?«

»Wir mußten einige Vermutungen anstellen, aber inzwischen haben wir es aufgeklärt. Die Zentrale Wartungsstelle Bremens berichtet, daß alle Kommunikationsleitungen zu Deck Neun zur zweiten Glocke gekappt worden sind.«

»Alle?« Li Shai Tung schüttelte fassungslos den Kopf. »Ist das möglich, Knut?«

»Das war eins der Probleme. Sie konnten es selbst nicht glauben und haben eine Stunde damit verschwendet, von ihrer Seite nach Systemfehlern zu suchen. Sie haben nicht daran gedacht, jemanden für eine technische Überprüfung rauszuschicken.«

Li Shai Tung verzog das Gesicht. »Hätte das etwas geändert?«

»Nein, nichts, *Chieh Hsia*. Schon nach den ersten zehn Minuten war nichts mehr zu machen. Die *Ping Tiao* haben auf vier verschiedenen Ebenen Feuer gelegt. Große Massen ekliger Chemikalien. Dann haben sie die Ventilatoren frisiert, um mit erhöhter Kapazität sauerstoffreiche Luft durchs System zu pusten.«

»Und die Versiegelungen?«

Tolonen schluckte. »Niemand hatte eine Chance zu fliehen. Sie haben den Transitlift hochgejagt und den

Pfeil entgleisen lassen. Alle Aufzüge zwischen den Ebenen waren überfüllt. Das war auch eine Folge der Kommunikationsblockade. Das ganze Deck muß dunkel gewesen sein.«

»Und das war alles?« Das eiskalte Vorgehen der *Ping Tiao* machte ihn krank.

Tolonen zögerte, dann sprach er weiter. »Das war das Werk von Experten, *Chieh Hsia*. Männer mit Know-how, exzellenter Ausbildung und effizienter Organisation. Unsere eigenen Sondereinheiten hätten es nicht besser machen können…«

Li Shai Tung sah ihn wieder an. »Sprechen Sie's aus, Knut«, sagte er leise. »Behalten Sie's nicht für sich. Selbst wenn es sich als falsch herausstellt, sagen Sie's.«

Tolonen sah ihm in die Augen, dann nickte er. »All das deutet auf Geld hin. Sehr viel Geld. Die Technik, die erforderlich ist, um die Kommunikationsanlagen eines ganzen Decks lahmzulegen – das alles ist zuviel für einen gewöhnlichen *Ping Tiao*-Etat. Es muß ein Geldgeber dahinterstehen.«

Der T'ang sagte nachdenklich: »Dann geht es also weiter. Wir haben den Krieg doch nicht gewonnen. Nicht endgültig.«

Tolonen senkte den Blick. Li Shai Tungs Verhalten beunruhigte ihn. Seit seiner Krankheit war er ein anderer Mensch, aus dem Gleichgewicht und unentschlossen, fast melancholisch. Die Krankheit hatte ihm noch mehr von seiner Kraft geraubt; sie hatte ihm etwas von seinem Scharfsinn, seiner raschen Auffassungsgabe genommen. Es war Sache des Marschalls, ihn durch dieses Labyrinth zu führen.

»Vielleicht. Aber wichtiger ist es, den Verräter in unserer Mitte ausfindig zu machen.«

»Mhm…« Li Shai Tung sah ihm fragend ins Gesicht, dann schaute er weg. »Auf welcher Ebene sind wir infiltriert?«

»Kommandostab.«

Er sagte es ohne Zögern, weil er wußte, daß es so hoch in der Befehlshierarchie sein mußte. Niemand sonst hätte die Dinge so arrangieren können. Ein ganzes Deck zu isolieren, setzte Macht und Einfluß voraus. Mehr als die *Ping Tiao* für sich beanspruchen konnten.

Li Shai Tung wandte sich ab und hing seinen eigenen Gedanken nach. Vielleicht hatte Yuan recht. Vielleicht sollten sie jetzt handeln, alle Menschen verdrahten, kontrollieren wie Maschinen. Aber sein Instinkt war dagegen. Er hatte es sich vorbehalten, auf Grundlage erster Ergebnisse des Projekts zu handeln. Und selbst das hier – diese Greueltat – konnte ihn noch nicht umstimmen.

»Es ist schlimm, Knut. Es ist so, als könnte man seinen eigenen Händen nicht die Aufgabe anvertrauen, einem die Kehle zu rasieren...«

Tolonen lachte; ein kurzes, bitteres Lachen wie ein Gebell.

Der alte T'ang drehte sich um. »Aber Sie haben es in der Hand, Knut.« Er lächelte. »Wenigstens Ihnen kann ich vertrauen.«

Der Marshall sah seinem Herrn in die Augen, gerührt von dem, was er gesagt hatte, denn er wußte, daß dies seinem Leben Sinn und Gestalt gab: den Respekt dieses Mannes, sein vorbehaltloses Vertrauen zu genießen. Ohne nachzudenken fiel er vor Li Shai Tung auf die Knie.

»Ich werde den Mann finden und ihn erledigen, *Chieh Hsia*. Und wenn es mein eigener Sohn wäre, ich werde ihn erledigen.«

* * *

Zum selben Zeitpunkt spazierte am anderen Ende der Welt Li Yuan über einen Weg auf dem Grundstück in Tongjiang. Er konnte den Blütenduft in der Luft riechen, Äpfel und Pflaumen und darunter den schärferen, süßeren Duft von Kirschen. Er erinnerte ihn daran, wie lang er schon nicht mehr hier gewesen war, wie wenig sich während seiner Abwesenheit verändert hatte.

Oben auf der Terrasse hielt er inne und blickte über das Tal hinaus, über den weiten Bogen der Marmortreppe zum See hinunter. Er lächelte, als er sie am anderen Ufer des Sees unter den Bäumen spazieren sah. Für einen Moment sah er ihr nur zu, erfreute sein Herz mit ihrem Anblick, dann ging er hinunter, indem er zwei, drei Stufen auf einmal nahm.

Er war nur noch wenige Schritte hinter ihr, als sie sich umdrehte.

»Li Yuan! Du hast nicht gesagt …«

»Es tut mir leid. Ich …« Aber seine Stimme versagte, als er ihren prallen, runden Bauch sah. Er blickte auf, sah ihr kurz in die Augen, dann wieder hinunter. *Mein Sohn*, dachte er. *Mein Sohn.*

»Es geht mir gut.«

»Du siehst wundervoll aus«, sagte er und nahm sie in die Arme. Es war Wochen her, seit er sie das letzte Mal umarmt hatte. Doch er war jetzt vorsichtig und ließ sie schnell wieder los, nahm ihre Hände und war überrascht, wie klein, wie zerbrechlich sie waren. Er hatte es vergessen.

Nein, nicht vergessen, nur nicht mehr daran gedacht.

Er lachte leise. »Wie weit bist du inzwischen?«

Sie sah weg. »Schon über die Hälfte. Siebenundzwanzig Wochen.«

Er nickte, dann streckte er die Hand zu ihrem Bauch aus und fühlte, wie fest er unter dem Seidengewand war, wie die reifen Früchte in den Zweigen über ihren Köpfen.

»Ich habe mich gefragt …«, begann sie und sah ihn wieder an, verfiel dann aber in Schweigen und ließ den Kopf hängen.

»Was gefragt?« wollte er wissen und starrte sie an, weil ihm plötzlich klar wurde, was ihn so gesorgt hatte. »Und was ist denn überhaupt los? Willst du deinen Ehemann nicht mit einem Lächeln zu Hause begrüßen?«

Er hob sanft ihr Kinn mit den Fingerspitzen an und lächelte, doch sein Lächeln wurde nicht erwidert. Sie wandte sich verdrießlich von ihm ab und sah auf ihre Füße hinunter. Schatten von Blättern fielen über ihre makellosen Züge, Flecken von Sonnenlicht glänzten in ihrem tiefschwarzen Haar, aber ihre Lippen hielt sie zusammengepreßt.

»Ich habe dir Geschenke mitgebracht«, sagte er leise. »Oben im Haus. Warum kommst du nicht mit und siehst sie dir an?«

Sie blickte kurz zu ihm auf, dann schaute sie weg. Diesmal bemerkte er die Kälte in ihrem Blick. »Wie lang diesmal, Li Yuan? Ein Tag? Zwei Tage, bevor du wieder gehst?«

Er seufzte und sah auf ihre Hand. Sie lag, die Handfläche nach oben, die Finger leicht gekrümmt, in seiner eigenen.

»Ich bin nicht irgendein Mann, Fei Yen. Ich trage große Verantwortung, vor allem jetzt. Mein Vater braucht mich.« Er schüttelte den Kopf und versuchte zu verstehen, was sie fühlte, aber er konnte nicht anders, es machte ihn wütend, daß sie ihn nicht ordentlich begrüßte. Schließlich was es nicht *seine* Schuld. Er hatte angenommen, sie würde sich freuen, ihn zu sehen.

»Ich kann nichts daran ändern, daß ich oft unterwegs bin. Glaub mir, Liebling, ich wäre selbst lieber hier. Ganz bestimmt ...«

Sie schien ein wenig nachzugeben; für einen Moment erwiderte ihre Hand den Druck seiner eigenen, doch ihr Gesicht blieb abgewandt.

»Ich sehe dich nie«, sagte sie ruhig. »Du bist nie hier.«

Ein Vogel, der unweit von einem Zweig losflatterte, zog seine Aufmerksamkeit an sich. Li Yuan blickte auf und verfolgte seinen Flug. Als er Fei Yen wieder ansah, bemerkte er, daß ihre dunklen Augen ihn mit einem tadelnden Ausdruck bedachten.

»Es ist seltsam«, ignorierte er ihre Klage. »Hier zu sein... in all den Jahren hat sich hier so wenig verändert. Ich habe vor zehn, zwölf Jahren als kleiner Junge hier immer gespielt. Und damals schon habe ich mir vorgestellt, daß es hier genauso aussieht wie seit Jahrhunderten. Außer im Zyklus der Jahreszeiten ändert sich nichts. Ich habe den Dienern geholfen, die Apfelernte zu pflücken, ihnen leere Körbe gebracht. Und später hatte ich dann ganz üble Bauchschmerzen von dem vielen Obst, mit dem ich mich vollstopfte.« Er lachte und bemerkte, daß ihr Blick weicher geworden war. »Wie jedes Kind«, fügte er nach einer Pause hinzu, auch wenn er wußte, daß er damit log, doch er meinte eine Vergangenheit, noch vor dem Bau der Stadt, in der solch kindliche Freuden wirklich noch Gemeingut gewesen waren.

Er sah sie noch einen Moment lang einfach an. Dann drückte er mit einem Lächeln sanft ihre Hand. »Komm. Gehen wir zurück.«

Auf der Brücke blieb er stehen, blickte über den See hinaus und sah die Schwäne durchs Wasser gleiten, spürte dabei die Wärme von Fei Yens Hand in seiner eigenen.

»Wie lang diesmal?« fragte sie, und ihre Stimme klang weicher, weniger drängend als eben.

»Eine Woche«, antwortete er und wandte sich ihr zu. »Vielleicht länger. Es hängt davon ab, wie ruhig es bleibt.«

Sie lächelte – das erste Lächeln, das sie ihm seit Wochen geschenkt hatte. »Das ist gut, Yuan. Ich bin es leid, allein zu sein. Davon hatte ich mehr als genug.«

Er nickte. »Ich weiß. Aber das wird sich ändern. Das

verspreche ich dir, Fei. Von jetzt an wird es sich bessern.«

Sie hob das Kinn und drang mit Blicken in ihn. »Das hoffe ich. Es ist so schwer, hier allein zurechtzukommen.«

Schwer? Er blickte über den friedlichen See zum Obstgarten und fragte sich, was sie meinte. Er sah hier nur Leichtigkeit, nur Atempausen von den harten Tatsachen des Lebens, von Geschäften und Pflichten, roch nur den gesunden Duft des Wachstums.

Er lächelte und sah seine Frau wieder an. »Ich habe einen Entschluß gefaßt, Fei. Während ich unterwegs war.«

Sie sah ihn wieder an. »Und welchen?«

»Der Junge«, erklärte er und legte nochmals eine Hand auf ihren geschwollenen Bauch. »Ich habe beschlossen, daß wir ihn Han nennen werden.«

* * *

Lehmann weckte ihn und wartete ab, während er sich anzog.

DeVore drehte sich um und schnürte seinen Uniformrock. »Wann ist die Nachricht bekannt geworden?«

»Vor zehn Minuten. Sie haben alle Känale freigemacht, bis eine Durchsage kommt. Wei Feng wird sprechen.«

DeVore hob die Augenbrauen. »Nicht Li Shai Tung?« Er lachte. »Gut. Das beweist, wie wir ihn außer Fassung gebracht haben.« Er lachte und warf durchs Zimmer einen Blick auf das Chronometer an der Wand, dann sah er Lehmann wieder an. »Ist das die richtige Zeit?«

Lehmann nickte.

DeVore senkte nachdenklich den Blick. Die Angriffe lagen nahezu vier Stunden zurück. Er hatte damit gerechnet, daß sie schneller reagieren würden. Aber das war es eigentlich nicht, was ihn sorgte.

»Hat Wiegand sich zurückgemeldet?«

DeVore ging ins Nachbarzimmer, nahm vor dem großen Bildschirm Platz und fuhr mit den Fingern über die Bedienungselemente auf der Sessellehne, um ihn zu aktivieren. Lehmann trat hinter ihn.

Der *Ywe Lung* – das Rad der Drachen, Symbol der Sieben – füllte den Bildschirm aus. So geschah es vor jeder öffentlichen Bekanntmachung, doch diesmal deutete der weiße Hintergrund des Rades den Tod an.

In ganz Chung Kuo saßen nun viele Milliarden Menschen vor ihren Bildschirmen, warteten gespannt und rätselten, was diese Unterbrechung des laufenden Programms bedeuten mochte. Im ›Krieg-der-keiner-war‹ hatte man sich an solche Unterbrechungen gewöhnen müssen, aber die letzte Durchsage dieser Art lag schon eine Weile zurück. Das verlieh dem Ereignis zusätzliche Brisanz.

DeVore sah Lehmann wieder an. »Wenn Wiegand sich meldet, schalten Sie ihn gleich zu mir durch. Ich will wissen, wie es gelaufen ist. Er hätte mir schon längst Bericht erstatten sollen.«

»Ich habe schon dafür gesorgt.«

»Gut.« Er wandte sich ab und lächelte, als er sich vorstellte, welche Auswirkung der Vorfall auf die Sieben haben würde. Sie würden herumwimmeln wie Termiten, in deren Nest jemand mit einem großen Stock herumgestochert hatte; würden in alle Richtungen Befehle erteilen, sich gegen weitere Angriffe wappnen, ohne zu wissen, wo der nächste Schlag landen mochte.

In den letzten Monaten war es ruhig gewesen. Mit Absicht, denn er hatte die Sieben in einem trügerischen Gefühl der Sicherheit wiegen wollen, bevor er zuschlug. Es war nicht die Tat selbst, sondern die Umstände der Tat, die zählten. In Kriegszeiten war das Vorstellungsvermögen der Menschen von einem Überfluß an Tragödien abgestumpft, aber in Friedenszeiten nahmen solche Taten eine schreckliche Bedeutung an. So verhielt es sich hiermit.

Sie erwarteten sicher, daß er gleich nachsetzte – daß er gleich wieder zuschlug, während sie noch in Unordnung waren –, aber das würde er diesmal nicht tun. Nicht sofort. Er würde warten, bis die Dinge sich wieder beruhigt hatten, ehe er erneut zuschlug, seine Ziele sorgfältig auswählen, immer so zielen, daß seine Aktionen die größtmögliche Wirkung erzielten, den Sieben Zeit geben, ihre Kraft im Kampf gegen Schatten zu vergeuden, während er neue Kräfte sammelte – bis ihre Nerven bloßlagen und ihre Entschlossenheit zum Kampf verkümmert war. Dann – und erst dann – würde er sie mit ganzer Kraft angreifen.

Er ließ seinen Kopf in das dicke Lederpolster zurücksinken und entspannte sich zum ersten Mal seit Tagen, wobei ein Wohlgefühl ihn durchströmte. Der Sieg würde nicht über Nacht kommen, aber das war schließlich auch nicht sein Ziel. Er spielte eine geduldige Partie, und die Zeit stand auf seiner Seite. Jedes neue Jahr brachte Chung Kuo größere Probleme – erhöhte die Last der Zahlen, die die Regierung auf dem Rücken trug. Er mußte nur warten, wie ein Hund, der einem Stück Rotwild nachsetzte, dem Tier in die Fersen beißen, es schwächen, bis es stürzte.

Militärmusik dröhnte aus den Lautsprechern zu beiden Seiten des Bildschirms. Dann erfolgte eine abrupte Überblendung. Das Gesicht von Wei Feng, T'ang von Ostasien, erschien auf dem Bildschirm. Die Züge des Alten waren von Sorgenfalten zerfurcht.

»Menschen von Chung Kuo, ich habe traurige Nachrichten …«, begann er, und schon die mangelnde Förmlichkeit seiner Ausführungen kam unerwartet. Dem alten Mann traten Tränen in die Augenwinkel und trugen zu der immensen Ausstrahlung verwundeter Würde bei, die er verströmte.

DeVore beugte sich vor und war plötzlich angespannt. Was war schiefgegangen?

Er hörte zu, wie Wei Feng von der Tragödie berichtete, die Bremen heimgesucht hatte, betrachtete leidenschaftslos die Bilder und wartete, daß der Alte noch etwas hinzufügte – eine weitere Neuigkeit. Aber es kam nichts. Überhaupt nichts. Und dann war Wei Feng am Ende und der Bildschirm leer bis auf den *Ywe Lung* vor einem blendend weißen Hintergrund.

DeVore saß noch einen Moment lang da, dann stemmte er sich aus dem Stuhl und wandte sich Lehmann zu.

»Sie haben's nicht getan... Die Dreckskerle haben's einfach nicht getan!«

Er wollte noch etwas sagen, als das Schaltfeld auf seinem Schreibtisch zu blinken anfing. Er schaltete den Anruf durch, setzte sich auf die Tischkante und blickte auf den Bildschirm.

Er hatte Wiegand erwartet. Aber statt Wiegands Gesicht erschien das von Hans Ebert auf dem Schirm.

»Was, in Teufels Namen, ist passiert, Howard? Ich habe mich gerade zwei Stunden lang mit den Jungs von der Sonderermittlung befassen müssen, die gegrillt worden sind! Bremen, um Gottes willen! Diese dämlichen Idioten haben Bremen angegriffen!«

DeVore senkte den Blick. Er hatte Hans Ebert wohlweislich nichts von ihren Plänen berichtet, die Bremen betrafen, weil er wußte, daß Tolonen jeden seiner hochrangigen Offiziere – selbst seinen zukünftigen Schwiegersohn – daraufhin überprüfen würde, ob sie etwas über den Angriff wußten. Nachdem er schon einmal so hintergangen worden war, würde Tolonen sofort vermuten, daß man ihn erneut auf Kommandoebene infiltriert hatte. Es überraschte ihn deshalb nicht, zu erfahren, daß Tolonen so rasch gehandelt hatte.

»Ich weiß«, sagte er schlicht und sah Ebert in die Augen.

»Was soll das heißen, Sie *wissen* es? Hatten Sie damit zu tun?«

Er ignorierte Eberts Zorn, nickte und erklärte mit leiser, emsiger Stimme seine Gründe. Aber so einfach ließ sich Ebert nicht beschwichtigen.

»Ich verlange eine Konferenz«, sagte Ebert mit glühenden Augen. »*Heute noch!* Ich will wissen, was Sie sonst noch geplant haben.«

DeVore zögerte. Nicht zum ersten Mal fand er Eberts Art höchst provozierend, dennoch nickte er seine Zustimmung. Ebert war für seine Pläne im Moment noch zu wichtig. Natürlich brauchte er ihm nicht alles zu sagen. Gerade genug, daß ihm die Illusion blieb, man vertraue ihm.

»Gut. Heute nachmittag«, sagte DeVore und verriet nichts von seinen Gedanken. »Bei Mu Chua. Wir sehen uns dort, Hans. Nach der vierten Glocke.«

Er unterbrach die Verbindung und lehnte sich zurück.

»Mistkerl!« sagte er und grübelte, warum er noch immer nichts gehört hatte. Er drehte sich um. »Stefan! Finden Sie endlich heraus, wo Wiegand ist. Ich will wissen, was passiert ist.«

Er sah dem Albino nach, dann blickte er sich in dem Zimmer um, und sein Wohlgefühl wurde von einer wachsenden Gewißheit verdrängt.

Lehmann bestätigte sie wenige Augenblicke später. »Wiegand ist tot«, sagte er, als er den Raum betrat. »Und weitere fünfzig Männer von uns und hundertfünfzig *Ping Tiao*.«

DeVore ließ sich schwer zurücksinken. »Was ist passiert?«

Lehmann schüttelte den Kopf. »Mehr wissen wir nicht. Wir haben Berichte des Sicherheitsdienstes aus den Garnisonen Poznan und Krakau aufgefangen. Sieht so aus, als hätten sie gewußt, daß wir kommen.«

DeVore senkte den Blick. Bei allen Göttern! Dann war

die Ernte noch unberührt, die gewaltigen Kornkammern der Stadt Europa immer noch intakt. Es hätte keine schlimmeren Neuigkeiten geben können.

Er schauderte. Die Dinge hatten eine dramatische Wende genommen. Was die Sieben hatte schwächen sollen, hatte sie nur noch entschlossener gemacht.

Er hatte die ganze Zeit gewußt, welche Folgen ein einzelner Schlag gegen Bremen wahrscheinlich haben würde, wie empört die Menschen über ein Attentat auf die Wohnquartiere der Soldaten sein würden – der Ermordung unschuldiger Frauen und Kinder. Deshalb hatte er geplant, sie mit beiden Aktionen gleichzeitig zu treffen. Wenn die Osteuropäischen Plantagen brannten und in Bremens sicherem Hafen ein Durchbruch gelungen war, so hatte er erwartet, würde überall in der Stadt Europa Furcht aufkeimen. Aber die Furcht war in Zorn umgeschlagen, und was ein psychologisch verheerender Schlag gegen die Sieben hatte sein sollen, hatte sich ins Gegenteil verkehrt.

Kein Wunder, daß Wei Feng sich auf diese Weise ans Volk gewandt hatte. Die große moralische Entrüstung, die der Alte vermittelt hatte, war tiefempfunden gewesen. Und es gab keinen Zweifel, daß die Milliarden an den Bildschirmen dasselbe empfunden hatten. So konnten die Sieben jetzt mit der Unterstützung der Massen rechnen; wenn sie wollten, ein Freibrief für jede Maßnahme, die sie gegen ihre Feinde zu ergreifen wünschten.

DeVore seufzte und betrachtete seine Hände. Nein. Es hätte nicht schlimmer kommen können.

Aber wie? Wie hatten sie es erfahren? Plötzlich schlug seine Verzweiflung in Ärger um. Er stand abrupt auf. Wiegand! Es mußte Wiegand gewesen sein! Was bedeutete, daß der Bericht über seinen Tod gefälscht war; ein mutwillig ausgestreutes Gerücht, um sie zu täuschen. Und das bedeutete …

Für einen Moment verfolgte er die Gedankenkette,

die aus dieser Prämisse folgte, dann setzte er sich wieder und schüttelte den Kopf. Nein, nicht Wiegand. Sein Instinkt bezweifelte es. Schließlich hatte Wiegand weder die Courage noch die Vorstellungskraft, um etwas derartiges durchzuführen. Doch wenn Wiegand nicht, wer dann?

Er seufzte und beschloß, die Basis in volle Alarmbereitschaft zu versetzen. Falls er sich irrte. Falls Wiegand einen Pakt geschlossen hatte und den Plan hegte, Tolonen hierher in die Wildnis zu führen.

* * *

Emily Ascher war wütend. Sehr wütend sogar. Sie zitterte, als sie ihren vier Bundesgenossen im Zentralkomitee der *Ping Tiao* gegenübersaß. Mit ausgestrecktem Finger zeigte sie auf Gesell, dem sie ihre Vorwürfe förmlich entgegenspuckte.

»Was Sie da getan haben, war abscheulich, Bent. Sie haben uns verraten. Sie sind eine Schande für uns.«

Gesell warf Mach einen Blick zu, dann sah er wieder seine Ex-Geliebte an und nahm eine abwehrende Haltung ein. Der fehlgeschlagene Angriff auf die Plantagen hatte ihn schwer erschüttert, und er begriff erst allmählich, welche Auswirkung der Rückschlag in Bremen auf ihre Organisation haben würde. Dennoch war er nicht bereit zuzugeben, daß er einen Fehler gemacht hatte.

»Ich wußte, daß du so reagieren würdest. Deshalb mußten wir es vor dir geheimhalten. Du hättest dein Veto dagegen erhoben ...«

Sie gab ein schrilles, verblüfftes Lachen von sich. »*Natürlich* hätte ich das! Und mit Recht. Diese Sache könnte uns den Kopf kosten ...«

Gesell hob die Hand, als wollte er ihren anklagenden Finger beiseite schieben. »Du verstehst das nicht. Wenn unser Angriff auf die Plantagen gelungen wäre ...«

Sie schlug wütend seine Hand weg. »Nein. Ich verstehe das nur zu gut. Es war eine schwerwiegende politische Entscheidung, und ich bin nicht in sie einbezogen worden.« Sie wandte den Kopf und sah zur einzigen anderen Frau im Raum hinüber. »Und Sie, Mao Liang? Sind *Sie* unterrichtet worden?«

Mao Liang senkte den Blick, schüttelte den Kopf und sagte nichts. Aber das war keine Überraschung: seit sie Emilys Platz in Gesells Bett eingenommen hatte, schien sie ihre eigene Identität verloren zu haben.

Emily wandte sich wieder Gesell zu und schüttelte langsam den Kopf. »Ich verstehe schon. Wieder die alte Geschichte. Alte Männer treffen sich in geschlossenen Räumen und entscheiden für andere.« Sie schnaubte; ein Ausdruck des Ekels. »Wißt ihr, ich dachte, wir hätten das alles hinter uns. Aber es waren alles Lippenbekenntnisse, nicht wahr, Bent? Als du mich noch gevögelt hast, war ich eigentlich nur ein Stück Dreck für dich … Schließlich war ich ja nur eine *Frau*. Ein minderwertiges Wesen, dem man keine *ernsthaften* Aufgaben anvertraut.«

»Du irrst dich …«, begann Gesell, von ihren Vorwürfen sichtlich getroffen, aber sie brachte ihn mit einem Kopfschütteln zum Schweigen.

»Ich weiß nicht, wie du es fertigbringst, mir nach dem, was du getan hast, zu sagen, daß ich mich irre.« Sie rückte ein Stück herum. »Und Sie, Mach? Das war doch sicher alles Ihre Idee.«

Mach beobachtete sie und kniff leicht die Augen zusammen. »Es gab gute Gründe, Sie nicht in die Sache hineinzuziehen. Sie haben so gute Arbeit darin geleistet, neue Mitglieder zu rekrutieren.«

Sie lachte erneut, weil sie nicht glauben konnte, was sie da hörte. »Und was ist das jetzt noch wert? Die ganze harte Arbeit, und jetzt habt ihr alles weggeworfen. Mein Wort. Ich habe den Neuen mein Wort darauf gegeben, welche Ziele wir verfolgen, und ihr habt drauf geschissen.«

»Wir sind *Ko Ming*«, begann Gesell und hatte jetzt eine gewisse Schärfe in der Stimme. »Revolutionäre, keine Sozialarbeiter. Wir können nichts verändern, ohne uns die Hände schmutzig zu machen. Das ist einfach unmöglich!«

Sie starrte ihn vernichtend an. »*Mörder*. So nennt man uns jetzt. Widerwärtige Schlächter. Und ist das ein falscher Eindruck? Wir haben alle Glaubwürdigkeit verloren, die wir bis gestern abend noch hatten.«

»Da bin ich anderer Meinung.«

Sie wandte sich Mach zu. »Sie können meinen, was Sie wollen, Jan Mach, aber es stimmt. Seit gestern abend ist diese Organisation tot. Sie haben sie vernichtet. Sie und dieser Schwanz hier. Haben Sie im 3d-Vid nicht die Bilder der toten Kinder gesehen? Haben Sie nicht die Aufnahmen dieser schönen, blonden Kinder gesehen, wie sie mit ihren Müttern spielten? Hat sich da nichts in Ihnen gerührt?«

»Propaganda ...«, begann Quinn, ihr neustes Mitglied, aber ein Blick von Gesell brachte ihn zum Schweigen.

Ascher sah von einem zum anderen und bemerkte, wie sie ihren Blicken auswichen. »Nein? Hat keiner von euch den Mumm, es zuzugeben? *Wir* sind die Schuldigen. Die *Ping Tiao*. Und diesmal können wird nichts tun, um den Schaden zu beheben. Wir sind erledigt.«

»Nein«, sagte Mach. »Es gibt eine Möglichkeit.«

»Lächerlich!« schnaubte sie. »Was für eine Möglichkeit? Was könnten wir auch nur ansatzweise zu unseren Gunsten unternehmen?«

»Wart's ab«, sagte Mach und sah ihr kühl in die Augen. »Wart's einfach ab.«

* * *

DeVore ließ sich ins Sofa zurücksinken und sah in dem einst opulent möblierten Zimmer umher. Er bemerkte, daß die Stoffe abgenutzt und die Farben verblaßt waren, seit er das letzte Mal hier gewesen war. Er nahm eines der Kissen in die Hand und studierte kurz die auf den Samt gestickten Mandarin-Piktogramme. *Hier vergessen Männer ihre Sorgen.* Er lächelte. Früher, ja. Aber jetzt?

Er blickte auf, als Mu Chua eintrat, ein Mädchen mit einem vollbeladenen Tablett im Gefolge. Sie lächelte ihn an, und dabei strafften sich die Falten um ihre Augen und ihre Mundwinkel.

»Ich dachte mir, Sie würden gern etwas *Ch'a* trinken, während Sie warten, *Shih* Reynolds.«

Er lehnte sich vor und nickte andeutungsweise. »Das ist nett von Ihnen, Mutter.«

Während das Mädchen kniete und *Ch'a* eingoß, betrachtete DeVore Mu Chua. Auch sie war sehr viel älter, sehr viel verbrauchter, als er sie in Erinnerung hatte. Inzwischen über sechzig, wirkte sie vertrocknet, war die legendäre Üppigkeit ihrer Figur eine Sache der Vergangenheit. Der Tod zeigte sich in ihr: in der plötzlichen Kantigkeit ihrer Glieder und der sehnigen Zähigkeit ihrer Muskeln; in der Schlaffheit ihres Fleisches an Hals, Armen und Brüsten. Er hatte sie in besseren Tagen kennengelernt, doch es war unwahrscheinlich, daß sie sich an ihn erinnerte.

Sie beobachtete ihn, als sei ihr bewußt, wie er sie ansah. Doch als sie wieder etwas sagte, kehrte ihr Lächeln zurück, so strahlend wie immer. Er erwiderte ihr es. Auch wenn der Körper verfiel, so blieb ihr Geist doch lebendig, ungeachtet alles dessen, worunter sie gelitten hatte.

»Soll ich ihm Bescheid sagen, daß Sie hier sind?«

Er schüttelte den Kopf und nahm die Schale, die das Mädchen ihm anbot. »Nein, Mu Chua. Ich werde warten.«

Sie zögerte, und ihr Blick wechselte rasch zwischen ihm und dem Mädchen. »Haben Sie in diesem Fall irgendeinen besonderen Wunsch?«

Er lächelte erneut. »Nein. Aber ich danke Ihnen. Sagen Sie ihm einfach, daß ich hier bin. Das heißt, wenn er fertig ist.«

Er sah ihr nach, dann schaute er sich um und überlegte. Mu Chuas alter Gönner, der Triadenboss Feng Chung, war vor drei Jahren gestorben und hatte hier unter dem Netz ein Machtvakuum hinterlassen. Rivalisierende Triaden hatten einen langen und blutigen Krieg um das Territorium des Toten ausgefochten, der mit dem Sieg von Lu Ming-Shao, dem ›Bärtigen Lu‹, wie er überall genannt wurde, geendet hatte. Ohne auf Feinheiten Rücksicht zu nehmen, hatte er Mu Chuas Haus der Neunten Extase als sein Eigentum beansprucht, aber Mu Chua als Madam offiziell die Verantwortung überlassen. Aber in Wahrheit hat Lu hier die Fäden in der Hand und benutzte Mu Chuas Etablissement als Umschlagplatz für Drogen und andere Waren, ebenso wie zur Unterhaltung seiner Kunden von oben.

Es hatte sich einiges verändert, und Mu Chua hatte dabei ihren Glanz verloren. Die Mädchen hier waren nicht mehr ganz so sorglos, und die Gewalt, die früher aus diesen Mauern verbannt gewesen war, gehörte nun zu ihrem alltäglichen Leben.

So verändert sich die Welt, dachte DeVore und fragte sich, ob er dem Bärtigen Lu ein Angebot für dieses Haus machen sollte.

»Haben Sie sich gut amüsiert?«

Er fuhr herum und war überrascht, daß er Ebert nicht hatte eintreten hören, dann sah er, daß der Major barfuß gekommen war und nur einen Seiden-*Pau* um den ansonsten nackten Körper geschlungen trug. Die Seide war blutbefleckt. Wahrscheinlich hatte er sich eine Minderjährige bestellt und sie entjungfert.

DeVore stellte die Schale *Ch'a* ab, stand auf und trat Ebert entgegen.

»Ich dachte, Sie hätten es eilig, mich zu sehen.«

Ebert lächelte, ging an ihm vorbei und zog an der

Schnur, um eins der Mädchen herbeizuklingeln. »Das stimmt. Aber ich habe mir Zeit genommen, die Dinge zu durchdenken.« Er lachte leise. »Ich sollte Ihnen danken, Howard. Sie wußten, daß Tolonen die Offiziere seines Kommandostabs decken würde, nicht wahr?«

DeVore nickte.

»Das dachte ich mir.«

Rechter Hand rührte sich etwas, Vorhänge raschelten, dann trat mit gesenktem Kopf ein Mädchen ein. »Sie haben gerufen, meine Herren?«

»Bring uns eine Flasche deines besten Weins und zwei ...« Er warf DeVore einen Blick zu und korrigierte: »Nein, ein Glas reicht schon.«

Als sie gegangen war, senkte DeVore den Blick und zeigte zum ersten Mal seinen Ärger.

»Was, zum Teufel, haben Sie vor, Hans?«

Ebert blinzelte, überrascht von DeVores plötzlicher Feindseligkeit. Aber er hielt sich im Zaum, als er sich zu DeVore umdrehte. »Wie meinen Sie das?«

»Ich sollte Sie umbringen.«

»Mich umbringen? Warum?«

»Für das, was Sie getan haben. Es war nicht besonders schwierig, darauf zu kommen. Es gab einfach keine andere Möglichkeit. Niemand sonst wußte genug über unsere Pläne, die Plantagen anzugreifen. Nur Sie können ins Horn geblasen haben.«

Ebert zögerte. »Ach ... das.« Kaum zu glauben, aber er lachte sogar. »Ich fürchte, mir blieb nichts anderes übrig, Howard. Einer unserer Hauptmänner hat Wind von der Sache bekommen. Wenn's einer meiner eigenen Männer gewesen wäre, hätte ich etwas ausrichten können, aber der Mann hatte bereits seinen Bericht eingereicht. Ich mußte schnell handeln. Wenn unsere Leute ihnen lebend in die Hände gefallen wären ...«

DeVore atmete bedrohlich, als wolle er sich jeden Moment auf Ebert stürzen.

»Ich bin mir sicher, Sie werden es verstehen,

Howard«, fuhr Ebert fort. »Es ist wie beim *Wei Chi.* Manchmal muß man eine einzelne Gruppe zum Wohl des ganzen Spiels opfern. Nun, genauso war es hier. Entweder handeln oder das ganze Spiel verlieren. Ich habe es aus guten Gründen getan.«

Du hast es getan, um deinen eigenen Arsch zu retten, dachte DeVore und versuchte sich zu beruhigen, damit er Ebert nicht an Ort und Stelle umbrachte. Es würde nichts nützen, etwas zu überstürzen. Und vielleicht hatte Ebert recht, was immer seine wahren Motive auch sein mochten. Vielleicht hatte die Aktion ein viel größeres Unheil verhütet. Wenigstens waren die Festungen sicher. Aber dann blieb ihm immer noch das Problem, wie er mit den *Ping Tiao* verfahren sollte.

»Wiegand ist also tot?«

Ebert nickte. »Ich habe mich selbst davon überzeugt.«

Ja, dachte er. Darauf könnte ich wetten. Er zwang sich, die Fäuste zu öffnen, und kehrte Ebert den Rücken zu. Er war noch nie so nah daran gewesen, die Beherrschung zu verlieren. Nimm's dir nicht so zu Herzen, sagte er sich, aber es nützte nichts. Ebert hatte etwas an sich, das in ihm den Wunsch erweckte, sich gehen zu lassen, was immer die Konsequenzen sein mochten. Aber nein – das war Tolonens Art, nicht seine. Das machte den Alten so schwach. Und Ebert auch. Aber er war anders. Er benutzte seine Wut – ließ sie *für* sich arbeiten, statt gegen sich.

Das Mädchen brachte den Wein und ging wieder. Als Ebert sich umdrehte, um einzugießen, betrachtete DeVore ihn genauer und fragte sich nicht zum ersten Mal, was aus Hans Ebert ohne seine Stellung als Erbe von GenSyn geworden wäre. Vermutlich ein unterklassiger Schläger. Ein Handlanger größerer, fähigerer Männer, aber im Grunde derselbe abgebrühte, eigensüchtige Typ, voller Prahlereien und mit mehr Schwanz als Hirn.

Oder war das nicht fair? Hatte Ebert nicht auch etwas vage Heroisches an sich – etwas, das unter anderen Umständen stärker zur Ausprägung gelangt wäre? War es denn seine Schuld, daß ihm im Leben alles erlaubt und nichts verweigert worden war?

Er sah zu, wie Ebert sich lächelnd umdrehte, und nickte bei sich. Doch, es war tatsächlich seine Schuld. Unter seiner Hülle war Ebert ein Schwächling, und seine Schwäche hatte sie einen hohen Preis gekostet. Er würde dafür bezahlen. Nicht jetzt – er wurde noch gebraucht –, aber später, wenn er seinen Zweck erfüllt hatte.

»*Kan pei!*« sagte Ebert und hob sein Glas. »Wie auch immer, Howard, ich habe auch gute Nachrichten.«

DeVore kniff die Augen zusammen. Was hatte Ebert sonst noch angerichtet?

Ebert trank einen kräftigen Schluck, dann nahm er Platz und sah DeVore an. »Sie haben immer darüber geklagt, daß uns zu wenig Geldmittel zur Verfügung stehen. Nun …« Sein Lächeln wurde breiter, als bewundere er seine eigene Cleverness. »Ich habe einige neue Geldgeber aufgetan. Bekannte von mir.«

»Bekannte?«

Ebert lachte. »Freunde … Menschen, die mit unseren Zielen sympathisieren.«

DeVore spürte, wie die Anspannung seine Beine hinaufkroch. »Was haben Sie ihnen verraten?«

Eberts Gesicht glättete sich, wurde plötzlich aufmerksamer. »Oh, nichts Besonderes, keine Sorge. Ich bin nicht blöd. Ich habe sie erst ausgehorcht, sie reden lassen. Später habe ich mich dann vertraulich mit ihnen unterhalten. Es sind Leute, denen ich vertraue, verstehen Sie? Menschen, die ich schon lang kenne.«

DeVore holte tief Luft. Vielleicht, aber er würde sie besser selbst noch einmal überprüfen. Und zwar gründlich. Denn wenn es wirklich darauf ankam, vertraute er Eberts Urteil nicht.

»Über welche Summen reden Sie?«

»Genug, damit Sie Ihre Festungen fertigstellen können.«

DeVore lachte leise. Wußte Ebert denn, wieviel das kostete, oder schätzte er bloß? Eines war sicher: er hatte Ebert nie gesagt, wieviel eine der großen unterirdischen Festungen kostete.

»Das ist gut, Hans. Sie sollten mir ihre Freunde vorstellen.«

* * *

Mu Chua warf, wütend auf Ebert, die Tür hinter sich zu. Sie hatte die Schrammen auf den Armen und dem Rücken des Mädchens gesehen. Dieser Dreckskerl! Das war nicht nötig gewesen. Das Mädchen war erst vierzehn. Wenn das sein Wunsch war, hätte er es sagen können. Dann hätte sie ihm eines der älteren Mädchen geschickt. Sie waren wenigstens entsprechend abgehärtet. Und er hatte es so brutal genommen, daß das Kind blutete. Es würde Wochen dauern, bis alles wieder verheilt war.

Sie stand bewegungslos, mit geschlossenen Augen da und wurde wieder ruhig. Er würde jeden Moment bei ihr vorbeisehen, und es würde nur schaden, wenn er sah, wie wütend sie war. Lu Ming-Shao würde davon hören, und dann wäre hier die Hölle los.

Sie erschauderte. Das Leben hier konnte immer noch sehr angenehm sein – an manchen Tagen zumindest –, doch allzu häufig war es so wie heute: ein harter Kampf ums nackte Überleben.

Sie setzte sich an den Schreibtisch und schrieb ihm eine Rechnung über seine zwei Besuche, den Wein und den *Ch'a*. Sie machte ein Pause und runzelte die Stirn, als sie an seinen Gast dachte. *Shih* Reynolds hatte etwas seltsam Vertrautes an sich – als hätten sie sich früher schon einmal kennengelernt –, aber sie konnte ihn nicht einordnen. Er schien ein ganz netter Mann zu sein, aber konnte man das wirklich von jemandem sagen, der mit diesem jungen Mistkerl zu tun hatte? Zum ersten Mal wünschte sie, sie hätte sie belauscht, als sie sich unterhielten. Das wäre keine Problem gewesen – schließlich hatte Lu Ming-Shao schon vor vier Monaten die Überwachungsanlage installiert –, aber es war schwierig, mit lebenslangen Gewohnheiten zu brechen. Sie hatte ihre Kunden nie ausspioniert, und auch jetzt wollte sie nicht damit anfangen; nicht bevor Lu es eigens anordnete.

Mu Chao erstarrte, als sie draußen Eberts Stimme hörte, und drehte sich gerade rechtzeitig um, daß sie ihn begrüßen konnte, als er eintrat.

»War alles nach ihrem Wunsch, Herr?«

Er lachte und langte vertraulich nach ihren Brüsten. »Es war *gut*, Mu Chua. Sehr gut sogar. Ich habe vergessen, welch ein gutes Haus Sie führen.«

Ihr Lächeln wurde breiter, obwohl sie innerlich bei seiner Berührung zusammenzuckte. Heute faßten sie nur noch wenige Männer an, die meisten bevorzugten jüngeres Fleisch; dennoch war ihr der Gedanke zuwider, von ihm benutzt zu werden.

»Das freut mich«, sagte sie und senkte den Kopf. »Hier«, sagte sie und hielt ihm die Rechnung hin, Mandarin-Zeichen auf hellrotem Papier.

Er lächelte und gab ihr, ohne einen Blick auf die Rechnung zu werfen, einen einzelnen Credit-Chip. Sie senkte den Blick und verbeugte sich erneut.

»Oh, vielen Dank, Herr. Sie sind zu großzügig.«

Er lachte, befreite ihre Brüste aus ihrem Gewand und taxierte sie. Dann, als sei er zufrieden mit der Prüfung, wandte er sich zum Gehen.

»Verzeihen Sie, Major Ebert…«, begann sie und machte einen Schritt auf ihn zu.

Er blieb stehen und drehte sich um. »Ja, Mutter Chua?«

»Ich habe mich gefragt… wegen des Mädchens.«

Ebert runzelte die Stirn. »Welchem Mädchen?«

Mu Chua wandte den Blick ab. »Goldherz. Sie erinnern sich doch sicher an sie? Die Dreizehnjährige, die Sie hier gekauft haben. Als sie uns mit den anderen Soldaten hier besuchten.«

»Und?«

Er sah sie an, dann wandte er sich ungeduldig ab. »Hören Sie, ich hab's eilig, Mu Chua. Ich bin jetzt Major, ich habe meine Pflichten ...«

Sie sah ihn verzweifelt an, dann senkte sie wieder den Kopf, und ihre Lippen formten ein Lächeln. »Natürlich. Verzeihen Sie, Major.« Doch innerlich kochte sie. Er hat's eilig! Wohl nicht eilig genug, um über zwei Stunden lang meine Mädchen zu quälen!

Als die Tür hinter ihm zufiel, spuckte sie auf die Stelle, wo er gestanden hatte, dann stopfte sie ihre Brüste in das Gewand zurück und sah ihren Speichel die rotlackierte Türoberfläche hinunterrinnen.

»Du Scheißkerl«, sagte sie leise. »Ich wollte doch nur wissen, wie's ihr geht – ob sie noch am Leben ist.«

Sie betrachte den Chip in ihrer Hand. Er belief sich auf tausend *Yuan* – mehr als das Fünffache des Rechnungsbetrages –, aber er hatte so getan, als sei es eine belanglose Summe.

Vielleicht ist das der Grund, dachte sie und schloß die Hand um den Chip. *Du hast keine Werte, weil du nicht weißt, was die Dinge wirklich kosten. Du meinst, du kannst dir alles kaufen.*

Nun, vielleicht konnte er das. Dennoch ging bei seiner Art zu leben etwas verloren. Ihm fehlte der Anstand.

Sie ging an die Schublade ihres Schreibtischs und zog eine stabile Kiste heraus, die sie mit dem altmodischen Schlüssel öffnete, der um ihren Hals hing. Sie kramte unter den Credit-Chips und fand zwei über zweihundertfünfzig *Yuan*, die sie durch Eberts Tausender ersetzte. Dann griff sie mit einem Lächeln in ihre Unterwäsche und plazierte die beiden Chips, nachdem sie sich mit einem Finger befeuchtet hatte, fest in dem Stück Stoff zwischen ihren Beinen.

Sie hatte fast genug zur Seite geschafft. Fast. Noch einen Monat – höchstens zwei – und sie konnte hier verschwinden. Weg von dem Bärtigen Lu und Schweinen wie Ebert. Und vielleicht würde sie dann wieder selbst ins Geschäft einsteigen. Denn schließlich blieben Männer immer Männer. Sie mochten da oben anders reden und sich anders kleiden, aber hinter der Fassade waren sie alle dieselben Geschöpfe.

Sie lachte, als sie überlegte, wie viele *li* an Erstebenen-Schwänzen sie in den fünfzig Jahren, die sie im Geschäft war, in sich gehabt hatte. Nein. In dieser Hinsicht blieb stets alles beim gleichen. Sie redeten vielleicht von Reinheit, aber ihre Handlungen verrieten sie stets. Das war der Grund, warum ihr Geschäft in all den Jahren floriert hatte: die Dunkelheit, die sie alle mit sich herumtrugen. Sie mochten behaupten, daß sie darüber stünden, doch so sehr sie es auch versuchten, zumindest diesem Trieb konnten sie nicht entrinnen, indem sie die Ebenen emporstiegen.

* * *

Fei Yen stand vor ihm, und das offene Seidengewand enthüllte ihren nackten Körper.

»Bitte, Yuan… Es tut mir doch nicht weh.«

Seine Blicke tasteten ihre Brüste ab, überflogen ihren geschwollenen Bauch und wandten sich wieder ihrem Gesicht zu. Er begehrte sie so sehr, daß es schmerzte, doch er mußte auf das Kind Rücksicht nehmen.

»Bitte…«

Der Klang ihrer Stimme, das *Verlangen*, das sie ausdrückte, machte ihn zittern. Er streckte die Hände nach ihr aus. »Die Ärzte…«, wandte er ein, doch sie schüttelte den Kopf, und ihre Augen – diese schönen dunklen Augen – bettelten ihn an.

»Was wissen die schon? Können sie fühlen, was ich fühle? Nein… Also komm, Yuan. Nimm mich. Weißt du nicht, wie sehr ich dich vermißt habe?«

Er fuhr zusammen, als er ihre Finger in seinem Nacken spürte, dann nickte er und ließ sich von ihr ausziehen, hatte aber immer noch das Gefühl, etwas Falsches zu tun.

»Ich hätte dir weh tun können«, sagte er hinterher, als er neben ihr lag und sanft ihren Bauch streichelte.

Sie nahm seine Hand und hielt sie fest. »Rede keinen Unsinn. Ich hätte es dir gesagt, wenn mir etwas weh getan hätte.« Sie erzitterte leicht, dann senkte sie den Blick und lächelte. »Außerdem will ich, daß wir ein kräftiges Kind bekommen, du etwa nicht? Er soll wissen, daß seine Mutter geliebt wird.«

Sie sah ihm herausfordernd in die Augen, dann schaute sie weg.

* * *

Tolonen verbeugte sich tief, dann trat er vor und übergab Li Shai Tung den Bericht über den geplanten Überfall auf die Plantagen, den Ebert angefertigt hatte.

»Steht da alles drin?« fragte der T'ang und sah Tolonen in die Augen, ehe er sich wieder der Titelseite des Berichts zuwandte.

»Alles, worüber wir diskutiert haben, *Chieh Hsia*.«

»Und an alle Generäle sind Kopien gegangen?«

»Und an ihre T'ang, keine Frage.«

Li Shai Tung lächelte trübe. »Gut.« Er hatte seit den frühen Morgenstunden mit seinen Ministern in engem Kontakt gestanden und keine Zeit gehabt, seine Detailkenntnisse aufzufrischen. Nun, in den wenigen Minuten, bevor der Rat der Sieben zusammentrat, nahm er sich Zeit, die Akte durchzusehen.

Halb durch blickte er auf. »Wissen Sie, Knut, manchmal wünschte ich, ich könnte all das direkt in mich aufnehmen. Das würde es mir sehr viel einfacher machen.«

Tolonen lächelte und fuhr mit dem Zeigefinger über den winzigen Schlitz hinter seinem Ohr, dann schüttelte er den Kopf. »Es wäre nicht richtig, mit der Tradition zu brechen, *Chieh Hsia*. Außerdem habt Ihr Diener und Minister, die Euch in solchen Dingen behilflich sind.«

Ja, dachte der T'ang, und wie Sie schon oft betont haben, wäre das für meine Feinde nur eine weitere Möglichkeit, mich auszuschalten. Ich habe gehört, daß sie inzwischen die Möglichkeit dazu haben. Programme, die die Fähigkeit zum vernünftigen Denken zerstören. Es gäbe keinen ›Vorkoster‹ wie bei der Nahrung, die ich zu mir nehme. Nein, vielleicht haben Sie recht, Knut Tolonen. Es würde nur weitere Mauern zwischen Chung Kuo und mir errichten, und die Götter wissen, daß es davon schon genug gibt.

Er blätterte das Dokument bis zum Ende durch, dann schlug er es zu und sah Tolonen wieder an. »Gibt es noch etwas?«

Tolonen senkte die Stimme. »Nur eines, *Chieh Hsia*. Sollten wir, in Anbetracht der Lage, nicht Prinz Yuan informieren?«

Li Shai Tung überlegte, dann schüttelte er den Kopf. »Nein, Knut. Yuan hat in den letzten Wochen hart gearbeitet. Er braucht Zeit für seine Frau.« Er lächelte, und seine Mundwinkel verrieten seine Müdigkeit. »Sie wissen, wie Yuan ist. Wenn er davon wüßte, wäre er sofort wieder hier, dabei kann er eigentlich überhaupt nicht helfen. Also lassen wir ihn. Wenn ich ihn brauche, werde ich Meister Nan anweisen, ihn vollständig zu unterrichten. Bis dahin lassen wir ihn in Ruhe.«

»Chieh Hsia.«

Li Shai Tung sah seinen alten Freund abtreten, dann wandte er sich um und zupfte nachdenklich an seinem Bart. Die bevorstehende Sitzung würde schwierig werden, und es hätte vielleicht geholfen, wenn er Yuan an seiner Seite gehabt hätte, aber er erinnerte sich an das letzte Mal, als Wang Sau-leyan darauf bestanden hatte, daß der Prinz ging. Nun, diesmal würde er ihm keine Gelegenheit zu solchen Schachzügen geben. Es war einfach zu wichtig. Denn was er vorschlagen wollte …

Er schauderte. Es kam zwanzig Jahre zu spät. Das wurde ihm jetzt klar. Er wußte, wie verwundbar sie inzwischen geworden waren. Aber es mußte gesagt werden, auch wenn es den Rat spaltete. Denn wenn sie sich dem nicht stellten – und zwar sofort –, würden sie keine Zukunft haben.

Er blickte sich in der kühlen Pracht des Marmorflurs um und sein Blick kam auf dem großen, in die mächtige Doppeltür geschnitzten Rad des *Ywe Lung* zur Ruhe. Schließlich schüttelte er den Kopf. Es gab kein Zurück. Was immer sie heute beschlossen, es würde von diesem Punkt an kein Zurück mehr geben, keine Möglichkeit, die Dinge zu richten. Sie befanden sich auf dem Scheitelpunkt der Kurve. Und was kam danach?

Li Shai Tung spürte einen leichten Schauer von Furcht seinen Rücken hinunterrinnen, dann ging er zu der großen Tür, wo vier kahlgeschorene Wachen tiefe Verbeugungen machten, ehe sie sich umdrehten und die schweren Türen aufdrückten.

* * *

Wei Feng, T'ang von Ostasien, beugte sich in seinem Stuhl vor und sah mit strenger Miene und in überaus würdevoller Haltung in die formlose Runde seiner T'ang-Kollegen. Er hatte diese Notsitzung des Rats persönlich anberaumt; als der älteste der Sieben war er auch ihr Gastgeber in seinem Palast von Chung Ning in der Provinz Ning Hsia.[3] Als er sich rührte, verfielen die übrigen T'ang in Schweigen und warteten darauf, daß er das Wort ergriffe.

»Nun, Vettern, wir haben alle die Berichte gelesen, und ich glaube, wir sind uns darüber einig, daß dank des raschen Eingreifens von Li Shai Tungs Sicherheitskräften eine große Katastrophe gerade noch abgewendet werden konnte. Eine Katastrophe, die – auch wenn ihre unmittelbaren Konsequenzen nur einen aus unserer Mitte betroffen hätten – doch für uns alle verheerend gewesen wäre, denn sind nicht die Sieben einer und einer die Sieben?«

Ein Nicken von allen Seiten, selbst von Wang Sau-leyan. Wei Feng sah zufrieden in die Runde, dann sprach er weiter.

»Natürlich ist dies der Grund, weshalb wir uns heute hier versammelt haben. Der Angriff auf Bremen und die geplanten Angriffe auf die Osteuropäischen Plantagen sind für sich genommen bedeutsam genug, doch was mit ihnen zusammenhängt, reicht viel tiefer. Es sind diese tieferen Zusammenhänge – die zugrundeliegenden Ursachen und die langfristigen Auswirkungen auf Chung Kuo –, denen wir uns widmen müssen.«

Wei Feng warf seinem alten Freund Li Shai Tung einen Blick zu, dann hob er die Hand von der Stuhllehne, eine beiläufige, unangestrengte Geste, die seine ganze fünfundsiebzigjährige Erfahrung als Befehlshaber ausdrückte. Für einen Moment sammelte sich die ganze Majestät seiner Macht in dieser erhobenen Hand, während seine sitzende Gestalt eine Aura feierlicher Willenskraft und eiserner Entschlossenheit auszustrahlen schien. Seine Blicke schlossen den Kreis der sieben T'ang.

»Dies sind besondere Umstände, meine Vettern. Ganz und gar einzigartig. Ich kann mich nicht erinnern, daß die Stabilität von Chung Kuo jemals in solchem Maße bedroht gewesen ist wie jetzt.«

Tiefes, zustimmendes Gemurmel, heftiges Nicken. Li Shai Tung fühlte sich mit einem Mal an frühere Zeiten erinnert, als der Rat nicht bloß in seiner Politik sondern auch in seinen Empfindungen eins gewesen war. Er sah zu Wang Sau-leyan hinüber und bemerkte, wie der junge T'ang von Afrika ihn beobachtete, den Blick voller Mitgefühl und Verständnis. Das kam unerwartet, aber nicht ganz unerwartet, wenn er darüber nachdachte, denn wie Wei Feng ganz richtig bemerkt hatte, bedrohten diese Vorgänge sie alle. Wenn all der Schrecken etwas Gutes gehabt hatte, dann vielleicht das – die Sieben zu vereinen.

Er sah Wei Feng wieder an und hörte zu.

»Nicht einmal in den dunkelsten Tagen des Krieges gab es eine Zeit, in der wir nicht an den letztendlichen und unvermeidbaren Triumph der Ordnung glaubten, die wir repräsentieren. Aber können wir das heute mit derselben Überzeugung behaupten? Bremen war mehr als eine Tragödie für all jene, die bei dem Angriff Freunde und Verwandte verloren haben – es war eine Machtdemonstration. Der Ausdruck eines Potentials. *Wir* müssen uns dabei über Folgendes klarwerden: wer übt diese Macht aus? Um welches Potential handelt es sich? Die bloße Tatsache, daß wir diese Fragen nicht unmittelbar beantworten können, sorgt mich, denn sie ist ein Anzeichen dafür, wie sehr uns die Dinge außer Kontrolle geraten sind. Denn daß sich in Bremen etwas Derartiges ereignen konnte … das hätte undenkbar sein sollen. Aber jetzt müssen wir uns den Tatsachen stellen – und anfangen, das Undenkbare zu denken.«

Wei Feng rückte ein Stück herum, die Finger seiner Hand streckten sich und deuteten auf Li Shai Tung.

»Meine Vettern! Es ist an der Zeit, offen auszusprechen, was bisher keinen Ausdruck gefunden hat. Li Shai Tung, möchtest du anfangen?«

Ihre Blicke wandten sich erwartungsvoll dem T'ang von Europa zu.

»Meine Vettern«, begann Li Shai Tung leise. »Ich wünschte, ich hätte mich zu besseren Zeiten an euch gewandt und über diese Dinge gesprochen, statt von einer Notlage dazu gezwungen zu werden. Aber ihr solltet wissen, daß das, was ich heute sagen möchte, keine überstürzte, unüberlegte Reaktion auf die Ereignisse in Bremen, sondern im Laufe vieler Jahre in mir gereift ist. Verzeiht mir also, wenn es stellenweise etwas lehrerhaft klingt. Ich versichere euch, es ist nicht so gemeint. Doch ich hatte das Gefühl, daß ich euch die Zusammenhänge ganz klar darlegen muß, und sei es nur, um mich zu vergewissern, ob meine Augen und mein Hirn mich in dieser Angelegenheit getäuscht haben, oder ob meine Vernunft und mein Vorstellungsvermögen einer Überprüfung standhalten.«

»Wir hören, Vetter Li«, sagte Tsu Ma, und seine Miene forderte Li Shai Tung auf fortzufahren – zu sagen, was er zu sagen hatte.

Li Shai Tung sah in die Runde und fand dieselbe Ermutigung in den Gesichtern der übrigen T'ang wieder, selbst in dem blassen Mondgesicht Wang Sau-leyans. »Sehr gut«, sagte er und hielt den Blick auf Wang Sauleyan gerichtet, »aber ihr müßt mich ausreden lassen.«

»Natürlich«, bemühte sich Wei Feng, jeden Anflug von Spannung zwischen den beiden T'ang zu glätten. »Wir werden hinterher reichlich Zeit haben, die Sache zu diskutieren. Also rede frei heraus, Shai Tung. Wir sind ganz Ohr.«

Er senkte den Blick und suchte nach den rechten Worten, weil er wußte, wie schwierig es auszudrücken war. Als er dann wieder aufblickte und zu reden anfing, war sein Gesichtsausdruck fest und entschlossen.

»Ihr habt alle Major Eberts Bericht gelesen, daher wißt ihr, wie nah die *Ping Tiao* einer Verwirklichung ihres Plans gekommen sind, große Teile der Osteuropäischen Plantagen zu zerstören. Doch was ihr nicht gesehen habt, ist ein zweiter Bericht, den ich in Auftrag gegeben habe. Ein Bericht, der die wahrscheinlichen ökonomischen und sozialen Konsequenzen für den Fall einschätzen sollte, daß die *Ping Tiao* erfolgreich gewesen wären.«

Er bemerkte, wie die anderen einander ansahen, und

wußte, daß sie selbst schon darüber nachgedacht hatten.

»Es war ein notgedrungen eilig zusammengestellter Bericht, und ich habe danach einen weiteren in Auftrag gegeben, um die Sache im Detail zu untersuchen. Dennoch sind die Resultate dieses ersten Berichts eine faszinierende und – ohne Übertreibung – erschreckende Lektüre. Aber bevor ich zu diesen Resultaten komme, laßt mich kurz die gegenwärtige Situation in Hinblick auf die Nahrungsmittelproduktion und den Bevölkerungszuwachs im Laufe der letzten fünfzehn Jahre resümieren.«

Er bemerkte, wie Wang Sau-leyan den Blick senkte, und spürte, wie sich sein Magen zusammenkrampfte, weil sein Instinkt ihm sagte, daß er mit dem jungen T'ang noch einen schweren Kampf auszufechten hatte. Nun, sei es so. Die Angelegenheit war zu wichtig, um sich zu drücken.

Er räusperte sich. »Damals, 2192, gab die offizielle Bevölkerungsstatistik einen Wert von knapp unter vierunddreißig Milliarden Menschen für ganz Chung Kuo an – wobei die Bevölkerung des Netzes und des Lehms natürlich nicht mitgezählt wurde. Ich erwähne dies, weil der Lehm zwar aus gutem Grund vernachlässigt werden kann, das Netz jedoch nicht. Die Beziehung zwischen Netz und Stadt ist ökonomisch bedeutsam, besonders was die Nahrungsmittelproduktion angeht, denn auch wenn das Netz nicht unter unsere Zuständigkeit fällt, produzieren wir doch sämtliche Nahrung, die dort konsumiert wird.

Inoffizielle Schätzungen aus dem Jahr 2192 beziffern die Bevölkerung des Netzes auf knapp über drei Milliarden. Die wachsende Zahl an Degradierungen seit dieser Zeit allerdings, verbunden mit der ständig zunehmenden Geburtenrate dort unten, hat jüngste Schätzungen mindestens auf das Doppelte dieser Zahl hochgetrieben, und die höchsten Schätzungen deuten auf eine Bevölkerungszahl von acht Milliarden unter dem Netz hin.

Im selben Zeitraum ist auch die Bevölkerung der Stadt angewachsen, allerdings nicht annähernd im gleichen Ausmaß. Die Volkszählung von 2200 ergab eine Zahl von 37,8 Milliarden – eine Wachstumsrate von knapp unter einer halben Milliarde pro Jahr.«

Li Shai Tung machte eine Pause und erinnerte sich an die mehr als zweihundert Jahre alten Berichte, die ihm sein Vater einmal gezeigt hatte – von einer längst vergessenen Organisation, den Vereinten Nationen, zusammengestellte Weltbevölkerungsberichte. Sie enthielten die implizite Annahme, daß die Bevölkerungszahl der Menschheit sich stabilisiert, wenn die materiellen Lebensbedingungen verbessert werden, aber in Wahrheit verhielt es sich anders. Nur ein Gesetz regelte das zahlenmäßige Wachstum – die Kapazität der Menschheit, sich selbst zu ernähren. Mit der Verbesserung der medizinischen Versorgung war auch die Säuglingssterblichkeit schlagartig abgesunken. Gleichzeitig hatte die Lebenserwartung sich dramatisch erhöht. Jedes Jahr waren weitere große Zonen der Stadt eröffnet worden und die Bevölkerung von Chung Kuo im ersten Jahrhundert seit dem Bau der Stadt exponentiell angewachsen. Sie hatte sich verdoppelt, von vier auf acht Milliarden, von acht auf sechzehn, dann von sechzehn auf zweiunddreißig, eine Verdopplung in nur dreißig Jahren, einer Generation. Verglichen mit einem solch gewaltigen und ungebremsten Wachstum war die Schätzung der Vereinten Nationen, daß die Weltbevölkerung sich bei schätzungsweise 10,2 Milliarden stabilisieren würde, einfach lachhaft. Was sich tatsächlich ereignet hatte, erinnerte eher an die alte Geschichte von dem Kaiser und dem *Wei Chi*-Brett.

In dieser Geschichte hatte der Kaiser einem Bauern versprochen, ihm seinen Wunsch zu erfüllen – der wollte nämlich für ein Reiskorn auf dem ersten Feld des Brettes doppelt soviel auf dem nächsten, wieder das Doppelte auf dem dritten haben und so weiter –, und nicht begriffen, wie groß die Zahl am Ende sein würde; weit mehr, als er geben konnte. So ging es den Sieben. Sie hatten den Massen von Chung Kuo unbegrenzte Nahrung, Schutz und medizinische Versorgung versprochen, ohne Rücksicht auf ihre Anzahl. Es war Wahnsinn. Ein Wahnsinn, der nicht mehr toleriert werden konnte.

Er sah in die Runde und bemerkte, daß sie auf ihn warteten, als wüßten sie, welche Richtung seine Ausführungen nehmen würden.

»Diese Wachstumsrate ist in den letzten sieben Jahren glücklicherweise nicht stabil geblieben. Dennoch werden immer noch doppelt soviel Menschen geboren, wie Menschen sterben, und die gegenwärtige Zahl von 39,5 Milliarden ist weiterhin groß genug, um uns ernste Schwierigkeiten zu bereiten, vor allem in Anbetracht wachsender Probleme mit der Nahrungsversorgung.«

Endlich brachte er es zur Sprache.

Er warf Wu Shih einen Blick zu, dann Tsu Ma und bemerkte, wie angespannt seine T'ang-Kollegen geworden waren. Selbst Wei Feng hielt den Blick gesenkt, verwirrt von der Richtung, die Li Shai Tungs Gedankengang eingeschlagen hatte. Er fuhr fort.

»Wie ihr wißt, habe ich in den letzten zwanzig Jahren versucht, diesen Problemen vorzubeugen – Lösungen zu finden, ohne den Schritt zu tun, der mir heute unvermeidlich erscheint. Die Anzahl der Orbitfarmen zum Beispiel ist in den letzten fünfzehn Jahren um achthundert Prozent erhöht worden, mit dem Ergebnis, daß heute fünfundfünfzig Prozent aller Nahrungsmittel für Chung Kuo im Weltraum produziert werden. Dieser Erfolg hat allerdings neue Probleme geschaffen. Es besteht die Gefahr, den Himmel zu verbarrikadieren; außerdem ist es schwierig, eine solch gewaltige und komplizierte Maschinerie zu reparieren und zu warten;

darüber hinaus müssen mindestens vier, möglicherweise sogar zwölf neue Raumhäfen errichtet werden, weil die gegenwärtigen Häfen bis an die Grenze ihrer Kapazität ausgelastet sind. Hinzu kommt, daß die Kosten für den Transport der Produkte auf die Erde, wie für ihre Verarbeitung und Verteilung Jahr für Jahr gewachsen sind. Und dann hat es, wie wir alle wissen, auch Unfälle gegeben.«

Erneut fiel ihm auf, wie sie einander ansahen. Dies war der wunde Punkt, den sie bisher nie berührt hatten. Wenn von den Sieben überhaupt gesagt werden konnte, daß es für sie ein Tabu gab, dann war es dies – die Beziehung zwischen der Nahrungsmittelproduktion und dem Bevölkerungswachstum. Es war Chung Kuos ältestes Problem – so alt wie der Erste Kaiser Ch'in Shih Huang Ti selbst –, doch seit mehr als einem Jahrhundert weigerten sie sich, es zu diskutieren, es auch nur anzusprechen. Und warum? Weil diese Beziehung die eine große Freiheit untermauerte, die sie den Menschen von Chung Kuo versprochen hatten – die eine Freiheit, auf der der ganze große Bau der Familie und der Sieben ruhte, *das Recht, eine unbegrenzte Zahl von Kindern zeugen zu dürfen.* Wer ihnen dies fortnahm, unterminierte den Glauben an die Familie; ein unantastbarer Glaube – der fundamentalste Grundstein ihres großen Staats, denn waren *sie* nicht die *Väter* ihres Volkes?

Ja. Aber das mußte sich jetzt ändern. Eine neue Beziehung mußte geschmiedet werden, weniger zufriedenstellend als die alte, doch unumgänglich, denn ohne sie würde es nichts mehr geben. Keine Sieben, keinen Staat, nur Anarchie.

»Wir wissen das alles«, sagte er leise, »doch wir sprechen es nicht aus. Doch jetzt ist es an der Zeit, unsere Rechnung aufzumachen: das eine gegen das andere abzuwägen und zu sehen, wohin uns diese Zahlen führen. All das führt mich zu dem Bericht zurück, den ich in Auftrag gegeben habe, und seine zentrale Frage – was geschehen wäre, wenn die *Ping Tiao* mit ihrem Überfall auf die Plantagen Erfolg gehabt hätten.«

»Li Shai Tung…?« Es war Wei Feng.

»Ja, Vetter?«

»Kannst du uns Kopien dieses Berichts vorlegen?«

»Natürlich.«

Wei Feng sah ihm kurz in die Augen, das Gesicht zutiefst besorgt. »Gut. Aber zunächst muß ich gestehen, daß ich dies sehr… ah… unorthodox finde – über ein Dokument zu reden, das keiner von uns gelesen hat. So tätigen wir unsere Geschäfte normalerweise nicht.«

Li Shai Tung senkte den Kopf. Er respektierte das Unbehagen seines alten Freundes. »Ich verstehe, Vetter, aber es herrschen besondere Umstände, und das Problem, um das es geht, ist auch alles andere als – orthodox, wenn ich so sagen darf. Ich hatte einfach das Gefühl, daß ich ein solches Dokument nicht zu den Akten legen dürfte. Aber wenn der detaillierte Bericht fertig ist, werde ich dafür sorgen, daß jeder von euch sofort eine Kopie erhält.«

Wei Feng nickte, doch ihm war anzusehen, daß er mit der Entwicklung der Lage nicht glücklich war, ungeachtet seiner Aufforderung, das ›Undenkbare zu denken‹. Li Shai Tung musterte ihn und versuchte einzuschätzen, wie er zu der Sache stand, dann wandte er sich ab und fuhr mit seiner Rede fort.

»Wie auch immer, nach unseren ersten und zugegebenermaßen eiligen Schätzungen sind wir davon überzeugt, daß die *Ping Tiao* gut fünfunddreißig Prozent der Osteuropäischen Anbaugebiete zerstört hätten. Bezogen auf die gesamte Nahrungsproduktion beliefe sich dies auf nahezu zehn Prozent der Gesamtproduktion der Stadt Europa.«

Er beugte sich vor.

»Wäre dies bloß eine Frage prozentualer Verknappung, hätten wir es mit einem relativ kleinen Problem zu tun – und einem kurzfristigen, denn die Anbaugebiete könnten innerhalb von drei Monaten erneuert werden –, aber Tatsache ist, daß wir ein äußerst empfindliches Vertriebs-Netzwerk aufgebaut haben. Wenn ihr mir die Analogie verzeiht, sind wir mit einer Armee in feindlichem Gebiet zu vergleichen, die versucht hat, ihre Nachschublinien so kurz wie möglich zu halten. Das heißt, daß die Nahrungsmittel aus den Plantagen traditionell zur Versorgung der östlichen *Hsien* der Stadt Europa dienten, während die Nahrung aus dem Orbit – die auf den sechs Raumhäfen an den West- und den Ostküsten eingeschifft wurde – den Bedarf im Westen und Süden der Stadt deckte. Wenn die Plantagen ausfielen, würde das den Transport großer Mengen an Getreide, Fleisch und anderen Nahrungsmitteln quer über den Kontinent erforderlich machen. Es ist nicht unmöglich, aber es wäre schwierig zu organisieren und immens kostenintensiv.«

Er machte eine bedeutungsvolle Pause. »Das wäre allerdings noch das geringste unserer Probleme. Weil die Produktion nicht mit dem Bevölkerungswachstum Schritt gehalten hat, ist das Volumen an Nahrung, das von unseren Bürgern verbraucht wird, im Laufe der letzten fünfzehn Jahre beträchtlich gesunken. Im Durchschnitt essen die Menschen heute zehn Prozent weniger als im Jahre 2192. Wollten wir sie zwingen, ihren Verbrauch noch einmal um zehn Prozent zu senken – was wir kurzfristig zweifellos tun müßten –, würde das zu einer ähnlichen Situation wie vor einem Jahr führen, als in den unteren Ebenen Krawalle ausbrachen. Der Schaden, den sie anrichten würden, ist – wie ihr euch denken könnt – nicht abzuschätzen.

Aber laßt mich zum letzten Punkt kommen – dem Punkt, an dem meine Sorgen zu euren Sorgen werden. Denn worüber wir hier reden, ist nicht eine Frage der Logistik – der Suche nach administrativen Lösungen für Probleme in großem Maßstab –, sondern ein Zustand fortgesetzter Instabilität. Ein solcher Angriff wäre, da können wir sicher sein, nur der erste, und weitere Schläge würden uns noch empfindlicher treffen, unsere Ressourcen weiter belasten, unsere Handlungsmöglichkeiten weiter einschränken. Wir reden von einer nach unten gedrehten Spirale, in der wir nur unser eigenes Ende in Sicht hätten. Meine Kanzler haben geschätzt, daß schon eine Verknappung der Nahrungsversorgung um fünfundzwanzig Prozent die Stadt Europa praktisch unregierbar machen würde. Und was in Europa möglich ist, kann sicher auch anderswo geschehen. Ihr seht also, meine Vettern, daß diese Vorfälle unsere Aufmerksamkeit darauf gelenkt haben, wie verwundbar wir in dem wichtigsten und doch am meisten vernachlässigten Bereich unserer Regierungsarbeit sind.«

Er verfiel in Schweigen und bemerkte die Atmosphäre des Unbehagens, die die Versammlung überkommen hatte. Es war Wu Shih, T'ang von Nordamerika, der aussprach, was sie alle dachten.

»Und was ist deine Lösung, Shai Tung?«

Li Shai Tung holte einmal tief und zittrig Luft, ehe er antwortete. Aber selbst jetzt fiel es ihm noch schwer, es endlich auszusprechen, den Schleier des Schweigens abzuwerfen, der die Tatsachen verhüllte, und offen zu reden. Er straffte seine Haltung, dann zwang er sich zu reden.

»Ich meine folgendes: Wir müssen die Anzahl der Kinder verringern, die ein Mann zeugen darf.«

Das Schweigen, das seine Worte hervorriefen, war das Schlimmste, was Li Shai Tung im Rat je erlebt hatte. Er sah Tsu Ma an.

»Du verstehst doch, daß es unumgänglich ist, oder, Tsu Ma?«

Tsu Ma sah ihm fest in die Augen, und nur die Andeutung eines Lächelns verriet sein Unbehagen. »Ich verstehe deine Sorge, lieber Freund. Und es ist zweifellos sehr viel Wahres an dem, was du gesagt hast. Aber gibt es keine andere Möglichkeit?«

Li Shai Tung schüttelte den Kopf. »Meinst du, ich hätte das Problem auch nur angesprochen, wenn ich der Ansicht wäre, daß es eine andere Möglichkeit gäbe? Nein. Wir müssen drastische Maßnahmen ergreifen, und zwar bald. Die einzige Frage ist nur, wie wir es angehen. Wie können wir diese große Neuerung einführen, ohne den Status Quo zu gefährden?«

Wei Feng zupfte an seinem Bart und schüttelte den Kopf. »Entschuldige, Shai Tung, aber ich bin anderer Ansicht. Du redest von diesen Dingen, als seien sie unausweichlich, aber das finde ich nicht. Ein Überfall auf die Plantagen hätte ernste Auswirkungen gehabt, da stimme ich zu, aber jetzt sind wir vorgewarnt. Können wir nicht Vorkehrungen treffen, um weiteren Angriffen vorzubeugen? Als du mir bei einer früheren Gelegenheit sagtest, du möchtest entscheidende Maßnahmen ergreifen, dachte ich an etwas anderes.«

»Was hätte ich sonst meinen können?«

Wei Fengs greises Gesicht wirkte plötzlich unnachgiebig. »Liegt das nicht auf der Hand, Vetter? Wir müssen gegen diese Revolutionäre vorgehen, ein Ausgehverbot über die unteren Ebenen verhängen, Ebene für Ebene durchsuchen, Belohnungen für Informationen über diese Verbrecher aussetzen.«

Li Shai Tung senkte den Blick. Das hatte er nicht gemeint. So einfach war die Lösung nicht. Der Drache der Veränderung hatte viele Köpfe – schlug man einen ab, wuchsen zwei neue an seiner Stelle. Nein, sie mußten weit radikaler vorgehen. Sie mußten an die Wurzel des Problems gehen. Es mit Stumpf und Stil ausreißen.

»Entschuldige, Vetter Feng, aber das, was du vorschlägst, habe ich schon versucht. Ich habe den jungen Ebert ermächtigt, gegen die *Ping Tiao* zurückzuschlagen. Aber das wird nicht das Geringste gegen das Problem ausrichten, von dem ich geredet habe. Wir müssen handeln, bevor dieses Tröpfeln revolutionärer Gesinnung zu einer Flut anschwillt.«

Wu Shih nickte. »Ich verstehe, was du sagen willst, Shai Tung, aber meinst du nicht, daß die Heilung, die du vorschlägst, verheerender wäre als die Krankheit, die sie bekämpfen soll? Schließlich gibt es nichts Heiligeres als das Recht eines Mannes, Kinder zu zeugen. Stelle es in Frage, und du bringst nicht nur die revolutionären Elemente, sondern ganz Chung Kuo gegen dich auf.«

»Und doch gibt es Präzedenzfälle.«

Wei Feng schnaubte verächtlich. »Meinst du die *Ko Ming*-Kaiser? Womit hat das geendet? Was haben Sie damit erreicht?«

Das stimmte. Vor über zweihundert Jahren hatten die *Ko Ming* unter Mao Tse Tung dieses Problem bereits einmal zu lösen versucht, doch ihr Versuch, die Einkindfamilie durchzusetzen, war nur begrenzt erfolgreich gewesen. In den Städten hatte es funktioniert, doch auf dem Land hatten die Bauern weiterhin sechs, oft ein Dutzend Kinder in die Welt gesetzt. Und obwohl die heutige Situation nun doch eine ganz andere war, hatte sich an der zugrunde liegenden Haltung nichts geändert. Chung Kuo war eine auf dem Konzept der Familie und dem Recht auf Söhne aufgebaute Gesellschaft. Eine derartige Veränderung würde gewaltsam durchgesetzt werden müssen.

Er sah Wu Shih an. »Natürlich würde es Schwierigkeiten geben, das streite ich nicht ab. Ganz erhebliche Schwierigkeiten sogar. Aber nichts im Vergleich zu dem, was unvermeidlich auf uns zukommen würde, wenn wir das Problem ignorierten.« Er sah in die Runde und hob die Stimme zu einer leidenschaftlichen Verteidigung seiner Position. »Wollt ihr das denn nicht begreifen? Wir sind dazu gezwungen! Wir haben keine Wahl!«

»Möchtest du deinen Vorschlag zur Abstimmung

stellen, Shai Tung?« fragte Wei Feng und beobachtete ihn aus zusammengekniffenen Augen.

Eine Abstimmung? Damit hatte er nicht gerechnet. Er hatte nicht mehr gewollt, als daß sie sich des Themas annahmen – sich bereit fanden, seinen Vorschlag zumindest einmal zu diskutieren, einen ersten Schritt zu tun. Zum gegenwärtigen Zeitpunkt konnte eine Abstimmung all das verhindern – und seinen Vorschlag für immer vom Tisch fegen.

Er schüttelte den Kopf, aber Wang Sau-leyan ergriff das Wort und nahm Wei Fengs Herausforderung an.

»Ich halte eine Abstimmung für eine gute Idee, meine Vettern. Damit würden wir Klarheit darüber gewinnen, wie wir zu dieser Sache stehen. Wie Shai Tung sagte, sind die Fakten klar und das Problem real. Wir können es nicht einfach ignorieren. Ich jedenfalls unterstütze Shai Tungs Vorschlag. Doch wir müssen uns genau überlegen, wie und wann wir solche Maßnahmen ergreifen, auch wenn es außer Zweifel steht, daß sie unvermeidlich sind.«

Li Shai Tung blickte erstaunt auf. Wang Sau-leyan … *unterstützte* ihn! Er warf Tsu Ma, dann Wu Shih einen Blick zu. Dann bestand die Möglichkeit …

Wei Feng wandte sich ihm zu. »Ich nehme an, du unterstützt deinen eigenen Vorschlag, Shai Tung.«

»Allerdings.«

»Dann sind zwei dafür.«

Er blickte Wu Shih an. Der T'ang von Nordamerika sah zu Li Shai Tung hinüber, dann schüttelte er den Kopf.

»Und einer dagegen.«

Tsu Ma war der nächste. Er zögerte, dann bezeugte er mit einem Nicken seine Zustimmung.

»Drei dafür, einer dagegen.«

Dann kam Chi Hsing, T'ang von Australien und Ozeanien. »Nein«, sagte er und bat Li Shai Tung mit einem Blick um Verzeihung. »Entschuldige, Shai Tung, aber ich glaube, Wu Shih hat recht.«

Drei dafür, zwei dagegen.

Auf der anderen Seite neben Wang Sau-leyan saß Hou Tung-po, T'ang von Südamerika, dessen glatte, bartlose Wangen ihn noch jünger als seinen Freund Wang erscheinen ließen. Li Shai Tung musterte ihn und fragte sich, ob er sich bei dieser Abstimmung wie üblich auf Wangs Seite schlagen würde.

»Nun, Tung-po?« fragte Wei Feng. »Du hast jetzt zwei Kinder. Zwei Söhne. Wäre es dir recht, wenn es einen von ihnen nicht gäbe?«

Li Shai Tung beugte sich wütend vor. »Das ist nicht fair, Wei Feng!«

Wei Feng hob das Kinn. »Tatsächlich? Du meinst, die Sieben sollten von der Vorschrift ausgenommen bleiben?«

Li Shai Tung zögerte. Darüber hatte er nicht nachgedacht. Er hatte es nur allgemein überlegt.

»Siehst du nicht, wohin uns das führt, Shai Tung?« fragte Wei Feng, und seine Stimme klang plötzlich viel weicher, seine ganze Haltung war versöhnlich. »Kannst du dir das Ausmaß an Bitterkeit vorstellen, die eine solche Politik mit sich bringen würde? Du redest über das Ende von Chung Kuo, daß wir keine Alternativen hätten, aber in diesem Punkt bleibt uns wirklich keine Wahl. Die Freiheit, Kinder zu zeugen – sie *darf* nicht angetastet werden. Wir müssen eine andere Lösung finden, Shai Tung. Das ist uns bisher immer gelungen. Ist das nicht der eigentliche Grund für unsere Existenz? Ist das nicht die *Aufgabe* der Sieben – das Gleichgewicht zu wahren?«

»Und wenn das Gleichgewicht schon verlorengegangen ist?«

Wei Feng erwiderte seinen Blick, eine tiefe Traurigkeit in den Augen, dann wandte er sich wieder Hou Tung-po zu. »Nun, Tung-po?«

Der junge T'ang warf Li Shai Tung einen Blick zu, dann schüttelte er den Kopf.

Drei dafür. Drei dagegen. Und es gab keinen Zweifel, für welche Alternative Wei Feng sich entscheiden würde. Li Shai Tung erschauerte. Dann war der Alptraum unausweichlich, so gewiß, wie er ihn in seinen Träumen erlebte, in denen die Stadt von einer gewaltigen Woge von Blut niedergerissen wurde. Und danach?

Er dachte an den Traum, der seinen Sohn Li Shai Tung vor langer Zeit gequält hatte. Den Traum von einem riesigen weißen Knochenberg, der die Ebene ausfüllte, auf der einst die Stadt gestanden hatte. Bei der Erinnerung erbebte er.

»Und du, Wei Feng?« fragte er und sah seinem alten Freund in die Augen, während aus seinen eigenen jeder Hoffnungsschimmer wich.

»Ich sagte nein, Shai Tung. Und dabei bleibe ich.«

* * *

Draußen in der großen Eingangshalle zog Tsu Ma Li Shai Tung zur Seite und beugte sich an ihn heran, um ihm etwas zuzuflüstern.

»Ich würde gern mit dir reden, Shai Tung. Irgendwo unter vier Augen, wo uns niemand belauscht.«

Li Shai Tung runzelte die Stirn. Das sah Tsu Ma gar nicht ähnlich. »Worum geht's?«

»Bitte, Vetter, unter vier Augen.«

Sie gingen in eins der kleinen angrenzenden Zimmer und schlossen hinter sich die Tür.

»Nun, Tsu Ma? Was ist los?«

Tsu Ma trat ganz nah an ihn heran und sprach mit gedämpfter Stimme, verbarg seine Lippenbewegungen vor den Überwachungskameras.

»Ich muß dich warnen, Shai Tung. Du hast einen Spion in deinem Haushalt. Jemand, der dir sehr nahe steht.«

»Einen Spion?« Er schüttelte den Kopf. »Was soll das heißen?«

»Genau das, was ich sagte. Einen Spion. Wie, meinst du, ist Wang Sau-leyan sonst in der Lage gewesen, dir zuvorzukommen? Er wußte, was du dem Rat darlegen würdest. Warum hätte er dich sonst unterstützt? Weil er wußte, daß er's sich leisten konnte. Weil er seine beiden Marionetten angewiesen hat, für Wei Feng zu stimmen.«

Li Shai Tung starrte Tsu Ma fassungslos an, nicht bloß wegen dieser Enthüllung, sondern wegen seiner offenen Respektlosigkeit gegenüber den beiden anderen T'ang Hou Tung-po und Chi Hsing.

»Woher weißt du das?« fragte er, und seine Stimme war nur noch ein rauhes Flüstern. So etwas war noch nie dagewesen. Undenkbar.

Tsu Ma lachte leise und beugte sich noch näher heran. »Ich habe meine eigenen Spione, Shai Tung. Deshalb weiß ich davon.«

Li Shai Tung nickte vage, aber innerlich empfand er eine Taubheit, einen echten Schock, wenn er überlegte, was diese Enthüllung bedeutete. Denn es hieß, daß die Sieben einander nicht mehr vertrauen konnten. Wir sind im Grunde nicht mehr die Sieben, sondern bloß sieben Männer, die wie einer zu handeln vorgeben. Er schauderte. Das war ein schlimmer Tag. Er schüttelte den Kopf. »Und was …?«

Er hielt inne und drehte sich um, als es wieder an der Tür klopfte.

»Herein!« sagte Tsu Ma und trat von ihm zurück.

Es war Wei Fengs Kanzler Ch'in Tao Fan. Er verbeugte sich tief.

»Verzeiht mir, *Chieh Hsia*, aber mein Herr läßt fragen, ob Ihr bitte wieder hereinkommen möchtet. Wir haben wichtige Nachrichten erhalten, die Ihr, wie er meint, sehen solltet.«

Sie folgten Ch'in in die Halle und fanden die übrigen

fünf T'ang in Wei Fengs Arbeitszimmer vor einem riesigen Wandbildschirm versammelt. Das Bild war angehalten. Es zeigte einen kahlgeschorenen Han, der mit einem vor sich ausgestreckten Messer in den Händen kniete.

»Was ist das?« fragte Li Shai Tung mit Blick auf Wei Feng.

»Schau's dir an«, erwiderte Wei Feng. »Schaut's euch alle an.«

Als die Kamera zurückfuhr, kam hinter dem Knienden ein großes Poster mit Riesenbuchstaben ins Bild, auf dem in Mandarin mit hellroter Tinte auf Weiß, darunter in Englisch mit schwarzer Tinte eine primitive Botschaft gemalt war:

PING TIAO UNSCHULDIG
AN DER TRAGÖDIE VON BREMEN
WIR OPFERN UNSERE KÖRPER
AUS MITGEFÜHL
MIT DEN VERSTORBENEN

Der Kameramann stellte den Mann wieder scharf. Er atmete jetzt langsam und sammelte sich um die Spitze seines Messers. Er verzog das Gesicht zu einer Grimasse, als er es dann tief durch seine Bauchdecke stach und sich den Bauch aufschlitzte, indem er es qualvoll langsam nach oben zog.

Li Shai Tung erschauderte. *Unsere* Körper... was sollte das bedeuten? Er wandte sich Wei Feng zu. »Wie viele waren es?«

»Zwei-, vielleicht dreihundert, quer über die Stadt verstreut. Aber das Poster war in allen Fällen das gleiche. Jemand hat die Aktionen sehr sorgfältig koordiniert. Ihre Selbstmorde fanden alle innerhalb derselben Minute statt, und der Zeitpunkt war so gewählt, daß er mit der Stunde des Tages zusammenfiel, in der der Überfall auf Bremen stattfand.«

»Und waren es alles Han?« fragte Tsu Ma. Sein Gesicht spiegelte den Schock, den sie alle empfanden.

Wei Feng schüttelte den Kopf. »Nein. Sie waren gleichmäßig auf Han und *Hung Mao* verteilt. Wer immer dies arrangiert hat – er wußte, was er tat. Es war ein meisterhafter Schachzug.«

»Und eine Lüge«, sagte Wu Shih wütend.

»Natürlich. Aber die Massen werden es anders sehen. Hätte ich davon gewußt, dann hätte ich verhindert, daß die Bilder gesendet werden.«

»Und was ist mit den Gerüchten?« Tsu Ma schüttelte den Kopf. »Nein, du hättest die Vorfälle nicht vertuschen können, Wei Feng. Die Gerüchte hätten sich wie ein Lauffeuer ausgebreitet. Aber du hast recht. Wer immer dies organisiert hat, versteht etwas von der Macht einer Geste. Sie hat die Situation total verändert. Vorher hatten wir noch die Option, gegen die Täter vorzugehen, wie wir es für richtig halten. Aber jetzt ...«

Li Shai Tung lachte bitter. »Es hat nichts geändert, Vetter. Ich werde sie trotzdem vernichten.«

»Ist das klug?« fragte Wei Feng und versuchte abzuschätzen, was die anderen empfanden.

»Klug oder nicht, so werde ich handeln. Es sei denn, meine Vettern ziehen etwas anderes vor.«

Er forderte sie mit einem Blick in die Runde heraus und hatte dabei einen seltsamen Trotz in den Augen, dann warf er sich herum und eilte aus dem Raum, jede einzelne Bewegung Ausdruck eines nur mühsam gebändigten Zorns.

»Folge ihm, Tsu Ma«, sagte Wei Feng und berührte ihn am Arm. »Lauf ihm nach und versuche ihn zur Vernunft zu bringen. Ich verstehe seine Wut, aber du hast recht – das ändert alles. Wir müssen ihn davon überzeugen.«

Tsu Ma lächelte, dann schaute er in eine andere Richtung, als könne er durch die Wände Li Shai Tungs überstürzten Aufbruch beobachten. »Ich werde es versuchen, Wei Feng. Aber ich verspreche nichts. Bremen hat in unserem Vetter etwas aufgeweckt. Etwas Hartes und Hitziges. Ich fürchte, es wird nicht schlafen, bis er es eingedämmt hat.«

»Vielleicht. Aber wir müssen es versuchen. Zu unserem eigenen besten.«

KAPITEL · 2

Götter des Fleisches

Kuan Yin beschütze uns! Was ist denn das?« DeVore wandte sich seinem neuen Leutnant zu. »Haben Sie noch nie ein solches Tier gesehen?« Er streichelte die nackte Schnauze des nächsten Kopfes, und das primitive Nervensystem des Wesens reagierte auf die Sanftheit seiner Berührung. »Es ist ein *Jou tung wu,* mein Freund, ein Fleischtier.«

Das *Jou tung wu* beanspruchte die linke Hälfte des Fabrikgeländes, wo seine gewaltige rosa Körpermasse in einem rechteckigen Eiskäfig untergebracht war. Es war ein mächtiger Fleischberg von hundert *ch'i* Seitenlänge und fast zwanzig *ch'i* Höhe. An einer Seite ragten wie die Zitzen eines riesigen Schweins drei Dutzend Köpfe aus dem Fleisch; lange, augenlose Schnauzen mit schaufelartigen Kiefern, die ständig die Last des Förderbandes durchpflügten und beschnüffelten, das an ihnen vorbeiratterte.

Der Gestank des Tieres war unerträglich. Sie hatten ihn schon im Aufzug wahrgenommen, und er durchdrang den ganzen Stock, durchdrang die Männer, die das Tier betreuten, mit seiner unauslöschlichen Intensität.

In der schwachen Beleuchtung verlor sich die Decke in der Dunkelheit über ihren Köpfen. Eine Gruppe von Technikern stand ein Stück abseits und wechselte leise, nervöse Worte.

Schwarz erschauderte. »Muß es hier so dunkel sein?«

DeVore warf ihm einen Blick zu. »Das Tier ist lichtempfindlich, das ist der Grund«, erwiderte er, als sei damit schon alles erklärt, aber es gefiel ihm auch nicht.

Warum hatte Gesell ihn hier treffen wollen? War die Beleuchtung ein Faktor? Hatte der Dreckskerl etwas vor?

DeVore sah an Schwarz vorbei zu Lehmann hinüber. »Stefan. Hier!«

Lehmann kam herüber und blieb stehen wie ein Roboter, der darauf wartete, daß man ihm Anweisungen erteilte.

»Ich will hier keinen Ärger«, sagte DeVore laut genug, daß die Techniker es hören konnten. »Ich möchte, daß ihr euch zurückhaltet, selbst wenn Gesell mich bedrohen sollte. Habt ihr mich verstanden? Er wird wütend sein. Mit gutem Grund. Aber ich möchte nicht, daß die Lage noch schwieriger wird, als sie ohnehin schon ist.«

Lehmann nickte und trat zurück.

Sie hörten, wie am anderen Ende der Fabrik eine Tür aufglitt. Wenig später traten fünf Gestalten aus den Schatten. Gesell, diese Frau, Ascher, und drei weitere – große Männer, die sie noch nie gesehen hatten. Als er sie erblickte, wurde ihm klar, daß es Leibwächter sein mußten, und er fragte sich, warum Gesell plötzlich das Bedürfnis hatte, sie mitzubringen.

Der *Ping Tiao*-Anführer verschwendete keine Zeit. Mit langen Schritten kam er auf sie zu und baute sich breitbeinig und mit glühenden Augen vor DeVore auf. Die drei Leibwächter bildeten hinter ihm einen bedrohlichen Halbkreis.

»Sie werden diesmal einiges zu erklären haben, *Shih* Turner. Und ich hoffe für sie, es ist eine gute Erklärung!«

Es war das zweite Mal, daß Gesell DeVore bedrohte. Schwarz wollte einen Schritt vortreten, aber Lehmann hielt ihn mit einer Berührung am Arm zurück.

»Ich verstehe, warum Sie wütend sind«, sagte DeVore ruhig. »Es war ein Reinfall, und er hat uns eine Menge gekostet. Uns beiden.«

Gesell lachte verblüfft auf. »*Ihnen?* Was hat er Ihnen

gekostet? Nichts! Sie haben doch dafür gesorgt, daß Sie sich nicht die Hände schmutzig machen, oder?«

»Wollen Sie damit andeuten, daß der Fehlschlag *meine* Schuld war? Wenn ich mich recht entsinne, ist einer ihrer Trupps zu früh eingedrungen. Das hat einen Hauptmann des Sicherheitsdienstes auf uns aufmerksam gemacht. Er hat es dann seinem Kommandeur gemeldet. Zu diesem Zeitpunkt mußte der Stöpsel gezogen werden. Die Aktion wäre nicht mehr geglückt. Wenn Sie sich etwas beruhigten und darüber nachdenken würden, kämen Sie zu dem Schluß, daß ich recht habe. Mein Mann vor Ort konnte gar nicht anders handeln. Hätte er etwas anderes getan, wären ihre Stoßtrupps dem Sicherheitsdienst direkt in die Hände gelaufen. Einige von ihnen hätten sie lebend gefangen genommen. Und was dann? Sie mögen tapfere Männer sein, *Shih* Gesell, aber die Diener des T'ang haben Methoden, selbst dem Störrischsten Informationen zu entlocken.

Und was mich angeht, ich habe eine Menge verloren. Mein Geschick hängt von Ihrem ab. Ihr Scheitern hat mir schwer geschadet. Meine Geldgeber sind sehr wütend.«

DeVore verfiel in Schweigen und ließ seinem Gegenüber Zeit, die Tatsachen zu akzeptieren.

Gesell war sehr aufgebracht, stand kurz davor, DeVore niederzuschlagen, aber er hatte zugehört – sich DeVores Argumente durch den Kopf gehen lassen –, und etwas in ihm wußte, daß er die Wahrheit sagte. Doch auch das konnte seinen Zorn kaum mildern.

Er zog sein Messer. »Sie schleimiges Arschloch …«

DeVore drückte die Klinge beiseite. »Das hilft auch nichts.«

Gesell fuhr herum und lehnte sich an den Rand des Käfigs, wo er das *Jou tung wu* direkt vor Augen hatte. Einen Moment lang stand er angespannt da. Dann, in einem Ausbruch von Zorn, stach er auf den nächsten Kopf ein, trieb ihm immer wieder die Klinge ins

Fleisch, bis Blut spritzte und das augenlose Gesicht sich gequält emporreckte, die lange Schnauze vor Schmerz kreischte, ein Kreischen, das von den anderen Köpfen in der Reihe erwidert wurde, als ob eine heftige Welle die gewaltige rosarote Fleischmasse durchliefe.

Gesell wich erschrocken zurück und sah mit blinzelnden Augen umher, dann warf er das Messer weg. Er starrte DeVore ausdruckslos an, dann wandte er sich ab, während hinter ihm die blinden Schnauzen unaufhörlich kreischten und die fötale Dunkelheit mit dem Ausdruck ihrer Qual erfüllten.

Die Techniker hatten sich zurückgehalten. Doch der Wutausbruch des *Ping Tiao*-Führers hatte einen von ihnen so entsetzt, daß er jetzt herbeilief und Gesell zur Seite schob. Er rammte eine Injektionspistole gegen den verletzten Kopf, sprühte ein Mittel in die Schnitte und redete dabei die ganze Zeit leise auf das Tier ein wie auf ein Kind. Es dauerte nicht lang, bis der Kopf schlaff herabsackte. Allmählich verebbte der Lärm, die Mäuler verstummten und die benachbarten Köpfe verfielen in eine ähnliche Starre.

»Dennoch haben Sie den Schaden in Grenzen gehalten«, sagte DeVore nach einer Weile. »Ich hätte es selbst nicht besser machen können.«

Er bemerkte, wie Gesell Ascher einen unsicheren Blick zuwarf und wußte gleich, daß er mit den rituellen Selbstmorden nichts zu tun hatte. Er wollte etwas erwidern, als aus dem Dunkel zu seiner Linken eine Stimme erklang.

»Hat Ihnen das gefallen? Das war meine Idee.«

DeVore drehte sich langsam um, als er Machs Stimme erkannte. Er kniff verständnislos die Augen zusammen. Mach war der letzte, von dem er erwartet hätte, daß er das Ansehen der *Ping Tiao* zu retten versuchte. Nein. Der Zusammenbruch der ›Einebner‹ konnte nur die Chancen seiner eigenen geheimen Bewegung innerhalb der Bewegung, der *Yu*, verbessern.

Es sei denn ... Er fuhr herum und beobachtete Gesells Gesicht, als Mach auf sie zutrat.

Natürlich! Gesell war draußen! *De facto* war Mach jetzt der Anführer der *Ping Tiao*. Er hatte früher schon gespürt, warum Gesell so empfindlich gewesen war, warum er sich mit Schlägern zu umgeben hatte. Gesell wußte es. Er wußte es, auch wenn es niemand ausgesprochen hatte. Und er hatte Angst davor.

Mach wirkte größer, breiter in den Schultern. Dann begriff DeVore. Er trug eine Uniform – die Uniform der Reserveeinheiten des Sicherheitsdienstes. Er trug sein langes dunkles Haar im Nacken zu einem festen Knoten gebunden und hatte den Bart abrasiert, den er gewöhnlich trug. Er schlenderte lässig näher und lächelte Gesell mit zusammengepreßten Lippen an, dann kehrte er seinen Kollegen den Rücken zu.

»Bei allen Göttern, Sie haben Nerven, Turner. An Ihrer Stelle wäre dies der letzte Ort, wo ich mich sehen lassen würde.«

DeVore lächelte. »Ich habe etwas riskiert. Ich habe mir gedacht, daß die Überraschung, mich hier zu sehen, Sie dazu veranlassen würde, mir zuzuhören. Und sogar Ihren Freund, den Hitzkopf da drüben.«

Gesell erwiderte seinen finsteren Blick, sagte aber nichts. Es schien, als könne Machs Gegenwart ihn neutralisieren.

Mach nickte. »Es tut mir leid. Bent steigen die Dinge manchmal zu Kopf. Aber er ist ein guter Mann. Er hat dieselben Ziele wie ich.«

DeVore sah von einem zum anderen und versuchte Klarheit darüber zu gewinnen, in welcher Beziehung sie zueinander standen. Aber eines stand fest: Mach war die Nummer eins. Er sprach jetzt allein für die *Ping Tiao*. Über Nacht war die Illusion der Gleichheit – eines Komitees – zerstoben und einem nackten Machtkampf gewichen, einem Kampf, den Mach klar für sich entschieden hatte. Doch hatte er etwas an Substanz gewonnen? Hatte er nur gewonnen, um mitzuerleben, wie die *Ping Tiao* vernichtet wurden? Wenn ja, dann schien es ihn bemerkenswert kalt zu lassen.

»Und welche Ziele sind das?« fragte er. »Etwas Neues, oder dieselbe alte Formel?«

Mach lachte. »Ist das von Bedeutung? Interessiert Sie das noch?«

»Ich bin hier, oder nicht?«

Mach nickte, und ein etwas nachdenklicherer Ausdruck trat in sein Gesicht. »Ja.« Wieder lachte er. Es war seltsam. DeVore hatte ihn noch nie so entspannt erlebt. Ein Mann ohne Sorgen, ohne Lasten, die ihn bedrückten.

»Wissen Sie, ich war aufrichtig überrascht, als Sie mit uns in Kontakt getreten sind. Ich habe mich gefragt, was Sie von uns wollen könnten. Nach der Sache in Bremen dachte ich, Sie wollten nichts mit uns zu tun haben. Ich habe alles getan, was ich konnte, um den Schaden zu reparieren, *aber* ...« Er zuckte die Achseln. »Nun, wir wissen alle, wie das ist. Wir sind alle kleine Fische im großen Meer des Volkes, und wenn die Strömung gegen uns ist ...«

DeVore lächelte innerlich. Immerhin kannte Mach seinen Mao. Aber hatte er Maos hartnäckige Geduld? War er standfest genug, um jahrelang auszuharren, bis seine Vision Wirklichkeit wurde? Die Formierung der *Yu* deutete darauf hin. Und das war der Grund, weshalb DeVore hergekommen war: um mit Mach in Kontakt zu bleiben, sich von den *Ping Tiao* zu lösen und den *Yu* anzuschließen. Aber es schien, als sei Mach mit den *Ping Tiao* noch nicht fertig. Warum? Waren die *Yu* noch nicht bereit? Brauchte er die *Ping Tiao* noch eine Weile – vielleicht als Maske für seine übrigen Aktivitäten?

Er senkte den Blick und entschied sich mitzuspielen, dann lächelte er und sah Mach wieder in die Augen.

»Sagen wir mal, daß ich Ihnen glaube, *Shih* Mach.

Was geschehen ist, war unglücklich. Tragisch, wenn man so will. Aber nicht irreparabel. Sie und ich sind geduldig. Wir haben die Geduld, um aus der Asche etwas neu aufzubauen, habe ich recht?«

Mach kniff die Augen zusammen. »Und Sie meinen, Sie könnten uns helfen?«

DeVore griff in die Tasche seines Uniformrocks, zog die zehn schmalen Chips heraus und reichte sie Mach.

Mach sah sie an und lachte. »Eine halbe Million *Yuan*? Und das soll all unsere Probleme lösen?«

»Das und vier meiner besten Propagandisten. Sie werden auf den unteren Ebenen eine Flugblatt-Kampagne starten. Sie werden die Ereignisse in Bremen so rekonstruieren, daß selbst die zynischsten Ungläubigen schwören würden, daß die Sieben fünfzehntausend Menschen ihres eigenen Volkes hingeschlachtet haben, um eine Kampagne gegen die *Ping Tiao* zu rechtfertigen.«

Mach lachte. »Und Sie meinen, das funktioniert?«

DeVore schüttelte den Kopf. »Nein. Ich *weiß*, daß es funktioniert. Eine große Lüge funktioniert immer.«

»Und was ist unsere Gegenleistung?«

»Sie greifen die Plantagen an.«

Mach riß die Augen auf. »Sie sind ja verrückt. Man ist jetzt auf uns vorbereitet.«

»So wie in Bremen?«

Mach überlegte. »Ich verstehe, worauf Sie hinauswollen. Aber nicht jetzt. Wir haben zu viele Männer verloren. Es wird einige Zeit dauern, bis unsere Wunden verheilt sind, und noch mehr, bis wir andere soweit ausgebildet haben, daß sie an die Stelle der Gefallenen treten können.«

»Wie lang?«

»Ein Jahr vielleicht. Mindestens sechs Monate.«

DeVore schüttelte den Kopf. »Das ist zu lang. Sagen wir einen Monat, und ich kann Ihnen das Zwanzigfache der Summe versprechen, die ich Ihnen gerade gegeben habe.«

Mach stand vor Verblüffung der Mund offen. Dann schüttelte er den Kopf. »Diesmal ist es keine Frage des Geldes. Oder haben Sie's noch nicht gehört? Die Männer des T'ang haben heute nachmittag mehr als ein Dutzend unserer Zellen gestürmt. Als handlungsfähige Bewegung haben die *Ping Tiao* in weiten Teilen der Stadt Europa aufgehört zu existieren. Anderswo sind wir nur mehr ein Skelett. Ich komme gerade von einer Inspektion des Schadens zurück. Einer Tour durch die Ruinen, wenn Sie so wollen.«

Zwischendurch beobachtete DeVore die anderen. Kein Wunder, daß die Frau geschwiegen hatte. Sie hatten es gewußt. Dennoch blieben seine Schlußfolgerungen klar. Bis die Festungen errichtet waren, brauchte er eine Organisation wie die *Ping Tiao*, um die Fundamente der Stadt zu untergraben und die Sieben unter Druck zu setzen. Die *Ping Tiao*, oder vielleicht die *Yu*. Wenn die *Yu* bereit waren.

Er schwieg einen Moment lang, dann nickte er. »Ich verstehe. Dann sollten Sie sich mit meinen Männern verstärken, *Shih* Mach. Fünfhundert sollten reichen, was meinen Sie? Ich werde dafür sorgen, daß Schwarz hier sich in zwei Tagen bei Ihnen meldet. Natürlich haben Sie das Kommando.«

Mach kniff die Augen zusammen. »Ich verstehe Sie nicht. Warum greifen Sie nicht selber an? Ich begreife nicht, was Sie davon haben, wenn Sie's so machen.«

»Sie vertrauen mir also nicht?«

»Allerdings nicht!« Mach lachte und wandte sich ab, dann fuhr er herum und trat direkt vor DeVore.

»Also gut. Keine Spielchen mehr zwischen uns, *Major*. Ich weiß, wer Sie sind, und ich weiß, was Sie getan haben. Ich weiß es schon seit geraumer Zeit. Das erklärt einiges. Aber was Sie mir jetzt vorschlagen … das paßt einfach nicht dazu.«

DeVore starrte ihn unerschrocken an. Natürlich

wußte er es. Was glaubte er, wer dafür gesorgt hatte, daß er es erfuhr?

»Denken Sie doch mal genau nach, Mach. Wie könnte ich so viele Männer postieren, ohne daß der Sicherheitsdienst uns in die Quere kommt? Nein. Ich brauche Sie, Mach. Sie müssen diese Männer mit einer falschen Identität ausstatten, ihnen eine Wohnung beschaffen, alles für sie organisieren. Außerdem profitieren wir beide davon. Was mich angeht, kann ich so meine Geldgeber beschwichtigen; damit sie sehen, daß bei unseren Aktionen gegen die Sieben etwas Greifbares herauskommt. Und Sie kommen so an neues Blut für ihre Bewegung; um zu beweisen, daß die *Ping Tiao* nicht im Sterben liegen.«

Mach sah nachdenklich weg, dann nickte er. »Also gut. Wir werden's tun. Aber zuerst will ich das Geld sehen, und zwar in drei Tagen. Als Beweis für Ihren guten Willen.«

Es würde schwierig, aber nicht unmöglich sein. Auf jeden Fall würde Ebert bezahlen. Er hatte Mist gebaut, also konnte er die Rechnung begleichen.

DeVore hielt ihm die Hand hin. »Einverstanden.«

Mach zögerte, dann schlug er ein. »Gut. Also in drei Tagen. Ich gebe Ihnen Bescheid, wann und wo wir uns treffen.«

Auf dem Rückweg zum Transporter ließ DeVore sich noch einmal durch den Kopf gehen, was sie besprochen und beschlossen hatten. Was immer auch geschah, Gesell würde sterben. Notfalls nach dem Angriff auf die Plantagen, aber wenn es sich einrichten ließ schon vorher. Dies war das letzte Mal, daß er sich auf ein riskantes Unternehmen mit diesem Idioten einließ.

Er lächelte. Tags zuvor, als die Nachricht bekannt wurde, hatte alles noch sehr düster ausgesehen, aber jetzt waren die Aussichten besser. Vielleicht sogar besser als vorher, denn jetzt hatte er die Chance, viel enger mit Mach zusammenzuarbeiten, ihn zu seinem Werkzeug zu machen.

In einer Hinsicht ähnelten Mach und das *Jou tung wu* einander. Beide waren sich ihrer Aufgabe nicht bewußt. Beide wußten nicht, daß sie gemästet wurden, um geschlachtet zu werden. Denn das war ihr letztendlicher Lebenszweck: Scheiße zu fressen und andere zu ernähren. Das *Jou tung wu* ernährte die *Mei wu jen*, die ›Untermenschen‹ der Stadt, und Mach ernährte ihn.

Er lachte. *Ja, Mach. Ich werde Dich verschlingen. Ich werde deinen Schädel zu meiner Reisschüssel machen und aus deinem Hirn ein Festmahl bereiten. Denn so ist der Lauf der Dinge in unserer kleinen Welt. Ein Mensch frißt den anderen; so ist es immer gewesen.*

Er ging langsamer, als er sich dem Transporter näherte, suchte nach Anzeichen dafür, ob etwas nicht stimmte, dann schlüpfte er zufrieden in die Kabine und bedeutete seinen Leutnants, ihm in dem zweiten Kopter zu folgen.

Er nahm Platz, schnallte sich an, und der Kopter stieg schon auf, bevor die Tür ganz geschlossen war. Der Pilot folgte seinen früheren Anweisungen und stellte sicher, daß ihnen niemand folgte.

Als der Boden unter ihnen zurückfiel, lächelte er über den Vergleich, der ihn beschäftigte. Ja, sie waren alle Schlachtvieh, jeder einzelne von ihnen, er selbst eingeschlossen. Aber er konnte träumen. Oh ja, er konnte träumen. Und in seinen Träumen sah er sie vor sich – feine, saubere Kreaturen, aus deren Wesen jede Spur von Grobheit getilgt war. Hochgewachsene, schlanke Geschöpfe, fragil wie Glas, doch hart wie Stahl. Geschöpfe aus Eis, geschaffen um das Schlimmste zu überleben, was das Universum ihnen zumuten konnte. Überlebende.

Nein ... Mehr als das. Erben.

Er lachte. Das war es – der Name, den er gesucht hatte. *Erben*. Er tippte das Wort in sein Handgelenkset, dann schloß er die Augen und ließ den Kopf zurücksinken, entspannte sich.

Ja. Erben. Aber erst mußte er das vernichten, was sie daran hinderte, ins Dasein zu treten. In dieser Hinsicht hatte Tsao Ch'un recht gehabt. Das Neue konnte nicht entstehen, wenn das Alte ihm den Platz wegnahm. Seine Erben konnten in dieser engen kleinen Welt der Stöcke und Geschosse nicht aufrecht stehen. Daher mußte das Alte verschwinden. Die Stockwerke mußten eingeebnet, die Wände niedergerissen, das Universum wieder freigemacht werden. Sonst konnten sie nicht existieren. Sonst konnte es nicht wieder vorwärts gehen – hin auf das Ziel der letztendlichen Macht des Geistes über die Materie. Erst dann konnten sie innehalten. Erst dann konnte es eine Pause geben.

Er erschauderte. Das war sein Traum. Der Beweggrund, nein, die treibende Kraft hinter all seinen Handlungen – der dunkle Wind, der ihm hart und kalt in den Rücken blies. Er mußte ihr Geburtshelfer sein. Geschöpfe aus Eis. *Bessere* Geschöpfe als er selbst.

Welch höheres Ziel konnte es geben? Welch *höheres* Ziel?

* * *

Hans Ebert blieb in der Tür stehen, senkte respektvoll den Kopf, dann trat er ein und hielt ein vollbeladenes Tablett vor sich hin. Nocenzi, Tolonen und der T'ang machten Platz, damit er es dort hinstellen konnte, wo sie den Tisch freigeräumt hatten. Sie hatten jetzt drei Stunden hinter geschlossenen Türen zusammengesessen und über Vergeltungsmaßnahmen und neue Sicherheitsvorkehrungen diskutiert.

Li Shai Tung lächelte und nahm von dem jungen Major eine Schale *Ch'a* entgegen. »Das war doch nicht nötig, Hans. Ich hätte einen Diener geschickt.«

Ebert hielt den Kopf gesenkt. »Ihr wart so sehr in die

Diskussion vertieft, *Chiah Hsia*. Ich dachte, es sei das Beste, wenn ich mich selbst darum kümmere.«

Der alte T'ang lachte leise. »Schön, Hans, das freut mich. Ich habe nicht gemerkt, wieviel Zeit vergangen ist, noch wie durstig ich geworden bin.«

Der T'ang wollte aus der Schale nippen, aber Ebert unterbrach ihn mit einem Räuspern. »Verzeiht mir, *Chieh Hsia*. Aber wenn Ihr erlaubt?«

Li Shai Tung runzelte die Stirn, dann begriff er, was Ebert meinte. Er gab ihm die Schale und sah zu, wie der junge Mann einen Schluck kostete und die Schale mit einem Tuch an der Stelle abwischte, wo seine Lippen sie berührt hatten, dann gab er sie ihm zurück.

Der T'ang betrachtete Tolonen und Nocenzi und sah in ihren Gesichtern sein eigenes Wohlbehagen gespiegelt. Ebert war ein bewundernswerter junger Mann, und er hatte zurecht drauf bestanden, den *Ch'a* zu kosten, bevor der T'ang ihn trank.

»Man kann nicht vorsichtig genug sein, *Chieh Hsia*.«

Li Shai Tung nickte. »Ganz richtig, Hans. Und was würde Ihr Vater dazu sagen, hm?«

»Euch nichts, *Chieh Hsia*. Aber sicher hätte er mich dafür getadelt, hätte ich meine Pflichten als sein Sohn dahingehend vernachlässigt, daß ich Euch den *Ch'a* ungekostet trinken ließe.«

Auch diese Antwort gefiel den drei älteren Männern sehr. Mit einer letzten Verbeugung vor seinem T'ang wandte Ebert sich ab und goß dem General und dem Marschall ein.

»Nun, Knut«, fuhr der T'ang an der Stelle fort, wo er eben innegehalten hatte. »Meinen Sie, wir haben sie alle erwischt?«

Tolonen straffte sich und nahm von Ebert die Schale entgegen, bevor er antwortete.

»Nicht alle, *Chieh Hsia*, aber ich kann dafür bürgen, daß es mehr als ein Jahr dauern wird, bis sie uns wieder Ärger machen werden, wenn überhaupt. Hans hat gute Arbeit geleistet. Und wir haben genau zum richtigen Zeitpunkt gehandelt. Wenn wir auch nur eine Stunde gezögert hätten, wäre niemand mehr bereit gewesen, uns über diesen Abschaum zu informieren, und wir hätten diese Zellen nie ausschalten können. Unter den gegebenen Umständen …«

Unter den gegebenen Umständen hatten sie die *Ping Tiao* praktisch vernichtet. Nach den schrecklichen Vorfällen in Bremen hatten sie wieder Grund zum Lächeln gehabt. Ein grimmiges Lächeln der Befriedigung über eine gute Arbeit.

»Ich wünschte, ich hätte das vorher gewußt«, sagte der T'ang und sah weg. »Dann wäre ich im Rat weniger forsch aufgetreten, vielleicht hätte ich eine Weile gewartet und die anderen T'ang zu überzeugen versucht, statt sie zu bedrängen.«

»Verzeiht mir, *Chieh Hsia*, aber Ihr hattet keine andere Wahl«, sagte Nocenzi aus voller Überzeugung. »Ob die Bedrohung von den *Ping Tiao* oder einer anderen Gruppe kommt, das Problem bleibt. Und solang die Bevölkerungsentwicklung die Nahrungsmittelproduktion überholt, kann es nur schlimmer werden.«

»Ja, Vittorio, aber was kann ich tun? Der Rat will nichts von Bevölkerungspolitik hören, und ich habe alles Erdenkliche unternommen, um die Produktivität zu steigern. Was bleibt noch?«

Nocenzi warf Tolonen, der andeutungsweise nickte, einen Blick zu, dann wandte er sich an den jungen Ebert. »Hans, Sie kennen die Fakten und Zahlen. Würden Sie uns die Zusammenhänge darlegen?«

Ebert suchte die Zustimmung seines T'ang, dann stellte er seine Schale *Ch'a* ab. »*Chieh Hsia?*«

»Bitte, Major.«

Ebert zögerte, dann senkte er den Kopf. »Verzeiht mir, *Chieh Hsia*, aber als ich erfuhr, welche Aktion gegen die Plantagen geplant war, entschloß ich mich nach Rücksprache mit Marschall Tolonen, einen Bericht anzufertigen. Getrennt von denen, die Ihr von uns erbeten habt.«

Der T'ang sah kurz zu Tolonen hinüber und runzelte die Stirn. »Ich verstehe. Und was steht in diesem Bericht?«

»Es war ganz einfach, *Chieh Hsia*. Eigentlich befaßt er sich nur mit einer einzigen, aber ganz speziellen Frage. Welchen Aufwand an Personal und Kosten würde es erfordern, die Plantagen adäquat zu bewachen?«

»Und zu welchem Ergebnis sind Sie gekommen?«

Tolonen unterbrach ihn. »Ihr müßt verstehen, *Chieh Hsia*, daß Ebert nur auf meinen ausdrücklichen Befehl gehandelt hat. Ich hätte diese Sache auch nie zur Sprache gebracht, wärt Ihr im Rat erfolgreich gewesen. Ich hatte nur das Gefühl, wir müßten auf die schlimmsten Eventualitäten vorbereitet sein. Falls unsere Aktionen gegen die *Ping Tiao* scheitern und ... die Sieben Eurem Plan, sagen wir, Mißfallen entgegenbringen.«

Der T'ang senkte den Blick, dann lachte er. »Ich bin nicht wütend, Knut. Bei allen Göttern, nein. Ich bin froh, daß so gute Männer wie ihr drei meine Interessen vertretet. Wenn ich wütend erscheine, dann weil wir gezwungen sind, solche Maßnahmen zu ergreifen. Weil all das vergebens ist. Ist es denn nötig, daß wir uns immer weiter vermehren, bis wir eines Tages an unserer eigenen Masse ersticken?«

Er sah zornig in die Runde, dann beruhigte er sich wieder und nickte. »Nun, Hans? Was würde es uns kosten?«

Ebert verbeugte sich. »Was das Personal angeht, reden wir von einer weiteren halben Million, *Chieh Hsia*. Sechshundertfünfzigtausend, um vollkommen sicher zu sein. Die Kosten – für Nahrung, Unterkunft, Sold und so weiter – belaufen sich auf fünfundachtzigtausend *Yuan* pro Mann oder insgesamt zwischen zweiundvierzig und fünfundfünfzig Milliarden *Yuan* pro Jahr.

Dieses Szenario geht allerdings davon aus, daß uns tatsächlich eine halbe Million ausgebildete, einsatzfähige Wachmänner des Sicherheitsdienstes zur Verfügung stehen. Das Problem ist, wenn wir eine solche Anzahl von Männern von ihren gegenwärtigen Pflichten entbinden, wird das einen erheblichen Anstieg krimineller Aktivitäten auf allen Ebenen zur Folge haben, ganz zu schweigen von einer dramatischen Zunahme an Aufruhr auf dem Grund der Stadt. Wir würden die aktuelle Stärke der Sicherheitskräfte um fünfundzwanzig Prozent reduzieren, und das könnte durchaus zu einem völligen Zusammenbruch der öffentlichen Ordnung auf den untersten fünfzig Ebenen führen.«

»Und die Alternative?«

»Wir ziehen von den aktiven Kräften eine geringere Anzahl ab, sagen wir fünfzigtausend, und rekrutieren den Rest neu. Auch das schafft Probleme, vor allem, was ihre Ausbildung angeht. Um einen derartigen Zustrom zu bewältigen, würden wir unser Ausbildungsprogramm ganz erheblich ausbauen müssen. Und die Kosten ... verzeiht mir, *Chieh Hsia,* aber dies allein würde sich auf schätzungsweise zwanzig Milliarden *Yuan* belaufen, bevor auch nur ein Rekrut ausgebildet und ausgerüstet wäre.«

Li Shai Tung überlegte, dann schüttelte er den Kopf. »Das gefällt mir nicht, *Chun tzu*. Um das zu finanzieren, würden wir überall Einschnitte vornehmen müssen, und wer weiß, welche Folgen das hätte. Aber haben wir eine Wahl? Ohne genügend Nahrung ...«

Er zuckte die Achseln. Er lief immer wieder auf dasselbe hinaus. Bevölkerung und Nahrung. Nahrung und Bevölkerung. Wie füllte man die unaufhörlich wachsende Reisschüssel Chung Kuo?

Tolonen zögerte, dann senkte er den Kopf. »Darf ich eine Lösung vorschlagen, *Chieh Hsia?*«

»Natürlich.«

»Was haltet Ihr davon? Warum verwirklichen wir Hans' Plan nicht bloß teilweise? Setzen wir uns ein Ziel von, sagen wir, einer halben Millionen Männer, die in den Plantagen stationiert werden sollen, konzentriert auf Schlüsselpositionen für maximale Effektivität. Von da an stocken wir alle sechs Monate um etwa fünfzigtausend Männer auf. Das würde die Ausbildungszentren entlasten, während gleichzeitig die sozialen Folgen minimiert werden.«

»Aber würde das nicht zu lang dauern?«

»Verzeiht mir, *Chieh Hsia*, aber das einzige, was Hans in seinem Bericht nicht erwähnt hat, ist die Effektivität seiner Aktion gegen die *Ping Tiao*. Wenn unsere Probleme, neue Männer zu rekrutieren, schon erheblich sind, müssen es ihre um so mehr sein. Sie sind in die Flucht geschlagen worden. Davon werden sie sich nicht so schnell erholen. Wie ich schon sagte, wird es mindestens ein Jahr dauern, bis sie wieder in der Lage sind, uns Probleme zu bereiten, und es gibt keine Terroristengruppe von vergleichbarer Stärke, die an ihre Stelle treten könnte.«

Der T'ang überlegte, dann nickte er. »Also gut. Wir werden tun, was Sie vorgeschlagen haben, Knut. Setzen Sie die Befehle auf, und ich werde sie unterzeichnen.« Er wandte sich Ebert zu. »Sie haben mir heute gute Dienste geleistet, Hans Ebert, und ich werde es nicht vergessen. Und mein Sohn auch nicht. Aber kommen Sie, trinken wir diesen wunderbaren *Ch'a*, bevor er kalt wird.«

Die drei Männer verbeugten sich einhellig. *»Chieh Hsia ...«*

* * *

Li Yuan blickte von dem Dokument auf, in dem er las, und gähnte.

»Ihr solltet eine Pause machen, Herr«, sagte Chang Shih-sen, sein persönlicher Sekretär, von seinem Schreibtisch am anderen Ende des Zimmers. »Ich mach's fertig. Es ist nicht mehr viel.«

Li Yuan lächelte. Sie hatten seit sieben gearbeitet, und es war fast Mittag. »Eine gute Idee, Shih-sen. Aber es ist seltsam, daß mein Vater sich noch nicht mit mir in Verbindung gesetzt hat. Glauben Sie, es geht ihm gut?«

»Ich bin mir sicher, Herr. Ihr würdet als erster davon erfahren, wenn Euer Vater krank wäre.«

»Ja ...« Er warf noch einen Blick auf Minister Hengs Memorandum, dann nickte er. »Diese Sache mit Shepherds Sohn ist interessant, finden Sie nicht?«

»Herr ...« Chang Shih-sen musterte ihn lächelnd.

Li Yuan lachte. »Schon gut. Ich merke, wenn ich zu meinem eigenen Besten gepiesackt werde. Ich gehe, Shih-sen. Aber sorgen Sie dafür, daß noch heute nachmittag eine Notiz an Heng Yu geschickt wird. Ich habe ihn ohnehin schon zwei Tage warten lassen.«

»Natürlich, Herr. Und jetzt geht. Genießt die Sonne, solang es geht.«

Li Yuan trat in die strahlende Sonne des Östlichen Hofs hinaus und blieb für einen Moment oben auf der breiten Treppe stehen, eine Hand auf den kalten Stein der Balustrade gelegt. Er schaute hinaus und fühlte sich völlig in Einklang mit der Welt. Hier herrschte soviel Ordnung. Soviel Ausgeglichenheit. Er streckte sich die Müdigkeit vom langen Sitzen aus den Gliedern, dann ging er hinunter, nahm je zwei Stufen auf einmal und lief auf die Wiese hinaus, von seinem Seiden-*Pau* umflattert.

Weder in den Gärten, noch auf dem langen Weg war etwas von Fei Yen oder ihren Mägden zu sehen. In der alten, ummauerten Anlage herrschte Stille. Beim steinernen Bogen drehte er sich um und überlegte, ob er ihre Zimmer aufsuchen sollte, nahm dann aber davon Abstand. Sie brauchte ihre Ruhe. Vor allem jetzt. Ihrem Sohn zuliebe.

Wie stets bereitete der Gedanke daran ihm ein seltsames Gefühl. Er betrachtete die uralten, verkrümmten Stämme der Wacholderbäume, die im Schatten des Palastes kauerten, dann wandte er den Kopf und tastete mit Blicken das geschwungene Ufers des Teiches ab. Er bewahrte Ruhe, lauschte und wurde mit dem Gesang eines Vogels belohnt, der durchs Tal zu ihm herüberklang. Er lächelte, sog die kühle Luft des späten Morgens ein und bemerkte einen schwachen, unterschwelligen Geruch von Kräutern.

An einem solchen Tag war es eine Freude zu leben.

Er drehte sich um, blickte die hohe, aufrechte Wölbung des Bogens empor und fuhr mit den Fingern über die komplizierten, verwickelten Muster in dem Stein. Der Bogen stand schon tausend Jahre hier, und doch schien das Muster frisch in den Stein geschnitten. Als habe die Zeit hier keine Macht.

Er ging in Richtung der Ställe weiter. Es war eine Weile her, seit er seine Pferde zuletzt gesehen hatte. Zu lang. Er würde sich eine Stunde mit ihnen vergnügen. Und später vielleicht mit Feis Pferd Tai Huo üben.

In der großen Scheune war es warm und muffig. Die Stallknechte unterbrachen ihre Arbeit, als er eintrat, stellten sich hastig in eine Reihe auf und machten tiefe Verbeugungen.

»Bitte…«, sagte er. »Macht weiter. Ich wollte nicht stören.«

Sie traten respektvoll zurück und widmeten sich wieder ihrer Arbeit. Er beobachtete sie eine Weile, und ein Teil von ihm beneidete sie für die Schlichtheit ihres Daseins. Schließlich hob er den Kopf und atmete die schweren, hitzigen Gerüche der Scheune ein – Gerüche, die mit den dunklen, goldenen Schatten der Ställe untrennbar verbunden zu sein schienen.

Langsam ging er die Reihe der Ställe entlang und begrüßte jedes Pferd. Die dunkelmähnige Berberstute Hei Jian – ›Schwarzes Schwert‹ – hob zum Gruß ihr breites Maul und ließ sich von ihm die Flanke tätscheln. Mei

Feng – ›Honigwind‹ –, der elegante Akhal-teke, war lebhafter, fast gereizt, aber nach ein paar Sekunden beruhigte er sich und ließ es mit gespitzten Ohren zu, daß Li Yuan seine honig-goldene Flanke streichelte. Er war das jüngste der sechs Tiere und seine jüngste Anschaffung, ein Abkömmling von Pferden, die vor Tausenden Jahren den wilden Hirtenvölkern in Westasien gedient hatten.

Das nächste war das Pferd seines Bruders, eine schwarze Araber-Stute, die er Chi Chu – ›Sonnenaufgang‹ – genannt hatte. Er verbrachte einige Zeit mit ihr, rieb seine Wange an ihrem Hals und spürte eine Verbundenheit, die er zu keinem anderen Tier empfand. Daneben stand der weiße Araber Tai Huo – ›Großes Feuer‹ –, den er Fei Yen gekauft hatte. Er lächelte beim Anblick des Tiers und erinnerte sich an den Abend, als er Fei Yen mit verbundenen Augen zu den Ställen gebracht hatte, damit sie ihn das erste Mal sehen konnte. An diesem Abend hatten sie sich auf dem Stroh geliebt.

Er sah an dem Rumpf des Pferdes vorbei und runzelte die Stirn. Der fünfte Stall war leer. Der Andalusier – das Geschenk seines Vaters zu seinem zwölften Geburtstag – war nicht da. Er ging hinaus, blieb an der Stirnseite des Stalls stehen und starrte in die leere Box, dann winkte er den nächsten Stallburschen herbei.

»Wo ist der Andalusier?«

Der Bursche machte eine tiefe Verbeugung und bekam rote Wangen. »Ich … ich …«, stammelte er.

Li Yuan sah noch einmal in die Box und hatte zunehmend das Gefühl, daß etwas nicht stimmte. Von draußen hörte er einen Tumult von Stimmen. Wenig später erschien eine hochgewachsene Gestalt in der großen Tür. Hung Feng-chan, der Oberstallknecht.

»Herr …«, begann er zögerlich.

Li Yuan fuhr herum. »Was ist los, Hung?«

Hung Feng-chan verbeugte sich tief. »Der Andalusier wird gerade … trainiert, Herr.«

Li Yuan runzelte die Stirn und schaute wieder in die leere Box. »Trainiert, Hung? Ich dachte, sie werden morgens früh trainiert. Stimmt mit dem Tier etwas nicht?«

»Herr, ich …«

»Die Götter mögen uns beistehen, Hung! Was ist passiert? Verschweigen Sie mir etwas?«

Er sah in die Runde und bemerkte, daß die Stallknechte ihre Arbeit unterbrochen hatten und mit erschrockenen Gesichtern herübersahen.

»Ist das Pferd *tot*, Hung? Sagen Sie schon!«

Hung senkte den Kopf noch tiefer. »Nein, Herr …«

»Was dann, in aller Götter Namen?«

»Nan Hsi wird ausgeritten, Herr.«

Li Yuan straffte sich, wurde plötzlich wütend. »Ausgeritten? Von wem? Wir haben keine Gäste. Wer hat die Erlaubnis gegeben, daß jemand das Tier reiten darf?«

Heng Feng-chan schwieg und hielt den Kopf so tief gesenkt, daß er mit der Stirn fast die leicht gebeugten Knie berührte.

Li Yuans zorniger Ausbruch kam unerwartet. »Also, Hung? Wer reitet Hsin? Oder muß ich's aus dir rausprügeln?«

Hung hob den Kopf und flehte seinen jungen Herrn mit Blicken an. »Herr, verzeiht mir. Ich habe versucht, es ihr auszureden.«

»Versucht, es ihr …« Er verstummte, als ihm plötzlich ein Licht aufging. Fei Yen. Der Mann redete von Fei Yen. Es konnte niemand sonst sein. Niemand anders hätte es gewagt, seine Befehle zu ignorieren. Aber Fei Yen war im siebten Monat schwanger. Sie durfte nicht reiten, nicht in ihrer gegenwärtigen Verfassung. Das Kind …

Er lief an dem Oberstallknecht vorbei, blieb in der großen Tür stehen und spähte hinaus. Der Palast lag zu seiner Linken, die Hügel rechter Hand in der Ferne. Er suchte den langgezogenen Hang nach ihr ab, fand sie aber nicht. Dann fuhr er herum, verlor für einen Moment die Beherrschung, und seine Stimme zitterte vor Angst um sie.

»Wo ist sie, Hung? Wo in aller Götter Namen ist sie?«

»Ich … ich weiß es nicht, Herr.«

Li Yuan stapfte auf ihn zu, packte ihn an den Armen und schüttelte ihn. »Kuan Yin beschütze uns, Hung! Soll das heißen, Sie haben sie in *diesem* Zustand allein, ohne Begleitung ausreiten lassen?«

Hung schüttelte kläglich den Kopf. »Sie hat es mir verboten, Herr. Sie sagte …«

»Sie hat es Ihnen *verboten?!* Was soll dieser Unsinn, Hung? War Ihnen nicht klar, wie gefährlich, wie *dumm* das gewesen ist?«

»Herr, ich …«

Li Yuan stieß ihn weg. »Gehen Sie mir aus den Augen!« Er sah wütend umher. »Raus! Ihr alle! Sofort! Ich will hier keinen mehr von euch sehen!«

Einen Moment zögerten sie, dann machten sie sich tief geduckt davon, Hung zuletzt.

»Herr …?« flehte er.

Aber Li Yuan hatte dem Oberstallknecht den Rücken zugekehrt. »Gehen Sie jetzt, Hung Feng-chan. Gehen Sie, bevor ich Sie für Ihre Dummheit bezahlen lasse.«

Hung Feng-chan haderte noch, dann verbeugte er sich hinter seinem Prinzen und ließ ihn niedergeschlagen allein.

* * *

Hans Ebert lief grinsend, ungemein zufrieden mit seinem Tagewerk, die Treppe des Ebertschen Villa hinauf. Es war so einfach gewesen, die alten Männer zu manipulieren. Sie waren aus dem Gleichgewicht, erschrocken über die plötzliche Zuspitzung der Ereignisse, nur zu bereit, dem schlimmstmöglichen Szenario zu glauben, das er ihnen ausgemalt hatte. Aber die Wahrheit sah anders aus. Ein guter General konnte die

Osteuropäischen Plantagen mit bloß einhunderttausend Mann und zu einem Zehntel der Kosten überwachen, die er genannt hatte. Auch die Folgen für die Ebenen der Stadt hatte er übertrieben, obwohl auch er zugeben mußte, daß nicht genau einzuschätzen war, welchen Folgen ein solcher Angriff auf die unteren Ebenen der Stadt haben würde.

Er ging zum Duschen und Umziehen in seine Zimmersuite. Als er sich auszog, stand er bei seinem persönlichen Komset und überflog die Mitteilungen, bis er auf eine verschlüsselte Nachricht von seinem Onkel stieß.

Beattie fragt, ob du für ihn seine Zeche bezahlen könntest. Er sagt, ein Tausender dürfte reichen. Alles Liebe, dein Onkel Lutz.

Battie war DeVore. Aber wofür brauchte DeVore zehn Millionen? Ebert schüttelte sich die Hose von den Beinen und stieg in die Duschkabine. Das Wasser sprang an, sobald er unter dem Duschkopf stand. Es war wahrscheinlich das beste, DeVore sofort zu geben, was er verlangte. Das stellte ihn ruhig. Es war nicht besonders schwer, soviel freizumachen. Er würde sich später darum kümmern. Im Moment hielt er es für an der Zeit, den Göttern des Fleisches sein regelmäßiges Opfer darzubringen. Er schloß die Augen und ließ sich von den lauwarmen Strahlen beleben. Ja, es würde ihm gut tun, eine Stunde mit der *Mui tsai* zu verbringen. Auf diese Weise konnte er all den Druck ablassen, der sich in den letzten Tagen in ihm aufgestaut hatte.

Er lachte, als sich schon beim Gedanken an sie sein Geschlechtsteil regte.

»Du warst ein gutes Geschäft, mein Schatz«, sagte er leise. »Selbst wenn ich zehnmal soviel bezahlt hätte, wärst du noch ein gutes Geschäft gewesen.«

Das war kein müßiger Gedanke. Schon einige Zeit hatte er darüber nachgedacht, sie zu reproduzieren, jene Qualitäten, die sie zu einer so guten Gefährtin machten, in ein Zuchttank-Modell zu übernehmen. Würden die ›Überirdischen‹ für solch bemerkenswerte Talente nicht fürstlich bezahlen? GenSyn konnte den fünffachen Preis ihrer aktuellen Modelle verlangen. Den fünfzigfachen, wenn sie richtig an die Öffentlichkeit gingen.

Ja, er hatte die Kampagne schon vor Augen. All die verschiedenen, subtilen Arten, etwas anzudeuten, ohne es auszusprechen: die wahre Funktion ihres neusten Modells zu verschweigen und doch durchsickern zu lassen...

Er lachte, dann trat er in die Trocknerkabine und ließ die warme Luft um seinen Körper streichen. Vielleicht würde er sie auch für sich behalten. Er streichelte wohlgefällig sein erigiertes Glied. Denn warum sollte sich jeder hergelaufene kleine Kaufmann solche Vergnügungen leisten können?

Er warf eine leichte Seidenrobe über und ging eine kurze Treppenflucht in den zentralen Hof hinunter. Das Herrenhaus war unregelmäßig geformt, ein riesiges G rings um die Gärten. Eine kleine Holzbrücke führte über einen Bach zu einer Reihe von Lauben. Der Boden war mit einem Pflaumenblüten-Mosaik aus kleinen blaßrosa und grauen Kieselsteinen gepflastert, während zu beiden Seiten, halb versteckt unter den Bäumen, kleine rotgestrichene, im Han-Stil erbaute Holzgebäude standen, deren sanft abfallende Dächer den schmalen Wasserstreifen überschatteten, der sich durch die Gärten schlängelte.

Die Gärten waren viel älter als das Haus. Oder zumindest ihre Anlage, denn sein Großvater hatte sie nach antiken Han-Originalen gestaltet und die Gärten des Friedens und Gedeihens getauft. Die Schriftzeichen der Han, das Langlebigkeit bedeutete, war überall eingeschnitzt, in Holz und Stein, und als Mosaik auf dem Grund des klaren, schnellen Flüßchens verlegt. Durchsichtige, papierbedeckte Fenster umgaben die Gärten auf allen Seiten, während da und dort eine Mondtür neue Ausblicke eröffnete – in einen weiteren winzigen Garten oder in eine Zimmerflucht.

Hans blieb mitten in den Gärten stehen, beugte sich über die geschnitzte Holzbalustrade und betrachtete sein Spiegelbild im ruhigen, grünen Wasser des zentralen Teichs. Das Leben war herrlich. Er lachte und sah zu den drei uralten Granatapfelbäumen am anderen Ufer des Teichs hinüber, deren Stämme wie Wellen im Wasser geformt waren; wie ihre Spiegelbilder im Wasser ihre Ruhe zu verdoppeln schien. Als er gerade hinsah, tauchte ein Fisch an die Oberfläche, kräuselte den Spiegel und brachte die Reflexionen der Bäume heftig zum Tanzen, ließ ihre langen, dunklen Stämme sich winden wie Schlangen.

Und dann hörte er es. Unmißverständlich das Geschrei eines Säuglings.

Er wandte sich verwirrt um. Ein Säugling? Hier? Unmöglich. Es gab hier keine Kinder. Er lauschte und hörte es wieder, diesmal deutlicher, von irgendwo zu seiner Linken. Von den Unterkünften der Diener.

Er marschierte um den Teich und hinüber zu der hochgewölbten Steinbrücke, wo er stehenblieb und sich konzentrierte. An die *Mu tsai* dachte er nicht mehr.

Ein Säugling. Es war ganz unüberhörbar ein Säugling. Aber wer hätte es gewagt, ein Kleinkind hierherzubringen? Die Diener kannten die Hausordnung. Seine Mutter hatte schwache Nerven. Sie wußten das, und sie kannten die Vorschriften …

Er zog sich das Gewand enger um den Körper und erklomm die Treppe zur Terrasse, die den Quartieren der Dienerschaft entlang verlief. Das Geräusch erklang jetzt regelmäßig; ein quäkiges, mehr animalisches als menschliches Wimmern. Ein schrecklicher, beunruhigender Laut.

Er trat ein und fand das erste Zimmer leer. Aber das

Wimmern klang hier lauter, und er konnte daneben eine zweite Stimme hören – die Stimme einer Frau, die das Kind zu beruhigen versuchte.

»Pscht…«, flüsterte die Stimme. »Ganz ruhig, mein Liebling.«

Er runzelte die Stirn, als er die Stimme erkannte. Es war Goldherz, das Mädchen, das er vor zehn Jahren Mu Chuas Freudenhaus abgekauft hatte. Das Mädchen, mit dem er Fest verhöhnt hatte, bevor er ihn umgebracht hatte.

Ja, Goldherz. Aber was machte sie mit einem Säugling?

Er schlich hinüber zur Tür und schaute hinein. Das Mädchen kauerte, den Rücken zu ihm, über einer Wiege und redete sanft auf das Kind ein. Das Weinen hatte aufgehört, und das Kind schien jetzt zu schlafen. Aber wessen Kind war das? Und wer hatte gestattet, daß es ins Haus gebracht wurde? Wenn seine Mutter es herausfand, würde sie die beiden auf der Stelle fortschicken.

»Goldherz?«

Das Mädchen fuhr zusammen, wandte sich um, und alle Farbe wich aus ihrem Gesicht.

»Exzellenz…«, keuchte sie und machte eine tiefe Verbeugung, ihr Körper, wie um das Kind zu beschützen, zwischen sich und der Wiege.

Er trat ins Zimmer und sah an ihr vorbei. »Was geht hier vor?«

Sie hatte halb den Kopf gedreht, sichtlich erschrocken, und wich einen kleinen Schritt zurück, so daß sie mit dem Kopf gegen die Kante der Wiege stieß.

»Wessen Kind ist das?«

Sie blickte mit weit aufgerissenen Augen auf. »Exzellenz…«, wiederholte sie mit schwacher, furchtsamer Stimme.

Ihr Anblick brachte ihn zur Besinnung. Er würde nichts von ihr erfahren, wenn er sie erschreckte, aber es war wichtig zu wissen, wessen Kind dies war und warum sie es hergebracht hatte. Wer immer es war, sie würden gehen müssen, denn ein solch ernster Verstoß gegen die Hausordnung konnte nicht toleriert werden. Er trat näher, ging vor Goldherz in die Hocke, nahm ihre Hände und sah ihr ins Gesicht.

»Ich bin nicht zornig auf dich, Goldherz«, versicherte er leise, »aber du kennst die Vorschriften. Das Kind dürfte nicht hier sein. Wenn du mir sagst, wer die Mutter ist, werde ich dafür sorgen, daß sie das Kind wegbringt, aber du kannst es nicht hierbehalten. Das weißt du doch.«

Er sah, wie in ihrem Gesicht Zweifel und eine seltsame, wilde Hoffnung miteinander rangen, und sah verwirrt zu Boden. Was ging hier vor? Er blickte wieder auf und ermutigte sie mit einem Lächeln.

»Komm, Goldherz. Ich werde nicht schimpfen. Du hast dich schließlich nur um das Kleine gekümmert. Sag mir einfach, wer die Mutter ist.«

Sie schaute weg und schluckte wie unter Schmerzen. Erneut spiegelte ihr Gesicht dieses innere Ringen, dann starrte sie ihn mit wild glühenden Augen an.

»Es ist Ihr Kind. Ihr Sohn.«

»Meins?« Er lachte säuerlich und schüttelte den Kopf. »Wie kann es meins sein?«

»Und meins«, flüsterte sie unsicher. »Unser Kind …«

Er fuhr hoch, und ein kalter Zorn ergriff ihn. »Was soll dieser Blödsinn? Wie solltest *du* ein Kind gebären? Du bist vor vielen Jahren sterilisiert worden.«

Von der plötzlichen Schärfe in seiner Stimme eingeschüchtert, senkte sie den Kopf. »Ich weiß … Aber ich habe es rückgängig machen lassen. Es gibt da einen Ort …«

»Bei allen Göttern!« stammelte er tonlos, als ihm klar wurde, wie sie es angestellt hatte. Natürlich. Jetzt verstand er. Sie hatte wahrscheinlich Schmuck oder etwas anderes gestohlen, um damit zu bezahlen. Aber das Kind …

Er schob sich an ihr vorbei und betrachtete den schlafenden Säugling. Es war schon ein großes Kind, fünf oder sechs Monate alt, mit unübersehbar eurasischen Zügen. Aber wie hatte sie den Jungen versteckt? Wie hatte sie ihre Schwangerschaft verheimlicht?

»Nein ... Das glaube ich dir nicht.«

Sie trat an seine Seite, legte eine Hand auf den Rand der Wiege. Ihr Brust hob und senkte sich heftig, und sie hatte einen Ausdruck seltsamer Erwartung im Gesicht. Schließlich beugte sie sich vor, hob das Kind aus der Wiege und wog es im Arm.

»Es ist die Wahrheit«, sagte sie und hielt ihm das Kind hin. »Es ist Ihr Sohn, Hans. Als ich wußte, daß ich schwanger war, habe ich den Fötus entfernen und in einer künstlichen Gebärmutter großziehen lassen. Nach seiner Geburt habe ich ihn in einem Kinderheim untergebracht. Da besuche ich ihn oft. Und manchmal nehme ich ihn mit hierher. So wie heute.«

»Heimlich«, murmelte er in einem Ton, als seien seine Worte tausend *li* von seinen Gedanken entfernt.

»Ja ...«, sagte sie und senkte den Kopf, bereit für eine Bestrafung. Aber noch immer hielt sie ihm das Kind hin, als sollte er es nehmen und anerkennen.

»Nein«, erwiderte er nach einer Pause. »Nein, Goldherz. Du hast kein Kind. Begreifst du das nicht? Was du da hältst, existiert nicht. Es darf einfach nicht existieren. GenSyn ist ein kompliziertes Geschäft, und du hattest kein Recht, dich da einzumischen. Das da wäre ein Funktionsfehler. Ein rechtlicher Alptraum. Es würde – alles durcheinanderbringen. Verstehst du das nicht?«

Unter ihrem linken Auge zuckte ein Muskel, ansonsten gab es keine Anzeichen dafür, daß sie verstanden hatte, was er meinte.

»Schon gut«, sagte er. »Ich werde dich nicht für deine Dummheit bestrafen. Aber das ...« Er deutete mit einer vagen Handbewegung auf das schlafende Kind. »Das darf nicht sein. Ich werde es von jemandem abholen und vernichten lassen.«

Ihr entsetztes Wimmern überraschte ihn. Er sah die Tränen, die ihr in die Augen traten, und schüttelte den Kopf. Konnte sie das nicht verstehen? War sie denn wirklich so unvernünftig?

»Du hattest kein Recht dazu, Goldherz. Du gehörst mir. Du hast zu tun, was *ich* dir sage, nicht was du willst. Und das ... das ist lächerlich. Hast du wirklich geglaubt, daß du damit durchkommst? Hast du auch nur einen Augenblick daran geglaubt ...?«

Er lachte, doch hinter dem Lachen steckte Zorn. Nein. Es gab nichts zu lachen. Seine gute Laune war dahin. Er hatte sich auf die *Mu tsai* gefreut, aber jetzt war ihm schon der Gedanke ans Ficken zuwider. Verdammtes Miststück! Dieses verdammte dumme Mädchen und seine konfusen Spinnereien! Er hätte wissen müssen, daß etwas im Gange war. Er hätte es spüren können. Aber sie würde keine weitere Gelegenheit mehr dazu haben, dafür würde er sorgen. Diesmal würde er sich vergewissern, daß die Ärzte es richtig machten, daß der Eingriff irreversibel war.

Und das Kind? Er hatte es schon gesagt. Das Kind existierte nicht. Es durfte nicht existieren. Denn seine Existenz bedrohte GenSyn: die Möglichkeit eines langwierigen Erbstreits vor den Gerichtshöfen unterminierte die Fundamente des Konzerns.

Er sah noch einmal das Mädchen und das traurige Bündel an, das sie ihm entgegenstreckte, und schüttelte den Kopf. Dann wandte er sich ab und rief seine Diener.

* * *

Li Shai Tungs Gestalt füllte den kleinen Deckenmonitor aus, sein ernstes Gesicht, die weißen Trauerkleider, die sich um ihn bauschten, als er langsam die Treppe herunterschritt, um der Gedenktafel seine Opfergabe darzubringen. Unter dem Schirm war eine weitere kleinere Gedenktafel, deren polierte Oberfläche vom Licht des Monitors glitzerte, in die Wand eingelassen. Sie listete die Namen aller auf, die in diesem kleinen Abschnitt des Decks umgekommen waren.

Axel Haavikko kniete mit gesenktem Kopf vor der Tafel nieder und ließ die Schultern hängen. Sein Gesicht war hager, seine Augen rot vom Weinen. Er hatte seit Bekanntwerden der Nachricht nicht mehr geschlafen.

Er hatte geglaubt, wieder am Leben zu sein, wiedergeboren nach Jahren der Selbstzerstörung – in sinnloser, müßiger Ausschweifung hingegangener Jahre –, seit jenem Moment vor zwölf Jahren in Tolonens Büro, als Hans Ebert ihn verraten hatte; all das hatte endlich hinter ihm gelegen, seine Leben war durch die Freundschaft mit Karr und Chen wieder ausgeglichen, hatte einen Sinn durch ihre gemeinsame Entschlossenheit, Ebert bloßzustellen – ihn als den hohlen, verlogenen Dreckskerl dastehen zu lassen, der er war. Aber all das war jetzt nichts wert. Das neu in ihm entfachte Feuer war erloschen. Seine Schwester war tot. Vesa, seine geliebte Vesa, war tot. Und nichts – *nichts* – konnte diesen Verlust ausgleichen.

Er holte zittrig Luft, dann blickte er wieder nach oben und sah das Spiegelbild des T'ang in der Tafel, in die Vesas Name eingraviert war. Vesa Haavikko. Mehr blieb von ihr nicht. Dies und die ruhelosen Geister der Erinnerung.

An jenem Morgen war er mir ihr spazieren gegangen, hatte sie im Arm gehalten und mit ihr gelacht. Sie waren früh aufgestanden und nach unten gefahren, um die alten Männer und ihre Vögel auf der baumgesäumten Hauptstraße im untersten Geschoß des Bremer Stocks zu besuchen. Sie hatten in einem Café gesessen und über ihre Pläne für die Zukunft gesprochen. Und schließlich hatte er sie auf die Wange geküßt und sie zum Dienst gehen lassen, ohne für einen Moment damit zu rechnen, daß er sie nie wiedersehen würde.

Er stöhnte leise und preßte vor Schmerz die Hände auf die Oberschenkel. Warum sie? Sie hatte nichts getan. Wenn überhaupt jemand, dann hatte *er* eine Bestrafung verdient. Warum also sie?

Er schluckte und schüttelte den Kopf, aber er konnte die Wahrheit nicht verleugnen. Sie war tot. Seine geliebte Vesa war tot. Seine Seelenverwandte und sein Gewissen, der bessere Teil seiner selbst lebte nicht mehr.

Eine Träne rann ihm die Wange hinunter.

Er fuhr zusammen und schlug die Hände vors Gesicht. Sein Kiefer schmerzte, weil er die Zähne so fest aufeinandergebissen hatte beim Versuch, die Bilder abzuwehren, die ihm in den Sinn kamen – diese schrecklichen Vorstellungen von ihren letzten Augenblicken, die an ihm zerrten, ihn gebrochen hatten, so daß er sich nur noch wünschen konnte, allem ein Ende zu machen.

Ein Ende ... Ja, er würde wirklich mit allem Schluß machen. Aber vorher hatte er noch eine Rechnung zu begleichen, eine letzte Pflicht zu erfüllen.

Er holte tief Luft, sammelte die Energie, um aufzustehen, und erstarrte, als er hinter sich ein Geräusch hörte: ein leises Schluchzen. Er wandte sich halb um und sah unmittelbar rechts hinter sich eine junge Frau knien, eine *Hung Mao* in Trauerkleidern. Die winzige Hand eines Kindes, das neben ihr stand, ein dreijähriger Han mit verwirrtem Gesicht, umklammerte ihre.

Er senkte den Blick und schluckte. Der Anblick des Jungen, der die Hand seiner Mutter hielt, warf ihn um viele Jahre zurück; brachte die Erinnerung an sich selbst zurück, wie er vor der Gedenktafel seiner Mutter stand, wie Vesas Hand seine umschloß und ihr Gesicht verständnislos zu ihm emporblickte. Sie war zwei gewesen, er fünf. Und doch hatte er sich damals schon so alt gefühlt; tapfer genug, wie man erzählte, um nicht zu weinen.

Nein, er hatte nie um seine Mutter geweint. Aber jetzt würde er weinen. Um seine Mutter, seine Schwester und alles andere. Um den Tod alles Guten und Anständigen in der Welt.

* * *

Li Yuan stand mit verschränkten Armen und abweisender Miene in der Stalltür, als sie zurückkehrte. Er half ihr kühl schweigend, übervorsichtig und übertrieben höflich aus dem Sattel.

Sie starrte ihn an, amüsiert über diesen seltenen Ausdruck von Zorn, und versuchte ihn vergeblich auf sich aufmerksam zu machen, aber er wollte ihr nicht in die Augen sehen.

»Siehst du«, sagte sie und preßte sich eine Hand ins Kreuz, um den Schmerz an dieser Stelle zu lindern. »Hat doch nicht geschadet.«

Sie lächelte und wollte ihn mit einem Kuß begrüßen.

Er wich ruckartig zurück und starrte sie finster an, dann zog er sie an der Hand grob in die dunkle Wärme des Stalls. Sie folgte widerwillig, war jetzt verärgert über ihn, fand ihn kindisch.

Drinnen machte er das Pferd in seiner Box fest, drückte sie auf einen Schemel nieder und baute sich, die Hände in die Hüften gestemmt, vor ihr auf.

»Was, in Teufels Namen, hast du dir nur dabei gedacht?«

Sie sah weg. »Ich war ausreiten, das ist alles.«

»Ausreiten …«, murmelte er, dann hob er die Stimme. »Ich habe gesagt, du sollst nicht reiten!«

Sie blickte auf, und ihr Widerwille regte sich. »Ich bin kein Kind mehr, Li Yuan. Ich kann selbst entscheiden, was das beste für mich ist!«

Er lachte verächtlich, wandte sich ab und ging drei Schritte. »*Du* kannst selbst entscheiden?« Er blieb stehen, sah sie direkt an und hatte einen Ausdruck offener Geringschätzung im Gesicht. »*Du* …« Er schüttelte den

Kopf. »Du bist im siebten Monat schwanger und meinst, Reiten sei das beste für dich?«

»Es hat mir nicht geschadet«, wiederholte sie und warf den Kopf zurück. Sie würde sich nicht von ihm bevormunden lassen! In zehntausend Jahren nicht! Sie wandte das Gesicht ab und zitterte vor Wut.

Er trat vor sie hin, sah auf sie hinab und war für einen Moment ein Ebenbild seines Vaters, während er mit gedämpfter, doch bedrohlicher Stimme sprach. »Du sagst, du bist kein Kind mehr, Fei Yen, aber du handelst wie eins. Wie konntest du nur so dumm sein?«

Ihre Augen flackerten. Wie kam er dazu, sie dumm zu nennen? Dieser ... dieser ... *Junge!* Er ging zu weit. Sie sprang auf und drängte sich an ihm vorbei. »Ich reite, wann ich will! Daran wirst *du* mich nicht hindern!«

»Oh, tatsächlich?« Er lachte, aber sein Mund war schrecklich verzerrt, und in seinen Augen flammte eine plötzliche Entschlossenheit. »Paß auf! Ich zeige dir wie ...«

Plötzlich hatte sie Angst. Sie sah ihn über die strohbestreuten Fliesen stapfen und spürte eine kalte Faust in ihrer Magengrube. Das würde er nicht wagen ... Aber dann traf es sie wie ein Schlag, und sie schrie auf, als sie begriff, was er vorhatte. Sie brüllte ihm etwas nach, lief ihm hinterher, und ihre Übelkeit mischte sich mit Furcht und Wut.

Am anderen Ende des Stalls fuhr er so abrupt herum, daß sie fast mit ihm zusammenstieß. Er packte ihren Oberarm so fest, daß seine Finger sich in ihr Fleisch gruben. Sie zuckte zusammen vor Schmerz.

»Du bleibst hier stehen und siehst zu. Du sollst mit ansehen, welchen Preis du für deine Dummheit zahlen wirst!«

Seine Worte klangen so erregt, so gehässig, daß ihr schwindelig wurde, sie schwankte, von seiner plötzlichen Verwandlung bis zur Handlungsunfähigkeit betäubt. Sie sah zu, wie er das elektrische Gewehr aus der Halterung zog, die Ladung überprüfte und dann die Reihe der Pferde entlangging.

Am Ende des Stalls blieb er stehen, wandte sich auf einen kurzen Blick zu ihr um und betrat die Box, wo er die Flanke des dunklen Pferdes und seinen langen Schädel streichelte, bevor er ihm das stummelartige Gewehr an die Schläfe setzte,

»Leb wohl«, flüsterte er, dann zog er den Abzug durch.

Das Pferd schnaubte einmal laut, dann brach es tot zusammen. Fei Yen sah, wie Li Yuan erbebte, dann zurücktrat und sein Werk betrachtete, wobei seine Gesichtsmuskeln heftig zitterten.

Entsetzt sah sie ihn von Box zu Box gehen, und ihr Schrecken wuchs mit jeder Minute.

Fünf Pferde lagen tot auf dem Stroh. Nur der letzte von ihnen blieb übrig, das Pferd in der dritten Box, der schwarze Araber, der einst Han gehört hatte. Sie stand mit geballten Fäusten vor der Box und sah hinein. Ihre Lippen formten tonlos seinen geheimen Namen, und eine kühle Taubheit erfaßte sie, bevor sie sich Li Yuan zuwandte.

Li Yuan atmete heftig. Er stand im Eingang der Box, schien für einen Moment die Frau an seiner Seite nicht zu bemerken und betrachtete das schöne Tier, das so stolz vor ihm stand, den Kopf gedreht hatte und ihn aus dunkeln Augen ansah. Sein Zorn verebbte und ließ nur einen bitteren Rest übrig: eine Krankheit, die ihm bis ins Mark ging. Er schüttelte den Kopf und wollte weinen nach all dem Schmerz und Zorn, den er ihretwegen empfunden hatte. Er wandte sich ihr zu und bemerkte, wie krank ihre Schönheit plötzlich wirkte. Wie eine Maske, die ihre Selbstsucht verbarg.

Er biß sich auf die Lippe, rang mit seinen Empfindungen, versuchte sie zu beherrschen. Er schmeckte Blut im Mund.

Er stand noch einige Sekunden lang zitternd da und hielt die Waffe auf sie gerichtet. Dann warf er sie weg.

Er stand noch eine ganze Weile mit leeren Händen da und starrte auf die rote Erde, das goldene Stroh, das sie bedeckte, und spürte eine völlige Leere in seinem Innersten. Als er wieder aufblickte, war Fei Yen fort. Der Himmel hinter der Stalltür strahlte blau. Die nebelverhüllten Berge in der Ferne zeigten grüne, graue und weiße Tupfer.

Er ging hinaus und genoß die Schönheit des Tages, ließ die Taubheit aus seinem Körper in den Erdboden sickern. Dann drehte er sich um und ging wieder hinein, um die Waffe aufzuheben.

Das Kind war das einzige, was jetzt zählte; nichts sonst war wichtig. Die Sieben mußten wieder stark werden.

»Es tut mir leid, Han«, flüsterte er sanft und legte sein Gesicht an den Hals des Pferdes. »Die Götter wissen, daß ich das nicht gern tue.« Dann trat er mit tränenverschleiertem Blick zurück, setzte das Gewehr an die Schläfe des Pferdes und zog den Abzug durch.

KAPITEL · 3

Der Weg der Täuschung

Fei Yen zog in ihr Vaterhaus zurück. Eine Woche lang tat Li Yuan nichts und hoffte, sie würde freiwillig zurückkehren, doch als es kein Anzeichen für ihre Rückkehr gab, nahm er sich von seinen Pflichten frei und besuchte sie.

Die Abwehranlagen des Hauses Yin erfaßten ihn aus zwanzig *li* Entfernung und überprüften seine Codes mehrfach, bevor sie ihm eine Landeerlaubnis erteilten. Er landete seinen Privatkopter auf dem Militärkomplex hinter dem Grundstück, in einem schattigen Hangar, in dem sich die scharfen, süßen Düfte von Ananas und Zitronen mit dem Geruch von Maschinenöl mischten.

Sung und Chan, zwei von Yin Tsus drei Söhnen, warteten dort, um ihn mit einer tiefen Verbeugung zu begrüßen und dann ein respektvolles Schweigen zu bewahren.

Der Palast stand auf einer Insel inmitten eines Sees; ein eleganter, zweistöckiger Bau im Ming-Stil [4] mit einem roten, leicht abschüssigen, durch Kragsteine gestützten Dach und breiten, paneelierten Fenstern, die an alte Zeiten erinnerten. Li Yuan lächelte bei dem Anblick, doch seine gegenwärtige Traurigkeit trübte die Erinnerungen an die Vergangenheit.

Die beiden Söhne ruderten ihn über den See und achteten darauf, ihn nicht mit ihren Aufmerksamkeiten in Verlegenheit zu bringen. Feis Vater Yin Tsu wartete auf dem Landesteg vor dem Palast unter einer uralten

Weide, deren Schatten das sonnenbeschienene Wasser sprenkelte.

Er machte eine tiefe Verbeugung, als Li Yuan aus dem Boot stieg.

»Seid willkommen, Li Yuan. Welchem Umstand verdanke ich diese Ehre?«

Yin Tsu war ein gepflegter, kleiner Mann. Sein aschweißes Haar war rings um den Hals in fast abendländischem Stil kurzgeschoren und glatt aus der hohen Stirn gekämmt. Er nahm eine steife Haltung ein, obwohl er trotz seines weißen Haars und seiner vierundsiebzig Jahre ein munterer Mann war, der gern lächelte und lachte. Doch jetzt wirkten seine zarten, zerbrechlichen Gesichtszüge mürrisch, das Netz aus Falten um die Augen- und Mundwinkel war viel tiefer als vorher.

Li Yuan nahm seine Hände. Kleine Hände wie die einer Frau mit glatter, fast seidiger Haut und langen Fingernägeln.

»Ich möchte meine Frau sehen, verehrter Schwiegervater. Ich muß mit ihr reden.«

Eine schwache Brise wehte vom Wasser her. Herabgefallene Blätter strichen um ihre Füße und wurden langsam weitergetragen.

Yin Tsu nickte. Li Yuan erkannte in seinen Zügen das feingeschnittene Gesicht seiner Frau wieder. Es hatte etwas Zerbrechliches an sich; eine Qualität, die mehr etwas von einer Skulptur als von einem genetischen Zufall hatte.

»Folgt mir. Ich werde sie holen.«

Li Yuan verbeugte sich und folgte dem Alten. Im Innern war es kühl. Diener brachten *Ch'a* und süßsaure Fleischbällchen, während Yin Tsu seine Tochter aufsuchte. Li Yuan setzte sich, wartete und wiederholte in Gedanken, was er sagen würde.

Nach einer Weile kehrte Yin Tsu zurück und nahm ihm gegenüber Platz.

»Fei Yen wird gleich kommen. Sie möchte sich noch etwas frischmachen, Ihr versteht?«

»Natürlich. Ich hätte Sie vorher verständigt, Yin Tsu, aber ich wußte nicht, wann ich kommen konnte.«

Der alte Mann hob das Kinn und betrachtete über seine winzige Nase hinweg seinen Schwiegersohn. In den Tiefen seiner Augen lagen unausgesprochene Worte. Schließlich nickte er, und sein Gesicht löste sich in einen traurigen, resignierten Ausdruck.

»Redet mit ihr, Yuan. Aber bitte redet nur. Dies ist immer noch mein Haus. Einverstanden?«

Li Yuan senkte den Kopf. Yin Tsu war einer der ältesten Freunde seines Vaters. Ihn zu beleidigen käme einer Beleidigung seines Vaters gleich.

»Wenn sie nicht zuhören will, dann ist es vorbei, Yin Tsu. Aber ich muß es versuchen. Es ist meine Pflicht als Ehemann, es zu versuchen.«

Seine Worte wie sein Verhalten wirkten gestelzt und unbeholfen. Sie verbargen seine momentanen Empfindungen, was dieser Besuch ihm bedeutete.

Yin Tsu trat ans Fenster und starrte über den See hinaus. Auch für ihn war es schwierig. Eine gewisse Anspannung in all seinen Bewegungen verriet, wie sehr ihn dieser Streit mitnahm. Aber das überraschte Li Yuan kaum. Yin Tsu hatte schon einmal seine Hoffnungen begraben müssen, als Han ermordet worden war.

Li Yuan nippte an seinem *Ch'a* und stellte die Tasse wieder hin. Er versuchte zu lächeln, doch seine Wangenmuskeln spannten die Lippen zu sehr. Von Zeit zu Zeit verursachte ein Nerv unter seinem Auge ein leichtes Zucken. Er hatte seit der Trennung von Fei Yen nicht gut geschlafen.

»Wie geht es ihr?« fragte er und wandte sich Yin Tsu zu.

»Gesundheitlich gut. Das Kind wächst täglich.« Der Alte warf ihm einen Blick zu, dann schaute er wieder auf den See hinaus. Die kleinen Hände hatte er über dem Bauch gefaltet.

»Das ist gut.«

Am anderen Ende des Zimmers, unter einem lackierten Schirm, stand auf einem langen, schlanken Pfeiler ein Käfig. In dem Käfig saß eine Nachtigall. Im Moment hockte sie still auf ihrer Sitzstange, aber sie hatte auch einmal für ihn gesungen – an dem Tag, als er Yin Tsu mit seinem Vater hier besucht und um die Hand seiner Tochter angehalten hatte.

Er saß da und fühlte sich schwer wie Blei. Sie hatte ihn an dem Abend nach dem Streit verlassen, war ohne ein Wort gegangen, ohne etwas mitzunehmen, und er hatte genügend Zeit gehabt, über sein Handeln nachzudenken.

»Und wie geht es Li Shai Tung?«

Li Yuan blickte verwirrt auf. »Bitte, verehrter Vater?«

»Euer Vater. Wie geht es ihm?«

»Ach so.« Er holte tief Luft und sammelte sich. »Es geht ihm wieder gut, danke. Ein bißchen schwach, aber ...«

»Niemand von uns wird jünger.« Der Alte schüttelte den Kopf, kam wieder ins Zimmer und setzte sich, ein schwaches Lächeln auf den Lippen. »Aber das würden wir auch nicht wollen, selbst wenn wir könnten, nicht wahr, Yuan?«

Yin Tsus Anmerkung war alles andere als harmlos. Er bezog sich auf das neue Verfahren zur Lebensverlängerung. Angeblich hatten schon mehr als tausend Obere die Operation hinter sich und nahmen die Droge regelmäßig ein. Und das ohne konkrete Anhaltspunkte für die Wirksamkeit der Behandlung – ohne zu wissen, ob sie irgendwelche nachweisbaren Nebenwirkungen haben würde. Solche Männer mußten verzweifelt sein. Sie griffen jede Hoffnung auf ein verlängertes Leben auf.

»Dabei kann nur Schlechtes herauskommen, Yuan.

Da bin ich mir sicher.« Er beugte sich vor und lugte in den *Ch'a*-Kessel, dann rief er den Diener herbei. Während der Diener loslief, um ihn nachzufüllen, überlegte Li Yuan, worauf sein Schwiegervater hinauswollte. Es war ihm klar, daß er nicht bloß Konversation betrieb. Yin Tsu redete mit ihm nicht wie mit einem Sohn, sondern mit einem zukünftigen Kollegen. Auf diese Weise sagte er ihm, daß sie, was immer auch geschah, Freunde und Verbündete bleiben würden. Die Interessen der Familien – Über- wie Untergeordneten – verdrängten alles andere. Und so sollte es sein.

Als der Diener fort war, beugte sich Yin Tsu vor und flüsterte, als habe er Angst, belauscht zu werden.

»Wenn es Euch hilft, Li Yuan, Ihr habt mein Mitgefühl. Sie hat überstürzt gehandelt. Aber ich warne Euch, sie ist eine dickköpfige junge Frau. Dagegen kommt Ihr nicht ohne weiteres an.«

Li Yuan seufzte und trank einen Schluck. Er hatte recht. Aber er hatte widersprüchliche Dinge von ihr erwartet: daß sie so blieb, wie sie war, und so wurde, wie er sie haben wollte; wie ein eingesperrtes Feuer. Er sah Yin Tsu ins Gesicht und bemerkte seine Sorge, sein tiefes Mitgefühl. Und doch würde dieser alte Mann seine Tochter unterstützen. Er hatte ihr Schutz geboten, ihr Zuflucht vor ihrem Ehemann gewährt. Er konnte Mitgefühl zeigen, aber nicht helfen.

Er hörte Geräusche, und am anderen Ende des langen Zimmers rührte sich etwas. Li Yuan blickte auf und sah sie in der Tür stehen. Er stand auf, als Yin Tsu einen Blick über seine Schulter warf.

»Fei Yen ... Komm rein. Li Yuan möchte dich sehen.«

Li Yuan trat vor, um sie zu begrüßen, aber sie ging an ihm vorbei, als sei er nicht zugegen. Er sah gekränkt zu, wie sie ihren Vater umarmte.

Sie wirkte blasser, als er sie in Erinnerung hatte, aber im siebten Monat der Schwangerschaft war ihre zarte Figur jetzt wohlgerundet. Er wollte ihren prallen Bauch berühren, die Bewegungen des wachsenden Kindes spüren. Trotz ihrer Kühle empfand er immer noch dasselbe für sie. All die Gefühle überschwemmten ihn mit neuer Kraft: all die Zärtlichkeit und der Schmerz; all seine unergründliche Liebe für sie.

»Fei Yen…«, begann er, brachte aber kein weiteres Wort heraus. Was *konnte* er sagen? Wie konnte er sie zur Rückkehr bewegen? Er sah Yin Tsu flehentlich an. Der alte Mann bemerkte es, nickte andeutungsweise und trat von seiner Tochter zurück.

»Verzeih mir, Fei, aber ich muß jetzt gehen. Ich habe dringende Geschäfte zu erledigen.«

»Vater…«, rief sie und wollte ihn berühren, aber er schüttelte den Kopf.

»Dies geht nur euch zwei an, Fei. Ihr müßt die Sache hier und jetzt klären. Diese Unentschiedenheit ist ungesund.«

Sie senkte den Kopf und nahm Platz.

»Kommt…« Yin Tsu nickte ihm zu. Er zögerte, als er sah, wie sie dasaß, mit hängendem Kopf und abweisendem Gesicht, dann trat er heran und setzte sich ihr gegenüber hin. Yin Tsu blieb noch einen Moment lang stehen und sah zwischen ihnen beiden hin und her, dann verließ er ohne ein weiteres Wort das Zimmer.

Eine Zeitlang sprachen sie weder noch sahen sie einander an. Es war, als sei ein undurchdringlicher Schirm zwischen ihnen aufgespannt. Dann ergriff sie plötzlich das Wort.

»Mein Vater redet, als gäbe es etwas zu entscheiden. Aber ich habe meine Entscheidung getroffen, indem ich fortgegangen bin.« Sie blickte zu ihm auf, die Unterlippe seltsam gekräuselt, fast zusammengequetscht. Es verlieh ihrem Mund einen bitteren Ausdruck. Ihre Augen waren kalt und trotzig. Und doch schön. »Ich werde nicht zurückkommen, Li Yuan. Niemals.«

Sie begegnete ihm mit Verachtung und Geringschätzung, Zorn und Bitterkeit, doch er konnte nicht anders, als sie zu lieben. Sie hatte alles, was er sich je von einer Frau gewünscht hatte. Mehr würde ihm nie eine andere Frau geben können.

Er senkte den Blick, starrte auf seine perfekt manikürten Nägel, als hielten sie einen Anhaltspunkt für ihn bereit.

»Ich bin gekommen, um dir zu sagen, daß es mir leid tut. Daß ich einen Fehler gemacht habe.«

Als er wieder aufblickte, bemerkte er, daß sie das Gesicht abgewandt hatte. Aber ihr Körper war zusammengekrümmt und angespannt, ihr Hals so steif, daß die Muskelstränge hervortraten. Sie schien jeden einzelnen Atemzug zu erwägen und preßte ihre Hände auf die Brüste, als wollte sie ihre Gefühle festhalten.

»Es war falsch, Fei. Ich ... ich habe überreagiert.«

»Du hast sie *umgebracht!*« Sie spuckte die Worte förmlich aus.

Und du hast um ein Haar mein Kind getötet ... Aber er verbiß sich die Entgegnung, die ihm in den Sinn kam, und zwang sich zur Ruhe. »Ich weiß ...«

Wieder trat für eine Weile Stille ein, noch länger und unangenehmer als die erste. Auch diesmal war es Fei Yen, die sie brach. Sie stand auf und wollte gehen.

Er fuhr hoch und hielt sie am Arm fest. Sie sah auf die Stelle, wo seine Hand ihren Arm umklammerte, dann in sein Gesicht. Es war ein schroffer, schonungsloser Blick; ein Blick tiefempfundener Abneigung. Sie hatte Trotz in den Augen, machte aber keine Anstalten, ihren Arm wegzuziehen.

»Wir haben die Sache noch nicht geklärt, Fei.«

»Geklärt ...« Sie legte soviel Verachtung in dieses Wort, wie sie nur konnte. »Ich werde dir sagen, wie du diese Sache *klären* kannst, Li Yuan.« Sie drehte sich um, starrte ihn finster an, und ihr runder Bauch drückte sich hart gegen ihn. »Du könntest mir *das* hier aus dem Bauch holen und sicher verwahren, bis es soweit ist! *Das* könntest du tun!« Sie sprach es hart und gefühllos

aus. Sie lachte bitter, grinste ihn höhnisch an. »Dann könntest du dein Gewehr nehmen und …«

Er schlug die Hand vor den Mund.

Sie trat zurück und befreite sich aus seinem Griff. Dann blickte sie ihn an, rieb ihren Arm an der Stelle, wo er sie festgehalten hatte, starrte ihn die ganze Zeit an, ohne eine Spur von Wärme in den Augen.

»Du hast mich nie geliebt«, sagte sie. »Nie. Das weiß ich jetzt. Es war bloß Eifersucht. Eifersucht auf deinen Bruder. Du wolltest alles, was er gehabt hat. Habe ich nicht recht?« Sie nickte mit einem Ausdruck des Triumphes, ein häßliches Lächeln des Begreifens auf den Lippen.

Es war grausam. Grausam und unwahr. Er hatte seinen Bruder von Herzen geliebt. Und sie auch. Er liebte sie sogar jetzt noch, trotz allem, was sie da sagte. Mehr als alles auf der Welt.

Aber er konnte es nicht aussprechen. Sein Gesicht war zu einer Maske erstarrt. Seine Mund war trocken, seine Zunge gelähmt von ihrem Zorn, ihrer Bitterkeit und ihrer Verachtung.

Er sah sie noch einen Moment lang an und wußte, daß es nun zu Ende war; daß alles, was er sich je gewünscht hatte, nun in Trümmern lag. Er hatte es an jenem Tag in den Ställen getötet. Er wandte sich ab und ging zur Tür, entschlossen zu gehen, nicht zurückzublicken, aber sie rief ihm etwas nach.

»Eines solltest du wissen, bevor du gehst.«

Er sah zurück. »Und was?«

»Das Kind.« Sie lächelte; eine häßliches Bewegung ihres Mundes, die unvollkommene Nachahmung eines Lächelns. »Es ist nicht von dir.« Sie schüttelte den Kopf und lächelte noch immer. »Hast du gehört, Li Yuan? Ich sagte, *das Kind ist nicht von dir.*«

Im Käfig am anderen Ende des Zimmers fing der Vogel an zu singen. Seine süßen Töne erfüllten die Stille.

Er wandte sich ab, setzte einen Fuß vor den anderen, bis er fort war, hielt sein Gesicht ausdruckslos, seine Gedanken in Zaum. Aber als er ging, glaubte er ihre Stimme zu hören, diesmal fast freundlich. *Eines solltest du wissen*, sagte sie und lachte. *Eines ...*

* * *

»Ist es die?« fragte DeVore und untersuchte sorgfältig die Pferdestatue, um herauszufinden, ob sie irgendwelche äußeren Unterschiede zeigte.

Der Mann warf ihm einen Blick zu und lächelte. »Natürlich. Was haben Sie erwartet? Etwas in einer alten Bleiflasche mit einem Totenschädel und gekreuzten Knochen? Nein, das ist schon das richtige. Dagegen ist Arsenik wie Honigtau, aber es ist so schwer nachzuweisen wie geschmolzener Schnee.«

DeVore trat zurück und musterte den Mann nochmals. Er ähnelte nicht im geringsten dem Erscheinungsbild eines archetypischen Wissenschaftlers, weder was seine Kleidung, die Kleidung eines exzentrischen Han, noch was sein Benehmen anging, das an einen Drogenhändler von den unteren Ebenen erinnerte. Selbst seine Sprache – zerfahren und voller Bruchstücke geheimen Wissens – hatte einen Beigeschmack von verbotenen, alchimistischen Dingen. Doch er war gut. Sehr gut sogar, wenn er Ebert in dieser Hinsicht trauen konnte.

»Nun? Sind Sie zufrieden, oder möchte Sie, daß ich es noch einmal erkläre?«

DeVore lachte. »Nicht nötig. Ich weiß es in- und auswendig.«

Der Toxikologe lachte. »Das ist gut. Und Ihr Freund wird's auch merken, hm? Wer immer es ist.«

DeVore lächelte. *Und wenn du genau wüßtest, wer es ist, würdest du es mir verkaufen und dir gleich danach die Kehle durchschneiden.*

Er nickte. »Also, machen wir das Geschäft? Mein Freund sagte mir, Sie mögen Bargeld. Überbringercredits. Sagen wir fünfzigtausend?«

Er sah den Schimmer von Gier in den Augen des Mannes und lächelte innerlich.

»Ich dachte an hundert. Schließlich war es eine schwierige Arbeit. Dieses genetische Muster ... So etwas habe ich noch nie gesehen. Ich würde sagen, es war jemand Besonderes. Jemand aus gutem Hause. Der chemische Schlüssel, um diese Ketten zu sprengen, war schwer zu finden. Ich ... nun, sagen wir, ich mußte improvisieren. Ich mußte meine Fähigkeiten voll ausschöpfen. Ich würde sagen, das verdient eine Belohnung, meinen Sie nicht?«

DeVore zögerte und dachte die Sache mechanisch durch, dann senkte er den Kopf. »Wie Sie meinen. Aber wenn es nicht funktioniert ...«

»Oh, es funktioniert ganz sicher, mein Freund. Ich würde mein Leben darauf setzen. Der Mann ist schon so gut wie tot, wer immer es ist. Wie ich schon sagte, ist es für jeden anderen völlig harmlos, aber sobald *er* es in die Hände bekommt, werden die Bakterien aktiv. Der Rest ...« – er lachte – »... ist Geschichte.«

»Gut.« DeVore griff in seine Jackentasche und zog die zehn Überbringercredits heraus – die schlanken Chips, die fast in jeder Hinsicht mit denen identisch waren, die er vor einer Woche Mach ausgehändigt hatte. Nur in einem entscheidenden Punkt unterschieden sie sich von jenen: sie waren mit besonderen Bakterien behandelt worden – speziell entwickelten Bakterien, die auf die DNS des Toxikologen abgestimmt waren. Eine Art, die vor wenigen Tagen vom größten Rivalen dieses Mannes auf Grundlage von Hautspuren präpariert worden war, die DeVore bei seinem ersten Besuch hier gesammelt hatte.

DeVore sah die Chips in der Hand des Mannes verschwinden, bevor er sie in die Tasche steckte. Tot, dachte er, lächelte und nahm die Statue an sich, die der Mann für ihn behandelt hatte. Oder so gut wie, in ein paar Wochen.

Und er selbst? Nun, er war der letzte, der solche Risiken einging. Er hatte vorsichtshalber künstliche Haut über beide Hände gezogen, bevor er mit den Dingern hantierte. Nur für alle Fälle.

Denn man wußte nie. Schließlich blieb ein Giftmischer immer ein Giftmischer.

Er lächelte, drückte sich die antike Statue an die Brust und lachte; der andere Mann fiel in sein Lachen ein, als amüsiere er sich über den gleichen grausamen Scherz, den DeVore ausgeheckt hatte.

»Und es gibt kein Gegengift? Keine Möglichkeit, den Prozeß aufzuhalten, wenn er einmal angefangen hat?«

Der Mann schüttelte den Kopf und gab ein weiteres bellendes Lachen von sich. »Nicht die geringste Chance.«

* * *

Wo Chen saß, war es dunkel. Ihm gegenüber flackerte dann und wann ein Deckenpaneel, als drohte es, wieder hell zum Leben zu erwachen, doch es brachte nicht mehr als ein kurzes, sprunghaftes Glühen zustande. Chen nuckelte nun schon seit mehr als einer Stunde am selben Drink, während er darauf wartete, daß Haavikko eintraf, und sein Unbehagen wuchs mit jeder Minute, die verging. Mehr als zehn Jahre waren vergangen, seit er das letzte Mal im Steinernen Drachen gesessen hatte – Jahre, in denen er sich von Grund auf verändert hatte –, doch das Lokal blieb dasselbe.

Immer noch dasselbe Drecksloch, dachte er. Ein Lokal, aus dem man sich besser möglichst schnell davonmachte. So wie er es getan hatte.

Aber jetzt war er wieder da, wenn auch nur für kurze Zeit. Doch Haavikko konnte kaum davon gewußt haben. Oder doch?

Nein. Doch das Zusammentreffen verschaffte Chen eine Gänsehaut. Er sah sich unbehaglich um, als könnten der Geist von Kao Jyan oder die diesseitigere Gestalt des Bärtigen Lu sich aus der Dunkelheit und dem alles durchdringenden Mief materialisieren, um ihm nachzustellen.

»Na, wie wär's mit uns?«

Er warf einen Blick auf das dünne, junge Mädchen, das sich ihm genähert hatte, und schüttelte den Kopf, wobei er seinem Ekel und seiner Feindseligkeit deutlich Ausdruck gab.

»Oder soll ich dir lieber einen blasen? Gleich hier am Tisch?«

Er beugte sich ihr ein Stück entgegen. »Verschwinde, du Schlampe, sonst schlitz ich dir den Wanst auf.«

Sie machte eine obszöne Handbewegung und verschmolz wieder mit der Dunkelheit, aber sie war nicht die erste, die es bei ihm versucht hatte. Sie alle wollten irgend etwas verkaufen. Drogen oder Sex oder Schlimmeres. Für eine entsprechende Summe konnte man hier unten alles tun, was einem einfiel. In seinen Tagen hatten noch andere Zustände geherrscht. Jetzt unterschied sich das Netz nur wenig vom Lehm.

Er lehnte sich zurück. Selbst der Geruch in dem Lokal verursachte Brechreiz. Aber das war kaum überraschend: die Luftfilter konnten seit dreißig Jahren nicht mehr ausgewechselt worden sein. Die Luft wurde recycelt, gut, aber das bedeutete hier wenig. Er schluckte und unterdrückte die Galle, die ihm hochkam. Wie oft war jeder Luftzug, den er hier atmete, schon durch fremde Lungen gegangen? Wie viele faulige und zerfressene Münder hatten schon ihren letzten drogengeschwängerten Atemzug in dieses stinkende Gemisch gehaucht?

Zu viele, dachte er. Viel zuviele.

Er sah zum Eingang. Jemand stand in der Tür. Eine aufrechte, hochgeschossene Gestalt, die in diesem Milieu völlig fehl am Platze schien. Haavikko. Endlich war er da.

Er stand auf, ging ihm entgegen und umarmte seinen Freund, dann hielt er ihn auf eine Armlänge Abstand fest und blickte in sein Gesicht empor.

»Axel … wie geht's dir? Du hast uns schon lang nicht mehr besucht. Wang Ti und die Jungen … sie vermissen dich. Und ich … ich habe mir Sorgen gemacht. Ich habe gehört …« Er brach ab und schüttelte den Kopf, konnte nicht weiterreden.

Haavikko schaute zur Seite, dann sah er seinem Freund in die Augen. »Es tut mir leid, Chen, aber es war schwierig. An manchen Tagen hatte ich das Gefühl …« Er zuckte die Achseln, dann formten seine Lippen ein schwaches, trauriges Lächeln. »Nun … Ich habe bekommen, worum du gebeten hast. Ich mußte ein wenig schwindeln und ziemlich lügen, ganz zu schweigen von ein paar kleinen Einbrüchen, aber es ist schwer, ein ehrlicher Mann zu bleiben, wenn alle um dich herum Diebe und Lügner sind. Man muß vorgeben, ein wenig ihre Charakterzüge anzunehmen, um zu überleben, verstehst du?«

Chen starrte ihn an und war überrascht von der Härte in seiner Stimme. Der Tod seiner Schwester hatte ihn verändert. Chen tätschelte seine Schulter und drehte ihn dem Tisch zu.

»Komm. Setzen wir uns. Du kannst mir ja erzählen, was du erlebt hast, während ich die Akte durchsehe.«

Axel nahm Platz. »Erinnerst du dich an Mu Chuas Etablissement?«

Chen setzte sich ihm gegenüber. »Nein, ich glaube nicht.«

»Das Haus der Neunten Ekstase?«

Chen lachte. »Ach so … Gibt's das immer noch?«

Haavikko schaute auf seine Hände. »Ja, das gibt's noch. Und was soll ich dir sagen?Unser Freund Ebert besucht es noch regelmäßig. Es scheint, als sei er vor höchstens einer Woche das letzte Mal dagewesen.«

Chen blickte auf und runzelte die Stirn. »Ebert? Hier? Warum sollte er sich die Mühe machen?«

Haavikko sah ihn an, bitteren Groll in den Augen. »Er hatte offensichtlich eine Verabredung. Mit *Shih* Reynolds.«

»Woher weißt du das?«

»Mu Chua, die Madam, hat es mir erzählt. Es ist komisch... ich habe Ebert nicht einmal erwähnt. Sie schien einfach über ihn reden zu wollen. Sie hat mir von dem Mädchen erzählt, das sie an Ebert verkauft hat – ein vierzehnjähriges Mädchen namens Goldherz. Ich wundere mich selbst, daß ich mich noch daran erinnere. Es ist mehr als zehn Jahre her; das Mädchen könnte also schon tot sein, aber Mu Chua wollte unbedingt wissen, was aus ihr geworden ist, so als sei sie ihre eigene Tochter oder etwas in der Art. Jedenfalls erzählte sie mir von einem Traum, den dieses Mädchen einmal gehabt hat – über einen Tiger, der aus dem Westen kam und sich mit ihr vereinigte, und über eine blaßgraue Schlange, die starb. Es schien ein sehr intensiver Traum gewesen zu sein – etwas, das ihr nicht aus dem Kopf ging –, und sie wollte, daß ich herausfinde, was aus dem Mädchen geworden ist. Ich sagte, ich würde mich darum kümmern, und als Gegenleistung versprach sie mir, mich zu verständigen, wenn Ebert und seine Freunde wieder auftauchen. Das könnte von Nutzen sein, meinst du nicht?«

»Dieser Reynolds – wissen wir etwas darüber, wer er ist oder was er mit Ebert zu schaffen hatte?«

»Nichts, fürchte ich. Aber Mu Chua meint, er sei schon einmal dagewesen. Er käme ihr irgendwie bekannt vor.«

»Vielleicht ein *Ping Tiao?*«

»Möglicherweise...«

Chen sah auf die Akte, brachte sein Armband mit

einer Berührung zum Glimmen und beleuchtete damit die Seite unter seinen Fingern. Eine Weile saß er schweigend da und las, dann blickte er mit gerunzelter Stirn auf.

»Ist das alles?«

Haavikko sah ihn gedankenverloren an, dann nickte er. »Das ist alles. Nicht viel, wie?«

Chen überlegte kurz und grunzte. Hans Ebert hatte vermutlich auf eine Untersuchung über das Verschwinden seines Freundes Fest gedrängt, aber diese Untersuchung hatte tatsächlich nie stattgefunden. Keine Zeugen waren verhört, keinen Hinweisen nachgegangen worden. Es gab nicht mehr als diese dünne Akte.

»Und Fest? Gibt es eine Spur von ihm?«

Haavikko schüttelte den Kopf. »Er ist tot. Darauf deutet die Akte hin. Ebert und Auden waren's. Vielleicht weil wir sonst an Fest herangekommen wären oder aus anderen Gründen – ich habe später gehört, daß Fest für Eberts Geschmack ein wenig zu redselig geworden ist, schon bevor wir Kontakt mir ihm gesucht haben. Wie auch immer, jedenfalls sind sie's gewesen. Nach der Lektüre dieser Akte habe ich keinen Zweifel mehr daran.«

Chen nickte. »Und was jetzt?«

Haavikko lächelte gequält. »Das Mädchen, Goldherz. Ich werde herausfinden, was mit ihm geschehen ist.«

»Und dann?«

Haavikko zuckte die Achseln. »Ich weiß nicht genau. Warten wir's ab, wohin es führt.«

»Und Ebert?«

Haavikko sah weg, und die Anspannung in seinem Gesicht verriet die Tiefe seiner Empfindungen.

»Zuerst habe ich überlegt, ihn umzubringen, ihn im Offiziersclub zu stellen und eine Kugel durchs Hirn zu jagen. Das hätte sie aber auch nicht wieder lebendig gemacht. Außerdem möchte ich, daß jeder erfährt, was für ein Schwein er ist. Alle sollen ihn so sehen, wie ich ihn sehe.«

Chen schwieg einen Moment lang, dann streichelte er seinen Arm, als tröste er ein Kind. »Keine Sorge«, sagte er leise. »Wir werden ihn erwischen, Axel. Das schwöre ich.«

* * *

Klaus Ebert stand auf der Treppe seiner Villa und streckte dem Marschall die Hände entgegen. Jelka sah zu, wie er ihren Vater umarmte, dann zurücktrat und Tolonen eine Hand auf der Schulter liegen ließ. Sie sah, wie tief ihre Freundschaft ging; wie eng sie verbunden waren. Mehr Brüder als Freunde.

Ebert drehte sich um, hielt ihr die Hände hin, und seine Augen leuchteten bei ihrem Anblick.

Er drückte sie fest an sich. »Du bist wirklich schön, Jelka«, flüsterte er ihr ins Ohr. »Hans ist ein Glückspilz.« Aber sein Lächeln bereitete ihm ein schlechtes Gewissen. War es wirklich so schwer, dies für die beiden zu tun?

»Komm. Wir haben ein Fest vorbereitet«, sagte Ebert, legte einen Arm um ihre Schultern und führte sie in die große Halle mit der hohen Decke.

Mit einem Blick zurück sah sie ihren Vater lächeln. Ein grimmiges, beharrlich stolzes Lächeln.

Es ging alles gut, bis sie ihn sah. Bis sie durch den Saal blickte und ihm in die Augen sah. Dann war dieses Gefühl wieder da: eine tiefverwurzelte Angst vor ihm – etwas Intensiveres als Abneigung. Ehrfurcht vielleicht? Oder das Gefühl, das sie manchmal in ihren Träumen heimsuchte? Diese Angst, in Dunkelheit zu ertrinken. Die Angst, in Kälte und Dunkelheit zu ersticken.

Sie senkte den Blick, weil sie befürchtete, daß ihre Augen ihre Gefühle verrieten. Es war eine Geste, die für einen aufmerksamen Beobachter dem Archetyp weiblicher Bescheidenheit entsprach: die gehorsame

Braut, das Eigentum ihres Mannes, dessen Willen sie unterworfen war. Aber die Wirklichkeit sah anders aus.

Ihre Gedanken verwirrten sie. Sie hingen wie ein schwarzer Schleier vor ihrer Netzhaut und verdüsterten alles, was sie sah. Sie nahm mit gesenktem Kopf neben ihrer zukünftigen Schwiegermutter Platz, und ihr Schrecken nahm mit jeder Sekunde zu.

»Jelka?«

Die Stimme klang weich, fast zärtlich, aber es war Hans Ebert, der aufrecht und schrecklich stattlich vor ihr stand. Sie blickte über die versilberten Knöpfe seiner dunkelblauen Ausgehuniform in sein Gesicht empor. Und begegnete seinem Blick. Ein kalter, harter Blick, der sich wenig von dem unterschied, den sie in Erinnerung hatte, doch jetzt aufmerksamer schien, was sie anging. Aufmerksam für ihre Weiblichkeit. Überrascht von dem, was er sah.

Sie sah weg, erschrocken von dem, was *sie* sah – von dem plötzlichen Interesse dort, wo vorher nur Gleichgültigkeit gewesen war. *Wie ein Fluch,* dachte sie. *Der Fluch über meine Mutter, der auf mich übergegangen ist. Ihr Geschenk auf dem Sterbebett.* Aber ihr Mund sagte einfach ›Hans‹, erwiderte seine Begrüßung.

»Du siehst sehr hübsch aus«, sagte er mit klarer, volltönender Stimme.

Sie blickte auf, weil die Stärke seiner Stimme, die tiefe innere Überzeugung, die in ihr mitklang, sie überraschte. Ihre Schönheit hatte irgendwie die Hülle seiner Eigensucht durchbohrt. Er betrachtete sie in einer Haltung, die an Ehrfurcht grenzte. Er hatte ein Kind erwartet, keine Frau. Und schon gar nicht eine schöne Frau. Ja, er war überrascht von ihr, aber sein Blick drückte noch etwas anderes aus – etwas weit Animalischeres.

Sie war eine andere in seinen Augen. Sie hatte sich in etwas verwandelt, das er begehrte.

Seine Schwestern standen hinter ihm und waren

nicht mehr größer als er. Sie musterten sie neidisch. Über Nacht hatte sie die Mädchen überstrahlt, und dafür haßten sie sie. Sie haßten ihre Schönheit.

»Kommt! Trinken wir etwas zusammen!« rief Klaus Ebert und lächelte sie im Vorbeigehen an, indem er die verborgenen emotionalen Strömungen ignorierte, die den Raum erfüllten. Und die ganze Zeit wurde Jelka von seinem Sohn beobachtet. Ihrem zukünftigen Ehemann, dessen dunkle Augen schon von ihr Besitz ergriffen hatten.

Jelka betrachtete die palastartigen Ausdehnungen des Saals. Er maß hundert *ch'i* im Durchmesser, hatte eine hohe Decke und sechs Seiten, von denen jede von fünf hohen, rotgetünchten Säulen unterteilt wurde. Die Wände waren dunkel-, fast erdig grün verkleidet, und in die Mitte jeder Wand war eine mächtige Doppeltür eingelassen, die vom Boden zur Decke und von Säule zu Säule reichte. Vor diesen Türen kam Jelka sich wie geschrumpft vor. GenSyn-Riesen standen vor den Säulen zu beiden Seiten jeder Tür, Halbmenschen in dunkelgrünen Uniformen, die mit der beschlagnägelverzierten Türverkleidung verschmolzen.

Eine Peripherie schwarzglänzender, gläserner Fliesen umgab die zentrale sechseckige Fläche. Riesige, mit Klauenfüßen besetzte Sockel, die mannsgroße Vasen trugen, ruhten auf der schwarzen Politur: schwere Vasen mit wulstigem Rand und einer prunkvollen Verzierung aus roten, grünen und schwarzen Wirbeln. Langgezogene Tiere, die sich um die dicken Stile der Vasen schlängelten, fauchten einander mit gebleckten Fängen und glühenden Augen an. An den Wänden hingen riesige Ölbilder in breiten, vergoldeten Rahmen, so dunkel, als hingen sie ständig im Schatten: Visionen eines höllischen Urwaldes, in dem Jäger mit Äxten und Bögen einem verwundeten Rotwild nachsetzten. Auch hier zeigte sich das erdige Grün des Waldes, das Schwarz der Schatten, das Rot des Blutes; diese drei

Farben wiederholten sich auf jedem Bild und verschmolzen miteinander wie in einem Nebel.

Unter ihren Füßen lag ein üppiger, reich verzierter Teppich; die Decke war nachtschwarz gestrichen.

Eine Stimme flüsterte ihr ganz aus der Nähe etwas zu. Sie roch einen krankhaft süßlichen Geruch, und daneben einige schwerere, kräftigere Düfte. Sie wandte den Kopf und blickte in ein Paar starrer, rosiger Augen. Eine dreizehige Hand hielt ihr ein Glas hin. Die Stimme schnarrte wie aus tiefster Kehle. Jelka starrte das Geschöpf entgeistert an, dann nahm sie das Glas.

Das Wesen lächelte und goß die blutrote Flüssigkeit in das schlanke Kristallglas. Wieder sah sie die spitzenbesetzten Manschetten und den strahlend weißen Kragen. Doch jetzt bemerkte sie auch die rauhen hellroten Haare, die in seinem Nacken sprossen, die schweinsartig rosige Tönung seiner Haut, und vor Abscheu überlief sie eine Gänsehaut.

Sie stand auf, drängte sich an dem Geschöpf vorbei und verschüttete ihren Wein über seine Jacke. Er hinterließ einen hellroten Fleck auf dem eisweißen Samt seines Kragens.

Die Augen des Wesens flackerten kurz und verfolgten sie durch den Saal bis zu ihrem Vater. Dann schaute es auf seinen Ärmel und verzog die wulstigen Lippen, weil der Fleck die Perfektion dieser Veranstaltung störte.

* * *

Li Shai Tung saß an seinem Schreibtisch und hatte die Hände zu beiden Seiten der winzigen Porzellanfigur aufgestützt. Sein Gesicht war eine Maske aus Schmerz und bitterer Enttäuschung. Er hatte es nicht wahrhaben wollen, aber jetzt gab es keinen Zweifel mehr. Tsu Mas letzte Nachricht bestätigte es. Es war Wang Ta Chuan. Wang, sein vertrauter Meister des Inneren Palastes, mußte der Verräter sein.

Der alte T'ang erschauderte. Zuerst der junge Chung Hsin und jetzt Wang Ta Chuan. Gab es kein Ende für diese Verdorbenheit? Gab es denn *niemanden*, dem er vertrauen konnte?

Er hatte so gehandelt, wie Tsu Ma es während der letzten Ratssitzung vorgeschlagen hatte, den Spion in seinem eigenen Haushalt vermutet, und war zu dem Schluß gekommen, daß nur vier Personen in die Umstände eingeweiht gewesen waren, die Wang Sau-leyan gegen ihn verwendet hatte; vier seiner erfahrensten und vertrauenswürdigsten Männer: Chung Hu-yan, sein Kanzler; Nan Ho, Meister von Yuans Kammern; Li Feng Chuang, sein Bruder und Berater; und Wang Ta Chuan.

Zuerst hatte er es für undenkbar gehalten, daß ihn einer von ihnen verraten haben könnte. Aber er war Tsu Mas Rat gefolgt, hatte sich jeden einzeln vorgenommen und in jedem – scheinbar beiläufig und voller Zutrauen – ein eigenes Informationskörnchen gepflanzt.

Und dann hatte er abgewartet, was Tsu Mas Spione berichten würden und inständig gehofft, daß seine Befürchtungen sich als unbegründet herausstellen mochten. Aber heute morgen war herausgekommen, daß der falsche Same in Wang Sau-leyans Ohren Wurzeln geschlagen hatte.

Er stöhnte, beugte sich vor und betätigte die Ruftaste. Sofort erschien Chung Hu-yan mit gesenktem Kopf in der Tür.

»Chieh Hsia?«

Li Shai Tung lächelte. Der Anblick seines Kanzlers tröstete ihn.

»Bringen Sie Wang Ta Chuan zu mir, Hu-yan. Sie bringen ihn her, dann versperren Sie die Türen und lassen mich mit ihm allein.«

Li Shai Tung bemerkte den fragenden Ausdruck in den Augen seines Kanzlers. Chung Hu-yan diente ihm schon zu lang, um nicht ein Gefühl für seine Stimmungen zu haben. Dennoch sagte er nichts, verneigte sich bloß und führte den Befehl seines Herrn unverzüglich aus.

»Ein guter Mann…«, flüsterte er, lehnte sich zurück und schloß die Augen, um sich zu sammeln.

Wang Ta Chuan war ein Verräter. Daran gab es keinen Zweifel. Aber er mußte es aus seinem eigenen Munde hören. Wang mußte sich vor ihm verneigen und es gestehen.

Und was dann?

Er schlug mit der Faust auf den Tisch und brachte die kleine Statue zum Erzittern.

Der Mann würde sterben müssen. Doch seine Familie konnte leben. *Wenn* er gestand. *Wenn* er seine Taten freiwillig gestand. Andernfalls würden auch sie sterben müssen. Seine Frauen, seine Söhne und all seine hübschen Enkelkinder – alle bis in die dritte Generation, wie es das Gesetz verlangte. Und all das wegen *seiner* Torheit, *seiner* Verdorbenheit.

Warum? fragte er sich zum hundertsten Mal, seit er es erfahren hatte. Warum hatte Wang Ta Chuan ihn verraten? War es Neid? War es die Vergeltung für eine Kränkung, die ihm aus seiner Sicht einmal zugefügt worden war? Oder war es etwas Dunkleres, Schmutzigeres? Hatte dieser Mann irgendwie Macht über ihn? Oder war es einfach Habsucht?

Er schüttelte fassungslos den Kopf. Hatte Wang nicht alles, was er wollte? Gesellschaftlichen Rang, Reichtum, eine nette, gesunde Familie. Was brauchte ein Mann mehr?

Li Shai Tung zog die Statue zu sich und betrachtete sie genauer, während er diesen Gedanken nachhing, drehte sie in den Händen und bewunderte beiläufig die alte Handwerkskunst – die Schönheit der blaßblauen Glasur, die perfekte, lebensnahe Gestalt des Pferdes.

Seltsam, wie ihm dieses Stück wieder in die Hände

gefallen war. Der junge Ebert hatte es bei der Razzia auf eine der *Ping Tiao*-Zellen beschlagnahmt und ihm an diesem Morgen gebracht. Es gehörte zu den drei aus den Tresoren des Zeughauses von Helmstadt gestohlenen Stücken, und seine Entdeckung in den Händen der *Ping Tiao* bestätigte die Vermutungen, die er immer gehegt hatte.

Aber jetzt waren die *Ping Tiao* zerschlagen, und das Pferd kehrte zu ihm zurück. Aus dieser Richtung würde es keinen Ärger mehr geben.

Jemand klopfte an die Außentüren. Er blickte auf und stellte die Statue zur Seite. »Herein!« sagte er herrisch und straffte sich.

Chung Hu-yan eskortierte den Meister der Inneren Kammer in den Raum, trat zurück und schloß hinter sich die Türen.

»*Chieh Hsia?*« Wang Ta Chuan machte eine tiefe Verbeugung, und seine Haltung war nicht weniger respektvoll, nicht weniger diensteifrig denn je.

»Treten Sie näher«, befahl Li Shai Tung. »Knien Sie vor dem Schreibtisch.«

Wang Ta Chuan hob, von der Anordnung überrascht, kurz den Kopf, dann gehorchte er.

»Habe ich Euer Mißfallen erregt, *Chieh Hsia?*«

Li Shai Tung zögerte, dann beschloß er, sofort zur Sache zu kommen; aber ehe er den Mund öffnen konnte, wurden die Türen zu seinem Arbeitszimmer aufgestoßen und Li Yuan stürmte herein.

»Yuan! Was hat das zu bedeuten?« rief er und fuhr hoch.

»Entschuldige, Vater, aber ich muß dich unbedingt sprechen. Es geht um Fei Yen... Sie...« Li Yuan zögerte, als er den Mann erblickte, der vor dem Schreibtisch kniete, trat an seine Seite und berührte ihn an der Schulter. »Würden Sie uns bitte allein lassen, Wang Ta Chuan? Ich muß mit meinem Vater reden.«

»Yuan!« Die Heftigkeit seiner Stimme überraschte

den Prinzen und den knienden Diener. »Schluß jetzt, Junge! Hast du vergessen, wo du bist?«

Li Yuan schluckte und verbeugte sich tief.

»Gut!« sagte Li Shai Tung wütend. »Jetzt halte den Mund und setz dich. Ich habe mit Meister Wang dringende Angelegenheiten zu besprechen, die keinen Aufschub dulden.«

Er trat hinter dem Schreibtisch hervor und baute sich vor Wang Ta Chuan auf. »Haben Sie mir etwas zu sagen, Wang Ta Chuan?«

»Chieh Hsia?« Der Tonfall der Überraschung und leichten Entrüstung gelang ihm perfekt, aber Li Shai Tung ließ sich nicht narren. Um ein Verräter zu sein – die perfekte Kopie eines loyalen Mannes –, mußte man solche Tricks beherrschen. Tricks mit der Stimme und den Gesten. Dies und ein Lächeln in allen Variationen.

»Wäre es Ihnen anders herum lieber, Meister Wang? Soll *ich* es Ihnen sagen?«

Er sah die Maske herunterrutschen, sah die plötzliche Berechnung in Wangs Gesicht und spürte, wie er innerlich kalt wurde. Es stimmte also.

Li Yuan war stehengeblieben. Er ging einen Schritt auf den T'ang zu. »Worum geht's hier, Vater?«

»Ruhig, Yuan!« Der Saum am Gewand des T'ang strich an Wangs Händen vorbei, als er Yuan entgegentrat.

»Vater!«

Der T'ang fuhr auf Yuans Warnung herum, aber er war zu langsam. Wang Ta Chuan hat den Saum des zeremoniellen *Pau* gepackt, die Seide um sein Handgelenk gewickelt, und griff mit der anderen Hand in sein Gewand, um ein Messer hervorzuziehen.

Li Shai Tung versuchte zurückzuweichen, doch Wang Ta Chuan zog heftig an dem Stoff und brachte ihn aus dem Gleichgewicht. In dem Moment, als der T'ang hinstürzte, war Li Yuan dazwischen, trat Wang das Messer aus den Händen und landete aus der Hüfte einen zweiten Tritt, der dem Diener das Nasenbein brach.

Li Shai Tung stolperte zurück und sah, wie sein Sohn über dem Mann kauerte.

»Nein, Yuan … *Nein!*«

Aber es hatte keinen Sinn. Li Yuan handelte wie besessen. Sein Atem zischte, als er auf den Gestürzten einschlug und –trat. Schließlich schien er wieder zur Besinnung zu kommen und ließ schwankend und mit verschleierten Augen von seinem Gegner ab.

»Bei allen Göttern …«, sagte Li Shai Tung, zog sich am Schreibtischrand hoch und schnappte nach Luft.

Li Yuan starrte ihn mit weit aufgerissenen Augen an. »Er hat versucht, dich umzubringen, Vater! Warum? Was hat er getan?«

Der alte T'ang schluckte trocken, sah weg und schüttelte den Kopf, versuchte seine Beherrschung wiederzufinden, den Schmerz zu unterdrücken, den er verspürte. Einen Moment lang konnte er nichts sagen; dann wandte er sich seinem Sohn zu.

»Er war ein Spion, Yuan. Ein Spion Wang Sau-leyans. Er hat an unseren *Vetter* Informationen weitergegeben.«

Er sprach das Wort *Vetter* mit einer Galligkeit und Bitternis aus, die sie beide überraschte.

Li Yuan starrte seinen Vater fassungslos an. »Ein Verräter?« Er warf einen Blick auf den Toten. »Einen Moment lang dachte ich, er sei eines dieser Dinger. Eine dieser Kopien vom Mars. Ich dachte …«

Er brach ab und schluckte, als ihm klar wurde, was er getan hatte.

Li Shai Tung sah seinen Sohn an, dann setzte er sich wieder hinter den Schreibtisch. Eine Zeitlang starrte er schweigend auf seine Hände, dann hob er wieder den Blick. »Ich muß dir danken, Yuan. Du hast mir eben das Leben gerettet. Trotzdem hättest du ihn nicht töten sollen. Jetzt werden wir nie die Gründe für seinen Treuebruch erfahren. Und ich kann auch meinen Vetter nicht mehr mit seinem Geständnis konfrontieren.«

»Verzeih mir, Vater. Ich war außer mir.«

»Nein … Ich kann das schon verstehen.« Er zögerte, dann betrachtete er seinen Sohn etwas nachdenklicher. »Sag mir eins. Als du eben hereingestürmt bist – was hast du da gewollt? Was war so wichtig, daß du dich derart vergessen konntest?«

Yuan schien zunächst nicht antworten zu können; schließlich schüttelte er den Kopf. »Verzeih mir, Vater, es war nicht so wichtig.«

Li Shai Tung musterte seinen Sohn, dann nickte er und streckte die Hand nach der Statue aus, als könne sie ihm Trost spenden.

* * *

Klaus Ebert und der Marschall standen einander gegenüber und hoben die Gläser.

»Auf unsere Enkelkinder!«

Ebert nickte befriedigt und beugte sich herab. »Ich muß sagen, Jelka ist hübscher denn je, Knut. Sie ist eine richtige Schönheit geworden. Sie erinnert Sie sicher an Jenny.«

»Sehr sogar …«

Tolonen sah zu Jelka hinüber. Sie saß neben Klaus' Frau Berta, die Hände im Schoß gefaltet, das blonde Haar ein reizvoller Kontrast zu ihrem wallenden, himmelblauen Kleid. Während er hinsah, trat Hans an ihre Seite, ein schöner, schneidig eleganter Mann. Sie paßten perfekt zusammen. Tolonen war fast zufrieden, als er sich wieder umdrehte, nur eine vage Unruhe nagte an ihm. Schließlich war sie noch jung. Es war ganz natürlich, daß sie Zweifel hatte.

»Hans wird ihr gut tun«, sagte er und sah seinem alten Freund in die Augen. »Sie braucht eine feste Hand.«

Klaus nickte und trat näher. »Wo wir schon davon

reden, Knut, mir ist da etwas zu Ohren gekommen. Beunruhigende Dinge.« Er senkte die Stimme, so daß nur der Marschall ihn hören konnte. »Ich habe gehört, daß einige von den jungen Spunden die alten Dummheiten machen. Und einige von ihnen stecken ziemlich tief drin. Und das sind mehr als Dummejungenstreiche.«

Tolonen starrte ihn an und nickte knapp. Er hatte ähnliches gehört. »Das stimmt, muß ich leider sagen. Die Zeiten haben unsere jungen Männer rastlos gemacht. Es sind reife Äpfel, die faul geworden sind.«

Eberts Gesicht verriet eine momentane Abscheu. »Ist das unsere Schuld, Knut? Waren wir als Väter zu streng?«

»Sie und ich?« Tolonen lachte leise. »Wir nicht, Klaus. Aber andere?« Er überlegte. »Nein, die Dinge sind von Grund auf verdorben. Li Shai Tung hat es selbst gesagt. Es ist, als könne die Menschheit nicht existieren, ohne sich selbst unentwegt die Kehle zuzudrücken. Der Frieden, das ist das Problem. Es scheint, als habe der Friede zulange bestanden.«

Das kam fast einem Sakrileg gleich. Klaus Ebert erstarrte, als er die Bitterkeit in der Stimme seines Freundes hörte. Die Dinge standen wirklich schlecht, wenn der Marschall solche Gedanken wälzte.

»Ach, ich habe zu lang gelebt!« fügte Tolonen hinzu, und der unvermittelt ironische Ton in seiner Stimme weckte Erinnerungen an ihre Jugend, so daß beide lächelten und einander an die Arme faßten.

»Alles wird gut ausgehen, Klaus, das verspreche ich dir. Wir werden die Dinge noch früh genug an der Wurzel packen. Und dann …« – er machte ein Handbewegung, als rupfe er ein Stück Unkraut aus –, »… dann sind wir fertig damit.«

Sie sahen sich grimmig an und tauschten einen verständnisvollen Blick. Sie kannten die Welt und wie es in ihr zuging. In diesen Tagen blieben einem nur wenige Illusionen.

Tolonen holte sich einen neuen Drink und bekam mit, wie Jelka hastig aufstand und den Inhalt ihres Glases über das Geschöpf verschüttete, das sie bediente. Er runzelte die Stirn, als sie zu ihm herüberkam.

»Was ist, mein Liebling? Du siehst aus, als hättest du ein Gespenst gesehen!«

Sie schüttelte den Kopf und brachte anfangs keinen Ton heraus. Ihre Wangen waren gerötet.

Klaus Ebert musterte sie besorgt. »Hat mein Geschöpf dich beleidigt, Jelka?« Er sah sie zärtlich an, dann warf er dem Wesen einen finsteren Blick zu.

»Nein…« Sie hielt sich am Arm ihres Vaters fest und war selbst überrascht, wie sie auf das Wesen reagierte. »Es ist nur…«

»Hat es dich erschreckt?« fragte ihr Vater sanft.

Sie lachte. »Ja, allerdings. Es… es hat mich überrascht, das ist alles. Ich bin nicht an diese Wesen gewöhnt.«

Ebert war erleichtert. »Es war mein Fehler, Jelka. ich hab's vergessen. Weißt du, es sind ganz sanfte, kultivierte Geschöpfe. Sie sind so gemacht.«

Jelka wurde neugierig. »Aber weshalb?« Das Ganze verwirrte sie. »Ich meine, weshalb sehen sie so aus? Wie Ziegen?«

Ebert zuckte die Achseln. »Ich nehme an, weil wir uns daran gewöhnt haben. Mein Urgroßvater hat sie als erster zu Dienern gemacht und sie waren seitdem immer Teil des Haushalts. Aber es sind wirklich ganz sanfte Geschöpfe. Sie benehmen sich tadellos. Und sie wissen genau, wie man sich anzieht.«

Sie dachte an die feine Seide an den Ärmeln der Geschöpfe und erschauderte, als sie sich an die Kindergeschichten über Tiere erinnerte, die sprechen konnten.

Das und der Moschusgeruch, der den Duft begleitete; die Dunkelheit tief in diesen blutig-rosigen Augen. Korrekt und tadellos, doch tief drin noch immer ein Tier. Ein wildes Tier, trotz seiner edlen Herkunft.

Sie wandte sich um, aber das Wesen war verschwunden, als habe es gespürt, daß es nicht mehr willkommen war. Gute Manieren, dachte sie, aber sie fand das nur wenig amüsant. Das Ding hatte sie erschreckt.

»Sie sind reinrassig«, fügte Ebert hinzu. »Genaugenommen sind es unsere ersten Tankzüchtungen, die diesen evolutionären Sprung vollzogen haben. Wir sind zu Recht stolz auf sie.«

Jelka warf ihrem zukünftigen Schwiegervater noch einen Blick zu und wunderte sich über seinen Stolz auf das Ziegenvieh, das er geschaffen hatte. Aber er hatte nur einen freundlich menschlichen Ausdruck im Gesicht.

Sie sah verwirrt weg. Vielleicht lag es doch an ihr. Vielleicht war sie außer Tritt.

Aber es war häßlich, dachte sie. Das Ding war häßlich. Schließlich verdrängte sie es, lächelte und nahm das Glas Wein, das Klaus Ebert ihr hinhielt.

* * *

Eine Stunde später begann das Ritual.

Die Lampen an der Decke wurden verdunkelt. Am anderen Ende des Saals öffneten sich die großen Türen.

In der Halle dahinter war es dunkel, doch die Maschine glühte von innen. Wie ein perlfarbenes, aufgedunsenes Ei, die Hülle dunkel wie Rauchglas, schwebte sie lautlos über den gefliesten Boden, direkt unter ihr ein scharf umrissener Lichtkreis. Zwei GenSyn-Riesen bugsierten sie vorsichtig zwischen den Säulen zu beiden Seiten der Tür auf die schwarzen Marmorfliesen hinaus.

Jalka sah sie auf sich zukommen, und ihr Magen krampfte sich vor Furcht zusammen. Dies war ihr Schicksal. Unvermeidlich, unerbittlich glitt sie heran wie in einem Traum. Ihr Gehäuse verhüllte ihre innere

Leuchtkraft, maskierte die spröde Einfachheit ihres Zwecks.

Sie klammerte sich an den Arm ihres Vaters und war froh, ihn an ihrer Seite zu wissen; daß er stolz darauf war, mit ihr hier zu sein. Für ihn enthielt dieser Moment keine Bedrohung. Heute wurde seine mit Klaus Eberts Familie durch einen Vertrag verbunden – davon hatte er seit seiner Jugend geträumt. Und was sollte daran falsch sein?

Die Maschine hielt inne. Die GenSyn-Diener traten zurück und schlossen hinter sich die Türen. Langsam sank die Maschine auf den dicken Teppich nieder; dunkel, doch von einem inneren Licht geschwängert.

In den Schatten dahinter stand ein Fremder an Klaus Eberts Seite. Von ihrem Gespräch drangen nur Flüsterlaute an ihre Ohren. Der Mann war viel kleiner als Ebert; ein zwergenhaftes, ganz in rot gekleidetes Geschöpf. Der Konsensor. Er warf ihr einen kurzen, fast abschätzigen Blick zu, dann wandte er sich wieder ab.

Mit trockenem Mund sah sie zu, wie er die Maschine drehte und für die Zeremonie vorbereitete.

»*Nu shi* Tolonen?« Er stand vor ihr und streckte die Hand aus.

Es war an der Zeit.

Sie nahm seine Hand. Eine kleine, kühle Hand, die sich trocken anfühlte. Sie sah hinunter und bemerkte, daß er Handschuhe trug: dünne schwarze Seidenhandschuhe, durch die die tiefe Blässe seiner Haut schimmerte. Er führte sie an der Hand zur Maschine.

Die Hülle leuchtete und versprühte Lichtfunken. Jelka zögerte, dann stieg sie ins strahlende Innere.

Er legte ihre Hände auf die berührungsempfindlichen Felder und befestigte sie mit Klammern, dann drückte er ihr Gesicht sanft, aber fest in die Mulde aus transparentem Eis und griff um ihren Körper, um die Kappe an ihrem Kopf und den Gürtel um ihre Hüfte zu befestigen. Die Bewegungen seiner Hände waren behutsam, und für einen Moment verlor sich ihre Furcht in der angenehmen Sanftheit seiner Berührungen, bis er sich plötzlich zurückzog, die leuchtende Tür hinter ihm zufiel und sie in der leeren Kapsel allein zurückblieb.

Sie war plötzlich so voller Zweifel, daß ihr Bauch schmerzte. Dann öffnete sich ihr gegenüber die Wand, und Klaus Ebert stieg in die Maschine.

Ihr Herz klopfte. Sie war ihm ganz ausgeliefert und wartete, ihr Körper fest in die Eiskapsel geschnallt.

Er lächelte sie an und ließ den Konsensor seine Arbeit tun. Es dauerte nicht lang, bis er festgeschnallt war, sein Gesicht eng an ihres gepreßt, seine Hände an ihren, und nur eine hauchdünne Eisschicht sie noch trennte.

Sie starrte ihm in die Augen, konnte nicht wegsehen, auch wenn sie die Augen schließen und sich losreißen wollte, so verwundbar, so entsetzlich entblößt fühlte sie sich. Das Gefühl wuchs in ihr, bis sein starrer Blick sie soweit eingeschüchtert hatte, daß sie wieder ein verschrecktes Kind war. Und dann sprach er.

»Hab keine Angst. Ich würde dir nie weh tun, Jelka Tolonen.«

Die Worte drangen wie aus tausend *li* Entfernung zu ihr durch, fern und körperlos; aus der weiten Leere unter der Oberfläche seiner blaßblauen Augen. Und doch schienen die Worte zugleich in seinem Kopf geformt zu werden, ohne Hilfe von Lippen oder einer Zunge.

Und noch immer sah er sie an, sah durch sie hindurch, erkannte alles, was sie dachte, verstand alles, was sie fühlte, entleerte sie. Bis es nichts mehr gab als ihre Furcht vor ihm.

Dann geschah in ihrer Vorstellung etwas. Eine Wand wurde eingedrückt, und drei Männer in Schwarz kletterten herein. Es roch verbrannt, und jemand, dem glänzende Metallsplitter aus dem blutigen Fleisch ragten, lag schrecklich entstellt neben ihr.

Sie sah es ganz deutlich. Und auch mit den Augen, die sie anstarrten, geschah etwas: die Pupillen weiteten sich, reagierten auf eine Regung in ihren eigenen. Für einen Moment sah sie nach draußen und erkannte Hans Ebert, dann wurde sie wieder von der Erinnerung erfaßt, lenkte den Blick nach innen und sah die drei Männer mit erhobenen Waffen auf sie zustapfen.

Seltsamerweise beruhigte sie die Erinnerung. *Ich habe überlebt*, dachte sie. *Ich habe mich ins Leben zurückgekämpft.*

Plötzlich verdunkelte sich die Trennschicht zwischen ihnen und isolierte sie. Dann wurde sie wieder durchsichtig, und ein kreisrundes Muster aus Piktogrammen prägte sich ins Eis; ein winziger Kreis aus codierten Informationen erschien vor jeder ihrer Pupillen, in doppelter Ausführung, damit jede Hirnhälfte für sich lesen und verstehen konnte. Genotypus-Untersuchungen, Blutproben, Hirnstrommessungen, Fruchtbarkeitstests. Jelka spürte den Gürtel enger werden und zuckte zusammen, als eine Sonde in sie drang.

Die Zeichen veränderten sich. Die Eis glühte grün. Genetisch paßten sie perfekt zusammen. Die Maschine speicherte die Ziffern leidenschaftslos und hielt sie in ihrem Vertrag fest.

Die grüne Tönung verblaßte gemeinsam mit den Piktogrammen. Und wieder starrte sie in seine Augen.

Er lächelte. Die Haut um seine Augen war von Falten zerknittert, und seine Augen strahlten viel heller als vorher.

»Du bist schön«, sagte die Stimme in ihrem Kopf. »Wir werden gut miteinander auskommen. Du wirst mir starke, gesunde Söhne schenken. Söhne, auf die wir beide stolz sein können.«

Sie sah die Worte in der Dunkelheit hinter seinen Augen, sah sie abheben und herübertreiben, das Eis zwischen ihnen durchstoßen und in ihre Augen dringen.

Ihre Furcht war abgeklungen. Sie hatte wieder zu sich gefunden. Und wenn sie ihn jetzt anblickte, sah sie nur noch, wie grausam, wie egoistisch er war. Es schwebte ihm vor den Augen wie ein codiertes Piktogramm.

Als die Maschine mit ihrer Litanei begann, wurde sie ruhig und wappnete sich für eine Konfrontation mit ihm: *Nein. Du wirst mich nicht besiegen, Hans Ebert. Ich bin stärker als du glaubst. Ich werde dich überleben.*

Sie lächelte, und ihre Lippen flüsterten »Ja« und fügten den Netzhautabdrücken und dem EEG, die die Maschine bereits aufgezeichnet hatte, ihre verbale Signatur hinzu. Doch in ihrem Kopf blieb das Ja an Bedingungen geknüpft.

Ich werde mich ins Leben zurückkämpfen, dachte sie. *Darauf kannst du wetten.*

* * *

DeVore warf einen Blick auf das Meßgerät an seinem Handgelenk, dann streifte er die Gasmaske ab. Draußen räumten seine Männer auf und zogen den Leichen die Haut ab, bevor sie die Ebene in Brand setzten.

Gesell lag bewußtlos auf dem Bett, das Han-Mädchen neben ihm.

DeVore zog das Laken zurück und sah sie an. Die Frau hatte kleine, feste Brüste mit großen, dunklen Brustwarzen und eine Narbe, die von ihrer linken Hüfte fast bis zum Knie verlief. DeVore lächelte, beugte sich vor und fuhr mit dem Finger über den kahlrasierten Spalt ihres Geschlechtsteils. *Zu schade*, dachte er. *Zu schade.*

Er schaute hinüber. Gesell lag auf der Seite, einen Arm unterm Kopf. Ein dichter, dunkler Haarwuchs bedeckte seine Arme und Beine; unter den Armen und zwischen den Beinen wucherte er noch üppiger. Sein Penis lag dort, weich zusammengefaltet, wie ein neugeborenes Küken im Nest.

Beim Anblick des Mannes drehte ein straffer Knoten des Zorns DeVore den Hals zu. Es wäre so einfach, die beiden jetzt zu töten, ohne sie noch einmal aufwachen zu lassen. Aber das genügte ihm nicht. Gesell sollte es mitbekommen. DeVore wollte ihm ins Gesicht spucken, bevor er starb.

Ja, für all seine Drohungen. Für all den Dreck, den er seinetwegen hatte schlucken müssen.

Er zog eine Nadelpistole aus seiner Jacke und legte eine Patrone ein, dann setzte er sie Gesell knapp über dem Herzen auf die Brust. Er leerte die Patrone, legte eine neue ein und tat mit dem Mädchen dasselbe. Dann trat er zurück und wartete, bis das Gegenmittel zu wirken begann.

Die Frau erwachte zuerst. Sie drehte sich ein Stück auf Gesell zu, dann erstarrte sie und schnüffelte.

»Ich würde mich an deiner Stelle ganz ruhig verhalten, Mao Liang.«

Sie wandte den Kopf, und ihr Blick fiel auf seine dunkle Gestalt, dann nickte sie unmerklich.

»Gut ... Dein Freund wird gleich wieder bei uns sein. Ich will etwas von ihm. Also benimm dich, und dir wird nichts geschehen. Verstanden?«

Sie nickte noch einmal und wich ein Stück zurück, als Gesell sich rührte.

DeVore lächelte und zog die Pistole aus seinem Uniformrock. »Guten Morgen, mein Freund. Ich bedauere, Ihren Schlaf auf diese Weise stören zu müssen, aber wir haben etwas Geschäftliches zu besprechen.«

Gesell richtete sich langsam auf, rieb sich mit den Fäusten die Augen und erstarrte, als er die Waffe in DeVores Hand sah.

»Wie, zum Teufel, sind Sie hier reingekommen?« fragte er vorsichtig und kniff die Augen zusammen.

»Ich habe mir den Weg freige*kauft*. Ihre Wachmänner waren nur zu gern bereit, Sie an mich zu verkaufen.«

»Zu verkaufen ...« Allmählich schien er zu begreifen. Er warf dem Mädchen einen Blick zu, dann sah er DeVore wieder an, und irgendein unbeugsam trotziger Zug in seinem Wesen machte ihn störrisch bis zuletzt.

»Dafür wird Mach Sie erledigen, Sie Drecksack.«

DeVore zuckte die Achseln. »Mag sein. Aber was nützt Ihnen das, Bent? Denn dann sind Sie tot. Und all die Dinge, an die Sie glauben – die sind auch tot. Ich habe sie ausgelöscht. Nur noch Sie sind übrig. Sie und dieses Mädchen hier.«

Er sah die Bewegung aus dem Augenwinkel; sah, wie sie unters Kopfkissen griff und die Hand wieder hervorzog; hörte das leise Klicken, als sie die Waffe entsicherte.

Er feuerte zweimal, als sie die Pistole hob, und die schweren Geschosse schlugen unmittelbar über ihrem Herzen zwei dunkle Löcher in die Brust. Sie fiel tot nach hintenüber.

Gesell fuhr zurück und erstarrte, als er bemerkte, daß DeVores die Pistole nun direkt auf seinen Kopf richtete.

»Sie waren schon immer ein Großmaul, Gesell.«

Gesell starrte ihn finster an. »Wir hätten nie mit Ihnen zusammenarbeiten sollen. Emily hatte recht. Sie haben sich nie für jemand anderen interessiert als für sich selbst.«

»Habe ich jemals etwas anderes behauptet?«

Gesell lehnte sich mit angespannter Miene zurück. »Warum tun Sie's dann nicht einfach? Warum bringen Sie's nicht hinter sich?«

»Das werde ich … keine Sorge. Aber nicht damit.«

Er warf die Pistole weg. Gesell starrte ihn an, dann krabbelte er nach der Waffe. DeVore wich zurück, zog die Sprühdose aus der Tasche und sah zu, wie Gesell sich herumwarf und die Waffe auf ihn richtete.

»Sie ist leer.«

Gesell zog den Abzug durch. Sie klickte einmal und noch einmal.

DeVore lächelte, trat näher, hob die Dose und hielt den Finger auf dem Knopf, während die feinen Partikel aus der Düse zischten.

Gesell zerrte an dem dünnen Film aus opakem, fast

transparentem Plastik, der sich um seinen Kopf und seine Schultern gelegt hatte; seine Finger versuchten ein Luftloch in das weiche, elastische Material zu reißen, aber es wurde bereits hart. Vor Verzweiflung warf Gesell sich herum und heulte; doch die Laute klangen fern und gedämpft. Er brüllte hinter einem Schirm, der ihn von der Luft abschnitt.

DeVore leerte die Dose, dann warf er sie weg und trat von der sich windenden Gestalt zurück. Gesells Arme und Hände steckten jetzt fest, waren unlösbar mit seinem Gesicht verschweißt. Einen Moment lang stakste er noch umher, dann stürzte er hin und trat schwächlich ins Leere. Dann lag er still da.

Einen Moment lang stand DeVore über Gesell und betrachtete sein Gesicht, zufrieden mit dem Ausdruck von Panik und äußerster Qual, den er durch die harte, glasartige Maske sah. Schließlich erregte etwas seine Aufmerksamkeit. Mach beobachtete ihn von der Tür.

»Ist er tot?«

DeVore nickte. »Und die Frau auch. Sie wollte mich erschießen.«

Mach zuckte die Achseln. »Was soll's. Sie hätte ohnehin Schwierigkeiten gemacht. Sie war in ihn verliebt.«

»Und Ascher?«

Mach schüttelte den Kopf. »Keine Spur von ihr.«

DeVore überlegte kurz, dann nickte er. »Ich werde Sie für Sie ausfindig machen.«

»Danke.« Mach zögerte erst, dann trat er ein und besah sich Gesell genauer. »Wissen Sie, ich habe ihn gemocht. Das können Sie mir glauben. Aber früher oder später hätte er mich umgebracht. Es war so ein Typ.«

DeVore stand auf und legte eine Hand auf seinen Arm. »Gut. Wir sind fertig hier. Gehen wir. Bevor die Männer des T'ang auftauchen.«

KAPITEL · 4

Karpfenteich und Schildkrötenpanzer

Kim rückte auf seinem Stuhl herum und sah Hammond an. »Nun? Was glauben Sie, was er will?«

Hammond warf ihm einen Blick zu, dann schaute er nervös weg. Er dachte an die Kameras unter der Decke.

Kim senkte den Blick. Also traf es tatsächlich zu. Direktor Spatz übte Druck auf ihn aus. Nun, es ergab einen Sinn. Schließlich stattete Prinz Yuan nicht jeden Tag einen Besuch ab, um das Projekt zu inspizieren.

Er sah sich um und bemerkte, daß Spatz seine Suite von Büros eigens für diesen Anlaß umdekoriert und die Möbel ausgetauscht hatte. Es wurde häufig gewitzelt, daß Spatz' Büros größer waren – und mehr an Instandhaltungskosten verschlangen –, als der Rest des Projekts zusammengenommen. Aber das war nicht anders zu erwarten. So benahmen sich Arschlöcher wie Spatz nun einmal.

Kim arbeitete jetzt seit fast einem Jahr für das Verdrahtungsprojekt, doch die meiste Zeit hatte Spatz ihn aus allem herausgehalten. Dennoch hatte er eine Menge gelernt, indem er sich merkte, was er von Spatz und seinen Kumpanen erfuhr. Von Anfang an hatte ihn bestürzt, welch geringe Fortschritte sie gemacht hatten. Es lag nicht daran, daß sie zuwenig über die Funktionsweise des Gehirns wußten. Die wichtigsten Erkenntnisse, die sie benötigten, lagen schon seit mehr als zwei Jahrhunderten vor. Nein, es lag daran, daß sie ihre Kenntnisse nicht anwenden konnten. Sie hatten verschiedene ›Schablonen‹ getestet – durchweg Verfeinerungen von Techniken, die längst existierten –, doch sie hatten nicht den nötigen Grad an Feinheit bewiesen. Gemessen an dem, was sie anstrebten, waren es grobe, unbeholfene Modelle, die eher dazu geeignet waren, das Gehirn zu zerstören, als es zu steuern; systematisch organisierte Blockierungen und Stimulantien, die ganze Kettenreaktionen unerwünschte chemischer und elektrischer Reaktionen in Gang setzten. Das plumpe Verdrahtungssystem, über das sie gegenwärtig verfügten, war wertlos. Eine Stirnlappenlobotomie nützte mehr. Aber was wollte man mit einer Bevölkerung zuckender, lallender Puppen.

Und in weniger als fünf Stunden würde Prinz Yuan zu seiner ersten jährlichen Inspektion eintreffen. Natürlich ging Spatz keine Risiken ein. Er erinnerte sich an seinen letzten Besucher – Marschall Tolonen – und war entschlossen, Kim von allem fernzuhalten.

Nun, soll er's versuchen, dachte Kim. Soll er's nur versuchen.

Wie auf ein Stichwort erschien Spatz, ihm auf dem Fuße sein Assistent Ellis, der einen dicken Papierstapel unter dem Arm trug. Kim war dieser Aspekt offizieller Anlässe schon einmal aufgefallen. Die meiste Zeit mieden sie echte Papierarbeit und beließen möglichst viel im Computer, doch wann immer die großen Tiere eintrafen, ließen sie mächtige Papierstapel ausdrucken.

Und vielleicht funktionierte es sogar. Vielleicht beeindruckte das ihre Vorgesetzten tatsächlich.

»Ward«, sagte Spatz kalt und förmlich, ohne Kim auch nur eines Blickes zu würdigen, als er sich hinter den Schreibtisch setzte.

»Ja, *Shih* Spatz?«

Kim bemerkte, wie Spatz' Züge sich verhärteten, weil er sich weigerte, seinen vollständigen Titel zu gebrauchen. Was wissenschaftliche Fragen anging, war Spatz ein Trottel, aber wenn ihm jemand Respektlosigkeit entgegenbrachte, bemerkte er das sofort. Spatz blickte zu

Ellis auf, nahm ihm die Akten ab und blätterte sie mit wichtigtuerischem Gehabe durch, ehe er sie schließlich beiseite legte und sich Kim zuwandte.

»Ich habe gehört, Sie haben um eine Audienz bei Prinz Yuan ersucht.«

Kim starrte ihn an, ohne zu antworten. Er wollte herausfinden, wie Spatz auf seine Unversöhnlichkeit reagierte, wie er mit einem direkten Angriff auf seine Autorität umging.

»Nun gut …« Spatz verbarg seinen Zorn hinter einem Lächeln. Mit beherrschter Miene hob er die Hand und schnippte mit den Fingern. Ellis ging zur Tür und öffnete sie.

Kim hörte Schritte hinter sich. Es war der Kommunikationsoffizier Barycz. Er marschierte zum Schreibtisch und fügte dem Stapel vor Spatz zwei weitere dünne Akten hinzu.

Versuchen Sie, eine Mauer gegen mich aufzubauen, Spatz? dachte Kim und lächelte. Aber das wird nicht funktionieren. Jedenfalls heute nicht. Denn heute wird Prinz Yuan hier sein. Und ich werde ihn genauestens darüber unterrichten, was Sie getan haben. Das wissen Sie, und es macht Ihnen Angst. Deshalb bin ich hier. Jetzt haben Sie noch die Gelegenheit, mir einen Handel vorzuschlagen. Aber das wird auch nicht funktionieren. Weil Sie mir nichts anzubieten haben. Überhaupt nichts.

Spatz studierte die erste der beiden Akten, dann hielt er sie Hammond hin.

Kim bemerkte die Regung in Hammonds Gesicht und wußte gleich, daß die Akte etwas mit ihm zu tun hatte.

Während er die Akte durchlas, wich Hammond alle Farbe aus dem Gesicht. Schließlich blickte er wieder zu Spatz auf. »Aber das …«

Spatz sah weg. »Was ist los, *Shih* Hammond?«

Hammond warf Kim einen erschrockenen Blick zu.

»Gibt es ein Problem, *Shih* Hammond?« fragte Spatz und wandte sich seinem Haupttechniker zu. »Sie müssen nur gegenzeichnen. Oder haben Sie noch eine Frage?«

Kim lächelte säuerlich. Allmählich begriff er. Sie hatten eine neue Personalakte angelegt. Eine gefälschte Akte, die ihn in ein schlechtes Licht rückte.

»Unterzeichnen Sie, Joel«, sagte er. »Es macht nichts.«

Spatz schaute ihn an und lächelte. Ein Lächeln wie von einer Schlange, bevor sie ihren Kiefer aushängt und ein Ei verschlingt.

Hammond zögerte, dann unterzeichnete er.

»Gut«, brummte Spatz und nahm das Dokument zurück. Dann reichte er Ellis mit einem noch breiteren Lächeln die zweite Akte. »Geben Sie das dem Jungen.«

Kim blickte auf, als Ellis herantrat, und bemerkte den bedauernden Ausdruck in den Augen des Assistenten.

»Was ist das?«

Spatz lachte humorlos. »Warum schlagen Sie die Akte nicht auf und schauen nach?«

Kim sah hinüber. Hammond stand mit gesenktem Blick und eingezogenen Schultern da, als wüßte er schon, was die zweite Akte enthielt.

Kim schlug den Ordner auf und hielt den Atem an. Er enthielt ein Bündel Papier. Hammonds Gedichte und seine eigenen Erwiderungen. Eine vollständige Sammlung der geheimen Botschaften, die sie ausgetauscht hatten.

Er sah Spatz an. »Sie wußten also davon?« Aber ihm wurde gleich klar, daß weder Spatz noch Barycz dahintergekommen waren. Dazu waren sie zu einfältig. Sie konnten unmöglich herausbekommen haben, was wirklich vor sich ging. Nein, jemand anderes steckte dahinter. Jemand, der viel klüger war als diese beiden. Aber wer?

Spatz beugte sich vor, und sein Gefühl für Anstand rang mit seinem Bedürfnis, sich hämisch zu freuen.

»Sie haben wohl geglaubt, Sie haben was drauf, was, Ward? Dabei sind Sie nur ein gewöhnliches kleines Arschloch. Haben Sie sich wirklich für *so* überlegen gehalten, häh?« Er lachte, dann ließ er sich zurücksinken, und alle Belustigung verschwand aus seinem Gesicht. »Was Sie angeht, Hammond, Sie stehen ab sofort unter Arrest. Aber Sie, Ward – Sie sind *draußen*.«

»Draußen?« Kim lachte. »Nehmen Sie's mir nicht übel, *Shih* Spatz, aber das steht nicht in Ihrer Macht. Ich bin von Prinz Yuan persönlich eingesetzt. Und es kann doch wohl nur er entscheiden, ob ich draußen bin oder nicht.«

Spatz warf ihm einen geringschätzigen Blick zu. »Das ist bloß eine Formalität. Er bekommt von mir eine Empfehlung, die durch diese Personalakte und die Beschwerden diverser Mitarbeiter gestützt wird.«

Aus dem Augenwinkel sah er Hammond vorpreschen. »Aber Sie haben versprochen ...«

Spatz brachte Hammond mit eiserner Miene zum Schweigen. »Ich habe gar nichts versprochen, wenn Sie sich entsinnen. Und jetzt halten Sie in aller Götter Namen den Mund! Am besten gehen Sie. Sie haben Ihren Zweck erfüllt.«

Hammond erhob sich langsam. »Ich habe meinen Zweck erfüllt, häh? Darauf können Sie sich verlassen.« Er beugte sich vor, setzte die Hände hart auf die Schreibtischkante und starrte den Direktor an. Als spürte er, was er vorhatte, zog Spatz die Akte zu sich heran und reichte sie Ellis, der neben ihm stand.

»Wenn Sie noch ein Wort sagen ...«

Hammond lachte, aber sein Gesicht drückte nichts als Abscheu vor seinem Gegenüber aus. »Oh, ich habe nichts mehr zu sagen, Direktor Spatz. Nur das ...«

Er warf den Kopf zurück und spuckte; ein großer, kräftiger Batzen Spucke traf Spatz mitten ins Gesicht.

Spatz schrie auf und wischte sich mit dem Ärmel seiner Amtstracht übers Gesicht; als er dann begriff, was der Mann getan hatte, fluchte er.

»Sie Schwein, Hammond! Die Seide…« Spatz stand auf. Sein Gesicht bebte vor Zorn, seine Hände zitterten. »Raus hier! Kramen Sie Ihre Sachen zusammen und verschwinden Sie! Sie sind ab sofort raus aus dem Projekt!«

Hammond stand noch einen Augenblick lang da und starrte ihn finster an, dann wich er zurück, und ein leichtes Schaudern durchfuhr ihn.

»Joel, ich…«, begann Kim und streckte die Hand nach ihm aus, aber Hammond wich ihm aus und warf einen Blick über die Schulter, als erwache er aus einem bösen Traum.

»Nein, es ist schon in Ordnung, Kim. Wirklich. Ich werde es überstehen. Das Netz kann nicht schlimmer sein als das hier. Jedenfalls muß ich mich da nicht jeden Tag an solche *Hsiao jen* wie diesen schrumpfhirnigen Kretin hier verkaufen!«

Spatz zitterte vor Wut. »Wachen!« brüllte er. »Holt sofort die Wachen her!«

Hammond lachte. »Nicht nötig, ich gehe schon von allein. Aber Ihnen wünsche ich nur das Schlechteste, Spatz. Sie bekommen noch Ihre Abreibung. Ich hoffe, Prinz Yuan wird Ihnen für das, was Sie heute hier versuchen, den Arsch aufreißen.« Er fuhr herum, beugte sich herunter und umarmte Kim. »Viel Glück, Kim«, flüsterte er. »Es tut mir leid. Ehrlich.«

Kim hielt ihn auf Armeslänge. »Macht nichts. Ich verstehe das. Sie sind ein guter Mensch, Joel Hammond. Ein guter Mensch.«

Er stand auf und sah ihm nach, dann wandte er sich Spatz zu.

»Und was jetzt?«

Spatz ignorierte ihn und sprach ins Wechselsprechgerät. »Schicken Sie die Krankenschwester rein. Wir sind jetzt soweit.«

Kim sah Ellis an und bemerkte, daß der Mann vermied, ihm die Augen zu sehen. Dann beobachtete er Barycz, der so tat, als studierte er das Schaubild an der Wand hinter Spatz.

»Prinz Yuan wird sich nach mir erkundigen«, sagte Kim. »Ganz sicher.«

Spatz lächelte kalt. »Natürlich. Aber dann sind Sie doch wohl nicht mehr hier, oder?«

Er hörte, wie die Tür geöffnet wurde und die Krankenschwester eintrat.

»Und dann wird er fragen, warum ich nicht hier bin …«, begann er, aber die Worte blieben ihm im Halse stecken. Er spürte den Druck der Injektionspistole im Nacken und versuchte sich wegzuducken, bäumte sich gegen die starken Hände auf, die seine Schulter festhielten, aber es war zu spät.

Die Hand ließ ihn los. Er sackte in den Stuhl und spürte etwas Kaltes, das sich durch seine Adern ausbreitete, die Nervenenden einfror und ein taubes Gefühl zurückließ.

»Ich wer …«, stammelte er mit glasigem Blick. »Ich b …«

Dann fiel er vornüber und verstreute den Stapel Gedichte über den Fußboden.

* * *

Li Yuan stieg aus dem Kopter und seufzte, als er sich umschaute. Ringsum erstreckte sich das Dach der Stadt wie ein gewaltiges Eisfeld, leer bis auf die kleine Gruppe von Beamten, die sich mit gesenktem Kopf neben der geöffneten Luke versammelt hatten.

Er blickte nach Norden, wo die Stadt an den Ufern der eisigen Baltischen See in einem steilen Abbruch endete, dann wandte er sich mit einem Lächeln seinem persönlichen Sekretär Chang Shih-sen zu.

»Haben Sie jemals eine tiefhängende Wolke gesehen,

Chang? Die Wolke scheint über den Rand der Stadt zu stürzen wie ein Wasserfall. Aber langsam, ganz langsam, wie in einem Traum.«

»Ich habe es noch nie gesehen, Herr, aber ich stelle es mir schön vor.«

Li Yuan nickte. »Sehr schön. Ich habe es einmal bei Sonnenuntergang erlebt. Alle Farben des Himmels schienen in diesen endlosen weißen Falten gefangen zu sein.«

Chang Shih-sen nickte, dann fügte er leise, in der seiner Position entsprechenden Demut hinzu: »Sie warten, Herr.«

Li Yuan drehte sich zu ihm um und lächelte. »Sollen sie warten. Es ist ein schöner Tag. Außerdem möchte ich noch einen Moment für mich sein, bevor ich sie begrüße.«

»Herr ...« Chang zog sich mit einer Verbeugung zurück.

Li Yuan trat aus dem Schatten des Kopters in die Nachmittagssonne. Chang war ein guter Mann. Freundlich, arbeitsam und zuvorkommend. Aber das war Wang Ta Chuan, der Meister des Inneren Palastes seines Vaters, auch gewesen. Es machte einen nachdenklich. Wenn das Schicksal so vieler Menschen von einem abhing, wem konnte man dann überhaupt vertrauen?

Er atmete tief ein und genoß die frische Luft, die Wärme der Sonnenstrahlen auf seinen Armen und seinem Rücken. Vergangene Nacht hatte er zum ersten Mal seit seiner Heirat mit Fei Yen eine Frau zu sich gerufen – eines der Mädchen, die in den Küchen dienten – und sich von dem Druck befreit, der sich in seinem Blut gestaut hatte wie ein Gift. Jetzt war er wieder bei sich.

Oder fast bei sich. Denn er würde nie wieder ganz derselbe sein. Dafür hatte Fei Yen gesorgt.

Wer war es? fragte er sich zum tausendsten Mal. *Wer*

hat mit dir geschlafen, während ich fort war? War es einer meiner Diener? Oder war es jemand, den du schon kanntest, bevor wir zusammenkamen?

Er schnaubte gereizt. Besser nicht zuviel darüber nachdenken. Das führte ihn geradewegs in den Wahnsinn. Nein, er sollte solche Gedanken beiseite schieben, sonst gingen sie ihm nicht mehr aus dem Kopf.

Und von welchem Nutzen wäre ich dann für meinen Vater?

Er erschauderte, riß er sich zusammen und rief Chang herbei.

* * *

»Ist das alles?«

Spatz stand mit gesenktem Kopf vor dem Prinzen. »Ich fürchte ja, Herr. Aber Ihr müßt verstehen – ich habe unter schwersten Einschränkungen gearbeitet.«

Li Yuans Enttäuschung war nicht zu übersehen, als er aufblickte. »Was soll das denn heißen, Direktor?«

Spatz hielt den Kopf gesenkt, um dem Prinzen nicht in die Augen sehen zu müssen. »Zunächst einmal hatte ich während meiner Zeit hier zwei Ausfälle im Team.«

Li Yuan beugte sich vor. »Ich verstehe Sie nicht, Direktor. In Ihrem Bericht wird nichts dergleichen erwähnt.«

»Verzeiht mir, Herr, aber die Angelegenheit, die ich meine, steht in der zweiten Akte. Ich habe es für das beste gehalten, den Hauptbericht auf ... sagen wir, wissenschaftliche Fragen zu beschränken.«

Irritiert von diesen Andeutungen, ließ der Prinz sich zurücksinken. Wenn es nach ihm ginge, würde Spatz von jemand anderem als Direktor abgelöst werden, aber Spatz war ähnlich wie Tolonen von seinem Vater eingesetzt worden.

Er legte die oberste Akte weg und schlug die zweite auf. Es war ein Personalbericht über diesen Jungen, Kim Ward.

Li Yuan blickte überrascht auf. Konnte Spatz davon wissen? Nein. Er konnte unmöglich etwas über Kim und die Spezialprojekte erfahren haben. Aber die waren auch eine Enttäuschung gewesen. Nach dem ersten Bericht hatte er nichts mehr von dem Jungen gehört. Seit zehn Monaten nicht. Zuerst hatte er angenommen, daß es den Jungen viel mehr Zeit kostete, als er geschätzt hatte, oder daß ihn die Arbeit an dem Projekt zu sehr beanspruchte, aber dies hier erklärte alles.

Er las die Akte durch, dann blickte er wieder auf und schüttelte den Kopf. Der Junge hatte sich bestenfalls lethargisch und unkooperativ verhalten, in seinen schlimmsten Momenten destruktiv bis an die Grenze physischer Gewalt.

»Warum hat man mich nicht früher darüber unterrichtet?«

Spatz zögerte. »Ich… ich wollte mit dem Jungen nicht zu streng sein, Herr. Er sollte eine ehrliche Chance haben, sein Verhalten zu ändern und sich zu bewähren. Mir war klar, wie wichtig er Euch ist, daß Ihr ihn für besondere Aufgaben vorgesehen habt. Und deshalb…«

Li Yuan hob die Hand. »Ich verstehe. Kann ich den Jungen sehen?«

»Natürlich, Herr. Aber Ihr müßt Verständnis für seine schlechte Verfassung haben. Man sagte mir, es sei eine Spätfolge seiner Rekonditionierung in der Klinik. Von Zeit zu Zeit fällt er in eine Art Starre, in der er weder spricht noch jemanden zur Kenntnis nimmt.«

»Ich verstehe.« Li Yuan ließ sich die Tiefe seiner Enttäuschung nicht anmerken. »Und gegenwärtig ist er in einem solchen Zustand?«

»Ich fürchte ja, Herr.«

»Und sein Lehrer T'ai Cho?«

Spatz zuckte resigniert die Achseln. »Ein guter Mann, aber seine Loyalität zu dem Jungen ist… sagen wir fehlgeleitet. Er hat ihn zu sehr ins Herz geschlossen, Herr. Er hat keinen anderen Gedanken, als jeden Schaden von ihm fernzuhalten. Ich fürchte, er kann Euch auch nicht sonderlich weiterhelfen.«

Li Yuan musterte ihn prüfend, dann schlug er die Akte zu.

»Möchtet Ihr den Jungen sehen, Herr?«

Li Yuan seufzte, dann schüttelte er den Kopf. »Nein. Ich glaube, ich habe genug gesehen.« Er stand auf. »Ich bin enttäuscht, Spatz. Zutiefst enttäuscht. Ich habe viel größere Fortschritte erwartet. Aber wir sind auf dem richtigen Weg. Offensichtlich haben Sie in technischer Hinsicht einige Fortschritte gemacht. Das ist gut, aber ich verlange mehr. Ich will in zwölf Monaten ein funktionsfähiges Modell haben.«

»Herr ...« Der Unterton schierer Panik in der Stimme des Direktors hatte beinahe etwas Komisches; aber Li Yuan war noch nie weniger zum Lachen gewesen.

»Zwölf Monate. Haben Sie mich verstanden? Ich werde meinen Teil dazu beitragen und Ihnen ein weiteres Dutzend Männer zuteilen – die besten Wissenschaftler, die ich von den Konzernen rekrutieren kann. Was die Finanzierung angeht, haben Sie ganz recht, Direktor. Sie ist tatsächlich unzureichend. Das ist der Grund, weshalb ich sie ab sofort verdreifache.«

Zum ersten mal hob Spatz den Kopf, und Yuans Augen musterten ihn prüfend. »Ihr seid zu großzügig, Herr.«

Li Yuan lachte säuerlich. »Das hat mit Großzügigkeit nichts zu tun, Direktor Spatz. Ich will, daß eine Arbeit erledigt wird, und vor allem, daß sie gut erledigt wird. Wir sind unterfinanziert. Wir konnten das Ausmaß des Projekts nicht abschätzen. Nun, das werden wir jetzt richten. Aber diesmal erwarte ich Resultate.«

»Und der Junge?«

Li Yuan reichte Chang Shih-sen seine Ausfertigungen der Akten, dann wandte er sich noch einmal Spatz zu.

»Um den Jungen wird sich jemand kümmern. Was

das angeht, brauchen Sie sich keine Gedanken mehr zu machen, Direktor.«

* * *

Barycz verschloß die Tür des Kommunikationsraums, dann ging er an seinen Schreibtisch und aktivierte den Bildschirm. Er tippte den Code ein und wartete ab, weil er wußte, daß das Signal über mindestens ein Dutzend Zwischenstationen transferiert wurde, bevor es seinen Bestimmungsort erreichte. Der Monitor flackerte heftig, dann klärte sich der Schnee und DeVores Gesicht schaute ihm entgegen.

»Ist die Sache erledigt?«

Barycz schluckte nervös, dann nickte er. »Ich habe Kopien der Akten an unseren Mann geschickt. Er müßte sie innerhalb einer Stunde erhalten.«

»Gut. Und der Junge? Er ist doch jetzt hoffentlich draußen?«

Barycz senkte den Kopf. »Ich habe Ihre Anweisungen genau befolgt, *Shih* Loehr. Es gibt jedoch eine kleine Komplikation. Der Direktor hat Hammond aus dem Projekt entlassen. Mit sofortiger Wirkung.«

DeVore nickte. »Schön. Darum werde ich mich kümmern.« Er lächelte. »Sie haben gute Arbeit geleistet, Barycz. Dafür haben Sie etwas gut.«

Barycz senkte nochmals den Kopf. »Sie sind zu freundlich …« Als er wieder aufblickte, war der Bildschirm dunkel.

Byrcz lächelte zufrieden, ließ sich zurücksinken und überlegte, wie großzügig Loehr sein wollte. Vielleicht würde es für ihn reichen, um ein Deck weiter hinauf zu ziehen – um sich einen Platz auf den Hundertern zu kaufen.

Barycz rümpfte nachdenklich die Nase und lachte, als er sich daran erinnerte, wie Hammond dem Direktor ins Gesicht gespuckt hatte.

»Geschieht dem Dreckskerl recht …«, sagte er leise.

Ja. Er war kein boshafter Mensch, aber er sah es gern, wenn Spatz bekam, was er verdiente. Er genoß es geradezu.

* * *

Lehmann öffnete die Tür und sah herein. »Ebert ist da.«

DeVore blickte von seinem *Wei Chi*-Brett auf. »Gut. Ich bin gleich fertig. Bringen Sie ihn in die Privatsuite. Ein Hausdiener soll sich um ihn kümmern. Sagen Sie ihm, es dauert nicht lang.«

DeVore sah seinem Leutnant nach, dann stand er auf. Er hatte neue Eröffnungszüge geübt, herumexperimentiert, sich bemüht, mit alten Gewohnheiten zu brechen. Das war das einzig Schlechte an *Wei Chi* – daß man das Spiel nicht gegen sich selbst spielen konnte. Man benötigte die ständige Herausforderung starker Gegner; sie mußten mindestens so gut sein wie man selbst – oder besser, wenn man sein Spiel wirklich zu verbessern wünschte. Aber er hatte niemanden.

Er streckte sich, schaute durchs Zimmer und nahm mit Befriedigung die Felle zur Kenntnis, die er in eine Ecke geworfen hatte. Er war früh, schon vor Sonnenaufgang aufgestanden, allein hinausgezogen und hatte Schneefüchse gejagt. Die Pelze von fünf Exemplaren hingen in der Küche zum Trocknen, das spärliche Fleisch der Füchse kam in den Eintopf – ein besonderes Festmahl.

Ja, alles lief bestens. Noch vor wenigen Wochen hatte es trostlos ausgesehen, aber inzwischen hatte er das Brett mit sauberen Spielzügen gefüllt. Im Norden waren die *Ping Tiao* praktisch vernichtet und Machs *Yu* darauf vorbereitet, das resultierende Machtvakuum auszufüllen. Im Osten hatten seine Männer Stellung bezogen und warteten nur auf seinen Befehl, um die Plantagen anzugreifen, während er im Westen eine neue Formation aufbaute – nach neuen Verbündeten unter der Elite der Stadt Nordamerika suchte. Hinzu kamen zwei weitere subtilere Spiele – die vergiftete Statue und seine Pläne für das Verdrahtungsprojekt. Sie waren fast ausgereift. Bald würden die Muster auf dem Brett sich verändern und eine neue Phase des Spiels beginnen – das mittlere Spiel –, in dem seine Steine alle Vorteile für sich hatten.

Und welche Rolle spielte Ebert in alledem? Er war ehrgeizig, daran gab es keinen Zweifel mehr. Er wollte mehr sein als ein Puppenspieler. Nun, er sollte seinen Willen haben. Wenn es soweit war, würde DeVore ihn schon noch zurechtstutzen. Bis dahin würde er so tun, als schenkte er ihm noch mehr Vertrauen.

DeVore lächelte. In der Zwischenzeit würde er ihm vielleicht das Mädchen, diese Doppelgängerin anbieten. Er hatte sie ursprünglich für Tolonen vorgesehen – ein ›Geschenk‹ als Ersatz für seine verlorene Tochter –, aber Jelkas Überleben hatte ihn gezwungen, seine Pläne zu ändern. Er studierte das Brett nachdenklich, dann nickte er. Ja, er würde Ebert die Doppelgängerin als ein verfrühtes Hochzeitsgeschenk überreichen. Mit ihr konnte er anstellen, was er wollte.

Er lächelte, beugte sich vor und setzte einen weißen Stein aufs Brett, der eine Bresche zwischen zwei schwarze Zonen trieb und sie zu trennen versprach.

* * *

Hans Ebert stand an der offenen Luke des Transporters und hielt sich mit der Linken an einem Halteriemen fest, als der Kopter steil von der Bergflanke abhob.

DeVores ›Geschenk‹ kauerte hinter ihm am anderen Ende des Kopters, so weit von der Luke entfernt, wie sie konnte. Er konnte sie hinter sich regelrecht spüren, und seine Nackenhaare sträubten sich dabei.

Dieser Scheißkerl. Dieser verschlagene Scheißkerl.

Er lächelte gepreßt und winkte mit einer Hand den langsam schrumpfenden Gestalten auf der Hügelflanke tief unter ihm zu. Als der Kopter dann in die Seitenlage ging, wandte er sich dem Mädchen zu, lächelte es aufmunternd an und versuchte seine wahren Empfindungen zu verbergen.

Spiele. Für DeVore war alles ein großes Spiel. Das wurde ihm jetzt klar. Und auch dies – ein Mädchen zum ›Geschenk‹ – war Teil des Spiels. Vielleicht um ihn aus der Fassung zu bringen. Oder um ihn lächerlich zu machen. Wie auch immer… das würde er nicht zulassen.

Er schob sich brüsk an ihr vorbei und ging ins Cockpit. Auden drehte sich zu ihm zu.

»Was ist los, Hans?«

Er holte tief Luft, dann schüttelte er den Kopf. »Nichts. Aber das sollten Sie sich ansehen.« Er reichte ihm den versiegelten Brief, den DeVore ihm gegeben hatte. »Er ist an Lever adressiert. DeVore bittet Sie, ihn Lever zu übergeben, wenn Sie die Amerikaner am Raumhafen treffen. Es ist eine Einladung.«

Auden wandte sich ab. »Was noch?«

Ebert lächelte. Auden war ein guter Mann. Er merkte, daß etwas nicht in Ordnung war, selbst wenn Ebert nichts erwähnte. »Es ist nur so, daß ich ihm nicht traue. Besonders wenn er ›alle Steine auf den Tisch legt‹. Er hat etwas vor.«

Auden lachte. »Und was?«

Ebert starrte durch die frostbeschlagene Scheibe hinaus auf die triste Umgebung. »Ich weiß nicht. Es ist nur so ein Gefühl. Und dann noch dieses Geschenk.«

Auden kniff die Augen zusammen. »Und was haben Sie mit ihr vor?«

Ebert drehte sich um und sah ihm kurz in die Augen, dann machte er sich schnell davon und warf die Tür zum Cockpit hinter sich zu.

* * *

Das Mädchen blickte auf, als Ebert in den Frachtraum zurückkam, und hatte die Augen vor Furcht weit aufgerissen. Er blieb stehen und starrte sie an, fassungslos über ihre Ähnlichkeit, dann ging er zur offenen Luke und sah nach draußen. Sein kurzgeschorenes Haar bewegte sich kaum im eisigen Wind.

»Es tut mir leid«, sagte er gegen das Tosen des Windes. »Ich wollte dich nicht erschrecken.« Er warf ihr einen Blick zu und lächelte. »Hier. Komm her. Ich möchte dir etwas zeigen.«

Sie rührte sich nicht, drückte sich nur enger an die Wand der Kabine.

»Komm ...«, sagte er so sanft, wie er es in dem Lärm vermochte. »Du hast nichts zu befürchten. Ich möchte dir nur etwas zeigen, das ist alles.«

Er beobachtete sie und erkannte, wie Furcht und das Bedürfnis, ihm zu gehorchen, in ihr miteinander rangen. *Ja,* dachte er, das hat DeVore dir sicher eingeimpft, nicht wahr? Sie hielt den Blick gesenkt und biß sich auf die Lippe, dann blickte sie unentschlossen wieder auf.

Ja, und du bist wie sie, dachte er. Äußerlich zumindest. Aber du bist nicht sie. Du bist nur ein gewöhnliches Bauernmädchen, das in seinen Laboratorien einer Metamorphose unterzogen wurde. Und allein die Götter wissen, was er dir angetan hat. Aber die echte Jelka würde nicht dort an der Wand kauern. Sie würde aus eigenem freien Willen zu mir kommen. Um mir die Stirn zu bieten. Nur um mir zu beweisen, daß ich ihr keine Angst machen kann.

Er lächelte und senkte den Blick, als er sich an dem Moment in der Maschine erinnerte, als sie ihn so finster angeschaut hatte. Es war vielleicht dies der Augenblick gewesen, da er sich zum ersten Mal über seine wahren Gefühle für sie klargeworden war, da er sie sich selbst eingestanden hatte.

Ich habe mich in dich verliebt, Jelka Tolonen, hatte er überrascht festgestellt. *Hals über Kopf verliebt.*

Unerwartet. Vollkommen unerwartet.

Und hinterher, als sie gegangen war, hatte er unentwegt an sie denken müssen. Immer wieder hatte ihr Bild in seinem Kopf alle übrigen Gedanken verdrängt. Wie seltsam. Seltsam, daß er so verwundbar sein konnte.

Und jetzt das ...

Er ging zu ihr, nahm sie in den Arm und führte sie mit sanfter Gewalt, fast zärtlich zur Luke, wo er einen Arm um ihre schlanke Hüfte legte und sich mit einer Hand am Halteriemen festhielt. Der Wind peitschte ihr langes, goldblondes Haar und ihr Gesicht, aber er brachte sie dazu hinauszusehen.

»Da«, sagte er. »Ist das nicht großartig?«

Er betrachtete sie von der Seite; sah, wie sie die Augen aufschlug, gegen ihre Furcht ankämpfte, die Schönheit dieser verlassenen Landschaft zu erkennen versuchte.

DeVores Geschöpf. Sein ›Geschenk‹.

Für einen Moment blieb sie ausdruckslos. Nicht das kleinste Lächeln trat auf ihre Lippen, die Muskeln um ihre Augen entspannten sich langsam bei dem Anblick.

Er zitterte, dann zog er seinen Arm weg, griff ihr ins Haar und drückte ihren Kopf hinunter.

Er sah zu, wie ihre Gestalt kleiner wurde, lautlos in der Luft trudelte, ein kleiner dunkler Fleck, der mit jeder Sekunde schrumpfte. Schließlich erschauderte er, schüttelte in einer seltsamen Mischung aus Schmerz und Fassungslosigkeit den Kopf und ächzte.

Nein. Es würde keine Hindernisse geben. Diesmal nicht. Keine habgierigen alten Frauen oder verrückten Huren mit ihren Kindern der Liebe. Und ganz sicher keine Kopien.

Nein. Denn er wollte die echte Jelka, nicht irgendeine Kopie. Selbst wenn sie ihn haßte. Oder gerade weil sie ihn haßte. Ja, vielleicht lag es daran. Denn unter der Oberfläche war sie so stark wie er, und diese Stärke zog ihn an, machte sie zu einer Herausforderung. Eine Herausforderung, der er sich nicht entziehen konnte.

Denn du wirst mich lieben, Jelka Tolonen. Du wirst.

Er sah den Körper aufschlagen und den Schnee aufwirbeln, dann wandte er sich ab, und das Tosen des Windes verstummte, als er die Luke hinter sich zuzog.

* * *

Als Emily Ascher ins Zimmer blickte, blieb ihr die Luft weg. Der Schlüssel des Zahlschlosses fiel ihr aus der Hand und klirrte auf den nackten Eisboden.

»*Sie …*«

DeVore saß auf der Bettkante und lächelte. »Ja, ich bin's.«

Er bemerkte, wie sie zwischen ihm und dem Schlüssel hin- und herschaute, die Entfernung abschätzte, ihre Chancen beurteilte, das Zimmer lebend zu verlassen, und lächelte innerlich.

Sie taxierte ihn mit zusammengekniffenen Augen. »Wie haben Sie mich gefunden?«

Er neigte den Kopf und betrachtete sie von Kopf bis Fuß auf der Suche nach der verräterischen Ausbeulung versteckter Waffen.

»So schwierig war das nicht. Seit der Zusammenkunft in dem Fleischlager habe ich jemanden auf Sie angesetzt. Ich wußte, daß Sie geplant hatten, sich davonzumachen.«

»Tatsächlich?« Sie lachte, doch ihr Gesicht blieb starr. »Das ist seltsam. Denn solche Pläne hatte ich überhaupt nicht. Erst seit gestern abend.«

Er lächelte. »Dann haben Sie sich einen guten Zeitpunkt ausgesucht. Alle sind tot. Oder haben Sie nicht davon erfahren?«

Er bemerkte, wie ihr Atem schneller ging und die Farbe aus ihrem Gesicht wich.

»Und Gesell?«

Er nickte und ließ sie nicht aus dem Auge. »Um den habe ich mich persönlich gekümmert.«

Die Lippen leicht geöffnet, senkte sie den Blick. »Ich nehme an, es war … unvermeidlich.« Aber als sie ihn wieder ansah, hatte sie Haß in den Augen, und er wußte, daß er sich nicht geirrt hatte. Sie war noch immer in Gesell verliebt.

Was für eine Verschwendung, dachte er. Hatte der Wurm auch nur geahnt, welches Glück er gehabt hatte, sein Bett mit zwei so starken Frauen zu teilen?

Nein. Wahrscheinlich nicht. Wie alle Menschen seines Schlages nahm er nur, ohne den Wert dessen zu kennen, was er bekam.

»Mach hat mir geholfen«, sagte er und beobachtete sie aufmerksam, eine Hand locker an der Waffe in seiner Tasche. »Er hat alles arrangiert.«

»Warum?« fragte sie. »Ich verstehe das nicht. Er wollte mehr als jeder andere von uns, daß es klappt.«

»Das will er immer noch. Aber er möchte von vorn anfangen, ohne den Schandfleck Bremen. Neues Blut, mit neuen Idealen und frischen Ideen.«

Für einen Moment starrte sie ihn an, dann schüttelte sie den Kopf. »Aber immer noch gemeinsam mit Ihnen, wie?«

»Ist das der Grund, weshalb Sie raus wollen? Weil ich beteiligt bin?«

Sie zögerte, dann nickte sie und begegnete seinem herausfordernden Blick. »Nachdem Sie dazugekommen sind, hat sich alles verändert. Vorher war es anders, intensiver, leidenschaftlicher, aber dann … nun, Sie haben ja erlebt, was geschehen ist. So war es vorher nicht.«

»Nein …« Er schien beinahe zuzustimmen. »Nun, das gehört der Vergangenheit an.«

»Meinen Sie?«

Er lehnte sich ein Stück zurück und richtete die Waffe auf sie.

»Und was jetzt? Was wollen Sie von mir?«

Sein Lächeln wurde breiter. »Es geht nicht darum, was ich will. Es geht darum, was Mach will.«

»Und?«

»Und er will, daß Sie sterben.«

Wieder dieses leichte Zittern ihrer Brust, die leichte Beschleunigung ihre Atems, die sie rasch unter Kontrolle hatte. Sie hatte Courage, das stand fest. Vielleicht mehr als alle anderen. Aber das war ihm gleich an ihr aufgefallen, das hatte sie den anderen gegenüber ausgezeichnet.

»Ich bin unbewaffnet«, sagte sie und hob langsam die Hände.

»Das sehe ich«, sagte er. »Und?«

Sie lachte, fast entspannt. »Nein… Das würde Ihnen kein Kopfzerbrechen bereiten, was? Eine unbewaffnete Frau zu erschießen.«

»Nein, sicher nicht. Aber wer hat gesagt, daß ich Sie umbringen will?«

Sie kniff nochmals die Augen zusammen. »Nicht?«

Er schüttelte den Kopf, dann griff er in seine linke Tasche und zog eine Brieftasche heraus. Sie enthielt einen Paß, einen frischen Satz Ausweisdokumente, zwei Credit-Chips über je fünfhundert *Yuan* und ein Ticket für einen Interkontinental-Jet.

»Hier«, sagte er und warf ihr die Brieftasche zu.

Emily fing sie geschickt auf, untersuchte den Inhalt und blickte ruckartig auf. »Ich weiß nicht, was das soll…«

»Es ist nicht umsonst«, erklärte er. »Ich habe Mach versprochen, etwas mitzubringen. Als Beweis dafür, daß ich Sie erledigt habe. Einen Finger.«

Ein leichter Schauer durchfuhr sie. »Ich verstehe.«

»Es dürfte nicht weh tun. Ich werde die Hand einfrieren und die Wunde ausbrennen. Sie werden keine Schmerzen haben. Ein unangenehmes Gefühl vielleicht, aber mehr nicht.«

Sie sah zu Boden, einen seltsam schmerzhaften Ausdruck im Gesicht, dann blickte sie wieder auf. »Warum? Ich meine, warum tun Sie das? Was sind Ihre Motive?«

»Muß ich welche haben?«

Sie nickte. »Alles andere würde mich bei Ihnen wundern.«

Er zuckte die Achseln. »Das haben Sie mir schon einmal gesagt. Aber Sie irren sich.«

»Es ist also kein Haken an der Sache?«

»Kein Haken. Sie geben mir einen Finger, und ich schenke Ihnen Ihre Freiheit und ein neues Leben in Nordamerika.«

Sie lachte, weil sie ihm nach wie vor nicht traute. »Das ist zu einfach. Zu ...« Sie schüttelte den Kopf.

Er stand auf. »Sie fragen sich warum. Warum sollte dieser kalte, berechnende Dreckskerl DeVore das für mich tun? Was hat er vor? Nun, ich werde es Ihnen sagen. Es ist ganz einfach. Ich möchte beweisen, daß Sie sich in mir geirrt haben.«

Sie sah ihn einige Sekunden prüfend an, dann trat sie ins Zimmer und hob den Zahlschlüssel auf.

»Und?« fragte er. »Sind wir uns einig?«

Sie blickte zu ihm auf. »Habe ich eine andere Wahl?«

»Ja. Sie können geradewegs hier rausmarschieren. Ich werde Sie nicht aufhalten. Aber wenn Sie es tun, wird Mach Ihnen mit allen zur Verfügung stehenden Männern nachsetzen. Denn er wird sich nicht sicher fühlen, bevor Sie nicht tot sind.«

»Und Sie?«

DeVore lächelte. »Oh, ich bin sicher. Ich bin immer sicher.«

* * *

Langsam rotierte der große Globus von Chung Kuo im Weltraum, bewegte sich durch Dunkelheit und Licht, und die glatten Massen ihrer ihrer Kontinente glitzerten wie Eiskappen unter mächtigen Wolkenwirbeln. Nach menschlichem Maß waren drei Stunden vergangen, und in der Provinz Sichuan, in dem großen Palast in Tongjiang [5] saß Li Shai Tung mit seinem Sohn im stillen Halbdunkel seines Arbeitszimmers und las den Bericht durch, den General Nocenzi ihm überreicht hatte. Li Yuan stand an der Seite seines Vaters und überflog jede Seite, nachdem sein Vater sie ausgelesen hatte.

Der Bericht betraf eine Reihe von Gegenständen, die am Abend zuvor bei der Razzia eines Spielkasinos beschlagnahmt worden waren, das von den Söhnen verschiedener wichtiger Konzernchefs frequentiert wurde. Mehr als ein Dutzend junger Männer war festgenommen worden, in ihrem Besitz hatte sich eine Unmenge aufwieglerischen Materials befunden: Poster und Pamphlete, geheime Tagebücher und detaillierte Protokolle verbotener Zusammenkünfte. Ein Großteil des Materials bestätigte, was Tolonen schon am Tag davor behauptet hatte. Es gab eine neue Welle der Unzufriedenheit; eine neue Woge in Richtung Veränderung.

Es waren gute Männer – beispielhafte junge Männer, könnte man sagen – aus Familien, deren Bande mit den Sieben bis in die Fundamente der Stadt hinabreichten. Männer, die seinem Vater unter anderen Umständen gut gedient hätten. Aber eine Krankheit kursierte unter Ihnen; eine Fäulnis, die, wenn sie einmal von Ihnen Besitz ergriffen hatte, nicht mehr aus ihrem Blut zu tilgen war.

Und welche Krankheit? Li Yuan warf einen Blick auf den labil wirkenden Stapel von Aktenordnern am anderen Ende des Schreibtischs. Es waren drei, jeder prall voll mit handbeschriebenen Eis-Pergamenten. Er hatte nicht genug Zeit gehabt, um mehr als ein paar wahllos herausgegriffene Absätze miteinander zu vergleichen, aber die wenigen Strichproben hatten den Eindruck bestätigt, daß ihr Inhalt praktisch identisch war. Er beugte sich hinüber, nahm einen und blätterte die ersten Seiten durch. Er hatte vor über einem Jahr in Berdichows Unterlagen das Original gesehen, unter dem Material, das Karr vom Mars mitgebracht hatte, aber er hatte nicht damit gerechnet, eine weitere Ausfertigung zu Gesicht zu bekommen.

Er las die Titelseite. *Die Aristoteles-Datei. Die wahre Geschichte der westlichen Wissenschaft. Von Soren Berdichow.*

Dieses Dokument war zum subversiven Klassiker für diese jungen Männer geworden, die jedes Exemplar in mühseliger Arbeit handschriftlich kopiert hatten.

Sein Vater wandte sich ihm zu. »Nun, Yuan? Was meinst du?«

Er legte die Akte hin. »Wie du schon sagtest, Vater. Das Ding ist wie ein Krebsgeschwür. Wir müssen es herausschneiden, bevor es sich ausbreitet.«

Der alte T'ang lächelte, zufrieden mit seinem Sohn. »Wenn wir können.«

»Du meinst, es könnte schon zu spät sein?«

Li Shai Tung zuckte die Achseln. »Ein Dokument wie dieses ist eine mächtige Waffe, Yuan.« Er lächelte, dann stand er auf und berührte seinen Sohn am Arm. »Aber komm ... gehen wir die Fische füttern. Es ist schon eine Weile her, seit wir das letzte Mal die Gelegenheit hatten, uns zu unterhalten.«

Li Yuan folge seinem Vater ins halbdunkle Arboretum, den Kopf voll dunkler Ahnungen.

Am Karpfenteich wandte Li Shai Tung sich seinem Sohn zu. »Ich komme immer her, wenn ich über etwas nachdenken muß.«

Li Yuan sah sich um und nickte. Er konnte das verstehen. Wenn sein Vater nicht zugegen war, kam er selbst zuweilen hierher, stand am Teich und starrte ins Wasser, als entleere er sich selbst in seine Tiefen, als ließe er seine Gedanken zu Fischen werden, die träge und teilnahmslos durchs Wasser trieben, dann flott an die Oberfläche stießen, als seien sie von einem plötzlichen Drang erfüllt.

Der alte T'ang lächelte, als er sah, wie sein Sohn ins Wasser starrte; in mancher Hinsicht war er ihm sehr ähnlich.

»Manchmal glaube ich, der Teich braucht einen Hecht …«

Li Yuan blickte verblüfft auf. »Einen Hecht, Vater? Aber er würde die anderen Fische auffressen.«

Li Shai Tung nickte ernst. »Und vielleicht ist gerade das mit Chung Kuo nicht in Ordnung. Vielleicht braucht unser großer Teich einen Hecht. Um die Anzahl der Fische gering zu halten und das fehlende aggressive Element hinzuzufügen. Vielleicht ist es genau das, was wir im Moment erleben. Vielleicht sind unsere gegenwärtigen Schwierigkeiten bloß eine Folge der langen Jahre in Frieden.«

»Ja …« Li Shai Tung nickte und ließ sich auf dem großen Sattel eines Schildkrötenpanzers nieder, der neben dem Teich stand. »Und vielleicht ist in den Tiefen ein Hecht los.«

Li Yuan trat an den Teich, und seine Stiefelspitzen ragten über den gefliesten Rand.

»Hast du schon eine Entscheidung gefaßt, Yuan?«

Die Frage stand in keinem Zusammenhang mit dem, was sie bisher diskutiert hatten, aber er begriff auch diesmal. In dieser Hinsicht hatten sie sich nie nähergestanden. Sein Vater meinte den Jungen, Kim.

»Ja, Vater. Ich habe mich entschieden.«

»Und?«

Yuan sah seinen Vater von der Seite an. Li Shai Tung saß mit gespreizten Beinen da, den Spazierstock an ein Knie gelehnt. Yuan sah seinen ermordeten Bruder Han Ch'in in der Positur seines Vaters. Er konnte sich vorstellen, daß sein Vater in jüngeren Jahren Han sehr ähnlich gesehen hatte; als sei ihm das Alter und Han die Jugend gegeben worden. Aber Han war längst tot und mit ihm die Jugend. Nur das Alter blieb. Nur die hinfälligen Vorbilder ihrer Ahnen.

»Ich habe mich geirrt«, sagte er nach einer Pause. »Die Berichte sind unmißverständlich. Es hat nicht funktioniert. Und jetzt das ... diese Sache mit den Söhnen und ihrer ›Neuen Europäischen Bewegung‹. Ich kann mir nicht helfen, aber ich habe den Eindruck, daß beides miteinander zusammenhängt – daß der Junge für das Ganze verantwortlich ist.«

Li Shai Tungs bedauerndes Lächeln spiegelte die Empfindungen seines Sohnes. »Es besteht tatsächlich ein Zusammenhang, Yuan. Ohne den Jungen gäbe es diese Datei nicht.« Er betrachtete seinen Sohn nachdenklich. »Dann wirst du meinem Befehl Folge leisten und den Jungen terminieren lassen?«

Li Yuan sah seinem Vater in die Augen, und ein Teil von ihm zögerte selbst jetzt noch. Dann nickte er.

»Gut. Und mach dir keine Gedanken, Yuan. Du hast getan, was du konntest. Ich habe das Gefühl, das Ende des Jungen war vorbestimmt.«

Li Yuan hatte den Blick gesenkt; die Worte seines Vaters überraschten ihn so sehr, daß er wieder aufblickte. Li Shai Tung bemerkte es und lachte. »Du findest es komisch, wenn ich über Schicksal rede, hm?«

»Du hast immer mit Geringschätzung darüber gesprochen.«

»Mag sein, doch jeder Mann muß sich irgendwann die Frage stellen, ob es Zufall oder Schicksal ist, was die Dinge in Gang hält; ob er der Urheber oder bloß das ausführende Organ seiner Handlungen ist.«

»Und du, Vater? Was denkst du?«

Li Shai Tung stand auf und stützte sich schwerfällig auf den Silberknauf des Spazierstocks, den er in letzter Zeit immer häufiger benutzte; der Spazierstock mit dem Drachenkopf, den Han Ch'in ihn zu seinem fünfzigsten Geburtstag gekauft hatte.

»Es wird erzählt, daß es zur Zeit der Shang Brauch war, einen Schildkrötenpanzer mit Tinte zu bemalen und ins Feuer zu werfen. Wenn er dann herausgeholt wurde, deutete ein Wahrsager die Sprünge und Risse darin. Verstehst du, sie glaubten, die Schildkröte sei ein Wesen von großer Reinheit – in seinem Nebeneinander von harten und weichen Körperteilen sahen sie eine Vermischung von Yin und Yang, von Himmel und Erde. Später beschrifteten sie die Panzer mit Fragen an ihre Ahnen. Als ob die Toten antworten könnten.«

Li Yuan lächelte, beruhigt vom ironischen Tonfall seines Vaters. Einen Moment lang hatte er geglaubt …

»Und vielleicht hatten sie recht, Yuan. Vielleicht ist tatsächlich alles irgendwo niedergeschrieben. Aber dann muß man sich fragen, was die Götter von uns wollen. Sie scheinen völlig willkürlich zu nehmen und zu geben, Dinge aufzubauen, nur um sie niederzureißen, einem Menschen große Freude zu schenken, nur um sie ihm wieder wegzunehmen und ihn in großer Verzweiflung zurückzulassen. Und zu welchem Zweck, Yuan? Zu welchem Zweck?«

Yuan antwortete leise. Die Worte seines Vaters hatten ihn zutiefst gerührt. »Ich weiß es nicht, Vater. Ich weiß es wirklich nicht.«

Li Shai Tung schüttelte bitter den Kopf. »Knochen und Schildkrötenpanzer …« Er lachte und klopfte mit dem Spazierstock auf den großen Schildkrötenpanzer hinter sich. »Es wird behauptet, dies sei eine Kopie des großen Luoshu, Yuan. Es war ein Geschenk von meinem Vater an deine Mutter zu unserer Hochzeit. Das Muster auf dem Panzer soll eine Zauberformel sein, die die Niederkunft erleichtert.«

Yuan sah weg. Es war, als habe sein Vater das Bedürfnis, sich selbst zu quälen, indem er sich mit den Symbolen verlorener Freude umgab.

»Kennst du die Geschichte, Yuan? Es geschah während der Regentschaft von Yu vor … äh … mehr als viertausend Jahren, als eine Schildkröte mit diesen Zeichen auf dem Rücken aus dem Fluß Luo kroch.«

Yuan kannte die Geschichte. Jedes Kind kannte sie.

Aber er ließ seinen Vater erzählen und fand es seltsam, daß sie ausgerechnet jetzt zu dieser Intimität fanden, da die Dinge so schlecht standen, das Scheitern seiner Träume sein Dasein und die schwache Gesundheit das seines Vaters trübten.

»Deutlich erkennbar waren drei Zeilen zu je drei Zeichen in den Panzer geritzt, die Yin-Zahlen in den Ecken, die Yang-Zahlen in der Mitte, und jede Linie – horizontal, vertikal oder diagonal – ergab eine Summe von fünfzehn. Natürlich wurde es sogleich als magisches Quadrat bejubelt – als ein Zeichen für das Wirken übernatürlicher Kräfte in der Welt. Aber wir wissen es besser, nicht wahr, Yuan? Wir wissen, daß keine Zaubersprüche uns bei unseren Problemen beistehen können – nur unsere Vernunft und unser Wille. Und wenn die versagen ...«

Li Shai Tung entrang sich ein Seufzen, dann ließ er sich schwer auf den großen Sattel des Panzers niedersinken. Er schaute müde zu seinem Sohn empor.

»Aber wie lautet die Antwort, Yuan? Was können wir tun, was wir nicht schon längst getan haben?«

Li Yuan sah seinen Vater aus zusamengekniffenen Augen an. »Orakel befragen?«

Der T'ang lachte leise. »Wie unsere Vorväter, hm?«

Der alte Mann wandte den Blick ab, starrte in die Tiefen des Teichs. Hinter ihm rahmte die Dunkelheit des Fensters den Mond. Es war eine Nacht, vollkommen wie der Samt, den ein junges Mädchen um den Hals trug.

»Ich hoffe auf Frieden, Yuan. Ich sehne mich danach. Aber ...« Er schüttelte den Kopf.

»Was nun, Vater? Was sollen wir tun?«

»Was wir tun sollen?« Li Shai Tung lachte; ein weicher Laut, der ganz fremd klang. »Wir sollten uns vorbereiten, Yuan. Das ist alles. Wir sollten uns vergewissern, daß wir unseren Freunden vertrauen können. Und nur schlafen, wenn wir sicher sind.«

Es war eine für ihn völlig untypisch vage Antwort.

Yuan schaute zu Boden, dann brachte er das Thema zu Sprache, das er den ganzen Abend gemieden hatte. »Wie geht es dir, Vater? Ich habe gehört ...«

»Was hast du gehört? Was?« Li Shai Tung fuhr herum und verfiel abrupt in einen scharfen Befehlston.

Li Yuan lächelte fast, riß sich aber zusammen, weil er wußte, daß die Adleraugen seines Vaters auf ihn gerichtet waren. »Nur daß es dir nicht besonders gut geht, Vater. Mehr nicht. Kopfschmerzen, leichte Magenbeschwerden. Aber sei mir nicht böse. Ein Sohn sollte um die Gesundheit seines Vaters besorgt sein.«

Li Shai Tung grunzte. »Nicht besonders gut, häh? Nun, das trifft auf uns alle zu, wenn wir einmal über dreißig sind. Danach geht es uns nie mehr besonders gut.« Er schwieg einen Moment, dann wandte er sich ab und tippte mit dem Spazierstock auf den gefliesten Boden. »Vielleicht gilt das für alle Dinge – daß sie nach einer Weile nicht mehr in besonders guter Verfassung sind. Für Menschen und für die Dinge, die von Menschen geschaffen wurden.«

»Besonders dafür, Vater. Besonders dafür.«

Der Alte musterte ihn eine Weile schweigend, dann nickte er. »So habe ich es dir immer eingeschärft, Yuan. Du lernst fleißig. Das hast du immer schon. Du warst immer darauf vorbereitet.«

Es trat ein langes Schweigen ein. Han Ch'ins Tod geisterte durch dieses Schweigen; kalt, schwer und unaussprechlich; beide hatten einen dunklen Stein des Kummers in den Eingeweiden, den sie nicht abzuwerfen vermochten.

»Und Fei Yen?«

Zum ersten Mal erwähnte sein Vater die Trennung. Die Sache war noch nicht öffentlich bekannt.

Li Yuan seufzte. »Es hat sich nichts geändert.«

Li Shai Tungs Gesicht drückte echten Schmerz aus.

»Du solltest sie zurückholen, Yuan. Befiehl ihr, nach Hause zu kommen.«

Li Yuan zügelte seine Gefühle und schüttelte den Kopf. »Bei allem Respekt, Vater, ich weiß selbst am besten, was zu tun ist. Sie haßt mich. Das ist mir inzwischen klargeworden. Sie bei mir daheim zu haben... würde mich schwächen.«

Die Schultern etwas eingezogen, beobachtete Li Shai Tung aufmerksam seinen Sohn. »Ach so ...« Er hob das Kinn. »Das wußte ich nicht, Yuan. Ich...« Wieder seufzte er. »Es tut mir leid, Yuan, aber das Kind. Was wird aus dem Kind?«

Li Yuan schluckte, hob wieder den Kopf und sprach es unumwunden aus. »Das Kind ist nicht von mir. Fei Yen hat mich betrogen. Das Kind ist von einem anderen Mann.«

»Bist du dir sicher?«

Der alte Mann ging um den Teich und trat ganz nah an seinen Sohn heran.

»Nein, aber ich weiß es. Fei Yen selbst...«

»Nein. Ich meine keine vage Ahnung, sondern ob du dir felsenfest sicher bist.« Er schlug wieder diesen scharfen Befehlston an. »Das ist wichtig, Yuan. Du erstaunst mich. Du hättest dich vergewissern sollen.«

Li Yuan nickte. Sein Vater hatte recht, aber er hatte es nicht über sich gebracht. Er wollte keine felsenfeste Gewißheit. Er war ganz zufrieden damit gewesen, ihr Wort zu haben.

»Du mußt zu ihr gehen und ihr eine Scheidungsvereinbarung anbieten, Yuan. Sofort. Aber du wirst das Angebot von bestimmten Bedingungen abhängig machen. Hast du mich verstanden?«

Er nickte nochmals. Natürlich hatte er verstanden. Es waren Tests erforderlich, um die Vaterschaft an dem Kind sicher festzustellen. Untersuchungen des Genotypus. Dann hätte er diese felsenfeste Gewißheit. Er biß die Zähne aufeinander und spürte den Schmerz wie einen Stachel in seinen Eingeweiden.

»Gut«, sagte der T'ang, als er sah, daß seinen Wünschen entsprochen wurde. »Es darf in der Zukunft keinen Raum für Zweifel geben. Wenn dein Sohn einmal herrschen soll, muß er von zweifelsfreier Abkunft sein. *Dein* Sohn, nicht irgendein Kuckuck in deinem Nest.«

Die Worte trafen Li Yuan empfindlich, doch das war ihr Sinn. Sein Vater wußte, wann er sich zurückhalten und wann er jemanden anstacheln mußte.

»Und dann?« Li Yuan fühlte sich plötzlich ganz leer, aller Gedanken ledig.

»Und dann wirst du wieder heiraten. Nicht eine Frau, sondern zwei. Sechs, wenn's sein muß, Yuan. Zeuge Söhne, mach die Familie wieder stark. *Sorge für morgen.*«

Er nickte, auch wenn er sich nicht vorstellen konnte, mit einer anderen Frau als Fei Yen zu leben, doch für den Moment wollte er den Wünschen seines Vaters entsprechen.

»Liebe!« Es lag eine seltsame Bitterkeit in der Stimme seines Vaters. Etwas Scharfzüngiges. »Liebe ist nie genug, Yuan. Denke immer daran. Am Ende läßt sie dich doch im Stich. Immer.«

Li Yuan sah seinem Vater in die Augen und sah Liebe, Schmerz und Qual dort, wo andere nichts entdeckten.

»Jede Liebe?«

Der T'ang nickte und faßte seinen Sohn an der Schulter. »Jede Liebe, Yuan. Selbst die zwischen uns.«

* * *

Jemand pochte an die Außentür. Li Shai Tung erwachte schweißgebadet aus einem Traum von seiner ersten Frau Lin Yua, und hatte eine so klare Erinnerung an jene schreckliche Nacht, daß er für einen Moment glaubte, das Klopfen an die Tür gehöre dazu. Er fuhr hoch und fühlte sich schwach und orientierungslos. Das Pochen wiederholte sich.

»Die Götter mögen uns beistehen… was ist denn los?« brummte er, stand langsam auf und zog seinen Morgenmantel über.

Er ging zur Tür. »Wer ist da?«

»Ich bin's, *Chieh Hsia*. Euer Kanzler Chung Hu-yan.«

Er schauderte. Chung Hu-yan. Wie in seinem Traum. Wie in jener Nacht, als Lin Yua bei der Geburt seines Sohnes Yuan gestorben war. Für einen Moment konnte er ihm nicht antworten.

»Chieh Hsia«, hörte er erneut die Stimme. »Ist alles in Ordnung?«

Er schaute umher, dann wandte er sich wieder der Tür zu. Nein. Er war hier. Er träumte nicht. Fünfzehn Jahre waren vergangen, und er war hier in seinem Palast, und das Pochen an der Tür und die Stimme – hatte er sich nicht eingebildet.

»Einen Moment, Chung. Ich mach auf…«

Er hörte, wie schwach seine Stimme klang, wie unentschlossen, und er zitterte. Schweiß rann die Innenseiten seiner Arme hinunter, perlte von seiner Stirn. Warum war auf einmal alles so schwierig?

Er fummelte am Schloß herum, dann drückte er die Klinke. Er trat zurück und sah zu, wie die Tür aufglitt. Chung Hu-yan stand, von zwei Wachmännern flankiert, vor ihm.

»Was ist los, Chung?« fragte er mit bebender Stimme, als er die Furcht im Gesicht seines Kanzlers bemerkte.

Chung Hu-yan verbeugte sich tief. »Wir haben Nachrichten erhalten, *Chieh Hsia.* Schlechte Nachrichten.«

Schlechte Nachrichten… Es zog ihm den Magen zusammen. Li Yuan war tot. Oder Tsu Ma. Oder…

»Was ist los, Chung?« fragte er noch mal, ohne zu merken, daß er sich wiederholte.

Statt zu antworten, trat Chung beiseite. Tolonen stand mit aschfarbenem Gesicht vor der Tür.

»Chieh Hsia …«, begann der Marschall, fiel dann auf die Knie und beugte den Kopf tief hinunter. »Ich habe Euch im Stich gelassen, Herr … ich habe versagt.«

Li Shai Tung schaute um die Ecke, um zu sehen, wer hinter ihm stand, aber da war niemand. »Versagt, Knut? Was heißt versagt?«

»Die Plantagen …«, sagte Tolonen und hatte Tränen in den Augen, als er zu ihm emporblickte. »Die Plantagen brennen.«

KAPITEL · 5

Das gebrochene Rad

Ein mächtiger Wind blies durchs Ende des Korridors, wo der Tunnel nach rechts abbog und auf die Einstiegsluke traf. Die Frau blieb für einen Moment dort stehen und starrte, fast ohne die Passagiere zu bemerken, die sich an ihr vorbeischoben, aufs dämmrige Halbdunkel des Raumhafens hinaus, weil sie wußte, daß dies möglicherweise ihr letzter Blick auf die Stadt Europa sein würde – die Stadt, in der sie ihr ganzes Leben verbracht hatte. Aber dieses Leben war jetzt vorüber, und ein neues lag vor ihr. Emily Ascher war tot, vor drei Tagen bei einem fingierten Unglücksfall umgekommen. Sie hieß jetzt Mary Jennings, eine Blondine aus dem Kanton Atlanta, die nach einer zweijährigen Gasttätigkeit für die europäische Zweigstelle ihres Konzerns an die Ostküste zurückkehrte.

Sie hatte bis spät in die Nacht wachgesessen und das Memorandum auswendig gelernt, das ihr zugegangen war, dann drei Stunden gedöst, bis der Anruf sie weckte. Das war vor einer Stunde gewesen. Jetzt stand sie buchstäblich an der Schwelle eines neuen Lebens, zögerte und fragte sich selbst jetzt noch, ob sie das Richtige getan hatte.

Was es wirklich zu spät, um zurückzukehren – um mit Mach Frieden zu schließen? Sie seufzte und fuhr mit den Fingern langsam über die dunkle, glatte Oberfläche der Scheibe. Ja. DeVore mochte gelogen haben, als er behauptete, er habe keine Hintergedanken, wenn er ihr half, aber er hatte recht, wenn er sagte, daß Mach sie umbringen wollte. Sie hatte ihm keine Wahl gelassen. Niemand durfte die *Ping Tiao* verlassen. Zumindest nicht aus freien Stücken. Und schon gar nicht lebendig.

Dennoch, hatte sie wirklich keine andere Wahl? Blieb ihr keine andere Möglichkeit, als sich von DeVore abhängig zu machen?

Sie warf einen Blick auf ihre bandagierte Linke und lächelte ihr Spiegelbild im verdunkelten Glas zynisch an. Wenn ja, wäre sie jetzt nicht hier. Abgesehen davon hatte sie etwas zu erledigen. Wichtige Dinge. Und vielleicht konnte sie das in Amerika genausogut bewerkstelligen. Wenn DeVore es erlaubte.

Ein großes Wenn, aber sie wollte es darauf ankommen lassen. Es war ihre einzige Wahl außer dem Tod, und auch wenn sie den Tod nicht fürchtete, hatte sie keinen Anlaß, etwas zu überstürzen. Nein. Diese Möglichkeit blieb ihr immer noch. Sie blieb ihr als ein letztes Angebot. Nur für den Fall, daß DeVore Schwierigkeiten bereitete. Und vielleicht würde Sie ihn dann mit ins Grab nehmen. Wenn möglich.

Ihr Lächeln wurde breiter, verlor seine Härte. Sie trat vom Fenster zurück, schloß sich der Warteschlange der Passagiere an und hielt ihren Paß der zierlichen Han-Stewardess hin, bevor sie durch den Gang zwischen den Sitzreihen zu ihrem Platz ging.

Sie wollte sich gerade setzen, als der Steward sie am Arm berührte.

»Verzeihen Sie, *Fu jen,* aber haben Sie ein reserviertes Ticket für diesen Platz?«

Sie fuhr herum, straffte sich und hielt ihm ihr Ticket zur Überprüfung hin, wobei sie den Mann von Kopf bis Fuß musterte. Es war ein untersetzter, breitschultriger Han mit einem dieser für sie typischen harten, anonymen Gesichter. Sie wußte sofort, wen sie vor sich hatte. Einen dieser untergeordneten Beamten, die große Stücke auf ihre penible Korrektheit hielten.

Er machte ein großes Theater daraus, ihr Ticket zu überprüfem, studierte immer wieder die Vorder- und die Rückseite. Seine Geringschätzung war nicht zu übersehen, wenn er mit kurzen Blicken ihr Gesicht, dann ihre Kleidung streifte, das Fehlen von Schmuck bemerkte, ehe er sich wieder ihrem Gesicht zuwandte. Schließlich schüttelte er den Kopf.

»Wenn Sie mir bitte folgen würden, *Fu jen* …«

Er drängelte sich durch den Gang zu den engen Plätzen der dritten und vierten Klasse im Heck der Rakete durch, aber Emily blieb stehen, wo sie war, und ihr Magen krampfte sich zusammen, wenn sie an den bevorstehenden Ärger dachte.

Als er merkte, daß sie ihm nicht folgte, kam er zurück und nahm plötzlich eine brutale, offen feindselige Haltung an.

»Kommen Sie gefälligst mit, *Fu jen*. Diese Plätze sind für andere reserviert.«

Sie schüttelte den Kopf. »Ich habe ein Ticket.«

Er stopfte das Ticket in die Brusttasche seines Uniformrocks. »Tut mir leid, *Fu jen*, aber da liegt ein Irrtum vor. Wie ich schon sagte, diese Plätze sind reserviert. Sie wurden im voraus bezahlt.«

Die Betonung auf die letzten drei Worte entlarvten ihn. Für einen Moment hatte sie geglaubt, DeVores triebe ein letztes Spielchen mit ihr, aber jetzt wußte sie Bescheid. Der Steward wollte ein paar *Yuan* Prämie von ihr erpressen. Sie sollte für etwas bezahlen, das ihr schon rechtmäßig gehörte. Mit einem finsteren Blick wandte sie sich ab und nahm Platz. Sollte er nur versuchen, sie von der Stelle zu bewegen …

Er beugte sich über sie, außer sich vor Wut. »*Fu jen!* Sie müssen hier weg! Sofort! Sonst rufe ich den Captain!«

Sie wollte etwas erwidern, als jemand dem Steward eine Hand auf die Schulter legte und ihn grob herumriß.

Es war ein großer Mann. Ein *Hung Mao*. Er stieß den Han-Steward unsanft weg und schüchterte ihn mit einem vernichtenden Blick ein. »Haben Sie den Verstand verloren, Mann? Die Dame hat für ihren Platz bezahlt. Sie geben ihr sofort das Ticket zurück und lassen sie in Frieden, sonst werde ich Sie der Hafenaufsicht melden – verstanden, *Hsiao jen?*«

Die Steward bewegte tonlos die Lippen, als der Mann ihm einen Dienstausweis des Sicherheitsdienstes hinhielt. Mit gesenktem Blick zog er das Ticket aus seiner Brusttasche und gab es zurück.

»Gut!« Der Mann reichte es mit einem Lächeln weiter und schüttelte erbost den Kopf. »Und jetzt verpiß dich, du kleiner Scheißer. Sollte ich dich während des Fluges in diesem Teil der Maschine zu Gesicht bekommen …«

Der Han schluckte und machte sich eilig davon.

Der Mann wandte sich Emily zu. »Tut mir leid, daß das passiert ist. Bei Frauen, die allein reisen, versuchen sie's immer wieder. Jemand wie Sie ist normalerweise für fünfzig *Yuan* gut.«

Ein leichter Schauer der Entrüstung durchfuhr sie, als sie ihr Ticket begutachtete, und sie bedankte sich mit einem Lächeln. »Danke. Ich weiß Ihre Hilfe zu schätzen, aber ich wäre schon zurechtgekommen.«

Er nickte. »Mag sein. Aber ein gemeinsamer Freund hat mich gebeten, ein Auge auf Sie zu haben.«

»Aha …« Sie kniff die Augen zusammen, neigte leicht den Kopf und zeigte auf den Dienstausweis, den er noch immer in der Hand hielt. »Und ist der echt?«

Er lachte. »Natürlich. Verzeihung, darf ich mich kurz setzen? Wir sollten ein paar Dinge klarstellen …«

Sie zögerte, dann nickte sie knapp. Keine Fesseln, was? Aber sie hatte nichts anderes erwartet. Ihr war von Anfang an klar gewesen, daß DeVore einen guten Grund haben mußte, ihr zu helfen.

»Um was geht's?« fragte sie und rückte ein Stück herum, damit sie ihn näher in Augenschein nehmen konnte.

»Um das hier …« Er gab ihr eine Brieftasche und

einen Satz Karten. Die Karten waren auf den Namen Rachel DeValerian ausgestellt; die Brieftasche enthielt einen Satz Papiere für Mary Jennings, darunter die Urkunde für einen akademischen Grad in Wirtschaftswissenschaften und ein Empfehlungsschreiben an Michael Lever, den Direktor einer Firma namens MemSys. Der Brief war zwei Tage im voraus datiert.

Emily blickte zu dem Mann auf. »Ich verstehe nicht.«

Er lächelte. »Sie brauchen da drüben einen Job. Nun, die Levers werden in ihrer Belegschaft eine Stelle für einen Ökonomen frei haben. Das heißt in zwei Tagen.«

Woher wissen Sie das? wollte sie fragen, aber sein Lächeln genügte als Antwort. Wenn DeVore sagte, daß es eine freie Stelle geben würde, dann würde es auch eine freie Stelle geben. Aber warum bei den Levers? Und was sollte die andere Identität?

»Wozu sind die gut?« fragte sie und hielt ihm DeValerians Karten hin.

Er zuckte die Achseln. »Ich bin nur der Überbringer. Unser Freund sagte, Sie wüßten, was damit zu tun ist.«

»Ich verstehe.« Sie sah die Karten durch, dann steckte sie sie weg. Dann erwartete DeVore also von ihr, daß sie eine eigene Bewegung ins Leben rief, neue Anhänger rekrutierte. Sie lächelte und hob wieder den Blick. »Was noch?«

Er erwiderte ihr Lächeln und bedeckte ihre linke Hand für einen kurzen Moment mit seiner rechten. »Nichts. Aber ich bin gleich wieder da, wenn Sie mich brauchen. Genießen Sie den Flug.« Er stand auf. »Gut. Wir sehen uns in Boston.«

»Boston? Ich dachte, wir fliegen nach New York.«

Er schüttelte den Kopf und beugte sich herunter. »Haben Sie nicht davon gehört? New York ist geschlossen. Wu Shih hält eine Krisensitzung der Sieben ab und hat ein Gebiet im Umkreis von zweihundert *li* um Manhattan zur Sperrzone erklärt.«

Sie runzelte die Stirn. »Das wußte ich nicht. Was ist denn los?«

Er lachte und berührte mit einem Finger die Schaltfläche auf der Sitzrückseite vor ihr. Der Bildschirm wurde augenblicklich hell und zeigte eine Bild katastrophaler Verwüstung.

»Schauen Sie!« sagte der Mann. »Das ist los.«

* * *

Die beiden Männer saßen auf dem hohen Wall des Deichs, als die Dämmerung einbrach, sahen über die weiten, verkohlten Felder hinaus und beobachteten die Gestalten, die fast schläfrig durch die Dunkelheit zu ihren Füßen schlichen. Der beißende Geruch verbrannten Getreides belastete trotz der Filter, die sie trugen, jeden Atemzug. Sie trugen die Uniformen der freiwilligen Reserveeinheiten, und obwohl nur einer von beiden sie rechtmäßig trug, war nur schwer zu erkennen, welcher.

Gewaltige Rauchwolken stiegen über dem fernen Horizont auf und tönten das Dämmerlicht ockerfarben, während in zwei *li* Entfernung ein Konvoi von Transportern westwärts raste, zurück in die Sicherheit der Stadt.

DeVore lächelte und lehnte sich zurück. Er zog ein Päckchen Pfefferminzpastillen aus seiner Brusttasche und bot seinem Gefährten eine an. Mach beäugte die Packung, dann nahm er eine. Eine Zeitlang schwiegen sie beide und nahmen die Szene in sich auf, dann ergriff Mach das Wort.

»Was jetzt?«

DeVore sah Mach in die Augen. »Jetzt lösen wir uns in Luft auf. Wie Gespenster.«

Mach lächelte. »Und dann?«

»Dann nichts mehr. Eine ganze Zeit nichts. Sie gehen in den Untergrund, rekrutieren Anhänger, bauen Ihre

Bewegung neu auf. Ich werde alle finanziellen Mittel zur Verfügung stellen, die Sie benötigen. Aber Sie dürfen nichts unternehmen. Nicht bis wir bereit sind.«

»Und die Sieben?«

DeVore sah hinunter. »Die Sieben werden sich bemühen, ihre Verteidigung zu stärken. Aber sie werden an zu vielen Stellen gleichzeitig tätig werden müssen. Das wird sie vermutlich schwächen. Außerdem haben sie Probleme untereinander. Der Rat ist gespalten.«

Mach starrte seinen Gefährten fassungslos an und wunderte sich, wie schon so oft, woher DeVore soviel wußte. Und wie es dazu kam, daß ein solcher Mann von dem Ehrgeiz beseelt war, die Sieben zu bekämpfen.

»Warum hassen Sie sie so sehr?« fragte er.

DeVore musterte ihn. »Warum hassen *Sie* sie?«

»Weil die Welt, die sie geschaffen haben, ein Gefängnis ist. Für jeden von uns. Aber besonders für die Menschen auf den unteren Ebenen.«

»Und das kümmert Sie?«

Mach nickte. »Hier draußen … das ist wirklich, finden Sie nicht? Aber das da drin …« Er erschauderte und sah weg. Sein Blick verlor sich zum Horizont. »Nun, ich habe nie begreifen können, warum menschliche Wesen so leben sollen. Eingepfercht wie Schlachtvieh. Von Vorschriften eingeengt. Nach Wohlstand auf Ebenen sortiert. Ich habe das immer gehaßt. Schon als Kind von fünf oder sechs Jahren. Und ich habe mich dem Ganzen gegenüber immer so machtlos gefühlt.«

»Aber jetzt nicht mehr?«

»Nein. Jetzt nicht mehr. Jetzt habe ich meinen Zorn in eine Richtung gelenkt.«

Sie schwiegen wieder eine Weile, dann sah Mach DeVore von der Seite an. »Was ist mit Ascher?«

DeVore schüttelte den Kopf. »Sie ist verschwunden. Ich dachte, wir hätten sie, aber sie ist uns durch die Finger geschlüpft. Sie ist gut, das wissen Sie.«

Mach lächelte. »Ja. Sie war immer eine der besten von uns. Das hat sogar Gesell gemerkt. Aber sie war unflexibel. Sie hat immer ihren Idealismus vor praktische Erwägungen gestellt. Es war unvermeidlich, daß sie eines Tages mit uns brechen würde.«

»Und was wollen Sie jetzt unternehmen?«

»Ich? Nichts. Oh, ich werde mir den Rücken stärken, keine Sorge. Aber wenn ich mich in unserer Emily nicht täusche, wird sie eine Möglichkeit finden, die Stadt Europa zu verlassen. Sie hat immer davon geredet, sich anderswo niederzulassen – um unseren Einflußbereich auszudehnen. Sie ist eine gute Organisatorin. Ich würde eine stattliche Summe darauf setzen, daß wir bald wieder von ihr hören.«

DeVore lächelte, als er sich vorstellte, wie sie – genau in diesem Moment – im Jet nach Amerika saß, während ihr tiefgefrorener linker Zeigefinger in einem medizinischen Behälter zum Mars unterwegs war. »Ja«, sagte er. »Das werden wir. Da bin ich mir ganz sicher.«

* * *

Sie standen auf dem hohen steinernen Balkon, die sieben großen Herren von Chung Kuo, und die Sonne eines makellosen blauen Morgenhimmels brachte das kaiserliche Gelb ihrer Seidengewänder zum Glitzern. Unter ihnen erstreckte sich der große Garten, flankiert von zwei breiten Flüssen, das Ganze umschlossen von einer einzigen unüberwindlichen Mauer, seine Seen und Pagoden, seine kleinen Gehölze und Blumenbeete, seine Brücken und schattigen Spazierwege, eine schützenswerte Idylle. Eine geschwungene rote Steintreppe in der Form eines Drachenschwanzes führte nach unten. Langsam schritten sie, angeführt von ihrem Gastgeber Wu Shih hinunter, ihre Gespräche ein kaum hörbares Gemurmel über den Schreien der Vögel in ihren Käfigen an den Bäumen.

Am Fuß der Treppe blieb Wu Shih stehen und sah zurück. Hinter den versammelten T'ang stand sein Palast auf einem künstlichen Hügel, fest verankert, als habe er schon immer dort gestanden, seine strahlend weißen Wände gekrönt von steilen Dächern aus roten Ziegeln, das ganze mächtige Bauwerk überragt von einer schlanken sechsstöckigen Pagode, die sich wie ein Scherenschnitt gegen den Himmel abhob. Er nickte zufrieden und lud seine Vettern mit einer ausladenden Handbewegung in seinen Garten ein.

Ein leises Klingen von Pagodenglocken hing im Wind, und durch die große Mondtür in der Mauer wehte ihnen Jasmin- und Forsythien-, Gardenien- und Chrysanthemenduft entgegen. Sie betraten eine andere Welt; eine Welt altehrwürdiger Freuden und strenger Ordnung, die wie ein zufälliges Vorkommnis wirkte, eine Welt Tausender Grüntöne, die in Kontrast zum Grau der Steine, dem Weiß der Mauern und dem Rot der Ziegeln standen. Es war, obwohl Wu Shih selbst nie damit prahlte, der größte Garten von Chung Kuo – der Garten der Höchsten Vollendung –, und er bestand aus einem Dutzend separater Gärten, von denen jeder einem berühmten Vorbild nachempfunden war.

Sie hatten ihre Arbeit getan und Übereinstimmung darin erreicht, welchen Weg sie zu beschreiten hatten. Nun war Zeit zum Entspannen, Zeit um ihre Lasten abzuwerfen, und an welchem anderen Ort trafen Symmetrie und Unordnung, Kunstfertigkeit und Zufall in solch perfektem Gleichgewicht aufeinander?

Wu Shih sah in die Runde und empfand tiefe Befriedigung. Der Garten war von seinem Ururgroßvater angelegt worden, aber wie sein Vater und sein Großvater hatte auch er seine eigenen kleinen Eingriffe in die ursprüngliche Anlage vorgenommen und den Garten nach Norden ausgeweitet, so daß er jetzt die gesamte einstige Insel Manhattan einnahm.

»Es ist ein wunderschöner Garten, Vetter«, sagte

Wang Sau-leyan und lächelte heiter. »Es gibt nur wenige Dinge im Leben, die soviel Freude bereiten wie ein harmonisch angelegter Garten.«

Wu Shih grinste. Zum zweiten Mal an diesem Morgen fand er sich von Wang Sau-leyan überrascht. Es war, als habe er sich in einen anderen Menschen verwandelt und alle rüden, widerborstigen Züge seines Wesens abgelegt. Vorhin im Rat war er ihm aus dem Weg gegangen, um Li Shai Tung seine Unterstützung zuzusichern, und war sogar Wei Fengs Angebot zuvorgekommen, indem er Li Shai Tung versprach, ihn mit einem beträchtlichen Anteil seiner eigenen Getreidereserven auszuhelfen. Die Großzügigkeit des Angebots hatte sie alle verblüfft und zu einer wahren Flut spontaner Hilfsangebote veranlaßt. Am Ende der Sitzung hatten alle sieben breit gegrinst, und ihre anfänglich verzweifelte Stimmung war einem Gefühl wiedergewonnener Einigkeit gewichen. Sie waren wieder die Sieben. Sieben.

Wu Shih streckte die Hand aus und berührte den jungen T'ang am Arm. »Dies hier, dieser Garten, ist der Himmel auf Erden.«

Wang Sau-leyan nickte andeutungsweise, wie um Wu Shihs Alter und Erfahrung anzuerkennen. Auch diese Geste gefiel Wu Shih. Vielleicht hatten sie sich in Wang Sau-leyan getäuscht. Vielleicht waren es nur die Jugend und der Schock über die Ermordung seines Vaters und den Selbstmord seines Bruders, die ihn geprägt hatten. Dies und die ungewisse Lage.

Wang Sau-leyan drehte sich und deutete auf das alte rostige Schild, das hoch an den Stamm eines unweit wurzelnden Wacholderbaums genagelt war.

»Sag mir, Wu Shih, was bedeutet dieses Schild? Alles andere hier ist in Han geschrieben. Aber das …«

»Das?« Wu Shih lachte leise und zog die Aufmerksamkeit der übrigen T'ang auf sich. »Das ist ein Scherz meines Ururgroßvaters, Vetter Wang. Weißt du, bevor er diesen Garten anlegte, stand auf diesem Gelände ein

Teil der größten Stadt Amerikas. Genau besehen wurde von hier aus eine große Republik von neunundsechzig Staaten regiert. Und genau hier, wo wir gerade spazieren, schlug das Herz ihres Finanzimperiums. Es wird erzählt, daß mein Ururgroßvater persönlich herkam, um Augenzeuge der Zerstörung ihrer großen Stadt zu werden, und daß er beim Anblick des Schildes lächelte, weil ihn das Wortspiel amüsierte. Denn was entspricht den Han mehr als eine Mauer? Deshalb hat er angeordnet, das Schild aufzubewahren. Und deshalb trägt dieser Weg heute noch seinen ursprünglichen Namen. Wall Street.«

Die anderen T'ang lächelten über die Geschichte.

»Wir sollten von ihnen lernen«, sinnierte Wei Feng und zupfte ein Blatt von einem Ast. Er steckte es in den Mund und prüfte den Geschmack, dann sah er Wang Sau-leyan wieder an und verzog sein greises Gesicht zu einem Lächeln. »Sie haben zuviel gewollt. Ihre Ambitionen haben ihre Möglichkeiten immer überstiegen. Denke nur an ihren lächerlichen Plan, die Sterne zu besiedeln.«

Wieder nickte Wang Sau-leyan knapp. »Ganz meiner Meinung, Vetter. Und doch benutzen wir noch immer die Kopter, die sie konstruiert und gebaut haben. So wie viele andere ihrer Erfindungen.«

»Das ist richtig«, erwiderte Wei Feng. »Ich habe nicht behauptet, daß sie nur Fehler gemacht haben. Doch sie hatten kein Gefühl für das richtige Maß. Für das Gleichgewicht. Was immer sie taten, es geschah ohne nachzudenken, ohne Rücksicht. In dieser Hinsicht täten wir gut daran, ihrem Beispiel nicht zu folgen. Es war ihre Gedankenlosigkeit, die ihr Reich zum Untergang verurteilte.«

»Und Arroganz«, fügte Wu Shih hinzu und sah in die Runde. »Aber kommt. Gehen wir weiter. Ich habe im Pavillon neben dem See *Ch'a* anrichten lassen. Außerdem wird dort für unsere Unterhaltung gesorgt.«

Die T'ang lächelten zufrieden. Es war schon eine ganze Zeit her, seit sie das letzte Mal Gelegenheit gehabt hatten, sich so gehenzulassen. Wu Shih führte sie über den *Lang*, den von Zweigen überdachten Weg, und eine geschwungene, hölzerne Treppe auf eine breite Galerie über einem verschwiegenen See.

Eine niedere, auf Pfeilern über einem Gewirr kunstvoll behauener Steine errichtete hölzerne Balustrade bildete ein Viereck um den kreisrunden See. In ihr hellrot gestrichenes Holz war ein repetitives Muster aus dem Piktogramm geschnitzt, das Unsterblichkeit bedeutete. Die breiten, tiefgrünen Blätter von Lotospflanzen bedeckten lückenlos das Wasser, während in einem strohbedeckten *T'ing* am anderen Ufer des Sees ein Ensemble von Musikern auf uralten Instrumenten zu spielen begann, deren Klang leise zu den Sieben hinübertrieb.

Li Shai Tung lehnte sich zurück und betrachtete die übrigen T'ang. Zum ersten Mal seit Monaten lastete nicht mehr diese dunkle Wolke auf seiner Seele, und das beklemmende Gefühl in seinem Bauch war verschwunden. Außerdem war er nicht allein, das wurde ihm jetzt klar. Sie wirkten jetzt frischer; belebt und gestärkt von den Ereignissen des Morgens. So war es wirklich. So sollte es sein. Er hatte bisher nicht begriffen, wie wichtig das war, wie sehr ihre Stärke davon abhing, daß sie wie einer dachten und fühlten. Und nun, da Wang Sau-leyan zur Vernunft gekommen war, würden sie wieder stark sein. Es war nur eine Frage der Willenskraft.

Er sah zu dem jungen T'ang von Afrika hinüber und lächelte. »Ich bin dankbar für deine Unterstützung, Vetter Wang. Kann ich als Gegenleistung etwas für dich tun?«

Wang Sau-leyan drehte sich um, und für einen kurzen Moment war sein breites, grinsendes Gesicht ein Ebenbild seines Vaters als junger Mann. Es war eine

Geste bemerkenswerter Bescheidenheit, als er den Blick senkte. »Unter den gegebenen Umständen genügt es völlig, wenn wir uns gegenseitig helfen, oder?« Er sah Li Shai Tung in die Augen. »Ich bin ein stolzer Mann, Li Shai Tung, aber nicht stolz genug, um zugegeben, wenn ich mich geirrt habe – und ich habe mich geirrt, was die *Ping Tiao* angeht. Wenn mein Angebot, dir zu helfen, etwas davon wiedergutmacht, bin ich zufrieden.«

Li Shai Tung schaute in die Runde, und ein Ausdruck tiefer Befriedigung ließ sein Gesicht erstrahlen. Er quittierte die Bemerkung des jungen T'ang mit einem Nicken. »So etwas macht mir Freude, Vetter Wang. Es liegt große Weisheit darin, zu wissen, wenn man sich geirrt hat. Ich habe gehört, es sei gar der erste Schritt auf dem Weg zu wahrer Wohltätigkeit.«

Wang Sau-leyan senkte den Kopf, sagte aber nichts. Für eine Weile schwiegen sie und lauschten der alten Musik. Diener gingen zwischen ihnen umher, servierten *Ch'a* und süßsaure Fleischbällchen, und ihre blaßgrünen Seidengewänder verschmolzen mit den Farben des Gartens.

»Wunderschön«, sagte Tsu Ma, als das Stück vorüber war. Sein Gesichtsausdruck hatte etwas seltsam Wehmütiges. »Es ist einige Zeit her, seit ich das letzte Mal so gut gespielte Musik gehört habe.«

»In der Tat ...«, begann Wu Shih und verstummte, als sein Kanzler am anderen Ende der Galerie erschien. »Kommen Sie, Fen ...«, rief er und winkte ihn herbei. »Was ist los?«

Fen Cho-hsien blieb wenige Schritte vor seinem T'ang stehen und verneigte sich nacheinander vor jedem einzelnen T'ang, bevor er sich wieder seinem Herrn zuwandte und eine weitere tiefe Verbeugung vollführte. »Ich hätte Euch nicht belästigt, *Chieh Hsia,* wenn nicht eine wichtige Nachricht eingetroffen wäre. Meister Lis General scheint erkrankt zu sein.«

Li Shai Tung beugte sich erschrocken vor. »Nocenzi ist krank? Was, in aller Götter Namen, fehlt ihm denn?«

Fen wandte sich Li Shai Tung zu und senkte den Blick. »Verzeiht mir, *Chieh Hsia*, aber das weiß offenbar niemand. Er scheint jedenfalls ernsthaft erkrankt zu sein. Und nicht bloß er, sondern auch seine Frau und seine Kinder. Das heißt, wenn der Bericht zutrifft, sind seine Frau und zwei seiner Kinder bereits tot.«

Li Shai Tung schaute zu Boden und stöhnte leise. Bei allen Göttern, nahm das denn nie ein Ende? Als er aufblickte, standen ihm Tränen in den Augen, und wieder hatte er dieses beklemmende Gefühl im Bauch.

»Verzeiht mir, Vettern, aber ich muß sofort zurück.«

Mitfühlendes Gemurmel. Alle Augen waren auf den alten T'ang gerichtet, und niemandem entging seine plötzliche Zerbrechlichkeit, die Art, wie seine Schultern angesichts dieser jüngsten Katastrophe herabsackten. Aber es war Wang Sau-leyan, der aufstand und ihm aus seinem Stuhl aufhalf, der ihm einen Arm um die Schulter legte und zur Treppe führte.

Li Shai Tung blickte ins Gesicht des jungen T'ang auf und faßte für einen Moment dankbar seinen Arm. »Danke, Sau-leyan. Du bist deines Vaters würdig.« Dann ließ er sich von Wu Shihs Kanzler mit gesenktem Kopf die Treppe hinabführen, zurück auf die Wall Street und von dort zur Drachentreppe und dem Kopter, der auf ihn wartete.

* * *

Kim fuhr im Dunkeln hoch und lauschte gespannt. Irgend etwas hatte ihn gewarnt. Im ersten Moment begriff er nicht. Da war nichts. Überhaupt nichts. Dann erschauderte er. Ja, natürlich ... Daran lag es. Die Stille war zu perfekt. Sonst kamen immer irgendwelche Geräusche aus den Korridoren, doch jetzt hörte er nicht das geringste.

Er setzte sich auf und warf die Bettdecke zurück. Er

brauchte einige Sekunden, um sich die letzten Reste der Droge aus den Gliedern zu recken, dann kauerte er sich hin und lauschte.

Nichts.

Er schlich zur Tür und überlegte fieberhaft, was geschehen sein könnte. Vielleicht hatten sie ihn verlegt. Oder vielleicht hatten sie das Projekt abgeschlossen und ihn seinem Schicksal überlassen. Doch keine von beiden Erklärungen stellte ihn zufrieden. Er fingerte an dem Schloß.

Die Tür glitt mit einem Zischen auf. Der Korridor draußen war dunkel und leer. Nur am anderen Ende brannte ein Licht. An der Wand vor dem Zimmer der Wachmänner.

Kim sträubten sich die Nackenhaare. Die Deckenkameras waren außer Betrieb, ihre blinkenden roten Lämpchen ausgeschaltet. Und am anderen Ende des Korridors, hinter der Wandlampe, stand die sonst hermetisch verschlossene Tür zum Projektbereich offen.

Etwas stimmte hier nicht.

Er blieb für einen Moment stehen und wußte nicht recht, was er tun sollte, dann gehorchte er seinen Instinkten. Er lief nach links in Richtung von T'ai Chos Zimmer und den Laboratorien, die dahinter lagen, und hoffte, daß es nicht zu spät war.

T'ai Chos Zimmer war leer. Kim fuhr herum und erstarrte, als weiter hinten im Korridor das Murmeln von Stimmen hörte, dann löste sich seine Spannung. Endlich vertraute Stimmen. Er lief ihnen entgegen, bis ihn etwas stutzig machte. Die Tür zu den Laboratorien stand weit offen, als habe sie jemand eingetreten. Auch das durfte nicht sein. Wenn sich niemand in den Labors aufhielt, wurde sie für gewöhnlich von einem Zeitschloß versperrt.

Er wirbelte herum und schaute den düster beleuchteten Korridor hinunter. Die wenigen Wandlampen, die funktionierten, waren lediglich Teil der Notbeleuchtung. Die Hauptstromversorgung mußte ausgefallen sein. Aber war dafür ein Unfall verantwortlich? Oder hatte jemand Sabotage betrieben?

Vorsichtig geworden, wagte er sich hinein und lugte nach rechts, wo Spatz' Büro lag. Er konnte den Direktor durch die offene Tür sehen. Er fluchte und hämmerte auf die Tastatur seines Tischcomputers bei dem Versuch, das Gerät zu einer Reaktion zu veranlassen. Kim beobachtete, wie Spatz das Nottelephon ausprobierte und den Hörer wütend an die Wand warf.

Dann war es vielleicht eben erst geschehen. Vermutlich hatte der Stromausfall Kim geweckt.

Er ging tief in die Hocke und flitzte durch die Lücke zwischen der Tür und der ersten Schreibtischreihe in der Hoffnung, daß Spatz ihn nicht bemerkte, dann lief er durch den Korridor zwischen den Tischen bis zum Ende. Die Zentrallabors lagen zu seiner Linken, und die Stimmen wurden hier lauter. T'ai Chos Stimme war darunter.

Er zögerte und sah noch einmal den Weg zurück, den er gekommen war, doch der Korridor blieb leer. Er schlich weiter in die Labors.

Sie hielten sich am anderen Ende auf. Einige saßen, andere stützten sich auf die Schreibtische. Bis auf Hammond waren alle zugegen. Als er eintrat, sahen ihn alle an und verstummten.

»Kim!« rief T'ai Cho und stand auf.

Kim hob eine Hand, als wollte er seinen Freund abwehren. »Du mußt raus hier! Sofort! Hier stimmt etwas nicht!«

Ellis, der Assistent des Direktors, lächelte und schüttelte den Kopf. »Es ist alles in Ordnung, Kim. Es ist nur ein Stromausfall. Spatz kümmert sich darum.«

Kim sah in die Runde. Einigen von ihnen schienen sich in ihrer Haut nicht ganz wohl zu fühlen, aber mehr nicht. Sie stimmten offenbar mit Ellis überein.

»Nein!« sagte er und versuchte seine Stimme von

Panik freizuhalten. »Das kann nicht alles sein. Die Wachen sind verschwunden und alle Türen eingeschlagen. Verstehst du nicht, was das bedeutet? Wir müssen raus hier! Irgend etwas ist geschehen!«

Ellis stand auf. »Bist du dir sicher? Sind die Wachmänner wirklich weg?«

Kim nickte heftig. Er konnte die Anspannung wie eine aufgerollte Feder in sich spüren; fühlte Instinkte in sich erwachen, die sich nicht mehr geregt hatten, seit ... nun, seit sie versucht hatten, ihn zu rekonditionieren. Er spürte sein Herz in der Brust hämmern, sein Blut wie einen heißen Strom durch seine Adern rasen. Und über all dem empfand er eine von der Gefahr, in der sie alle schwebten, gesteigerte Sensibilität seiner Sinne. Es war, als könne er besser hören und sehen, schmecken und tasten als je zuvor.

Er preschte vor, packte T'ai Cho am Arm und versuchte ihn mit sich zu ziehen. T'ai Cho wehrte sich, doch Kim hielt ihn hartnäckig fest. »Komm doch!« bettelte er. »Bevor sie kommen!«

»Bei allen Göttern, Kim, wovon redest du?«

»Komm!« flehte er. »Wir müssen alle raus! Sofort!«

Er bemerkte, wie seine Worte wirkten. Die Männer sahen einander unsicher an.

»Na los!« sagte Ellis. »Vielleicht hat Kim recht!«

Sie liefen in Richtung der äußeren Büros, aber es war zu spät. Als Kim T'ai Cho um die Ecke zog, sah er sie in kaum vierzig *ch'i* Entfernung durch den Korridor laufen. Es waren vier schwarzgekleidete, vermummte und maskierte Gestalten, die große Laternengewehre vor die Brust hielten. Als er die hochgewachsene Gestalt von T'ai Cho erblickte, hob der erste von ihnen die Waffe und feuerte.

Kim zog T'ai Cho herunter und krabbelte zurück, als er die Konvektionswärme spürte, die die Entladung der Waffe verursachte und die von einem scharfen, süßen Geruch begleitet wurde, der fast angenehm gewesen wäre, hätte er nicht eine solch tödliche Gefahr angezeigt.

»Zurück!« rief er den anderen zu, aber kaum hatte er es ausgesprochen, wußte er schon Bescheid. Sie waren hier eingeschlossen. So wie die GenSyn-Affen, mit denen sie experimentiert hatten. Unbewaffnet und ohne Hoffnung auf Entkommen.

»Tot ...«, flüsterte er. *Tot. Als habe es sie nie gegeben.*

* * *

Der Attentäter wich schaudernd zurück und war froh, daß seine Maske den Geruch von verbranntem Fleisch wegfilterte, der den Raum erfüllte. Es lief ihm kalt den Rücken hinunter. Er hatte nicht erwartet, daß sie so reagieren, daß sie einfach auf die Knie fallen und mit gesenkten Köpfen sterben würden.

Aber vielleicht war es das, was sie von ihm unterschied, was sie zu Beobachtern, nicht Handelnden machte, zu passiven, nicht aktiven Gestalten. Dennoch, die Art, wie sie sich einfach ihrem Schicksal ergeben hatten, bereitete ihm ein seltsames Gefühl. Er empfand kein Mitleid für sie; alles andere als das – ihre Passivität regte ihn auf. Er selbst hätte bis zum letzten Augenblick mit Zähnen und Klauen um sein Leben gekämpft. Aber ihr Tod hatte Spuren in ihm hinterlassen. So als hätten sie ihm irgend etwas genommen.

Er wandte sich ab. Die anderen waren schon fort – sie wollten sich den Jungen schnappen und die Sprengsätze legen. Höchste Zeit, zu verschwinden. Er machte ein paar Schritte, hielt dann inne und wirbelte herum.

Die Nerven, dachte er. Es sind nur die Nerven. Es ist nur einer der Affen, der in seinem Käfig herumzappelt. Trotzdem ging er vorsichtshalber zurück und überzeugte sich selbst davon, als ihm einfiel, was DeVore über Mühe und Sorgfalt gesagt hatte.

Er blieb stehen, berührte mit dem rechten Stiefel fast

das Bein eines der Toten und sah sich stirnrunzelnd um. Die vier Affen lagen, mit Drogen vollgepumpt, auf den Böden ihrer Käfige. »Komisch…«, murmelte er. Dann packte ohne Vorwarnung jemand von hinten seine Beine, und er fiel vornüber auf den Leichenhaufen.

Er wälzte sich keuchend herum und tastete nach seiner Waffe, doch das Wesen war sofort über ihm, und etwas Hartes knallte in sein Gesicht und zerschmetterte ihm das Nasenbein. Er stöhnte, und der heftige Schmerz und das warme Blut betäubten seine Sinne.

Er hob entsetzt die Hände vors Gesicht. »Was, zum Teufel…?«

Der nächste Schlag traf ihn seitlich am Kopf, knapp unterhalb des linken Auges.

»Kuan Yin!« kreischte er, riß den Kopf zurück und keuchte, als ihm Blut in den Mund floß. Er fuchtelte wild mit den Armen herum, versuchte die Kreatur zu packen, aber sie war schon zurückgewichen. Er beugte sich vor und sah, als er durch den blutigen Schleier vor seinen Augen blinzelte, lediglich ein Kind. Doch nicht bloß ein Kind. Es war ein Geschöpf wie aus einem Alptraum.

Ein spindeldürres Wesen stand geduckt vor ihm und hielt das Gewicht drohend in einer Hand, seine großen, dunklen, unbeweglichen Augen mordlüstern auf ihn gerichtet, die Zähne zu einem bösartigen Knurren gefletscht.

»Bei allen Göttern…«, flüsterte er und spürte, wie ihm kalt wurde. Hatten sie daran gearbeitet? An diesen… *Ungeheuern?*

Aber im selben Moment, als ihm dieser Gedanke kam, stürzte sich das Wesen mit einem unmenschlichen Schrei auf ihn – im hohen Bogen wie ein Verrückter – und ließ das Gewicht mit einem mächtigen Schwung auf ihn niederfahren…

* * *

Wütend über das, was er gesehen hatte, wandte Li Shai Tung sich dem Oberarzt zu.

»Was, in aller Götter Namen, ist mit ihm geschehen, Chang Li?«

Chang Li fiel auf die Knie und beugte den Kopf tief hinunter. »Verzeiht mir, *Chieh Hsia*, aber die Ursache für das Leiden des Generals ist noch nicht bekannt. Wir führen im Augenblick eine Autopsie seiner Frau und seiner Kinder durch, aber bisher ...«

»Die Kinder?« Li Shai Tung holte tief Luft und zwang sich zur Ruhe. Seine Augen waren gerötet, seine Wangen tränenfeucht. Seine Rechte umklammerte fast krampfartig die linke Schulter des Arztes, ließ wieder los und vollführte eine verzweifelte Geste.

»Wird er überleben?«

Wieder senkte der Oberarzt den Kopf. »Es ist zu früh, um mit Gewißheit etwas sagen zu können, *Chieh Hsia*. Worum es sich auch immer handelt, es war stark genug, seine Frau und zwei seiner Kinder innerhalb einer Stunde zu töten. Nocenzi und seine andere Tochter ... nun ... sie sind beide sehr krank.«

»Und Gift im Essen schließen Sie vollkommen aus?«

Chang Li nickte. »Ganz richtig, *Chieh Hsia*. Offensichtlich haben die Nocenzis gerade mit Freunden gegessen, als es sie erwischte – sie benutzten dieselben Schalen und dieselbe Reisschüssel. Und trotzdem zeigen die drei, die mit ihnen aßen, keinerlei Symptome.«

Li Shai Tung fuhr zusammen, dann bedeutete er dem Mann aufzustehen. »Danke, Chang Li. Aber Sie geben mir sofort Nachricht, ja? Sobald Ergebnisse vorliegen. Und sagen Sie dem General noch nichts vom Verlust seiner Frau und seiner Kinder. Er soll erst stärker werden, bevor er davon erfährt. Ich möchte nicht, daß er das Ganze überlebt, um dann doch an gebrochenem Herzen zu sterben.«

Chang Li verbeugte sich. »So wird es geschehen, *Chieh Hsia*.«

»Gut.« Er drehte sich um und marschierte in die große Eingangshalle des Hospitals. Seine Leibwächter und Bediensteten folgten in respektvollem Abstand. Nocenzi war bei Bewußtsein gewesen, als er ihn besucht hatte. Dennoch hatte er wie ein Geist seines früheren Ich gewirkt, so als sei ihm seine *Ch'i*, seine vitale Energie, entzogen worden. Seine Stimme hatte so schwach geklungen wie das Rascheln eines Luftzugs in einem Seidenvorhang.

»Verzeiht mir, *Chieh Hsia*«, hatte er gesagt, »aber jetzt braucht Ihr wohl einen neuen General.«

Er hatte Nocenzis Hand genommen und seine Bitte zurückgewiesen, doch Nocenzi hatte darauf bestanden, seine Hand schwach gedrückt und nicht eher losgelassen, bis der T'ang seinen Rücktritt akzeptierte.

Li Shai Tung blieb stehen, als er sich an diesen Augenblick erinnerte, und beugte sich leicht vor, als ein Anflug von Schmerz in seinen Armen und in seinem Unterleib ihn schwindelig machte. Es ging vorbei, und er richtete sich wieder auf, doch kurz darauf war das Gefühl wieder da, so heftig, als glühe ein Stück Kohle in seinen Eingeweiden. Er stöhnte, stolperte vorwärts und stürzte fast auf den Fliesenboden, doch einer seiner Höflinge fing ihn noch rechtzeitig auf.

»Chieh Hsia!«

Er hörte ein Gewirr besorgter Stimmen, und ein Bündel von Händen stützte ihn, doch Li Shai Tung spürte nur den Schmerz in seiner Haut, als sei sie zu straff über seine Knochen gespannt – und ein Brennen in seinen Augen, als hab sie jemand in kochendes Wasser getaucht. Er holte zittrig Luft, als ihn ein Schmerz wie ein Speer durchbohrte.

Bei allen Göttern! Was war das?

Ärzte eilten herbei, stützten ihn mit sanften, geschickten Händen und redeten beruhigend auf ihn ein, während sie ihn auf die Station zurücktrugen.

Schließlich ließ der Schmerz nach, und die Kraft kehrte in seine Glieder zurück.

»Einen Moment...«, sagte er leise. Doch weil sie ihn nicht zu hören schienen, wiederholte er es, diesmal kräftiger und im Befehlston. »Stehenbleiben!«

Sie wichen augenblicklich zurück und ließen ihn los, blieben aber nah genug, um ihn aufzufangen, wenn er stürzte. Chang Li war inzwischen da. Er war sofort herbeigeeilt, als er davon erfuhr.

»*Chieh Hsia*... was ist los?«

Li Shai Tung straffte sich und atmete tief durch. Der Schmerz hatte eine leichte Benommenheit zurückgelassen, ansonsten aber fühlte er sich wieder gut.

»Es ist nichts«, sagte er. »Nur ein kurzer Krampf, mehr nicht. Mein Magen. Das überstürzte Essen und meine Sorge um das Wohlergehen des Generals, daran hat's wohl gelegen.«

Er bemerkte, wie Chang Li ihn unsicher beäugte, und lachte beinahe.

»Wenn Sie sich solche Sorgen machen, Doktor Chang, dann dürfen mich zwei Ihrer besten Männer auf der Heimreise begleiten. Aber ich muß zurück. Es gibt so viel zu tun. Ich muß meinen Sohn sprechen. Und ich muß einen neuen General ernennen.«

Er sah in die Runde und fand sein Lächeln in dem unsicheren Lächeln von dreißig anderen Gesichtern wieder. »Ich bin der letzte, der es sich erlauben kann, krank zu sein. Wohin würde Chung Kuo kommen, wenn wir, die wir herrschen, ständig krank wären?«

Sie lachten, aber dem Lachen fehlte die Herzlichkeit, die Gewißheit des Lachens, das er von den Menschen in seiner Umgebung gewöhnt war. Er konnte die Furcht in ihren Stimmen hören und wußte, wo sie herrührte. Und in gewisser Hinsicht verschaffte sie ihm Sicherheit. Erst wenn das Lachen vollkommen verstummte, mußte er sich Sorgen machen. Wenn die Furcht der Erleichterung und einer anderen Art von Lachen wich.

Er hob den Kopf, schaute von einem zum anderen, und ihre Sorge um ihn wärmte sein Herz. Dann machte er kehrt und begab sich zurück zum kaiserlichen Kopter.

* * *

Yin Tsu begrüßte den Prinzen und brachte ihm *Ch'a*.

»Wissen Sie, warum ich gekommen bin?« fragte er und versuchte den Schmerz zu unterdrücken, den er empfand.

Yin Tsu senkte den Kopf, und tiefe Sorgenfalten gruben sich in sein greises Gesicht. »Ich weiß, Li Yuan. Und bin bestürzt, daß dieser Tag kommen mußte. Mein Haus ist in tiefer Trauer.«

Li Yuan nickte unbehaglich. Nichts war ihm so zuwider, wie den alten Mann verletzen zu müssen, aber er konnte nicht anders. Dennoch war die Sache bitter. Zweimal hatte Yin Tsu gehofft, seine Sippe mit dem Stammbaum der Kaiser kreuzen zu können, und zweimal war ihm diese Ehre versagt geblieben.

»Sie werden nichts dadurch verlieren, Yin Tsu«, sagte Li Yuan leise und legte alles Gefühl für den Alten in diese Worte. »Ihre Söhne …«

Aber das war nur die halbe Wahrheit. Denn was konnte er Yins Söhnen geben, was diesen Verlust aufwog? Nichts. Oder so gut wie nichts.

Yin Tsu verbeugte sich tiefer.

»Kann ich sie sehen, Vater?«

Es war das letzte Mal, daß er den alten Yin so nannte, und er konnte ihm ansehen, welchen Schmerz ihm dieser Umstand bereitete. *Ich kann nichts dafür*, dachte er, als er Yin Tsu dabei beobachtete, wie er sich aufrichtete und sie holen ging.

Es dauerte nicht lang, bis er seine Tochter hereinführte.

Fei Yen nahm ihm gegenüber mit gesenktem Haupt Platz und wartete. Sie war weit im achten Monat schwanger, deshalb mußte diese Sache sofort erledigt werden. Das Kind konnte jeden Tag zur Welt kommen. Dennoch hatte er sich vorgenommen, sanft mit ihr umzugehen.

»Wie geht's dir?« fragte er zärtlich und besorgt, trotz allem, was zwischen ihnen vorgefallen war.

»Es geht mir gut, Herr«, antwortete sie unterwürfig und brachte es nicht fertig, ihn anzusehen. Sie wußte, wie die Dinge standen. Sie wußte, warum er gekommen war.

»Fei Yen, all das … tut mir sehr weh. Aber als wir uns trauen ließen, wußtest du, daß ich nicht wie andere Männer bin – daß ich nicht die Wahl hatte, dasselbe Leben wie ein normaler Mensch zu führen.« Er seufzte tief und fand es schwer, zu sagen, was er zu sagen hatte. Er hob das Kinn und schaute zu Yin Tsu hinüber, der dazu nickte, sein Gesicht eine Grimasse des Schmerzes. »Meine Familie … Ich muß mein Erbe rein halten. Ich brauche Gewißheiten.«

Das waren bloße Ausflüchte. Er mußte es direkt ansprechen. Deshalb holte er tief Luft, ehe er weiterredete.

»Du sagst, es sei nicht mein Kind. Aber ich muß das genau wissen. Es müssen Tests durchgeführt werden. Und wenn es wirklich nicht mein Kind ist, müssen wir uns scheiden lassen. Denn einem Kind, das nicht von mir ist, können keine Ansprüche zugestanden werden. Darüber mußt du dir klar sein, Fei Yen.«

Yin Tsu nickte wieder. Seine Tochter neben ihm schwieg.

Li Yuan sah weg, für einen Moment von den Gefühlen überwältigt, die er noch immer für sie hegte, zwang sich aber zur Beharrlichkeit.

»Was sagst du dazu, Fei Yen?«

Sie blickte zu ihm auf. Ihre Augen waren tränenfeucht. Dunkle Mandelaugen, deren Schönheit ihm bis ins Mark ging. »Ich werde tun, was immer Ihr wünscht, Herr.«

Er starrte sie an und wünschte sich, die Kluft zwischen ihnen überwinden und ihr die Tränen wegküssen zu können; ihr zu verzeihen und ganz von vorn zu beginnen. Selbst jetzt noch, nach allem, was sie ihm angetan hatte. Aber sie ließ ihm keine andere Wahl. An den gegebenen Umständen war nichts zu ändern. In dieser Angelegenheit konnte er seinen Gefühlen nicht trauen, denn seine Gefühle hatten ihn schon einmal getrogen. Sein Vater hatte recht. Was nützten Gefühle in einer finsteren und feindseligen Welt? Außerdem mußte sein Sohn auch wirklich *sein* Sohn sein.

»Dann wird es so geschehen«, verfügte er barsch, fast wütend. »Morgen.«

Er stand auf, ging durchs Zimmer und tätschelte dem Alten im Vorbeigehen den Arm. »Und wir reden morgen miteinander, Yin Tsu. Wenn wir Bescheid wissen.«

* * *

Der alte Han kauerte am Eingang des Korridors und wartete geduldig, weil er wußte, daß sein Traum ein Wahrtraum gewesen war; einer jener Träume, die zu ignorieren er sich nicht leisten konnte. Neben ihm an der Wand lagen die Dinge, die er selbst in seinem Traum benutzt hatte – eine Decke und seine alte Wasserflasche aus Porzellan.

Diese Ebene war fast menschenleer. Die große Kleiderfabrik, die sie fast vollständig ausgefüllt hatte, war vor über vier Wochen geschlossen worden, und außer einer Handvoll Wartungstechniker und Wachmänner vom Sicherheitsdienst hielt sich hier niemand mehr auf. Der Alte dachte an den Moment zurück, als er wie ein Schatten an den Wachen vorbeigeschlüpft war, und lächelte.

Sein Name war Tuan Ti Fo, und obwohl er dahockte wie ein junger Mann, den seine Muskeln beschwerdelos trugen, war er so alt wie die große Stadt selbst.

Dieses Wissen behielt er für sich, für die anderen war er bloß der Alte Tuan, dessen Alter und Herkunft niemand kannte. Er lebte schlicht – genügsam, wie manche sagten – in einem Zimmer acht Geschosse oberhalb der Ebene, wo er jetzt wartete. Und obwohl ihn viele kannten, konnten nur wenige von sich behaupten, ein engeres Verhältnis mit dem friedlichen, weißhaarigen Greis geknüpft zu haben. Er verbrachte die meiste Zeit allein, studierte die alten Bücher, die er in der Kiste neben seinem Bett aufbewahrte, machte seine Übungen oder spielte mit sich selbst *Wei Chi* – lange Spiele, die einen Tag, manchmal eine Woche dauern konnten.

Der Korridor vor ihm war weniger als zwanzig *ch'i* lang; ein schmaler, schwach beleuchteter Schlauch, der kaum mehr als ein Beschickungstunnel für die Wartungsluke ganz hinten unter der Decke darstellte. Tuan Ti Fo beobachtete sie die ganze Zeit, weil er wußte, was geschehen würde, und seine alten, von den Lidern halbbedeckten Augen und sein Atem blieben ruhig, als die Luke von einem Stoß erschüttert wurde, dann herunterklappte und heftig in den Angeln hin- und herschwankte. Wenig später erschien ein Fuß – der Fuß eines Kindes –, gefolgt von einem Bein und einer sichernden Hand. Er sah den Jungen mit den Beinen voraus durch die Luke klettern und auf den Boden springen.

Tuan Ti Fo richtete sich ein Stück auf und starrte ins Halbdunkel. Der Junge blieb eine Zeitlang liegen, wo er aufgekommen war, dann rollte er sich auf die Seite, und ein leises Wimmern – des Schmerzes, oder vielleicht der Furcht – war zu hören.

In seinem Traum war dies der Moment gewesen, da er gehandelt hatte. Und so geschah es auch jetzt. Er nickte und griff nach der Decke.

Tuan Ti Fo schlich leise, federleicht durchs Dunkel. Einen Moment lang kniete er neben dem Jungen und betrachtete ihn; auch dies deckte sich mit seinem

Traum – wobei die Wirklichkeit um keine Spur klarer war als die Vision. Er lächelte, dann entfaltete er die Decke und wickelte den schlafenden Jungen darin ein.

Der Junge murmelte leise, als er ihn hochhob, und fing an, sich zu sträuben. Tuan Ti Fo wartete, drückte den Jungen fest und fürsorglich an seine Brust, bis er sich beruhigte. Dann erst trug er ihn zum Ausgang.

Tuan Ti Fo ging in die Knie, balancierte den Jungen auf seinem Schoß, den kleinen, dunkelhaarigen, zerzausten Kopf an seiner Brust, und griff nach der Wasserflasche. Er zog den mit einem Scharnier befestigten Stöpsel und setzte dem Jungen die Flasche an die Lippen, um sie zu befeuchten. Wenig später wiederholte er die Prozedur. Diesmal öffnete der Junge die Lippen und trank einen Schluck.

Es war genug. Die milde, in der Flüssigkeit gelöste Droge würde ihn beruhigen – und dafür sorgen, daß er schlief, bis der Schock der Strapazen überwunden war.

Tuan Ti Fo stöpselte die Flasche zu und befestige sie an dem kleinen Haken an seinem Gürtel, dann stand er auf. Bisher war ihm nicht aufgefallen, daß der Junge in seinen Armen fast nichts wog. Er betrachtete das Kind überrascht, als könne es sich jeden Moment in Luft auflösen.

»Du bist ja ein seltsamer Knabe«, sagte er leise und wich damit für einen Moment von seinem Traum ab. »Es ist viele Jahre her, seit die Götter zuletzt jemanden meiner Obhut anvertraut haben.«

Das stimmte tatsächlich. Viele, viele Jahre. Und warum diesen Jungen? Vielleicht hatte es etwas mit den anderen Träumen zu tun – den Träumen eines toten, dunklen Landes und riesigen, leuchtenden, wie aus Perlenfäden gewebten Netzen, die an einem dunklen Himmel leuchteten. Träumen von Quellen und Bergspitzen und Städten, die in sich zusammenstürzten. Träume voller Leid und seltsamer Geschehnisse.

Und welche Rolle spielte der Junge in all dem?

Warum hatten die Götter *ihn* auserwählt, ihren Willen in die Tat umzusetzen?

Tuan Ti Fo lächelte, weil er wußte, daß er diese Frage weder stellen durfte, noch eine Antwort erwarten konnte. Schließlich folgte er wieder den Anweisungen seines Traums und machte sich daran, den Jungen durch den breiten Hauptkorridor, am Wachposten vorbei und zum Lift zu tragen.

* * *

Die Ärzte waren fort, seine Minister und Berater entlassen. Endlich war der große T'ang allein.

Li Shai Tung lehnte am Türrahmen und holte Luft. Der weißgestrichene Pfosten, der ihn stützte, reckte sich wie eine große quadratische Säule zur Decke hoch über ihm, die schlichte Form betont von sieben ins Holz geschnitzten und mit Gold hervorgehobenen Piktogrammen – die mit den Schriftzeichen am gegenüberliegenden Pfosten paarweise zusammenpaßten. Diener hatten vorhin die beiden mächtigen, weißlackierten Türen aufgezogen; nun stand er hier und schaute in die Halle des Ewigen Friedens und Ewiger Ruhe. An einer Seite, gerade noch sichtbar, stand ein prachtvoller Grabschrein aus grauem Stein, in dessen Seiten Bilder von Gärten und Pavillons graviert waren, in denen greise Gelehrte wie auf Thronen saßen, während die Frauen des Haushalts webten oder das Essen vorbereiteten, sangen oder die alte *P'i p'a* spielten. Ihm gegenüber stand ein breiter, rotlackierter Schirm, auf dem der *Ywe Lung* – der Kreis der Drachen, der die Macht und Autorität der Sieben symbolisierte – wie eine riesige, goldene Mandala prangte.

Li Shai Tung seufzte schwer, dann ging er hinein und ließ die großen Türen offenstehen; er war zu müde, um sie hinter sich zuzuziehen. Die Männer hatten recht gehabt; er sollte wirklich zu Bett gehen und sich ausruhen; es würde ihm gut tun, einige Tage von seinen

Pflichten freizunehmen und Li Yuan seine Last als Herrscher tragen zu lassen. Aber es war nicht einfach, mit den Gewohnheiten eines ganzen Lebens zu brechen. Außerdem hatte er noch etwas zu erledigen, bevor er sich ausruhen konnte. Etwas, das er viel zu lang hinausgeschoben hatte.

Er durchmaß den Raum und ließ sich vor der großen Tafel langsam auf die Knie niedersinken, wobei ihm auffiel, wie der goldene Kranz des *Ywe Lung* im flackernden Kerzenlicht zu schweben, der rote Lack des Hintergrunds Feuer zu fangen schien. Er hatte es noch nie bemerkt. Es war ihm auch stets entgangen, wie der Rauch der glimmenden Weihrauchstäbchen in der ruhigen, trockenen Luft Worte zu formen schien – Han-Piktogramme. Zufällige, bedeutungslose Worte, wie der Wurf von Schafgarbenstengeln oder das Muster auf einem verkohlten Schildkrötenpanzer.

Ihn fröstelte. Es war kühl und still in dem Saal, und der Duft erinnerte ihn an die Gruft unter der Erde von Tongjiang. Oder war es bloß die Stille oder das flackernde Licht?

Er schluckte trocken. Der Schmerz in seinen Knochen war schlimmer als zuvor. Er fühlte sich ausgelaugt, der Erschöpfung nahe, und seine Haut spannte sich wie Pergament über die Knochen. Es würde ihm gut tun, sich auszuruhen, einfach einmal gedankenlos in der Dunkelheit zu liegen. Ja ... doch er würde noch eins tun müssen, bevor er schlafen durfte.

Er zog zwei Weihrauchstäbchen aus dem Porzellankrug, der vor ihm stand, und entzündete sie in dem fadendünnen Laserstrahl. Dann steckte er sie mit einer respektvollen Verbeugung in den Krug vor dem winzigen Bild seines Ururgroßvaters. Auf einmal schien das Bild anzuschwellen und an Festigkeit zu verlieren, je mehr es an Größe zunahm.

Das lebensgroße Abbild eines alten Mannes, eine durch und durch machtvolle Erscheinung, schien aus dunklen, ausdrucksvollen Augen auf Li Shai Tung herabzublicken.

Sein Ururgroßvater Li Hang Ch'i war ein großer, außerordentlich würdevoller Mann gewesen. Aus Traditionsgründen hatte er sich so wie die Vertreter des Herrscherhauses vor einhundertzehn Jahren gekleidet; ein einfacher, gröberer Stil ohne jegliche Verzierungen. Mit einer juewelenbeladenen Hand strich er durch seinen langen, weißen, ungeflochtenen Bart, während er in der anderen Hand eine kurze Reitpeitsche hielt – eine affektierte Geste, die seine Liebe zu Pferden symbolisieren sollte.

»Was ist los, Li Shai Tung? Warum rufst du mich aus dem Land der Toten herbei?«

Li Shai Tung durchfuhr ein unangenehmes Kribbeln.

»Ich... ich möchte Euch etwas fragen, Verehrter Großvater.«

Li Hang Ch'i hob leicht das Kinn, als ließe er sich das Ansinnen seines Enkels durch den Kopf gehen; eine Geste, die Li Shai Tung sofort als seine eigene wiedererkannte.

Selbst darin sind wir nicht frei, dachte er. *Wir äffen bloß die Handlungen unserer Ahnen nach; unbewußt und sklavisch, selbst wenn wir meinen, etwas sei Ausdruck unseres ureigenen Ich – selbst in einer einfachen Geste, diesem seltsamen Zusammenspiel von Geist, Nerven und Sehnen – Jahrhunderte vor uns haben andere sie schon genauso vollzogen.*

Wieder fröstelte ihn, er ließ den Kopf hängen und spürte seine Müdigkeit; wie weit war er nur hinter die strengen Maßstäbe seines Ururgroßvaters zurückgefallen. In diesem Moment kam er sich wie eine schlechte Kopie von Li Hang Ch'i vor.

»Frage mich, was immer du wünschst«, antwortete die Gestalt.

Li Shai Tung zögerte, dann blickte er auf. »Verzeih mir, verehrter Großvater, aber es ist eine schwierige

Frage, die ich dir stellen möchte. Eine Frage, die mich schon geraume Zeit beschäftigt hat. Es ist folgende: Sind wir gute oder böse Menschen?«

Das Gesicht des Hologramms flackerte. Das Programm schien nicht recht zu wissen, welcher Gesichtsausdruck dieser Frage angemessen war. Dann näherte es sich einem Stirnrunzeln, und die Miene wurde streng und unversöhnlich.

»Was für eine Frage, Shai Tung! Du fragst, ob wir gute oder böse Menschen sind. Aber darf man eine solche Frage stellen? Denn anhand welcher Umstände sollten wir das beurteilen? Sollen wir unsere Handlungen betrachten? So könnte man argumentieren. Doch sind unsere Handlungen für sich genommen gut oder böse? Dies können doch sicher nur die Götter beurteilen.« Er schüttelte den Kopf und starrte auf seinen Nachkommen herunter, als sei er von ihm enttäuscht. »Ich kann nicht für die Götter sprechen, aber ich für mein Teil denke folgendes: Wir haben getan, was wir tun mußten. Wie hätten wir überhaupt sonst handeln können?«

Li Shai Tung holte einmal tief und zittrig Luft. Es war, als sei sein Ururgroßvater für diesen kurzen Moment wirklich bei ihm in diesem Saal gewesen. Er hatte seine machtvolle Präsenz hinter dem Nebelschleier des Hologramms gespürt, die überwältigende Gewißheit des Mannes empfunden, der hinter den Worten stand, und erneut einen Widerhall in sich selbst erfahren. Genauso hatte Li Shai Tung selbst einmal geredet. Genauso hatte er seinem Sohn geantwortet, als dieser ihm von seinem Traum erzählte – diesem schrecklichen Alptraum von dem weißen Knochenberg, der sich über der Ebene erhob, wo einst die Stadt gestanden hatte.

Damals hatte er so sicher geklungen – so überzeugt –, und doch hatten damals schon tief in ihm Zweifel genagt. Hinterher war er in sein Zimmer gegangen, hatte bis zur Dämmerung wachgelegen und Yuans Frage wie eine leuchtende Fackel vor Augen gehabt. *Sind wir gute oder schlechte Menschen?*

Aber es hatte schon vorher angefangen, Anfang dieses Jahres, als er Hal Shepherd in der Domäne besuchte. Zu diesem Zeitpunkt hatte die Saat des Zweifels in ihm Wurzeln geschlagen; damals, während seines langen Gesprächs mit Ben, Hals Sohn.

Er lehnte sich zurück, betrachtete das Hologramm und spürte, wie es auf ihn wartete, in einer Haltung bedingungsloser Geduld, wie sie eine Maschine von einem Menschen unterschied. Es wirkte fast stofflich. Doch nur fast. Denn durch die beinahe massive Brust seines Ururgroßvaters konnte er das verschwommene, verzerrte Bild des *Ywe Lung* erkennen, das große Rad der Drachen, gebrochen durch die Körpergeometrie seines Ahnen.

Er stöhnte leise und versuchte, indem er sich streckte, seine vielen kleinen Beschwerden zu lindern. Seine Knie schmerzten, und auf seinem Rücken breitete sich ein zunehmendes Wärmegefühl aus. Ich sollte ins Bett gehen, dachte er, und mir über solche Dinge keine Gedanken machen. Aber er konnte nicht anders. Irgend etwas drängte ihn dazu. Er schaute in das greise, unversöhnliche Gesicht empor und ergriff wieder das Wort.

»Hatten wir denn keine andere Wahl, Großvater? Konnten wir keinen anderen Weg einschlagen? Waren die Dinge wirklich so unvermeidbar, wie sie erscheinen? War alles vorherbestimmt?«

Li Hang Ch'i schüttelte den Kopf, sein Gesicht war wie das alte, polierte Elfenbein einer Statue, und hob drohend die silberne Reitpeitsche.

»Es gab *keine* andere Wahl!«

Li Shai Tung zitterte und sagte leise: »Dann war es richtig, daß wir den *Hung Mao* ihr Erbe versagt haben?«

»Entweder dies, oder die Welt wäre untergegangen.«

Li Shai Tung senkte den Kopf. »Dann ...« Er machte

eine Pause, als er sah, wie die Augen des Hologramms auf ihn gerichtet waren. Wieder schien es so, als starre durch sie etwas von der anderen Seite auf ihn herab. Etwas Mächtiges und Bedrohliches. Etwas, das eigentlich nicht hier sein durfte. »Dann haben wir richtig gehandelt?«

Die Gestalt verlagerte ihr Gewicht und ließ entspannt die Reitpeitsche sinken.

»Mach keinen Fehler, Shai Tung. Wir haben getan, was wir tun mußten. Wir können uns den Luxus des Zweifels nicht erlauben.«

»Mhm ...« Li Shai Tung starrte auf das Hologramm, dann zog er mit einem Seufzen die Weihrauchstäbchen aus der Opferschale und warf sie weg.

Sofort schrumpfte das Bild auf seine ursprüngliche Größe zusammen.

Er lehnte sich zurück, und ein Anfall heftiger Wut überkam ihn. Wut auf sich selbst, weil Zweifel an ihm nagten, und auf seinen Ahnen, weil er ihm nicht mehr als ein Bündel Platitüden zu bieten hatte. *Wir haben getan, was wir tun mußten ...* Er schüttelte bitter und enttäuscht den Kopf. Gab es für ihn also keine Gewißheit? Keine klare Antwort auf seine Fragen?

Nein. Und vielleicht war es das, was ihn in den letzten fünf Jahren davon abgehalten hatte, diesen Ort aufzusuchen: die Gewißheit, daß er die unerschütterliche Selbstsicherheit seiner Ahnen nicht mehr teilen konnte. Dies und das schreckliche, verzehrende Bewußtsein seiner eigenen inneren Leere. Er schauderte. Manchmal schien es so, als habe er weniger Substanz als die Bilder in diesem Saal. Als könne sein Wesen sich unversehens in Luft auflösen, wenn die Götter die Räucherstäbchen aus der Opferschale zogen.

Er rieb sich die Augen und gähnte, und die Müdigkeit kehrte wie Schlacke in sein Blut zurück. Es war spät. Viel zu spät. Nicht nur das, sondern auf einmal war es hier drin auch ziemlich heiß. Er spürte, wie er rot anlief, spürte ein Kribbeln in den Beinen und Händen. Er stemmte seine müden Knochen hoch, stand einen Moment schwankend da und glaubte keine Luft mehr zu bekommen. Eine plötzliche Kälte durchfuhr seine Glieder und ließ ihn zittern.

Es ist nichts, dachte er. Nur mein Alter. Doch für einen Moment verdunkelte ihm etwas den Geist. Bildete er es sich bloß ein, oder war Chung Hu-yan tatsächlich erst vor einer Stunde bei ihm gewesen, um ihn über neuerliche Angriffe zu unterrichten?

Er schlug die Hände vors Gesicht, als wollte er die Spinnweben von seinen Gedanken fegen, dann zuckte er die Achseln. Nein. Vor einer Stunde hatte er mit seinen Ministern zusammengesessen. Dennoch blieb das Bild von Chung Hu-yan, der ihn mit schrecklichen Neuigkeiten weckte, beharrlich vor seinem inneren Auge, bis ihm endlich klar wurde, was es bedeutete.

»Lin Yua …«, flüsterte er, die Stimme gebrochen vom plötzlichen Schmerz, den er empfand. »Lin Yua, mein kleiner Pfirsich … Warum mußtest du sterben? Warum hast du mich hier unten ganz allein gelassen?«

Er zitterte, spürte wieder die Kälte und klapperte mit den Zähnen. Ja, er würde Doktor Hua holen lassen. Aber später – am Morgen, wenn er den nervösen alten Knaben ertragen konnte.

Schlaf, hörte er eine Stimme sagen, ganz nah an seinem Ohr. *Schlaf jetzt, Li Shai Tung. Dein Tagwerk ist getan.*

Er wandte sich dem Grabschrein zu und ließ seinen Blick auf dem dunklen, grauen Quader ruhen. Dann drehte er sich um und machte eine letzte Verbeugung vor der Reihe kleiner Bilder. *Wie der Atem,* dachte er. *Oder wie Flammen, die in einem Glas tanzten.*

* * *

Es war dunkel in dem Zimmer. Li Yuan lag auf dem Rücken in dem riesigen Bett und starrte in die Schatten; die Frau an seiner Seite schlief. Sie hatte die Beine um seine geschlungen und spendete ihm wohlige Wärme.

Es war ein Moment der Gedankenlosigkeit, der reinen sinnlichen Empfänglichkeit. Er lag da und spürte das Gewicht seines Körpers, das ihn ins weiche Bett drückte, das Heben und Senken seiner Brust bei jedem Atemzug, das Fließen seines Blutes. Er fühlte sich zufrieden. Die Frau hatte die dunkle Last der Anspannung von ihm genommen.

In der Dunkelheit streckte er die Hand nach der Flanke der Frau aus, ließ sie wieder zurücksinken und schloß die Augen.

Eine Zeitlang schlief er. Dann vernahm er aus den Tiefen des Schlafs die Rufe und Befehle und tauchte langsam und mühselig wieder an die Oberfläche des Wachseins.

Nan Ho verharrte mit abgewandtem Blick in der Tür. Li Yuan stand auf, weil er wußte, daß etwas Wichtiges anliegen mußte, und ließ sich von Meister Nan in den Mantel helfen, den er um seinen nackten Körper wickelte.

Er nahm den Anruf in seinem Arbeitszimmer unter dem Porträt seines Großvaters Li Ch'ing entgegen und wußte gleich, worum es ging, als das Gesicht von Hua, dem Arzt seines Vaters, auf dem Bildschirm erschien. Die Miene des alten Mannes sagte mehr als tausend Worte.

»Er ist tot«, sagte Li Yuan einfach.

»Ja, *Chieh Hsia*«, antwortete den Alte und senkte den Kopf.

Chieh Hsia … Die Anrede machte ihn schaudern.

»Wie ist es passiert?«

»Im Schlaf. Er hat nicht gelitten.«

Li Yuan nickte, aber etwas bohrte in ihm. »Rühren Sie nichts an, Doktor Hua. Ich will, daß das Zimmer versiegelt wird, bis ich da bin. Und Hua, sagen Sie's niemandem sonst. Ich muß erst einige Anrufe tätigen, mich um alles kümmern.«

»Chieh Hsia.«

Li Yuan saß da, blickte zum Bild seines Vaters hinauf und fragte sich, warum er so wenig empfand. Er schloß die Augen und erinnerte sich an seinen Vater, wie er ihn das letzte Mal gesehen hatte. An seine Stärke, die von einer oberflächlichen Zerbrechlichkeit verdeckt wurde.

Er blieb einen Moment lang sitzen und versuchte den Kummer zu empfinden, den er seinem Vater schuldete, aber er schaffte es nicht. Die Empfindung war noch nicht echt. Nur wenn er ihn berührte – die Berührung allein – würde ihn wirklich traurig machen. Im Moment schweiften seine Gedanken ab und kreisten um Fei Yen und das Kind in ihrem Bauch. Um Tsu Ma, und um seinen toten Bruder Han Ch'in. Der Halbschlaf schuf ein konfuses Gedankengewirr in seinem Hirn. Schließlich klärte es auf, und das Gesicht des alten Mannes kam ihm wieder zu Bewußtsein.

»Und nun bin ich an der Reihe«, sagte er ruhig, als spräche er zu dem Gemälde. Aber die Last, die Tragweite der Situation, die über Nacht eingetreten war, konnte er noch gar nicht erfassen.

Er dachte an die Anrufe, die er tätigen mußte, um die anderen T'ang zu unterrichten, aber für den Moment spürte er keinen Drang zu handeln. Die Zeit schien angehalten. Er betrachtete seine Hände, den Prinzenring der Macht, und runzelte die Stirn. Dann, als ein Zugeständnis, bestellte er per Anruf den Transporter.

Er ging in sein Zimmer zurück und trat auf die Veranda hinaus. Die Frau erwachte und folgte ihm nackt ins Freie, preßte ihre weiche Wärme in der kühlen, morgendlichen Luft an seinen Rücken.

Er drehte sich zu ihr um und lächelte traurig. »Nein. Geh wieder hinein.«

Wieder allein, wandte er sich um und starrte über die

schattigen Ländereien seines Grundstücks zu den fernen Bergen. Der Mond stand tief, eine bleiche Sichel über einem der kleineren Gipfel ganz rechts. Er starrte ihn eine Weile an und spürte nichts als eine tiefe Gefühlsleere in seinem Innern, dann fuhr er herum und war wütend auf sich selbst.

Aus irgendeinem Grund hatte dieser Moment keine Bedeutung. Er hätte so viel bedeuten sollen, doch er blieb leer. Der Mond, die Berge, der Mensch – *er selbst* – standen einfach so in der Dunkelheit: nichts davon ergab einen Sinn. Es waren Fragmente, Bruchstücke eines sinnlosen Rätsels, für das es keine Lösung gab. Er wandte sich ab, und die Angst vor all dieser Nichtigkeit überwältigte ihn. Es war nicht der Tod, es war das Leben, das ihn erschreckte. Die Sinnlosigkeit des Lebens.

Er stand eine ganze Zeit da und ließ dieses Gefühl verebben. Und als es vorüber war, ging er in sein Arbeitszimmer zurück und machte sich bereit für die Anrufe.

* * *

Tolonen stand mitten im Chaos und sah umher. Der Boden unter seinen Füßen war von Schutt bedeckt, die Wände rußgeschwärzt. An einer Wand lag ein Haufen schwarzer Plastiksäcke aufgestapelt, die einzigen Überreste der Männer, die hier an dem Projekt gearbeitet hatten.

»Gab es keine Überlebenden, Hauptmann?«

Der junge Offizier trat vor und verbeugte sich. »Nur den Lehrer, Sir. Wir haben ihn dreißig Ebenen tiefer gefunden, gefesselt und unter Drogen gesetzt.«

Tolonen runzelte die Stirn. »Und die anderen?«

»Neben T'ai Cho haben, die Wachen ausgenommen, achtzehn Mann an dem Projekt gearbeitet. Wir haben siebzehn verschiedene Leichen identifiziert. Wenn wir den anderen – Hammond – dazunehmen, haben wir also alle gefunden.«

»Ich verstehe. Und die Aufzeichnungen?«

»Alle vernichtet, Sir. Die wichtigsten Daten wurden bei der Explosion zerstört, aber sie sind auch an die Sicherheitskopien herangekommen und haben sie vernichtet.«

Tolonen starrte ihn fassungslos an. »Alle? Selbst die, zu denen nur Prinz Yuan Zugang hatte?«

»Es scheint so. Natürlich konnten wir noch nicht mit dem Prinzen persönlich sprechen, aber sein Sekretär Chang Shih-sen hat mich darüber unterrichtet, daß die Kopien, die ihm bei seinem letzten Besuch übergeben wurden, verschwunden sind.«

»Verschwunden?« Tolonen schluckte trocken. Er war noch immer zu schockiert, um es zu begreifen. Wie hatte dies nur geschehen können? Es waren die strengsten Sicherheitsmaßnahmen getroffen worden, um dafür zu sorgen, daß das Projekt nicht nur in sicherheitstechnischer Hinsicht ›unsichtbar‹ blieb, sondern daß für den unwahrscheinlichen Fall einer Sabotage auch von allem Material Kopien existierten. Die Attentäter waren hier hereinspaziert, als seien sie hier zu Hause, und hatten alles zerstört, jede Spur des Projekts ausgelöscht.

DeVore. Es konnte niemand anders als DeVore dahinterstecken. Aber warum? Welchen Nutzen konnte er, in aller Götter Namen, davon haben?

»Zeigen Sie mir die Berichte.«

Der Offizier wandte sich ab und kehrte wenig später mit einem Klemmbrett zurück, an das die vorläufigen, handgeschriebenen Berichte geheftet waren. Tolonen nahm es ihm ab und blätterte sie flüchtig durch.

»Sehr gut«, sagte er schließlich und hob den Blick. »Sie sind sehr gründlich gewesen, Hauptmann. Ich ...«

Er machte eine Pause und sah an dem Hauptmann vorbei. Seine Tochter Jelka stand in der Tür am anderen Ende des Korridors.

»Was ist los?«

Jelka lächelte ihn unsicher an und kam näher. »Ich wollte dich sehen. Ich…«

Tolonen warf ihr noch einen kurzen Blick zu, dann zuckte er die Achseln. »Meinetwegen. Aber es ist nicht besonders angenehm.«

Er sah zu, wie sie den Raum betrat und sich umschaute, sich den Säcken näherte, eines der Schilder anhob und es mit einem leichten Schaudern gleich wieder fallenließ. Dennoch fand er etwas von sich selbst in ihr wieder; dieselbe Härte im Angesicht eines Unglücks. Aber es war mehr als das – es schien ihm fast so, als suche sie nach etwas.

»Was ist?« fragte er nach kurzem Schweigen.

Sie wandte sich ihm zu und blickte auf das Klemmbrett, das er noch in der Hand hielt. »Darf ich mal einen Blick reinwerfen?«

»Das ist uninteressant«, erklärte er. »Hauptsächlich technischer Kram. Einschätzung des verwendeten Sprengstoffs. Postmortale Untersuchungen der Überreste. Solche Sachen eben.«

»Ich weiß«, erwiderte sie und trat näher. »Darf ich trotzdem mal sehen? Bitte, Vater.«

Aus dem Augenwinkel sah er den Hauptmann lächeln. Eigentlich wollte er ihr die Bitte abschlagen, aber dies stimmte ihn um. Schließlich war sie die Tochter eines Marschalls. Er hatte ihr im Laufe der Jahre viel beigebracht. Vielleicht konnte sie als Gegenleistung dem jungen Offizier etwas beibringen.

Er gab ihr die Unterlagen, die sie wiederum so zielstrebig durchblätterte, als suche sie etwas. Dann hob sie erstaunt den Blick, und ein strahlendes Lächeln erhellte ihr Gesicht.

»Ich wußte es doch!« rief sie. »Ich hab's gleich gespürt, als ich hier reinkam. Er hat es überlebt! Das hier beweist es!«

Tolonen lachte auf und warf dem Hauptmann einen Blick zu, bevor er seiner Tochter das Klemmbrett wieder abnahm und den Bericht an der Stelle aufschlug, auf den sie gedeutet hatte. »Worüber redest du, in aller Götter Namen? Wer hat's überlebt? Wer, Jelka?«

»Der Junge. Kim Ward. Er ist nicht hier! Siehst du das denn nicht? Schau dir den Bericht des Chefpathologen an. Alle untersuchten Leichen sind die von Erwachsenen – von ausgewachsenen Männern. Aber Kim war noch ein Kind. Körperlich zumindest. Das heißt, wer immer das siebzehnte Opfer ist, es war kein Mitarbeiter des Projekts.«

»Und Kim lebt.«

»Ja ...«

Er starrte sie fassungslos an, als ihm klar wurde, was das bedeuten konnte. Der Junge hatte ein perfektes Gedächtnis. So gut, daß es beinahe unmöglich für ihn war, etwas zu vergessen. Und das bedeutete, daß ...

Er lachte, dann verfiel er in Schweigen. Es sei denn, sie hatten ihn gefangengenommen. Es sei denn, die Schuldigen an diesem Gemetzel hatten alles und jeden außer ihn vernichten wollen. Aber warum hatten sie dann den Lehrer T'ai Cho festgehalten und anschließend wieder freigelassen? Oder war das ein Irrtum gewesen?

»Bei allen Göttern ...«, murmelte er leise. Wenn der Junge in DeVores Gewalt war, dann hatte DeVore zugleich den einzigen Zugang zu den kompletten Unterlagen des Projekts – die Grundlagen eines Systems, mit dem er eine große Anzahl von Menschen direkt manipulieren konnte. Es war ein erschreckender Gedanke. Sein schlimmster Alptraum wurde wahr. *Falls* DeVore den Jungen wirklich in seiner Gewalt hatte.

Er drehte sich um und beobachtete seine Tochter. Sie nahm mit Blicken alles in sich auf, so wie er es ihr beigebracht hatte. Er folgte ihr in den nächsten Raum, den jungen Hauptmann in ihrem Gefolge.

»Was ist?« fragte er leise, um ihre Konzentration nicht zu stören. »Wonach suchst du?«

Sie wandte sich ihm zu und lächelte noch immer. »Er ist entkommen. Ich wußte es doch.«

Er zitterte und wollte nichts davon hören. Aber wenn sie in dem einen Punkt recht gehabt hatte, konnte sie auch jetzt recht haben. Sie kletterten über die Trümmer des äußeren Büros in den dunklen, feuergeschwärzten Gang, wo sie die meisten Leichen gefunden hatten.

»Da!« rief sie triumphierend und deutete auf eine Stelle auf halber Höhe an der Wand. »Da! Dort ist er durchgeschlüpft.«

Tolonen schaute hin. Ein noch etwas dunkleres Rechteck setzte sich dort vom Schwarz der übrigen Wand ab. Er mußte näher treten, um festzustellen, worum es sich handelte. Ein Belüftungsschacht.

»Ich verstehe nicht, wie…«, begann er, aber kaum hatte er es ausgesprochen, änderte er seine Meinung und nickte. Natürlich. Der Junge war klein und drahtig genug. Und schließlich stammte er aus dem Lehm. Außerdem war der alte Aktenvermerk über seine Neigung zur Gewalttätigkeit zu berücksichtigen. Wenn überhaupt jemand die Chance gehabt hatte, dieses Massaker zu überleben, dann war es Kim. Vielleicht hatte Jelka also recht. Vielleicht war er wirklich auf diesem Wege entkommen.

Tolonen wandte sich seinem jungen Offizier zu. »Bringen Sie sofort einen unserer Experten her, Hauptmann. Ich will, daß nach Anhaltspunkten gesucht wird, ob jemand diese Öffnung zur Flucht benutzt haben könnte.«

»Sir!«

Jelka schmiegte sich an ihn und hatte einen Arm um seine Schulter gelegt, während seine Männer den engen Tunnel nach Spuren durchsuchten. Es erwies sich als schwierig, denn die Öffnung war für einen ausgewachsenen Mann zu schmal, aber mit Hilfe mechanischer Arme und anderer Hilfsmittel arbeiteten sie sich langsam durch die Röhre.

Nach zwanzig Minuten kam der Leiter des Trupps zu Tolonen. Er machte eine Verbeugung und entschuldigte sich mit einem knappen Achselzucken.

»Es tut mir leid, Marschall, aber es ist unwahrscheinlich, daß er auf diesem Wege entkommen konnte. Die Öffnung ist völlig verrußt. Sie wurde stark beschädigt, als die Labors in Flammen aufgingen. Außerdem führt der Tunnel direkt zu den Hauptgeneratorräumen im Untergeschoß. Er wäre von den Schaufelrädern dort unten in Scheibchen geschnitten worden.«

Tolonen war versucht, ihm beizupflichten. Er hielt es für unwahrscheinlich, daß der Junge entkommen war, selbst wenn DeVore ihn nicht erwischt hatte. Aber der überzeugte Blick seiner Tochter irritierte ihn.

»Bist du dir sicher?«

»Ganz bestimmt. Vertrau mir, Vater. Ich weiß, daß er entkommen ist. Ich weiß es einfach.«

Tolonen rümpfte die Nase, dann wandte er sich wieder an den Einsatzleiter. »Arbeiten Sie sich noch fünf *ch'i* weiter. Wenn Sie dann nichts finden, blasen wir die Sache ab.«

Sie warteten. Tolonens Hoffnungen wurden mit jedem Moment geringer. Aber dann hörten sie einen Ruf von einem der Männer, die die Fernbedienung steuerten. Er blickte von seinem Monitor auf und lachte. »Sie hat recht. Verdammt noch mal, sie hat wirklich recht!«

Sie liefen zu ihm hin. Auf dem Bildschirm waren deutlich Fingerabdrücke zu erkennen, die hinter einer Ausbuchtung der Tunnelwand den Hitzeschwall überstanden hatten.

»Und?« fragte Tolonen. »Stammen sie von dem Jungen?«

Die Männer zögerten einen Moment, bis die Fingerabdrücke des Jungen auf dem Bildschirm aufflackerten und der Computer versuchte, sie mit den Spuren im Tunnel zur Deckung zu bringen.

Es gab keinen Zweifel. Sie stimmten perfekt überein.

»Dann ist er am Leben!« rief Tolonen. Er starrte seine Tochter an, dann schüttelte er fassungslos den Kopf. »Gut«, sagte er und wandte sich dem Hauptmann zu. »Wir werden folgendes tun. Ich will, daß Sie mit Major Gregor Karr im Bremer Hauptquartier Kontakt aufnehmen und ihn schnellstens herholen. Und dann…«

Er brach ab und schaute mit offenem Mund zur Tür. »Hans… was machst du denn hier?«

Hans Ebert verneigte sich und trat vor. Sein Gesicht war blaß, seine ganze Haltung unnatürlich unterwürfig.

»Ich habe Neuigkeiten«, sagte er und schluckte. »Schlechte Neuigkeiten, fürchte ich, Onkel Knut. Es geht um den T'ang. Ich fürchte, er ist tot.«

* * *

Hans Ebert blieb auf der Terrasse stehen und sah auf die Gärten im Zentrum des Anwesens hinaus, wo die Tochter des Marschalls mit dem Rücken zu ihm stand.

Jelka war nach Art der südlichen Han gekleidet, trug einen engen Seiden-*Sam fu* von zartem Eierschalenblau um ihren kräftigen, doch schlanken Körper geschlungen. Ihr Haar war geflochten und im Nacken zu einem Knoten gebunden, doch niemand hätte sie für eine Han halten können. Sie war zu groß, zu blond, um etwas anderes als eine *Hung Mao* sein zu können. Und nicht bloß eine *Hung Mao*, sondern eine Frau nordischer Herkunft. Eine Neue Europäerin.

Er lächelte, dann schritt er möglichst leise die Treppe hinunter, um sie nicht aus ihrer Träumerei aufzuschrecken. Sie stand kurz hinter der Brücke und schaute in das Flüßchen, eine Hand am Hals, in der anderen ein zusammengeklappter Fächer.

Seine Frau. Jedenfalls bald.

Er war immer noch ein ganzes Stück entfernt, als sie,

plötzlich aufmerksam geworden, herumfuhr und ihren ganzen Körper anspannte, als rechne sie mit einem Angriff.

»Schon gut«, sagte er und hob beruhigend die Hände. »Ich bin's nur.«

Er sah, wie sie sich entspannte – oder es versuchte, denn ein Teil von ihr hegte immer noch Vorbehalte gegen ihn – und lächelte innerlich. Das Mädchen hatte wirklich Charakter; eine fast männliche Härte, die er bewunderte. Dies eine Mal hatte sein Vater recht behalten: sie und er paßten perfekt zusammen.

»Was ist?« fragte sie und sah ihn an, als müßte sie sich zwingen, ihm in die Augen zu schauen.

»Es tut mir leid, Jelka, aber ich muß gehen. Es herrscht ein ziemliches Durcheinander, und der neue T'ang verlangt nach mir. Aber bitte… unser Heim ist dein Heim. Mach's dir bequem. Meine *Mui tsai* Bambusflöte wird sich gleich um dich kümmern.«

Sie starrte ihn an, die Lippen leicht geöffnet, dann nickte sie knapp. »Und mein Vater?«

»Er hält es für das beste, wenn du für den Moment hier bleibst. Wie ich schon sagte, es herrscht ein gehöriges Durcheinander, und es kursieren Gerüchte über Krawalle auf den unteren Ebenen. Wenn sie um sich greifen…«

Sie nickte, wandte sich ab und sah, indem sie ihren Fächer aufklappte, zu den alten Granatapfelbäumen hinüber. Es war eine seltsame, fast nervöse Geste, und Hans rätselte, was sie bedeutete. Dann machte er eine tiefe Verbeugung und wollte gehen. Aber er war gerade ein paar Schritte weg, da rief sie ihn zurück.

»Hans?«

Er machte auf den Hacken kehrt, so sehr freute es ihn, daß sie seinen Vornamen gebrauchte. »Ja?«

»Wirst du jetzt General?«

Er atmete tief durch, dann zuckte er die Achseln. »Wenn der neue T'ang es wünscht. Warum?«

Sie ruckte unmerklich mit dem Kopf, dann senkte sie den Blick. »Ich ... ich wollte es nur wissen, das ist alles.«

»Mhm ...« Er betrachtete sie unschlüssig, dann begab er sich über den Gehweg zum Haus zurück. Und wenn er General wurde? Nun, vielleicht würde er das zum Anlaß nehmen, seine Heiratspläne voranzutreiben. Schließlich verdiente ein General eine Frau und eine Familie, oder nicht? Er grinste und spornte sich an, nahm jeweils zwei Stufen auf einmal. Ja. Er würde nachher mit Tolonen darüber reden.

* * *

Nachdem er gegangen war, beobachtete sie ein Maulbeerblatt, das auf dem künstlichen Fluß herumgetrieben wurde.

Dieser Junge, Kim, lebte also. Aber woher hatte sie das gewußt?

Sie erschauerte und fuhr herum, als sie Schritte auf dem Weg hörte. Es war eine junge Frau – ein Mädchen, das kaum älter war als sie. Die *Mui tsai*.

Die Mädchen kam näher, hielt inne und machte, die Hände vor die Brust gefaltet, eine tiefe Verbeugung. »Verzeihung, *Hsia Chi*, aber mein Herr hat mich gebeten, Ihnen jeden Wunsch zu erfüllen.«

Jelka lächelte, weil das Mädchen sie als *Hsiao Chi*, als Dame, bezeichnet hatte – eine Frau, die kaum älter war als sie. Aber das Mädchen versuchte offensichtlich nur, Respekt zu bezeugen.

»Danke, Bambusflöte, aber ich möchte nur hier warten, bis mein Vater kommt.«

Die *Mui tsai* blickte zu ihr auf und wandte den Blick wieder ab. »Bei allem Respekt, *Hsia Chi*, aber soweit ich verstanden habe, kann das eine Weile dauern. Wären Ihnen nicht ein paar Erfrischungen recht, solang Sie warten? Oder ich könnte Musikanten herbeirufen. Dort drüben ist ein Pavillon ...«

Jalka lächelte. Die Fürsorge des Mädchens gefiel ihr. Dennoch wollte sie lieber allein sein. Die Sache mit dem Jungen beschäftigte sie. Die vorläufige Suche auf den Ebenen unterhalb der Projekteinrichtungen hatte keine Spur von ihm gefunden.

Sie seufzte, dann lachte sie. »Na gut, Bambusflöte. Bring mir einen Drink. Etwas Belebendes. Aber keine Musikanten. Die Vögel singen süß genug für mich. Außerdem möchte ich gern allein sein. Bis mein Vater kommt.«

Die *Mui tsai* verneigte sich. »Wie Sie wünschen, *Hsiao Chi.*«

Jelka sah umher und entspannte sich zum ersten Mal, seit sie von dem Überfall auf die Projektanlage gehört hatte, badete in der Harmonie des Gartens. Dann verkrampfte sie sich wieder.

Vom anderen Ende des Gartens ertönte ein seltsames, hohes Klagen, wie die Schreie eines gequälten Tieres. Es dauerte fast eine Minute, ehe es so plötzlich abbrach, wie es angefangen hatte.

Was, in aller Götter Namen, war das?

Sie eilte über die Brücke, den Weg hinunter und erklomm die hölzerne Treppe zur Terrasse. Es war von hier gekommen, soviel stand fest.

Sie verharrte, als sie das tiefe Gemurmel männlicher Stimmen aus der Tür unmittelbar vor ihr hörte. Langsam, Schritt für Schritt, schlich sie die Terrasse entlang, bis sie hineinsehen konnte.

Es waren vier Männer in den blaßgrünen Uniformen des Ebertschen Haushalts. Mitten unter ihnen stand eine geknebelte Frau. Eine Han Ende zwanzig.

Verdutzt wurde Jelka Zeuge, wie die Frau wild um sich trat, sich hin- und herwarf und mit düsterem, verzerrten Gesicht ihren Häschern zu entwischen versuchte. Aber es gab kein Entkommen. Jelka sah, wie die Männer sie hinunterdrückten und in eine gepolsterte Jacke zwangen, die sie ihr im Rücken zubanden.

Jelka bebte vor Empörung, als sie hineinstürmte. »Aufhören! Sofort aufhören!«

Die Männer fuhren herum, durch ihr plötzliches Erscheinen völlig außer Fassung gebracht, und hatten die Frau in ihrer Mitte vergessen. Sie stürzte zu Boden und trat kraftlos aus.

Jalka tat noch einen Schritt, und ihr ganzer Körper zitterte vor Zorn. »Was, in aller Götter Namen, soll das?«

Sie wichen zurück und verbeugten sich kläglich.

»Verzeihen Sie, Herrin«, sagte einer von ihnen, als er sie erkannte, »aber wir gehorchen nur den Befehlen unseres Herrn.«

Sie strafte den Mann mit einem vernichtenden Blick. »Bindet sie los! Bindet sie sofort los!«

»Aber Herrin, Sie verstehen das nicht ...«

»Halt den Mund, Mann!« schnauzte sie, und die Kraft in ihrer Stimme überraschte ihn. Er fiel auf die Knie, ließ den Kopf sinken und verstummte. Sie zitterte, als sie sich zu den anderen umdrehte. »Also was? Muß ich euch noch einmal auffordern?«

Die Männer wechselten rasche Blickte, dann gehorchten sie, banden die Frau los und wichen zurück, als fürchteten sie die Konsequenzen. Aber die Frau rollte bloß herum, setzte sich auf und streifte die Jacke ab. Sie war jetzt ruhig, ihr Anfall – wenn es denn einer gewesen war – vorüber.

»Gut«, sagte Jelka, ohne die Männer anzusehen. Die seltsame Frau hatte ihre ganze Aufmerksamkeit gefesselt. »Und jetzt verschwindet. Ich will mit der Frau allein sein.«

»Aber, Herrin ...«

»Verschwindet!«

Diesmal gab es kein Zögern. Unter übereifrigen Verbeugungen machten die Männer sich davon. Sie konnte von draußen das dumpfe Gemurmel ihrer Stimmen hören, dann nichts mehr. Sie war allein mit der Frau.

Jelka ging vor ihr in die Knie und legte ihr eine Hand auf den Arm. »Was ist geschehen?«

Die Frau blickte zu ihr auf. Sie war hübsch. Sehr hübsch sogar. In mancher Hinsicht kindlicher als Jelka. »Wie ist Ihr Name?« fragte Jelka, gerührt vom unschuldigen Ausdruck in ihren Augen.

»Mein Baby ...«, stammelte die Frau und sah verwirrt an Jelka vorbei. »Wo ist mein Baby?«

Jelka sah sich in dem Raum um, dann entdeckte sie es. Ein Kinderbett am anderen Ende des Raums. Und im selben Moment hörte sie etwas – ein seltsames, anhaltendes Schniefen.

»Da«, sagte sie sanft. »Ihr Baby ist da drüben.«

Sie trat zur Seite, als die Frau aufstand, die Zwangsjacke wegwarf, zur Wiege lief und sich über ihr Kind beugte, um es in den Arm zu nehmen. »Na komm ...«, hörte sie sie mit mütterlicher Sanftheit flüstern. »Schau doch, sie werden dir nichts tun. Dafür werde ich sorgen, mein kleiner Schatz. Mama ist hier, Mama ist hier ...«

Jelka durchfuhr ein Schauer der Erleichterung. Aber sie war noch immer wütend. Wütend auf Hans, falls er es denn gewesen war, der den Befehl erteilt hatte, die Frau festzunehmen. Sie trat an ihre Seite und streichelte ihr über den Rücken.

»Lassen Sie mich mal schauen ...«

Die Frau lächelte und zeigte ihr das Kind. Ein hilfloses kleines Bündel, das unentwegt schniefte ...

Jelka wurde kalt, und sie wich kopfschüttelnd zurück, hatte plötzlich einen trockenen Mund, so sehr entsetzte die der Anblick. »Nein ...«

Ein rotäugiges, rosiges, unmenschlich schmales Gesicht blickte zu ihr empor, unter einem wirren Haarschopf, der aus viel zu rauher Haut sproß, rauh trotz der Seide, in die das Kind gewickelt war. Während Jelka es anstarrte, streckte sich ihr eine winzige, dreifingrige Hand entgegen, als wollte sie ihren Arm ergreifen. Jelka schreckte zurück und spürte einen Würgereiz in ihrer Kehle.

»Goldherz!« rief jemand von der Tür. »Bring das schreckliche Ding weg, sofort! Was, in aller Götter Namen, soll das?«

Es war die *Mui tsai* Bambusflöte. Sie trat ins Zimmer, stellte den Drink auf den Tisch und lief zu der Frau, um ihr das Bündel abzunehmen und in die Wiege zurückzulegen.

»Es ist alles in Ordnung«, sagte sie und wandte sich Jelka zu. »Ich kann das alles erklären ...«

Aber Jelka war schon nicht mehr da. Sie war hinausgelaufen, hatte sich über den Balkon gebeugt und würgte. Das Bild des kleinen ziegenartigen Wesens hatte sich wie das eines spöttischen Dämons unauslöschlich unter ihren geschlossenen Lidern eingebrannt.

* * *

Während Tuan Ti Fo den *Ch'a* zubereitete, sah er hin und wieder zu dem Jungen hinüber, der in der gegenüberliegenden Ecke des Zimmers auf dem zusammengerollten Bettzeug schlief. Er hatte eine ganze Zeit geschlafen, völlig erschöpft von den Strapazen, doch jetzt wälzte er sich immer wieder herum, als quälte ihn ein schrecklicher Alptraum.

Der alte Mann stellte die Schale *Ch'a* ab, legte das Tuch weg und hockte sich neben den Jungen auf die Fersen.

Der Junge schien Schmerzen zu erleiden, hatte förmlich die Zähne gefletscht, und er lag so verkrümmt da, als fresse irgend etwas von innen seinen Körper auf. Er drosch um sich, als fechte er einen Kampf gegen sich selber aus, dann wurde er mit einem plötzlich Aufbäumen, das den Alten erschreckte, wieder still.

»Gweder ...«, sagte der Junge leise. *»Gweder ...«*

Er sprach es sanft, fast zärtlich aus, doch das Wort

selbst klang hart, zwei seltsame Laute, die mit nichts zu vergleichen waren, was Tuan Ti Fo je gehört hatte.

Ein Moment Schweigen, dann redete der Junge weiter. Sein ganzes Wesen schien sich auf die Bewegungen seiner Lippen konzentriert zu haben.

»Pandr'a bos ef, Lagasek?«

Diesmal klang seine Stimme rauh, fast guttural. Ein leichter Schauer der Furcht durchfuhr Tuan Ti Fo, wurde aber wieder ruhiger, als eine schwache, ruhige Stimme ein *Chen yen* anstimmte, der seine Furcht vertrieb.

»Travyth, Gweder. Travyth ...«

Er kniff die Augen zusammen und begriff endlich. Zwei Stimmen. Die erste klang weicher, zärtlicher als die zweite. Gweder und Lagasek... Aber was bedeutete das? Und um welche Sprache handelte es sich? Er hatte dergleichen noch nie gehört.

Er bemerkte, welch schlagartigen Veränderungen das Gesicht des Jungen durchmachte, im einen Moment häßlich, dann wieder friedlich, fast unschuldig wirkte. Im Moment war es häßlich, der Mund verzerrt. Wieder sprach Gweder mit rauher Stimme, die die Worte förmlich herausspuckte.

»Praga obery why crenna? Bos why yeyn, Lagasek?«

Der Junge erbebte heftig, und wieder schlug sein Gesichtsausdruck um, verlor jegliche Wut und Boshaftigkeit. Er antwortete mit weicher Stimme, der alle Schärfe fehlte. Doch in den Worten schwang Schmerz mit. Schmerz und ein schreckliches Gefühl des Verlustes.

»Yma gweras yn ow ganow, Gweder ... gweras ... ha an pyth bos tewl.«

Die Abruptheit der Verwandlung machte Tuan Ti Fo schaudern. Und das Lachen ...

Das Lachen klang dämonisch. Das Gesicht des Jungen strahlte nun vor düsterer und gieriger Gehässigkeit. Vor Bosheit.

»Nyns-us pyth, Lagasek.«

Das Gesicht grinste nun in einem derart höhnischen Spott, daß Tuan Ti Fo am liebsten hineingeschlagen hätte.

Langsam, ganz langsam versickerte die Boshaftigkeit in der Gesichtshaut. Die Züge des Jungen nahmen wieder einen sanfteren, menschlicheren Ausdruck an.

»A-dhywar-lur ...«, hauchte er. *»A-dhywar-lur.«* Dann in einem schmerzhaften Aufschrei: *»My bos yn annown ... Yn annown!«*

Tuan Ti Fo atmete stockend aus. Er fuhr hoch und lief zu dem kleinen Bücherregal. Mit dem Buch in der Hand hockte er sich wieder neben den Jungen, schloß die Augen und schlug es wahllos auf, um den ersten Abschnitt vorzulesen, auf den sein Blick fiel.

Er lächelte. Er war eine Passage aus der Mitte von Buch Eins. Eine seiner Lieblingsstellen. Er las sie vor und ließ seine Stimme wie ein Instrument klingen, das den Jungen beruhigen sollte.

> »Dreißig Speichen teilen eine Nabe. Mache das Nichts darin der gegenwärtigen Aufgabe dienlich, und du weißt, wie man einen Karren verwendet. Knete Lehm, um ein Gefäß zu fertigen. Mache das Nichts darin der gegenwärtigen Aufgabe dienlich, und du weißt, wie man ein Gefäß verwendet. Schaffe Öffnungen für Türen und Fenster, und du hast ein Zimmer. Mache das Nichts darin der gegenwärtigen Aufgabe dienlich, und du weißt, was man mit einem Zimmer anfängt. So gewinnen wir das Sein durch die Nutzung des Nichts, das uns dienlich gemacht wird.«

Er schlug das Buch zu und sah, daß der Junge ganz ruhig geworden war, als habe er seinen Worten gelauscht, doch er schlief noch immer.

»Wer bist du, Junge?« fragte er leise und legte das Buch weg. Er streckte die Hand aus und zog ihm die

Decke bis über die Brust. *Ja*, dachte er. *Und welche Umstände haben dich in meine Arme geführt? Denn das Schicksal hat dich so zielsicher zu mir gelenkt, wie es heute früh meine Schritte auf einen Weg lenkte, den ich nie zuvor beschritten habe.*

Er lehnte sich zurück, nahm das Buch wieder zur Hand und las weiter, als könnten die Worte Lao Tzus – Worte, die der Weise vor mehr als zweieinhalbtausend Jahren niedergeschrieben hatte – in die Seele des Jungen dringen und ihm Erleichterung verschaffen.

* * *

»Und?«

Karr musterte seinen Freund mürrisch und stellte die Schale *Ch'a* ab.

»Nichts. Die Spur ist kalt. Ich konnte dem Jungen bis zur Fabrik nachspüren, aber damit war's vorbei. Als habe er sich einfach in Luft aufgelöst. Dabei hätte er unmöglich an diesem Wachposten vorbeikommen können.«

Chen setzte sich und warf Karr über den Tisch hinweg einen Blick zu. »Dann ist er immer noch da. In der Fabrik, meine ich.«

Karr schüttelte den Kopf. »Wir haben sie auseinandergenommen. Im wahrsten Sinne des Wortes. Ich habe die Anlage von hundert Männern bis auf die nackten Wände ausräumen lassen. Völlig umsonst.«

»Wir müssen etwas übersehen haben, anders kann es nicht sein. Ich begleite dich hin. Wir schauen uns die Sache noch einmal gemeinsam an.«

Karr senkte den Blick. »Ich überleg's mir. Aber ich hab's schon ein Dutzend, vielleicht zwanzig Mal gemacht. Es ist, als habe er sich einfach weggezaubert.«

Chen musterte seinen Freund prüfend. Er hatte Karr noch nie so niedergeschlagen erlebt.

»Kopf hoch«, sagte er. »So schlimm kann's doch nicht sein.«

»Nein?« Karr richtete sich zu voller Größe auf. »Es scheint, daß Ebert zum General ernannt wird. Der alte T'ang hat vor seinem Tod noch Nocenzis Rücktritt akzeptiert. Tolonen wollte den Posten wieder annehmen, aber es scheint so, daß der neue T'ang einen neuen Mann vorzieht.«

Chen zog ein Gesicht und ließ sich zurücksinken. »Dann ist unser Leben keinen Dreck mehr wert.«

Karr starrte ihn an und lachte. »Meinst du?«

»Du etwa nicht?«

Karr stand auf. »Sollen tausend Teufel Hans Ebert holen. Wir werden uns darauf konzentrieren, den Jungen zu finden. Schließlich ist das doch unser Job – Leute zu finden, oder?«

* * *

Li Yuan traf als erster ein. Als er aus dem Hangar trat, hatte er das Gefühl, neben sich zu stehen, sich selbst nur zuzuschauen. Die Bedeutung dieses Todesfalls war ihm erst langsam zu Bewußtsein gekommen; nicht als Trauer, sondern als Nacktheit, denn dieser Tod stellte ihn bloß. Es gab jetzt niemanden mehr außer ihn selbst; ein einzelnes Glied einer gerissenen Kette.

Von heftigem Widerwillen erfaßt blieb er vor den Gemächern seines Vaters stehen und spürte die Blicke der anderen auf sich. Er wappnete sich gegen die Belastung, ließ die Türen öffnen und trat ein.

Die Türen fielen zu, und er war allein mit seinem toten Vater.

Li Shai Tung lag im Bett, als schliefe er, doch sein Gesicht war bleich wie geschnitztes Elfenbein und seine Brust rührte sich nicht.

Li Yuan schaute auf ihn hinunter. Der Augen des alten Mannes waren geschlossen, seine dünnen Lider von Adern wie malvenfarbenen Blattmustern auf einem milchig weißen Hintergrund durchzogen. Li Yuan ging in die Knie und studierte die Muster, doch sie blieben so bedeutungslos wie der Rest. Es waren bloß Muster, Wiederholungen.

Er schüttelte verständnislos den Kopf und wußte nur, daß er bis zu diesem Moment seinen Vater noch nie schlafen, diese leidenschaftlichen, stolzen Augen noch nie geschlossen gesehen hatte.

Er streckte eine Hand aus und berührte seinen Vater an der Wange. Die Haut fühlte sich kalt an. Entsetzlich kalt. Li Yuan riß seine Hand zurück und erschauderte. Wo ging sie hin? Wohin entwich all diese Wärme?

In die Luft, murmelte er bei sich. *In die Luft*.

Er stand auf und schlug das Laken zurück. Sein Vater lag nackt unter der Seidendecke, und deutlich zeigte sich die Zerbrechlichkeit seines Körpers. Li Yuan empfand bei dem Anblick instinktives Mitleid mit seinem Vater. Nicht Liebe, sondern Mitleid. Mitleid für das, was die Zeit aus ihm gemacht hatte.

Der Tod hatte ihn betrogen, ihn schwach und verwundbar zurückgelassen.

Li Yuans Blick ging über die Leiche, und er dachte daran, daß andere sie schon vor ihm gesehen hatten. Ärzte mit ihren leidenschaftslosen Augen, die seinen Vater so gesehen hatten, wie er ihn jetzt sah.

Er erschauderte. Die Leiche war dünn, schrecklich ausgemergelt, doch ohne Wunden. Sein Vater war krank gewesen. Schrecklich krank. Das überraschte ihn, und er ließ sich Zeit, ehe er die Decke wieder hochzog. Es sah seinem Vater nicht ähnlich, nichts über seinen Gesundheitszustand verlauten zu lassen. Irgend etwas stimmte hier nicht. Etwas fehlte, damit simple Altersschwäche Li Yuan als Erklärung völlig zufriedenstellen konnte.

Er hatte keine Beweise, aber ein ausgeprägtes Gespür für äußere Umstände. Das veranlaßte ihn, sich genau umzusehen, jeden Gegenstand in diesem Zimmer auf seine Funktion zu überprüfen. Alles schien in Ordnung, doch sein Gefühl, daß etwas nicht stimmte, blieb.

Schließlich ging er hinaus in den Flur. Draußen wartete Doktor Hua mit seinen Assistenten.

»In welcher Verfassung war mein Vater, Hua? Hat er ordentlich gegessen?«

Der Alte schüttelte den Kopf. »Eine ganze Zeit nicht mehr, *Chieh Hsia*. Seit Hans Tod. Aber ...« Er schürzte nachdenklich die Lippen. »Nun ja, für einen alten Mann hat er gut gegessen. Und Euer Vater war nun wirklich ein alter Mann, Li Yuan.«

Li Yuan nickte, grübelte aber noch immer. »War er ... klar? Ich meine, klar im Kopf?«

»Ja, *Chieh Hsia*. Selbst gestern abend noch.« Hua machte eine Pause und runzelte die Stirn, als gäbe ihm etwas zu denken. »Es war offensichtlich alles mit ihm in Ordnung. Wir ... wir haben ihn untersucht und ...«

»Offensichtlich?«

Hua nickte, doch sein Blick blieb wachsam.

»Aber Sie meinen, dieser Eindruck könnte getäuscht haben, Hua?«

Der alte Arzt zögerte. »Ich könnte nicht den Finger darauf legen, *Chieh Hsia*. Es ist nur so ein ... *Gefühl*. Konfuzius sagt ...«

»Nur eines, Hua«, unterbrach Li Yuan und faßte ihn am Arm. Seine Gesicht verriet seine Zuneigung für den alten Mann. »Keine Sprichwörter bitte. Sagen Sie mir einfach, warum Sie das Gefühl haben, daß etwas nicht stimmt.«

»Das wird sich unprofessionell anhören, *Chieh Hsia*, aber da Ihr mich darum gebeten habt ...« Hua machte eine Pause und räusperte sich. »Nun, er war nicht er selbst. Er war hellwach, bei klarem Verstand und in gewisser Hinsicht glich er ganz seinem alten Ich, aber er war irgendwie nicht Li Shai Tung. Er kam mir vor wie ein Schauspieler, der Euren Vater nachgeahmt hat, der ihn außerordentlich gut spielte, aber nicht ...«

Seine Stimme versagte und er schüttelte, von Trauer überwältigt, den Kopf.

»…nicht wie der echte Li Shai Tung«, vervollständige Li Yuan den Satz.

Hua nickte. »Er war… unsicher. Und Euer Vater ist *niemals* unsicher gewesen.«

Li Yuan überlegte kurz, dann gab er seine Anweisungen. »Ich will, daß Sie eine Autopsie durchführen, Hua. Ich will erfahren, woran er gestorben ist. Ich will wissen, was ihn umgebracht hat.«

* * *

Tsu Ma war in weiß gekleidet, sein Haar in einem einzigen eleganten Bogen zurückgebunden. Die Einfachheit und Nüchternheit dieses Effekts stach ins Auge, während sein Gesicht eine Sanftheit zeigte, die Li Yuan bei ihm noch nie erlebt hatte. Er trat vor, drückte Li Yuan an seine Brust und streichelte mit einer Hand über seinen Nacken. Es war diese Geste, mehr noch als der Tod, mehr als die kalte Wange seines Vaters, die das Eis brach, das sich um seine Gefühle gebildet hatte. Endlich ließ er ihnen freien Lauf und spürte all die unterdrückte Trauer in sich emporsteigen.

»Schon gut«, flüsterte Tsu Ma und streichelte seinen Hals. »Ein Mann sollte um seinen Vater weinen.« Und als er zurücktrat, standen auch ihm Tränen in den Augen und in seinem Gesicht ein Ausdruck aufrichtigen Kummers.

»Und Wei Feng?« fragte Li Yuan und wischte sich mit dem Handrücken über die Augen.

»Er wartet unten.« Tsu Ma lächelte; ein starkes, freundschaftliches Lächeln. »Wir gehen, wenn du bereit bist.«

»Ich bin bereit«, antwortete Li Yuan und straffte sich, auch wenn er sich seiner Tränen nicht schämte; er war froh, daß er endlich weinen konnte. »Begrüßen wir unseren Vetter.«

Wei Feng wartete im Aussichtsraum. Er trug ein schlichtes weißes, um die Hüfte gerafftes Gewand. Als Li Yuan die Treppe hinunterschritt, kam Wei Feng ihm entgegen, umarmte ihn und versicherte ihm mit gedämpfter Stimme sein Mitgefühl. Aber er wirkte älter, als Li Yuan ihn in Erinnerung hatte. Sehr viel älter.

»Geht's dir gut, Wei Feng?« fragte er, weil er sich um die Gesundheit des alten Mannes sorgte.

Wei Feng lachte. Ein kurzes, melodisches Lachen. »Den Umständen entsprechend, Yuan.« Seine Gesichtsausdruck änderte sich geringfügig. »Aber dein Vater …« Er seufzte. Wei Feng war jetzt der älteste. Fast zwanzig Jahre älter als der nächstälteste. »Es hat sich viel verändert, Yuan. Unendlich viel. Und jetzt das. Es kommt mir vor wie …« Er zuckte die Achseln, als fehlten ihm die Worte.

»Ich weiß.« Li Yuan runzelte die Stirn und ließ ihn los. »Sie haben ihn umgebracht, Wei Feng.«

Wei Feng starrte ihn bloß verwirrt an, aber Tsu Ma trat näher und nahm ihn in den Arm. »Woher weißt du das? Gibt es einen Beweis?«

»Einen Beweis? Nein. Aber ich *weiß* es. Ich bin mir ganz sicher, Tsu Ma. Ich habe Doktor Hua aufgetragen … nach etwas zu suchen. Vielleicht wird das etwas beweisen, aber ich habe keinen Zweifel.«

»Und was jetzt?« Wei Feng hatte die Arme verschränkt. Sein Gesicht war plötzlich ganz starr, seine schmächtige Gestalt energiegeladen.

»Jetzt spielen wir ihr Spiel und ziehen die Handschuhe aus.«

Tsu Ma an seiner Seite nickte.

»Wir kennen unsere Feinde«, sagte Li Yuan in einem Ton der Endgültigkeit. »Wir müssen sie nur finden.«

»Du meinst DeVore?« Tsu Ma warf Wei Feng einen Blick zu. Der Alte wirkte besorgt, doch er biß fest die Zähne aufeinander. Seine Entschlossenheit wog schwerer als seine übrigen widerstreitenden Gefühle. Tsu Ma kniff die Augen zusammen und überlegte. »Und dann?«

Li Yuan drehte sich um. Seine Augen schienen tiefschwarz, wie der Weltraum selbst; kalt, leer, ohne eine Spur von Leben oder Wärme. Sein Gesicht wirkte verschlossen, ausdruckslos wie eine Maske. »Arrangiere eine Ratssitzung, Tsu Ma. Chi Hsing soll der Gastgeber sein. Wir müssen miteinander reden.«

Li Yuan war kaum achtzehn, doch sein Tonfall, die knappe Bewegung seiner Linken, die diese letzten Worte unterstrich, wirkten gespenstisch vertraut, als spräche und handele der Vater durch seinen Sohn.

ZWEITER TEIL
HERBST 2207

Gestalten aus Rauch

中

國

»Ein Zufall nur, daß die gemusterte Laute fünfzig
Saiten hat.
Saiten und Steg erinnern, jede für sich, an die
blühenden Jahre.
Chuang-tzu träumt bei Sonnenaufgang, daß ein
Schmetterling vom Weg abgekommen ist,
Wang-ti hinterläßt seine Frühjahrsleidenschaft dem
Ziegenmelker.
Der Mond steht hell überm endlosen Meer, eine
Träne auf der Perle.
Auf dem Blauen Berg wärmt die Sonne, Rauch steigt
von der Jade auf.
Konnte diese Stimmung darauf warten, sich mit
Einsicht zu vermählen?
Von Anfang an in Trance, wie damals so auch jetzt.«

– Li Shang-yin: *Die gemusterte Laute*
(Neuntes Jahrhundert)

KAPITEL · 6

Chen Yen

Auf einer Seite lag die zerbrochene *Ch'a*-Schale; ihr Inhalt war über den Boden vergossen. Daneben kauerte Tuan Ti Fo, mit dem Rücken zur Tür, und sah den Jungen an.

»Yn-mes a forth, cothwas!« knurrte der Junge aus tiefster Kehle. *»Yn-mes a forth!«*

Tuan Ti Fo sträubten sich die Nackenhaare. Der Junge hockte auf allen vieren, das Gesicht vor Raserei zu einer häßlichen Grimasse verzerrt, das Kinn aggressiv vorgeschoben, in den dunklen, runden Augen eine tierhafte Heimtücke. Er ruckte hin und her, täuschte mal zur einen, mal zur anderen Seite eine Finte vor und quittierte jede Reaktion seines Gegenübers mit einem tiefen Knurren.

Schon zum dritten Mal hatte der Junge versucht, an ihm vorbeizukommen, und wie zuvor schien ihn die Gewandtheit des alten Mannes zu überraschen; es schockierte ihn, daß Tuan Ti Fo, in welche Richtung er auch lospreschte, stets in der Lage war, ihm den Weg zu verstellen.

Der Alte schwankte leicht hin und her, und als der Junge sich nach links warf, sprang er mühelos vor und schob das Kind mit den Handflächen zurück, wofür er gerade genug Kraft einsetzte, wie zum Erreichen dieses Zieles nötig war. Der Junge wich zurück und kreischte vor Enttäuschung, dann wirbelte er herum und sprang Tuan wie ein Hund an die Kehle.

Diesmal mußte er den Jungen niederkämpfen, fest zuschlagen und zurücktreten, um ihn mit gezielten Fußtritten in die Magengrube außer Gefecht zu setzen. Doch in dem Moment, als der Junge zu Boden stürzte und um Atem rang, überkam ihn abermals diese seltsame Verwandlung. Tuan Ti Fo wurde Zeuge, wie alle Härte aus seinen Zügen wich und wieder einem weicheren, menschlicheren Gesicht Platz machte.

»Willkommen daheim, Lagasek«, sagte er und holte einmal tief und zittrig Luft. Aber für wie lang? Er sah in die Runde, bemerkte die zerbrochene Schale, den verschütteten *Ch'a*, und schüttelte den Kopf. Er würde den Jungen fesseln müssen, wenn er schlief, denn früher oder später mußte er ja einmal schlafen. Er konnte nicht pausenlos vor diesem ›Gweder‹ auf der Hut sein.

Er trat näher und beugte sich über den Jungen. Er war jetzt ganz friedlich, sein Gesicht engelhaft unschuldig. Aber darunter? Tuan Ti Fo kniff die Augen zusammen und überlegte, dann fing er sanft und leise an zu reden, wie zu sich selbst.

»Schau dich an, Kind. Wie süß du jetzt aussiehst. Wie unschuldig. Aber bist du gut oder böse? Wirst du von Gweder oder Lagasek beherrscht? Und wer von ihnen hat dich hierher in mein Quartier geführt?« Er lächelte, dann stand er auf und holte ein kleines Handtuch, um den *Ch'a* aufzuwischen, und einen Handfeger, um die Porzellansplitter einzusammeln. Die ganze Zeit über redete er weiter, ließ seine Stimme wie einen Fluß an- und abschwellen, als wollte er das schlafende Kind beruhigen.

»Kao Tzu glaubte, daß jeder Mensch bei Geburt wie ein Weidenbaum ist und die Rechtschaffenheit einer Schale gleicht. Daher muß ein Mensch, um rechtschaffen zu werden, wie die Weide beschnitten und geformt werden, damit er in die Schale paßt. Die elementarsten Instinkte – das Verlangen nach Nahrung oder geschlechtlicher Befriedigung – sind seiner Meinung nach alles, was einen ungeformten Menschen ausmacht. Der

Mensch hat von Natur aus keinen Sinn für Gut oder Böse, so wie Wasser keinen Sinn für den Behälter hat, den es füllt.«

Er wandte sich dem Jungen zu und stellte fest, daß seine Brust sich jetzt sanft hob und senkte, als habe ihn Tuan Ti Fos Stimme besänftigt, dann machte er sich mit einem Lächeln wieder an seine Arbeit.

»Meng Tzu[6] war allerdings anderer Meinung. Wenn Kao Tzus Aussage zuträfe, meinte er, dann wäre der Akt, einen Menschen rechtschaffen zu machen, eine Verletzung der menschlichen Natur – im Grunde sogar ein Unheil. Aber ich habe meine eigenen Gründe, Kao Tzu nicht zuzustimmen. Wenn es wirklich so wäre – wenn die menschliche Natur so wäre, wie Kao Tzu behauptet –, wie könnte dann Güte unter bösen Umständen gedeihen? Wie könnte dann etwas Böses aus etwas Gutem hervorgehen?« Er lachte leise. »Es gibt wirklich Menschen, die wie Wassertropfen oder Weidenzweige sind, aber es sind nicht alle so. Denn es gibt solche, die ihre Form selbst bestimmen, die sich selbst ihre Richtung vorgeben, und ihre bloße Existenz beweist, daß Kao Tzus Behauptung ein falsches Bild zeichnet.«

Er war mit dem Aufräumen fertig und trug das Handtuch zur Schüssel in der Ecke, um es auszuwringen. Als er zurückkam, entdeckte er noch zwei große Scherben der Schale und scharrte Porzellanspliter mit den Fingerspitzen zu einem Häufchen zusammen.

»Es gibt natürlich noch eine andere Erklärung. Es wird erzählt, daß kurz nach der Trennung der Erde vom Himmel, Nu Kua den Menschen schuf. Es scheint, daß sie die ersten Menschen aus gelber Erde formte. Sie nahm sich viel Zeit dafür und verwendete große Sorgfalt auf die Formen und Proportionen der winzigen menschlichen Gestalten, doch dann wurde sie müde. Die Arbeit ließ ihr wenig Zeit für sich selbst, und so beschloß sie, sich die Sache einfacher zu machen. Deshalb nahm sie ein langes Stück Schnur, wälzte es im

Schlamm, rollte es zusammen und formte es zu Menschen. Aber verglichen mit denen, die sie zuerst geschaffen hatte, waren dies grobschlächtige, mißgestaltete Geschöpfe. Und seitdem heißt es, daß die reichen und edlen Menschen von jenen abstammen, die Nu Kua geschaffen hat, bevor sie ihrer Arbeit müde wurde – den Menschen aus gelber Erde –, während die Armen und Niedrigen Nachkommen der aus Kordel geformten Menschen sind – den Menschen aus Schlamm.« [7]

Er lachte leise, dann blickte er wieder auf und bemerkte, wie ruhig der Junge geworden war.

»Aber wie die *T'ien Wen* schon bemerkten: ›Auch Nu Kua hatte einen Körper. Wer hat ihn geschaffen und geformt?‹«

Er nahm die dünne Papierschachtel, in der der *Ch'a*-Ziegel geliefert worden war, und füllte ihn mit den Splittern. Die zwei größten Stücke ließ er am Ende hineinfallen.

»Nun ja, aber wir leben in einer Welt, die verrückt geworden ist. Die Schale der Rechtschaffenheit wurde vor langer Zeit zerschlagen, als Tsao Ch'un seine Stadt erbaut hat. Es liegt an einzelnen Menschen, den Weg zu finden – kleine Inseln der Vernunft in einem Ozean des Sturms zu schaffen.« Er sah umher. »Dies hier ist eine solche Insel.«

Zumindest war sie das einmal gewesen. Bevor er das Kind hergebracht hatte. Bevor die Schale zerbrach und der Frieden gestört wurde.

Tuan Ti Fo schloß die Augen und suchte tief in sich jene innere Stille, indem seine Lippen die *Chen yen* – die ›wahren Worte‹ – des Mantras formten. Mit einem leichten Schaudern gelang es ihm, den straffen Knoten der Beklemmung zu sprengen, und als er wieder aufblickte, hatte er ein mildes Lächeln in den Mundwinkeln.

»Essen«, sagte er leise. »Das brauchst du jetzt. Etwas Besonderes.«

Er stand auf, ging zu dem winzigen, in der gegenüberliegenden Wand eingelassenen Herd und schaltete ihn ein. Er füllte einen Kessel halb mit Leitungswasser und stellte ihn auf den Ring.

Dann drehte er sich um und nahm die schlichte Ordnung seines Zimmers in sich auf. »Chaos. Die Welt ist dem Chaos überantwortet, Kind, und es gibt wenig, was du oder ich dagegen tun können.« Er lächelte traurig, dann trug er die Schüssel in der Ecke zur Tür. Er würde sie später entleeren, nachdem er das Kind gefüttert hatte.

Der Junge hatte sich auf die Seite gerollt und berührte mit den Fingern einer Hand seinen Hals. Tuan Ti Fo lächelte und holte eine Decke hervor, die er über das Kind ausbreitete.

Er hockte sich hin und betrachtete den Jungen. »Weißt du, die Chou glaubte, daß Himmel und Erde einst in einem formlosen Chaos miteinander vermischt waren, wie in einem Hühnerei. Sie nannten diesen Zustand *Hun tun. Hun tun …*«

Er nickte, dann ging er zum Ofen zurück, nahm einen Topf vom Regal an der Wand und entleerte seinen Inhalt zur Hälfte auf dem Brett neben dem Ofen. Die kleinen, sackartigen Klöße sahen im ungekochten Zustand wie blasse, feuchte, mißgestaltete Wesen aus. Wie Nachkommen der Schlamm-Menschen. Er lächelte und schüttelte den Kopf. *Hun tun* wurden sie genannt. Er hatte sie selbst aus den Zutaten zubereitet, die Marie, das Mädchen, bei ihrem letzten Besuch mitgebracht hatte. Die Füllung der dünnen Teigtaschen bestand natürlich aus Soya, nicht aus Fleisch, aber das hatte er so gewollt. Er hielt nichts davon, Fleisch zu essen. Das war nicht ›Der Weg‹.

Als das Wasser zu kochen anfing, warf er die Klöße in die Schale und ließ sie leicht aufwallen, bevor sie kochen konnten. Er fügte noch weitere Zutaten hinzu – Kräuter, die ihm Freunde aus den Plantagen geschickt hatten, und weitere, ganz besondere Zutaten. Er prüfte kritisch den Geruch der Speise und nickte. Genau das brauchte der Junge. Es würde ihn beruhigen und ihn wieder zu Kräften bringen.

Jene wertvollen Kräfte, die ›Gweder‹ so leichtfertig vergeudete.

Er drehte sich um und rechnete damit, daß der Junge sich aufsetzte und sein Gesicht sich erneut in diese Fratze verwandelte, doch er schlief weiter.

Eine Zeitlang beschäftigte Tuan Ti Fo sich ausschließlich mit der Zubereitung des Essens. Als es kochte, goß er die Hälfte der Brühe in eine kleine Keramikschale und trug sie zu dem Kind.

Es war eine Schande, den Jungen aufzuwecken, aber er hatte seit zwölf Stunden nicht gegessen. Und nach der Mahlzeit würde er weiterschlafen. Die Kräuter in der Suppe würden dafür sorgen.

Er stellte die Schale ab, legte einen Arm um den Jungen und richtete ihn zu einer halb-sitzenden Position auf. Der Junge fuhr zusammen und wehrte sich anfangs, dann ließ er es geschehen. Tuan Ti Fo setzte ihm einen vollen Löffel an die Lippen und neigte ihn vorsichtig.

»Hier, Kind. Ich serviere dir den Himmel selbst.«

Der Junge nahm einen Schluck warme Brühe, dann wandte er leicht den Kopf ab. Tuan Ti Fo blieb beharrlich, folgte seinem Mund mit dem Löffel und flößte ihm jedesmal ein wenig Flüssigkeit ein, bis das Kind schließlich für jeden Löffel bereitwillig den Mund öffnete.

Schließlich war die Schale leer. Tuan Ti Fo lächelte, drückte den Jungen eine Weile an sich und spürte abermals, wie körperlos er wirkte. Als sei er aus etwas feinerem als Fleisch und Knochen geschaffen; aus etwas feinerem als gelber Erde. Und wieder fragte er sich, warum er in seinem Traum aufgetaucht war. Was bedeutete das? Denn es mußte etwas bedeuten.

Er zog das Kissen heran, bettete den Kopf des Jungen darauf und zog die Decke über ihn.

»Vielleicht wirst du es mir sagen, hm? Wenn du wach bist. Das heißt, wenn du nicht nur diese seltsame Sprache beherrschst.«

Er ging an den Ofen zurück und goß den Rest der *Hun tun* in die Schale, dann löffelte er sie rasch leer, brachte Schalen und Schüssel nach draußen und versperrte hinter sich die Tür. Die Waschräume befanden sich am anderen Ende des Korridors. Es war nicht viel Arbeit, dennoch beeilte er sich, weil er das Kind nicht zu lang allein lassen wollte. Und als er zurückkam, achtete er darauf, die Tür ganz leise zu öffnen, damit ›Gweder‹ nicht wieder hervorbrach. Aber der Junge schlief noch.

Tuan Ti Fo ging in den Schneidersitz und betrachtete den Jungen. Weil er wußte, daß es Stunden dauern würde, bis er wieder aufwachte, stand er schließlich auf und kramte sein *Wei Chi*-Spiel hervor. Statt einem Spielbrett hatte er ein entsprechend bedrucktes Tuch, das er auf dem Boden ausbreitete. Links davon stellte er die Schale mit den weißen, rechts die mit schwarzen Steinen. Eine ganze Zeit vertiefte er sich ins Spiel, verlor sich ganz in den Konstellationen, die die Steine auf der Spielfläche bildeten, bis er das Gefühl hatte, die Spielfläche sei das große Tao und er die Steine.

Einst war er der Meister aller Meister von ganz Chung Kuo gewesen, achtmaliger Gewinner der jährlich in Suchow veranstalteten großen Meisterschaft. Aber das war dreißig, fast vierzig Jahre her. Damals hatte ihn die Welt noch gekümmert.

Er blickte vom Spiel auf und bemerkte, daß seine Konzentration gestört wurde. Er lachte und ein Zitat von Ch'eng Yi [8] kam ihm in den Sinn.

»Im Universum hat ein jegliches Ding sein Gegenteil; wo ein Yin ist, da ist auch ein Yang; wo ein Gutes ist, da ist auch ein Böses.«

Und in dem Jungen? Er holte tief Luft und sah zu ihm hinüber. Gweder und Lagasek. Yin und Yang. Wie in allen Menschen. Aber in diesem focht das Tao einen Krieg mit sich selbst aus. Yin und Yang verhielten sich nicht komplementär, sondern antagonistisch. In dieser Hinsicht glich dieses Kind der Welt von Chung Kuo. Auch in ihr war das Gleichgewicht verloren gegangen. Ja, wie in dem Jungen. Chung Kuo lag im Krieg mit sich selbst.

Aber dieser Gedanke brachte eine Einsicht mit. Wie man an ihrer Welt herumgepfuscht hatte, so auch an diesem Kind. Etwas war geschehen, das den Jungen gespalten und mit sich selbst entzweit hatte. Er hatte seine Ganzheit verloren.

Oder sie war ihm genommen worden.

Tuan Ti Fo räumte langsam das Spiel ab, weil er sich um den Jungen sorgte. Doch vielleicht war genau diese Aufgabe für ihn vorgesehen – den Jungen wieder zu einem Ganzen zu formen, das Tier und den Menschen in ihm miteinander zu versöhnen. Denn was war ein Mensch ohne Gleichgewicht?

»Nichts«, flüsterte er bei sich. »Oder schlimmer als nichts.«

Er fing mit einem neuen Spiel an, füllte das Spielfeld langsam mit schwarzen und weißen Steinen, bis er wußte, daß keine mehr zu setzen, nichts mehr zu gewinnen oder zu verlieren war.

Schließlich erregte etwas Tuan Ti Fos Aufmerksamkeit. Der Junge hatte sich aufgesetzt und beobachtete ihn. Seine dunklen, übergroßen Augen betrachteten nachdenklich die Steine auf dem Tuch.

Er senkte den Blick und sagte nichts, dann räumte er das Spielfeld ab und bereitete ein neues Spiel vor. Als er wieder zu spielen anfing, entging ihm nicht, daß der Junge ihn die ganze Zeit beobachtete und langsam näherrückte, während Tuan Ti Fo das Spielfeld mit Steinen füllte.

Schließlich legte er ein weiteres Mal den letzten Stein in dem Bewußtsein ab, daß es nichts mehr zu gewinnen oder zu verlieren gab. Dann blickte er auf. Der Junge saß keine Armeslänge von ihm entfernt und studierte mit grimmiger Aufmerksamkeit die schwarzen und weißen Muster, als versuche er ihre Bedeutung zu erfassen.

Tuan Ti Fo räumte die Spielfläche leer und wollte gerade ein neues Spiel beginnen, als der Junge die Hand ausstreckte und einen weißen Stein aus der Schale zu seiner Linken nahm. Tuan Ti Fo wollte ihn auf seinen Fehler aufmerksam machen – wenn schon, dann sollte er einen schwarzen Stein nehmen –, aber der Junge bestand darauf. Er setzte entschlossen einen Stein in die aus seiner Sicht nächste rechte Ecke. Im *Tsu*, im Norden.

Sie spielten erst bedächtig, dann zügiger. Tuan Ti Fo sah dem Jungen nichts nach und bestrafte ihn für jeden Fehler. Doch als er eine Reihe von Steinen, die er eingekreist hatte, vom Spielfeld nehmen wollte, hielt der Junge sein Hand fest und zog sie weg, um noch einmal die Spielsituation zu studieren und herauszufinden, was er falsch gemacht hatte. Erst dann ließ er ihn los und bedeutete Tuan Ti Fo, die Steine wegzunehmen.

Das nächste Spiel war schwieriger. Der Junge vermied es, die einfachen Fehler aus der ersten Partie zu wiederholen. Diesmal mußte Tuan Ti Fo hart kämpfen, um ihn niederzuringen. Er lehnte sich zurück, musterte den Jungen aus zusammengekniffenen Augen und staunte, wie gut er gespielt hatte.

»So, so«, sagte er. »Du kannst also spielen.«

Der Junge blickte auf und schüttelte den Kopf. Nein, dachte Tuan; das ist nicht möglich. Du mußt schon einmal gespielt haben.

Er räumte das Spiel ab, ließ sich zurücksinken und wurde ganz still, als sollte gleich etwas Seltsames – etwas ganz Außerordentliches – geschehen.

Diesmal legte der Junge den Stein im Süden, im

Shang ab, nur eine Handlänge vor Tuan Ti Fos Knie. Es war eine Standarderöffnung – eine Spielweise, die für den Spielausgang keine Konsequenzen hatte –, doch auf irgendeine Weise ließ der Junge sie wie eine Herausforderung erscheinen. Eine Stunde später mußte Tuan Ti Fo einsehen, daß er unterlegen war. Zum ersten Mal seit über vierzig Jahren hatte ihn jemand auf dem Gebiet gedemütigt, das er als seine Domäne betrachtete.

Er atmete tief durch und bewunderte die Eleganz der Muster, die der Junge aufgebaut hatte, und erinnerte sich an die verblüffende Originalität seiner Strategie – als habe er das Spiel gerade neu erfunden. Dann machte er eine tiefe Verbeugung und berührte mit der Stirn fast die Spielfläche.

Die Junge starrte ihn an, dann erwiderte er die Verbeugung.

Du bist also doch ein menschliches Wesen, dachte Tuan Ti Fo und schüttelte den Kopf, so sehr amüsierte ihn diese Geste. *Und jetzt bin ich mir sicher, daß die Götter dich geschickt haben.* Er lachte. *Wer weiß? Vielleicht bist du sogar einer von ihnen.*

Der Junge saß mit verschränkten Beinen regungslos da und beobachtete Tuan Ti Fo mit zusammengekniffenen Augen, als versuche er zu begreifen, warum der Alte lächelte.

Tuan Ti Fo beugte sich vor und wollte gerade das Spiel abräumen, als jemand an die Tür klopfte. Ein beiläufiges Pochen, das nur von Marie stammen konnte.

Er bemerkte, wie der Junge erstarrte – wie die Furcht sein Gesicht versteinerte –, und faßte seinen Arm.

»Keine Angst…«, flüsterte er. »Da!« sagte er und zeigte auf die Decke. »Versteck dich darunter, Junge, und laß dich nicht sehen. Ich werde sie wegschicken.«

* * *

Marie fuhr herum, als sie hinter sich Geräusche hörte, lächelte dann und verbeugte sich vor den beiden älteren Herren, die den Korridor durchschritten. Mit einem Stirnrunzeln wandte sie sich wieder der Tür zu. Wo war er? Es sah ihm gar nicht ähnlich, sich zu verspäten.

Marie Enge war eine große, gutaussehende Frau Ende Zwanzig, die sich durch jene Art physischer Präsenz auszeichnete, die die meisten Männer einschüchterte. Sie bevorzugten zartere, unterwürfigere Frauen. Und ihre Ausstrahlung physischer Stärke war keine Täuschung. Sie war eine starke Frau, in der Kunst der Selbstverteidigung ausgebildet, doch das hieß nicht, daß es ihr an weiblichem Charme fehlte. Auf den zweiten Blick bemerkte man Anzeichen für eine weichere Seite ihres Wesens: das zarte Primelmuster an ihrem Rocksaum; die Perlenketten und rosigen Glasperlenschnüre um ihre Handgelenke; der schmetterlingsartige Schwung ihres ansonsten männlich wirkenden Zopfes.

Sie wartete noch einen Moment, dann klopfte sie erneut. Diesmal lauter, beharrlicher.

»Tuan Ti Fo? Sind Sie da? Ich bin's, Marie. Wir wollten miteinander spielen.«

Sie hörte von drinnen ein Rascheln und seufzte erleichtert. Für einen Moment hatte sie befürchtet, er sei krank. Sie trat zurück und wartete darauf, daß er die Tür öffnete, doch sie blieb fest geschlossen.

»Tuan Ti Fo?«

Ein Unterton der Besorgnis hatte sich in ihre Stimme geschlichen. Sie wollte gerade ein Ohr an die Tür drücken, als sie sich einen Spaltbreit öffnete.

»Was ist los?« fragte der Alte und beäugte sie fast mißtrauisch.

»Ich bin's, *Shih* Tuan. Erinnern Sie sich nicht? Es ist Zeit für unser Spiel.«

»Ach so…« Er zog die Tür noch ein Stück auf und trat gleichzeitig einen Schritt vor, um ihr den Blick ins

Zimmer zu verwehren. »Entschuldigen Sie, Marie, ich bin gerade erst wach geworden. Ich habe nicht gut geschlafen und …«

»Sie sind doch nicht krank, oder?« fragte sie besorgt.

»Nein …« Er lächelte, dann verneigte er sich. »Aber ich fühle mich müde. Möchten Sie mich deshalb dieses eine Mal entschuldigen?«

Sie zögerte, dann erwiderte sie seine Verbeugung. »Natürlich, *Shih* Tuan. Wie wär's mit morgen?«

Er neigte ein Stück den Kopf und nickte. »Vielleicht …«

Sie trat zurück, sah die Tür zugleiten und wandte sich ab. Aber sie ging nur ein paar Schritte, bevor sie sich wieder umdrehte und zur Tür zurückblickte. Sie hatte das bohrende Gefühl, daß etwas nicht stimmte. Er hatte nie zuvor von schlaflosen Nächten gesprochen; und soweit sie wußte, hatte er auch nie über Krankheiten geklagt. Einen fitteren alten Knaben hatte sie nie kennengelernt. Und außerdem hatte er sie noch nie abgewiesen. Sie runzelte die Stirn, dann wandte sie sich ab und ging langsam, widerwillig weiter.

Für einen Moment zögerte sie, weil sie nicht recht wußte, was sie tun sollte, dann nickte sie und beschleunigte ihren Schritt. Sie würde gleich zur Drachenwolke gehen und Shang Chen fragen, ob sie ihre Schicht um eine Stunde vorziehen durfte, um eine Stunde früher zu gehen. Ja. Und dann würde sie wiederkommen.

Nur für den Fall, daß der alte Mann sie brauchte.

* * *

Die Drachenwolke nahm ein Ende der Hauptstraße ein und dominierte den Markt, der sich unter ihren Dachtraufen ausbreitete. Es war ein großes, traditionelles Gebäude mit einem steilen, roten Ziegeldach und vier nicht ummauerten, sondern ringsum offenen Geschossen, die durch breite Kunstholztreppen miteinander verbunden waren. Überall grünte und blühte es, in Schalen, auf Stellwänden und von den offenen Balustraden, was dem Teehaus das Aussehen eines überwucherten Gartens verlieh. Bedienstete servierten in blaßblauen Gewändern – Männer und Frauen, Han und *Hung Mao* –, eilten zwischen den Ebenen hin und her, trugen breite Tabletts voll erlesener Keramik, Schalen und Töpfen aus weißen, mit blauen Markierungen glasiertem Porzellan. An strategischen Punkten überall im Haus saßen die *Ch'a*-Meister, Spezialisten in der *Ch'a shu,* der Kunst des Tees, an ihren Theken und bereiteten ihre besonderen Aufgüsse vor.

In Stoßzeiten konnte die Drachenwolke fünftausend Gäste bewirten. Mehr als genug, hätte man glauben können, um die umliegenden Ebenen zu versorgen. Dennoch war es voll, als sie eintrafen, kein Tisch mehr frei. Chen sah umher, dann schaute er sich nach Karr um.

»Gehen wir anderswohin, Gregor. Es wird mindestens eine Stunde dauern, bevor wir einen Platz bekommen.«

Karr winkte einen der Kellner herbei. Der Mann kam herüber und musterte Karr mißtrauisch von Kopf bis Fuß, als versuche er einzuschätzen, wieviel Ärger er ihm bereiten könne. An der Theke hinter ihm drehten sich einige andere Kellner um, großteils Han, und behielten ihn im Auge.

Chen beobachtete, wie Karr dem Kellner etwas in die Hand drückte, worauf der Mann einen kurzen Blick warf, bevor er mit weit aufgerissenen Augen wieder aufblickte. Karr brummte etwas, dann preßte er ihm ein zweites kleines Bündel in die Hand. Diesmal reagierte der Kellner mit einer tiefen Verbeugung. Er drehte sich um, winkte zwei seiner Kollegen herbei und eilte davon, indem er ihnen aufgeregt etwas zuflüsterte.

Es dauerte nicht lag, da kam der Kellner zurück, verbeugte sich lächelnd und führte sie über zwei Treppenfluchten zu einem Tisch in der Mitte des Hauses. Als sie sich zwischen die Tische zwängten, traten drei ältere Han vor und machten eine ehrerbietige Verbeugung.

Chen beugte sich zu Karr hinüber und sprach mit gedämpfter Stimme. »Hast du ihren Tisch gekauft?«

Karr grinste und erwiderte die Verbeugung der alten Herren, ehe er einem der Kellner gestattete, einen Stuhl für ihn zurückzuziehen. Erst als Chen ihm gegenüber Platz genommen hatte, antwortete er.

»Ich habe gehört, daß die Drachenwolke das kulturelle Zentrum dieser Ebenen ist. Der Ort, wo jeder hinkommt, der jemand ist. Wenn überhaupt, dann werden wir hier Neuigkeiten über den Jungen erfahren. Verstehst du?«

»Aha ...« Chen lächelte und ließ sich entspannt zurücksinken. Es war nicht Karrs Art, von seinen Privilegien so rücksichtslos Gebrauch zu machen, und für einen Moment hatte ihn das Benehmen seines Freundes beunruhigt.

»Außerdem«, fügte Karr hinzu und nahm die *Ch'a*-Karte entgegen, die der Kellner ihm hinhielt. »Außerdem habe ich gehört, daß die Drachenwolke der Inbegriff eines Teehauses ist. Sein Ruhm ist bis zu den Obersten vorgedrungen.«

Die letzten beiden Sätze sprach er lauter aus, offenbar um den Kellnern zu schmeicheln. Derjenige, mit dem Karr als erster zu tun gehabt hatte, quittierte sein Kompliment mit einer knappen Verbeugung.

»Wünschen die *Ch'un tzu* etwas ... Besonderes?«

Karr lehnte sich zurück. Selbst wenn er saß, überragte er den Han um fast einen Kopf.

»Sie haben nicht zufällig ein *Hsiang p'ien* da?«

Der Kellner beugte den Kopf noch tiefer, und ein freudiges Lächeln erhellte sein Gesicht. »Das ist eine Spezialität der Drachenwolke, *Ch'un tzu*. An welche Art *Hsiang p'ien* haben Sie gedacht?«

Karr sah zu seinem Freund hinüber. »Hast du irgendwelche Vorlieben?«

Chen studierte die Karte und versuchte unter den hunderten exotischen Gebräuen eins zu finden, von dem er sich erinnerte, es schon einmal gekostet zu haben, dann blickte er mit einem Achselzucken auf. »Ich weiß nicht. Ich würde sagen, ich nehme dasselbe wie du.«

Karr überlegte kurz, ehe er sich dem Kellner zuwandte. »Haben Sie einen *Ch'ing ch'a* mit Lotosaroma?«

»Natürlich, Herr. Ein *Pao yun* vielleicht?«

Karr nickte. »Eine Juwelenwolke wäre ausgezeichnet.«

Der Mann verneigte sich und nahm mit gesenktem Kopf die *Ch'a*-Karten entgegen. »Das Mädchen wird Ihnen den *Ch'a* und ein paar süßsaure Fleischbällchen bringen. Es wird nur ein paar Minuten dauern, *Ch'un tzu*.« Er machte eine weitere Verbeugung, bevor er sich zurückzog.

Chen wartet, bis der Mann verschwunden war, dann beugte er sich herüber und sprach mit gedämpfter Stimme. »Was, in aller Götter Namen, ist ein *Hsiang p'ien?*«

Karr lächelte und entspannte sich zum ersten Mal, seit sie vor zwölf Stunden mit der Suche begonnen hatten. »*Hsiang p'ien* sind Blüten-*Ch'as*. Und ein *Ch'ing ch'a* ist ein grüner, unfermentierter *Ch'a*. Der, den wir bekommen, wird über Nacht mit dem Kelch einer frischgepflückten Lotosblüte in einen kleinen Gazebeutel gegeben.« Er lachte. »Hast du deinen Shen Fu nicht gelesen, Chen?«

Chen lachte und schüttelte den Kopf. »Woher sollte ich die Zeit nehmen, mein Freund? Mit vier Kindern bleibt kaum genug Zeit zum Scheißen, geschweige denn zum Lesen!«

Karr musterte ihn lachend und berührte ihn sanft am Arm. »Vielleicht, Kao Chen, aber ein Mann sollte lesen.

Ich leih dir mal ein Buch von Shen Fu. Seine *Sechs Aufzeichnungen aus einem blühenden Leben.* Er lebte vier Jahrhunderte bevor die große Stadt erbaut wurde. Das waren noch andere Zeiten, sage ich dir, Chen. Grausamer und in mancher Hinsicht doch besser als unsere. Dennoch gibt es Dinge, die sich nie ändern. Die menschliche Natur zum Beispiel.«

Chen ließ den Kopf sinken. Das stimmte. Er sah sich um und genoß die seltsam friedvolle Atmosphäre dieses Lokals. Jeder Tisch war von den nächsten durch Stellwände aus Grünpflanzen abgetrennt; dennoch hatte er von dort, wo sie saßen, einen guten Überblick über das, was an den anderen Tischen und auf den anderen Ebenen vor sich ging. Er sah in die Runde. Über der nächsten Serviertheke hing ein großes Plakat des *Ch'a*-Gottes Lu Yu [9], das sanft in der Brise der Deckenventilatoren flatterte. Es war ein Bild, das selbst Chen in Erinnerung hatte, weil es über dem Eingang jedes Teehauses in Chung Kuo hing.

»Wo fangen wir an?« fragte Chen nach einer Pause. »Ich meine, wir können doch nicht einfach von Tisch zu Tisch gehen und die Leute fragen, oder?«

Karr hatte geistesabwesend in die Ferne gestarrt; Chens Frage ließ ihn aufschrecken. »Nein. Du hast ganz recht, Chen. Wir müssen subtil vorgehen. Ruhig und geduldig. Wenn nötig, werden wir heute den ganzen Tag hier sitzen, und morgen auch. Bis wir etwas aufschnappen.«

»Und wenn nicht?« Chen schüttelte den Kopf. »Außerdem gefällt es mir nicht, einfach dazusitzen und abzuwarten. Warum lassen wir nicht einfach das ganze Deck evakuieren und durchsuchen es Raum für Raum?«

Karr lächelte. »Hältst du das für eine gute Idee, Chen? Und welche Gründe sollten wir angeben?«

»Müssen wir unsere Maßnahmen begründen? Wir stehen schließlich in den Diensten des T'ang.«

Karr beugte sich zu ihm hinüber und senkte die Stimme zu einem Flüstern. »Und wenn sich Gerüchte über die Ebenen verbreiten, daß der T'ang etwas Wichtiges verloren hat und bereit ist, ein ganzes Deck zu räumen, um es wiederzufinden? Hätte ein solches Gerücht nicht seinen Preis? Würden nicht Personen davon erfahren, denen es besser nicht zu Ohren kommen sollte?«

Chen öffnete den Mund und ließ ihn wieder zufallen. »Trotzdem, können wir nicht etwas anderes tun?«

Karr schüttelte den Kopf. »Die Spur ist kalt geworden. Blinder Eifer würde nichts nützen. Der Junge hält sich irgendwo hier auf. Das weiß ich ganz genau. Im Moment bleibt uns nichts anderes übrig, als zu warten. Wir müssen den rechten Augenblick abpassen und auf das leiseste Geflüster von den Nachbartischen lauschen.«

Chen beugte sich vor und wollte etwas sagen, verkniff sich aber eine Erwiderung. Eine der Bediensteten näherte sich ihrem Tisch – diesmal eine Frau, eine große blonde *Hung Mao*. Er musterte sie kurz, während sie das Tablett zwischen ihnen auf den Tisch stellte, und runzelte die Stirn, als er bemerkte, wie Karr sie anstarrte.

»Ihr *Hsiang p'ien*«, sagte sie und wich mit gesenktem Kopf einen Schritt vom Tisch zurück. »Darf ich für Sie eingießen, *Ch'un tzu?*«

Karr lächelte. »Das wäre sehr freundlich.«

Sie hatte den *Ch'a* in einer rechteckigen Kanne mit geflochtenem Griff serviert; ein weißglasierter Keramiktopf mit einem blauen, kreisrunden Muster auf beiden Seiten – dem stilisierten Piktogramm mit der Bedeutung ›langes Leben‹.[10] Daneben stand eine *Chung*, eine Servierschale mit Deckel, und zwei einfache *Ch'a*-Schalen. Die Frau trat an den Tisch, goß einen Teil des frisch aufgegossenen *Ch'a* in ihre Schalen, den Rest in die *Chung* und setzte den Deckel wieder auf.

Sie war eine große Frau, doch ihre Bewegungen waren präzise, beinahe vorsichtig. Sie faßte die Schalen an, als handele es sich um lebende Wesen, während sie den *Ch'a* mit Anmut in die Schalen goß, ohne auch nur einen Tropfen zu verschütten.

Chen beobachtete Karr und entdeckte eine unmerkliche Regung im Gesicht des großen Mannes; die Frau gefiel ihm.

»Danke«, sagte Karr und lächelte sie an. »Es ist angenehm, von jemandem bedient zu werden, der die Kunst so hoch schätzt.«

Sie sah ihn zu ersten Mal an, dann senkte sie wieder den Blick. »Wir tun unser Bestes, um Sie zu erfreuen, *Ch'un tzu.*«

»Und diese Schalen…«, fuhr Karr fort, als wollte er sie ungern gehen lassen. »Ich habe selten etwas gesehen, das so elegant, so geschmackvoll gestaltet, so zurückhaltend gefärbt war.«

Zum ersten Mal lächelte sie. »Sie sind hübsch, nicht wahr? Ich habe oft erwähnt, wie angenehm es ist, *Ch'a* in solchen Schalen zu servieren. Sie haben… *Yu ya*, nicht?«

Karr lachte leise, sichtlich erfreut. »Höchste Eleganz. Ja…« Er lehnte sich zurück und nahm sie genauer in Augenschein. »Sie wissen eine ganze Menge, *Fu Jen …?*«

Abermals senkte sie den Blick, und ihr Hals und ihre Wangen erröteten leicht. »Ich hatte einen guten Lehrer. Und ich bin *Hsiao Chieh* Enge, nicht *Fu Jen*. Ich bin nicht verheiratet, verstehen Sie?«

Karrs Lächeln verblaßte für einen Moment. »Oh… verzeihen Sie.« Er rückte ein Stück vor. »Vielen Dank jedenfalls, *Hsiao Che* Enge. Wie ich schon sagte, es ist sehr angenehm, von jemandem bedient zu werden, der soviel über die große Kunst des *Ch'a shu* weiß.«

Sie machte eine letzte Verbeugung und wandte sich zum Gehen. Doch als habe sie sich eines Besseren besonnen, kam sie zurück und beugte sich zu Karr hinunter. »Und wenn das nicht zu unverschämt ist, *Ch'un tzu*, dürfen Sie mich Marie nennen. So kennt man mich auf diesen Ebenen. Fragen Sie nach Marie. Jeder kennt mich.«

Chen sah ihr nach, dann wandte er sich Karr zu. Der große Mann konnte den Blick noch immer nicht von ihr abwenden und beobachtete sie dabei, wie sie die nächste Bestellung vorbereitete.

»Gefällt sie dir, Gregor?«

Karr reagierte mit einem leeren Blick, dann lachte er kurz auf. »Ich glaube, wir verstehen uns, Chen. Was hat sie gesagt? Jeder kennt sie. Das heißt doch wohl, daß sie auch jeden kennt, oder?« Er hob eine Augenbraue.

Chen grinste. »Du hast meine Frage noch nicht beantwortet. Gefällt sie dir?«

Karr zuckte die Achseln und schaute weg. In diesem Moment kam es an der *Ch'a*-Theke hinter ihm zu einer Auseinandersetzung.

Chen schaute über die Schulter hin. Es waren drei Männer daran beteiligt – in dunkler Seide gekleidete Han mit blutroten Stirnbändern. Er warf Karr einen vielsagenden Blick zu, dann beobachtete er sie weiter.

»Triaden-Leute«, sagte er leise. »Was machen die so weit oben?«

Karr schüttelte den Kopf. »Die Dinge ändern sich, Chen. Sie haben in den letzten Jahren ihr Netz immer weiter nach oben gesponnen. Die Unruhe hat ihnen zum Vorteil gereicht ...«

»Trotzdem ...« Er schüttelte den Kopf, weil ihn der Anblick der Männer ärgerte.

Karr faßte ihn am Arm, damit er nicht hochfuhr. »Vergiß nicht, warum wir hier sind. Wir dürfen uns da nicht einmischen.«

Einer von ihnen schrie die Männer hinter der Theke jetzt an; ein Donnerwetter von Drohungen und Flüchen in *Kuo Yu* – Mandarin –, während die beiden hinter ihm drohend in die Runde blickten. Es war ein klassischer Vorstoß der Triaden – ein Versuch, die Besitzer der Drachenwolke zu verunsichern, bevor sie mit ganzem Nachdruck auftraten.

»Die würde ich gern hier rausschmeißen«, sagte Chen im Flüsterton.

Karr lächelte. »Das wäre lustig, was? Aber nicht jetzt. Wenn wir den Jungen gefunden haben vielleicht. Wir werden herausfinden, wer dahinter steckt, und ihnen einen Besuch abstatten, was meinst du? Mit ganzem Nachdruck.«

Chen sah ihn an und grinste. »Das würde mir gefallen.«

»In der Zwischenzeit...« Karr brach ab, beugte sich unvermittelt vor und kniff die Augen zusammen.

Chen sah über die Schulter hinüber. Der Anführer der drei brüllte noch immer, doch diesmal waren seine Flüche an die Frau gerichtet, die ihm gegenüberstand. Chen stand auf und ein Schrei entwich seinen Lippen, als er die Klinge eines Messers aufblitzen sah.

Diesmal machte Karr keine Anstalten, ihn aufzuhalten. Statt dessen stand er selbst auf und lief ihm zwischen den Tischen voraus.

Chen sah, wie das Messer einen Bogen durch die Luft beschrieb, und zuckte zusammen. Aber im selben Moment fiel der Triaden-Handlanger nach hinten über, und das Messer wirbelte durch die Luft, ohne Schaden anzurichten. Einen Moment später ging der zweite mit einem lauten Ächzen zu Boden und hielt sich die Weichteile. Der dritte warf sich herum und wollte davonlaufen, doch die Frau setzte ihm nach wie eine Tigerin, zog ihn von hinten am Haar und drosch ihm mit der Faust auf die Brust.

Chen prallte fast gegen Karr, der stehengeblieben war und beide Fäuste in die Seiten gestemmt hatte. Seine mächtige Brust hob und senkte sich schwer, während er die drei Gangster zu seinen Füßen anstarrte.

Die Frau fuhr herum, sah Karr mit weit aufgerissenen Augen an, und ihr ganzer Körper war angespannt, als erwarte sie einen weiteren Angriff, dann wandte sie sich mit einem leichten Schaudern ab, während ihre Mitarbeiter die drei Männer wegtrugen.

Karr zögerte einen Moment, dann ging er ihr nach. Er holt sie am anderen Ende des Teehauses ein, in einem mit Seilen abgeteilten Bereich, der dem Personal vorbehalten war.

Als sie bemerkte, daß er ihr folgte, blieb sie stehen, runzelte die Stirn und sah zu Boden. »Was wünschen Sie?«

Karr schüttelte den Kopf. »Das war ... erstaunlich. Ich ...« Er zuckte die Achseln und öffnete die Hände. »Ich wollte Ihnen helfen, aber sie brauchen keine Hilfe, stimmt's?« Er lachte. »Wo haben Sie gelernt, so zu kämpfen?«

Diesmal wirkte sie fast verärgert; eine Vorahnung der Auseinandersetzung, die noch bevorstand. Er sah, daß ihre Hände leicht zitterten, und erinnerte sich daran, welch ein Gefühl das war. Er nickte und empfand wachsenden Respekt für sie.

»Ich habe noch nie eine Frau so kämpfen sehen«, begann er wieder.

»Hören Sie«, sagte sie ungehalten. »Was wollen Sie von mir?«

»Ich suche jemanden«, sagte er. Er vertraute ihr, weil er wußte, daß sie nicht bloß in eigenem Interesse gehandelt hatte. »Meinen Neffen. Wissen Sie, er hatte einen Unfall und ist davongelaufen. Er kann sich nicht erinnern, wo er ist, aber ich weiß, daß er hier irgendwo steckt. Ich habe ihn bis hierher verfolgen können, aber nun ist er verschwunden.«

Sie starrte ihn an, dann zuckte sie die Achseln. »Und was habe ich damit zu tun?«

Er schluckte, weil er spürte, daß die anderen lauschten, drängte aber weiter. »Es ist nur so, daß Sie mir vielleicht helfen könnten. Sie kennen diese Ebenen. Sie kennen die Leute. Wenn irgend etwas Seltsames passiert, würden Sie sicher davon erfahren, oder?«

Sie nickte widerwillig. »Kann schon sein.«

»Sehen Sie. Würden Sie mir dann helfen? Er ist der Sohn meines toten Bruders, und er bedeutet mir sehr viel. Ich...«

Er senkte den Blick, als sei er unfähig fortzufahren, und spürte, wie sie näher trat.

»Schon gut«, sagte sie leise und berührte ihn am Arm. »Ich werde Ihnen helfen. Ich hör mich mal um.«

Er sah ihr in die Augen. »Danke. Mein Name ist Karr. Gregor Karr.«

Sie lächelte. »Gut... sie trinken besser Ihren *Ch'a* weiter, Gregor Karr. *Hsiang p'ien* schmeckt schrecklich, wenn er kalt ist.«

* * *

Wie vorhin kam der alte Mann langsam zur Tür, aber diesmal war sie auf ihn vorbereitet. Diesmal drängte sie sich in den Spalt, als die Tür aufglitt, ohne darauf zu warten, ob er sie einlassen wollte, und fing gleich an, von dem Vorfall in der Drachenwolke zu erzählen, wobei sie den Flechtkorb mit den Resten aus dem Teehaus vor sich hinhielt.

Es funktionierte fast; um ein Haar hätte sie es ins Zimmer geschafft, wurde im letzten Moment aber abgedrängt.

»Tut mir leid, Marie, aber Sie können nicht bleiben. Wir hätten beide nichts davon, wenn wir uns jetzt zusammensetzten.«

Sie wandte den Kopf, starrte ihn an und bemerkte, daß er es vorzog, auf den Boden, statt ihr in die Augen zu sehen, und wußte gleich, daß er sie anlog. Es traf sie wie ein Schock, aber es war auch eine Bestätigung des Gefühls, das im Restaurant überkommen hatte, als sie mit diesem Karr sprach.

Der Junge war hier. Daran zweifelte sie nicht mehr. Aber was hatte Tuan Ti Fo vor?

»Entschuldigen Sie«, sagte er und schob sie mit sanfter Gewalt nach draußen, »aber ich bin in sehr schlechter Verfassung, Marie. Und wenn ein Mann in schlechter Verfassung ist, sollte er sich nur selbst Gesellschaft leisten, nicht wahr?«

Das schwache, um Verzeihung bittende Lächeln sah dem alten Tuan Ti Fo schon ähnlicher.

Sie versuchte an ihm vorbeizusehen, aber es war fast unmöglich festzustellen, wer oder was sich in dem Zimmer befand. Um Zeit zu gewinnen, drückte sie ihm den Korb in die Hand.

»Nehmen Sie das wenigsten an, Meister Tuan. Schließlich müssen Sie essen, in welcher Verfassung Sie auch sind.«

Er sah in den Korb, dann lächelte er sie an. »Ich bin zutiefst dankbar, Marie, und ja, ich wäre wirklich ein sehr dummer alter Mann, wenn ich Ihr Geschenk nicht zu schätzen wüßte.«

Seine knappe Verbeugung genügte ihr. Für einen flüchtigen Augenblick konnte sie ins Zimmer sehen und bemerkte, daß unter einer Decke, unter der auf dem ersten Blick nur ein Kissen zu liegen schien, der nackte Fuß eines Jugendlichen herausragte.

Sie erschauderte, dann trat sie einen Schritt zurück und erwiderte Tuan Ti Fos Verbeugung.

»Morgen«, sagte er. »Wenn es mir besser geht.«

»Morgen«, wiederholte sie und sah die Tür zugleiten. Dann wandte sie sich ab und begab sich in ihr Apartment. Sie war durcheinander und spürte tief in ihrem Innern eine düstere Ungewißheit.

* * *

Tuan Ti Fo stand eine ganze Zeit da und starrte auf die Tür, den Flechtkorb in den Händen. Als er schließlich ein Geräusch hinter sich hörte, drehte er sich um.

Der Junge war unter der Decke hervorgekrochen, kniete auf dem Bett und beobachtete Tuan Ti Fo mit vor Furcht geweiteten Augen.

»Es war eine Freundin«, versicherte der Alte. »Aber es ist wohl das beste, wenn wir keine Risiken eingehen.«

Er stellte den Korb auf den Tisch neben dem Ofen, dann wandte er sich wieder dem Jungen zu.

»Aber wir müssen hier jetzt verschwinden. Ich kann sie nicht ewig hinhalten, und früher oder später wird sie mißtrauisch werden, wenn sie's nicht schon ist. Sie ist keine schlechte Frau – ganz im Gegenteil –, aber Neugier kann manchmal sehr schädlich sein.«

Er musterte den Jungen und wußte nicht zu schätzen, wieviel das Kind von dem verstand, was er sagte, dann zuckte er die Achseln.

»Ich habe lange Zeit auf dieser Welt gelebt, Kind. In dieser Zeit bin ich vieles gewesen. Ich habe in ihren Fabriken und auf ihren Plantagen gearbeitet. Ich habe in ihrem Beamtenstand gearbeitet und unter den kriminellen Elementen unter dem Netz gelebt. Ich kenne ihre Welt. Ich weiß, welch ein Irrenhaus dies ist. Dennoch ist der Weg, der vor einem liegt, manchmal ungewiß. So ist es jetzt. Wir müssen hier verschwinden. Soviel ist klar. Aber wohin sollten wir gehen?«

»Der Lehm«, sagte der Junge und starrte ihn mit seltsamer Intensität an. »Bring mich in den Lehm. Da gehöre ich hin. Von da bin ich gekommen.«

»Der Lehm…«, flüsterte er und nickte verständnisvoll. Wie in seinem Traum. »Spinnen«, fügte er hinzu, und der Junge nickte bestätigend. Ja, Spinnen. Winzige, wunderschöne Spinnen, die ein inneres Licht verströmen und gewaltige Netze durch die endlose Dunkelheit spinnen. Er hatte ihre starken, doch zarten Netze im Lehm verankert gesehen. Und da – plötzlich erinnerte er sich ganz deutlich daran –, *dort*, wo sie in die Dunkelheit emporgespannt waren, sah er den Jungen glücksstrahlend lächeln, die großen, dunklen Augen voller Verzückung.

Tuan Ti Fo erschauderte, so sehr nahm ihn seine Vision gefangen.

»Wie ist dein Name, Junge? Wie hat man dich im Lehm genannt?«

Der Junge sah weg, als verstöre ihn die Erinnerung, dann sah er Tuan Ti Fo prüfend ins Gesicht.

»Lagasek«, antwortete er schließlich. »Lagasek nannten sie mich. *Starrer.*«

Tuan Ti Fo hielt den Atem an. »Und Gweder?«

Der Junge runzelte die Stirn und senkte den Blick, als habe er Schwierigkeiten, sich an das Wort zu erinnern. »Gweder? Gweder heißt Spiegel. Warum? Was habe ich denn gesagt? Ich…« Er fuhr zusammen und sah sich um. »Es ist doch etwas passiert, oder? Irgend etwas…« Er schüttelte den Kopf. »Ich fühle mich komisch. Meine Stimme – sie klingt so… anders.« Er starrte auf seine Hände. »Und mein Körper ist…«

Er sah Tuan Ti Fo verwirrt an. »Ich habe das Gefühl, als hätte ich sehr lange Zeit geschlafen. Als sei ich in einem riesigen, tiefen Brunnen des Schlafs gefangen gewesen. Ich habe in der Gußwerkstatt gearbeitet. Daran erinnere ich mich jetzt. Chan Shui war fort. Und dann…« Er verzog das Gesicht zu einer angestrengten Grimasse, dann gab er es auf und schüttelte den Kopf. »Ich verstehe das nicht. T'ai Cho wollte…«

»T'ai Cho? Wer ist T'ai Cho?«

Der Junge blickte wieder auf. »Also, T'ai Cho ist mein Freund. Mein Lehrer für das Projekt. Er…«

Wieder runzelte er die Stirn. Wieder schaute der Junge auf seine Hände, starrte seine Arme und Beine an, als gehörten sie nicht zu ihm.

»Was ist los, Lagasek? Stimmt etwas nicht?«

»Laga…« Der Junge starrte ihn an, dann schüttelte er den Kopf. »Nein. Ich heiße Kim. Mein Name ist Kim. Lagasek hieß ich da unten.«

»Im Lehm?«

»Ja, und ...« Er schüttelte den Kopf. »Ich fühle mich ... komisch. Mein Körper ... Er fühlt sich nicht wie meiner an. Es ist, als ob ...«

Er verstummte, starrte den Alten an, und sein Gesicht war voller Neugier.

»Was habe ich gesagt? Diese Worte. Sie haben sie wohl gehört. Also was habe ich sonst noch gesagt?«

Tuan Ti Fo sah ihm in die Augen und erinnerte sich an die Wildheit seines zweiten Gesichts – das Gesicht von Gweder, dem Spiegel –, dann schüttelte er den Kopf.

»Du hast nichts gesagt, Kim. Überhaupt nichts. Aber komm. Wir müssen jetzt packen und fort von hier. Bevor sie uns finden.«

Kim starrte den Alten an, dann ließ er den Blick sinken und nickte.

* * *

»*Shih* Karr! Bitte ... warten Sie einen Moment!«

Karr fuhr herum und machte sich auf Ärger gefaßt. Als er sah, wer es war, entspannte er wieder. »Ach, Sie sind es, Marie Enge. Wie haben Sie mich gefunden?«

Sie fuhr sich mit einer Hand durchs Haar und lächelte unsicher. »Wie ich schon sagte, kenne ich jeden auf dieser Ebene. Und Sie ...« Sie musterte ihn bewundernd von Kopf bis Fuß. »Nun, wer könnte einen Mann wie Sie übersehen, *Shih* Karr?«

Er lachte. »Das stimmt. Aber was kann ich für Sie tun, Marie Enge?«

Sie musterte ihn prüfend, bevor sie sprach. »Sie haben mir da etwas gesagt ...«

Er war sofort ganz Ohr. »Der Junge«, sagte er leise und beugte zu ihr hinunter. »Wissen Sie, wo er ist?«

Sie zögerte, doch diesmal kam er ihr zuvor.

»Einen Moment. Kommen Sie doch einen Augenblick herein. Ich habe ein privates Zimmer. Wir können dort einfacher reden, wenn Sie wünschen.«

Sie nickte und ließ sich von ihm in sein Zimmer im zweiten Geschoß der Touristenherberge führen. Für ein Etablissement dieser Art war es sauber, geschmackvoll eingerichtet, doch nichtsdestoweniger eine behelfsmäßige Unterkunft, in der ein Mann wie er einfach fehl am Platz wirkte. In der Drachenwolke war ihr gleich aufgefallen, daß sich hinter seinem harten Äußeren kultivierte Umgangsformen verbargen.

Er bot ihr den einzigen Stuhl an und setzte sich ihr gegenüber auf die Bettkante. »Nun? Was wissen Sie?«

Sie sah einen Moment weg und dachte an Tuan Ti Fo. War es richtig, daß sie sich an Karr wandte? Oder machte sie einen schrecklichen Fehler? Sie sah ihn wieder an. »Ich habe etwas gehört. Nichts Bestimmtes, aber ...«

Sie bemerkte, wie Karr die Augen zusammenkniff. Er sah zu Boden, und seine Miene machte eine unmerkliche Veränderung durch.

»Kann ich Ihnen vertrauen, Marie Enge?«

Die seltsame Offenheit im Blick seiner tiefblauen Augen überraschte sie. Sie deuteten auf eine bisher verborgen gebliebene Qualität hin. Sie tat ihr Möglichstes, diese Offenheit zu erwidern.

»Ich bin ehrlich, wenn Sie das meinen, *Shih* Karr. Und ich kann ein Geheimnis für mich behalten, wenn man mich darum bittet. Das heißt, wenn es um jemanden geht, dem ich vertraue.«

Er hob leicht das Kinn. »Aha ... Ich verstehe. Sie fragen sich, ob Sie *Shih* Karr vertrauen dürfen. Nun, dann wollen wir einmal sehen, was wir da machen können. Ich lasse es erst einmal darauf ankommen, was Sie angeht. Und wenn Sie mir dann immer noch helfen wollen, könnten Sie mir doch vertrauen, oder?«

Sie betrachtete ihn nachdenklich, dann nickte sie.

»Gut. Dann zunächst dies. Mein Name ist Karr, aber ich bin nicht *Shih* Karr.« Er griff in seine Uniformjacke, zog seine ID-Karte hervor und zeigte sie ihr. »Wie Sie sehen, bin ich Major in den Sicherheitskräften des T'ang, und mein Freund Chen, den Sie auch schon kennengelernt haben, ist Hauptmann. Der Junge, den wir suchen, ist nicht mein Neffe, aber wir müssen ihn trotzdem finden. Lebendig und unversehrt.«

Sie gab ihm die ID-Karte nach kurzer Prüfung zurück. »Warum müssen Sie ihn unbedingt finden? Ich verstehe das nicht. Wo es doch bloß ein kleiner Junge ist…«

Karr steckte die Karte weg und holte etwas anderes hervor, ein flaches, mattschwarzes Kästchen, das er ihr gab.

»Das ist ein Hologramm von dem Jungen. Sie können es behalten. Ich habe noch andere. Aber damit können Sie feststellen, ob es der ist, den wir suchen.«

Sie stützte das Kästchen auf ihre Knie und preßte kurz ihre Handfläche darauf, um es mit der Wärme ihrer Haut zu aktivieren. Sie betrachtete das Bild eine Weile, dann löschte sie es und wandte sich wieder Karr zu.

»Sieht seltsam aus, der Junge. Was interessiert sie an ihm?«

»Er ist der einzige Überlebende eines Terroranschlags auf eine Anlage des T'ang. Eine sehr wichtige wissenschaftliche Anlage. Das ganze Institut ist zerstört worden, und sämtliche Kollegen Kims wurden ermordet.«

»Kim?«

»Das ist sein Name. Aber ich wollte gerade sagen…«

Sie unterbrach ihn mit einer Berührung am Arm. »Ich kann Ihnen nicht folgen. Sie sagten ›seine Kollegen‹. Aber er ist doch noch ein Kind. Was hat er in einem wissenschaftlichen Institut zu suchen?«

Karr sah auf seine Hände und lehnte sich zurück. »Unterschätzen Sie ihn nicht, Marie Enge. Er ist zwar noch ein Kind, aber er ist auch eine Art Genie. Zumindest war er das vor dem Überfall. Und er könnte der einzig überlebende Fachmann sein, was das Projekt angeht. Das heißt, wenn er noch lebt. Und wenn wir ihn finden, bevor die Terroristen merken, daß er entkommen ist.«

Sie sah ihn seltsam an. »Es ist also sehr wichtig?«

Karr kniff die Augen zusammen. »Sie wollen für Ihre Hilfe bezahlt werden?«

»Habe ich das gesagt?«

Die Schärfe in ihrer Stimme ließ ihn leicht zusammenzucken, dann senkte er den Kopf. »Entschuldigen Sie. Es ist nur…«

»Schon gut, Major Karr. Ich verstehe Sie. In Ihrem Job müssen Sie mit ziemlich widerwärtigen Typen zu tun haben.«

Er lächelte. »Ja… Aber um Ihre Frage zu beantworten – ich bin vom T'ang persönlich autorisiert, den Jungen zu finden. Wenn ich könnte, würde ich hier alles niederreißen, um ihn ausfindig zu machen. Aber das ist nicht meine Art. Außerdem möchte ich nicht, daß dem Jungen etwas geschieht. Wer weiß, was er anstellt, wenn er sich bedroht fühlt.«

»Ich verstehe…« Sie senkte den Blick und war plötzlich ganz still.

»Hören Sie«, fuhr er fort. »Warum machen wir uns das nicht einfacher? Es wäre das beste, wenn Sie und nicht einer von uns an den Jungen herantreten. Es wird ihm sicher leichter fallen, Ihnen zu vertrauen.«

Sie schenkte ihm einen dankbaren Blick.

Karr lächelte. »Dann wissen Sie, wo er ist.«

Sie hielt den Atem an, und eine unmerkliche Regung in ihrem Gesicht verriet, daß sie sich von ihm ausgetrickst fühlte. Dann nickte sie und blickte wieder auf.

»Ja. Zumindest vermute ich es.«

Sie sah ihn prüfend an, eine anhaltende Ungewißheit in den Zügen, dann lachte sie leise. »Sie meinen das ernst? Soll ich mich darum kümmern?«

Er nickte. »Ich habe Ihnen doch mein Wort gegeben. Aber nehmen Sie das hier.« Er gab ihr eine Halskette.

»Wenn Sie soweit sind, drücken Sie einfach den Knopf im Nacken. Wir werden Sie aufspüren und nachkommen.«

Die Unsicherheit kehrte in ihr Gesicht zurück.

Er lächelte aufmunternd. »Vertrauen Sie mir, Marie Enge. Wir werden nichts unternehmen, bevor Sie uns rufen. Ich werde Sie nicht einmal beschatten lassen, nachdem Sie dieses Zimmer verlassen haben. Aber ich verlaß mich auf Sie, also enttäuschen Sie mich nicht. Es hängt viel davon ab.«

»In Ordnung.« Sie stand auf und legte die Halskette um. »Aber was mache ich, wenn er Angst hat? Wenn er nicht zurück will?«

Karr nickte und griff nochmals in seine Uniformjacke. »Dann geben Sie ihm das. Er wird es verstehen.«

Es war ein Anhänger. Ein wunderschöner Silberanhänger. Und in dem kleinen, kreisrunden Medaillon steckte das Bild einer Frau. Einer schönen, dunkelhaarigen Frau. Sie ließ es zuschnappen, hielt es hoch und sah zu, wie es sich drehte und im Licht funkelte.

Sie steckte den Anhänger in ihre Schürzentasche und wollte gehen, doch er rief sie zurück. »Übrigens ... Wie gut sind Sie im *Wei Chi?*«

Sie drehte sich in der Tür um und lächelte ihn an. »Wie gut? Nun, vielleicht spielen wir mal eine Partie, und Sie finden es selbst heraus, was meinen Sie, Major Karr?«

Karr grinste. »Das wäre mir eine Ehre, Marie Enge. Das würde mir wirklich Spaß machen.«

* * *

Sie stand vor ihm, als sich die Tür öffnete. Es war kurz nach zwei Uhr morgens, und der Korridor war leer. Tuan Ti Fo tat einen Schritt und hielt inne, als er sie im Schatten stehen sah.

»Marie ...«

»Ich weiß«, sagte sie und bemerkte, wie er angezogen war; und daß er sein Bettzeug zusammengerollt auf dem Rücken trug. Hinter ihm schaute der Junge mit weit aufgerissen Augen hervor, als wollte er wissen, was vor sich ging.

Tuan Ti Fo holte tief Luft. »Dann werden Sie verstehen, warum wir gehen müssen. Der Junge ist hier in großer Gefahr.«

Sie nickte. »Das weiß ich auch. Es gibt Männer, die ihn umbringen wollen. Sie haben auch seine Freunde umgebracht.«

Er kniff die Augen zusammen, und seine Stimme verebbte zu einem Flüstern. »Woher wissen Sie das alles, Marie?«

»Gehen wir rein«, sagte sie und trat näher. »Bitte, Tuan Ti Fo. Ich muß mit Ihnen reden.« Weil er zögerte, ergriff sie seinen Arm. »Bitte, Meister Tuan. Dem Jungen zuliebe.«

Sie gingen hinein. Der Junge war zurückgewichen. Er kauerte verkrampft an der Rückwand und sah zwischen Tu Ti Fo und der Fremden hin und her.

»Keine Angst, Kim«, sagte Tuan Ti Fo und ging neben ihm in die Hocke. »Sie ist eine Freundin.« Er warf Marie über die Schulter einen Blick zu. »Das ist Kim. Kim, das ist Marie.«

Sie trat näher und blieb kopfschüttelnd stehen. »Du bist also dieser Junge, aber ich begreife es einfach nicht.« Sie sah ihm und Tuan Ti Fo abwechselnd an. »Man hat mir gesagt, er sei ein Wissenschaftler, ein Genie, aber …« Sie musterte ihn. »Nun, er ist doch nur ein kleiner Junge. Ein verängstigter kleiner Junge.«

Tuan Ti Fo hatte die Augen aufgerissen. Jetzt lachte er. »Mag ja sein, daß er ein kleiner Junge ist, aber er ist ganz gewiß *nicht nur* ein kleiner Junge. Soll ich Ihnen etwas erzählen, Marie? Er hat mich geschlagen. Schon in seinem dritten Spiel.«

»Wie meinen Sie das, Meister Tuan? Wobei hat er Sie geschlagen?«

»Bei einem Spiel. Beim *Wei Chi*. Er ist ein Naturtalent.«

Sie starrte Tuan Ti Fo an, dann mit Respekt. »Er hat *Sie* geschlagen?« Ihre Stimme fiel zu einem Flüstern ab. »Bei allen Göttern ...«

»Ja ...« Tuan Ti Fo kicherte. »Und um fünf Steine, keinen weniger. Er hat mich nicht bloß geschlagen, sondern gedemütigt.« Er warf Kim einen Blick zu und bedachte ihn mit einer knappen Verbeugung. »Was unseren Freund hier zum inoffiziellen Meister aller Meister von ganz Chung Kuo macht, verstehen Sie?«

Sie lachte, ein leises Lachen der Verblüffung. »Kein Wunder, daß sie ihn zurückhaben wollen.«

Tuan Ti Fo erstarrte, seine Miene wurde härter. »Tatsächlich?«

Marie nickte und wurde mit einem Mal viel nüchterner. »Li Yuan. Der neue T'ang. Kim hat für ihn gearbeitet.«

Sie erklärte es.

Tuan Ti Fo seufzte. »Ich verstehe ... Und Sie sind ganz sicher?«

»Ich ...« Sie zögerte, dachte an das Gespräch mit Karr zurück und nickte. »Ja. Aber ich soll dem Jungen etwas geben. Sie sagten, er würde verstehen, wie es gemeint ist.«

Sie zog den Anhänger aus ihrer Tasche, kauerte sich hin und ließ ihn vor dem Jungen baumeln.

Anfangs schien er die glänzende Silberscheibe gar nicht wahrzunehmen. Dann erfüllte zunehmendes Staunen seinen Blick, und er streckte die Hand aus, um nach der Kette zu greifen.

Sie legte ihm den Anhänger in die Hand und ließ ihn nicht aus den Augen, während sie sich zurückzog.

Langsam ließ sein Erstaunen nach und schlug in Verwirrung um. Dann schien sein Gesicht förmlich zu zerschmelzen, wie ein Damm, der von Rissen zersprengt wurde, und eine mächtige Welle von Schmerz und Qual überwältigte ihn.

Er schrie auf – ein roher, nervenzerfetzender Laut in diesem winzigen Zimmer –, dann drückte er mit zitternden Fingern den Anhänger an seine Wange, und sein ganzes Gesicht drückte ein schreckliches Gefühl des Verlustes aus.

»T'ai Cho«, klagte er mit gebrochener, bebender Stimme. »T'ai Cho ... sie haben T'ai Cho umgebracht!«

KAPITEL · 7

Frisches Blut

Die Statue stand im Zentrum der Halle des Himmlischen Geschicks im Raumhafen von Nantes. Die mächtigen Bronzefiguren ragten hoch über den Geschäftsreisenden empor, die ihren Sockel wie Ameisen umschwärmten. Von dreifacher Lebensgröße und erstaunlichem Detailreichtum wirkten die ungeheuren Gestalten wie Riesen aus einem goldenen Zeitalter, eingefangen von den dreifachen Augen der Holokameras und dann in Bronze gegossen.

›Kan Ying verneigt sich vor Pan Chao nach der Schlacht von Kazantin‹ lautete die in riesigen Lettern tief in den zwei *ch'i* starken Sockel eingemeißelte Inschrift, die Mandarin-Übersetzung darunter in deutlich kleineren Piktogrammen, wie als Hinweis darauf, daß die Botschaft an die Unterlegenen dieser großen Schlacht gerichtet war – den *Hung Mao*.

Michael Lever blieb stehen und schaute die Statue empor. Bei Kazantin war der Traum Roms, des großen *Ta Ts'in*-Kaisers ausgeträumt worden. Die Niederlage von Kan Ying – Domitian [11], wie sein eigenes Volk ihn genannt hatte – hatte den Han den Weg nach Europa gebahnt. Der Rest war Geschichte.

»Was hältst du davon?« flüsterte ihm Kustow ins Ohr. »Sieht für mich mehr so aus, als ob sie triumphieren.«

Wie Lever war Bryn Kustow Ende Zwanzig, ein hochgewachsener Mann mit kurgeschorenem Haar. Er trug ebenso düstere Kleidung wie Lever, einen weinroten *Pau*, in der sie eher wie Sekretäre wirkten als wie Erben der großen Konzerne. Ihre Gesichter konnten kaum verschiedener sein, Kustows war grobschlächtig, Levers hakennasig, aber die Ähnlichkeit ihrer Kleidung und der steife Haarschnitt ließ sie wie Brüder erscheinen, oder wie Angehörige einer seltsamen Kultusgemeinde. Das traf auch auf Stevens zu, den dritten im Bunde, der ein Stück abseits stand und zu dem wandlangen Fenster hinübersah, das einen Ausblick auf das mächtige Rund des Landefelds erlaubte.

Sie waren Fremde hier. Amerikaner. Junge Männer, die hier im Auftrag ihrer Väter unterwegs waren. Zumindest behaupteten das ihre Papiere. Aber es gab noch andere Gründe, die Stadt Europa zu besuchen. Denn hier war der Brennpunkt des Geschehens. Hier schlug das Herz der aktuellen Ereignisse. Und die Männer waren hier, um diesen Puls zu spüren. Und um herauszufinden, ob es von Nutzen sein konnte, wenn sie sich hier einmal umsahen.

Lever drehte sich zu seinem besten Freund um und lächelte. »Man erzählt, Kan Ying sei ein guter Mann gewesen, Bryn. Ein starker und doch gerechter Mann. Unter ihm wurde das Reich der *Ta Ts'in* gerecht regiert. Hätten seine Söhne sein Erbe antreten können, sagt man, wäre ein goldenes Zeitalter angebrochen.«

Kustow nickte. »Ein guter Mann, ja, bis der große Pan Chao eintraf.«

Die beiden Männer lachten leise und wandten sich wieder der Statue zu.

Kan Ying kniete vor Pan Chao, den Rücken gebeugt, die Stirn in die nackte Erde gedrückt. Er war unbewaffnet, während Pan Chao mit gespreizten Beinen über ihm stand, zwei Dolche am Gürtel, und triumphierend ein riesiges Schwert erhoben hielt. Hinter Kan Ying standen mit zerschnittenen Gesichtern und vom Kampf zerzausten Bärten seine vier Generäle, denen man die Waffen und Rangabzeichen abgenommen hatte. Ihre Haltung hatte etwas Würdevolles, aber auch etwas Gedemütigtes. Ihre Armeen waren auf dem Schlachtfeld von den überlegenen Streitkräften der Han niedergemetzelt worden. Sie wirkten erschöpft, und der große, leere Sarg, den sie gemeinsam trugen, schien ihre verbliebenen Kräfte zu übersteigen.

Doch er sollte nicht leichter werden. Denn wie die Geschichte ging, hatte Pan Chao seinen Gegner Kan Ying an Ort und Stelle enthauptet und seinen Leichnam nach Rom schicken lassen, wo er auf dem großen Platz bis zum triumphalen Einmarsch des jungen Kaisers Ho Ti drei Jahre später in aller Öffentlichkeit langsam verweste.

Das war jetzt zweitausend Jahre her. Und die Han prahlten noch immer damit. Noch immer errichteten sie mächtige Statuen, um den Moment zu feiern, da sie die *Hung Mao* niedergeworfen hatten.

Lever wandte sich ab. »Carl! Bryn! Kommt jetzt! Wir sind in einer Stunde mit Ebert verabredet, vergeßt das nicht.«

Stevens lief lächelnd herbei. »Ich konnte gerade den Start eines der großen interplanetaren Kopter beobachten. Sie sind phantastisch. Man kann spüren, wie der Boden unter den Füßen bebt, wenn sie die Triebwerke anwerfen und aufsteigen.«

Kustow lachte. »Das war es also … Ich dachte, es wäre der *Chow mein* gewesen, den wir unterwegs gegessen haben.«

Stevens erwiderte sein Lächeln und legte ihm die Arme um die Schultern. Er war der älteste der drei; ein graduierter Techniker, dessen Vater einen Konzern für Raumfahrtforschung und -technik besaß. Seine Faszination für alles, was mit dem Weltraum und Raumfahrt zu tun hatte, grenzte an Obsession, und er war entsetzt gewesen, als die Sieben die *Neue Hoffnung* vom Himmel geschossen hatten. An diesem Tag war etwas in ihm gestorben und zugleich etwas anderes geboren worden. Die Entschlossenheit, sich zurückzuholen, was ihnen genommen worden war, das Edikt zu ändern und wieder in den Weltraum aufzubrechen, was immer es kostete.

»Eines Tages werden wir sie bauen, das verspreche ich euch«, flüsterte er. »Aber größer und schneller als dieser da.«

Kustow runzelte die Stirn. »Schneller als der?« Er schüttelte den Kopf. »Nun, wenn du meinst, Carl. Aber ich habe gehört, daß einige dieser Kopter es in vierzig Tagen zum Mars schaffen.«

Stevens nickte. »Die *Tientsin* schafft es in dreißig. Sechsundzwanzig im Perihel. Aber ja, Bryn. Gib mir zehn Jahre, und ich werde etwas bauen, das es in zwanzig schafft.«

»Und alle Passagiere umbringt! Ich kann's mir jetzt vorstellen. Es ist schlimm genug, den Atlantik in einem dieser Dinger zu überqueren, aber stellt euch die Beschleunigungskräfte vor, die bei ...«

»Bitte ...«, unterbrach Lever, als er merkte, welche Richtung das Gespräch nahm. »Hans wartet sicher. Also beeilen wir uns.«

Sie gingen zum Haupttransferlift zur Stadt, ignorierten die lange Schlage vor den Toren und wandten sich direkt an den zuständigen Offizier, einen kleinen, breitschultrigen Mann mit kurzgeschorenem schwarzen Haar.

»Verzeihen Sie, Hauptmann«, begann Lever, »aber können Sie uns helfen?« Er zog die Dokumente aus der Tasche und drückte sie ihm in die Hand. »Wir haben um elf Uhr eine Verabredung mit Major Ebert und ...«

Der Offizier warf nicht einmal einen Blick auf die Karte. »Natürlich, *Shih* Lever. Wenn Sie mir bitte folgen würden. Sie und ihre beiden Kollegen. Oben wartet ein Transporter auf sie. Ihr Gepäck wird nachgeschickt.«

Lever nickte zufrieden. Also hatte Ebert seine Männer entsprechend unterrichtet. »Und die beiden anderen in unserer Gruppe?«

Der Offizier lächelte gepreßt. Offensichtlich stimmten seine Informationen doch nicht ganz. »Sie ... sie werden so bald wie möglich nachkommen.«

»Gut.« Lever lächelte. Nein, nicht einmal Ebert hatte gewußt, daß er zwei Experten mitbrachte. Und das war ihm recht so. Im Geschäft – selbst wenn es um Geschäfte dieser Art ging –, war es immer ratsam, seinen Gegner im ungewissen zu lassen; selbst wenn man mit seinem Gegner eng befreundet ist. Er blieb besser unsicher, uninformiert. So blieb man selbst im Vorteil.

»Dann wollen wir mal«, sagte er. »Lassen wir unseren Gastgeber nicht warten.«

* * *

Stevens bemerkte es als erster. Er beugte sich herüber und berührte Lever am Arm. »Michael... hier stimmt etwas nicht.«

»Wie meinst du das?«

Stevens beugte sich näher. »Schau mal durchs Fenster. Unter uns sind Berge. Und die Sonne ... sie steht links. Wir fliegen nach Süden. Ich würde sagen, wir befinden uns gerade über der Schweizer Wildnis.«

Lever setzte sich auf, starrte hinaus und sah den Korridor zwischen den beiden Sitzreihen entlang.

»Hauptmann? Kommen Sie bitte mal kurz her.«

Der Sicherheitsoffizier unterbrach das Gespräch mit seinem Adjutanten, kam herüber und verneigte sich respektvoll.

»Was kann ich für Sie tun, *Shih* Lever?«

Lever deutete auf die Berge. »Wo sind wir?«

Der Hauptmann lächelte. »Es ist Ihnen also aufgefallen. Es tut mir leid, *Ch'un tzu*, aber ich durfte Ihnen vorher nichts sagen. Meine Befehle, verstehen Sie. Aber *Shih* Stevens hat recht. Wir fliegen nach Süden. Und das da unten ist die Schweizer Wildnis.« Er griff in seinen Uniformrock und zog eine zusammengefaltete, handgeschriebene Notiz hervor, die er Lever übergab. »Hier, das wird Ihnen alles erklären.«

Lever faltete das Blatt auf und überflog es. Die Notiz stammte von Ebert.

Lever lächelte und fuhr mit den Fingern über das Wachssiegel am Fuß der Notiz, dann blickte er wieder auf. »Und Sie, Hauptmann? Welche Rolle spielen Sie dabei?«

Der Offizier lächelte, dann knöpfte er seine Uniformjacke auf. Er streifte sie ab, warf sie weg und nahm den drei Amerikanern gegenüber Platz.

»Verzeihen Sie mir diese List, meine Freunde, aber es wird Zeit, mich vorzustellen. Mein Name ist Howard DeVore, und ich bin für die nächsten acht Stunden ihr Gastgeber.«

* * *

Feng Shi-ch'in, der Große Hafenmeister des Kantons von Rabat, warf sich vor Wang Sau-leyans Kanzler hin und berührte mit der Stirn den Boden.

»Verzeihen Sie, Exzellenz, aber es ist uns ein ernster Fehler unterlaufen.«

Hung Mien Lo rückte in seinem Stuhl ein Stück nach hinten und sah gelangweilt auf den Mann hinunter. »Ein *Fehler*, Hafenmeister? Welcher Art?«

»In der Tat. Exzellenz. Als meine Assistenten die Qualität der Getreides überprüfen wollten, das auf die Schiffe verladen werden sollte, wurden sie von Ihren Beamten unhöflich zurückgewiesen. Weil ich davon überzeugt war, daß Sie niemals eine solche Willkür angeordnet hätten, entschloß ich mich dazu, mich selbst hinzubegeben und die Ladungen persönlich zu überprüfen.«

Hung Mien Lo neigte unmerklich den Kopf. »So?«

»Nun, Ihre Beamten haben wieder versucht, mich abzuweisen. Sie haben mir sogar mit Schlägen gedroht. Es war unerhört, Exzellenz. Aber ich habe darauf bestanden. Gesetz ist Gesetz, habe ich gesagt, und ungeachtet ihrer Proteste bin ich mit einem Wachtrupp zurückgekommen und habe die Schiffe bestiegen.«

»Sie haben die Schiffe bestiegen?«

»In der Tat, Exzellenz. Und das war ein Glück, denn dabei habe ich den Fehler entdeckt.«

Der Große Hafenmeister Feng blickte auf, und sein Gesicht zeigte einen selbstzufriedenen Ausdruck. Aber Hung Mien Lo schien alles andere als erfreut zu sein. Er starrte ihn finster an. Feng senkte rasch den Kopf.

»Entschuldigung, Hafenmeister, aber ich habe wohl nicht richtig gehört. Sind die beiden Schiffe nicht voll beladen? Sind nicht je zweihundertfünfzigtausend *Chang tun* an Bord?«

Feng bestätigte die Annahme mit einem Nicken. »Ganz richtig, Exzellenz, aber das meine ich nicht. Das Getreide ist schon dort, aber es ist wertlos. Es handelt sich um altes Getreide. Es ist verdorben. Damit könnte man nicht einmal ein *Jou tung wu* – ein Fleischtier – füttern.«

Einen Moment lang herrschte Stille, dann beugte Hung Mien Lo sich vor, und seine Stimme klang plötzlich weich, fast freundlich.

»Sie irren sich, Hafenmeister Feng. Das Getreide ist von höchster Qualität. Schließlich handelt es sich um das Getreide, das unser großer T'ang seinem Vetter Li Shai Tung versprochen hat. Und unser T'ang würde seinem Vetter doch kein schlechtes Getreide schicken, oder?«

Feng blickte auf, als ihm klar wurde, was der Kanzler meinte. »Aber Exzellenz! Sie werden es doch selbst merken! Nicht einmal ein Idiot würde es durchgehen lassen. Wie es schon riecht! Wenn Sie es nur selbst sehen könnten!«

Hung Mien Lo schüttelte den Kopf, als sei er seiner Einwände müde. Eine leicht gereizter Unterton hatte sich in seine Stimme geschlichen. »Ich bin ein sehr beschäftigter Mann, Hafenmeister Feng – zehntausend andere Dinge verlangen meine Aufmerksamkeit –, aber ich werde Ihnen eines sagen. Wenn Sie wirklich meinen, daß ein Fehler unterlaufen ist, warum begleiten Sie die Ladung dann nicht? Sie könnten dem T'ang von Europa erklären, warum sein Vetter, der T'ang von Afrika, ihm Ihrer Meinung nach absichtlich verdorbenes Getreide geschickt haben könnte.«

Feng riß vor Entsetzen die Augen auf. »Ich soll die Ladung begleiten?«

Der Kanzler lächelte kalt. »Das habe ich gesagt, Hafenmeister Feng. Um sicherzustellen, daß das Getreide den T'ang in dem Zustand erreicht, in dem es geschickt wurde.«

»Aber Exzellenz!«

Hung Mien Lo ließ eine Hand niederfahren. »*Schluß jetzt!* Entweder Sie tun, was ich Ihnen befohlen habe, oder Sie stehen dem T'ang Rede und Antwort.«

Feng Shih-ch'in, der Große Hafenmeister des Kantons von Rabat, strich mit der Stirn über die schmutzigen Fliesen und zog sich auf Händen und Knien langsam zurück. Ein Fehler... Er schauderte. Es war wirklich ein Fehler gewesen!

* * *

Lehmann saß im hinteren Teil des Raums, ein Stück von den anderen entfernt. Ein riesiger Bildschirm füllte die gegenüberliegende Wand aus, während seitlich auf einem langen, breiten Tisch eine detaillierte Karte der Stadt Europa ausgebreitet lag, auf der die Schweizer Wildnis und die Karpaten rot markiert waren, wie Blutspritzer auf einem weißen Tuch.

DeVore, Lever und die anderen saßen in großen Lederstühlen, hielten Drinks in den Händen und redeten. Auf dem Bildschirm über ihnen bewegte sich die Begräbnisprozession langsam durch den ummauerten nördlichen Garten von Tongjiang: die Familie Li, die sieben T'ang, ihre Generäle und ihre wichtigsten Gefolgsleute. Ihnen folgten dreißig kahlgeschorene Sklaven, die den offenen Sarg hoch über ihren Köpfen trugen.

DeVore hob sein halbvolles Glas und deutete damit auf die schlanke, dunkelhaarige, weißgekleidete Gestalt, die den Trauerzug anführte.

»Er trägt seine Trauer sehr überzeugend. Aber das hat er auch nötig. In den kommenden Tagen wird er diese Kunst kultivieren müssen.«

DeVore setzte ein düsteres, ironisches Lächeln auf. Lever an seiner Seite lachte, dann beugte er sich vor und wog das leere Glas in seinen Händen. »Und seht euch unseren Freund Hans an. Ein Muster an Feierlichkeit, was?«

Lehmann beobachtete sie, und sein Blick wurde von dem Mann angezogen, der ganz rechts saß. Er war viel älter als Lever und seine Freunde und hatte sein dunkles Haar zu zwei langen Zöpfen zurückgebunden. Er strahlte eine kühle Eleganz aus, die in Kontrast zur Forschheit der anderen stand. Er war ein stolzer, sogar arroganter Mann; wie er dasaß, wie er den Kopf hielt, gab davon beredten Ausdruck. Dennoch war er ihr Diener, nicht sie seine, und diese Tatsache zügelte seine Zunge und hielt ihn davon ab, mit ihnen zu vertraulich zu werden.

Er hieß Andrew Curval und war Experimentalgenetiker; vielleicht der größte seiner Generation. Als junger Mann hatte er für GenSyn, die sich seine Zeit und seine Talente mit einem Fünfzehnjahresvertrag gesichert hatten, als angeheuerter Sklave gearbeitet. Vor zwölf Jahren war dieser Vertrag ausgelaufen, und er hatte seinen eigenen Konzern gegründet; aber mit diesem Unternehmen war er nach drei Jahren pleite gegangen. Jetzt erfüllte er wieder einen Vertrag; diesmal für den Alten Lever.

Lehmann musterte die anderen. Kustow brachte mit

tiefer Stimme einige Anmerkungen zum Ablauf der Zeremonie an. Er deutete auf Li Yuan auf der Mitte des Bildschirms.

»Schaut ihn euch an! Was für ein Einfaltspinsel! Er hat nicht die geringste Ahnung, wie die Dinge stehen.«

»Nein«, stimmte Lever zu. »Aber das trifft auf sie alle zu. Sie sind von der Realität in den Städten völlig isoliert. Da unten gibt es echte Abweichler, echte Bitterkeit, und die Sieben wissen einfach nichts davon. Sie sind wie die Kaiser von damals; sie mögen keine schlechten Nachrichten, deshalb sorgen ihre Lakaien dafür, daß die Wahrheit nie zu ihnen durchdringt. Das ist für sich genommen schlimm genug, aber wie wir alle wissen, ist das System von Grund auf korrupt. Vom kleinsten Beamten bis zum höchsten Minister gibt es keinen, der nicht käuflich ist.«

Die Kamera holte Li Yuans Gesicht heran und vergrößerte es auf ein Vielfaches der Lebensgröße, bis es den ganzen Bildschirm ausfüllte. Sein feines schwarzes Haar war straff aus der Stirn gekämmt und wurde im Nacken von einer winzigen, strahlend weißen Porzellanspange zusammengehalten. Seine Haut war glatt und makellos, die Haut eines jungen Menschen, auf der die Zeit und die Verheerungen der Erfahrung noch keine Spuren hinterlassen hatten.

Und doch weiß er es, dachte Lehmann, als er in die Augen des jungen T'ang emporblickte. Er weiß, daß wir seinen Vater ermordet haben. Zumindest vermutet er es.

Verärgert über ihre Arroganz, stand er auf und füllte Levers Glas aus dem Weinkrug.

»Ich fürchte, Sie unterschätzten unseren Mann«, sagte er ruhig. »Schauen Sie in diese Augen. Ganz wie die Augen seines Vaters. Irren Sie sich nicht in ihm. Er ist alles andere als ein Trottel.« Er wandte sich direkt an DeVore. »Das haben Sie selbst oft genug gesagt, Howard.«

»Stimmt«, erwiderte DeVore und musterte ihn scharf. »Aber ihm fehlt manches. Dinge, die die Sieben vermissen werden, nun da Li Shai Tung tot ist. Erfahrung, Weisheit, ein intuitives Gefühl dafür, wann und wie zu handeln ist. Das fehlt ihnen jetzt. Und ohne dergleichen…« Er lachte leise. »Nun, ohne dergleichen sind die Sieben verwundbar.«

Das Bild auf dem Schirm änderte sich, die Kamera fuhr zurück, die Gestalten schrumpften und erlaubten einen Überblick über das Ganze. Eine übermannshohe Mauer umgab alles. Dahinter zeichneten sich die Gipfel des Ta Pa Shan als ferne Schemen ab. Das Grab lag zur Linken unter der Erde, und nur eine große steinerne Tafel ragte aus dem Eingang. Zur Rechten lag der lange Teich still und tiefschwarz da, seine Oberfläche wie ein Spiegel. Dazwischen standen die sieben T'ang und ihre Gefolgsleute, alle in Weiß gekleidet, der Farbe der Trauer.

»Eine Bombe«, sagte Kustow und nickte. »Nur eine kleine Bombe – *rums!* –, und alles wäre vorbei, hm?« Er wandte sich um und sah DeVore direkt an. »Wie kommen Sie an diese Bilder? Ich dachte, die Zeremonien seien privat.«

»Das sind sie auch«, sagte DeVore und nahm einen Schluck aus seinem Glas. Er beugte sich lächelnd vor, spielte den perfekten Gastgeber, weil er wußte, wie wichtig es war, daß er diese jungen Männer für sich gewann. »Die Kamera gehört zu den standardmäßigen Überwachungsanlagen des Sicherheitsdienstes. Sie sind über ganz Tongjiang verteilt. Ich habe mich einfach ins System eingeklinkt.«

Alle drei Amerikaner beobachteten DeVore jetzt aufmerksam und ignorierten, was auf dem Bildschirm vor sich ging.

»Ich dachte, diese Systeme seien nach außen isoliert«, meinte Lever.

»Das stimmt.« DeVore stellte seinen Drink auf den

Tisch, dann zog er ein kleines Gerät aus der Tasche und zeigte es ihm. »Das hier hat mein Freund Soren Berdichow bei SimFic entwickelt, bevor sie seine Firma dicht machten. Es sieht aus und funktioniert wie die Reservebatterien, die an diesen Überwachungskameras angebracht sind, aber es hat noch weitere Funktionen. Er sendet nämlich einen gebündelten Informationsstrahl zu einem Satelliten im Erdorbit. Dort wird das Signal codiert und hierher weitergesendet, wo wir es decodieren.«

Lever begutachtete das Gerät, dann reichte er es Kustow. Er drehte es und sah DeVore an. »Erstaunlich. Aber wie haben Sie die Dinger reingeschmuggelt? Ich habe gehört, diese Paläste sind enger als ein Strichjungenarsch, wenn's um die Sicherheit geht.«

DeVore lachte. »Das stimmt auch. Aber welche Systeme man auch hat, sie hängen stets von Menschen ab. Individuellen Menschen. Und Menschen kann man kaufen oder für sich gewinnen oder einschüchtern. Es war relativ einfach, dieses Ding zu installieren.«

Lehmann bemerkte, wie beeindruckt die jungen Männer waren, aber DeVore hatte nur die halbe Wahrheit gesagt. Das Gerät funktionierte seinen Angaben entsprechend, doch in Wahrheit hatte er nur Zugriff auf Tongjiang, und auch das nur, weil Hans Ebert kühn genug gewesen war, das Ding hineinzuschmuggeln, und dabei das Risiko eingegangen war, daß ein übereifriger Offizier selbst Tolonens Liebling durchsuchen würde. Seine Versuche, das Gerät anderswo zu installieren, waren alle gescheitert.

Er sah wieder auf den Bildschirm. Li Yuan stand am Rande der Familientafel, in deren weißen Stein der Name seines Vaters frisch eingemeißelt war. Hinter dem jungen T'ang standen die übrigen Sieben und hinter ihnen die Generäle. Die hintersten Ränge dieser kleinen, aber erlesenen Versammlung bildeten die Angehörigen der Familie Li: Vettern und Onkel, Frauen,

Konkubinen und enge Verwandte, hundert insgesamt. Die Reihen waren gelichtet, die Schwäche der Familie klar ersichtlich, und doch stand Li Yuan stolz der Dunkelheit der Gruft gegenüber.

»All diese Anhängsel der Macht«, murmelte Kustow und schüttelte wie aus Mißbilligung den Kopf. »Sie sind wie die Pharaonen. Besessen vom Tod.«

Lehmann studierte Kustow und bemerkte die seltsame Mischung aus Ehrfurcht und Widerwillen in seinem grobschlächtigen, fast rechteckigen Gesicht. Du bewunderst es, dachte er. Oder du bist sogar eifersüchtig. Denn du würdest selbst gern eine Dynastie gründen und in einem golddurchwirkten Gewand beigesetzt werden.

Was ihn selbst anging, haßte er das alles. Er war fertig mit Kaisern und Dynastien.

Sie sahen zu, wie der Sarg in die Gruft getragen wurde. Die sechs Stärksten hievten ihn über die Treppe ins von Kerzen beleuchtete Innere. Und dann zoomte die Kamera abermals auf Li Yuan.

»Für einen so jungen Mann ist er sehr stark.«

Es waren die ersten Worte, die Curval während ihres Aufenthalts in diesem Raum geäußert hatte. Lehmann bewunderte zum wiederholten Mal die Haltung dieses Mannes, die Einzigartigkeit seiner Erscheinung. Sein Gesicht drückte eine harte, kompromißlose Urteilsfähigkeit aus; auf eine seltsame Art erinnerte er Lehmann an Berdichow. Oder daran, wie Berdichow nach dem Tod seiner Frau geworden war.

Auf dem Bildschirm machte Li Yuan eine Verbeugung vor der Tafel, dann drehte er sich um und schritt langsam in die Gruft.

»Er sieht nur stark aus«, widersprach DeVore, »aber es gibt Dinge, die Sie über ihn nicht wissen. Diese äußerliche Erscheinung ist seine Maske. Im Innern ist er eine sich windende Masse instabiler Elemente. Wissen Sie, daß er alle Pferde seiner Frau getötet hat?«

Alle Blicke waren auf DeVore gerichtet, schockiert von der Neuigkeit. Pferde zu töten – das war undenkbar!

»Ja«, fuhr DeVore fort. »In einem Anfall von Eifersucht, wie ich gehört habe. Sehen Sie, unter dieser ruhigen Oberfläche ist er ein höchst unausgeglichenes Kind. Ähnlich wie sein eigensinniger Bruder. Und ein Feigling ist er auch.«

Lever kniff die Augen zusammen. »In welcher Hinsicht?«

»Fei Yen, die Frau seines Bruders, ist hochschwanger. Den Gerüchten zufolge ist es nicht sein Kind. Sie ist in Schande zu ihrem Vater zurückgeschickt worden. Und man erzählt sich, er weiß, wer der Dreckskerl ist. Er weiß es und unternimmt nichts.«

»Ich verstehe«, sagte Lever. »Aber macht das einen Mann unbedingt zu einem Feigling?«

DeVore lachte auf. »Wenn Sie verheiratet wären, würden Sie das besser verstehen, Michael. Die Frau und das Kind eines Mannes sind ihm mehr wert als alles andere auf der Welt. Er würde für sie töten. Selbst ein relativ passiver Mann. Aber Li Yuan hält sich zurück und tut nichts. Ist das denn keine Feigheit?«

»Vielleicht ist es ein Zeichen von Klugheit.« Lever blickte zum Bildschirm empor und sah zu, wie der junge T'ang in die Dunkelheit hinabschritt. »Verzeihen Sie, *Shih* DeVore, aber ich glaube, unser Freund hat recht. Es wäre ein Fehler, Li Yuan zu unterschätzen.«

»Ja?« DeVore zuckte die Achseln.

»Trotzdem«, sagte Lever und lächelte. »Ich verstehe, worauf Sie hinauswollen. Die Sieben sind noch nie so schwach wie in diesem Moment gewesen. Und ihr Durchschnittsalter war noch nie geringer. Verglichen mit denen sind die meisten von uns alte Männer!«

Darauf lachten sie.

DeVore beobachtete die drei Amerikaner und freute sich über Levers unbewußtes Echo seiner Gedanken. Es wurde Zeit.

Er hob die Hand. Auf ein vorher arrangiertes Zeichen hin wurde der Bildschirm dunkel, eine Lampe blitzte auf und ein einziger Lichtstrahl erhellte den Tisch und die Karte am anderen Ende des Zimmers.

»Ch'un tzu …«, sagte DeVore, stand auf und deutete mit ausgestrecktem Arm auf den Tisch. »Sie haben gesehen, wie es um die Sieben steht. Wie die aktuelle Situation ist. Nun, jetzt sollten wir uns darüber unterhalten, wie es sein könnte.«

Lever erhob sich, musterte DeVore, als versuche er ihn einzuschätzen, dann lächelte er und nickte. »In Ordnung, *Shih* DeVore. Zeigen Sie uns den Weg. Wir sind ganz Ohr.«

* * *

Wieder im Haus zog Li Yuan seinen Vetter Wang Sau-leyan beiseite.

»Vetter Wang«, sagte er leise. »Kann ich dich unter vier Augen sprechen? Ich habe Nachrichten bekommen.«

Wang Sau-leyan starrte ihn mit einer Spur Feindseligkeit an. »Nachrichten, Vetter?«

Li Yuan wandte sich halb um und zeigte auf die Tür zu einem Nachbarzimmer. Wang zögerte, dann nickte er und ging hinein. Li Yuan schloß hinter ihnen die Tür und wandte sich seinem T'ang-Kollegen zu.

»Deine Getreidelieferungen …«, begann er und beobachtete Wang Sau-leyans Gesicht aufmerksam.

»Ja?« Wang gab sich leicht überrascht.

»Ich fürchte, deine Schiffe liegen auf dem Grund des Ozeans, Vetter. Es ist eine Stunde her. Offenbar hat sie jemand in die Luft gesprengt.«

Wangs Miene wütender Fassungslosigkeit hatte eine fast zynische Note. Er schüttelte sprachlos den Kopf, dann packte er Li Yuan unvermittelt am Arm. »Bist du sicher, Li Yuan?«

Li Yuan nickte und betrachtete die plumpe, juwelenbesetzte Hand, die auf dem groben Ärmelstoff lag. »Es stimmt wirklich. Dein Kanzler Hung Mien Lo hat es bestätigt.«

Wang Sau-leyan ließ seine Hand sinken. Er wandte den Kopf ab, dann blickte er Li Yuan wieder an und hatte einen seltsamen Schmerz in den Augen.

»Es tut mir so leid, Li Yuan. Unendlich leid. Das Getreide war mein Geschenk an deinen Vater. Mein letztes Geschenk an ihn.« Er schüttelte fassungslos den Kopf. »Oh, ich kann noch etwas Getreide entbehren – und du wirst es auch bekommen, Vetter –, aber darum geht's nicht. Jemand hat mein Geschenk vernichtet! Mein Geschenk an deinen Vater!«

Li Yuan stand vor Verblüffung der Mund offen. Er hatte nicht erwartet, daß Wang so aufgebracht, so aufrichtig empört reagieren würde, noch hatte er auch nur einen Moment lang für möglich gehalten, von Wang eine weitere Lieferung angeboten zu bekommen. Nein, er hatte geglaubt, das Ganze sei eine gerissene Finte; eine Möglichkeit für ihn, um seine mündliche Zusage herumzukommen. Er runzelte die Stirn, dann schüttelte er verwirrt den Kopf.

»Dein Angebot ist sehr großzügig, Vetter, aber du bist nun wirklich nicht schuld an dem, was geschehen ist. Soweit mir zu Ohren gekommen ist, haben sich die *Ping Tiao* zu dem Anschlag bekannt.«

»Die *Ping Tiao!*« Auch diesmal traf der zornige Ausdruck in Wangs Gesicht Li Yuan ganz überraschend. »Dann werden die *Ping Tiao* für diese Beleidigung bezahlen!«

»Vetter ...«, sagte Li Yuan leise und trat näher. »Darum wird sich jemand kümmern, das versichere ich dir. Diese Beleidigung werden wir nicht hinnehmen.«

Wang nickte knapp. »Danke, Vetter. Ich ...«

Jemand klopfte laut an die Tür. Li Yuan drehte sich halb um, dann sah er Wang wieder an. »Was wolltest du sagen?«

Ein schwaches Lächeln überflog Wangs Züge. »Nichts, Vetter. Aber trotzdem noch einmal vielen Dank, daß du mich unterrichtet hast. Ich werde meinen Kanzler anweisen, sofort eine neue Ladung loszuschicken.«

Li Yuan senkte den Kopf. »Ich bin dir zutiefst dankbar.«

Wang lächelte und erwiderte die Verbeugung in genau demselben Maße – eine subtile Anerkennung der Tatsache, daß sie gleichrangig waren –, dann ging er an Li Yuan vorbei und zog die Tür auf.

Draußen stand in Ausgehuniform Hans Ebert, sein Stallmeister drei Schritte hinter ihm. Beim Anblick von Wang Sau-leyan machte er eine tiefe Verbeugung.

»Verzeiht mir, *Chieh Hsia*. Ich wußte nicht ...«

Wang Sau-leyan lächelte gepreßt. »Schon gut, Major Ebert. Sie können reinkommen. Ihr Herr und ich sind fertig.«

* * *

Ebert holte tief Luft, trat in die Tür und nahm Haltung an.

»Chieh Hsia?«

Li Yuan stand am anderen Ende des Raums neben dem zeremoniellen *Kang*, einen Fuß auf dem Sims, und strich sich mit einer Hand übers bartlose Kinn. Er sah zur Tür und winkte Ebert fast beiläufig zu sich.

Ebert marschierte in die Mitte des Zimmers, ging in Habachtstellung und senkte respektvoll den Kopf, um auf Li Yuans Anweisungen zu warten.

Li Yuan seufzte und kam gleich zur Sache. »Wir leben in schwierigen Zeiten, Hans. Die alten Ketten müssen stärker denn je geschmiedet werden, der Baum des Staates muß sich von den Wurzeln bis zu den Ästen gegen die kommenden Stürme wappnen.«

Ebert hob den Kopf. »Und was ist meine Aufgabe dabei, *Chieh Hsia?*«

Li Yuan senkte den Blick. »Ich möchte es erklären. Kurz vor seinem Tod hat mein Vater General Nocenzi im Krankenhaus besucht. Sie haben vielleicht gehört, daß er Nocenzis Rücktritt akzeptiert hat. Es blieb ihm keine andere Wahl. Aber wer sollte an seiner Stelle General werden?« Er machte eine bedeutungsvolle Pause. »Nun, mein Vater hatte die Absicht, Marschall Tolonen zu einem Rücktritt vom Ruhestand zu bewegen und wieder zum General zu ernennen, und er hat noch ein entsprechendes Memorandum entworfen. Es gab gute Gründe für seine Entscheidung, nicht zuletzt der stabilisierende Einfluß, den die Gegenwart des alten Herrn auf die Sicherheitskräfte hätte. Er hatte außerdem das Gefühl, daß einem *Lao wai* – einem Außenseiter – zu viele Vorbehalte entgegenstehen würden. Abgesehen davon braucht ein neuer General einige Zeit, bis er sich an seinen Posten gewöhnt hat, und Zeit ist für uns nun einmal Mangelware.«

Li Yuan wandte sich ab, schwieg kurz, dann sah er ihn wieder an. »Sind Sie meiner Meinung, Hans?«

Ebert machte eine knappe Verbeugung. »Durchaus, *Chieh Hsia.* Außerdem gibt es in ganz Chung Kuo niemanden mit mehr Erfahrung. Ich könnte mir keinen Mann vorstellen, den unsere Feinde nicht lieber auf diesem Posten sähen.«

Bei dieser Bemerkung lächelte Li Yuan. Dennoch empfand Hans eine tiefe Enttäuschung. Denn nach Tolonens Äußerungen hatte er selbst auf eine Ernennung gehofft.

Li Yuan nickte, dann sprach er weiter. »Wie auch immer, der Tod meines Vaters hat viel verändert. Unsere Feinde halten uns jetzt sicher für schwach. Sie meinen, ich sei grün und unerfahren. Wir sollten ihnen zeigen, wie sehr sie sich irren. Tolonens Ernennung zum General würde in dieser Hinsicht sicher hilfreich sein, aber ich muß auch beweisen, daß ich ein Mann für mich bin und nicht bloß der Schatten meines Vaters. Verstehen Sie mich, Hans?«

»Ich verstehe, *Chieh Hsia.*«

Nur zu gut, dachte er. Nur zu gut.

»Ja ...« Li Yuan nickte nachdenklich. »Darin ähneln wir uns, nicht wahr, Hans? Wir wissen, wie es ist, wenn man warten muß, wenn man der verlängerte Arm seines Vaters ist. Doch früher oder später müssen wir darüber hinauswachsen, wenn wir den Respekt der Welt erringen wollen.«

»Das ist wahr«, sagte Ebert leise.

»Außerdem«, fuhr Li Yuan fort, »wird die Lage sicher noch schlimmer, bevor sie besser wird. Dementsprechend müssen auch wir härter und rücksichtsloser handeln als in ruhigeren Zeiten. In dieser Hinsicht hat Wang Sau-leyan recht. Wir leben in einem neuen Zeitalter. Die Dinge haben sich verändert, und wir müssen uns mit ihnen ändern. Die milden Tage sind vorbei.«

Ebert beobachtete Li Yuans Gesicht, während er diese Sätze aussprach, und empfand aufrichtige Bewunderung für den jungen T'ang. Li Yuan war viel härter, viel pragmatischer als sein Vater; seine Ideen zum Verdrahtungsprojekt bewiesen das. Aber Ebert beschritt schon zu lange einen eigenen Weg, um davon seinen Blick trüben zu lassen; er träumte selbst unentwegt vom Antritt seines Erbes.

Eines Tages würde er diesen Mann umbringen müssen, ob er ihn bewunderte oder nicht. Entweder dies, oder sein eigener Traum war zum Scheitern verurteilt.

»Vertrauen«, sagte Li Yuan. »Vertrauen ist der Eckpfeiler des Staates. In diesem Punkt, wie in vielen anderen, hatte mein Vater recht. Aber wem sollte ein Mann in Zeiten gewaltsamer Veränderungen trauen? Wem *kann* er vertrauen?«

Li Yuan musterte Ebert aus zusammengekniffenen Augen. »Tut mir leid, Hans. Ich muß nur einfach mal darüber reden. Können Sie das verstehen?«

Ebert senkte den Kopf. »Ich fühle mich geehrt, wenn

Ihr das Gefühl habt, in meiner Gegenwart so offen reden zu können, *Chieh Hsia*.«

Li Yuan lachte, dann wurde er wieder ernst. »Nun gut … Ich schätze, es liegt daran, daß ich Sie fast als Familienmitglied betrachte, Hans. Ihr Vater war seit Shepherds Krankheit einer der wichtigsten Berater meines Vaters und wird auch meinem Beraterstab angehören. Ich habe Sie allerdings nicht wegen Ihrem Vater hergerufen. Es geht um Sie selbst.«

Ebert hob den Kopf. *»Chieh Hsia?«*

»Ja, Hans. Sind Sie noch nicht drauf gekommen oder war ich zu indirekt? Ich möchte Sie zu meinem General ernennen – zu meinem engsten Vertrauensmann. Ich möchte, daß Sie mir so dienen, wie Tolonen meinem Vater gedient hat. Sie sollen mein Schwertarm und meine Peitsche sein, der Schrecken meiner Feinde und der Verteidiger meiner Kinder.«

Ebert sackte die Kinnlade herunter. »Aber, *Chieh Hsia*. Ich dachte …«

»Oh, Tolonen ist nur vorübergehend ernannt. Als Interimsgeneral. Er hat vor einer Stunde eingewilligt. Aber ich möchte, daß Sie in drei Tagen bei meiner Krönung hinter mir stehen. *Sie* werden an diesem Morgen den Zeremoniendolch überreicht bekommen.«

Ebert starrte ihn mit offenem Mund an, dann fiel er auf die Knie und drückte die Stirn auf den Boden. »*Chieh Hsia*, Ihr erweist mir eine große Ehre. Mein Leben steht zu Eurer Verfügung.«

Er hatte die Worte vorher einstudiert, doch sein Erstaunen über Li Yuans plötzlichen Entschluß verlieh ihnen zusätzliche Ausdruckskraft. Als er aufblickte, sah er die Freude im Gesicht des jungen T'ang.

»Stehen Sie auf, Hans. Bitte.«

Ebert erhob sich langsam und hielt den Kopf gebeugt.

Li Yuan trat näher. »Es mag Sie überraschen, Hans, aber ich habe Sie jetzt eine ganze Zeit beobachtet. Mir ist aufgefallen, wie gut sie mit den neuen Aufgaben zurechtgekommen sind. Es ist meiner Aufmerksamkeit nicht entgangen, welche Loyalität Ihnen Ihre Offiziere entgegengebracht haben. Und was Ihren Mut angeht …« Er berührte die Metallplatte an seinem Hinterkopf, dann trat er einen Schritt zurück. »Doch das wichtigste von allem ist, daß Sie erheblichen Einfluß auf die Elite der Ersten Ebene haben. Eine wichtige Eigenschaft für einen General.«

Li Yuan lächelte breit. »Ihre Ernennung wird heute nacht zur zwölften Glocke auf allen Ebenen bekanntgegeben. Aber bis dahin sollen Sie einen Plan für mich vorbereiten.«

»Einen Plan, *Chieh Hsia?*«

Li Yuan nickte. »Einen Plan zur Auslöschung der *Ping Tiao*. Ich will beenden, was mein Vater angefangen hat, und sie in spätestens einem Monat bis zum letzten Mann niedergemacht haben. Ich will ihre Leichen vor mir sehen.«

Ebert stand wieder mit offenem Mund da. Dann senkte er den Kopf. Aber für einen Moment mußte er fast lachen. Die *Ping Tiao* auslöschen? Wie wenig Li Yuan doch wußte. Es war längst geschehen! Und zwar auf Veranlassung seines größten Feindes, Howard DeVore!

Li Yuan berührte seine Schulter. »Nun … gehen Sie jetzt, Hans. Erzählen Sie's Ihrem Vater. Ich weiß, er wird stolz auf sie sein. Er hat sich das immer gewünscht.«

Ebert lächelte, dann senkte er den Kopf und war erstaunt, welchen Stolz er empfand. Diesem Mann zu dienen – war das ein Grund, stolz zu sein? Und doch empfand er es so. Er wandte sich zum Gehen, aber Li Yuan rief ihn zurück.

»Oh, und Hans … wir haben den Jungen gefunden.«

Ebert zog es den Magen zusammen. »Das ist hervorragend, *Chieh Hsia*. In welcher Verfassung war er?«

Li Yuan lächelte. »Es hätte nicht besser sein können, Hans. Er hat sich an alles erinnert. An alles …«

* * *

DeVore zog den Kopf vom Okular des Elektronenmikroskops zurück und lächelte dem Genetiker zu. Er war beeindruckt von dem, was er gesehen hatte.

»Sehr gerissen, *Shih* Curval. Wirklich sehr gerissen. Und verhält es sich immer so, ganz gleich, wer der Wirt ist?«

Curval zögerte kurz, dann griff er an DeVore vorbei und zog den Objektträger vom Mikroskop, den er mit äußerster Vorsicht behandelte. Und das war auch unbedingt nötig, denn das Präparat enthielt ein tödliches Virus. Er sah DeVore an.

»Wenn der Wirt über ein durchschnittliches Immunsystem verfügt, dann ja. Dann sollte es einem einigermaßen gleichbleibenden evolutionären Muster folgen. Natürlich werden leichte statistische Abweichungen auftreten, aber solche ›Ausreißer‹ werden ziemlich selten sein. Unterm Strich kann ich Ihnen eine hundertprozentige Erfolgsrate garantieren.«

DeVore nickte nachdenklich. »Interessant. Was wir hier vor uns haben, ist also ein Erreger, der eine Entwicklung durchmacht. Am Anfang ist er harmlos, doch nach lediglich hundert Generationen hat sich daraus ein tödliches Virus entwickelt. Ein Gehirnkiller.« Er lachte. »Und was sind hundert Generationen für das Leben eines Erregers?«

Zum ersten Mal lachte auch Curval. »Genau …«

DeVore trat zurück, ließ den Wissenschaftler vorbei, und seine Gedanken kreisten um den fast ästhetischen Genuß, den ihm die Eleganz dieses Organismus bereitete. »Darüber hinaus wird dieses evolutionäre Muster ausgerechnet durch jenen Mechanismus ausgelöst, der normalerweise die körpereigene Abwehr gegen

Krankheitserreger gewährleistet – das Immunprogramm!«

»Ganz richtig. Genau die Wirksubstanzen, die jedem Erstebenenkind schon als sechs Monate alter Fötus injiziert werden.«

DeVore sah zu, wie Curval den versiegelten Objektträger in das gepolsterte, stoßfeste Kästchen zurücksteckte und einen anderen herausfischte.

»Schauen Sie … hier ist noch einer. Diesmal etwas anders. Dasselbe Prinzip, aber eine spezifischere Wirkung.«

DeVore beugte sich fasziniert vor. »Was meinen Sie mit einer spezifischeren Wirkung?«

Curval schob den Objektträger in den Schlitz und trat zurück. »Sehen Sie sich's an. Ich werde es auslösen, wenn Sie bereit sind.«

Er setzte ein Auge ans Okular. Erneut wurde er Zeuge, wie das Ding sich teilte, wuchs und veränderte, wie die immer neuen Muster eines Kaleidoskops, aber dies hier war echt, *lebendig* – so lebendig, wie es nur ein Wesen sein konnte, dessen einziger Zweck die Vernichtung anderen Lebens war.

DeVore blickte auf. »Sieht genauso aus.«

Curval musterte ihn aufmerksam. »Sie haben also keinen Unterschied bemerkt?«

DeVore lächelte. »Nun, mittendrin sind mir ein paar Kleinigkeiten aufgefallen. Es gab eine kurze Phase, da schien das Ding sehr viel größer zu sein als vorher. Und hinterher trat eine leichte farbliche Veränderung auf. Dann normalisierte es sich und kehrte zum ursprünglichen Zustand zurück.«

Curval lachte. »Gut. Dann haben Sie es also gesehen.«

»Ja, aber was habe ich da gesehen?«

Curval entfernte den Objektträger – diesmal mit offenbar noch größerer Vorsicht – und legte ihn neben sich auf den Tisch.

»Das hier...« – er tippte lässig drauf – »...ist für Sie oder mich so harmlos wie Quellwasser. Wir könnten eine große Dosis davon einnehmen, und es würde uns nicht im geringsten schaden. Aber bei einem Han...«

DeVore riß die Augen auf.

Curval nickte. »Ganz richtig. Was Sie eben gesehen haben, ist ein Virus, das seine Wirkung aufgrund genetischer Merkmale entfaltet, wie eine winzige bakteriologische Zeitbombe, die rassenspezifisch zuschlägt.«

DeVore lachte, dann hob er den Objektträger hoch. Er schien leer zu sein, doch sein Inhalt konnte ungeahnten Schaden anrichten. Nicht ihm oder seinesgleichen, sondern den Han. Er lächelte breit. »Wundervoll! Das ist wundervoll!«

Curval lachte. »Ich dachte mir, daß es Ihnen gefallen würde. Wissen Sie, ich habe ständig an Sie gedacht, während ich daran arbeitete. Ich habe oft bis in die Nacht hier gesessen und gelacht, als ich mir ihre Reaktion vorstellte.«

DeVore sah ihn kurz an, dann nickte er. Die beiden kannten sich seit über zwanzig Jahren, seit ihrer ersten schicksalshaften Begegnung auf einer der Parties des alten Ebert. Curval war damals schon ein unruhiger Geist gewesen – er konnte es nicht abwarten, die Last seiner vertraglichen Verpflichtungen abzuwerfen. Es war DeVore gewesen, der Kontakt zu ihm gesucht und mit ihm seinen ersten wichtigen Kontaktmann in der Stadt Amerika gefunden hatte. DeVore hatte ihm die streng geheimen Akten gezeigt, die detailliert beschrieben, welche Abmachungen Klaus Ebert mit diversen Konzernen getroffen hatte, um Curvals Unternehmen zu ruinieren. DeVore hatte es arrangiert, daß er für die Levers arbeiten und zugleich seine eigenen Privatlabors betreiben konnte.

Und jetzt wollte Curval ihm seinerseits einen Gefallen tun, an den er nur eine Bedingung knüpfte. Eine Kleinigkeit. DeVore konnte das Virus haben, aber zuerst mußte er versprechen, den alten Ebert umzubringen.

Er hatte zugestimmt.

»Weiß Michael davon?«

Curval lächelte. »Was denken Sie? Michael Lever ist ein netter junger Mann, was seinen revolutionären Eifer angeht. Er will etwas verändern – aber auf faire Weise. Wenn's sein muß, wird er kämpfen, aber er wird nicht betrügen. Er würde mich umbringen, wenn er wüßte, woran ich hier arbeite.«

DeVore dachte eine Weile darüber nach, dann nickte er. »Sind Sie sicher?«

Curval lachte säuerlich. »Ich kenne den jungen Mann in- und auswendig. Er wirkt etwas anders, aber im Grund ist er genauso wie der Rest der Bande. Sie haben es alle zu einfach gehabt. Was sie antreibt, ist kein Ehrgeiz, sondern eine Art Bitterkeit. Bitterkeit darüber, daß ihre Väter sie noch immer wie Kinder behandeln. Denn drüben im Saal mit dem Bildschirm haben sie nichts anderes gesagt, als daß sie keine Veränderung wünschen. Keine echte Veränderung, wie Sie und ich sie uns vorstellen. Wenn sie von Veränderung reden, dann meinen sie einen Wechsel an der Führungsspitze. Sie würden ihre Privilegien genausowenig aufgeben wie die Sieben.«

»Vielleicht«, sagte DeVore und sah zu, wie Curval das Mikroskop einpackte. »Hat das Virus übrigens einen Namen?«

Curval ließ den Deckel einrasten und wandte sich DeVore zu. »Ja, er hat tatsächlich einen. Ich habe ihn nach dem Virenstamm benannt, aus dem es entwickelt wurde. Auch ein Killer, doch nicht so tödlich oder effizient wie meiner. Und er kursierte für Jahrhunderte, bevor die Menschen Behandlungsmöglichkeiten entdeckten. Syphilis wurde er genannt. *Yang mei ping* sagten die Han dazu – ›Pflaumenweidenkrankheit‹.«

DeVore lachte überrascht. »Die Ansteckung erfolgt also über Sexualkontakte?«

Curval starrte DeVore an, dann lachte er leise. »Natürlich! Ich dachte, das sei Ihnen klar. Das ist die einzige Möglichkeit, um sicherzugehen, daß das Virus sich ausbreitet, und zwar *weit* ausbreitet. Vögeln… das ist das einzige, was die menschliche Rasse ständig tut und selten erwähnt. Und wenn man genauer darüber nachdenkt, ist es die ideale Möglichkeit, um ein neues Virus zu lancieren. Schließlich meinen alle, sie seien gegen Geschlechtskrankheiten immunisiert. Von Geburt an.«

DeVore fuhr sich mit der Zunge über die obere Zahnreihe und nickte. Treulose Ehemänner und ihre verlogenen Frauen, gelangweilte Konkubinen und ihre Gelegenheitsliebhaber, lüsterne Greise und geile Witwen, Freudenmädchen und ausschweifende junge Söhne – auf einmal hatte er vor Augen, daß sie wie die Blätter und Zweige eines großen Baums miteinander in Verbindung standen, bis der Baum selbst verrottete und umstürzte. Er lachte, dann klopfte er Curval auf die Schulter.

»Sie haben gute Arbeit geleistet, Andrew. Sehr gute Arbeit.«

Curval sah ihm in die Augen. »Und Sie, Howard? Werden Sie Ihr Versprechen halten?«

DeVore drückte seine Schulter. »Natürlich. Habe ich Sie je im Stich gelassen? Aber kommen Sie, gehen wir wieder rein. Unsere jungen Freude werden sich fragen, warum wir so lang weg sind. Außerdem habe ich gehört, daß unser Freund Kustow seinen *Wei Chi*-Meister mitgebracht hat, und es juckt mir in den Fingern, mich mit ihm zu messen.«

Curval nickte. »Er ist gut. Ich habe ihn spielen sehen.«

DeVore begegnete seinem Blick. »So gut wie ich?«

Curval wandte sich ab und nahm den kleinen Objektträger mit seiner tödlichen Fracht vom Tisch. »Sie behaupten, er könnte nächstes Jahr um die Meisterschaft antreten.«

DeVore lachte. »Meinetwegen, aber das beantwortet meine Frage nicht. Sie haben mich spielen sehen. Würden Sie sagen, er ist so gut wie ich?«

Curval plazierte den Objektträger im Kästchen und schloß den Deckel, dann sah er DeVore zögernd an und fragte sich, wie er die Wahrheit aufnehmen würde.

»Um ehrlich zu sein, Howard: ja. Mindestens genauso gut. Und vielleicht noch besser.«

DeVore drehte sich um und durchschritt, ganz in Gedanken versunken, den kleinen Raum. Dann wandte er sich noch einmal Curval zu, und ein Lächeln erhellte sein Gesicht.

»Unser Freund Kustow ... wissen Sie, ob er gern wettet?«

* * *

DeVore blickte vom Brett auf, verbeugte sich vor seinem Gegner und gab sich geschlagen. Es war ihre bisher fünfte Partie und die mit dem knappsten Ausgang. Diesmal hatte ihm nur ein Stein gefehlt, um den Han zu schlagen. Dennoch war das Ergebnis ihres kleinen Turniers eindeutig: Kustows Meister hatte alle fünf Partien gewonnen, zwei davon mit einem Vorsprung von mehr als zwanzig Steinen.

»Noch fünf?« fragte Kustow lächelnd. Er hatte bei dem Wettkampf gut verdient – DeVore hatte fünftausend *Yuan* auf jedes Spiel gesetzt und weitere zehntausend auf den Gesamtausgang.

DeVore gab ihm mit einem Blick zu verstehen, daß er seinen Triumph anerkannte. »Ich wünschte, ich hätte Zeit dafür, mein Freund, aber Sie alle müssen gegen neun in Eberts Villa sein, und es ist bereits sechs. Aber ich sage Ihnen etwas. Wenn ich nach Amerika komme, werde ich wieder gegen Ihren Mann antreten. Dann werde ich Gelegenheit haben, mein Geld zurückzugewinnen.«

Lever beugte sich in seinem Sessel vor. »Sie wollen

also nach Amerika kommen, *Shih* DeVore? Wäre das nicht ziemlich gefährlich für Sie?«

DeVore lächelte. »Das Leben ist nun einmal gefährlich, Michael. Und auch wenn es sich auszahlt, vorsichtig zu sein, wo wären wir alle, wenn wir nicht bereit wären, Risiken einzugehen?«

Lever sah seine beiden Freunde an. »Das stimmt. Aber in diesen ungewissen Zeiten muß man sich seine Freunde sorgfältig aussuchen.«

DeVore beugte leicht den Kopf. Er wußte, wie das gemeint war. Sie waren geneigt, mit ihm zusammenzuarbeiten, wollten sich ihm aber noch nicht ganz anvertrauen. Er würde ihnen weitere Gründe liefern müssen, sich mit ihm zu verbünden. »Und seine Stellvertreter. Nehmen wir Mach, der für mich arbeitet. Er hat mir beim Überfall auf die Plantagen des T'ang gute Dienste geleistet.«

Lever lachte verblüfft. »Das waren Sie? Aber ich dachte ...«

»Sie haben gedacht, was alle denken sollten. Daß die *Ping Tiao* die Verantwortlichen waren. Aber nein, es waren meine Männer.«

»Ich verstehe. Aber warum? Warum heimsen Sie nicht selbst die Anerkennung ein?«

»Manchmal ist es den eigenen Zweck dienlich, wenn die Feinde einen falschen Eindruck von den Tatsachen haben. Sehen Sie, die *Ping Tiao* existieren inzwischen nicht mehr. Ich habe die letzten Überbleibsel dieser Organisation vor zwei Tagen vernichten lassen. Doch soweit es die Sieben anbelangt, existieren sie immer noch – und stellen noch immer eine Bedrohung für sie dar. Der neue T'ang Li Yuan plant sogar eine großangelegte Aktion gegen sie. Er hat seinem neuen General sogar Anweisung gegeben, alle nötigen Kräfte aufzubieten, um sie zu vernichten, was immer es kostet. Finden Sie eine solche Vergeudung von Geld und Energie nicht auch begrüßenswert?«

Lever lachte. »Allerdings! Und gleichzeitig lenkt das die Aufmerksamkeit von unseren Aktivitäten hier draußen in der Wildnis ab. Das gefällt mir.«

DeVore nickte zufrieden. Diese jungen Männer hatten noch Feuer in sich. Sie waren anders als ihre europäischen Gegenstücke. Ihr Zorn war echt. Er mußte nur kanalisiert werden.

Er stand auf, ging nach einer letzten Verbeugung vor seinem Gegner um den Tisch und trat den drei jungen Männern gegenüber.

»Noch eins, bevor Sie abreisen. Ich möchte Ihnen etwas schenken.«

Lever sah seine Freunde an, dann ließ er den Kopf sinken. »Wir sind Ihnen sehr dankbar, *Shih* DeVore, aber Ihre Gastfreundschaft ist uns Belohnung genug.«

DeVore verstand seine Bedenken. Lever war daran gewöhnt, daß Geschenke in geschäftlichen Beziehungen Verbindlichkeiten schufen. Es war ein Trick, von dem die Han ausgiebig Gebrauch machten. Er schüttelte den Kopf. »Bitte mißverstehen Sie mich nicht, meine Freunde; die Geschenke sollen Sie zu nichts verpflichten. Ich wäre sehr gekränkt, wenn Sie es anders auffaßten. Ich bin kein Kaufmann. Ich würde nicht im Traum daran denken, aus unserem Treffen materielle Vorteile zu ziehen. Es soll nur ein Zeichen unserer Freundschaft sein, einverstanden?«

Er sah sie nacheinander an, Lever, Kustow und schließlich Stevens, und stellte fest, daß seine schlichten Worte sie allesamt überzeugt hatten.

»Gut. Dann warten Sie hier. Ich hab's in einem anderen Zimmer.«

Er verließ sie und kehrte kurz darauf mit einem sperrigen, rechteckigen, in roter Seide verpackten Paket zurück.

»Hier«, sagte er und überreichte es Lever. »Öffnen Sie es bitte später – auf dem Flug zu Ebert, wenn's sein muß, aber später. Und was immer sie letztlich damit anfangen wollen, denken Sie immer daran, daß große Opfer erbracht werden mußten, um es Ihnen zu überreichen. Zeigen Sie's niemandem, dem Sie nicht wie einem Bruder vertrauen.«

Lever starrte das Paket an, und seine Augen glühten vor Neugier, dann blickte er lächelnd auf.

»Ich habe keine Ahnung, was es ist, aber ich werde mich daran halten. Und danke, Howard. Danke für alles. Sie müssen uns besuchen, wenn Sie nach Amerika kommen.«

DeVore lächelte. »Das ist sehr freundlich von Ihnen, Michael. Wirklich sehr freundlich.«

* * *

»Nun, Stefan, was meinen Sie?«

Lehmann stand noch eine Weile vor dem Einwegspiegel, dann wandte er sich DeVore zu. Er hatte alles beobachtet.

»Der Wettbewerb ... Sie haben ihn absichtlich verloren, stimmt's?«

DeVore lächelte. Es gefiel ihm, daß Lehmann es gemerkt hatte.

»Ich hätte ihn schlagen können. Beim ersten Mal vielleicht nicht, aber von der dritten Partie an. Sein Spiel folgt einem gewissen Muster. So wie diese Amerikaner. Ihr Denken weist ein Muster auf, und ich habe das Gefühl, als könnte ich es bald enthüllen. Das ist der Grund, weshalb ich mich persönlich zu ihnen begeben muß. Soweit es uns betrifft, ist Europa tot. Wir haben Europa ausgesaugt. Wenn wir die Festungen fertigstellen wollen, brauchen wir Gelder von den Amerikanern. Wir müssen Sie davon überzeugen, daß es sich lohnt, in uns zu investieren – sie sollen uns als die Werkzeuge betrachten, die es ihnen ermöglichen, die Sieben zu stürzen.«

»Und Curval? Sie haben ihm versprochen, den alten Ebert umzubringen. War das klug?«

DeVore lachte. »Wenn die Götter wollen, daß der Alte in den nächsten sechs Monaten stirbt, dann wird er sterben, und ich werde es für mich beanspruchen. Aber ich werde nichts tun, um Ihnen Beihilfe zu leisten. Ich mag Klaus Ebert nicht besonders – um ehrlich zu sein, ich halte ihn für einen aufgeblasenen alten Schwätzer –, aber er ist der Vater von Hans. Wenn wir ihn umbringen, riskieren wir alles. Nein, derlei werden wir dem Schicksal überlassen. Und wenn Curval etwas dagegen hat ...« Er lachte. »Nun, ich denke, damit werden wir uns beizeiten beschäftigen. Beizeiten.«

KAPITEL · 8

Spiegel

Es war Nacht. Li Yuan stand auf der Brücke, starrte in den See und sah den Vollmond in der Finsternis tanzen. In Tongjiang herrschte jetzt Ruhe. Die Gäste hatten sich verabschiedet. In einiger Entfernung standen Wachmänner starr und bewegungslos wie Statuen in der silbrigen Dunkelheit.

Er hatte einen langen und anstrengenden Tag hinter sich. Er war um vier Uhr früh aufgestanden, hatte die letzten Vorbereitungen für das Begräbnis seines Vaters beaufsichtigt und die Trauergäste bei ihrer Ankunft begrüßt. Die Zeremonie hatte fast den ganzen Morgen gedauert, und eine formlose Zusammenkunft der Sieben hatte sich ihr angeschlossen. Gespräche mit Ministern und verschiedenen hohen Beamten hatten den Rest des Nachmittags beansprucht; seine ersten Bemühungen, die losen geschäftlichen Fäden seines Vaters zusammenzuknüpfen und Vorbereitungen für die Krönung in drei Tagen zu treffen. Und andere Dinge. Viele andere Dinge.

Er fühlte sich erschöpft, doch es gab noch etwas zu tun, bevor er sich ausruhen konnte.

Er blickte auf den Palast zurück und dachte daran, wie gewaltig und einsam er ohne die Gegenwart seines Vaters wirkte. Es gab jetzt nur noch ihn – nur Li Yuan, den zweiten Sohn von Li Shai Tung. Der letzte seiner Erbfolge. Der Letzte des Hauses Li.

Ein leichter Wind raschelte im Schilf am Seeufer. Er blickte auf, und wieder erfaßte ihn dieses Gefühl, ausgesetzt zu sein – ein kaltes, fast körperliches Gefühl der Isolation. Wo waren die Brüder, die Vettern, die er haben sollte? Tot oder nie geboren. Jetzt gab es nur noch ihn.

Ein dünnes Wolkenbüschel hing wie ein Schleier über dem strahlenden Antlitz des Mondes. Aus der Ferne trugen gleichmäßige Flügelschläge eine einsame Gans über den Himmel auf ihn zu.

Er zitterte. Heute hatte er sich stark gegeben, hatte seine Gefühle hinter seinem Gesicht wie hinter einer Mauer verborgen. Und so mußte es von heute an bleiben, denn er war jetzt ein T'ang, und sein Leben gehörte nicht mehr ihm selbst. Den ganzen Tag über war er von Menschen umgeben gewesen – unzähligen Menschen, die sich tief vor ihm verbeugten und seinen Befehlen gehorchten –, doch er hatte sich noch nie so einsam gefühlt.

Nein, nie zuvor in seinem Leben war er sich so allein, so leer vorgekommen.

Er biß die Zähne aufeinander und kämpfte seine Gefühle nieder. Sei stark, schärfte er sich ein; wappne dich gegen das, was in dir ist. Er atmete tief durch und schaute über den See hinaus. Sein Vater hatte recht gehabt. Liebe genügte nicht. Ohne Vertrauen – ohne jene zusätzlichen Qualitäten, die aus der Liebe etwas Festes und Greifbares machten –, war die Liebe wie ein Krebs, der einen Mann aufzehrte und schwach zurückließ.

Und er durfte nicht schwach sein, denn er war jetzt T'ang, einer der Sieben. Er mußte alle menschlichen Schwächen hinter sich lassen, sich in eine härtere Ausführung seiner selbst verwandeln.

Er wandte sich ab und lief über den Weg zum Palast zurück.

An der Tür zu den Gemächern seines Vaters hielt er inne und war versucht hineinzugehen. Er sah auf den Ring, der als schwere, ungewohnte Last auf seinem Mittelfinger steckte, und erkannte, daß ihn nichts auf diese Situation hätte vorbereiten können. Der Tod seines Vaters und das Begräbnisritual waren einmalige Ereignisse gewesen, doch weit irrealer als dieser schlichte, private Augenblick.

Wie oft war er vom Garten hereingekommen und hatte seinen Vater dort am Schreibtisch angetroffen, seine Sekretäre und Minister in Bereitschaft? Wie oft hatte sein alter Herr ihn dort stehen gesehen, wo er jetzt stand, und ihn mit einem matten, strengen Lächeln hereingebeten?

Und jetzt war niemand mehr da, dem ihm mit einer Geste Zutritt gewähren konnte. Niemand außer er selbst.

Nun, war es denn wirklich so schwer, den ersten zaghaften Schritt in dieses Zimmer zu tun? Warum empfand er eine beinahe panische Furcht bei dem Gedanken, an diesem Schreibtisch zu sitzen – und dorthin zu sehen, wo er jetzt stand?

Vielleicht weil er wußte, daß sein Platz leer sein würde.

Wütend auf sich selbst betrat er das Zimmer, und sein Herz pochte, als sei er ein Dieb. Er lachte unbehaglich, und als er sich umschaute, sah er alles in einem neuen Licht.

Es war ein langer, traditionell möblierter Raum mit niedriger Decke. Der Schreibtisch seines Vaters stand auf mächtigen, verschnörkelten, wie Drachen geformten Beinen auf einem massiven Sockel am anderen Ende des Zimmers, umgeben von einer niederen, golden bemalten Balustrade, die so etwas wie ein Zimmer im Zimmer abteilte, dessen Rückwand das große Symbol des *Ywe Lung* schmückte. Anders als sein eigenes war dies ein ausgesprochen männliches Zimmer, frei von Hängeschalen oder runden Töpfen voller exotischer Pflanzen, die seine reiche Yang-Atmosphäre störten; hier war nicht eine Spur von Grünzeug zu finden, nur Vasen und Schirme und antike Wandbehänge aus golddurchwirkter Seide.

Er ging ein Stück weiter und blieb neben einem riesigen Bronzekessel stehen. Es war jetzt leer, aber Li Yuan erinnerte sich daran, daß er einmal tausend winzige, aus Jade geschnitzte Gegenstände enthalten hatte; an einen Tag, als er auf dem Fußboden gespielt und die leuchtend bunten Stücke – exquisite blaue, rote und grüne Miniaturen – um sich verstreut hatte. Er war damals vier, höchstens fünf gewesen, aber er hatte es immer noch deutlich vor Augen und spürte jetzt noch ihre kühle, glatte Oberfläche zwischen den Fingern.

Er drehte sich um. An der Wand zu seiner Rechten hing ein Spiegel; ein uralter Metallspiegel aus der Zeit der T'ang-Dynastie, den eine Gravur aus Figuren und Schriftzeichen bedeckte, angeordnet als eine Abfolge konzentrischer Kreise, die von einem Knopf in der Mitte ausgingen. Li Yuan betrachtete das Stück näher. Der Knopf – ein einfacher, schmuckloser Kreis – symbolisierte die Unteilbarkeit aller Schöpfungen. Ihn umgaben die Tiere der Vier Quadranten: der Tiger, das Symbol des Westens und der Würde der Obrigkeit, des Muts und der Tapferkeit im Krieg; der Phönix, das Symbol des Südens und der Schönheit, des Friedens und des Wohlstands; der Drachen, das Symbol des Ostens, der Fruchtbarkeit und der männlichen Vitalität; und die Schildkröte, das Symbol des Nordens, der Langlebigkeit, Stärke und Ausdauer. Um diese vier waren die Acht Trigramme angeordnet, um diese wiederum die Zwölf Irdischen Zweige des Tierkreises – Ratte, Ochse und Tiger, Hase, Drache und Schlange, Pferd, Ziege und Affe, Hahn, Hund und Keiler. Ein Band aus vierundzwanzig Piktogrammen trennten diese vom nächsten Tierkreis aus insgesamt achtundzwanzig Tieren, die die Sternbilder repräsentierten.

Für einen Moment vergaß er die Figuren und sah unter den Symbolen und Archetypen des Han-Universums sein eigenes Spiegelbild. Bei dem Spiegel handelte es sich um einen *Hu hsin ching*, von dem behauptet wurde, daß er über magische Kräfte verfügte und seinen Besitzer vor bösen Mächten bewahrte. Es wurde auch erzählt, daß man in einem solchen Spiegel die Geheimnisse der Zukunft erblicken könne. Aber er hatte wenig Vertrauen in das, was die Leute erzählten. Er konnte kaum sein eigenes Gesicht erkennen, geschweige denn das Antlitz der Zukunft.

In einem Anflug von Bitterkeit wandte er das Gesicht ab. Spiegel: sie sollten das eheliche Glück symbolisieren, doch sein eigener war jetzt zerbrochen und die Scherben über den Boden verstreut.

Er ging zum Schreibtisch. Nan Ho war vorhin hier gewesen, um ihn für den neuen T'ang vorzubereiten. Die Utensilien seines Vaters waren weggeräumt und seine eigenen angeordnet worden: Tintenblock und Federn, das Sandkästchen und eine winzige Statue Kuan Tis, dem Gott des Krieges, die sein Bruder Han Ch'in ihm zu seinem achten Geburtstags geschenkt hatte. Daneben lagen ein kleiner Stapel von Aktenmappen und ein großes und schweres, in roter Seide gebundenes Buch, dessen breiter Rücken ein Wolkenmuster aus Blattgold schmückte.

Er stieg die drei Stufen hinauf, stützte sich mit der Hand auf die niedere Balustrade, wobei er mit dem Kopf fast die Decke berührte, und schaute über den großen, hochlehnigen Stuhl hinüber. In die Rückenlehne war das große Rad der sieben Drachen – der *Ywe Lung* oder Monddrache – eingebrannt und zeichnete sich schwarz gegen das ockerfarbene Leder ab, ein Gegenstück des weit größeren Symbols an der Wand dahinter. Dieser Stuhl hatte seinem Vater gehört und davor seinem Großvater, bis zurück zu seinem Ururgroßvater in den Tagen eines Tsao Ch'un.

Und jetzt gehörte er ihm.

Er löste den kleinen Haken, stieß das Tor auf und betrat den kleinen abgeteilten Raum. Schon diese einfache Handlung empfand er als völlig ungewohnt. Er schaute noch einmal umher, dann ließ er sich in den Stuhl sinken. Während er so dasaß, sah er durch das uralte Zimmer und glaubte die Nähe seiner Ahnen deutlich zu spüren: in der schlichten Kontinuität dieses Raums, doch auch in seinen eigenen kleinsten Regungen. Sie lebten in ihm. Er war ihre Saat. Das wurde ihm jetzt klar. Er hatte es in dem Moment begriffen, als der Sarg seines Vaters verschlossen worden war.

Er zog den ersten Ordner vom Stapel. Es enthielt ein einziges Blatt von Klaus Ebert bei GynSyn: ein Dokument, das dreizehn Patente freigab, die spezielle Produktionstechniken für Nahrungsmittel betrafen. Vor dem Tod seines Vaters hatte Ebert angeboten, diese Patente seinen Konkurrenten zu überlassen, um die Produktionsrate an Nahrungsmitteln in der Stadt Europa steigern zu helfen. Auf dem freien Markt waren sie schätzungsweise zweihundertfünfzig Millionen *Yuan* wert, aber Ebert hatte sie seinem T'ang als Geschenk überlassen.

Li Yuan zog die Akte näher heran, dann streckte er die Hand nach seiner Feder aus und setzte seinen Namen unter das Dokument.

Er legte die Akte weg und nahm die nächste vom Stapel. Es war eine Zusammenfassung des Obduktionsberichts, den er nach dem Tod seines Vaters angeordnet hatte. Er las ihn durch, zeichnete ihn ab und legte ihn auf den anderen. Nichts. Sie hatten nichts festgestellt. Den Ärzten nach war sein Vater an Altersschwäche gestorben. An Altersschwäche und an einem gebrochenen Herzen.

Unsinn, dachte er. Absoluter Unsinn.

Er schnaufte ungeduldig, dann griff er nach der nächsten Akte und schlug sie auf. Als er sah, worum es sich handelte, ließ er sich zurücksinken. Sein Mund wurde trocken, und sein Herz pochte wie wild. Es war das Ergebnis der Genom-Analyse von Fei Yen und ihrem Kind, die er kürzlich angeordnet hatte.

Er schloß vor Schmerz die Augen und verfiel in unstetes Atmen. Jetzt würde er es also endlich erfahren. Ein für alle Mal würde er wissen, wer der Vater war und wem er den Schmerz und die Bitterkeit der letzten Monate zu verdanken hatte.

Es richtete sich wieder auf. Es hatte keinen Sinn, es hinauszuschieben. Es war doch unausweichlich. Er zog die Akte heran und zwang sich, sie zu lesen; jedes einzelne Wort schien ihm ins Fleisch zu schneiden. Und dann hatte er es hinter sich.

Er schob die Akte weg und lehnte sich zurück. Er also …

Eine Weile saß er schweigend da und durchdachte seine Möglichkeiten, dann langte er nach der Glocke.

Fast auf der Stelle schwang die Tür zu seiner Rechten auf. Nan Ho, der Meister der Inneren Kammer, verharrte mit gesenktem Kopf.

»*Chieh Hsia?*«

»Holen Sie *Ch'a,* Meister Nan. Ich muß mit jemandem reden.«

Nan Ho ruckte den Kopf hin und her. »Soll ich Euren Kanzler holen lassen, *Chieh Hsia?*«

»Nein, Meister Nan. Ich möchte mit Ihnen reden.«

»Wie Sie wünschen, *Chieh Hsia.*«

Als er gegangen war, beugte sich Li Yuan vor und zog das große, schwere Buch heran. Ein stilisierter Drachen und ein Phönix waren mit Blattgold in den hellroten Leineneinband geprägt. Auf der Titelseite stand ein handgeschriebenes Zitat aus dem *Li Chi,* dem antiken Buch der Riten, eine Passage in originalem Mandarin:

> Der Zweck der Ehe besteht darin, eine Verbindung zwischen zwei Personen aus unterschiedlichen Familien herzustellen, was zunächst den Ahnen im Tempel und dann den kommenden Generationen dienen soll.

Er schauderte. So sollte es sein. Das verlangte unter seinesgleichen die Tradition. Doch er hatte es für möglich gehalten, aus Liebe zu heiraten. Damit hatte er seine Familientradition verraten und etwas zu sein versucht, was er nicht war. Denn er war ein Han. Ein Han bis ins Mark. Das mußte er jetzt eingestehen.

Aber es war noch nicht zu spät. Er konnte von vorn anfangen und zu dem werden, was ihm bisher nicht gelungen war. Ein guter Han, der die Geister seiner anderen Ichs hinter sich ließ.

Er blätterte das Dokument ziellos durch und sah kaum die Gesichter an, die von den Seiten emporblickten. Er hatte hier eine Auswahl der hundert würdigsten jungen Frauen unter den Neunundzwanzig, den Untergeordneten Familien vor sich. Jede einzelne unterschied sich in bestimmter Hinsicht von allen anderen, verfügte über besondere Qualitäten, die für sie sprachen, doch ihm waren sie alle gleich. Nur eines war jetzt wichtig – zu heiraten und Söhne zu zeugen. Um die Familie wieder stark zu machen und die Leere auszufüllen, die ihn umgab.

Denn alles andere war besser als dieses Gefühl. Alles.

Er schlug das Buch zu und schob es weg, dann lehnte er sich zurück und schloß die Augen. Er hatte es kaum getan, als es an der Tür klopfte.

»Chieh Hsia?«

»Kommen Sie rein!« sagte er und beugte sich vor. Die Müdigkeit drückte ihn nieder wie Blei.

Nan Ho trat als erster mit gesenktem Kopf ein und hielt das Tablett vor sich. Ihm folgte der *She t'ou* – die ›Zunge‹, der Vorkoster. Li Yuan sah Nan Ho lustlos dabei zu, wie er die *Ch'a*-Utensilien auf einen niedrigen Tisch stellte, dann eingoß und dem *She t'ou* die erste Schale anbot.

Der Mann nippte daran, dann gab er die Schale zurück, verneigte sich, und ein zufriedenes Lächeln überflog seine Lippen. Er wartete eine Minute, dann wandte er sich Li Yuan zu, ging zu einer tiefen Verbeugung in die Knie und berührte mit der Stirn den Boden, bevor er sich zurückzog.

Nan Ho folgte ihm zur Tür und schloß sie hinter ihm, dann drehte er sich zu Li Yuan um.

»Soll ich Euch Euren *Ch'a* raufbringen, *Chieh Hsia?*«

Li Yuan lächelte. »Nein, Nan Ho. Ich setze mich unten zu Ihnen.« Er stand auf und gähnte, streckte die Müdigkeit aus seinen Gliedern und beugte sich nach vorn, um den schweren Band aufzuheben.

»Hier«, sagte er, reichte ihn Nan Ho und ignorierte die Schale, die er ihm hinhielt.

Nan Ho stellte hastig die Schale hin und nahm seinem T'ang das Buch ab. »Ihr habt also einen Entschluß gefaßt, *Chieh Hsia?*«

Li Yuan starrte Nan Ho an und fragte sich, wieviel er wußte – ob er es gewagt hatte, einen Blick in den Bericht über den Gentest zu werfen –, verdrängte den Gedanken aber wieder und lächelte.

»Nein, Meister Nan. Ich habe keinen Entschluß gefaßt. Aber Sie werden es tun.«

Nan Ho sah ihn entsetzt an. *»Chieh Hsia?«*

»Sie haben mich richtig verstanden, Meister Nan. Ich möchte, daß Sie für mich wählen. Drei Frauen brauche ich. Gute, starke, zuverlässige Frauen. Frauen, die geeignet sind, Söhne zu gebären. Viele Söhne. Genug, um die Zimmer dieses riesigen, leeren Palastes zu füllen.«

Nan Ho stand die Not ins Gesicht geschrieben, als er sich verbeugte. »Aber *Chieh Hsia*... Eine solche Entscheidung kann ich doch gar nicht treffen. Diese Verantwortung...« Er wollte den Kopf schütteln, dann fiel er auf die Knie und drückte den Kopf auf den Boden. »Ich flehe Euch an, *Chieh Hsia*. Ich bin einer solchen Aufgabe nicht würdig.«

Li Yuan lachte. »Unsinn, Meister Nan. Wenn überhaupt jemand, dann sind Sie der Mann, der diese Aufgabe für mich übernehmen kann. Haben Sie nicht Perlenherz und Rosenknospe in mein Bett geholt? War Ihr Urteil damals so schlecht? Nein! Also bitte, Meister Nan, erledigen Sie das für mich. Ich flehe Sie an.«

Nan Ho blickte mit weit aufgerissenen Augen auf. »*Chieh Hsia* … so etwas dürft Ihr nicht sagen! Ihr seid jetzt T'ang.«

»Dann erledigen Sie das für mich, Meister Nan«, sagte er müde. »Denn ich möchte am Tag nach meiner Krönung heiraten.«

Nan Ho starrte ihn fassungslos an, dann senkte er nochmals tief den Kopf und ergab sich seinem Schicksal. »Wie mein Herr wünscht.«

»Gut. Trinken wir unseren *Ch'a* und reden wir über andere Dinge. Habe ich mich geirrt oder ist wirklich eine Nachricht von Hal Shepherd eingetroffen?«

Nan Ho legte das Buch auf den Tisch, dann nahm er Li Yuans Tasse und bot sie ihm mit gesenktem Kopf an.

»Nicht Hal, *Chieh Hsia*, sondern sein Sohn. Chung Hu-yan hat sich darum gekümmert.«

»Ich verstehe. Und hat der Kanzler zufällig erwähnt, um welch eine Nachricht es sich handelte?«

Nan Ho zögerte. »Es war … ein Bild, *Chieh Hsia*.«

»Ein Bild? Sie meinen nichts Verbales? Keine richtige Nachricht?«

»Nein, *Chieh Hsia*.«

»Und dieses Bild – was zeigt es?«

»Soll ich's Euch bringen, *Chieh Hsia*?«

»Nein. Beschreiben Sie's nur, wenn Sie können.«

Nan Ho runzelte die Stirn. »Es war seltsam, *Chieh Hsia*. Wirklich sehr seltsam. Es zeigte einen Baum – oder besser einen doppelten Apfelbaum. Die beiden Stämme waren eng umeinander gewunden, doch einer der beiden Bäume war tot, seine Zweige morsch und ohne Blätter. Chung Hu-yan hat es beiseite gelegt, damit Ihr es nach der Krönungsfeier betrachten könnt.« Er wandte den Blick ab. »Er hatte das Gefühl, daß Ihr so etwas nicht gern vorher sehen würdet.«

Wie das Geschenk aus Steinen, das sein Vater vor ihm zu verbergen versucht hatte – die weißen *Wei Chi*-

Steine, die DeVore ihn an dem Tag geschickt hatte, als er Fei Yen versprochen worden war.

Li Yuan seufzte. Seit fünf Generationen hatten die Shepherds seiner Familie als Berater gedient. Als direkte Nachkommen des Architekten der Stadt lebten sie doch außerhalb ihrer Mauern und ihrer Gesetze. Von allen Einwohnern Chung Kuos waren sie die einzigen, den dem Rang der Sieben gleichkamen.

»Chung Hu-yan hat nach bestem Gewissen gehandelt, aber in Zukunft wünsche ich, daß jede Nachricht von den Shepherds – in verbaler oder sonstiger Form – unverzüglich an mich weitergeleitet wird, Meister Nan. Dieses Bild – haben Sie verstanden, was es bedeutet?«

»Nein, *Chieh Hsia*.«

»Also nicht. Und Kanzler Chung offenbar auch nicht. Es bedeutet, daß Hal Shepherd im Sterben liegt. Der Baum war ein Geschenk meines Vaters an ihn. Ich muß sofort hin und ihm meinen Respekt erweisen.«

»Aber *Chieh Hsia* …«

Li Yuan schüttelte den Kopf. »Ich weiß, Meister Nan. Ich habe für morgen einen festen Zeitplan. Aber die Termine müssen abgesagt werden. Diese Angelegenheit kann nicht warten. Er war der Freund meines Vaters. Es gehört sich nicht, eine solche Aufforderung zu ignorieren, auf welch seltsame Weise sie auch formuliert sein mag.«

»Eine Aufforderung, *Chieh Hsia?*«

»Ja, Meister Nan. Eine Aufforderung.«

Er drehte sich um und nippte an seinem *Ch'a*. Der Gedanke, Shepherd in einem solchen Zustand zu begegnen, behagte ihm nicht im mindesten, doch es würde ihm guttun, seinen Sohn wiederzusehen; mit ihm zusammenzusitzen und zu reden.

Ein schwaches, ungewisses Lächeln trat auf seine Lippen. Ja, es würde ihm guttun, mit ihm zu reden, denn in Wahrheit brauchte er gerade jetzt einen Spiegel: jemand, mit dessen Hilfe er in sein eigenes Gesicht blicken konnte. Und wer war dazu besser geeignet als Ben Shepherd? Wer in ganz Chung Kuo?

* * *

Der Mann stolperte an ihm vorbei, stützte sich unsicher an die Wand und ließ den Kopf hängen, als sei er betrunken. Im ersten Moment sah es so aus, als würde er das Bewußtsein verlieren, so kraftlos hing sein Körper in den ausgestreckten Armen, dann hob er den Kopf und streckte sich kraftvoll, als schüttelte er etwas ab. Erst da erkannte Axel, was er überhaupt machte. Er pinkelte bloß.

Axel sah weg und drehte sich um, als er den Tumult hinter sich hörte. Zwei stämmige Wachmänner – Han in den grünen Uniformen von GenSyn, nicht den kobaltblauen des Sicherheitsdienstes – kamen mit gezogenen Schlagstöcken auf den Mann zugelaufen.

Sie standen ihm von zwei Seiten gegenüber, als er herumfuhr.

»Was, zum Teufel, machen Sie da?« fuhr ihn einer der beiden an und stieß ihn brutal mit dem Stock gegen die Wand.

Er mußte ein Mann aus besseren Kreisen sein, doch jetzt hingen seine Kleider lose an ihm herunter. Es war feine Kleidung, doch wie bei den meisten Menschen, die sich hier herumtrieben, verschmutzt und befleckt. Auch sein Gesicht trug Anzeichen von Mißhandlung. Seine Haut war dreckverkrustet, sein linkes Auge fast zugeschwollen, und eine dunkle, gelbgrüne Schramme verlief fast über seine ganze linke Wange. Er stank, aber auch das war nicht ungewöhnlich, denn die meisten Leute hier waren Bettler.

Er blinzelte die Wachen trübe an, dann hob er den Kopf, eine scheinbar eingefleischte, doch längst überflüssig gewordene Geste des Stolzes.

»Ich bin hier, um den General zu treffen«, sagte er

unsicher, und sein Stolz ließ langsam nach, bis sein Kopf wieder herunterhing. »Sie wissen doch…«, brummte er, blickte um Verzeihung heischend auf, und ein Muskel in seiner Wange zuckte. »Die Presseerklärung… Deswegen bin ich hier. Es kam in den Nachrichten. Ich hab's gehört. Wir sollten hierher kommen, deshalb bin ich hier.«

Der Wachmann, der gesprochen hatte, grunzte angeekelt. »Du Stück Scheiße«, sagte er leise. »Du elendes Stück Scheiße. Was meinst du, was wir mit jemandem machen, der an die Mauern des T'ang pinkelt?« Ohne Warnung drosch er zu und traf ihn seitlich am Kopf.

Der Mann ging mit einem Stöhnen zu Boden. Die beiden Wachmänner setzten nach und schlugen, über ihn gebeugt, solang auf seinen Kopf und Körper ein, bis er regungslos dalag.

»Elendes Dreckstück!« wiederholte der erste Wachmann, als er zurücktrat. Er drehte sich um und starrte finster in den Menschenauflauf, der sich um ihn gebildet hatte. »Was glotzt ihr so? Verpißt euch! Na los! Verschwindet! Sonst bekommt ihr auch noch eure Abreibung.« Er schwenkte drohend den Schlagstock, aber seine Warnung hatte bereits gewirkt. Die Leuten schlichen davon, kaum daß er sich zu ihnen umgedreht hatte.

Axel stand noch einen Moment angespannt da und zitterte vor Wut, dann wandte er sich ab. Er konnte nichts tun. Jedenfalls nichts, was ihn nicht selbst in Schwierigkeiten bringen würde. Mit den zweien wäre er fertig geworden, aber es waren noch mehr als fünfzig weitere von diesen Dreckskerlen über die Halle verteilt, die nichts anderes im Sinn hatten, als jeden aufzumischen, der ihnen in die Quere kam, und sich selbst so unbeliebt wie möglich zu machen. Er kannte diese Sorte. Sie hielten sich für etwas Besonderes – große Kämpfer, die durch ihre Ausbildung auf jede Situation vorbereitet waren –, aber die meisten von ihnen waren an der Grundausbildung des Sicherheitsdienstes gescheitert oder von den Plantagen rekrutiert worden, wo eine geringerer Standard herrschte. In vielen Fällen war ihr Verhalten eine simple Kompensation für die Schmach, das Dunkelgrün einer privaten Sicherheitseinheit tragen zu müssen und nicht das kaiserliche Blau.

Er verdrängte den Vorfall und überlegte, während er sich durch die Menge einen Weg zum Ende der Halle bahnte, wie lang sie noch zu warten gezwungen sein würden. Die Leute standen nun schon seit drei Stunden an, und die Korridore, die zum zentralen Transitlift führten, waren schon vor Axels Eintreffen überfüllt gewesen. Er hatte überlegt, es einfach aufzugeben – schon von dem Geruch des Mobs wurde einem schlecht –, doch er war geblieben und entschlossen, einer der zweitausend ›Glücklichen‹ zu sein, die zu den Festlichkeiten auf Eberts Grundstück vorgelassen wurden.

Er hatte sich entsprechend vorbereitet, die gröbsten, schmutzigsten Kleider angezogen, derer er habhaft werden konnte, einen einfachen Arbeiterhelm aus schwarzem Hartplastik aufgesetzt, der einer umgedrehten Reisschale ähnelte, und sein Gesicht mit Dreck beschmiert. Jetzt unterschied er sich kaum noch von den anderen. Ein Bettler. Ein Stück menschlicher Abfall von den unteren Ebenen.

Sein Blick wanderte von Gesicht zu Gesicht und stieß auf Zorn und Verzweiflung, Hoffnungslosigkeit und beginnenden Wahnsinn. Diese Menschen hatten eine Verschlagenheit im Blick und käsige Gesichter, die von langen Jahren der Entbehrung zeugten. Und sie waren ausnahmslos mager: einige waren derart entsetzlich unterernährt, daß Axel kaum glauben konnte, daß sie noch lebten, noch immer ihre ausgezehrten, zerbrechlichen Glieder bewegten. Er starrte sie fasziniert an, und ein heftiges, intensives Mitleid mit ihnen wog seine Abneigung auf; denn viele von ihnen, das wußte er, hatten nie eine Chance gehabt. Sie waren schon lang vor ihrer Geburt gefallen, und nichts konnte sie je wieder erlösen. Das unterschied sie von ihm. Auch er war tief gefallen, doch für ihn hatte es eine zweite Chance gegeben.

Er warf einen Blick auf das Chronometer an seinem Handgelenk, das er unter dem schmierigen Ärmelaufschlag seiner Jacke versteckt hielt. Es ging auf Mitternacht zu. Mußten sie nicht bald die Tore öffnen?

Fast im selben Moment ging ein Ruck durch die Menge, ein plötzlicher Vorwärtsschub, ein Zeichen, daß sie die Tore geöffnet hatten. Er wurde nach vorn gestoßen und ging in dem Gedränge und Geschiebe unter.

Hei beaufsichtigten die Schranken. Die großen Halbmenschen von GenSyn trieben die Menschen wie eine Herde Vieh durch die schmalen Tore. Von einer Plattform über den Köpfen der Menge sah eine kleine Gruppe von Han-Beamten herunter und zählte die Leute, die eingelassen wurden.

Hinter den Toren zwangen weitere Schranken die Menge in halbwegs ordentliche Reihen, an deren Spitze zusätzliche Beamte – von denen viele gegen den Geruch und mögliche Krankheitserreger Masken trugen – die Hoffnungsfrohen weiterschleusten.

Als die Vorwärtsbewegung sich verlangsamte und das Gedränge noch heftiger wurde, hörte Axel ein Stück hinter sich lautes Geschrei und wußte, daß die Zahl erreicht und die Tore geschlossen waren. Aber er hatte es geschafft.

Der Druck von allen Seiten war schrecklich, der Gestank ungewaschener Körper fast unerträglich, aber er kämpfte seine Übelkeit nieder und schärfte sich immer wieder ein, warum er hier war: um Zeuge zu werden, um vor Ort den Moment zu erleben, da Hans Ebert zum General ernannt wurde.

Hinter der zweiten Schranke zog ihn ein Beamter zur

Seite, markierte seine Jacke mit einer elektronischen Sonde und drückte ihm schließlich ein Stück Kuchen und eine bauchige Flasche mit etwas Trinkbarem in die Hand. Er schlurfte weiter, schaute umher und sah überall Menschen, die ihren Kuchen gierig hinunterschlangen, bevor sie die Flasche mit wenigen verzweifelten Schlucken leerten. Axel kostete den Kuchen und spuckte den Bissen aus. Er war hart, trocken und völlig geschmacklos. Das Getränk schmeckte kaum besser. Angeekelt warf er beides zu Boden und wurde sofort gegen die Wand gedrängt, als andere sich um das schlugen, was er weggeworfen hatte.

Der große Transitlift lag jetzt unmittelbar vor ihm. Wieder trieben *Hei* viel zu viele Menschen in die enge Kabine, bis Axel kaum mehr atmen konnte. Wie die anderen ringsum focht er einen leisen und verzweifelten Kampf um ein bißchen Bewegungsraum aus – setzte seine Ellbogen ein, deren Kraft ihm hier zugute kam.

Die Türen glitten zu, und der riesige Aufzug – der gewöhnlich für Lasten und nicht für Menschen verwendet wurde – kletterte langsam Ebene um Ebene aufwärts. Dabei dröhnte über ihren Köpfen eine Stimme, die ihnen zu applaudieren befahl, wenn der General auf dem Balkon erschiene; und daß jeder eine Fünf-*Yuan*-Münze verdienen würde, der laut genug jubelte.

»Die Kameras werden jeden einzelnen beobachten«, fuhr die Stimme fort. »Und nur die, die laut jubeln, bekommen eine Münze.«

Die Fahrt nach oben schien eine Ewigkeit zu dauern. Zweihundertfünfzig Ebenen hatten sie bis zum Dach der Stadt zurückzulegen.

Aus dem Transitlift traten sie hinaus ins Freie. Über ihren Köpfen öffnete sich ein blauschwarzer Himmel voller mondbeschienener Wolken und Sterne, eine im ersten Moment so überwältigende Illusion, daß Axel den Atem anhielt. Linker Hand, hinter einem ausgedehnten Landschaftspark lag die Villa der Eberts, deren imposante Fassade in hellem Licht erstrahlte und deren großen Balkon Fahnengirlanden schmückten. Eine menschliche Schranke aus *Hei* versperrte ihnen in dieser Richtung den Weg – ihre primitiven, fast schweinsartigen Gesichter wurden durch Scheinwerfer von unten grotesk hervorgehoben. Ringsum waren die Menschen mit geweiteten Augen und offenem Mund vor Erstaunen über diesen Anblick in Schrittempo verfallen, doch maskierte Diener trieben sie eilig weiter, führten sie nach links in einen von hohen, transparenten Eisbarrieren umzäunten Bereich.

Während sie weiterstolperten, war von ihnen nur noch ein leises Gemurmel zu hören. Die meisten hatte der Anblick von so viel Luxus in ehrfürchtiges Schweigen versetzt, der freie Raum, der weite Himmel über ihren Köpfen eingeschüchtert. Doch Axel, der mitten unter ihnen daherschlurfte, erinnerte er an etwas anderes – an den Tag, als er und Major DeVore vom Abgeordneten Lehmann auf sein Gut auf der Ersten Ebene bestellt worden waren. Und ohne weiter darüber nachzudenken, war er sicher, daß zwischen den beiden eine Verbindung bestand. Als ob ein solcher Luxus die Ausbreitung von Korruption begünstigte.

Aufseher trieben sie über einen breiten Kiesweg auf ein ausgedehntes Gelände vor der Villa hinunter. Hier verstellte ihnen eine weitere Barriere den Weg, deren durchsichtige Oberfläche mit einer reflektionsfreien Substanz überzogen war, damit für die Überwachungskameras keine sichtbare Mauer – oder Barriere – die Eberts von der jubelnden Masse trennte.

Als der Platz sich füllte, bemerkte Axel, daß sich Aufseher in die Menge drängten und Fahnen und Spruchbänder verteilten – auf der einen Seite mit den Symbolen von GenSyn, auf der anderen von den Sieben bedruckt –, bevor sie an diversen strategischen Punkten Stellung bezogen. Axel sah sich um, bis er einen Aufseher entdeckte, von dem er ein Spruchband bekam, hinter dem er sich zu Beginn der Jubelfeier verstecken wollte. Es war unwahrscheinlich, daß Hans Ebert den Film über seinen Triumph je so genau in Augenschein nehmen würde, aber er ging besser kein Risiko ein.

Er warf einen Blick auf sein Chronometer. Fast zwölf. Nur noch ein paar Minuten …

Die Aufseher begannen zu applaudieren und forderten die Umstehenden zum Mitmachen auf. »Fünf *Yuan!*« riefen sie. »Nur wer schreit, kriegt eine Münze!«

Als die Eberts auf den Balkon traten, schlug ihnen ein Crescendo von Applaus entgegen. Die Kameras schwenkten über die Menge, dann richteten sie sich wieder auf die Szene auf dem Balkon. Klaus Ebert stand im Vordergrund, und ein breiter Lichtstrahl war auf ihn gerichtet, der sein Haar silberweiß glänzen und seine perfekten Zähne funkeln ließ.

»Freunde!« übertönte seine verstärkte Stimme den Jubel. »Überall in unserer großen Stadt ist eine Nachricht bekannt gemacht worden. Sie lautet folgendermaßen.« Er nahm von seinem Sekretär eine Schriftrolle entgegen und räusperte sich. Der Lärm verebbte, während die Aufseher durch die Menge gingen und die Aufregung dämpften, die sie künstlich geschürt hatten.

Ebert öffnete die Rolle und fing an vorzulesen.

»Ich, Li Yuan, der für *Ch'eng Ou Chou*, die Stadt Europa, ausersehene T'ang, ernenne hiermit Hans Joachim Ebert, gegenwärtig Major in meinen Sicherheitsdiensten, zum obersten General meiner Streitkräfte. Die Ernennung wird rechtskräftig zur Mittagsstunde des fünfzehnten Septembers im Jahre 2207.«

Er trat zurück und strahlte vor väterlichem Stolz.

Für einen Moment herrschte Stille, dann erhob sich abgehackter Applaus, der lauter wurde, als die Aufseher die Menge zu einem wahren Beisterungssturm anheizten.

Auf dem Balkon trat Hans Ebert in einer tadellosen,

kobaltblauen Uniform und mit perfekt frisiertem Blondschopf nach vorn. Er grinste und winkte, als bedanke er sich für ihren Willkommensgruß, dann trat er mit einer tiefen, demütigen Verbeugung wieder zurück.

Axel, der von unten zusah, spürte eine Welle tiefsten Abscheus in sich emporsteigen. Wenn sie das gewußt hätten – wenn sie gewußt hätten, was Ebert zu verantworten hatte. All seine Lügen, Betrügereien, Bestechungen und Morde; die Fäulnis hinter der Maske der Perfektion. Er sah umher und bemerkte, wie ergriffen die Menschen plötzlich waren. Sie waren der Aussicht auf ein wenig Speise, Trank und Geld gefolgt, aber jetzt brauchten sie ihre Begeisterung nicht mehr zu spielen. Von dort oben sah ein König auf sie herab – ein Mann, der so hoch über ihnen stand, daß seine bloße Nähe einer Segnung gleichkam. Axel sah, wie die Aufseher Blicke tauschten und einander zublinzelten, über den Witz lachten, und fühlte sich von dem Schauspiel mehr angewidert als von dem ungewaschenen Mob. Diese Menschen gaben wenigsten nicht vor, sauber zu sein. Man konnte riechen, was sie waren. Aber Ebert?

Axel sah an dem flatternden Spruchband vorbei; Ebert tuschelte gerade mit den Personen, die hinter ihm standen. Er protzte so ungeniert mit seiner Überheblichkeit, daß Axel sich abermals schwor, ihn zu Fall zu bringen. Er würde die häßliche Wahrheit so hoch auftürmen, daß sie sein makelloses Ansehen unter sich begrub.

Die schiere Intensität seines Hasses erschreckte ihn; er wußte, daß er eine Waffe hatte und die Gelegenheit günstig war, diesen Mann an Ort und Stelle zu töten. Auf dem Balkon wandten sich die Eberts ab und verschwanden wieder im Innern des Hauses. Als die Türen sich hinter ihnen schlossen, gingen die Lichter aus, und der Platz vor der Villa wurde dunkel.

Der Jubel erstarb. Axel warf das Spruchband weg. Ringsum löste sich die Menge auf und strömte den

Ausgängen zu. Er wollte ihnen folgen, blieb aber stehen und blickte zurück. Lag es daran? Machte der Überfluß an Luxus einen Mann korrupt? Oder kamen die einen einfach als gute und die anderen als schlechte Menschen auf die Welt?

Er sah zu den Schranken, hinter denen sich ein kleiner Auflauf von Bettlern gestaut hatte. Einige balgten sich bereits und stritten um die wenigen Almosen, die sie bekommen hatten. Als er näher kam, sah er einen Mann zu Boden gehen und mehrere andere über ihn herfallen, die auf ihn einprügelten und mit Fußtritten traktierten und ihm das bißchen raubten, das er besaß. Unweit standen einige Wachmänner und lachten darüber.

Sie lachten … Das Ganze machte ihn krank. Er wischte sich den Mund ab, schob sich an der Schranke vorbei und ignorierte die Münze, die sie ihm zuwarfen.

* * *

Im Innern der Villa standen die Feierlichkeiten kurz bevor. Oben auf der großen Treppe legte Klaus Ebert die Arme um die Schultern seines Sohnes und sah auf die Festgesellschaft hinab, die die große Halle unter ihnen bevölkerte.

»Meine lieben Freunde!« sagte er und lachte. »Was soll ich dazu sagen? Ich bin so stolz! Mein Sohn …«

Er drückte Hans an sich und küßte ihn auf die Wange, dann sah er wieder in die Runde, strahlte und lachte so laut, als sei er betrunken.

»Komm, Vater«, flüsterte Hans. Die plötzliche Überschwenglichkeit seines Vaters war ihm peinlich. »Bringen wir's hinter uns. Ich sterbe vor Hunger.«

Klaus erwiderte seinen Blick und lächelte breit, dann lachte er und drückte nochmals seine Schulter. »Wie du willst, Hans.« Er wandte sich den Gästen zu und vollführte eine ausladende Handbewegung. »Freunde! Vergessen wir für heute abend alle Formalitäten. Eßt, trinkt und seid fröhlich!«

Vater und Sohn schritten gemeinsam die Treppe hinunter und schlossen sich den Gästen an. Unter ihnen war auch Tolonen, der für einen Mann seines Alters erstaunlich schlank und elegant wirkte, das stahlgraue Haar glatt zurückgekämmt hatte und zum letzten Mal stolz seine Generalsuniform trug.

»Nun, Knut«, begann Klaus Ebert und ließ sich von einem Diener ein Glas reichen. »Ich sehe, Sie tragen Hans' Uniform!«

Tolonen lachte. »Nur kurz, Klaus. Ich bügele nur die Falten für ihn raus!«

Lautes Gelächter. Hans lächelte, verneigte sich und sah sich um. »Ist Jelka nicht da?«

Tolonen schüttelte den Kopf. »Ich fürchte nicht, Hans. Sie hat sich bei ihrem Training heute morgen eine Verletzung zugezogen. Nichts Ernstes – nur eine Verstauchung –, aber der Arzt meinte, sie sollte sich besser ausruhen. Ich kann Ihnen versichern, sie war sehr enttäuscht. Sie hat zwei ganze Tage gebraucht, um sich ein Kleid auszusuchen, das sie heute abend tragen wollte!«

Hans senkte respektvoll den Kopf. »Tut mir leid, das zu hören, Schwiegervater. Ich hatte gehofft, ich könnte heute abend mit ihr tanzen. Aber vielleicht darf ich Sie beide zum Essen einladen – sobald wie möglich.«

Tolonen strahlte über die Idee. »Das wäre fabelhaft, Hans. Und das würde ihre Enttäuschung sicherlich aufwiegen.«

Hans machte eine Verbeugung und ging weiter von Gast zu Gast, plauderte mit den Freunden seines Vaters und näherte sich so langsam einer Gruppe am anderen Ende der Halle.

»Michael!« rief er, als er sie endlich erreicht hatte, und umarmte seinen alten Freund.

»Hans!« Lever hielt Ebert einen Moment lang fest, dann trat er einen Schritt zurück. Sie waren als Teenager Klassenkameraden in Oxford gewesen, bevor Lever ans Wirtschafts-College und Ebert an die Akademie gewechselt war. Aber sie waren die ganze Zeit in Kontakt geblieben.

Ebert sah an seinem alten Freund vorbei und begrüßte die anderen mit einem Lächeln.

»Wie war eure Reise?«

»Was soll man erwarten …« Lever lachte und beugte sich heran. »Wann, in aller Götter Namen, werden diese Dinger endlich verbessert? Wenn du irgendwie Einfluß auf Li Yuan hast, dann überrede ihn doch, das Edikt wenigstens soweit zu lockern, daß bessere Transportmittel als diese transatlantischen Raketen gebaut werden können.«

Ebert grinste und schlug einen vertraulichen Ton an. »Und mein Freund? Hat dir seine Gesellschaft zugesagt?«

Lever warf seinen Gefährten einen Blick zu und lachte. »Ich kann für uns alle sagen, daß es eine höchst interessante Erfahrung war. Ich hätte nie geglaubt …«

Ebert lächelte. »Nein. Und belassen wir es dabei, ja?« Er sah sich um und faßte Lever am Arm. »Und sein Geschenk?«

Lever riß die Augen auf. »Du weißt davon?«

»Natürlich. Aber komm. Gehen wir nach draußen. Im Garten ist es kühl. Da können wir offen reden. Von Chung Kuo und *Ta Ts'in* und den Träumen vom großen Reich.«

Lever lachte leise, dann senkte er den Kopf. »Nach dir …«

* * *

Es war kurz nach vier, als die letzten Gäste die Villa der Eberts verließen. Hans, der vom Balkon heruntersah, unterdrückte ein Gähnen und ging wieder hinein. Er hatte nichts getrunken und fühlte sich doch berauscht – aufgeputscht von einer mächtigen und hitzigen Aufwallung von Wohlbefinden. Es hatte für ihn noch nie besser ausgesehen. An diesem Abend noch hatte sein Vater ihm weitere sechzehn Firmen überantwortet und damit fast ein Viertel des gewaltigen GenSyn-Imperiums seiner Kontrolle übergeben. Allmählich sah sein Leben vielversprechend aus. Vorhin hatte er Tolonen zur Seite genommen und vorgeschlagen, seine Heirat mit Jelka voranzutreiben, und obwohl der alte Mann anfangs ein wenig verstimmt zu sein schien, als Hans von dem Gefühl der Stabilität sprach, das ihm die Heirat bringen würde, war er bald davon begeistert gewesen – so als sei er selbst auf den Gedanken gekommen.

Ebert schritt die Treppe hinunter und ging in die leere Halle hinaus, wo er stehenblieb und sich mit einem Lächeln an Tolonens Antwort erinnerte.

»Laß mich mit ihr reden«, hatte Tolonen gesagt, bevor er ging. »Nach der Krönung, wenn die Dinge sich ein wenig beruhigt haben. Aber ich verspreche Ihnen, Hans, ich werde mein Bestes tun, um sie zu überzeugen. Schließlich hat niemand an einer Verzögerung Interesse, nicht wahr?«

Nein, dachte er. Vor allem jetzt nicht. Vor allem, da wir jetzt zu einer Einigung mit den Amerikanern gekommen sind.

Er ging hinaus, wünschte seinem Vater und seiner Mutter eine gute Nacht, kam zurück und lief durch die Halle und die Hintertüren in den Garten. Die Nacht war angenehm warm, und für einen kurzen Moment glaubte er, er sei wirklich im Freien, unter einem echten Mond und einem echten Himmel. Nun, vielleicht würde es bald dazu kommen. In ein, zwei Jahren vielleicht. Wenn er der Herrscher von Europa war.

Auf der Zierbrücke verlangsamte er seinen Schritt und schaute in die Runde. Er spürte eine große Unruhe in seinem Blut; den Drang, etwas zu tun. Er dachte an die *Mui tsai*, aber diesmal blieb seine Unruhe von allen sexuellen Begierden ungetrübt. Nein, es war, als ob er irgendwohin, irgend etwas tun mußte. Das ganze Warten – auf sein Erbe, seine Befehlsgewalt, seine Frau – schien ihn plötzlich vom Leben schlechthin abzuhalten. Heute nacht wollte er einfach *sein* und *handeln*, ein paar Schädel einschlagen oder mit halsbrecherischem Tempo ein Pferd reiten.

Er kickte Kieselsteine ins Wasser und sah zu, wie die Wellen sich ausbreiteten. Dann ging er weiter, hüpfte die Treppe zum Weg hinunter und sprang auf den Balkon hinauf. Er drehte sich um und sah zurück. Ein Diener war stehengeblieben und beobachtete ihn. Als Ebert sich umdrehte, eilte er mit gesenktem Kopf weiter, und die große Schale, die er trug, schwappte in der Stille.

Ebert lachte. Hier gab es keine Schädel einzuschlagen und keine Pferde zu reiten. Vielleicht würde er doch die *Mui tsai* vögeln. Vielleicht sollte er doch seine Adern von dieser Ruhelosigkeit befreien. Er ging weiter in seine Zimmersuite und knöpfte seinen Uniformrock auf. Dabei ging er zum Komset und tippte seinen Code ein.

Er warf den Uniformrock auf einen Stuhl und klopfte an die Innentür. Sofort steckte ein Diener seinen Kopf herein.

»Bringen Sie die *Mui tsai* in mein Zimmer und dann gehen Sie. Ich brauche Sie heute nacht nicht mehr, Lo Wen.«

Der Diener verneigte sich und ging. Ebert wandte sich dem Bildschirm zu. Es war ein Haufen Nachrichten eingetroffen, zum Großteil von Freunden, die ihm zu seiner Ernennung gratulierten. Aber es war auch eine darunter, auf die er schon gewartet hatte. Sie stammte von DeVore.

Er las sie durch, dann lachte er. Das Treffen mit den Amerikanern war also gut verlaufen. Wunderbar. DeVore schuldete ihm etwas für diese Kontakte. Allerdings bat DeVore ihn um noch einen Gefallen.

Er lächelte, dann setzte er sich und zog seine Stiefel

aus. Langsam, Schritt für Schritt verschuldete sich DeVore. Er hatte sich mehr und mehr auf ihn verlassen – zuerst in Kleinigkeiten, dann bei größeren Plänen. Und das war gut so. Denn eines Tages würde er ihm die Rechnung präsentieren.

Jemand klopfte zaghaft an die Innentür.

Er drehte sich in seinem Stuhl und sah hinüber. »Herein«, sagte er leise.

Die Tür glitt auf. Für einen Moment stand sie, von hinten beleuchtet, nackt da und sah ihn scheu an. Sie war so schön, so wundervoll gewachsen, daß sich sein Glied schon bei ihrem Anblick versteifte. Dann kam sie herein und befreite ihn mit geübten Fingern von seinen letzten Kleidungsstücken.

Schließlich kniete sie vor ihm auf dem Boden und sah zu ihm auf. »Hatten Sie einen angenehmen Abend, Meister?«

Er zog sie auf seinen Schoß und begann ihren Hals und Nacken zu streicheln, während er in ihre feuchten dunklen Augen blickte. Die Wärme ihrer Haut entzündete seine Leidenschaft zu voller Hitze. »Es ging mir noch nie so gut, Bambusflöte«, versicherte er, während er ihre zarten Lenden auf seinen mächtigen Penis zog wie Fleisch auf einen Bratspieß. »In meinem ganzen Leben nicht.«

Sie zitterte und begann zu wimmern, dann entspannte sie sich und nahm ihn vollends in sich auf.

»In meinen ganzen Leben nicht«, keuchte er und nahm sie auf seine brutale, rücksichtslose Art, indem er ihre Schreie ignorierte.

* * *

DeVore steckte die Phiole in das Transportkästchen, versiegelte den Deckel und übergab es an Lehmann.

»Lassen Sie's unter keinen Umständen fallen, Stefan. Und vergewissern Sie sich, daß Hans weiß, wie man damit umgeht. Er wartet drauf, aber er weiß nicht genau, was es eigentlich ist. Er wird sicher neugierig sein, also erzählen Sie ihm etwas, und sei es nur, um seine Neugier zu dämpfen.«

Der Albino schob das Kästchen in die Innentasche seines Uniformrocks und knöpfte ihn fest zu. »Und was soll ich ihm sagen?«

DeVore lachte. »Erzählen Sie ihm dieses eine Mal die Wahrheit. Sagen Sie ihm, das Zeug bringt Han um. Das wird ihm Spaß machen.«

Lehmann nickte, verbeugte sich und ging.

DeVore sah Lehmann nach, dann trat er an den Schrank in der Ecke und kramte seinen Pelz heraus. Es war jetzt zu spät zum Schlafen. Statt dessen würde er jagen gehen. Ja, es würde ihm guttun, auf der weiten Bergflanke die Dämmerung zu begrüßen.

DeVore betrachtete sich im Spiegel, als er den Pelz übergezogen hatte, nahm er seine Armbrust vom Wandregal, ging hinaus und begab sich zu den alten Tunneln; er nahm den, der auf der anderen Seite des Berges neben der Ruine des alten Schlosses ins Freie mündete.

Auf dem Weg dorthin fragte er sich nicht zum ersten Mal, was Lever mit seinem Geschenk angefangen hatte.

Die Aristoteles-Datei. Eine Kopie von Berdichows Original in seiner eigenen Handschrift. Die wahre Geschichte von Chung Kuo. Nicht die retuschierte und für schlichte Gemüter bearbeitete Version, die die Han in ihren Schulen verbreiteten, sondern die Wahrheit, von der Geburt des westlichen Denkens in Aristoteles' Ja/Nein-Denken bis zu den Großtaten der Raumfahrt, Massenkommunikation und Künstlichen Intelligenz. Eine von den Han systematisch ausgelöschte Geschichte des Westens. Ja, und auch das war eine Art Virus. Ein Virus, das für die Han auf seine Art eine genauso tödliche Wirkung haben sollte.

DeVore lachte, und sein Gelächter hallte durch den Tunnel. Unterm Strich hatte er einen erfolgreichen Tag hinter sich. Und es würde noch viel besser werden. Das war erst der Anfang.

* * *

Es war genau zehn nach fünf, als die Späher auf dem Berghang ihre Posten bezogen und die kleinen Gasgranaten in die Entlüftungsschächte der Basis fallen ließen. Am Eingang zum Hangar sprühten vier maskierte Männer eisfressende Säure auf die schneebedeckten Türen. Zwei Minuten später trat sich Karr, der eine Maske und eine leichte Luftkartusche trug, seinen Weg frei.

Er durchquerte den Hangar in flottem Marschtritt und lief dann in den Korridor, der ihn mit dem Innern der Festung verband. Seine Automatikwaffe zuckte hierhin und dorthin, bereit dazu, jedes Anzeichen von Widerstand im Keim zu ersticken, doch das farb- und geruchlose Gas hatte ganze Arbeit geleistet: mehrmals stieß Karr auf zusammengesackte Wachmänner. Sie hatten keine Chance gehabt, eine Warnung abzugeben.

Er warf einen Blick auf das Chronometer an seinem Handgelenk, dann schaute er zurück. Der erste Trupp war bereits damit beschäftigt, die bewußtlosen Verteidiger zu fesseln und zu knebeln, bevor die Wirkung des Gases nachließ. Hinter ihnen drang ein zweiter Trupp ein. Die maskierten Männer vergewisserten sich mit Blicken nach links und rechts, daß tatsächlich alles in Ordnung war.

Karr drehte sich um und eilte weiter. Die Gewißheit, daß er das Überraschungsmoment nicht mehr lang auf seiner Seite haben würde, versetzte ihn in höchste Anspannung.

Es gab vier durch einige Abstände getrennte Aufzüge, die in einem einzigen breiten Korridor aufeinanderfolgten. Karr schaute kurz in den Gang, dann schüttelte er den Kopf. In einer tief in den Berg eingegrabenen Anlage wie dieser war eine Verteidigung fast unmöglich, wenn man sich nicht ein System unabhängiger Geschosse ausdachte, die durch Engpässe miteinander verbunden waren – Engpässe, die wie Vorwerke in alten Festungsanlagen verteidigt werden konnten – und dem Angreifer wenig Chancen ließen. So verhielt es sich hier. Diese scheinbar so harmlosen Aufzüge waren ihre Vorwerke. Aber anders als in einer Burg gab es einen anderen Weg ins nächste Geschoß der Festung. Es konnte nicht anders sein, denn für den Fall, daß einmal der Strom ausfiel, mußte sichergestellt werden, daß immer noch Luft in die unteren Tunnel gelangen konnte.

Es mußte Schächte geben. Entlüftungsschächte. So wie oben.

Karr fuhr herum und winkte den Gruppenführer herbei. »Machen Sie die Schächte in die unteren Geschosse ausfindig. Und dann schicken Sie sofort durch jeden einen Mann runter. Sie sollen die Korridore sichern, während die übrigen Männer nachkommen. Verstanden?«

Der junge Leutnant verbeugte sich, dann lief er zurück und gab Karrs Befehle an seine Männer weiter. Wenig später war er wieder da.

»Sie sind versiegelt, Major Karr.«

»Und? Dann brechen Sie die Versiegelung auf.«

»Aber sie sind mit der Alarmanlage verbunden. Vielleicht sogar vermint.«

Karr knurrte ungeduldig. »Zeigen Sie's mir!«

Der Schacht war ein winziger Gang, der von einer Art Lagerraum abzweigte. Karr studierte ihn kurz, bemerkte die seltsame Konstruktion und kam zu dem Schluß, daß er keine Alternative hatte. Mit einem einzigen Fausthieb versuchte er die Versiegelung zu sprengen und sie bekam Risse, brach aber nicht. Er schlug noch einmal zu, diesmal um einiges härter, und sah die Splitter in den Abgrund rieseln.

Irgendwo tief unter ihm hörte er eine Sirene heulen und Sicherheitstüren zuschmettern.

»Dann mal los! Sie wissen, daß wir hier sind. Je eher wir zuschlagen, desto besser, hm?«

Er ging als erster und stützte sich beim Abstieg gegen die Wände des Tunnels, der für seine breiten Schultern fast zu eng war. Die anderen folgten ihm auf dem Fuße.

Etwa fünf *ch'i* über der Bodenversiegelung hielt er inne und brachte seine Waffe in Anschlag, indem er zwischen seine Beine nach unten zielte. Er eröffnete das Feuer. Mit lautem Zischen entwich Luft, als die Versiegelung zerbarst, und blies ihm Splitter entgegen.

Er kniff die Augen zusammen, dann begriff er. Auf den verschiedenen Geschossen herrschten unterschiedliche Druckverhältnisse, was bedeutete, daß es Luftschleusen geben mußte. Aber warum? Was stellten sie hier an?

Er kroch weiter, dann ließ er sich fallen. Als er auf dem Boden aufschlug, warf er sich herum. Neben dem Schachtende lag jemand, ansonsten war der Korridor leer.

Es war ein gerader Korridor von höchstens sechzig *ch'i* Länge, der zu beiden Enden in eine T-Verbindung mündete. Es gab keine Türen, keine Fenster und – soweit er erkennen konnte – auch keine Kameras.

Nach links oder rechts? Wenn der Grundriß dem des Stockwerks darüber glich, mußten die Aufzüge irgendwo links liegen, aber Karr glaubte nicht, daß es so einfach sein würde. Nicht wenn DeVore die Anlage entworfen hatte.

Hinter ihm sprangen Männer aus der Öffnung, gingen zu beiden Seiten in die Knie und hoben ihre Waffen an die Schultern, um notfalls beide Enden des Korridors unter Feuer zu nehmen.

Der Gruppenführer folgte als letzter. Karr schickte ihn sofort mit sechs Männern nach links, während er selbst mit dem Rest nach rechts weiterlief.

Er hatte kaum ein Dutzend Schritte hinter sich, als

ein lautes Dröhnen anhob und eine mächtige metallene Feuertür heruntergleitt.

Den Schreien hinter sich entnahm er, daß am anderen Ende des Korridors dasselbe geschah. Keine Kameras, häh? Wie hatte er nur so naiv sein können!

Er nahm Anlauf und warf sich durch den immer engeren Spalt, rutschte und rollte halb unter der Tür hindurch, ehe sie auf den Boden krachte. Als er gegen die Wand schlug, entglitt die Waffe seinen Händen, doch er hatte keine Zeit, darüber nachzudenken. Er wollte sich gerade aufrappeln, da war schon der erste Angreifer über ihm und hieb mit einem Messer auf seinen Unterarm.

Karr blockte den Angriff ab und zerschmetterte dem Mann mit einem Fausthieb den Kiefer. Nur wenige Schritte hinter ihm hob ein zweiter Wachmann seine Automatikwaffe. Karr duckte sich und benutzte den Verwundeten als Deckung, bevor er seinen Kopf dem anderen in die Brust rammte und ihn so zum Taumeln brachte.

Zu spät eröffnete der Wachmann das Feuer, und die Geschosse prallten wirkungslos gegen die Wand, als er nach hinten stolperte.

Karr trat ihm in den Magen, dann stand er über ihm und machte ihn mit einigen brutalen Schlägen fertig. Schließlich trat er zurück und schaute sich um. Seine Waffe lag rechter Hand. Er hob sie auf und rannte weiter, als er von vorn Stimmen näher kommen hörte.

Er grinste freudlos. Das Letzte, womit sie rechneten, war ein einzelner Mann, der sich ihnen entgegenstellte. Dennoch war es vielleicht ratsam, sich einen weiteren Vorteil zu verschaffen.

Er blickte zur Decke. Wie erwartet, hatten sie sich nicht die Mühe gemacht, die Rohre und Kabel im Fels zu verlegen, sondern sie mit Klammern an die Decke des Tunnels befestigt. Die Klammern sahen ziemlich stabil aus – schwere eiserne Haken –, doch waren sie stabil genug, um sein Gewicht zu halten?

Es gab nur eine Möglichkeit, es herauszufinden. Er steckte die Waffe in seine Uniformjacke, griff nach oben und zog sich langsam hoch. Indem er die Beine nach oben schwang, versuchte er mit den Stiefeln Halt zu finden. So weit, so gut. Wenn er sich mit den Beinen und einer Hand hier festhalten konnte, wäre er über ihnen, wenn sie in Sicht kamen. Der Rest dürfte einfach sein.

Sie waren jetzt ganz nah. Jeden Moment konnten sie am Ende des Korridors auftauchen. Karr zog vorsichtig seine Waffe und stützte ihren Schaft auf ein Knie.

Da! Es waren vier Männer, die eilig, aber siegesgewiß um die Ecke kamen und sich unterhielten, als hätten sie keine Gefahr mehr zu fürchten. Er ließ sie bis auf vier, fünf Schritte herankommen, dann zog er den Abzug durch.

Als er das Feuer eröffnete, gab einer der Haken an seinen Füßen nach und riß aus der Wand. Karrs Gewicht zog ein ganzes Kabelbündel mit nach unten. Auf ganzer Wandlänge lösten sich die Klammern und wirbelten Staub- und Schuttwolken auf.

Karr rollte auf die Seite, befreite sich von dem Kabelgewirr und brachte die Waffe in Anschlag. Durch den Staub konnte er erkennen, daß zwei Männer zu Boden gegangen waren. Sie lagen reglos, wie tot da, wurden von den Kabeln niedergehalten. Ein dritter rappelte sich unter lautem Stöhnen auf und preßte eine Hand auf den Hinterkopf, wo ihn die Kabel getroffen hatten. Der vierte stand noch mit gehobener Waffe da und sah Karr geradewegs an.

Ohrenbetäubender Lärm von Automatikfeuer hallte durch den Flur. Geschosse schlugen neben Karr in die Wand ein, und Splitter verletzten seinen linken Arm und seine linke Schulter, doch er hatte es geschafft. Sein eigenes Feuer hatte die Wachen schon zu Boden geworfen.

Karr stand langsam auf und spürte einen heftigen Schmerz in seinem Oberarm. Die Wunde an der Schulter schmerzte weniger, sah aber schlimmer aus. Der Knochen schien gebrochen zu sein – vermutlich zertrümmert. Karr kauerte auf dem Boden und fühlte sich entsetzlich, dann biß er die Zähne aufeinander und richtete sich auf, weil er wußte, daß er keine andere Möglichkeit hatte, als weiterzugehen. Es war genauso wie in all den Jahren in der Grube. Er hatte die Wahl. Entweder er kämpfte sich weiter und überlebte, oder er gab auf und ließ sich umbringen.

Eine Wahl? Er lachte bitter. Nein, er hatte eigentlich nie eine Wahl gehabt. Er hatte immer kämpfen müssen. Solang er zurückdenken konnte. Das war der Preis für seine Existenz gewesen, für ein Leben unter dem Netz.

Er ging weiter, und jeder Schritt erschütterte schmerzhaft seine Schulter und verschlug ihm den Atem. Die Waffe in seiner Hand zog ihn schwer herunter. Da sie für einen zweihändigen Gebrauch konstruiert war, konnte er sie einhändig schwer im Gleichgewicht halten und weniger zielsicher feuern.

Der Überraschungseffekt war seine letzte Karte im Ärmel. Überraschung und schiere Kühnheit.

Er hatte Glück. Der Wachmann vor dem Überwachungsraum hatte Karr den Rücken zugekehrt, als er in den Hauptkorridor stolperte. Zwischen ihnen war ein Abstand von gut zwanzig *ch'i*, doch sein Glück blieb ihm treu. Er stand hinter dem Mann, bevor der ihn überhaupt bemerkt hatte, und drosch ihm den Holm der Waffe über den Hinterkopf.

Als der Mann auf die Knie sank, stieg er über ihn in die Tür und eröffnete das Feuer, durchkämmte den ganzen Raum mit Geschossen. Es war eine Ferkelei – normalerweise wäre er anders vorgegangen –, aber wirksam. Als seine Waffe verstummte, lagen sechs Leichen auf dem Fußboden.

Eine Batterie von Bildschirmen wie die in dem Aufseherhaus auf den Plantagen füllte eine Wand aus. Sein Geschoßhagel hatte eine Anzahl davon beschädigt, aber mehr als dreiviertel funktionierten noch. Er bekam einige kurze Szenen mit, die darauf hindeuteten, daß noch überall in der Festung gekämpft wurde, dann erloschen die Bildschirme und die Deckenbeleuchtung ging aus.

Er wirbelte herum und horchte auf Geräusche aus dem Korridor. Seine einzige Hoffnung bestand darin, die Bedienungselemente zu finden, die die Türen steuerten, um seine Männer in das Geschoß zu lassen.

Er überflog die Schalttafeln und fluchte über den Schaden, den er angerichtet hatte, dann legte er seine Waffe neben eine Tastatur im zentralen Bedienungspult. Vielleicht sollte er es hier versuchen.

Die Tastatur reagierte nicht auf seine Berührung. Der Monitor blieb tot. Darüber fing ein rotes Lämpchen an zu blinken. Karr griff nach seiner Waffe und lief hinaus. Gerade noch rechtzeitig. Einen Moment später fiel eine metallische Trennwand herunter und versiegelte die Tür.

Was jetzt?

Karr wandte sich nach links. Der letzte Ausweg. Aber führte er überhaupt irgendwo hin? Plötzlich sah er in einer Vision DeVore vor sich, der irgendwo saß, ihn beobachtete und lachte, während Karr sich immer weiter in dem Labyrinth verirrte, das er gebaut hatte; denn er wußte, daß diese Tunnel nirgendwohin führten. Nirgendwohin als in das kalte, steinerne Herz des Berges.

Er schauderte. Inzwischen war die linke Seite seines Uniformrocks durchnäßt. Seine ganze linke Körperhälfte fühlte sich warm und taub an, brannte aber, und allmählich wurde ihm schwindlig. Er hatte eine Menge Blut verloren, und sein Körper litt unter dem Schock, aber er mußte weiter.

Er ging weiter und verbiß bei jedem Schritt die

Schmerzen. Er wußte, daß er dem Zusammenbruch nahe war. Jede Bewegung tat ihm weh, doch er zwang sich, wachsam zu bleiben, schaute von rechts nach links und wappnete sich gegen einen plötzlichen Gegenangriff.

Wieder blieb ihm sein Glück treu. Der lange Korridor war leer und die anliegenden Räume verwaist. Aber wo führte er hin?

Karr wurde langsamer. Plötzlich ging die Wandbeleuchtung aus und der ganze Korridor wurde dunkel.

Karr fuhr herum, glaubte, etwas gehört zu haben, aber da war nichts. Niemand folgte ihm. Aber wie lang würde es dauern, bis jemand kam? Er mußte weiter.

Unbedingt.

Er warf seine Maske ab, dann zog er sich die wärmeempfindliche Brille über die Augen und schlurfte weiter.

Ein Stück weiter vorn führte der Tunnel langsam abwärts. Karr stolperte über die erste Stufe und prallte mit der verletzten Schulter gegen die Wand. Einige Sekunden lang kauerte er da und stöhnte, wartete bis der Schmerz nachließ, dann ging er weiter, diesmal etwas vorsichtiger, indem er sich eng an die rechte Wand preßte, damit er nicht stürzte.

Zuerst waren es weniger Stufen als in den Fels geschnittene, breite Simse, aber das änderte sich bald, als der Tunnel steiler abfiel. Karr ging weiter und hörte überdeutlich das Zischen seines eigenen Atems in der düsteren Stille.

Auf halbem Wege blieb er stehen und zweifelte plötzlich nicht mehr, daß er einen Fehler gemacht hatte. Die Wand neben ihm war rauh, als sei sie nur provisorisch aus dem Fels gehauen. Außerdem überzeugte ihn der klamme, modrigere Geruch davon, daß es sich um einen alten, lang vor DeVores Zeiten herausgehauenen Tunnel handeln mußte. Zu welchem Zweck, wußte er nicht zu sagen, aber es war eine Erklärung für die fehlende Beleuchtung und die äußerst grobschlächtige Konstruktion.

Er ging noch langsamer weiter, jeder Schritt eine Anstrengung für sich, bis er schließlich nicht mehr konnte. Er rutschte zitternd zu Boden und ließ die Waffe neben sich niedersinken.

War es das? Er lachte schmerzhaft. Er hatte nicht erwartet, daß es so mit ihm zu Ende gehen würde – in der kalten, klammen Dunkelheit im Herzen eines Berges mit halb weggeschossener Schulter –, aber wenn die Götter dieses Schicksal für ihn ausersehen hatten, was sollte er dagegen sagen? Schließlich hätte er schon vor zehn Jahren sterben können, hätte Tolonen ihn nicht aus dem Vertrag freigekauft, und es waren gute Jahre gewesen. Seine besten.

Dennoch überkam ihn ein bitteres Bedauern. Warum jetzt? Kurz nachdem er Marie kennengelernt hatte. Es ergab keinen Sinn. Als wollten die Götter ihn bestrafen. Und wofür? Für seine Arroganz? Für die Umstände seiner Geburt? Nein … es ergab keinen Sinn. Es sei denn, die Götter waren von Natur aus grausam.

Er setzte die temperaturempfindliche Brille ab, lehnte sich zurück und suchte eine Haltung, die ihm den Schmerz etwas erleichterte, aber es hatte keinen Sinn. Wie immer er sich auch hinsetzte, nach wenigen Sekunden überfiel ihn wieder dieser heftige, brennende Schmerz und versetzte ihn in einen fiebrigen, irrationalen Zustand.

Was nun? Sollte er wieder zurück? Oder weiterlaufen, noch weiter hinunter?

Die Frage wurde für ihn beantwortet. Weit unten hörte er ein schweres Rascheln, dann das scharfe Quietschen einer ungeölten Tür, die aufgestoßen wurde. Licht drang in den Tunnel. Jemand lief den Gang herauf, als werde er verfolgt.

Er griff nach der Waffe, dann lehnte er sich zurück, die Waffe auf dem Schoß, ihr Lauf auf das Licht gerichtet.

Es war zu spät, um die Brille aufzusetzen, aber was sollte es? Wer immer es war, sie hatten das Licht hinter sich, während er in völliger Dunkelheit dasaß. Außerdem wußte er, daß sie kamen, während sie nicht mit ihm rechneten. Die Vorteile lagen auf seiner Seite. Dennoch zitterte seine Hand so heftig, daß er zweifelte, ob er imstande sein würde, den Abzug durchzuziehen.

Die Gestalt blieb auf halbem Wege auf der Treppe stehen und rückte näher an die rechte Wand. Für einen Moment war ein Krachen zu hören. Als es aufhörte, wandte sich die Gestalt ihm wieder zu. Sie schnüffelte, dann stieg sie etwas langsamer und vorsichtiger, als spüre sie seine Gegenwart, die Treppe herauf. Stück für Stück kam sie näher, bis Karr kaum zwanzig *ch'i* unter sich ihr unaufhörliches Keuchen hörte.

Jetzt! dachte er, aber seine Finger waren tot, die Waffe ein schweres Gewicht in seinem Schoß.

Er schloß die Augen und wartete auf das Ende, weil er annahm, daß es nur noch eine Frage der Zeit sein konnte. Dann hörte er es. Die Gestalt war stehengeblieben; dann schlich sie wieder hinunter. Er hörte sie nochmals am Schloß herumfummeln und schlug die Augen auf.

Einige Sekunden lang war ihm wirr im Kopf, und in dem Moment, als er wieder klar sehen konnte, wurde unten die Tür aufgebrochen, und Licht drang in den düsteren Gang.

Karr hielt den Atem an und betete, daß der andere sich nicht umdrehte und ihn hier sitzen sah. Doch als die Gestalt durch die Tür verschwand, erkannte er das Profil.

DeVore. Er hatte DeVore gesehen.

KAPITEL · 9

Der Tempel des Himmels

Der Turm war in die Bergflanke gebaut; ein kleines, rundes, zweistöckiges Gebäude, das von einem glatten, grauen Felsüberhang beherrscht wurde. Darunter waren die Grundrisse der alten Mauern erhalten geblieben, große rechteckige Blöcke, die in unregelmäßigen Stufen den Hang hinabführten, das flache Mauerwerk längst von rauhen Gräsern und Bergblumen überwuchert.

Lehmann stand am Rande der Ruinen und sah durch das breite Tal nach Osten. Hier war nichts Menschliches zu entdecken; hier gab es nichts als die sonnenbeschienenen Berge und weit unten die ausgedehnten, verwilderten Wiesen, durch die ein träger Fluß strömte. Lehmann konnte sich vorstellen, daß es hier noch in tausend Jahren genauso aussehen mochte, wenn die Welt hinter den Bergen längst in Trümmern lag.

Und so würde es kommen, wenn die Krankheit des Menschengeschlechts einmal um sich gegriffen hatte.

Er sah hinüber. Am anderen Ende des Tals fielen nackte Felswände eine halbe *li* zum grünen Talboden ab, als habe sich ein Riese einen behelfsmäßigen Pfad durch die Berge gebahnt. Dunkle Kieferngehölze krönten die mächtigen Felswände, und wenn der Blick weiter nach oben wanderte, machten auch diese dem Eis und Schnee Platz, um endlich dem klaren, strahlend blauen Himmel zu weichen.

Lehmann erschauderte. Es war ein schöner Anblick. So schön, daß es ihm den Atem verschlug. Alles andere – jede noch so reife Kunst – war, verglichen damit, eine bloße Ablenkung. Dies hier war die Wirklichkeit. So etwas wie ein Tempel. Ein Tempel für seine alten Götter. Ein Tempel aus Fels und Eis, aus Bäumen und Flüssen, die dem Himmel emporstrebten.

Er drehte sich um und sah zu Reid zurück. Der Mann stand, in sich zusammengekauert, am Turm, den Pelz eng um sich geschlungen, als nähme er nichts von dem gewaltigen Mysterium wahr, das ihn umgab. Lehmann schüttelte den Kopf, dann ging er hinüber.

Es war nur eine Ahnung, aber als er eine Gruppe von Koptern des Sicherheitsdienstes auf den Hängen gesehen hatte, war sein erster Gedanke der gewesen, daß es einen alten Tunnel geben mußte. Er ist hier irgendwo, hatte er gedacht. Jetzt, eine Stunde später, war er sich nicht mehr so sicher.

»Was machen wir jetzt?« fragte Reid besorgt. Er hatte sich einen Eindruck vom Umfang der Operation des Sicherheitsdienstes verschaffen können; hatte die langen Reihen von Leichen im Schnee gesehen.

Lehmann starrte ihn an, dann stieg er den schmalen Pfad zum Turm empor. Es stand niemand in der Tür. Er trat ein, hielt inne und schaute sich um. Der Turm war nur eine leere Hülle, der Innenraum lag unter freiem Himmel, doch der Boden war verhältnismäßig neu. Die großen Bretter sahen alt aus, und diesen Eindruck sollten sie auch erwecken. Aber sie waren vor höchstens zehn Jahren angebracht worden.

Reid kam nach, blieb in der Tür stehen und sah hinein. »Was ist das? Wollen wir hier kampieren, bis sie fort sind?«

Lehmann schüttelte den Kopf, dann drehte er sich um und ging hinaus, um den nahegelegenen Hang abzusuchen. Schließlich ging er mit einem zufriedenen Grunzen in die Knie und teilte das stachelige Gras mit behandschuhten Händen.

»Hier«, sagte er. »Helfen Sie mir mal.«

Reid kam nach. Es war eine Luke. Eine altmodische runde Metallplatte von weniger als einem *ch'i* Umfang. An jeder Seite der Platte war ein Griff angebracht. Lehmann packte einen, Reid den anderen. Gemeinsam zerrten sie an dem Ding, bis es nachgab.

Darunter befand sich ein enger Schacht. Lehmann langte hinein und tastete blind herum.

»Was machen Sie da?« fragte Reid und sah über ihn hinweg, als fürchte er, daß ein vorbeifliegenden Kopter des Sicherheitsdienstes sie beobachtete.

Lehmann sagte nichts, sondern suchte einfach weiter. Wenig später setzte er sich auf die Fersen und hielt etwas in der Hand. Es sah wie ein Messer aus. Ein breites, flaches Messer mit einem kreisrunden Griff. Vielleicht auch eine Art Stachel.

Lehmann stand auf und ging zum Turm zurück.

Drinnen kauerte er sich auf den Boden und legte den Stachel weg. Er stöhnte vor Anstrengung, als er eines der Bretter eng an die gegenüberliegende Wang schob und so eine kleine Vertiefung im Mauerwerk darunter freilegte, die mit der Form des Stachels perfekt übereinstimmte. Lehmann wog den Stachel in der Hand, dann steckte er ihn in die Vertiefung. Reid, der von der offenen Tür zusah, lachte. Es war ein Schlüssel.

Lehmann ging zur Tür zurück. Als er dort war, hörten sie ein scharfes Klicken, und der ganze Boden begann sich in der leeren Hülle des Turms emporzuheben, um zwei *ch'i* über ihren Köpfen innezuhalten.

Es war ein Aufzug. Noch dazu einer, der gerade benutzt wurde. Reid gab einen erschrockenen Laut von sich, dann machte er eine hastige Verbeugung. Es war DeVore.

»Das wurde auch Zeit!« sagte DeVore und drängte sich mit wutentbrannter Miene an den beiden Männern vorbei. »Noch eine Stunde, und sie hätten mich erwischt. Ich konnte schon hören, wie sie die Versiegelung am anderen Ende des Tunnels bearbeitet haben.«

»Was ist passiert?« fragte Lehmann und folgte DeVore ins Freie.

DeVore wandte sich ihm zu. »Jemand hat uns verraten! Wir sind verkauft worden!«

Lehmann nickte. »Es war der Sicherheitsdienst«, sagte er. »Der Kopter, den ich gesehen habe, stammte von einer Eliteeinheit. Die wurden wohl von ganz oben befehligt, was meinen Sie?«

DeVore verzog nur das Gesicht. Sein Aufenthalt im Tunnel war nicht dazu angetan gewesen, seine Laune zu bessern. »Ebert! Was hat der Dreckskerl vor? Was für ein Spielchen treibt der kleine Scheißer mit uns?«

»Sind Sie sicher, daß er es war?«

DeVore sah weg. »Nein. Ich wüßte nicht, was er davon hätte. Aber wer sollte es sonst sein? Wer weiß noch, daß wir hier sind? Wer hätte mich sonst ohne Vorwarnung angreifen können?«

»Und was wollen Sie tun?«

DeVore lachte säuerlich. »Nichts. Nicht bevor ich mit der kleinen Ratte gesprochen habe. Aber wenn er nicht eine wirklich gute Erklärung hat, ist er ein toter Mann. Dann ist er erledigt, ob wir ihn gebrauchen können oder nicht, haben Sie verstanden?«

* * *

Hal Shepherd wandte den Kopf, blickte zu dem jungen T'ang auf, und seine Augen waren feucht vor Dankbarkeit.

»Li Yuan ... Ich bin froh, daß Ihr gekommen seid.«

Seine Stimme klang dünn, förmlich transparent und paßte ganz zu dem Gesicht, zu dem sie gehörte: ein dünnhäutiges, verheertes Gesicht, das von einem Totenschädel kaum zu unterscheiden war. Es schmerzte Li Yuan, ihn so zu sehen, einen Mann, dem alle Kräfte genommen worden waren und aus dessen Augen bereits der Tod starrte.

»Ben hat mir eine Notiz geschickt«, sagte er sanft, fast zärtlich. »Aber Sie hätten mich selbst herbestellen sollen. Ich hätte die Zeit schon erübrigen können. Das wissen Sie doch.«

Die Ahnung eines Lächelns geisterte über Shepherds Lippen. »Ja. In dieser Beziehung seid Ihr wie Shai Tung. Ich habe diese Eigenschaft stets an ihm bewundert.«

Es kostete ihn soviel Zeit – soviel Anstrengung –, diese Worte auszusprechen, daß Li Yuan sich danach sehnte, er möge aufhören, nichts mehr sagen, vielleicht einfach so daliegen. Aber das wollte Shepherd nicht. Er wußte, daß er nur noch wenige Tage zu leben hatte, und nun, da Li Yuan bei ihm war, wollte er sich aussprechen. Und Li Yuan brachte es nicht übers Herz, ihm den Wunsch abzuschlagen.

»Mein Vater hat Sie sehr vermißt, nachdem Sie hierher zurückgekehrt sind. Er hat oft bemerkt, es sei so gewesen, als habe man ihm einen Teil seiner selbst genommen.« Li Yuan schaute zur Seite und lachte leise. »Wissen Sie, Hal, ich bin mir nicht einmal sicher, ob er Ihren Rat vermißt hat oder einfach Ihre Stimme.«

Er sah die Tränen in Shepherds Augenwinkeln und spürte, wie seine eigenen feucht wurden. Er sah weg, schloß für einen Moment die Augen und erinnerte sich an bessere Zeiten, an einem Tag in dem langen Saal in Tongjiang, als Hal ihm gezeigt hatte, wie man jonglierte; als er ihm mit einem Lachen erklärt hatte, daß dies die wesentliche Fähigkeit sei, die einen Herrscher auszeichne. Das war seine Art – halb spielerisch und halb ernst, jedes Spiel ein Lehrstück, jede Äußerung die Essenz einer unerschöpflichen Fülle an unausgesprochenen Gedanken. Er war der allerbeste Berater seines Vaters gewesen. In dieser Hinsicht hatte die Familie Li immer Glück gehabt, denn wer unter den Sieben konnte noch aus einem so tiefen Brunnen schöpfen, wie er ihnen mit den Shepherds zur Verfügung stand? Dieser Umstand verlieh ihnen ihre Autorität. Das war der Grund, warum die anderen Familien stets zu den Li aufschauten, wenn sie Rat brauchten.

Aber jetzt war die Kette gebrochen. Es sei denn, er könne Hals Sohn vom Gegenteil überzeugen.

Er bemerkte, daß Shepherd ihn beobachtete. Die Augen in dem unkenntlich verfallenen Gesicht wirkten seltsam vertraut.

»Ich weiß, ich bin kein schöner Anblick, Li Yuan. Aber schaut mich an. Bitte. Ich habe Euch etwas Wichtiges zu sagen.«

Li Yuan neigte den Kopf. »Natürlich, Hal. Ich… ich habe mich nur gerade an etwas erinnert.«

Shepherd zögerte, und ein Anflug von Schmerz überflog seine Züge, ehe er mit leicht kratziger Stimme fortfuhr.

»Nun… ich möchte es einfach ausdrücken. Veränderungen sind eingetreten, Li Yuan, ob es uns gefällt oder nicht. Nun müßt Ihr sie zäumen und wie ein Pferd reiten. Ich weiß, ich habe Eurem Vater einen anderen Rat gegeben, aber damals war die Lage anders. Es hat sich viel verändert, im letzten Jahr noch. Ihr müßt jetzt unbarmherzig sein. Kompromißlos. Wang Sau-leyan ist Euer Feind. Ich denke, darüber seid Ihr Euch klar. Aber glaubt nicht, er sei der einzige, der gegen Euch ist. Was Ihr tun müßt, wird Freunde wie Feinde gegen Euch aufbringen, aber laßt Euch davon nicht abschrecken. Auf keinen Fall. Ihr müßt einen harten Kurs steuern, Yuan. Wenn nicht, dann gibt es keine Hoffnung. Nicht die geringste Hoffnung.«

Danach lag Hal still und reglos da, bis Yuan merkte, daß er schlief. Er blieb eine ganze Zeit neben ihm sitzen und schaute ihn an. Hal hatte ihm nichts grundlegend Neues gesagt; nichts, was er nicht schon tausend Mal gehört hatte. Nein. Doch was seinen Worten Gewicht verlieh, war der Umstand, daß *er* sie ausgesprochen hatte. Hal, der immer auf Mäßigung gedrängt hatte, selbst während des langen Krieges mit den Dispersionisten. Und noch nachdem sie in ihm den Krebs gesät hatten, an dem er jetzt litt.

Li Yuan saß da, bis Beth kam. Sie sah an ihm vorbei, um festzustellen, wie die Dinge standen, dann ging sie zur Schublade und kramte ein neues Handtuch hervor, das sie über Hal ausbreitete. Schließlich wandte sie sich Yuan zu.

»Er ist doch nicht ...?« fragte Li Yuan besorgt.

Beth schüttelte den Kopf. »Nein. Das geschieht jetzt häufig mit ihm. Manchmal schläft er mitten im Satz ein. Er ist schon sehr schwach, versteht Ihr. Die Aufregung über Euren Besuch hat ihn sicher ermüdet. Aber macht Euch bitte keine Sorgen. Wir alle freuen uns, daß Ihr kommen konntet, Li Yuan.«

Li Yuan senkte, von ihren schlichten Worten gerührt, den Blick. »Das war das mindeste, was ich tun konnte. Hal war wie ein Vater für mich.« Er blickte wieder auf und sah ihr in die Augen. »Sie ahnen, wie weh es mir tut, ihn so zu sehen.«

Sie sah weg, und nur eine leichte Anspannung ihrer Wangenmuskeln verriet, wie sehr sie sich zurückhalten mußte. Dann sah sie ihn wieder an und lächelte.

»Nun gut ... lassen wir ihn schlafen, hm? Ich mache etwas *Ch'a*.«

Er lächelte, nickte andeutungsweise und begriff jetzt, warum sein Vater so viel über seinen Besuch hier geredet hatte. Ob Hal nun mit dem Tode rang oder nicht, hier herrschte Zufriedenheit. Ein Gleichgewicht.

Und wie sollte er selbst Gleichgewicht erlangen? Denn das Rad seines eigenen Lebens war gebrochen, die Achse hatte nachgegeben.

Er folgte ihr über eine enge, gewundene Treppe in den schattigen Flur, wo er für einen Moment stehenblieb, um in den Garten hinauszusehen – ein Rechteck leuchtender Farben im dunklen Eichenrahmen der Tür.

Der Anblick machte ihn schaudern; die Szene in dem Rahmen hatte eine fast halluzinatorische Klarheit. Es war, als könne man durch diese Tür in eine andere Welt hinaustreten. Ob es nur an der niedrigen Decke und dem Fehlen eines Fensters hier drin und dem Kontrast zur Offenheit des Gartens lag, wußte er nicht zu sagen, aber die Wirkung verschlug ihm den Atem. Er hatte so etwas noch nie gesehen. Das Licht schien, wie durch eine Linse gebündelt, in Dunkelheit eingebettet zu sein. Wie lebhaft es strahlte. Wie frisch gewaschen. Die Lippen vor Staunen geöffnet, ging er darauf zu und hielt inne, als er eine Hand auf das warme Holz des Türpfostens legte.

»Ben?«

Der junge Mann hockte zu seiner Rechten im Küchengarten nah der offenen Tür. Er blickte von seinem Platz am Rande des Weges auf, fast so, als habe er damit gerechnet, Li Yuan in diesem Moment zu erblicken.

»Li Yuan …«

Li Yuan trat an seine Seite, und die späte Morgensonne wärmte seinen Nacken und seine Schultern. »Was machst du da?«

Ben klopfte neben sich aufs Gras. »Ich spiele. Möchtet Ihr Euch nicht zu mir setzen?«

Li Yuan zögerte, dann warf er sein Gewand zurück und kniete sich neben Ben hin.

Ben hatte eine Anzahl Steine vom Rande des Blumenbeets entfernt und die dunkle Erde darunter entblößt. Die plattgedrückte Fläche war kreuz und quer mit winzigen Kanälen durchzogen. Auf dem Gras neben Ben lag ein langes Silberkästchen mit abgerundeten Kanten wie eine überlange Zigarrenkiste.

»Was ist das?« fragte Li Yuan neugierig.

Ben lachte. »Das ist meine kleine Armee. Ich werd's Euch gleich zeigen. Aber schaut's Euch erst an. Ziemlich groß, was?«

Das Labyrinth winziger Tunnel breitete sich über mehrere *ch'i* in jeder Richtung aus.

»Es ist ein Teil eines Ameisennestes«, erklärte Ben. »Der Großteil liegt unter der Erde. Ein kompliziertes Labyrinth aus Tunneln und Stockwerken. Wenn man es in einem Stück ausgraben könnte, wäre es ein riesiger Klumpen. Wie eine kleine Ausführung der Stadt.«

»Ich verstehe«, sagte Li Yuan, überrascht von Bens Eifer. »Aber was hast du damit vor?«

Ben beugte sich ein Stück vor und beobachtete die Bewegungen auf einem der Pfade. »Sie plagen uns schon eine Weile. Sie kriechen in die Zuckerdose und krabbeln über die Rückseite des Spülsteins. Deshalb hat Mutter mich gebeten, sie zu beseitigen.«

»Sie zu beseitigen?«

Ben blickte auf. »Ja. Sie können eine echte Plage sein, wenn man sie nicht beseitigt. Deshalb tue ich alles Nötige, um ihr Nest zu zerstören.«

Li Yuan runzelte die Stirn, dann lachte er. »Ich verstehe nicht. Ben. Wie machst du das – benutzt du Säure oder so etwas?«

Ben schüttelte den Kopf. »Nein. Ich nehme die hier.« Er hob das Silberkästchen auf und zeigte es dem jungen T'ang.

Li Yuan öffnete den Deckel, ließ ihn gleich wieder fallen und wich erschrocken zurück.

»Keine Angst«, sagte Ben und nahm das Kästchen zurück. »Sie können nicht weglaufen, wenn ich sie nicht rauslasse.«

Li Yuan schüttelte sich. Das Kästchen war voller Ameisen. Große, rote, brutal aussehende Viecher. Hunderte von ihnen, die wild durcheinander krabbelten.

»Die verwendest du?«

Ben nickte. »Amos hat sie erfunden. Er entwickelte sie nach Vorbild der *Polyergus* – der Amazonas-Ameisen, wie man sie nannte. Das waren regelrechte Soldaten, versteht Ihr. Sie sind in Nester anderer Ameisen eingedrungen und haben sie versklavt. Diese hier sind ähnlich, nur versklaven sie die anderen Stämme nicht, sondern vernichten sie.«

Li Yuan schüttelte den Kopf, weil ihn die Vorstellung erschreckte.

»Sie sind ein nützliches Werkzeug«, fuhr Ben fort. »Ich habe sie hier draußen häufig eingesetzt. Wir haben jedes Jahr neue Nester. Zum Glück hat Amos eine ganze Menge davon hergestellt. Ich verliere jedes Mal ein halbes Dutzend oder so. Sie verklumpen mit Erde und hören einfach auf zu funktionieren. Manchmal wehren die richtigen Ameisen sich auch und nehmen sie auseinander. Gewöhnlich treffen sie aber auf sehr wenig Widerstand. Sie sind vollkommen erbarmungslos, verstehst Ihr. Es sind eben Maschinen. Winzige, höchst wirkungsvolle Maschinen. Perfekte Gartenwerkzeuge.«

Ben lachte, aber Li Yuan fand das nicht komisch.

»Dein Vater sagte mir, ich müsse auch erbarmungslos sein.«

Ben blickte von den Ameisen auf und lächelte. »Das habt Ihr doch sicher schon gewußt.«

Li Yuan erwiderte Bens Blick. Als sie sich kennengelernt hatten – am Tag seiner Verlobung mit Fei Yen –, hatte er das Gefühl gehabt, seinesgleichen zu begegnen; einem Mann gegenüberzustehen, der ihn durch und durch verstand.

»Ben? Möchtest du mein Berater sein? Mein Hauptberater? Möchtest du für mich das sein, was dein Vater für meinen Vater gewesen ist?«

Ben schaute auf die Bucht hinaus, als wolle er die Umgebung in sich aufnehmen, dann erwiderte er Li Yuans Blick.

»Ich bin nicht mein Vater, Li Yuan.«

»Ich auch nicht.«

»Nein.« Ben seufzte, senkte den Blick und stieß das Kästchen um, woraufhin die Ameisen in alle Richtungen losliefen. Dabei hatte er ein seltsames Lächeln auf den Lippen. »Ich weiß. Ich hätte nicht gedacht, daß es mich reizen würde, aber es reizt mich doch, es eine Weile zu versuchen, um zu sehen, wie es ist.« Er blickte auf. »Aber nein, Li Yuan. Es wäre einfach nur ein Spiel. Ich wäre nicht mit dem Herzen dabei. Und das wäre gefährlich, meint Ihr nicht?«

L Yuan schüttelte den Kopf. »Du irrst dich. Außerdem brauche ich dich, Ben. Du bist zur Welt gekommen, um mein Helfer, mein Ratgeber zu sein …«

Er verstummte, als er bemerkte, wie Ben ihn ansah.

»Es geht nicht, Li Yuan. Es tut mir leid, aber ich habe etwas anderes zu tun. Etwas viel Wichtigeres.«

Li Yuan starrte ihn einen Moment lang fassungslos an. Etwas viel Wichtigeres? Was konnte denn wichtiger sein als die Regierungsgeschäfte?

»Ihr versteht das nicht«, sagte Ben. »Das habe ich gleich gewußt. Aber eines Tages werdet Ihr es verstehen. Vielleicht dauert es zwanzig Jahre, aber eines Tages werdet Ihr verstehen, warum ich heute nein gesagt habe.«

»Dann kann ich dich nicht überreden?«

Ben lächelte. »Euer Hauptberater zu sein – für Euch das zu sein, was mein Vater für Li Shai Tung gewesen ist? Das geht nicht. Aber ich werde Euer Resonanzboden sein, wann immer Ihr mich braucht, Li Yuan. Ihr braucht nur herzukommen. Dann können wir uns in den Garten setzen und mit den tödlichen Ameisen spielen, einverstanden?«

Li Yuan betrachtete ihn nachdenklich und wußte nicht recht, ob er nicht ein wenig auf den Arm genommen wurde, dann lockerte er sich und erwiderte Bens Lächeln.

»Na gut. Ich werde dich an dieses Versprechen erinnern.«

Ben nickte. »Gut. Und jetzt schaut zu. Das Beste ist immer der Anfang. Wenn sie in die Löcher flitzen. Sie sind wie Hunde, die Blut gerochen haben. Sie haben etwas Urprüngliches, etwas ganz und gar Ursprüngliches an sich.«

Li Yuan trat zurück und sah zu, wie Ben den durchsichtigen Deckel zurückschnappen ließ und eine hellrote Flut freisetzte. Sie fielen wie Sand auf die kohlschwarze Erde und verteilten sich mit erstaunlicher Geschwindigkeit über die winzigen Risse. Und dann waren sie wie mit Wasser verdünntes Blut in die durstige Erde versickert und suchten in der Tiefe nach ihren Opfern.

Li Yuan mußte Ben recht geben; sie hatten etwas Ursprüngliches – sogar etwas Faszinierendes – an sich. Doch zugleich machten sie ihm Angst. Es waren winzige Maschinen, keine Ameisen. Li Yuan erschauderte. Was in aller Götter Namen hatte Amos Shepherd sich dabei gedacht, solche Dinger zu erfinden?

»Und wenn sie fertig sind ... was geschieht dann?«

Ben sah ihm in die Augen. »Sie kommen zurück. Darauf sind sie programmiert. Wie die *Hei,* die unter dem Netz eingesetzt werden. Es funktioniert im Grunde genauso. Ganz genauso.«

* * *

Hans Ebert lehnte sich zurück, und sein Gesicht war düster vor Zorn.

»Karr hat *was* getan?«

Scott senkte den Kopf. »Es steht alles hier in diesem Bericht.«

»Ein *Bericht?*« Ebert ging um den Schreibtisch und riß dem Hauptmann die Akte aus der Hand. Er schlug sie auf und überflog sie kurz.

»Der ist ja für Tolonen bestimmt.«

Scott nickte. »Ich habe mir die Freiheit genommen, eine Kopie anzufertigen. Ich dachte, es würde Sie interessieren.«

»Tatsächlich?« Ebert holte Luft, dann nickte er. »Und DeVore?«

»Er ist entkommen. Karr hatte ihn fast, aber er ist durch die Maschen geschlüpft.«

Ebert schluckte und wußte nicht, was er für schlimmer halten sollte: DeVore in Karrs Händen oder frei, um ihn für die Razzia verantwortlich zu machen.

Er hatte kaum Zeit, die Sache zu durchdenken, da erschien sein Stallmeister in der Tür.

»Ein Anruf für Sie, Sir. Ein *Shih* Beattie. Eine geschäftliche Angelegenheit, soweit ich verstanden habe.«

Es zog ihm den Magen zusammen. Beattie war ein Deckname DeVores.

»Verzeihen Sie, Hauptmann Scott. Ich muß mich sofort darum kümmern. Aber ich danke Ihnen. Ich schätze Ihr promptes Handeln. Ich werde dafür sorgen, daß Sie für Ihre Hilfe belohnt werden.«

Scott verbeugte sich und ließ ihn allein. Er saß einen Moment lang da und riß sich zusammen, dann beugte er sich vor.

»Schalten Sie *Shih* Beattie durch.«

Er lehnte sich zurück und sah in DeVores Gesicht auf dem Bildschirm, der vor ihm hochklappte. Er hatte DeVore noch nie so wütend erlebt.

»Was, zum Teufel, haben Sie vor, Hans?«

Ebert schüttelte den Kopf. »Ich habe es erst vor fünf Minuten erfahren. Glauben Sie mir, Howard.«

»Blödsinn! Sie müssen etwas gewußt haben. Sie sitzen doch an der Quelle, oder etwa nicht?«

Ebert schluckte seinen Ärger hinunter. »Ich bin es *nicht* gewesen, Howard. Das kann ich beweisen. Und bis eben habe ich nicht das geringste davon gewußt. Haben Sie mich verstanden? Sehen Sie ...« Er hielt die aufgeschlagene Akte vor den Bildschirm.

DeVore las sie durch, dann fluchte er.

»Verstehen Sie jetzt?« Dieses eine Mal war Ebert froh, daß Scott eigenmächtig gehandelt hatte. »Tolonen hat es angeordnet, Karr ausgeführt. Tsu Mas Truppen wurden eingesetzt. Ich bin zu keiner Phase eingeweiht gewesen.«

DeVore nickte. »Schon gut. Aber warum? Haben Sie

sich das schon gefragt, Hans? Warum sind Sie ausgeschlossen worden?«

Ebert runzelte die Stirn. Darüber hatte er noch nicht nachgedacht. Er hatte einfach angenommen, daß sie es getan hatten, weil er so sehr damit beschäftigt war, das Generalsamt zu übernehmen. Doch jetzt, wo er darüber nachdachte, kam es ihm schon seltsam vor. Sehr seltsam sogar. Zumindest Tolonen hätte ihn darüber unterrichten müssen, daß *irgend etwas* vor sich ging.

»Meinen Sie, sie vermuten irgendeine Verbindung zwischen uns?«

DeVore schüttelte den Kopf. »Dann hätte Tolonen Sie nicht vorgeschlagen und Li Yuan Sie sicher nicht ernannt. Nein, es muß an Karr liegen. Ich habe gehört, seine Männer haben sich in letzter Zeit in verschiedenen Bezirken herumgetrieben. Ich wollte mich darum kümmern, aber sie sind mir zuvorgekommen.«

»Also, was sollen wir tun?«

DeVore lachte. »Das ist ganz einfach. In ein paar Tagen sind Sie General. Karr steht dann nicht mehr auf demselben Rang wie Sie, sondern ist Ihr Untergebener.«

Ebert schüttelte den Kopf. »Das ist nicht ganz richtig. Karr ist Tolonens Untergebener. Das war er von Anfang an. Er hat einen direkten Eid auf den Alten geleistet, als er vor elf Jahren dem Sicherheitsdienst beitrat. Er untersteht nur nominell meinem Kommando.«

»Und was ist mit seinem Freund Kao Chen? Können Sie kein Disziplinarverfahren gegen ihn einleiten?«

Ebert schüttelte verwirrt den Kopf. »Warum? Was soll das nützen?«

»Sie stehen sich sehr nahe, habe ich gehört. Wenn Sie an Karr nicht herankommen, nehmen Sie sich seine Freunde vor. Isolieren Sie ihn. Ich bin mir sicher, Sie können genug Beweismittel zusammenbekommen, um den Han anzuklagen. Sie haben doch Freunde, die für Sie lügen würden, oder nicht, Hans?«

Hans lachte. Mehr als genug. Dennoch wußte er

nicht recht, ob er etwas gegen Karr unternehmen sollte. Zumindest jetzt noch nicht.

»Gibt es keine Alternative?«

»Ja. Sie können Karr umbringen lassen. Und Tolonen auch, wenn Sie schon dabei sind.«

»Tolonen umbringen?« Ebert fuhr entsetzt hoch. »Aber er ist praktisch mein Schwiegervater!«

»Und? Er ist gefährlich. Sehen Sie das nicht, Hans? Er hat mich gestern abend fast umgebracht. Und was wäre dann aus uns geworden, häh? Außerdem, was soll werden, wenn er eine Verbindung zwischen uns aufdeckt? Nein, Hans, das ist nicht die rechte Zeit, um den Edelmütigen zu spielen. Wenn Sie ihn nicht umbringen lassen, werde ich das erledigen.«

Eberts Gesicht nahm einen resignierten Ausdruck an. »Also gut. Es geht wohl nicht anders. Überlassen Sie das mir.«

»Gut. Und Hans ... herzlichen Glückwunsch. Sie werden einen guten General abgeben. Einen sehr guten General.«

Nach dem Gespräch saß Ebert eine ganze Zeit da und ließ sich das Gespräch noch einmal durch den Kopf gehen. Karr umzubringen: er konnte sich nichts Befriedigenderes, doch – wenn er näher darüber nachdachte – auch nichts Schwierigeres vorstellen. Im Gegensatz dazu war ein Mord an Tolonen allzu einfach, denn der Alte vertraute ihm blind.

Er begriff DeVores Ärger – und verstand die Gründe, die er genannt hatte –, doch der Gedanke, den Alten umzubringen, machte ihm zu schaffen. Oh, er hatte den Alten oft genug als einen Idioten gescholten, doch er war nie schlecht von ihm behandelt worden. Nein. In den letzten Jahren war Tolonen wie ein Vater für ihn gewesen. Mehr als sein leiblicher Vater. Und irgendwie mochte er den alten Hund. Außerdem, wie sollte er Jelka heiraten, wenn er mit dem Gedanken leben mußte, daß er ihren Vater umgebracht hatte?

Er stand auf, kämmte sich mit den Fingern das Haar zurück und trat hinter dem Schreibtisch hervor.

Und doch, wenn er es nicht tat, würde es DeVore tun. Und dann hätte er schlechte Karten, wenn er sich den Major vornehmen wollte. Dann stünde er in DeVores Schuld. Er lachte bitter. Im Grunde hatte er überhaupt keine Wahl. Er mußte Tolonen umbringen lassen, um die Oberhand zu behalten. Und um DeVore zu beweisen, daß er, wenn es darauf ankam, hart genug war, um solche Maßnahmen auszuführen.

Er betrachtete nachdenklich die Karte. Von morgen an war dies sein Reich. Dann war er Herr und Gebieter über einen ganzen Kontinent, das letzte Wort, das der T'ang durch ihn sprach. Wie ein Prinz, der sich in der Rolle versuchte, die er einmal spielen würde.

Jemand klopfte hinter ihm an die Tür. Er drehte sich um. »Kommen Sie rein!«

Es war der Kanzler Chung Hu-yan.

»Was ist los, Chung? Sie sehen so besorgt aus.«

Chung hielt ihm ein Bündel Papiere hin, dessen letztes Blatt mit dem großen Siegel des T'angs von Europa versehen war.

»Was ist das?«

Chung schüttelte sichtlich verwirrt den Kopf. »Das sind meine Befehle für die morgige Krönungszeremonie, Major Ebert. Sie beschreiben das Protokoll, dem ich folgen muß.«

Ebert runzelte die Stirn. »Und wo liegt das Problem? Sie folgen dem Protokoll. Was ist daran so ungewöhnlich?«

»Schauen Sie doch!« Chung tippte auf die erste Seite. »Sehen Sie doch, was er von den Leuten erwartet.«

Ebert las den Absatz, auf den Chung zeigte, dann blickte er mit geweiteten Augen auf. »Es will, daß sie *das* tun?«

Chung nickte. »Ich habe heute morgen versucht, ihn zu sprechen, aber er ist nicht im Palast. Und in einer

Stunde soll die Generalprobe stattfinden. Was soll ich tun, Major Ebert? Jeder, der morgen dabei sein soll, ist zugegen – die *créme de la créme* der Oberen. Sie werden sich von diesen Anordnungen sicher beleidigt fühlen. Ich denke, sie könnten sich sogar weigern.«

Ebert nickte. Das war gut möglich. Ein solches Ritual hatte seit den Tagen des Tyrannen Tsao Ch'un nicht mehr stattgefunden, und der hatte es den schlimmsten Exzessen der Ch'ing-Dynastie – der Mandschu – nachempfunden.

»Sie tun mir leid, Chung Hu-yan, aber wir müssen unserem Herrn gehorchen, nicht wahr? Und dieses Dokument ist mit dem Siegel des T'ang versehen. Ich rate Ihnen, sich wörtlich daran zu halten.«

Chung Hu-yan starrte den Papierstapel an, dann rollte er ihn zusammen und eilte mit einer Verbeugung davon. Ebert sah ihm nach und fand es amüsant, wie durcheinander der sonst so unerbittliche Kanzler wirkte. Er mußte allerdings zugeben, daß ihm selbst nicht ganz wohl dabei war. Was Li Yuan hier verlangte, war eine radikale Abkehr von der traditionellen Zeremonie, die zwangsläufig auf Vorbehalte, wenn nicht Ablehnung stoßen mußte. Es wäre interessant zu beobachten, wie er damit fertig wurde. Höchst interessant.

* * *

Der große Mann stieg die Treppe hinauf, starrte dem Kanzler aus nächster Nähe ins Gesicht und ignorierte die Wachen, die herbeieilten, um einzugreifen.

»Niemals!« rief er laut genug, daß es bis an die Rückwand der überfüllten Halle dröhnte. »Ich schneide mir ehe die Eier ab, bevor ich dazu mein Einverständnis gebe.«

Einige lachten, andere murmelten ihre Zustimmung. Sie waren erstaunt gewesen, als Chung Hu-yan erstmals Li Yuans Anweisungen vorgelesen hatte. Inzwischen war ihr Erstaunen in Empörung umgeschlagen.

Chung Hun-yan schickte die Wachen mit einem Wink weg, dann fing er von vorn an. »Ihr T'ang hat Sie angewiesen...« Doch seine Worte gingen in einem Aufruhr der Entrüstung unter.

»Er hat uns *angewiesen?*« sagte der große Mann und wandte sich der Gesellschaft zu. »Mit welchen Recht?«

»Sie müssen gehorchen«, fuhr Chung Hu-yan mit zitternder Stimme fort. »Es sind die Befehle des T'ang.«

Der Mann schüttelte den Kopf. »Es ist ungerecht. Wir sind keine *Hsiao jen* – keine kleinen Männer. Wir sind die Herren dieser großen Stadt. Es ist unerhört, uns auf diese Weise demütigen zu wollen.«

In der Halle dröhnte der Beifall. Chung Hu-yan schüttelte den Kopf. Das war nicht sein Werk! Nicht im entferntesten! Dennoch mußte er darauf bestehen.

»Sie müssen heruntersteigen, *Shih* Tarrant. Das hat der T'ang persönlich angeordnet. Wollen Sie sich ihm widersetzen?«

Tarrant blähte seinen mächtigen Brustkasten auf. »Sie haben gehört, was ich zu sagen habe, Kanzler Chung. Ich bin nicht bereit, meinen Hals unter den Fuß von irgendwem zu legen. Ob es ein T'ang ist oder nicht. Und ich bin mir sicher, daß niemand in diesem Saal dazu bereit ist. Sie verlangen zuviel von uns. Bei weitem zuviel!«

Diesmal war der Lärm ohrenbetäubend. Aber er verebbte, als hinter Chung Hu-yan die großen Türen aufschwangen und der T'ang persönlich eintrat, ein Trupp Elitewachen in seinem Gefolge.

Die Menge verstummte.

Li Yuan trat an die Seite seines Kanzlers und blickte den Mann an, ohne sich von seiner Größe einschüchtern zu lassen.

»Bringen Sie ihn weg«, rief er dem Hauptmann der Wachmannschaft über die Schulter zu. »Mit seinen

Äußerungen hat er sich meiner schriftlichen Anordnung widersetzt. Das ist *Verrat*. Sie bringen ihn sofort raus und exekutieren ihn.«

Ungläubiges Raunen. Tarrant wich zurück, sein Gesicht eine Maske der Fassungslosigkeit, aber sofort hatten ihn vier Wachmänner gepackt und die Arme auf den Rücken gedreht. Er schrie laut, als er am T'ang vorbei mit dem Kopf nach unten abgeführt wurde.

Li Yuan wandte langsam den Kopf und schaute über das Meer der Gesichter hinweg, sah ihren Zorn und ihr Erstaunen, ihre Furcht und ihre Verblüffung.

»Wer will sich mir noch widersetzen?« rief er. »Wer noch?«

Er machte eine Pause, um in die Runde zu blicken, doch die Leute waren ganz ruhig und gefügig geworden. »Nein. Das dachte ich mir.«

»Wir befinden uns in einem neuen Zeitalter«, erklärte er und hob herrisch das Kinn. »Und ein neues Zeitalter verlangt neue Vorschriften, neue Verhaltensmaßregeln. Also verwechseln Sie mich nicht mit meinem Vater, *Ch'un tzu*. Ich bin Li Yuan, T'ang der Stadt Europa. Und jetzt verneigen Sie sich vor mir.«

* * *

Er glich der Sonne, als er vom *Tien Tan*, dem Tempel des Himmels [12] herunterstieg. Seine Arme ähnelten zwei goldenen Blitzen, als er die kaiserliche Krone hob und auf seine Stirn setzte. Sonnenstrahlen fluteten in Wellen über seine Brust, als er sich von rechts nach links wandte, um die gewaltige Menge von Menschen zu überschauen, die sich vor ihm auf den Boden des Tempelbezirks geworfen hatte.

Niemand blickte auf. Nur die Kameras beobachteten die Szene. Alle anderen Augen waren dem Staub zugewandt, unwürdig dieses Anblicks.

»Wir leben in einem neuen Zeitalter«, flüsterte Li

Yuan bei sich. »Eine neue Zeit. Doch die Ausübung der Macht ist die alte. So alt wie die Menschheit selbst.«

Einer nach dem anderen krochen seine Diener zu ihm hinauf, die Gesichter abgewandt, die Nacken entblößt. Und auf jeden einzelnen Nacken setzte er einen Fuß und belastete ihn für einen kurzen Moment mit seinem Gewicht, bevor er ihn wieder entlastete. Sie waren seine Untertanen. Diesmal würden sie ihre Lektion lernen. Diesmal würden sie begreifen, wessen Geschöpfe sie waren.

Offiziere und Verwaltungsbeamte. Abgeordnete und Konzerndirektoren. Minister und Familienoberhäupter; jeder einzelne lag vor ihm auf dem Boden, entblößte seinen Nacken und erkannte ihn als seinen Herrn und Meister an.

Tolonen war der letzte. Nur bei ihm übte Li Yuan Zurückhaltung, berührte den Hals des alten Mannes mit der nackten Sohle so behutsam, als küsse er ihn, ohne Druck auszuüben.

Dann war es vorbei. Die herrische Seite seiner Macht hatte sich offenbart. Li Yuan war Kaiser, ein mächtiger und tödlicher Kaiser wie seine antiken Vorbilder. Und danach sah er, wie es seine Untertanen verändert hatte: daß sie seine Macht jetzt als absolut betrachteten. Er lächelte fast und fragte sich, was sein Vater darüber gedacht hätte. Es war ein so machtvolles Ritual, so unmißverständlich in seiner Bedeutung.

Ihr gehört mir, besagte es. *Ich kann euch unter meinen Fersen zermalmen oder zu etwas Besonderem erheben.*

Als die Zeremonie vorüber war, entließ er alle Gäste bis auf seine engsten Vertrauten und gab im großen Thronsaal eine Audienz. Als erstes begrüßten ihn die anderen T'ang. Sie stiegen die Marmortreppe hinauf, um die Köpfe zu beugen und seinen Ring zu küssen, womit sie ihn in ihrer Mitte willkommen hießen. Als letzter kam Wei Feng, der weiße Trauerkleidung trug. Seine Augen waren tränenfeucht, und als er den Ring geküßt hatte, beugte er sich vor, um Li Yuan für einen Moment in den Arm zu nehmen und ihm etwas ins Ohr zu flüstern.

Li Yuan nickte und hielt den Alten kurz an den Händen. »Das werde ich«, sagte er leise, zutiefst gerührt von dem, was der Freund seines Vaters gemurmelt hatte.

Andere kamen und beteuerten auf traditionellere Art ihre Loyalität. Und ganz am Ende kamen seine Offiziere, angeführt von General Tolonen.

Der General ging in die Knie, zog seinen Zeremoniendolch und hielt ihn, indem er den Blick abwandte, mit dem Heft voran seinem T'ang hin. Li Yuan nahm ihn an und legte ihn auf seinen Schoß.

»Sie haben meinem Vater gut gedient, Knut. Ich hoffe, Sie werden mir in Zukunft ebenso gut dienen. Aber neue Herren brauchen neue Diener. Ich benötige einen General in meinem Alter.«

Diese Bemerkung war bloß eine Formalität, denn Tolonen hatte darauf gedrängt, Ebert zu ernennen. Der Alte nickte und hob den Kopf. »Ich wünsche ihm alles Gute, *Chieh Hsia*. Er ist wie ein Sohn für mich. Es war mir eine Ehre, zu dienen, aber nun ist meine Zeit vorüber. Ein anderer soll Euch dienen, wie ich Eurem Vater zu dienen bemüht war.«

Li Yuan lächelte und winkte den jungen Mann heran.

Hans Ebert trat mit gesenktem Kopf und eingezogenen Schultern vor seinen Thron und kniete sich neben Tolonen. »Ich gehöre Euch«, sagte er formell und berührte mit der Stirn die Stufe neben dem Thron; einmal, zweimal und ein drittes Mal. Die Scheide an seinem Gürtel war leer. Seine kobaltblaue Uniform trug kein Rangabzeichen. Er wartete demütig und ›nackt‹ vor seinem Herrn.

»Fangen wir hier an«, sprach Li Yuan laut über die Köpfe der knienden Offiziere hinweg zu den versammelten Prominenten. »Mein Vertrauen geht von mir aus in die Hände der anderen. So will ich es. So muß es sein. Diese Kette wollen wir schmieden; die Kette, die uns alle verbindet.«

Er sah auf den jungen Mann hinunter und sprach nun leiser, persönlicher. »Heben Sie den Kopf, Hans Ebert. Schauen Sie zu Ihrem Herrn auf, der für Sie die Sonne ist, von der Sie Ihr Leben erhalten. Blicken Sie auf und empfangen Sie mein Vertrauen.«

Ebert hob den Kopf. »Ich bin bereit, *Chieh Hsia*«, sagte er mit fester Stimme und sah Li Yuan offen in die Augen.

»Gut.« Li Yuan nickte und lächelte. »Dann nehmen Sie Ihr Amtszeichen entgegen.«

Er hob den Dolch aus seinem Schoß und hielt ihn Ebert hin. Ebert nahm ihn vorsichtig entgegen, dann steckte ihn in die Scheide und senkte abermals kurz den Kopf. Zuletzt zogen er und Tolonen sich über die Treppe zurück, die Augen abgewandt, die Köpfe tief gesenkt.

* * *

Am selben Abend trafen sie sich in einem Raum in der Purpurnen Verbotenen Stadt: die Sieben, die Chung Kuo beherrschten. Eines hatten sie noch zu tun, bevor sie von hier abreisten; eine letzte Aufgabe, um die Dinge in Ordnung zu bringen.

Tsu Ma stand vor Li Yuan, ergriff fest seine Hände und sah ihm in die Augen. »Bist du sicher, daß du das willst?«

»Eine Überprüfung des Genotypus ist völlig verläßlich. Es muß jetzt getan werden, bevor das Kind geboren ist. Hinterher ist es zu spät.«

Tsu hielt ihn noch einen Moment lang fest, dann ließ er seine Hände los. »Also gut. Unterzeichnen wir das Sonderedikt.«

Jeder unterzeichnete auf überlieferte Weise mit seinem Namen und drückte anschließend seinen Ring in das Siegel. Später würden sie es mit Netzhautabdrücken und EEG-Mustern bestätigen, aber vorläufig genügte es so.

Wei Feng unterzeichnete als letzter und versiegelte das Dokument. Schließlich wandte er sich dem neuen T'ang zu. »Heutzutage sind das Gute und das Böse miteinander vermählt, Li Yuan. Ich hätte das nicht von ihr gedacht.«

»Ich auch nicht«, erwiderte Li Yuan und starrte auf das vollständige Edikt. Und damit war es geschafft. Fei Yen war nicht mehr seine Frau. Das Kind würde nicht erben.

»Und wann wird die Hochzeit stattfinden?« Tsu Ma stand bei ihm. Seine Stimme klang sanft und mitfühlend.

»Morgen«, antwortete Yuan und war dankbar für Tsu Mas Anwesenheit. »Wie seltsam. Heute abend verliere ich eine Frau. Und morgen …«

»Morgen bekommst du drei.« Tsu Ma schüttelte den Kopf. »Weißt du, wer es war, Yuan? Wessen Sohn trägt Fei Yen aus?«

Li Yuan sah ihn an, dann schaute er weg. »Das interessiert mich nicht«, sagte er steif. Dann gab er seinem Gefühl nach und legte eine Hand auf Tsu Mas Arm. »Es war ein Fehler, daß ich je etwas mit ihr angefangen habe. Mein Vater hatte recht. Das weiß ich jetzt. Bisher war ich blind dafür.«

»Dann bist du zufrieden?«

Li Yuan schüttelte den Kopf. »Zufrieden? Nein. Aber jetzt habe ich es hinter mir.«

* * *

Tolonen wandte sich vom Monitor und dem Bild des Jungen ab und dem Architekten zu.

»Nach dem zu urteilen, was ich gesehen habe, scheint das Erlebnis Ward keinen allzu großen Schaden zugefügt zu haben, aber was ist Ihre Meinung? Ist er schon bereit dafür, oder sollen wir es aufschieben?«

Der Architekt zögerte und erinnerte sich daran, wie man ihn vor einigen Jahren das letzte Mal über den Zustand des Jungen befragt hatte. Damals war es Berdichow gewesen, doch er hatte ungefähr dasselbe gefragt. Wie geht es dem Jungen? Kann er schon eingesetzt werden? Er lächelte gepreßt, dann beantwortete er Tolonens Frage.

»Es ist zu früh, um etwas über die langfristigen Auswirkungen zu sagen, aber kurzfristig gesehen haben Sie recht. Er hat die ganze Episode hervorragend überstanden. Seine Reaktionen auf den Überfall – das Trauma und der Gedächtnisverlust – scheinen das Beste zu sein, was ihm passieren konnte. Ich habe mir Sorgen über bleibende Schäden, insbesondere an seinem Gedächtnis gemacht, aber wenn überhaupt, dann scheint das Erlebnis ihn…« – er zuckte die Achseln – »… abgehärtet zu haben. Ich schätze, man kann das so sagen. Er ist ein zähes kleines Geschöpf. Sehr viel zäher, als wir dachten. Die psychologischen Blockaden, die wir vor vier Jahren während der Rekonditionierung aufgebaut haben, scheinen einfach weggeschmolzen zu sein – als hätte es sie nie gegeben. Aber statt in diesen Zustand der Barbarei zurückzufallen, in dem wir ihn aufgegriffen haben, hat er offenbar ein neues Gleichgewicht gefunden. Ich habe so etwas noch nie erlebt, um ehrlich zu sein. Meist ist die Psyche eines Menschen zu unflexibel – so festgefahren in ihren Eigenarten –, um ohne Zusammenbruch zu überstehen, was Kim durchgemacht hat. Er dagegen scheint sehr viel stärker und geistig gesünder daraus hervorgegangen zu sein.«

Tolonen runzelte die Stirn. »Vielleicht. Aber Sie sagen, daß die psychologischen Blockaden verschwunden sind. Ist das nicht bedenklich? Ich dachte, sie seien dazu gedacht, den Jungen vor einem Rückfall in die Barbarei zu bewahren.«

»Das stimmt.«

»Dann ist er also möglicherweise gefährlich?«

»Die Möglichkeit besteht. Aber das trifft auf jeden zu. Und ich meine wirklich jeden. Wir alle haben eine dunkle Seite. Wenn sie durchbricht, schnappen wir über. Ich vermutete inzwischen, daß genau das beim ersten Mal passiert ist; daß Kim schlicht auf die extreme Provokation des anderen Jungen reagierte. Ich schätze, Kim ist völlig zuverlässig, wenn er nicht noch einmal ebenso extrem provoziert wird. Schließlich ist er keine Bombe, die nur darauf wartet hochzugehen, sondern ein menschliches Wesen wie Sie und ich.«

»Sie wollen damit also sagen, daß er Ihrer Meinung nach nicht gefährlich ist. Er wird den Leuten nicht die Ohren abbeißen oder die Augen auskratzen?«

Der Architekt schüttelte den Kopf. »Das bezweifle ich. Der Umstand, daß sein Freund überlebt hat, war sehr hilfreich. Ihre Zusammenführung war ein Hauptfaktor seiner Genesung. Wenn sie T'ai Cho getötet hätten, wäre unser Problem von einer ganz anderen Größenordnung gewesen, aber unter den gegebenen Umständen, würde ich sagen, geht es Kim gut. So gut wie Ihnen oder mir.«

Tolonen wandte sich dem Bildschirm zu. »Dann meinen Sie, wir können es mit ihm wagen?«

Der Architekt lachte. »Durchaus. Ich meine sogar, es würde ihm guttun. Er hat einen sehr wissensdurstigen, neugierigen Geist und ist ständig auf der Suche nach neuen Erkenntnissen. Nach allem, was ich gehört habe, sollte sich die Umgebung in Nordamerika in dieser Hinsicht als gutes Jagdrevier erweisen.«

Tolonen legte die Stirn in Falten und wußte nicht recht, ob er dem beipflichten sollte, aber es lag nicht in seinem Ermessen, die Zustände in Wu Shihs Stadt zu kritisieren; er sollte lediglich herausfinden, ob Kim in der richtigen Verfassung für die Reise nach Nordamerika war, und allem Anschein nach war er das.

Er schniefte laut, dann faßte er einen Entschluß und nickte. »Gut. Dann machen Sie den Jungen sofort fertig. Zur zehnten Glocke geht eine Maschine vom Raumhafen Nantes. Ich möchte, daß Ward und sein Lehrer drinsitzen.«

»Und die Verdrahtung? Sollen wir sie entfernen, nachdem wir unsere Tests beendet haben?«

Tolonen sah weg. »Nein. Lassen Sie alles so, wie es ist. Schließlich schadet es ihm nicht.« Sein Gesicht war eine Maske, als er den Architekten wieder ansah. »Außerdem, wenn etwas Unerwartetes geschieht – wenn er uns wieder verloren geht –, können wir ihn so schnell wieder ausfindig machen, nicht wahr?«

Der Architekt senkte den Blick und begriff allmählich, was wirklich vor sich ging. »Natürlich. Natürlich …«

* * *

»Darf ich Ihnen etwas anbieten, Sir?«

Der Junge blickte erschrocken auf, die dunklen Augen geweitet, dann ließ er sich zurücksinken und schüttelte den Kopf.

»Nein … Ich … ich bin zufrieden.«

Der Steward trat einen Schritt zurück, als er bemerkte, daß die Leibwächter auf ihn aufmerksam wurden, und senkte den Kopf. »Verzeihen Sie, Sir, aber wenn Sie es sich anders überlegen, brauchen Sie nur den Knopf zu drücken.«

Der Junge erwiderte ein gepreßtes Lächeln. »Natürlich.«

Der Steward ging weiter, zeigte den Passagieren ihre Plätze, vergewisserte sich, daß sie festgeschnallt waren, und fragte, ob er vor dem Start noch etwas für sie tun könnte, doch die ganze Zeit waren seine Gedanken bei dem Jungen.

Wer war das? fragte er sich. Schließlich kam es nicht jeden Tag vor, daß sie direkt aus Bremen eine Anordnung erhielten; noch war es für den Sicherheitsdienst üblich, daß sie einen ganzen Kabinenabschnitt für einen einzigen Passagier reservierten. Unter diesen Umständen hatte er mit einem hochrangigen Han gerechnet – mindestens einem Prinzen einer Untergeordneten Familie oder einem Minister –, deshalb hatte ihn das Erscheinen des Jungen überrascht. Zuerst hatte er vermutet, es könne eine Art Häftling sein, doch je mehr er darüber nachdachte, umso lächerlicher fand er diese Vorstellung. Außerdem war er überhaupt nicht gefesselt, und bei den Männern, die ihn begleiteten, handelte es sich zweifellos um Leibwächter, keine Wachen. Er brauchte nur etwas zu bitten, und einer von ihnen würde sofort loslaufen.

Nein. Wer es auch sein mochte, er war wichtig genug, daß ihm eine Behandlung zuteil wurde, wie sie sonst nur den höchsten Oberen vorbehalten wurde – den *Überirdischen*, wie sie heutzutage allgemein genannt wurden –, und doch schien er nur ein kleiner Junge zu sein, und ein ziemlich merkwürdiger, fast häßlicher Junge noch dazu. Seine Glieder waren bemerkenswert kantig und seine übergroßen Augen seltsam düster.

Der Steward erreichte das Ende des Gangs, drehte sich um und sah in die Passagierkabine zurück. Es blieben noch fünf Minuten bis zum Start. Die jungen Amerikaner hatten inzwischen Platz genommen. Wie den meisten ihrer Altersgenossen mangelte es ihnen an Manieren. Nur der ruhige unter ihnen – Lever – schien bemerkt zu haben, daß der Steward überhaupt vorhanden war. Die anderen schnippten mit den Fingern und verlangten dies und jenes, als sei er kein Steward, sondern ein in den Biokonvertern von GenSyn gefertigtes halbmenschliches Wesen. Das war es, was er an dieser neuen Generation so haßte. Sie waren anders als ihre Väter. Völlig anders. Ihre Väter hatten begriffen, daß andere Menschen auch ihren Stolz hatten, und daß es dieser Stolz war, der das unüberschaubare Gewebe der Gesellschaft zusammenhielt. Diese Jünglinge hatten keine Vorstellung davon. Sie waren blind für solche Dinge. Und eines Tages würden sie für ihre Blindheit bezahlen – teuer bezahlen.

Er drehte sich um und schritt durch den Vorhang. Dahinter saß, eine aufgeschlagene Akte auf dem Schoß, der Hauptmann des Sicherheitsdienstes. Er blickte auf, als der Steward eintrat, und lächelte kurz.

»Sitzen sie alle?«

Der Steward nickte. »Sogar die beiden Frauen. Ich mußte ihnen beiden ein Beruhigungsmittel geben, aber jetzt scheint es ihnen gut zu gehen.« Er schüttelte den Kopf. »Man sollte Frauen nicht reisen lassen. Ich habe nur Schwierigkeiten mit ihnen.«

Der Hauptmann lachte und schlug die Akte zu. »Und der Junge?«

»Alles in Ordnung. Ich habe mich gefragt …«

Der Hauptmann schüttelte den Kopf. »Fragen Sie mich nicht. Man hat mir nur gesagt, daß wir einen besonderen Gast an Bord haben werden. Einen persönlichen Gast des T'ang. Aber wer oder was es ist …« Er zuckte die Achseln. »Ich weiß. Ich bin genauso neugierig wie Sie. Ist schon ein komischer Junge, was?«

Der Steward nickte und ging. Wenigstens wußte der Hauptmann nicht mehr als er. Dennoch hatte er vorhin, als er das erste Mal durch den Vorhang geschlüpft war, einen kurzen Blick auf ein Bild des Jungen werfen können – in der Akte, in der der Hauptmann las. Vielleicht hatte er sich geirrt, aber …

»Sind Sie geschäftlich unterwegs?« fragte er und zog hinter dem Hauptmann den Gewebegurt aus der Wand.

»Es geht um eine Zusammenarbeit«, erklärte der Hauptmann, rückte vor und ließ sich den Gurt umlegen. »Meine Aufgabe besteht darin, die Kooperation zwischen den beiden Städten zu verbessern.«

Der Steward nickte freundlich. »Hört sich interessant an. Aber ich dachte, dazu bestünde wenig Anlaß.«

»Sie wären überrascht. Die Tage der Isolation sind für die Städte vorbei. Die Triaden haben weite Netze geknüpft. Und nicht nur die Triaden. Es gibt eine Menge Schwarzhandel. Sogar über diese Raketen. Daran habe ich keinen Zweifel!«

Der Steward sah ihn ungläubig ab, dann wandte er sich ab. »Wie auch immer, ich muß Sie jetzt allein lassen. Ich muß noch einmal durchgehen, bevor ich mich selbst anschnalle.«

Der Hauptmann nickte, rief ihn aber noch einmal zurück. »Hier. Das habe ich fast vergessen. Ich soll das hier vor dem Start an den Jungen übergeben.« Er reichte dem Steward einen versiegelten Umschlag. »Der lag in meiner Akte. Neben einem Photo des Jungen. Ganz schön mysteriös das Ganze, was?«

Der Steward betrachtete unschlüssig den Umschlag, dann nickte er, wandte sich ab und schlüpfte durch den Vorhang.

DeVore sah dem Mann nach und seufzte erleichtert. Dann lachte er. Es war einfach – so lächerlich einfach. Nun, er hätte den Jungen vorhin schon in der Lobby herausholen können, wenn er gewollt hätte. Er hätte einen sauberen Schuß abgeben können. Aber das wollte er nicht. Nein, er wollte den Jungen. Außerdem führte Li Yuan etwas im Schilde. Es wäre interessant herauszufinden was.

Er lächelte, schlug die Akte wieder auf und las weiter, wo er unterbrochen worden war. Wenig später blickte er auf und nickte nachdenklich. Ebert hatte gute Arbeit geleistet. Hier lag alles vor ihm. Alles. Der Bericht über den Überfall auf die Projektanlage, den Tolonen angefertigt hatte, die medizinischen und psychologischen Berichte über Ward und eine vollständige Abschrift der Lagebesprechung. Das einzige, was fehlte – und nur deshalb fehlte, weil es nicht vorlag –, war ein Hinweis darauf, warum Li Yuan beschlossen hatte, den Jungen nach Nordamerika bringen zu lassen.

Nun, vielleicht würde er in den nächsten Tagen Gelegenheit haben, einer Antwort etwas näherzukommen. Vielleicht konnte er – mit Hilfe der Levers – herausfinden, was Li Yuan beabsichtigte. Und bei dieser Gelegenheit konnte er auch gleichzeitig etwas für sich selber tun und die Einladung des jungen Lever zu einem Essen mit ihm und seinem Vater annehmen.

Ja, und hinterher würde er dem Sohn seinen Vorschlag unterbreiten. Dann würde er wissen, wie enthusiastisch er Veränderungen anstrebte. Und dann …?

Er lächelte und schlug die Akte zu. Und dann würde DeVore von vorn anfangen und neue Konstellationen auf einem neuen Teil des Bretts aufbauen, seine Muster anlegen, bis er das Spiel gewonnen hatte. Denn er würde es gewinnen. Und wenn er dazu ein Dutzend Mal neu auf die Welt kommen mußte.

KAPITEL · 10

Gespenster

Es war ein kalter, grauer Morgen, der Himmel bewölkt, und der Wind peitschte das Wasser des Westsees und bog das Schilf am Ufer der Jadefrühlingsinsel. Vor dem großen Pavillon – einem großen, kreisrunden, zweistöckigen Gebäude mit spitz zulaufenden Dächern aus zinnoberroten Dachpfannen – knatterten laut die tausend hellroten und goldenen Drachenbanner des T'ang. Die Reihen ihrer bewaffneten Träger standen wie Eisenstatuen im Wind, ihre roten Umhänge bauschten sich hinter ihnen.

Südlich des Pavillons war eine riesige Plattform errichtet worden, die fast bis ans Ufer des Sees heranreichte. Auf einem Podium in ihrer Mitte stand der Thron, den ein großer Baldachin aus roter Seide vor dem Regen schützte, der stoßweise über den See prasselte.

Li Yuan saß in einem mit winzigen goldenen Drachen- und Phönixemblemen geschmückten Seidengewand auf dem Thron. Unter ihm, unter den neun Stufen des großen Podiums hatten sich seine Anhänger und Minister versammelt, auch sie rot gekleidet.

Gegenüber Li Yuan, nicht einmal hundert *ch'i* entfernt, verband eine breite Brücke die Insel mit dem östlichen Ufer. Es war eine uralte Brücke, die vor mehr als tausend Jahren während der Sung-Dynastie erbaut worden war. Löwen, Drachen und andere Wappentiere schmückten ihren weißen, steinernen Bogen.

Li Yuan betrachtete sie, dann wandte er den Kopf, starrte mit ausdruckslosen Augen über den See hinaus und nahm die große Prozession kaum zur Kenntnis, die am anderen Ende der Brücke wartete. An diesem Morgen hatte er Neuigkeiten erfahren. Fei Yen hatte ihr Kind zur Welt gebracht. Es war ein Junge. Ein Junge.

Schroff und mißtönend setzte die Musik der Zeremonie ein – Glocken, Trommeln und Becken. Die Neukonfuzianischen Beamten traten sogleich vor und huldigten ihm, bevor sie sich zurückzogen. Am östlichen Ufer kam die Prozession in Gang, eine große rote Welle, die sich langsam über die Brücke wälzte.

Er seufzte und blickte auf seine Hände. Es war erst zwei Tage her, seit er ihren Ehering abgezogen hatte. Zwei Tage... Er schauderte. Wie einfach es gewesen war. Er hatte sich selbst dabei zugesehen, wie er sich den Ring vom Finger gezogen und auf das Seidenkissen gelegt hatte, das Nan Ho hielt. Er hatte noch vor Augen, wie Nan Ho den Ring aus dem Zimmer getragen und damit Li Yuans und Fei Yens gemeinsames Leben, seinen Traum für immer zerstört hatte.

Er holte zittrig Luft. Es war nicht die Zeit für Tränen. Nein. Heute hatte er Grund zu feiern, denn es war sein Hochzeitstag.

Er sah ihnen entgegen. Die Oberhäupter der drei Sippen führten die Prozession Seite an Seite an; stolze alte Männer, die die Ehre, die er ihnen erwies, wie einen Orden trugen. Ihnen folgten die Reihen ihrer Brüder und Vettern, Schwestern und Frauen, viele hundert insgesamt, und ihnen wiederum die *Lung t'ing* – die Drachenpavillons –, die von je vier kahlköpfigen Eunuchen [13] getragen wurden. Die kleinen Sänften waren mit Mitgiftgeschenken für den T'ang schwer beladen: Satin- und Seidenballen, silbernen Kästchen, goldenen Tassen und Tellern, bestickten Gewändern, zartem Porzellan, Sätteln und Fächern und goldenen Käfigen mit Singvögeln. Eine derartige Menge, daß dieser Abschnitt der Prozession die Länge der übrigen bei weitem übertraf, mehr als hundert *Lung t'ing* für jede Familie.

Als nächstes folgte eine Ehrenwache, dann die drei

Feng yu, die Phönixstühle. Auf jedem Baldachin hockten vier Silbervögel. Jede der scharlachroten und goldenen Sänften wurden von einem Dutzend Träger transportiert.

Seine Bräute …

Er hatte die Oberhäupter der drei Sippen von Nan Ho überreden lassen, auf die einleitenden Zeremonien zu verzichten – er hatte darauf bestanden, die Sache möglichst schnell hinter sich zu bringen, wenn es denn sein mußte –, doch es war nicht möglich gewesen, dieses letzte Ritual zu übergehen. Schließlich mußten sie ihr Gesicht wahren. Aus Stolz. Einen T'ang zu heiraten – das konnte nicht ohne Feierlichkeiten geschehen, ohne entsprechenden Prunk und Zeremonien. Und konnte ein T'ang ihnen das verwehren?

Unmöglich. Denn das Amt eines T'ang hatte ebenso seine Verpflichtungen wie seine Vorzüge. Also mußte er es hier an diesem kalten, feuchten, windigen Morgen aushalten und drei junge Frauen heiraten, die er nie zuvor gesehen hatte.

Es war unumgänglich, schärfte er sich ein. *Denn die Familie mußte wieder stark werden.* Dennoch schmerzte sein Herz, und seine Seele weinte, weil sie es für falsch hielt.

Er sah sie näher kommen und spürte Furcht in sich emporsteigen. Dies waren die Frauen, mit denen er sein Leben teilen würde. Sie würden seine Söhne gebären; sie würden mit ihm in einem Bett liegen. Und was würde geschehen, wenn sie ihn hassen lernten? Wenn er *sie* hassen lernte? Denn was hier besiegelt wurde, konnte nicht so leicht rückgängig gemacht werden.

Nein. Ein einziger Fehler wurde einem Mann vielleicht noch vergeben. Aber noch einer, und die Welt würde ihn verdammen, welche Gründe er auch haben mochte.

Frauen. Diese Fremden sollten seine Frauen werden. Und wie war es dazu gekommen? Ein Moment lang amüsierte ihn das Ganze. Dann, als sich die Musik änderte und unter ihm der Singsang einsetzte, stand er auf und trat an die Treppe, bereit für die große Zeremonie.

Eine Stunde später war es geschafft. Li Yuan trat zurück und sah auf die Frauen hinunter, die vor ihm knieten und mit der Stirn dreimal den Boden vor ihm berührten.

Nan Ho hatte eine gute Wahl getroffen und große Sensibilität bewiesen, denn keine der drei erinnerte ihn im geringsten an Fei Yen und jede war anziehend auf ihre eigene Art. Mien Shan, die älteste und offiziell seine Erste Frau, war ein kleines Geschöpf mit kräftiger Figur und einem angenehm runden Gesicht. Fu Ti Chang, mit siebzehn die jüngste, war zugleich die längste; ein scheues Wesen, biegsam wie eine Weide. Im Gegensatz dazu wirkte Lai Shi recht lebhaft; sie war ein Mädchen mit langem Gesicht und kaum eine Schönheit zu nennen, doch sie hatte ein Funkeln in den Augen, das sie zur bei weitem attraktivsten von den dreien machte. Li Yuan hatte gelächelt, als sie den Schleier hob, und war überrascht gewesen, daß sie sein Interesse wecken konnte.

Die Pflicht verlangte es, daß er heute nach das Bett von Mien Shan besuchte. Aber morgen?

Er entließ seine Frauen, dann drehte er sich um und winkte Nan Ho herbei.

»Chieh Hsia?«

Er senkte die Stimme. »Ich bin erfreut, wie die Dinge heute morgen abgelaufen sind, Meister Nan. Sie haben gute Arbeit geleistet, alles so schnell vorzubereiten.«

Nan Ho machte eine tiefe Verbeugung. »Ich tue nur meine Pflicht, *Chieh Hsia*.«

»Mag sein, aber Sie haben sich selbst übertroffen, Nan Ho. Von heute an sind Sie nicht mehr Meister der Inneren Kammer, sondern Kanzler.«

Nan Hos überraschter Blick hatte fast etwas Komisches. »*Chieh Hsia*! Aber was wird aus Chung Hu-yan?«

Li Yuan lächelte. »Ihre Sorge ehrt Sie, Nan Ho, aber keine Angst. Ich habe Chung gestern abend unterrichtet. Er hat mich in meiner Wahl sogar bestätigt.«

Nan Hos Verwirrung vertiefte sich. »*Chieh Hsia?*«

»Ich sollte das vielleicht erklären, Meister Nan. Es war alles schon lang vor dem Tod meines Vaters beschlossen. Als ich T'ang wurde, hatte ich das Gefühl, daß ich neues Blut brauchen würde, mich mit neuen Männern umgeben müßte. Männer, denen ich vertrauen kann. Männer, die wachsen werden, wie ich wachsen werde, und die als Säulen dienen sollen, die mich auch im hohen Alter stützen können. Verstehen Sie?«

Nan Ho senkte den Kopf. »Ich verstehe, *Chieh Hsia*, und ich fühle mich geehrt. Zutiefst geehrt.«

»Gut... Gehen Sie jetzt. Chung Hu-yan hat sich bereiterklärt, Ihnen als Ratgeber zur Seite zu stehen, bis Sie sich an Ihre neuen Pflichten gewöhnt haben. Dann wird er mein Berater.«

Nan Ho nickte andeutungsweise. Er hatte verstanden. Sein Berater. Das würde Chung praktisch zu einem Onkel Li Yuans machen, zu einem Mitglied seines innersten Kreises, der die Politik diskutierte und formulierte. Kein Wunder, daß er nichts dagegen gehabt hatte, seinen Posten als Kanzler aufzugeben.

»Und wann soll ich anfangen, *Chieh Hsia?*«

Li Yuan lachte. »Sie haben vor zwei Tagen angefangen, Nan Ho, als Sie in mein Zimmer kamen und mir das Buch mit den Bräuten abnahmen. Da habe ich Sie hier drin ernannt.« Er tippte an seine Stirn. »Seitdem sind Sie mein Kanzler.«

* * *

Jelka stand an der Seite ihres Vaters unter den Gästen im großen Pavillon, als Hans Ebert sich zu ihnen gesellte.

»Marschall Tolonen...« Ebert machte vor dem Alten

eine tiefe Verbeugung, dann wandte er sich mit einem Lächeln Jelka zu. In seiner hellroten Ausgehuniform sah er aus wie ein junger Gott mit schönen, markanten Gesichtszügen und glatt zurückgekämmten goldblonden Haaren. Selbst seine sonst so kalten Augen schienen sie heute freundlich anzublitzen. Dennoch wappnete Jelka sich gegen die Illusion und erinnerte sich daran, was sie über ihn wußte.

Er senkte den Kopf. »Es ist schön, dich hier zu sehen, Jelka. Ich hoffe, du fühlst dich besser.«

Er erkundigte sich mit sanfter Stimme und sagte genau das, was von einem zukünftigen Ehemann erwartet wurde, doch irgendwie konnte sie ihm nicht glauben. Er war ein guter Schauspieler – ein meisterhafter Schauspieler, denn es schien fast so, als mochte er sie wirklich –, aber sie wußte, was sich dahinter verbarg. Ein Stück Dreck. Nichts als ein kaltes, selbstsüchtiges Stück Dreck.

»Es geht mir sehr viel besser, danke«, sagte sie und senkte den Blick. »Es war nur eine Verstauchung.«

Sie wurde rot, weil sie gelogen hatte. Sie hatte sich überhaupt nicht den Knöchel verstaucht. Es war einfach so, daß sie den Gedanken, Hans Ebert als General an der Stelle ihres Vaters zu sehen, einfach nicht hatte ertragen können. Einen Abend lang den Mann zu feiern, der ihr am meisten zuwider war! – sie konnte sich nichts Schlimmeres vorstellen.

Sie hielt den Blick abgewandt und erkannte, welche Richtung ihre Gedanken eingeschlagen hatten. War es wirklich so schlimm? War Hans Ebert wirklich so widerlich? Sie blickte auf, sah ihm in die Augen und bemerkte seine Besorgnis. Dennoch blieb dieses Gefühl. Der Gedanke, diesen Mann zu heiraten, war ihr ein Greuel.

Sein Lächeln wurde breiter. »Ich hoffe, wir können dich in einer Woche zum Essen begrüßen. Mein Vater freut sich schon sehr darauf. Und ich auch. Es wäre schön, mich mit dir zu unterhalten, Jelka. Damit wir uns besser kennenlernen.«

»Ja...« Sie schaute zu ihm auf, dann senkte sie rasch den Blick, und ein Schauer des Widerwillens durchfuhr sie bei dem Gedanken. Doch welche Wahl hatte sie? Dieser Kerl sollte ihr Ehemann werden – ihr Lebensgefährte.

Ebert hob ihre Hand und küßte sie sanft. Er lächelte, dann erwies er ihr mit einer Verbeugung seinen tiefsten Respekt. »Bis dann...« Er verbeugte sich vor ihrem Vater, dann wandte er sich ab.

»Ein bemerkenswerter junger Mann«, sagte Tolonen und sah zu, wie Ebert sich seinen Weg durch die Menge zum T'ang bahnte. »Weißt du, Jelka, wenn ich einen Sohn hätte, wünschte ich, er wäre wie Hans.«

Sie erschauderte. Der bloße Gedanke daran krampfte ihr den Magen zusammen; er erinnerte sie an das verrückte Mädchen in der Villa der Eberts und an dieses schreckliche, rosaäugige Ziegenbaby. Ein Sohn wie Hans... Sie schüttelte angewidert den Kopf. Nein! Es durfte nicht sein!

* * *

Während der Heimreise nach Nanking saß Jelka in der Sänfte ihrem Vater gegenüber, hörte ihm zu und erkannte zum ersten Mal in ihrem Leben, wie pompös und hohl seine Worte klangen. Zum Beispiel seine Bemerkung, daß sie an der Schwelle eines neuen ›Goldenen Zeitalters‹ stünden. Das war Blödsinn. Sie hatte die Geheimberichte über die Situation auf den unteren Ebenen gelesen und wußte, wie schlecht die Lage war. Jeder Tag brachte neue Unzufriedenheit mit den Sieben und ihrer Herrschaft hervor – täglich neue Streiks, Krawalle und Morde an Beamten –, doch er schien für all das blind zu sein. Er sprach von Wachstum, Stabilität und den bevorstehenden glorreichen Jahren. Jahre, die den Ruhm seiner Jugendzeit wiedererwecken würden.

Sie saß die ganze Zeit da und hörte einfach mit hängendem Kopf zu. Dann blickte sie plötzlich zu ihm auf.

»Ich kann es nicht.«

Er sah sie an und brach ab. »Du kannst was nicht?«

Sie starrte ihm in die stahlgrauen Augen und straffte sich innerlich. »Ich kann Hans Ebert nicht heiraten.«

Er lachte. »Rede keinen Unsinn, Jelka. Es ist alles arrangiert. Außerdem ist Hans jetzt General.«

»Das ist mir gleichgültig!« Die Härte in ihrer Stimme überraschte ihn. »Ich kann ihn nicht heiraten!«

Er schüttelte den Kopf und beugte sich vor. »Das darfst du nicht sagen, Jelka. Das darfst du einfach nicht!«

Sie starrte ihn finster und trotzig an. »Warum nicht? So sind nun einmal meine Gefühle. Hans zu heiraten, würde mich umbringen. Ich würde zusammenschrumpfen und sterben.«

»Unsinnn!« schnauzte er verärgert. »Mach dich nicht lächerlich! Merkst du nicht, wie der Junge dich ansieht? Er ist wie berauscht von dir!«

Sie senkte den Blick und schüttelte den Kopf. »Du verstehst das nicht. Du verstehst das wirklich nicht, was?« Sie fuhr zusammen, dann blickte sie wieder zu ihm auf. »Ich kann ihn einfach nicht ausstehen, Vater. Ich …« Sie lachte schmerzhaft auf. »Wie kann ich jemanden heiraten, den ich nicht mag?«

Er war ganz still geworden und hatte die Augen zusammengekniffen. »Hör zu, Mädchen, du *wirst* ihn heiraten, und zwar früher als du denkst. Ich habe einem neuen Datum für die Vermählung zugestimmt. In einem Monat.«

Sie ließ sich mit offenem Mund zurücksinken und starrte ihn an.

Er beugte sich näher heran, und seine Stimme wurde sanfter. »So wollte ich es dir eigentlich nicht sagen, aber jetzt ist es raus. Und jetzt Schluß mit diesem Unfug. Hans ist ein feiner junger Mann. Der beste, den es gibt.

Und du wirst dich auch freuen, wenn du erst diese verrückten Gedanken aus deinem Kopf verbannt hast. Wart's nur ab. Du wirst mir noch dankbar sein.«

»Dankbar?« Der ungläubige Ton in ihrer Stimme machte ihn wütend.

»Ja, dankbar. Und jetzt ist Schluß. Ich bestehe darauf.«

Sie schüttelte den Kopf. »Du kennst ihn nicht, Vater. Er hält ein Mädchen in seinem Haus gefangen – ein verrücktes Mädchen, dessen Baby er umgebracht hat –, und ich habe gehört ...«

»Es reicht!«

Tolonen sprang auf und brachte die Sänfte zum Schwanken. Als das Schwingen aufhörte, setzte er sich wieder, und langsam wich alle Farbe aus seinem Gesicht.

»Ich will kein Wort mehr von dir hören, Mädchen. Nicht ein einziges Wort. Hans ist ein feiner junger Mann. Und diese Lügen ...«

»Es sind keine Lügen. Ich habe das Mädchen gesehen. Ich habe gesehen, was er ihr angetan hat.«

»Lügen ...«, beharrte er starrsinnig und schüttelte den Kopf. »Also wirklich ... Das hätte ich nicht von dir gedacht, Jelka. Ein solches Benehmen. Wenn deine Mutter noch am Leben wäre ...«

Sie senkte ruckartig den Kopf und zitterte vor Zorn. Bei allen Göttern! In einem solchen Moment ihre Mutter zu erwähnen ... Sie brachte ihren Atem unter Kontrolle und beruhigte sich, dann sagte sie es ein weiteres Mal.

»Ich *kann es nicht.*«

Sie blickte auf und sah, wie er sie musterte: kühl, so fern in seinen Empfindungen, daß er ihr wie ein Fremder vorkam.

»Du wirst«, sagte er. »Du wirst ihn heiraten, weil ich es so will.«

* * *

Der Arzt fummelte noch immer an Karrs Schulter, als sie den Mann hereinbrachten. Karr fuhr herum, zuckte zusammen und schickte den Arzt weg, dann beugte er sich über den Schreibtisch und musterte den Neuankömmling.

»Bis du sicher, daß er es ist?« fragte er mit einem Blick auf Chen.

Chen nickte. »Wir haben alles überprüft. Er scheint der zu sein, der er behauptet.«

Karr lächelte, ließ sich zurücksinken, und ein Anflug von Schmerz überflog sein Gesicht. »Na gut. Sie sind also Reid, häh? Thomas Reid. Nun, sagen Sie mir, *Shih* Reid, warum sind Sie hier?«

Der Mann senkte den Blick, zeigte für einen Moment Furcht, dann nahm er seinen ganzen Mut zusammen und redete.

»Ich war dort, verstehen Sie. Nachdem Sie die Festung gestürmt haben. Ich war mit dem Leutnant des Herrn dort ...«

»Des Herrn?«

»DeVore. So nennen wir ihn. Der Herr.«

Karr warf Chen einen Blick zu. »Und?«

»Ich war nur da. Hinterher, meine ich. Lehmann und ich ...«

»Lehmann?«

»Stefan Lehmann. Der Albino. Der Sohn von Untersekretär Lehmann.«

Karr lachte überrascht. »Und er ist DeVores Leutnant?«

»Ja. Ich habe ihn begleitet, verstehen Sie. Wir sollten für den Herrn etwas abliefern. Aber als wir kurz nach acht zurückkamen, sahen wir aus einiger Entfernung Ihre Transporter und wußten, daß es Ärger gab. Wir haben deshalb nach Süden kehrt gemacht, haben das Tal zu Fuß durchquert und sind zu den Ruinen hinaufgeklettert.«

»Welchen Ruinen?«

»Nun, es gibt da ein Schloß ... oder die Überbleibsel eines Schlosses. Es liegt, von der Basis aus gesehen, auf der anderen Seite des Berges. Darunter befindet sich eine alte Tunnelanlage. Der Herr hat sie benutzt, als er die Basis einrichtete, und sie mit ihr verbunden.«

»Aha ...« In Karrs Augen dämmerte das Begreifen. »Aber warum sind Sie dorthin geflohen?«

»Weil Lehmann so eine Ahnung hatte. Er dachte, De-Vore könnte sich in einem der alten Tunnel aufhalten.«

»Und war er dort?«

»Ja.«

Karr sah zu Chen hinüber. Genau das hatte er vermutet. Aber jetzt hatte er Gewißheit. DeVore war entkommen; er konnte weiter draußen in der Welt sein Unwesen treiben.

»Wissen Sie, wo er ist?«

Reid schüttelte den Kopf.

»Warum sind Sie dann hier? Was wollen Sie?«

Reid sah zur Seite. »Ich ... ich habe Angst gehabt. Hier draußen wurde die Lage immer kritischer. Uns glitt alles aus den Händen. DeVore, Lehmann ... das sind keine Männer, die man aufs Kreuz legen sollte.«

»Und trotzdem sind Sie hier. Warum?«

»Weil ich genug davon hatte. Und weil ich das Gefühl hatte, daß nur Sie mich beschützen können, wenn überhaupt jemand.«

»Und warum sollte ich das tun?«

»Weil ich einiges weiß. Zum Beispiel, wo die anderen Basen liegen.«

Karr sackte verdattert in die Polster. *Andere Basen ...* »Aber ich dachte ...« Er riß sich zusammen, sah Chen an und fand in seinem Gesicht seine eigene Verblüffung widergespiegelt. Während ihrer Erkundung der Wildnis waren sie rein zufällig auf die Landeck-Basis gestoßen, die sich durch ihr infrarotes Emissionsmuster verriet. Sie hatten ihrem Geschick auf Knien gedankt, aber nicht einen Moment lang für möglich gehalten, daß es noch weitere gab. Sie hatten die ganze Zeit angenommen, daß DeVore in kleinerem Maßstab arbeitete, seine Organisation möglichst überschaubar hielt.

Diese Neuigkeit änderte alles, änderte es dramatisch.

Reid beobachtete Karr. »Ich weiß, wie es dort draußen organisiert ist. Ich war während meiner Zeit für einige Projekte verantwortlich. Ich habe im Kopf alle Einzelheiten zusammengesetzt. Ich weiß, wo ihre schwachen Stellen sind.«

»Und Sie werden uns all das verraten, wenn wir als Gegenleistung für Ihre Sicherheit garantieren?«

Reid nickte. »Das und zehn Millionen *Yuan*.«

Kerr lehnte sich zurück. »Ich könnte Sie foltern, die Wahrheit aus Ihnen herauspressen lassen.«

»Das könnten Sie. Aber dann würde Ebert vielleicht davon erfahren, nicht? Und das würde Ihnen alles verderben. Soviel ich weiß, hat er bereits eine Untersuchung Ihrer Aktivitäten veranlaßt.«

Karr fuhr hoch, und der scharfe Schmerz in seiner Schulter verzerrte sein Gesicht. »Woher wissen Sie das?«

Reid lächelte, amüsiert über die Wirkung seiner Worte. »Ich habe es aufgeschnappt. Unser Herr unterhielt sich mit Ebert. Es scheint, als wollte der neue General seine Reihen ein wenig lichten. Und Sie und Ihr Freund Kao Chen stehen ganz oben auf der Liste.«

»Aber zehn Millionen. Woher sollte ich zehn Millionen nehmen?«

Reid zuckte die Achseln. »Das ist Ihr Problem. Aber solange Sie meine Bedingungen akzeptiert haben, werde ich nichts sagen. Und je länger Sie warten, umso wahrscheinlicher wird es, daß Ebert Sie Ihres Amtes enthebt.«

Chen brach sein Schweigen. »Und was hätten Sie davon, *Shih* Reid?«

Reid wandte sich Chen zu. »So wie ich das sehe, Kao

Chen, habe ich die Wahl: entweder bin ich tot oder in Sicherheit und sehr, sehr reich. Ein solche Wahl treffe ich gern. Dieses Risiko gehe ich gern ein. Aber was ist mit Ihnen? Sie haben Kinder, Kao Chen. Ist die Sache für Sie so einfach?«

Chen wurde blaß. Er konnte nicht glauben, daß Reid soviel wußte. Es war ein Hinweis darauf, daß DeVore über sie alle Akten führte; mit Informationen, die sicher von Ebert stammten. Ein erschreckender Gedanke. Die Möglichkeit, daß Wang Ti und die Kinder von DeVore bedroht wurden, machte ihn frösteln. Er sah an Reid vorbei zu Karr hinüber.

»Gregor …«

Karr nickte, dann starrte er Reid mit ausdrucksloser Miene an. »Ich werde das Geld besorgen, *Shih* Reid. Sie haben mein Wort. Sie bekommen das Geld heute abend. Aber Sie müssen mir sagen, was Sie wissen. Sofort. Solang ich noch etwas ausrichten kann. Ansonsten ist mein Wort nicht mehr wert als ein Vogelfurz.«

Reid zögerte, dann nickte er. »In Ordnung. Geben Sie mir eine detaillierte Karte der Wildnis. Ich werde die Standorte der Basen markieren. Und dann werden wir uns unterhalten. Ich werde Ihnen eine Geschichte erzählen. Eine Geschichte über einen jungen General und einen Ex-Major und wie sie sich vor einem Jahr in einer alten Skihütte trafen.«

* * *

Li Yuan saß in seinem Stuhl in dem alten Arbeitszimmer in Tongjiang, und das Paket lag vor ihm auf dem Schreibtisch. Er sah sich um und dachte zurück. Hier hatte er gelernt, was es bedeutete, Verantwortung auf sich zu laden, sich den Staatsgeschäften zu widmen. Hier hatte er sich – als rechte und linke Hand seines Vaters – bis spät in die Nacht abgemüht, die Fäden der Ereignisse zu entwirren, um Lösungen für die Probleme seines Vaters zu finden.

Und jetzt waren es seine Probleme. Er betrachtete das Paket und seufzte.

Schließlich wandte er sich dem großen Kommunikationsmonitor zu. »Verbinden Sie mich mit Wu Shih«, sagte er, ohne einen Blick in die Deckenkameras zu werfen. »Sagen Sie ihm, wir haben etwas Dringendes zu besprechen.«

Es dauerte nicht lang, bis der Bildschirm aufblitzte und der T'ang von Nordamerika in zehnfacher Lebensgröße den Monitor ausfüllte.

»Vetter Yuan. Ich hoffe, dir geht's gut. Und meinen Glückwunsch. Wie geht es deinen Frauen?«

»Es sind halt Frauen, Wu Shih. Aber hör zu. Ich habe mir die Sache durch den Kopf gehen lassen, über die wir gesprochen haben, und ich glaube, ich weiß eine Lösung.«

Wu Shih hob die Augenbrauen. Vor einigen Wochen hatten die Kontaktleute seines Sicherheitsdienstes über eine neue populäre Bewegung berichtet, genannt ›Die Söhne Benjamin Franklins‹. Bisher gab es nicht den kleinsten Hinweis, daß sie Pläne gegen die Sieben schmiedeten, noch hatten sie sich irgendwelcher Gewaltakte oder der Aufwiegelei schuldig gemacht. In dieser Hinsicht hielten sie sich peinlich genau an den Wortlaut des Gesetzes. Doch die bloße Existenz einer solchen Geheimgesellschaft – deren Name schon auf eine verbotene Vergangenheit zurückverwies – war Anlaß zu ernster Besorgnis. Unter anderen Umständen hätte er einfach die prominentesten Mitglieder zusammengetrieben und degradiert. Aber dies waren nicht die üblichen Hitzköpfe. Bei den ›Söhnen‹ handelte es sich ohne Ausnahme um Erben diverser Konzerne in Nordamerika. Wu Shihs Problem bestand darin, wie er ihre Aktivitäten einschränken sollte, ohne ihre mächtigen und einflußreichen Väter gegen sich aufzubringen. Es war ein vertracktes Problem, das noch erschwert wurde durch den Umstand, daß kein ›Verbrechen‹ begangen worden war, es für ihn also keinen Vorwand zum Handeln gab.

»Eine Lösung, Li Yuan? Was für eine Lösung?«

»Ich habe jemanden in deine Stadt geschickt, Wu Shih. Als meinen Gesandten, könnte man sagen, obwohl er selbst nichts davon weiß.«

Wu Shih runzelte die Stirn, beugte sich etwas vor, und sein Bild wackelte einen Moment, bevor es wieder klar wurde. »Einen Gesandten?«

Li Yuan erklärte es ihm.

Hinterher ließ Wu Shih sich zurücksinken und dachte darüber nach. »Ich verstehe. Aber meinst du, es funktioniert?«

»Dafür kann ich nicht garantieren, aber wenn es nicht klappt, haben wir auch nichts zu verlieren, oder?«

Wu Shih lächelte. »Hört sich ganz vernünftig an.«

»Und wirst du dich um den Jungen kümmern?«

»Als wär's mein eigener Sohn, Li Yuan.«

»Gut. Dann muß ich mich jetzt verabschieden, Wu Shih. Bis heute abend ist noch einiges zu tun.«

Wu Shih lachte. »Und heute nacht noch mehr, hm?«

Für einen Moment stand Unbehagen in Li Yuans Gesicht, dann erwiderte er mit zusammengepreßten Lippen Wu Shihs Lächeln und verabschiedete seinen T'ang-Kollegen mit einer knappen Verbeugung, bevor er die Verbindung unterbrach.

Heute nacht. Er schauderte. Heute nacht wollte er bloß allein sein. Aber sein Schicksal hatte es anders bestimmt. Er war jetzt verheiratet. Er hatte seinen Frauen gegenüber Pflichten. Und seinen Ahnen gegenüber. Denn jetzt war es an ihm, einen Sohn zu zeugen und die Erbfolge zu sichern. Damit die Kette nicht abriß, den Ahnen weiterhin Opfer dargebracht, die Gräber gepflegt wurden.

Dennoch war sein Herz wie abgestorben. Seit heute morgen hatte er an nichts anderes denken können als an den Neugeborenen, hatte vor seinem geistigen Auge das Kind in Fei Yens Armen gesehen, während sie mit Kissen im Rücken in dem Bett im Hause ihres Vaters lag.

Er schüttelte den Kopf, dann stand er auf. Es tat weh. Es tat sogar sehr weh, aber all das lag jetzt hinter ihm. Es ging nicht anders. Sein Leben lag vor ihm, und er durfte nicht seinen Schmerz wie eine offene Wunde umhertragen. Noch konnte er warten, bis die Zeit die Narben heilte. Er mußte weitermachen, um jeden Preis. Denn er war jetzt T'ang. T'ang.

Er stand da, stützte die Hände auf die Schreibtischkante und starrte auf das Paket, noch immer unschlüssig, ob er es abschicken sollte, dann beugte er sich vor und drückte den Klingelknopf. »Schicken Sie Nan Ho rein.«

Die Einsatzbesprechung mit dem Jungen hatte sich als erfolgreicher erwiesen, als jemand von ihnen zu hoffen gewagt hatte, und Direktor Spatz und seine Bemerkung über Wards ›unmaßgeblichen Beitrag‹ zu dem Projekt Lügen gestraft. Ward hatte sich an alles erinnert. Der Umfang seines Wissens über das Verdrahtungsprojekt hatte alle überrascht. Mit seinen Auskünften würden sie imstande sein, die Anlage innerhalb eines Monats zu rekonstruieren. Eine Anlage, die – zumindest theoretisch – weit leistungsfähiger wäre als jene, die Spatz so spektakulär heruntergewirtschaftet hatte.

Diesmal würde er es richtig machen, dafür sorgen, daß die richtigen Männer ernannt wurden, das Projekt eine solide Finanzgrundlage erhielt und angemessen bewacht wurde. Nein, diesmal würden keine Fehler unterlaufen.

Fehler. Er schüttelte den Kopf. Er hatte die Lage völlig falsch eingeschätzt. Er hätte, was den Jungen anging, seinem Instinkt vertrauen sollen, aber er war aus dem Gleichgewicht gewesen. Der ganze Ärger mit Fei Yen hatte ihn aus der Bahn geworfen. Er war unfähig gewesen, klar zu sehen. Aber jetzt würde er die Dinge richten. Jetzt konnte er den Jungen belohnen. Und wie sollte er Ward besser an sich binden als durch dessen Dankbarkeit? Und er mußte sich auf seine Loyalität verlassen können. Das wurde ihm jetzt klar. Er begriff, was er aus Unachtsamkeit fast verloren hatte.

Nur selten begegnete man jemanden, der über solche Talente verfügte wie Kim Ward. Es war ein Geschenk, das nichts kostete. Und wer es zur Verfügung hatte, konnte nur davon profitieren. Chung Kuo veränderte sich, ob es einem gefiel oder nicht, und sie mußten Möglichkeiten finden, die Veränderungen in Zaum zu halten. Wards Fähigkeiten – sein Genie, wenn man so wollte – konnten sich als wirksam erweisen, nicht um Veränderungen zu verhindern – denn niemand konnte die Flut des Kommenden aufhalten –, sondern um sie in Bahnen zu lenken, die den Wünschen der Sieben entsprachen.

Für den Moment allerdings hatte Li Yuan ihm eine andere Aufgabe zugeteilt. Er sollte das Auge sein, das in die finsteren Herzen seiner Feinde spähte. Das Ohr, das den Rhythmen ihrer Gedanken lauschte. Und wenn er damit fertig war, würde er ihn wie einen jungen Falken an einer langen Leine fliegen lassen, ihm die Illusion der Freiheit geben, ihn seine Flügel ausstrecken lassen, auch wenn er ihn hielt und lenkte.

Jemand klopfte leise an die Tür. »Herein«, sagte er.

»Ihr habt mich gerufen, *Chieh Hsia?*«

Er hob das Paket auf und hielt es seinem Kanzler hin. »Lassen Sie das sofort an *Shih* Ward schicken. Ich möchte, daß es in seinem Zimmer ist, wenn er heute abend zurückkommt.«

»Natürlich, *Chieh Hsia*.« Nan Ho zögerte. »Ist das alles?«

Wie stets hatte er Li Yuans Stimmung gespürt. Er spürte sie, auch wenn er kein Wort der Klage von sich gab.

»Noch eins, Nan Ho. Sie werden für mich eine Nachricht überbringen. Persönlich. An Fei Yen. Ich möchte ihr alles Gute wünschen.«

Nan Ho senkte den Kopf. »Verzeiht mir, *Chieh Hsia*, aber ist das klug? Es gibt sicher Personen, die daraus schließen würden, daß ...«

Li Yuan schnitt ihm das Wort ab. »Nan Ho! Tun Sie's einfach. Ob es klug ist oder nicht, ich habe einfach das *Gefühl*, daß ich es tun sollte. Also bitte, überbringen Sie ihr meine Nachricht und wünschen Sie ihr alles Gute. Ich möchte keine bitteren Gefühl über die Vergangenheit aufkommen lassen, verstehen Sie mich? Ich möchte Stärke beweisen. Und wie sollte ich das, wenn ich mich nicht mit ungetrübtem Blick der Vergangenheit zuwenden und meine Fehler einsehen kann?«

Beeindruckt von den Worten seines Herrn, senkte Nan Ho den Kopf. »Ich mache mich sofort auf den Weg, *Chieh Hsia*.«

»Gut. Und wenn Sie zurück sind, werden Sie mir einen neuen Meister der Inneren Kammer suchen. Einen Mann, der mir so gut dienen wird, wie Sie mir gedient haben.«

Nan Ho lächelte. »Natürlich, *Chieh Hsia*. Ich weiß schon jemanden.«

* * *

Es war nach Mitternacht, und in Archimedes' Küche herrschte Gedränge. In dem Club war es düster wie auf dem Grunde des Ozeans, und die Luft war schwer von exotischen Düften. Wenn man unter dem großen Bogen eintrat, übertönte ein primitiver Baßrhythmus wie ein tiefer, alles durchdringender Herzschlag alle übrigen Geräusche und brachte jeden Gegenstand zum Vibrieren.

Die Architektur des Clubs war exzentrisch, aber wohldurchdacht. Alles fehlte, was an die Kultur der Han erinnerte. Sein Interieur orientierte sich an den letzten Jahren des Amerikanischen Reiches kurz vor dem Großen Kollaps.

Von seiner Position auf dem oberen Rand der Stadt erlaubte der Club einen Ausblick auf die dunkelgrüne, von Inseln durchsetzte Buzzards Bay. Durch die übergroßen, farblosen Fenster der Obergeschosse konnte man an einem klaren Tag bis zur südwestlichen Spitze von Martha's Vineyard sehen, einen formlosen grünen Schimmer in der Ferne.[14] Die wenigsten interessierte es, denn die meiste Zeit blieben die großartigen Aussichtsfenster undurchsichtig, und arabeske Farbmuster wirbelten über die matten Flächen.

Das Lokal wirkte wie eine Höhle. Um die zentrale, kreisrunde Tanzfläche folgten die einzelnen Geschosse wie ein spiralförmig gewundener Schlauch aufeinander, und eine einzige breite Rampe stieg flach in die düsteren Höhen empor. Entlang der langen, mit eleganten Teppichen ausgelegten Kurve der ›Avenue‹ waren Tische aufgestellt. Reich verzierte, eindrucksvolle Tische im ›Reichsstil‹, in deren hölzerne Tischplatten die alten Insignien der neunundsechzig Staaten eingeschnitzt waren. Bronzeadler breiteten ihre Schwingen über die Rückenlehne jedes Stuhls. In Schwarz und Gold gekleidete Kellner schwebten – schwebten buchstäblich – am Geländer entlang, um Bestellungen entgegenzunehmen. Ihre kleinen Rucksackdüsen, eine Reminiszenz an die technische Vergangenheit, verletzten das Edikt. Wie Bienen betreuten die Kellner die überfüllten Geschosse, holten und brachten Geschirr und verschwanden in der Dunkelheit hoch über den Köpfen ihre Gäste.

Im Mittelpunkt des Ganzen stand eine mächtige Lichtskulptur, eine goldene Doppelhelix, die vom Boden bis zur Decke reichte. Die detailgetreue Doppelspirale, die im Raum schwebte, pulsierte im Baßrhythmus, wirkte mal zerbrechlich und mal fest, mal geisterhaft dürr und dann wieder breit und scharf umrissen wie ein massiver Gegenstand. Auch das grenzte an eine Gesetzwidrigkeit; es war eine Art Herausforderung an die Herrschenden.

Die Mitgliedschaft in Archimedes' Küche war ein exklusives Vergnügen. Fünf-, fast sechstausend Mitglieder bevölkerten das Lokal an einem guten Abend – so wie heute –, aber es gab fünfmal mehr Mitglieder, und noch zwanzigmal so viele standen auf der Warteliste. Allerdings blieb die Mitgliedschaft nur einem Bruchteil der Bevölkerung vorbehalten. Weder Han noch ihre Angestellten waren hier zugelassen. In dieser wie in vieler anderer Hinsicht verletzte der Club die Statuten, die das Haus vor einem Jahr erlassen hatte, obwohl der Umstand, daß nahezu jeder Abgeordnete des Repräsentenhauses von Nordamerika Mitglied der Küche war, niemandem entgangen sein konnte.

Es war ein Ort der Ausschweifung. Hier war weit mehr erlaubt als irgendwo sonst. Exzentrisches Auftreten schien die Regel zu sein, und Nacktheit, oder teilweise Nacktheit, die nichts Wichtiges verhüllte, war überall anzutreffen. Männer trugen um den Genitalien silberne Verzierungen, kleine Flossen, die seitlich aus den drogenerigierten Schäften ragten. Die Frauen waren nicht weniger offenkundig in ihrem Symbolismus; viele trugen verzierte Ringe aus poliertem Metall um ihr Geschlecht, deren Form den Andockschleusen eines Raumschiffs ähnelten. Es war ein Spiel, doch es steckte eine Bedeutung dahinter.

Von den Bekleideten – der Mehrheit übrigens – zeigten die wenigsten die Bereitschaft, vom vorherrschenden Stil abzuweichen: ein Stil, der sich am besten als Techno-Barbarismus beschreiben ließ, eine Mischung aus Raumanzügen und archaischen Kettenpanzern. Aus dem seltsamen Gegensatz zwischen den feingeschnittenen, in einigen Fällen schönen aristokratischen Gesichtern und der rohen, primitiven Kleidung ließ sich einiges schließen. Es war ein Kontrast, der viel über eine schwer zu fassende Qualität dieser Gesellschaft aussagte, über den unausgesprochen, doch stets gegenwärtigen Konflikt in ihrer Seele. Fast ein Bekenntnis.

Es war fast zwei Uhr morgens, als Kim am ›Tor‹ eintraf und seine Einladung vorzeigte. Seine nüchterne Kleidung wie sein niederer Rang wiesen ihn unmißverständlich als Besucher aus. Die Leute starrten ihn neugierig an, als er durch den übervölkerten Tunnel in die zentrale Halle geführt wurde.

Er bestieg ein kleines Fahrzeug, das ihn an seinen Tisch trug – eine Nachbildung des vierrädrigen, batteriebetriebenen Jeeps, der erstmals vor nahezu zweihundertfünfzig Jahren auf dem Mond eingesetzt worden war. An einer Stelle auf halber Höhe der Spirale bremste er ab. Es war ein leerer Tisch, der Platz für vier oder fünf Gäste bot. Unweit hinter dem Messing- und Kristallgeländer schwebten zwei Kellner.

Kim setzte sich ans Geländer und sah auf die Tanzfläche mehr als hundert *ch'i* unter sich hinunter. Hier oben war der Lärm nicht so ohrenbetäubend. Dort unten allerdings drängten sich die Menschen dicht aneinander und vollführten, von einem Stimmungsaufheller stimuliert, langsame, sinnliche Bewegungen. Kleine, leuchtkäferartige Halluzinogenwolken schwebten zwischen den Tänzern umher und versprühten lautlos Funken, wenn sie mit dem warmen, feuchten Fleisch in Berührung kamen.

Kim blickte auf. Seine Gastgeber waren eingetroffen. Sie standen auf der anderen Seite des Tisches: zwei große, athletisch gebaute Männer, die leger kurze, geschäftsmäßige *Pau* trugen, als wollten sie es ihm angenehmer machen.

Der ältere der beiden kam um den Tisch, um ihn zu begrüßen.

»Es freut mich sehr, daß Sie gekommen sind«, sagte er und grinste breit. »Mein Name ist Charles Lever.«

»Ich weiß«, sagte Kim schlicht und erwiderte sein Lächeln.

Der alte Lever war Inhaber des größten pharmazeutischen Konzerns von Nordamerika, vielleicht von ganz Chung Kuo. Der andere, zugleich sein persönlicher Assistent, war sein Sohn Michael. Kim schüttelte Levers Hand, sah an ihm vorbei zu seinem Sohn und bemerkte, wie sehr sie einander ähnelten.

Sie nahmen Platz, und der Alte beugte sich Kim über den Tisch entgegen. »Haben Sie etwas dagegen, wenn ich für Sie bestelle, Kim? Ich kenne die Spezialitäten des Hauses.«

Kim nickte, sah in die Runde und stellte zu seinem Erstaunen fest, wer am nächsten Tisch ein Stück abwärts saß. Er drehte sich um und sah, daß es sich mit dem nächsten Tisch über ihm genauso verhielt.

An beiden Tischen hatte eine Gruppe von Aristokraten Platz genommen. Sie hatten vorher nicht dort gesessen, also mußten sie nach Levers Ankunft an ihre Plätze geschlichen sein. Die Art, wie sie sich anzogen, war nicht besonders ungewöhnlich, dennoch fielen sie einem sofort auf. Sie hatten kahlgeschorene Köpfe. Das fehlende Haar fiel einem sofort ins Auge, bevor eine weitere Einzelheit die Aufmerksamkeit an sich zog: ein Zickzackmuster von Narben wie das Leitungsgitter auf einer altmodischen gedruckten Schaltung. Es hob sich blau von den bleichen Schädeln ab wie ein fremdartiger Code.

Kim betrachtete sie fasziniert und wußte nicht recht, wie er sie einordnen sollte, dann wandte er sich wieder dem alten Lever zu und stellt fest, daß der ihn mit einem amüsierten Lächeln beobachtete.

»Wie ich sehe, haben Sie meine Freunde bemerkt.«

Lever stand auf, ging von Tisch zu Tisch und verwandte einigen Aufwand darauf, jeden einzeln vorzustellen. Losgelöst von dem Geschehen, bekam Kim nur mit, wie gleichförmig sie trotz großer Variationen ihrer Gesichtszüge erschienen; wie dieses eine Merkmal alle Individualität aus ihren Gesichtern tilgte, sie zu *Dingen* machte.

»Was Sie hier versammelt sehen, Kim, ist das erste Stadium eines großen Experiments. Ein Experiment, bei dem ich mich über Ihre Hilfe freuen würde.« Der Alte stand mit vor der Brust verschränkten Armen da, genoß seine Macht und sein Wissen und konnte sicher sein, daß Kim ihm aufmerksam zuhörte. »Dies hier sind die ersten, die von einem Durchbruch in ImmVacs Forschungsprogramm profitiert haben. Bahnbrecher könnte man sie nennen. Pioniere einer neuen Art zu leben.«

Kim nickte, aber er dachte nur daran, wie merkwürdig es war, daß Lever dies so öffentlich kundtat, eine solche Art der Präsentation wählte.

»Dies hier...« Lever machte eine Pause und grinste breit, als könne er sich das Lachen kaum verkneifen. »Dies hier sind die ersten Unsterblichen, Kim. Die allerersten.«

Kim schürzte die Lippen, überlegte und versuchte einzuschätzen, was der Alte vorhatte. Er war überrascht. Er hatte nicht geglaubt, daß schon jemand so nah daran war. Aber wenn es stimmte, was hatte das zu bedeuten? Warum wollte Lever ihn dabei haben? Welcher Makel mußte noch ausgebügelt werden?

»Unsterbliche«, wiederholte der Alte, und seine Augen glühten, wenn er das Wort aussprach. »Davon hat die Menschheit seit Alters her geträumt. Der Triumph über den Tod.«

Von den Nachbartischen kam Geflüster wie das Rascheln papierdünner Metallwimpel im Wind. Hinter Kim schimmerten und pulsierten spiralartig gewundene Lichtfäden, während Kellner zwischen den Geschossen umherschwebten. Die Luft war voller erregender Düfte. Alles wirkte wie ein Traum, fast absurd.

»Meinen Glückwunsch«, sagte Kim. »Ich nehme an...«

Er brach ab und sah dem Alten in die Augen. Was

nahm er denn an? Daß es funktionierte? Daß Lever seine Verletzung des Edikts bewußt war? Daß es wirklich um das ging, was »die Menschheit seit Alters her erträumt hatte«? All das vielleicht, aber er brachte den Satz anders zu Ende. »Ich nehme an, Sie werden mich für meine Hilfe gut bezahlen, *Shih* Lever.«

Der Sohn wandte ruckartig den Kopf und sah Kim überrascht an. Sein Vater überlegte kurz, dann lachte er herzlich und nahm wieder Platz.

»Aber natürlich werden Sie gut bezahlt, *Shih* Ward. Sehr gut sogar. *Falls* Sie uns helfen können.«

Die Kellner kamen und brachten Wein und Essen. Für den Moment waren alle Gespräche unterbrochen, bis sie das Mahl angerichtet hatten. Als es soweit war, griff Kim nach dem Krug, ignorierte den Wein und goß sich ein Glas Wasser ein. Er nippte an der eiskalten Flüssigkeit, bevor er wieder zu dem alten Lever hinübersah.

»Aber warum das Ganze? Warum besprechen Sie die Sache hier in aller Öffentlichkeit?«

Lever lächelte und machte sich an seine Vorspeise. Er kaute eine Weile, dann legte er die Gabel hin. »Sie wissen nicht, wie es bei uns zugeht, was? All das ...« – er gestikulierte mit dem Messer – »... ist ein Marktplatz. Und dies ...« – er deutete auf seine Freunde – »... sind meine Produkte.« Er grinste und zeigte mit dem Messer auf Kim. »Und was Sie angeht, habe ich aus verläßlicher Quelle erfahren, daß Sie über eine einzigartige Reputation verfügen. Von Ihren Beziehungen einmal ganz zu schweigen.« Einer seiner Augenwinkel flatterte kurz. »Wenn ich mich auf diese Weise hier mit Ihnen treffe, signalisiere ich damit meine Bereitschaft, mit Ihnen zusammenzuarbeiten. Der Beste mit dem Besten.« Er schaufelte eine zweite Gabel voll in den Mund, kaute und schluckte. Sein Sohn an seiner Seite sah zu, ohne etwas zu essen.

»Also geschieht alles öffentlich?«

»Gewissermaßen.« Der Sohn sprach für den Vater.

»Das schadet unseren Geschäften nicht. Die richtigen Gerüchte nähren einen gesunden Konzern.«

Der Alte Lever nickte. »Genau. So ist es, Kim. Und es würde Ihrer Karriere keinen Deut schaden, wenn Sie mit ImmVac in Zusammenhang gebracht werden.«

Ja, dachte Kim, außer wenn die Sieben auf Ihre Aktivitäten aufmerksam werden und Sie aus dem Verkehr ziehen. »Sie wissen, daß ich andere Pläne habe«, sagte er laut.

Der alte Mann nickte. »Ich weiß alles über Sie, Kim.«

Es klang bedrohlich, und Kim blickte, für einen Moment aufgeschreckt, von seinem Teller hoch, doch es war bloß eine Floskel. *Nicht alles*, dachte er.

»Es wäre eine … theoretische Arbeit«, fuhr Lever fort. »Etwas, wozu Sie meines Wissens nach besonders befähigt sind. Eine *Synthese*.«

Kim neigte den Kopf und fühlte sich unbehaglich, wußte aber nicht recht, wo dieses Gefühl herrührte. Vielleicht hatte Levers Bemerkung ihn beunruhigt. Er mochte es nicht, wenn jemand *zuviel* über ihn wußte.

»Wir haben eine Droge, die funktioniert. Einen Stabilisator. Eine Substanz, die jene *Fehlerkatastrophe* verhindert, die für den Alterungsprozeß eines Menschen verantwortlich ist. Aber damit wollen wir nicht aufhören. Langlebigkeit sollte nicht bloß etwas für die Jungen sein, hm, Kim?« Sein Lachen hatte etwas leicht Nervöses, was niemandem am Tisch entging. Sein Sohn schien davon bestürzt und peinlich berührt zu sein. Kim allerdings hielt es für das Bedeutungsvollste, was Lever gesagt hatte. Er wußte jetzt, was ihn antrieb.

Sie wollen es selbst. Und die Droge, die Sie entwickelt haben, verhilft Ihnen nicht dazu. Sie kehrt den Alterungsprozeß nicht um, sondern hält ihn bloß auf. Sie wollen wieder jung sein. Sie wollen für immer leben. Und im Moment können Sie beides noch nicht haben.

»Und Ihre Bedingungen?«

Wieder lachte Lever, als spräche Kim nun plötzlich

seine Sprache. »Die Bedingungen werden wir besprechen, wenn wir uns wiedertreffen. Aber jetzt genießen Sie erst einmal dieses fabelhafte Essen. Greifen Sie zu, Kim. Greifen Sie nur zu. Etwas wie diesen Fisch haben Sie noch nie gegessen, das verspreche ich Ihnen.«

Kim kostete einen Bissen und nickte. »Schmeckt gut. Was ist das?«

Die Leute an den Nachbartischen lachten. Lever brachte sie mit einer Handbewegung zum Schweigen und lehnte sich über den Tisch dem Jungen entgegen. »Hier wird nur eine Sorte Fisch serviert. Hai.«

Kim sah in die Gesichter der Fast-Unsterblichen, dann wandte er sich wieder den Levers zu, Vater und Sohn, und sah, wie sie sich über diesen kleinen Scherz amüsierten.

»Wie die Zeit«, sagte er.

»Was?« fragte der Alte, lehnte sich zurück und schlang einen Arm um die Adlerschwingen.

»Zeit«, wiederholte Kim und schnitt langsam einen zweiten Happen aus dem Fischsteak. »Sie ist wie ein Hai in einem blutigen Meer.«

Ihre Belustigung verblaßte, und Kim bemerkte ein Zucken in den Augenwinkeln des alten Mannes. Und noch etwas. Respekt. Lever betrachtete ihn mit neuen Augen. »Ja«, sagte er nach einer Weile. »So ist es, Junge. So ist es.«

* * *

Wie ein Mann, der halb so alt war wie er, stieg Tolonen die gewundene Treppe hinauf, indem er je zwei Stufen auf einmal nahm, doch als er sich umdrehte, um dem Anführer der Ehrenwache etwas zuzurufen, stellte er fest, daß er allein war. Die Treppe unter ihm war leer, die Tür an ihrem Fußende geschlossen. Der Korridor lag still und düster vor ihm. Zu beiden Seiten zweigten Türen ab. Am anderen Ende führte eine Tür in den zentralen Steuerraum.

»Wo, zum Teufel…«, begann er und verstummte. Irgend etwas stimmte hier nicht. Seine Instinkte warnten ihn mit einem kribbligen Gefühl. Irgend etwas an ihren Uniformen…

Er regierte schnell, wirbelte herum und erschoß den ersten, als er durch die Tür gegenüber stürmte, aber sie bewegten sich schnell, und der zweite hatte bereits sein Messer gehoben, bevor Tolonen ihn niederstrecken konnte.

Er fiel auf die Knie und rutschte an der rechten Wand herunter. Blut schoß aus seinem linken, seinem Feuerarm, und die Waffe rutschte zu Boden. Er konnte hinter sich, von wo er gekommen war, Schüsse hören, aber er hatte keine Zeit herauszufinden, was sie bedeuteten. Als er das Messer aus seinem Arm zog und sich aufrichtete, erschien ein weiterer Angreifer am anderen Ende des Korridors.

Jetzt begriff er. Sie hatten Anweisung, ihn lebend zu fassen. Wenn nicht, wäre er schon längst tot. Aber wer wollte ihn?

Ihm blieb kaum Zeit darüber nachzudenken, als er unten die Tür aufgleiten und Schritte auf der Treppe hörte. Er warf sich herum, und ein heißer Schmerz durchbohrte seinen Arm, als er die Waffe in den Treppenschacht richtete.

Es war Haavikko. Eine Welle von Zorn überschwemmte Tolonen. »Du Scheißkerl!« zischte er und legte auf ihn an.

»Nein!« flehte Haavikko und streckte seitlich die Arme aus, damit seine schwere Automatikwaffe nicht mehr auf den Marschall zeigte. »Sie verstehen das nicht! Die Ehrenwache. Ihre Brustabzeichen… Überlegen Sie doch, Marschall! Denken Sie nach!«

Tolonen senkte die Waffe. Er hatte recht. Die Erkennungsbänder an ihren Abzeichen hatten die falsche Farbe gehabt, das Grün einer afrikanischen, nicht das Orange einer europäischen Einheit.

Haavikko eilte herauf. »Schnell! Wir müssen da rein.«

Tolonen nickte, drehte sich um und sicherte den Korridor, als Haavikko an seine Seite trat.

»Ich werde den ersten Raum überprüfen«, flüsterte Axel ihm ins Ohr. »Wir können uns da verstecken, bis Hilfe kommt. Ein einzelnes Zimmer ist leichter zu verteidigen.«

Der alte Mann nickte und biß gegen den Schmerz in seinem Arm die Zähne aufeinander. »Stimmt. Gehen Sie. Ich gebe Ihnen Deckung.«

Er schlich nach rechts und hielt die Tür und den Korridor im Visier, während Haavikko die Tür aufriß und hereinstürmte. Haavikko war gleich wieder da und bedeutete ihm nachzukommen.

Der Raum war völlig verwüstet. Eigentlich sollte dieser Gebäudeabschnitt eine ›sichere Zone‹ sein – ein schwer bewachter Erholungsort für Personal des Sicherheitsdienstes, das auf Besuch war –, aber irgend jemand hatte hier gewütet. Die Matratzen waren aufgeschlitzt, die Spinde umgestürzt. Papierschnipsel bedeckten den Boden.

Haavikko zeigte durch den Raum. »Verstecken Sie sich da – zwischen dem Spind und dem Bett. Ich such mir einen Platz an der Tür.«

Tolonen wollte nicht streiten. Inzwischen pochte sein Arm schmerzhaft, und er war nah daran, das Bewußtsein zu verlieren. Er durchmaß das Zimmer, so rasch er konnte, dann sank er an der Wand nieder, und ein Anfall von Übelkeit machte ihm zu schaffen.

Es geschah keinen Moment zu früh. Tolonen hörte, wie am Ende des Korridors mit Wucht eine Tür aufgestoßen wurde und Männer herbeigelaufen kamen. Dann eröffnete Haavikkos große Waffe in der Enge ohrenbetäubendes Feuer.

Haavikko drehte sich zu ihm um. »Es kommen noch mehr. Ducken Sie sich und warten Sie. Ich werde sie erledigen.«

Mit getrübtem Blick bekam Tolonen mit, wie er eine Granate von seinem Gürtel zog und in den Korridor hinauslief. Es war eine große Ausführung, die Sorte von Granaten, die sie benutzten, um eine blockierte Versiegelung zu sprengen. Er schloß die Augen und hörte die Granate die Treppe hinunterhüpfen.

Und dann nichts mehr.

* * *

Axel stürmte in den Raum, warf sich auf den Spind und beschützte den Marschall mit seinem eigenen Körper. Es geschah nicht einen Moment zu früh. Sekunden später erschütterte eine Detonation die Luft, zerrte an seinem Rücken und ließ den ganzen Raum erbeben.

Er zog sich hoch. Ein stechender Schmerz lähmte seine rechte Schulter, und er spürte etwas Warmes an seinem Ohr und auf seinem Hals. Er sah zu Boden. Tolonen hatte das Bewußtsein verloren, und die Wunde an seinem Arm blutete noch immer, aber die Explosion schien ihm keinen weiteren Schaden zugefügt zu haben.

Axel fuhr herum. Der Raum füllte sich langsam mit Rauch und Staub. Keuchend griff Axel dem alten Mann unter die Arme und zog ihn auf den Korridor hinaus. Er hielt kurz inne und lauschte, dann hievte er sich den Alten über die Schulter. Er grunzte vor Anstrengung und hatte seinen eigenen Schmerz vergessen. Halb gebeugt, die schwere Waffe in der Linken, stieg er über die reglosen Körper im Korridor. Am anderen Ende trat er die Tür auf und betete, daß nicht noch mehr Gegner auf ihn warteten.

Der Raum war leer, die Tür in der Stirnwand offen. Indem er tief Luft holte, schleppte er den alten Mann durch die Tür. Von allen Seiten hörte er jetzt Rufe und eilige Schritte, doch fern und gedämpft, wie von einem anderen Stockwerk.

Ping Tiao? Wenn ja, dann mußte er den Marschall so weit wie möglich fortschaffen.

Inzwischen atmete der Marschall schwer und unregelmäßig. Er hatte eine schlimme Wunde am Arm, und seine Uniform war mit Blut durchtränkt.

Er trug den Alten ans andere Ende des Raums, ließ ihn sanft zu Boden gleiten und knöpfte seinen Kragen auf. Er schnitt ein Stück Stoff aus seiner Uniform, drehte es zu einem Strang und band dem Marschall damit knapp oberhalb der Wunde den Arm ab. Der Alte hatte nicht nachgedacht. Das Messer herauszuziehen war das Schlimmste, was er hatte tun können. Er hätte es stecken lassen sollen. Jetzt würde sich die Wunde entzünden.

Er hockte sich auf die Fersen, atmete schwer, um sich zu beruhigen, balancierte die Waffe auf den Knien und kämmte mit einer Hand seine blonden Haare zurück. Er wartete …

Die Sekunden verstrichen. Eine Minute … Seine Spannung hatte sich fast gelöst, als er es bemerkte.

Das Ding flitzte am anderen Ende des Korridors die Decke entlang. Etwas Neues. Etwas, das er noch nie gesehen hatte. Eine Art Sonde. Ein schmales, getarntes Gerät, das nur in Bewegung an den kleinen Schatten auszumachen war, den es warf.

Es kam ein paar Schritte näher und verharrte, als es sie bemerkte. Sein winziges Kameraauge rotierte, eine unmerkliche Bewegung der Linse.

Er begriff sofort. Dies war das ›Auge‹ des Attentäters. Der Mann selbst beobachtete sie aus sicherer Entfernung, bereit zuzuschlagen, sobald er wußte, wie die Dinge standen.

Axel warf sich nach vorn, rollte herum und schnellte in dem Moment wieder hoch, als der Attentäter um die Ecke kam.

Die Taktik funktionierte. Er gewann so den Sekundenbruchteil Vorsprung, den er brauchte. Er war nicht dort, wo der Mann ihn erwartete, und dieser eine Moment der Ungewißheit wurde dem Attentäter zum Verhängnis.

Axel stand über dem Toten und sah auf ihn hinunter. Seine Glieder zitterten heftig, und der Adrenalinstoß schlug in nackte Furcht um, als er begriff, wie knapp es gewesen war.

Er wandte sich ab und ging zu Tolonen zurück. Die Blutung hatte aufgehört, aber der alte Mann war immer noch ohne Bewußtsein und atmete schwer und langsam. Sein Gesicht trug eine ungesunde Blässe.

Axel kniete neben dem Marschall, kippte seinen Kopf nach hinten und hob den Hals. Dann drückte er ihm mit den Fingerspitzen die Nasenlöcher zu und atmete in seinen Mund.

Wo blieb Hilfe? Wo war die reguläre Truppe? Oder hatten die *Ping Tiao* das ganze Deck ausgeschaltet?

Er erschauerte, beugte sich nochmals hinunter und spendete dem Alten seinen Atem. Er wußte, daß er um sein Leben kämpfte.

Und dann kam endlich Hilfe. Plötzlich war er von vielen Menschen umringt – Elitesoldaten des Sicherheitsdienstes und Ärzten. Jemand faßte ihn am Arm und löste ihn ab. Ein anderer zog ihn weg.

»Der Marschall wird es überstehen. Er atmet jetzt wieder regelmäßig.«

Haavikko lachte. Dann war es mißglückt! Das versuchte Attentat war fehlgeschlagen! Er wollte sich umdrehen, Tolonen davon erzählen, doch als er sich rührte, traf ihn eine mächtige schwarze Welle.

Hände griffen nach ihm, als er stürzte, dämpften seinen Aufprall und ließen ihn sanft an der Wand zu Boden gleiten.

»Bei Kuan Yin!« rief jemand, als er das Ausmaß seiner Verbrennungen bemerkte. »Wir sollten ihn sofort auf eine Intensivstation bringen. Ein Wunder, daß er überhaupt soweit gekommen ist.«

* * *

Zentausend *li* entfernt, auf der anderen Seite des Atlantiks, nahm DeVore zum Frühstück in der Villa der Levers Platz. Die Levers – Vater und Sohn – kamen geradewegs aus Archimedes' Küche. DeVore war früh aufgestanden, um sie zu begrüßen, und beeindruckt von der Energie des Alten. Nach einer durchzechten Nacht wirkte er noch genauso frisch wie vor über dreißig Stunden, als er DeVore begrüßt hatte.

Während Diener umhereilten und alles vorbereiteten, gingen sie in den Reichssaal. Es war ein großer, alles andere als eleganter Raum mit für DeVores Geschmack viel zu schwerem und bedrückendem Mobiliar. Dennoch hatte das Ganze etwas Eindrucksvolles, von den mächtigen Säulen, die in die Dunkelheit über ihren Köpfen aufragten, bis zu der Galerie, von der aus man auf allen vier Seiten in den Saal herunterblicken konnte. Der Tisch, um den sie saßen, war riesig – er bot einigen Dutzend Gästen reichlich Platz – und doch nur für sie drei gedeckt. DeVore lehnte sich in seinen Stuhl zurück, stützte die Hände auf zwei polierte Armlehnen aus Eiche und sah über den ganzen langen Tisch zu Lever hinüber.

Der Alte lächelte und hob die Hand, um einen der Diener aus dem Schatten herbeizuwinken. »Nun, Howard? Wie ist es gelaufen?«

DeVore lächelte. Lever meinte das Revanchespiel gegen Kustows *Wei chi*-Meister.

»Ich hatte sehr viel Glück. Die ersten beiden Spiele habe ich verloren. Aber dann …«

Lever hob eine Augenbraue. »Sie haben ihn tatsächlich geschlagen?«

DeVore senkte den Kopf, gab sich bescheiden, doch es war leicht gewesen. Er hätte alle fünf gewinnen können. »Wie ich schon sagte, ich hatte sehr viel Glück.«

Michael Lever starrte ihn fassungslos an.

»Ihre Freunde waren sehr gastfreundlich«, erzählte DeVore. »Es sind anständige Burschen, Michael. Ich wünschte, wir hätten ihresgleichen in der Stadt Europa.«

»Und Sie, Howard? Haben Sie Ihr Geld zurückgewonnen?«

DeVore lachte. »Überhaupt nicht. Ich wußte, wie schwach Kustows Mann war. Es wäre nicht fair gewesen, auf den Ausgang des Vergleichs Geld zu setzen.«

Michael Lever nickte. »Ich verstehe...« Aber er war sichtlich stärker beeindruckt, als er zugeben wollte. Genau wie die anderen am Abend zuvor: ihre Augen hatten gesagt, was ihre Lippen nicht aussprechen konnten. Sie hatten ihn unübersehbar mit neuem Respekt betrachtet. Mit zehn Steinen Unterschied hatte er das letzte Spiel gewonnen. Kustows Meister würde es nie verwinden.

Der Alte hatte sie vom anderen Ende des Tisches aus beobachtet. Jetzt schaltete er sich ein.

»Ein Jammer, daß Sie nicht länger bleiben, Howard. Ich hätte Sie gern zu einer Besichtigung unserer Anlagen eingeladen.«

DeVore lächelte. Er hatte gerüchteweise gehört, wie fortschrittlich sie waren; wie unverhohlen sie die Richtlinien des Edikts mißachteten. Aber der Krieg mit den Dispersionisten, der für die Oberen der Stadt Europa so verheerende Folgen gehabt hatte, war hier damals kaum auf Interesse gestoßen. Viele der hiesigen natürlichen Anhänger der Dispersionisten hatten sich aus dem Krieg herausgehalten. Entsprechend ging es hier sehr viel lebhafter zu, und die Konzernchefs waren von einem ungestümen Selbstbewußtsein erfüllt, das ansteckend wirkte. Es herrschte ein allgemeiner Optimismus, das Gefühl, daß hier, wenn überhaupt irgendwo, Veränderung durchgesetzt werden konnte. Ob mit oder ohne den Segen der Sieben.

Er erwiderte den Blick des alten Lever und senkte den Kopf. »Das hätte ich gern getan, Charles. Nächstes Mal vielleicht. Ich habe gehört, daß Ihre Fabriken sehr beindruckend sind; sie sollen ihren europäischen Gegenstücken gut ein paar Jahre voraus sein.«

Lever lachte und beugte sich vor. »Und so soll es auch sein! Ich habe in den letzten Jahren eine Menge Geld darin investiert, sie generalüberholen zu lassen. Und das war nicht einfach. Wir mußten immer zwei Schritte vor und einen zurück tun, wenn Sie verstehen, was ich meine.«

DeVore nickte. Wenn er überhaupt einen Hinweis darauf benötigte, was Lever meinte, brauchte er sich nur umzusehen. Über den ganzen Saal waren Erinnerungen an das Amerikanische Reich verteilt, von den ausgebreiteten Adlerschwingen auf den hohen Rückenlehnen der Stühle bis zu den Insignien auf dem Tafelsilber. Am meisten fiel die große Karte an der Wand hinter dem alten Lever ins Auge: eine Karte des Amerikanischen Reiches auf seinem Höhepunkt im Jahre 2043, fünf Jahre nach der Einführung der neunundsechzig Staaten. Das Jahr von Präsident Griffins Ermordung und dem Großen Zusammenbruch.

Auf der Karte erstreckte sich das Rot, Weiß und Blau des Reiches bis weit in den südlichen Kontinent hinein. Nur die Dreifachallianz aus Brasilien, Argentinien und Uruguay hatte dem massiven Vordringen der Amerikaner getrotzt und bildete den letzten Vorposten eines einstmals vollkommen lateinamerikanischen Kontinents, während im Norden ganz Kanada geschluckt und seine gewaltige Landmasse in drei größe Verwaltungszonen aufgeteilt worden war.

Er senkte den Blick. Für ihn waren solche Karten ein beredtes Zeugnis für die Kurzlebigkeit aller Reiche, für die Unbeständigkeit aller menschlichen Errungenschaften im Angesicht der Zeit. Aber für Lever und seinesgleichen bedeuteten sie etwas anderes. Für ihn repräsentierte die Karte ein Ideal, ein goldenes Zeitalter, in das sie zurückkehren wollten.

Amerika. Er hatte bemerkt, wie dieses Wort sie von

innen erstrahlen ließ, wie ihre Augen glänzten, wenn es ausgesprochen wurde. Wie ihre europäischen Vettern hatte sie der große Traum einer Rückkehr verführt. Ein Traum, den DeVores Geschenk, die Aristoteles-Datei, schüren würde wie das Feuer ihrer Unzufriedenheit, bis diese ganze gewaltige Stadt in Flammen aufging.

Er seufzte. Ja, der Tag würde kommen. Und er würde zur Stelle sein, wenn es geschah. Um mitzuerleben, wie die Städte in Flammen aufgingen und die Sieben von ihren Sockeln in die Asche stürzten.

Er drehte sich in seinem Stuhl, nahm dem Diener einen Kaffee ab und sah Lever in die Augen. »Und der Junge? Wie war Ihr Essen? Ich habe gehört, Sie haben ihn in Archimedes' Küche eingeladen.«

Lever lächelte nachdenklich. »Es lief gut. Ein cleverer Bursche. Sehr clever sogar. Und ich bin dankbar, daß Sie ihn uns vorgestellt haben, Howard. Er könnte sich als einer meiner wertvollsten Geschäftskontakte erweisen.«

»Das dachte ich mir …«

»Wie auch immer«, unterbrach Lever. »Aber ich habe mich gewundert.«

DeVore nippte an seinen Kaffee, stellte die Tasse ab und schob sie von sich. »Worüber?«

»Nun, überlegen Sie doch mal. Wenn der Junge so wertvoll ist, warum hat Li Yuan ihn dann hierher geschickt? Warum hat er ihn nicht in Europa an der kurzen Leine gehalten, wo er ihn jederzeit einsetzen kann?«

DeVore lächelte. »Um ehrlich zu sein, Charles, ich weiß es nicht genau. Ich weiß nur, daß der alte T'ang den Jungen liquidieren lassen wollte. Wenn es den Angriff auf die Projektanlage nicht gegeben hätte, wäre der Junge allerdings jetzt nicht hier. Es scheint, daß Li Yuan es sich anders überlegt hat.«

»Ja. Aber was hat er jetzt vor?«

DeVore lachte. »Das wüßten wir alle gern, was? Aber

mal im Ernst, ich stelle mir das so vor. Der Junge hat einen schweren Schock erlitten. Gewisse psychologische Blockaden, die während seiner Persönlichkeitsrekonstruktion in ihm aufgebaut wurden, sind nicht mehr vorhanden. Er ist im Wortsinne nicht mehr derselbe Mensch wie vor dem Angriff. Li Yuan ist darüber unterrichtet worden. Er ist außerdem darüber unterrichtet worden, daß der Junge aufgrund der Vorfälle nicht hundertprozentig zuverlässig ist. Daß er eine Pause und vielleicht eine andere Umgebung braucht. Also, was macht er? Er schickt den Jungen mit komplettem medizinischem Personal hierher in der Hoffnung, daß die Reise ihm gut tut und er erfrischt zurückkehrt und in der Verfassung ist, wieder zu arbeiten.«

Lever nickte nachdenklich. »Sie glauben also, Li Yuan wird ihn doch einsetzen?«

DeVore hob die Augenbrauen. »Vielleicht. Aber vielleicht auch nicht. Mir sind Gerüchte zu Ohren gekommen.«

»Gerüchte?«

DeVore lächelte, dann zuckte er bedauernd die Achseln. »Mehr kann ich im Moment nicht verraten. Aber wenn ich mehr erfahre, werde ich Ihnen Bescheid geben, das verspreche ich.«

Lever schnaufte ungeduldig, wandte sich seinem Diener zu und schnippte mit den Fingern. »Hierher! Schnell! Ich verhungere!«

Sein Sohn ihm gegenüber lachte. »Aber Vater, du hast erst vor drei Stunden gegessen. Wie kannst du verhungern?«

Lever starrte seinen Sohn verblüfft an, dann fiel er in sein Lachen ein. »Ich weiß. Aber ich verhungere trotzdem.« Er sah zu DeVore hinüber. »Und Sie, Howard, was wollen Sie essen?«

DeVore lächelte. *Die Welt*, dachte er. *Ich werde die Welt aufessen.* Aber laut sagte er: »Der Kaffee genügt mir,

Charles. Im Moment habe ich keinen Appetit. Später vielleicht, ja?«

Er wandte sich dem Sohn zu. »Möchten Sie essen, Michael, oder kann ich Sie zu einem Spaziergang an der frischen Luft überreden?«

Der junge Mann lehnte sich zurück und fuhr sich mit einer Hand durch das kurze, blonde Haar. »Eigentlich wollte ich ein paar Stunden schlafen, aber eine halbe Stunde mehr oder weniger macht mir nichts aus.« Er sah ans andere Ende des Tisches. »Entschuldigst du uns, Vater?«

Lever nickte. »Schon gut, Michael. Aber denk daran, bis Freitag abend ist noch eine Menge zu tun.«

Der junge Lever grinste. »Ich habe alles im Griff.«

»Gut!« Lever hob seine Gabel und deutete auf DeVore. »Warum überlegen Sie es sich nicht anders und bleiben noch etwas, Howard? Wir veranstalten einen Ball zum Thanksgiving Day. Sie könnten miterleben, wie wir Amerikaner zu feiern verstehen. Außerdem gibt es hier eine Menge interessanter und wichtiger Leute. Leute, die Sie kennenlernen sollten.«

DeVore senkte den Kopf. »Danke, aber ich muß wirklich heute abend zurück. Ein anderes Mal vielleicht, ja?«

Lever zuckte die Achseln, entließ sie mit einem Wink und sah auf den Teller, um sich sein Frühstück in den Mund zu schaufeln.

* * *

Draußen war es kühler. Eine subtile Beleuchtung erzeugte den Eindruck, daß wirklich früher Morgen war, daß sie tatsächlich unter einem frischen, morgendlichen Frühlingshimmel spazierten und eine sanfte Brise in den Zweigen der nahen Bäume flüsterte.

DeVore beobachtete den jungen Lever, und ihm fiel auf, wie er sich veränderte, wenn er einmal aus dem

Einflußbereich seines Vaters entkam, wie er sich von der angespannten Pose der Förmlichkeit befreite.

»Hatte ich recht?« fragte er, sobald sie außer Hörweite der Villa waren.

Lever drehte sich um. »Sie sind eine cleverer Mann, Howard, aber unterschätzen Sie meinen Vater nicht.«

»Vielleicht. Aber hatte ich recht?«

Lever nickte. »Er hat über nichts anderes geredet. Aber das ist auch keine Überraschung. Es ist seine Obsession. Unsterblichkeit ...« Er schüttelte den Kopf.

DeVore legte dem jungen Mann eine Hand auf den Arm. »Ich verstehe, wie Sie sich fühlen müssen, Michael. Ich habe bis jetzt noch nichts gesagt – schließlich wäre es kaum ein Zeichen von guten Manieren, vor Ihrem Vater darüber zu reden –, aber zu ihnen kann ich offen sprechen. Wissen Sie, ich finde die Vorstellung, ewig leben zu können, völlig absurd. Zu glauben, daß wir den Tod überwinden, daß wir den alten Meister in seinem eigenen Spiel schlagen könnten!« Er lachte und schüttelte reumütig den Kopf, als er bemerkte, welche Saite er in seinem Gegenüber angeschlagen hatte. »Nun, Sie sind sicher meiner Meinung. Die Idee an sich ist schon lächerlich. Davon abgesehen, warum sollte man die die Schwäche des alten Geschöpfes perpetuieren – des *Mei yu jen wen?* Warum nicht danach streben, ein besseres, reineres Wesen zu erschaffen?«

»Was meinen Sie damit?«

DeVore dämpfte die Stimme. »Sie haben gesehen, was ich bisher erreicht habe. Nun, es ist noch sehr viel zu tun. Die Festungen sind nur ein kleiner Teil meines Plans. Ich bin fest davon überzeugt, daß wir über die Vernichtung der Sieben hinausdenken und voraussehen müssen, was danach geschehen soll. Und nicht bloß voraussehen. Versucht der Weise die Zukunft nicht zu gestalten?«

Lever nickte nachdenklich. »Das habe ich auch immer gesagt.«

»Schön. Dann hören Sie mir gut zu, denn ich habe einen Plan, der uns beiden nützen könnte.«

»Einen Plan?«

»Ja. Etwas, das alle zufriedenstellen wird.«

Lever lachte. »Das ist ein hoher Anspruch.«

»Aber nicht unmöglich. Hören Sie zu. Wie wäre es, wenn wir das Forschungszentrum für Unsterblichkeit in der Wildnis errichten?«

Lever fuhr zusammen. »Aber sagten Sie nicht ...?«

»Das sagte ich. Und ich habe es auch so gemeint. Aber betrachten Sie es einmal so: Sie wollen dies, Ihr Vater etwas anderes. Aber er hat die Macht – das Geld, um genau zu sein –, und Sie haben es nicht.«

Der säuerliche Ausdruck in Levers Gesicht gab ihm zu verstehen, daß er einen empfindlichen Nerv getroffen hatte.

»Nun, warum sollten Sie nicht etwas von diesem Geld für sich selbst abzweigen, Michael?«

Lever riß die Augen auf. Er hatte begriffen. »Ich verstehe. Wenn Sie von einem Forschungszentrum reden, meinen Sie eigentlich etwas anderes, richtig? Sie reden von einem Vorwand, um Gelder abzuzweigen.«

»Natürlich.«

»Sie verlangen von mir, daß ich meinen Vater betrüge, daß ich mir seine Obsession zunutze mache und hoffe, daß er zudem auch noch blind ist für das, was ich tue.«

DeVore schüttelte den Kopf. »Ich verlange nichts von Ihnen, Michael. Sie werden handeln, wie Sie es für richtig halten. Und wenn das mit meinen Absichten übereinstimmt, schön und gut. Wenn nicht ...« Er zuckte die Achseln und lächelte freundlich, als käme es nicht darauf an.

»Und was sind *Ihre* Absichten?«

DeVore zögerte. Man hatte ihm diese Frage inzwischen so oft gestellt, daß er sich schon selbst fragte, was er eigentlich wollte. Für einen kurzen Moment war er versucht, ihn auszuplaudern – den ganzen großen Plan, den er mit sich herumtrug –, dann besann er sich eines besseren.

»Ich glaube, Sie wissen, was meine Absichten sind. Aber beantworten Sie mir eine Frage, Michael. Wenn Ihr Vater sich seinen innigsten Wunsch erfüllte – wenn er doch eine Möglichkeit fände, unsterblich zu werden –, was dann? Wäre das nicht für alle Beteiligten verheerend? Denn wenn er wirklich für immer leben sollte, wann sollten *Sie* dann erben?«

Lever sah DeVore kurz in die Augen, dann schaute er weg. Aber DeVore war nicht entgangen, daß ihn seine Worte bis ins Mark getroffen hatten. Genau das war seine Befürchtung – die Befürchtung seiner ganzen Generation: für immer ein Sohn zu bleiben, gefesselt von einem lebende Gespenst.

Lever erzitterte und schüttelte den Kopf. »Was dieses Zentrum betrifft … wie wollen Sie meinem Vater die Idee nahebringen?«

DeVore lächelte, er faßte den jungen Mann wieder am Arm und führte ihn weiter, indem er die Grundzüge seines Plans schilderte. Aber der schwierigste Teil lag jetzt hinter ihm. Der Rest dürfte einfach sein.

Unsterblichkeit. Es war Unsinn, aber ein nützlicher Unsinn. Und er würde ihn bis zum letzten Quentchen ausnutzen. Aber vorher wollte er noch ein paar eigene Pläne ausführen. Um für Ordnung zu sorgen und ein paar letzte Treffer zu landen.

* * *

Es war nach sechs, als Kim in den Hochsicherheitskomplex zurückkehrte, in dem er logierte. Die Wachen überprüften seine ID-Karte und ließen ihn durch.

In dem Apartment war es dunkel, und nur das schwache Glimmen der Konsolenanzeige drang aus dem Zimmer am anderen Ende des Flurs. Kim stand einen Moment lang da und fühlte sich unbehaglich. Sein Schlafzimmer lag nur ein paar Schritte zur Rechten. Er trat ein, schloß die Tür hinter sich und knipste die Nachttischlampe an.

Er erstarrte, dann drehte er sich langsam um und sah in die Runde. Das rote Seidenpaket auf dem Nachttisch hatte sich vorhin noch nicht dort befunden. Jemand war in dem Zimmer gewesen.

Er starrte es an und fragte sich, was er tun sollte. Wenn es sich um eine Bombe handelte, war es vielleicht schon zu spät – sein bloßes Eintreten konnte den Zeitzünder ausgelöst haben. Dann sah er die Notiz, die in der Verpackung steckte, und lächelte, weil er die Handschrift erkannte.

Er setzte sich und legte das Paket neben sich aufs Bett, während er die Notiz las. Die Mandarin-Piktogramme waren in sicheren, flüssigen Strichen mit schwarzer Tinte hingemalt. An der Unterkante des kleinen Seidentuchs war das Siegel des jungen T'ang, der *Ywe Lung*, in das strahlend goldene Wachs gedrückt. Kim las schnell.

Shih Ward,
bei unserem ersten Treffen habe ich Ihnen versprochen, daß ich die Verfügung meines Vaters zerreißen werde, falls Sie meinen Wünschen entsprechen. Sie haben Ihren Teil unserer Abmachung mehr als erfüllt, daher erhalten Sie hiermit das ordnungsgemäß abgezeichnete Dokument meines Vaters zurück.

Ich wäre geehrt, wenn Sie außerdem die beiliegenden kleinen Geschenke als aufrichtige Anerkennung für ihre Hilfe beim Wiederaufbau des Projekts annehmen würden.

Ich freue mich schon darauf, Sie nach Ihrer Rückkehr aus der Stadt meines Vetters begrüßen zu dürfen.

In tiefstem Respekt

Li Yuan

Kim blickte auf. Eine ungewöhnliche Nachricht. *In tiefstem Respekt.* Das waren nicht die Worte, die ein T'ang gewöhnlich gegenüber einem Untergebenen gebrauchte. Nein, er kannte die sozialen Mechanismen Chung Kuos gut genug, um zu wissen, daß dies als außerordentliches Verhalten des jungen T'ang einzustufen war. Aber warum? Was wollte er von ihm?

Oder war das unfair? Mußte Li Yuan denn etwas wollen?

Er legte die Notiz weg und nahm das Paket in die Hand. Unter der Seidenumhüllung war ein winziges Kästchen; ein schwarzes Kästchen mit Kims Namen, als glänzende goldene Lettern in den Deckel eingeprägt. Ein leichter Schauer der Erwartung durchfuhr ihn, bevor er es öffnete. In dem Kästchen, eingewickelt in die zerrissenen Fetzen von Li Shai Tungs Verfügung, lagen vier kleine Karten. Er kippte sie aufs Bett. Sie unterschieden sich wenig von den in Chung Kuo überall gebräuchlichen Computerkarten: Vielzweckkarten, die Informationen aller Art speichern konnten. Worum es sich hier handelte, konnte er nicht sagen, bevor er sie nicht in ein Komset steckte. Es konnten zum Beispiel Credit-Chips sein, oder Hologramme oder irgendwelche ungewöhnlichen Programme. Der einzige Hinweis waren die von Li Yuan auf jede einzelne Karte handgeschriebenen Nummern.

Er raffte sie zusammen, ging durchs Zimmer und schaltete die Schreibtischlampe neben der Konsole an, bevor er die erste Karte mit der Nummer *yi* – eins – in den Schlitz steckte.

Er lehnte sich zurück und wartete.

Er hörte den hohen und klaren Ton einer winzigen Glocke, dann erschien ein Wort auf dem Bildschirm.

PASS-CODE?

Er legte eine Hand auf das Tastfeld und beugte sich, indem er die Augen weit öffnete, über die dunkle, spiegelnde Oberfläche, damit die Maschine sein Netzhautmuster überprüfen konnte. Er sprach die vier Codeworte aus, dann lehnte er sich zurück.

Für den Bruchteil einer Sekunde trat eine Verzögerung ein, bevor die Antwort auf Bildschirm erschien.

AUDIO ODER VISUELL?

»Visuell«, sagte er leise.

Als Bestätigung überliefen Wellen den Bildschirm wie die ruhige Oberfläche eines Teiches, in den ein einzelner Stein hineingeworfen wurde. Wenig später hob sich der Bildschirm geräuschlos vom Schreibtisch und neigte sich nach hinten in Kims Blickrichtung.

Kim gab nochmals den Code ein. Der Bildschirm füllte sich augenblicklich mit Informationen. Kim überflog die Zeilen, dann lehnte er sich zurück. Es war eine korrigierte Ausführung seines Vertrags mit SimFic, die ihre Rechte an ihm verkauften. Und der neue Besitzer? Es stand am Ende des Vertrages. Kim Ward. Zum ersten Mal in seinem Leben gehörte er sich selbst.

Er zitterte, dann zog er die Akte aus dem Schlitz und ersetzte sie durch die mit der Aufschrift *er* – zwei.

Als der Bildschirm hell wurde, nickte Kim. Natürlich. Ohne dies hätte es ihm nichts eingebracht, sein eigener Herr zu sein – die Papiere, die ihn als rechtmäßigen Bürger auswiesen. Aber Li Yuan war noch weiter gegangen: er hatte einen Zugang zu allen Ebenen autorisiert. Das verlieh Kim die Freiheit, in den sieben Städten überallhin zu reisen, und das war – selbst unter den Oberen – nur wenigen gestattet.

Noch zwei… Er starrte die kleinen Karten an und rätselte, dann steckte er die dritte – mit der Aufschrift *san* – in den Schlitz.

Zuerst begriff er nicht. Vielleicht hatte einer von Li Yuans Dienern einen Fehler gemacht und dem Paket eine falsche Karte beigelegt. Doch als er weiter durch das Dokument blätterte und seinen Namen in der Spalte mit der Überschrift ›Registrierte Firmenchefs‹ entdeckte, hielt er den Atem an.

Eine Firma! Li Yuan hatte ihm eine eigene Firma geschenkt – komplett mit Büros, Patenten und genug Geld, um Personal einzustellen und Grundlagenforschung zu betreiben. Er schüttelte fassungslos den Kopf. All das ... er konnte es nicht begreifen.

Er schloß die Augen. Es war wie ein Traum, ein Traum, aus dem er bald erwachen würde, doch als er die Augen wieder aufschlug, stand die Information noch immer auf dem Bildschirm. Li Yuans persönliche Bestätigungscodes schwebten wie Spruchbänder am Rande des Monitors hinunter.

Aber warum? Warum hatte Li Yuan ihm all das geschenkt? Was erwartete er als Gegenleistung?

Er schüttelte den Kopf. Es lief immer wieder auf dasselbe hinaus. Er war so daran gewöhnt, jemandem zu gehören – von jemandem *benutzt* zu werden –, daß er eine solche Geste gar nicht anders interpretieren konnte. Aber konnte es nicht sein, daß Li Yuan nichts erwartete? Daß er es so meinte, wie er es in seiner Notiz ausgedrückt hatte? Was konnte er mit einer solchen Geste schon verlieren?

Und was gewinnen?

Er runzelte die Stirn und versuchte durch die Verwirrung seiner Gefühle die objektive Wahrheit zu sehen – doch dies eine Mal erwies es sich als zu schwierig. Er konnte sich keinen Grund für Li Yuans Großzügigkeit vorstellen. Keinen anderen als den, der aus seiner Notiz zu schließen war.

Er zog die Karte aus dem Schlitz und schob die letzte mit der Aufschrift *si* ein.

Was noch? Was konnte Li Yuan ihm noch anbieten?

Es waren Daten ganz anderer Art – das erkannte Kim sofort. Zunächst einmal fehlte Li Yuans persönlicher Code. Aber es war mehr als das. An der Länge und Komplexität der Datei konnte er erkennen, daß sie aus der Hand von Experten stammte.

Er gab den Zugriffcode ein. Sofort erstrahlte der Bildschirm wie ein Novaausbruch in leuchtenden Farben, die sich rasch zu einem komplexen Diagramm klärten. Kim lehnte sich mit offenem Mund zurück. Es war die Darstellung eines Genotypus.

Nein. Nicht bloß irgendeines Genotypus. Man brauchte es ihm gar nicht erst zu erklären. Es war *sein* Genotypus.

Er sah mit staunenden Augen zu, wie das Programm weiterlief und ein Detail der DNA-Karte nach dem anderen in deutlicher Hervorhebung auf den Bildschirm brachte. Schließlich lösten sich die Einzelheiten Stück für Stück vom flachen Bildschirm und fügten sich zu einem Hologramm der Doppelhelix zusammen, das langsam in der Dunkelheit über dem Schreibtisch rotierte.

Er betrachtete die Spirale eingehend und prägte sich ihre Struktur ein, dann gab er dem Programm verbal die Anweisung fortzufahren.

Die nächste Seite stellte eine umfangreiche Wahrscheinlichkeitsrechnung dar. Sie bezog sich auf knapp sechs Milliarden mögliche Kandidaten: die Anzahl sämtlicher männlicher *Hung Mao* im Jahre 2190. Ihn schauderte, als er allmählich begriff, und ließ das Programm weiterlaufen. Die nächste Seite listete eine Reihe von Kandidaten auf, die der Vorgabe sehr nahe kamen. Zehn Namen insgesamt. Er überflog die Liste, und seine Kinnlade sackte herunter. Sein Vater … Einer von Ihnen war sein Vater.

Nach und nach erhielt er nähere Informationen über die zehn: Genotypus; Portraits; stichwortartige Biographie; eine erschreckende Fülle an Einzelheiten.

Als das letzte Bild auf dem Monitor verblaßt war, befahl er dem Programm anzuhalten und lehnte sich zurück. Er schloß die Augen und atmete flach. Er fühlte sich seltsam, als stünde er auf der Kante eines tiefen Brunnens und sei im Begriff, jeden Moment das Gleichgewicht zu verlieren und in die Tiefe zu stürzen. So etwas hatte er noch nie erlebt. Wissen war für ihn immer wie eine Öffnung – ein Lichtstrahl in der Dunkelheit – gewesen, aber das …

Zum ersten Mal hatte er Angst, etwas zu wissen.

Er wartete, bis das Schwindelgefühl vorüberging, dann schlug er die Augen wieder auf und straffte sich. »Gut. Weiter …«

Es dauerte eine ganze Sekunde, bis der Bildschirm hell wurde. Diesmal erfuhr Kim Einzelheiten über die bekannten Bewegungen der zehn Kandidaten über einen Zeitraum von drei Monaten im Winter 2190; aus den Unterlagen des Sicherheitsdienstes zusammengestellte Daten.

Damit blieb nur ein einziger Kandidat übrig. Nur einer der zehn hatte während dieser Zeit den Lehm besucht. Deshalb konnte nur einer sein möglicher Vater sein.

Er schluckte trocken, dann gab er dem Programm einen weiteren mündlichen Befehl.

Das Bild erschien umgehend so scharf auf dem Bildschirm, als sei es erst heute morgen aufgenommen worden. Ein ziemlich junger Mann Ende Zwanzig oder Anfang Dreißig; ein großer, schmächtiger Mann von eleganter Erscheinung, mit guter Figur und unverkennbar aristokratischen Zügen. Sein hellbraunes Haar war kurz, doch nicht brutal kurz geschnitten, und seine dunkelgrünen Augen wirkten warm und freundlich. Er war schlicht, aber stilvoll in einem dunkelroten *Pau* gekleidet, während er um die Handgelenke eine Anzahl schmaler *Tiao tuo* – Gold- und Jadearmbänder – trug.

Kim kniff die Augen zusammen, weil ihm an dem Mann etwas Merkwürdiges aufgefallen war. Es schien so, als seien Kopf und Körper Teile zweier verschiedener Wesen; der Kopf war irgendwie zu groß, Kinn und Gesichtszüge zu stark für den schlanken, fast zerbrechlichen Körper, der sie trug. Kim runzelte die Stirn, und seine Lippen formten den Namen seines Vaters.

»Edmund ... Edmund Wyatt.«

Es war ein seltsames Bild. Als er es ansah, empfand er so etwas wie Bedauern darüber, daß er den Mann nie kennenlernen würde, denn die Akte wies darauf hin, daß Edmund Wyatt seit acht Jahren tot war – hingerichtet für den Mord an Lwo Kang, einem Minister des T'ang. Ein Verbrechen, das ihm später hinter den Kulissen verziehen worden war.

Kim schauderte. War *das* vielleicht der Grund für Li Yuans Großzügigkeit? Wollte er eine Schuld begleichen? Oder stand ein T'ang über solchen moralischen Skrupeln?

Er beugte sich vor und wollte das Programm beenden, als Edmund Wyatts Portrait verschwand. Einen Moment lang blieb der Bildschirm leer, dann blitzte er wieder auf.

GENOTYPUS-PROGNOSE: WEIBLICHEE QUELLE.

Kim rief »Halt«. Seine Stimme versagte fast, und wieder schlug ihm das Herz bis zum Hals.

Eine ganze Zeit hockte er nach vorn gebeugt auf dem Stuhl und starrte die Überschrift an, dann gab er fast im Flüsterton den Befehl zum Weiterlaufen.

Zuerst erschien der Genotypus: die DNA-Puzzlesteine, die sich mit Edmund Wyatts Genen zu Kims eigenen zusammenfügten. Er sah zu, wie sie in der Luft eine Doppelhelix bildeten. Dann verschwanden sie plötzlich und machten einer weiteren Darstellung Platz, doch diesmal keiner computergraphischen Simulation – sondern einem lebensgroßen, dreimensionalen Bild einer nackte Frau.

Er keuchte und schüttelte den Kopf, weil er nicht glauben konnte, was er da sah. Es war seine Mutter. Obwohl er sie seit fast einem Dutzend Jahren nicht gesehen hatte, wußte er sofort, daß sie es war. Aber nicht so, wie er sie in Erinnerung hatte. Nein, dies war überhaupt nicht jenes hagere, flachbrüstige Geschöpf mit schütterem Haar, das er gekannt hatte.

Er lachte fast über die Absurdität dieses Bildes, aber ein weit stärkeres Gefühl – das der Bitterkeit – ließ ihn verstummen.

Er stöhnte und schaute weg, und für einen Moment empfand er ein so heftiges Gefühl des Verlustes, daß er fast den Verstand verlor.

»Mutter ...«, flüsterte er mit Tränen in den Augen. »Mutter ...«

Der Computer hatte gewisse Annahmen getroffen. Das Programm ging von der durchschnittlichen Ernährung und durchschnittlichen Lebenserwartung eines Oberen aus. Auf dieser Grundlage wurde eine Simulation erstellt, deren Ergebnis den Tatsachen ziemlich nahegekommen wäre – hätten unten im Lehm dieselben Bedingungen geherrscht. Aber unter den gegebenen Umständen ...

Kim betrachtete nochmals das Bild seiner Mutter, wie sie hätte sein können: eine dunkelhaarige, sinnliche Schönheit mit kräftiger Figur und vollen Brüsten, gut zwei *ch'i* größer als im wirklichen Leben. Eine starke, attraktive Frau.

Er zitterte vor Zorn – es war schrecklich, ein abscheulicher Hohn –, dann schüttelte er den Kopf. Nein. Die Wirklichkeit – die Wahrheit – war das eigentlich Groteske. Aber dies hier?

Er zögerte, das Wort zu gebrauchen, aber es gab keine andere Möglichkeit, die Gestalt zu beschreiben, die vor ihm in der Dunkelheit schwebte.

Sie war schön. *Schön.*

Das Bild war eine Lüge – und doch zeigte es seine Mutter. Daran gab es keinen Zweifel. Er hatte geglaubt, sie sei völlig aus seinem Gedächtnis getilgt, es gäbe keine Spuren mehr von ihr. Schließlich war er gerade erst vier gewesen, als der Stamm ihn aufgegriffen hatte. Aber jetzt kehrten die Erinnerungen zurück wie Gespenster, die ihn verhöhnten und folterten.

Er brauchte nur die Augen zu schließen und konnte

sie am Fuß der niederen Mauer kauern sehen, kurz nach ihrer Flucht aus Myghterns Bordell. Ihre Augen glänzten vor Aufregung. Dann lag sie neben ihm in der Dunkelheit und hatte ihn in ihre mageren Arme geschlossen. Später sah er ihre ausgemergelte Gestalt schlangengleich über die Felsen im Schatten der Mauer kriechen, auf der Jagd nach einem bleichen, rattenähnlichen Tier. Er sah, wie sie sich umdrehte und zu ihm herschaute, ein Lächeln auf den Lippen und in den dunklen, auffällig runden Augen.

Er sah sie regelrecht vor sich...

Er bedeckte die Augen, drückte die Handflächen so fest in die Höhlen, als wollte er diese Bilder herauspressen, und ein einziger wimmernder Schmerzenslaut – ein tiefes, rohes, animalisches Geräusch von unerträglicher Intensität – entrang sich seinem Innern.

Eine Zeitlang gab es nichts als seinen Schmerz. Nichts als den unerträglichen Schmerz eines unermeßlichen Verlustes. Und als dieser abebbte, blickte er wieder auf; und mit einem zittrigen Atemzug streckte er die Hand aus, um seine Mutter zu berühren.

Seine Finger strichen durch die Luft, zerteilten das schöne, immaterielle Bild.

Er seufzte. Oh, jetzt konnte er sie sehen. Ja. Und nicht nur so, wie sie war, sondern auch so, wie sie hätte sein sollen. Prachtvoll. Wunderschön...

Er sank zurück, wischte sich die Feuchtigkeit von den Wangen und schüttelte den Kopf, weil er wußte, daß etwas falsch daran war, so zu leben, oben die Stadt, unten der Lehm. Er wußte mit einer Gewißheit, die er nie zuvor empfunden hatte, daß etwas falsch gelaufen war. Schrecklich falsch.

Er beugte sich vor und beendete das Programm, dann ließ er sich wieder zurücksinken und atmete zittrig aus. Ja, jetzt war er davon überzeugt. Er sah es mit einer Deutlichkeit, die nicht die Spur eines Zweifels zuließ. Chung Kuo war wie er: mutterlos, von Gespenstern gequält und in sich gespalten. Chung Kuo schien vor Leben zu bersten, doch in Wirklichkeit war es eine gewaltige leere Hülle, in der es durch alle Ebenen hallte.

Kim hob die vier kleinen Karten auf und hielt sie in der Hand. Li Yuan hatte ihm sein Leben zurückgegeben. Mehr noch, er hatte ihm eine Zukunft geschenkt. Aber wer würde Chung Kuo eine solche Chance geben? Wer würde dieser Welt ihre Vergangenheit zurückgeben und sie zu heilen versuchen?

Er schüttelte den Kopf. Nein, nicht einmal Li Yuan konnte das bewerkstelligen. Nicht einmal, wenn er es gewollt hätte.

ANHANG

中國

NACHBEMERKUNG DES VERFASSERS

Die Transkription des Standard-Mandarin in eine europäische alphabetische Form wurde erstmals im siebzehnten Jahrhundert von dem Italiener Matteo Ricci vorgenommen, der 1583 die erste Jesuiten-Mission in China gründete und bis zu seinem Tod im Jahre 1610 leitete. Seitdem sind Dutzende Versuche unternommen worden, die Lautstruktur des Chinesischen, die von mehreren zehntausend unterschiedlichen Piktogrammen repräsentiert wird, auf eine leicht verständliche Phonetik für den westlichen Gebrauch zu reduzieren. Geraume Zeit dominierten drei Systeme – jene, die von den drei bedeutendsten westlichen Mächten benutzt wurden, die im korrupten und zerfallenden Chinesischen Kaiserreich des neunzehnten Jahrhunderts um Einfluß wetteiferten: Großbritannien, Frankreich und Deutschland. Bei diesen Systemen handelte es sich um das Wades-Giles (Großbritannien und Amerika – manchmal bekannt als das Wade-System), das École Française de l'Extreme Orient (Frankreich) und das Lessingsche (Deutschland).

Seit 1958 haben sich aber auch die Chinesen selbst um eine einheitliche phonetische Form bemüht, die auf dem deutschen System beruht und als *Hanyu pinyin fang'an* (Schema für ein chinesisches phonetisches Alphabet) bezeichnet wird, allgemein als *Pinyin* bekannt, und in allen fremdsprachigen Büchern, die seit dem ersten Januar 1979 in China veröffentlicht wurden, ist *Pinyin* gebraucht worden. Außerdem wurde es neben den chinesischen Standard-Buchstaben in Schulen gelehrt. Für dieses Werk habe ich allerdings auf das ältere und, meiner Ansicht nach, elegantere Transkriptions-System zurückgegriffen, das Wade-Giles (in modifizierter Form). Für jene Leser, die an die härteren *Pinyin*-Laute gewöhnt sind, mag Folgendes als eine einfache Orientierung für die Umwandlung dienen, zuerst das Wade-Giles, danach das *Pinyin*.

p für b	ch' für q
ts' für c	j für r
ch' für c	ht' für t

t für d	hs für x
k für g	ts für z
ch für j	ch für zh

Auf diese Weise hoffe ich der weicheren, poetischeren Seite des originalen Mandarin gerecht worden zu sein, der mit dem modernen *Pinyin* meinem Empfinden nach schlecht gedient ist.

Für die Leser, die (wie Tuan Ti Fo) daran interessiert sind, was Lagasek und Gweder in Kapitel 6 zueinander sagen, hier eine grobe Übersetzung ihres Wortwechsels:

Gweder. Spiegel.

Pandr'a bos ef, Lagasek? Was los, Starrer?

Travyth, Gweder. Travyth ...Nichts, Spiegel. Nichts...

Praga obery why crenna? Bos why yeyn, Lagasek? Warum du zittern? Dir kalt, Starrer?

Yma gweras yn ow ganow, Gweder ... gweras ... ha an pyth bos tewl. Ist Dreck in meinem Mund, Spiegel ... Dreck ... und Loch ist dunkel.

Nyns-us pyth, Lagasek. Ist kein Loch da, Starrer.

A-dhywas-lur ... A-dhywas-lur ... Aus der Erde ... Aus der Erde ...

My bos yn annown ... Yn annown! Ich bin in der Welt der Toten ... in der Unterwelt!

Später sagt Kim zu Tuan Ti Fo: »*Yn mes a forth, cothwas!*« »Aus dem Weg, Alter!«

Wie Leser des Bandes DAS REICH DER MITTE bereits wissen, ist diese Sprache eine grobe Abart des Altkornischen, das im Lehm gesprochen wird, aus dem Kim stammt.

Das Spiel *Wei Chi*, das in diesem Band immer wieder erwähnt wird, ist übrigens besser unter seinem japanischen Namen *Go* bekannt und nicht bloß das älteste, sondern auch das eleganteste Spiel der Welt.

David Wingrove, Februar 1991

GLOSSAR
DER MANDARIN-BEGRIFFE

Die meisten im Text verwendeten Mandarin-Begriffe erklären sich aus dem Zusammenhang. Da einige allerdings als selbstverständlich vorausgesetzt werden, halte ich es für nützlich, hier eine kurze Erläuterung anzufügen.

Ai ya! – gebräuchlicher Ausdruck der Überraschung oder des Entsetzens.

Ch'a – Tee. Es sei angemerkt, daß die *Ch'a shu*, die Kunst des Tees, ein früher Vorläufer der japanischen Teezeremonie *Chanoyu* ist.

Chen yen – Wahre Worte; die chinesische Entsprechung eines Mantras.

ch'i – ein chinesischer Fuß; ungefähr 37 cm.

Ch'i – ein Begriff für vitale Energie, der auch die Psyche oder den Geist eines Menschen einschließt.

Chi ch'i – Arbeiter; damit sind hier die ameisenartigen Arbeiter des Ministeriums für Güterverteilung gemeint.

Chi chu – Spinne.

Chi pao – ein einteiliges, gewöhnlich ärmelloses Gewand, das von Frauen getragen wird.

Chieh hsia – bedeutet ›Euer Majestät‹ und leitet sich von dem Ausdruck ›Unter den Stufen‹ ab. Es war die förmliche Anrede der Minister, die ›unter den Stufen‹ standen, gegenüber dem Kaiser.

Chou – der Staat; hier auch der Name eines Kartenspiels.

Chow mein – ähnlich wie das Chop suey ist dies weder ein chinesischen noch ein westliches Gericht, sondern eine Speise, die von Chinesen in Amerika für den westlichen Gaumen erfunden worden ist und gewisse Ähnlichkeiten mit dem *Liang mian huang hat*, das in Suchow serviert wird. Eine Umschrift von *Chao mian* (gebratene Nudeln).

Ch'un tzu – ein alter chinesischer Begriff aus der Zeit der Streitenden Reiche, der eine bestimmte Klasse von Edelmännern bezeichnet, die von einem Codex der Moral und Ritterlichkeit – bekannt als die *Li* oder Riten – bestimmt wurde. Häufig wird dieser Begriff grob (und manchmal ironisch) als

›Gentlemen‹ übersetzt. *Ch'un tzu* ist ebenso ein idealer Verhaltenszustand – wie er von Konfuzius in den *Lün Yü* beschrieben wurde –, als auch eine tatsächliche Klasse in Chung Kuo, obwohl ein gewisses Maß an finanzieller Unabhängigkeit und ein hoher Ausbildungsstandard als Voraussetzung betrachtet werden.

Chung – eine Porzellanschale für *Ch'a* mit Deckel.

Erhu – ein zweisaitiges Streichinstrument mit einem mit Schlangenhaut überzogenen Resonanzkörper.

Erh tzu – Sohn.

Fen – Währungseinheit; einhundert *Fen* ergeben ein *Yuan*.

Fu jen – ›gnädige Frau‹, hier gebraucht im Gegensatz zu *T'ai t'ai* – ›Frau‹.

Fu sang – der ›hohle Maulbeerbaum‹; der antiken chinesischen Kosmologie zufolge steht dieser Baum dort, wo die Sonne aufgeht, und ist der Aufenthaltsort für Herrscher. *Sang* (Maulbeere) ist im Chinesischen allerdings lautgleich mit *Sang* (Kummer).

Hei – wörtlich ›schwarz‹ – das chinesische Piktogramm für diesen Begriff stellt einen Mann mit Kriegsbemalung und Tätowierungen dar. Hier bezieht er sich auf die von GenSyn gentechnisch produzierten Halbmenschen, die als Polizeikräfte eingesetzt werden, um Aufstände auf den unteren Ebenen niederzuschlagen.

Hsiao – kindliche Ergebenheit. Das Schriftzeichen für *Hsiao* besteht aus zwei Teilen; der obere bedeutet ›alt‹, der untere ›Sohn‹ oder ›Kind‹. Diese pflichtbewußte Unterordnung der Jungen unter die Alten ist der Kern des Konfuzianismus und der chinesischen Kultur überhaupt.

Hsiao chi – eine unverheiratete Dame.

Hsiao jen – ›kleiner Mann/kleine Männer‹. In den *Lun Yü*, Buch XIV, schreibt Konfuzius: »Der Gentleman erreicht das, was oben ist; der kleine Mann erreicht das, was unten ist.« Diese Unterscheidung zwischen ›Gentlemen‹ (*Ch'un tzu*) und ›kleinen Männern‹ (*Hsiao jen*), die schon in Konfuzius' Zeit nicht stimmte, ist dennoch eine Frage der sozialen Perspektive in Chung Kuo.

Hsien – historisch ein Verwaltungsbezirk von variabler Größe. Hier bezeichnet der Begriff ein besonderes administratives Gebiet: eines aus zehn Stöcken, von denen jeder aus dreißig Decks besteht. Jedes Deck ist ein sechseckiger Wohnbereich aus zehn Ebenen, zwei *li* oder annähernd ein Kilometer im Durchmesser. Ein Stock kann man sich als eine Honigwabe im gewaltigen Bienenkorb der Stadt vorstellen.

Hung Mao – wörtlich die ›Rotköpfe‹, die Bezeichnung, die die Chinesen den holländischen (und später den englischen) Seefahrern gegeben haben, die im siebzehnten Jahrhundert mit China Handelsbeziehungen zu knüpfen versuchten. Weil ihre Aktivitäten (darunter die Plünderung chinesischer Schiffe und Häfen) einen seeräuberischen Charakter hatten, hat der Name die Nebenbedeutung der Piraterie.

Hung mun – die Geheimgesellschaften, vor allem die Triaden.

Jou tung wu – wörtlich ›Fleischtier‹.

Kan pei! – ›auf eure Gesundheit‹ oder ›Prost‹ – ein Trinkspruch.

Kang – der chinesische Herd, der auch als Ofen dient und in einem kalten Winter als Schlafstelle.

Ko ming – ›Revolutionär‹. Das ›T'ien Ming‹ ist das Mandat des Himmels und wird angeblich von Shang Ti, dem Höchsten Ahnen, an sein irdisches Gegenstück, den Kaiser (*Huang Ti*) weitergereicht. Dieses Mandat konnte nur solange ausgeübt werden, wie der Kaiser dieses Mandats würdig war, und die Rebellion gegen einen Tyrannen – der durch seinen Mangel an Gerechtigkeit, Wohltätigkeit und Aufrichtigkeit gegen das Mandat verstieß – wurde nicht als kriminell, sondern als rechtmäßiger Ausdruck des Himmlischen Zorns betrachtet. In diesem Sinne bedeutet *Ko Ming* ein Bruch des Mandats.

K'ou t'ou – siehe *Liu k'ou*.

Kuan Yin – die Göttin der Gnade. Ursprünglich der männliche Bodhisattva Avalokitsevera (von den Han übersetzt als ›der den Klängen der Welt lauscht‹ oder *Kuan Yin*). Die Han hielten die wohlentwickelten Brüste des Heiligen für die einer Frau und verehrten Kuan Yin seit dem neunten Jahrhundert als eine solche. Bildnisse von Kuan Yin zeigen sie gewöhnlich als die Madonna des Ostens, die ein Kind in ihren Armen wiegt. Sie wird außerdem gelegentlich als die Frau von Kuan Kung betrachtet, dem chinesischen Gott des Krieges.

Kuo-yun – Mandarin, die im chinesischen Hauptgebiet gesprochene Sprache.

Kwai – eine Abkürzung für *Kwai tao*, ein ›scharfes Messer‹

oder eine ›schnelle Klinge‹. Es kann auch bedeuten, scharf oder schnell sein (wie ein Messer). Eine Nebenbedeutung ist ein ›Klumpen‹ oder ein ›Krümel Erde‹. Hier bezeichnet der Begriff eine Klasse von Kämpfern unter dem Netz, deren Fähigkeiten und Selbstbeherrschung sie von den üblichen angeheuerten Killern unterscheidet.

Lao jen – ›Alter‹ (auch *Weng*); gewöhnlich ein Ausdruck des Respekts.

li – eine chinesische ›Meile‹, ungefähr ein halber Kilometer oder eine Drittel Meile. Bis 1949, als in China metrische Maße eingeführt wurden, konnte die *li* von Ort zu Ort variieren.

Liu k'ou – laut dem ›Buch der Zeremonien‹ die siebte Stufe der Ehrerbietung, zwei Stufen über dem bekannteren *K'ou t'ou*. Für einen *Liu k'ou* geht jemand in die Knie, stößt dreimal mit der Stirn auf den Boden, steht wieder auf, kniet sich erneut hin und wiederholt die Unterwerfungsgeste mit drei Berührungen der Stirn auf den Boden. Nur der *San kuei chiu k'ou* – drei symbolische Unterwerfungen – war noch komplizierter und dem Himmel und seinem Sohn, dem Kaiser vorbehalten (siehe auch *San k'ou*).

Mui tsai – im Kantonesischen ›mooi-jai‹. Die gebräuchliche Bedeutung ist ›kleine Schwester‹ oder ›Sklavenmädchen‹, hier gewöhnlich das letztere. Andere Mandarin-Begriffe für den selben Status sind *Pei-nu* oder *Yatou*. Die Vormundschaft über das betreffende Mädchen kann durch eine Vertragsunterzeichnung und Zahlung einer vereinbarten Summe an einen anderen übergeben werden.

Nu shi – eine unverheiratete Frau; gleichbedeutend mit ›Fräulein‹.

Pan chang – Aufseher.

Pau – ein schlichtes langes Gewand, das von Männern getragen wird.

P'i p'a – eine viersaitige Laute, die in der traditionellen chinesischen Musik verwendet wird.

Pi pai – ›hundert Stifte‹; Bezeichnung für die Experimente in künstlicher Realität, die von Ben Shepherd mit dem neuen Begriff Schalen versehen wurden.

ping tiao – ›einebnen‹; niederreißen oder planieren.

Sam fu – Oberbekleidung (halb Hemd, halb Jacke), die ursprünglich von Männern wie Frauen getragen wurde und den Stil der Mandschu imitiert; später eine weitärmelige, wadenlange Ausführung, die ausschließlich von Frauen getragen wurde.

San k'ou – laut dem ›Buch der Zeremonien‹ die sechste Stufe der Ehrerbietung; für einen *San k'ou* stößt man dreimal mit der Stirn auf den Boden, bevor man sich auf die Knie erhebt (beim *K'ou t'ou* berührt die Stirn nur einmal den Boden). Siehe auch *Liu t'ou*.

Shih – ›Meister‹. Hier verwendet als Ausdruck des Respekts, der ungefähr unserer Anrede ›Herr‹ entspricht. Der Begriff wurde ursprünglich für die untersten Ränge der Staatsbeamten verwendet, um sie von den gewöhnlichen ›Herren‹ (*Hsieng sheng*) unter und den ›Gentlemen‹ (*Ch'un tzu*) über ihnen zu unterscheiden.

Ta ts'in – der chinesische Name für das Römische Reich. Sie kannten Rom auch als *Li Chien* und als ›das Land westlich des Meeres‹. Die Römer selbst bezeichneten sie als die ›Großen Ts'in‹ – während der Ts'in-Dynastie (265–316 n. Chr.) war dies der Name, den die Chinesen sich selbst gaben.

Tai ch'i – der chinesischen Kosmologie zufolge das Eine oder Ursprüngliche, dem die Dualität aller Dinge (Yin und Yang) entspringt. Im allgemeinen verbinden wir mit *Tai ch'i* das taoistische Symbol, ein von einer Wellenlinie geteilter Kreis mit einer schwarzen und einer weißen Hälfte.

T'ing – ein offener Pavillon in einem chinesischen Garten; als Brennpunkt in der Anlage eines Gartens soll er die bevorzugte Stellung des Menschen in der natürlichen Ordnung der Dinge symbolisieren.

Wei Chi – das ›Umgebungsspiel‹, im Westen besser unter seinem japanischen Namen ›Go‹ bekannt. Angeblich wurde das Spiel im Jahre 2350 v. Chr. von dem legendären chinesischen Kaiser Yao erfunden, um den Verstand seines Sohnes Tan Chu zu schulen und ihm beizubringen, wie ein Kaiser denkt.

Yang mei ping – wörtlich ›Pflaumenweidenkrankheit‹; dieser chinesische Begriff für die Syphilis liefert eine angemessene Beschreibung für das männliche Geschlechtsorgan im Extremfall dieser Krankheit.

Yu – wörtlich ›Fisch‹, doch weil dieses Wort lautgleich mit dem Begriff für ›Überfluß‹ ist, symbolisiert der Fisch Reichtum. Allerdings gibt es auch ein Sprichwort, das besagt, daß ein Fisch, er den Fluß hinaufschwimmt, ein Vorzeichen für Aufruhr und Rebellion ist.

Yüan – die Grundwährung von Chung Kuo (und des heutigen China). Umgangssprachlich (wenn auch nicht hier) auch als *Kwai* – ›Stück‹ oder ›Klumpen‹ – bezeichnet. Zehn *Mao* (oder förmlich *Jiao*) ergeben ein *Yüan*, während ein *Yüan* aus 100 *Fen* (oder ›Cents‹) besteht.

Ywe lung – wörtlich der ›Monddrache‹, das Rad der Sieben Drachen, das in CHUNG KUO die herrschenden Sieben symbolisiert: ›In der Mitte trafen sich die Schnauzen der fürstlichen Bestien und bildeten einen Zirkel wie die Blütenblätter einer Rose, und in jedem Auge glühte ehrfurchtsgebietend ein riesiger Rubin. Ihre geschmeidigen, kräftigen Körper waren wie die Speichen eines mächtigen Rades nach außen gebogen, während am Rande ihre miteinander verschlungenen Schwänze den Radkranz bildeten.‹ (aus *Der Monddrache*, Kapitel 4 von DAS REICH DER MITTE).

DANKSAGUNG DES VERFASSERS

Den folgenden Personen gebührt Dank für ihre Hilfe: meinen Lektoren – Nick Sayers, Brian DeFiore, John Pearce und Alyssa Diamond – für ihre Freundlichkeit und (natürlich) für ihren anhaltenden Enthusiasmus, und Carolyn Caughey, früher Fan, heute Lektorin, die darauf geachtet hat, wo man den Kuchen anschneidet.

Mike Cobley Dank nicht bloß für seine Ermutigung, sondern auch für seine gute Laune im Angesicht der Not. Ich hoffe, deine Geduld und dein Talent werden eines Tages belohnt. Und Andy Sawyer für eine nachdenkliche Lektüre des Textes. Ich hoffe, ich kann mich irgendwann für einen dieser Tage erkenntlich zeigen.

Meinem ersten Kritiker und Rettungsseil, meinem treuen Anhänger Brian Griffin möchte ich noch einmal versichern, wie sehr ich das alles zu schätzen weiß. Aus den Notizen, die du angefertigt hast, wird eines Tages ein wundervolles Buch werden!

Meiner Familie und meinen Freunden – besonders meinen Mädchen Susan, Jessica, Amy und Georgia – gilt der übliche Dank angesichts meiner zuweilen monomanischen Zurückgezogenheit. Und diesmal habe ich besonders allen zu danken, mit denen ich auf meinen Reisen zu den Universitäten von Leeds, Manchester, Oxford, Cambridge, Southampton, Brighton, Canterbury und Dublin zusammengetroffen bin. Und natürlich der Gruppe in Glasgow. Slainte Mhath!

Dank auch allen Musikern dort draußen, die (unwissentlich) zum klanglichen Unterfutter beigetragen haben, das für die Vollendung dieses Bandes unerläßlich war, vor allem Tim Smith and the Cardiacs, Peter Hammill, King Swamp und all die Burschen bei IQ. Und dem unvergleichlichen Christian Vander. Hamatai!

ÜBER DEN VERFASSER

David Wingrove wurde 1954 in Battersea im Süden Londons geboren und besuchte die Battersea Grammar School. Er verließ die Schule 1972 für eine Karriere im Bankgewerbe und wurde eines der jüngsten Mitglieder im Institute of Bankers überhaupt. Erfolgreich, aber zutiefst enttäuscht verließ er die Bank 1979 am Tag vor seinem fünfundzwanzigsten Geburtstag und setzte seine Ausbildung fort, die er 1982 mit einem Abschluß in englischer und amerikanischer Literatur an der University of Kent in Canterbury beendete. Vom Erfolg berauscht, bewarb er sich um und erhielt eines von nur zehn Forschungsstipendien, die in diesem Jahr vom Ministerium für Bildung und Wissenschaft Großbritanniens vergeben wurden, und arbeitete die nächsten drei Jahre an seiner Doktorarbeit, die eine Würdigung der Werke von Thomas Hardy, D. H. Lawrence und William Golding enthielt. Nach dem Erwerb des Magister-Titels verfranste er sich in verschiedenen Projekten – der Renovierung eines alten viktorianischen Hauses, diversen Bänden SF-Kritik, einer Teilzeittätigkeit als Herausgeber, der Pflege seiner drei kleinen Töchter Jessica, Amy und Georgia und einem Roman mit dem Titel A SPRING DAY AT THE EDGE OF THE WORLD (später in CHUNG KUO umbenannt) – was dazu führte, daß er 1986 seine Doktorarbeit abbrach. In diesem Jahr erschien auch der umfangreiche und gewichtige Band THE TRILLION YEAR SPREE: THE STORY OF SCIENCE FICTION (dt. DER MILLIARDEN-JAHRE-TRAUM: DIE GESCHICHTE DER SCIENCE FICTION), den er zusammen mit Brian Aldiss verfaßte – ein Buch, das im selben Jahr, neben anderen Auszeichnungen, den begehrten Hugo Award für das beste Sachbuch im Science Fiction-Bereich erhielt. Er lebt heute in Stoke Newington im Norden Londons.

KOMMENTAR DES ÜBERSETZERS

Folgender Kommentar soll dem Verständnis des Lesers nicht vorgreifen, sondern lediglich Hilfestellungen zum Verständnis der historischen und kulturellen Bezüge leisten, die David Wingrove in seinem Roman reichlich verwendet. Er umfaßt sowohl Erläuterungen zu den symbolischen Bedeutungen, die bestimmte Gegenstände, Tiere, Farben etc. im chinesischen Kulturkreis haben, als auch biographische Anmerkungen zu historischen Personen, geographische Angaben, Nebenbedeutungen verwendeter Mandarin-Begriffe, sowie diverse Zitatnachweise. Die Quellen und Übersetzungen, auf die ich zurückgegriffen habe, werden an den entsprechenden Stellen genannt oder sind im Literaturverzeichnis von Band 1, DAS REICH DER MITTE, aufgeführt.

Meine Erläuterungen können keinen Anspruch auf Vollständigkeit und, da sie von keinem Fachwissenschaftler stammen, wissenschaftliche Exaktheit erheben, sondern hoffen lediglich, dem interessierten Leser anhand eines ausschnitthaften Bildes Anregungen für eine eingehendere Beschäftigung mit diesem Romanwerk zu geben. David Wingrove, der mir in langen Gesprächen für ein besseres Verständnis der Zusammenhänge hilfreich war, schulde ich an dieser Stelle besonderen Dank.

Michael Iwoleit, März 1994

ANMERKUNGEN

1 Fei Yen war der Name einer Hofdame während der Han-Dynastie, die den Kaiser betrog und in Ungnade fiel. Es verbirgt sich eine literarische Anspielung dahinter, daß David Wingrove eine Hauptfigur seines Romanzyklus so genannt hat. Einer historisch nicht bestätigten Legende nach wurde der berühmte Dichter Li Po (701–761 n. Chr.) vom Hof des Kaisers Ming Huang, einem einflußreichen Förderer der Literatur und Künste, verbannt, weil er Yang Kuei Fei, die Konkubine des Kaisers, in einem Gedicht (vordergründig ihrer Schönheit wegen) mit Fei Yen verglichen hatte. Yang Kuei Fei soll dies als Beleidigung aufgefaßt und Li Pos Entlassung gefordert haben. Die Liebe zwischen Yang Kuei Fei und Ming Huang, zu deren politischen Konsequenzen der Aufstand des Rebellenführers An Lu-shan gehörte, der durch die Stärkung der Provinzgeneräle die Voraussetzung für den Untergang der T'ang-Dynastie schuf, gehört zu den beliebtesten, romantisch vielfach ausgeschmückten Stoffen der chinesischen Literatur. Bedenkt man die Konsequenzen, die die Beziehung zwischen Li Yuan und Fei Yen in David Wingroves Roman hat, sind hier Parallelen sicher nicht zufällig.

2 Li Ho (791–817 n. Chr.), ein vielversprechender Dichter der T'ang-Epoche, ihm blieb nur durch eine Formalität der Zugang zu einer Beamtenlaufbahn verwehrt, die für die meisten Dichter seiner Zeit obligatorisch war. Der Legende nach soll er aus Enttäuschung darüber so stark erkrankt sein, daß er wenig später im Alter von nur sechsundzwanzig Jahren starb. Seine Gedichte sind durch einen eigenwilligen Stil, reiche Einbildungskraft und einen tiefen Pessimismus geprägt. Die Überlieferung beschreibt ihn als ein *Kuei-ts'ai* (›teuflisches Talent‹), das beim Reiten Gedichtzeilen auf Papierstreifen notiert und am Abend zu vollständigen Gedichten montiert haben soll.

3 Die Provinz Ning Hsia nordwestlich der großen Biegung des Gelben Flusses gehörte nicht immer zum chinesischen Staatsgebiet. Während der späten T'ang-Dynastie geriet der Landstrich unter die Herrschaft der Tanguten, einer Volksgruppe tibetanischer Abstammung und buddhistischen Glaubens. Die Sung-Dynastie, die über ein verhältnismäßig kleines

Staatsgebiet herrschte, wurde so von der traditionellen Landroute über Turkestan nach Westasien und Europa abgeschnitten.

4 Die Ming-Dynastie gilt als *das* Zeitalter der Architektur in China, nicht nur weil die Achitektur unter ihr einen besonderen Entwicklungsschub erlebte, sondern weil, von antiken Grabmälern abgesehen, nur wenige Bauwerke aus früheren Epochen erhalten sind. Bauten im frühen China bestanden aus Holz und Lehmziegeln und konnten daher die Zeit nicht überdauern. Zu den größten architektonischen Leistungen der Ming-Dynastie gehört die Palastanlage der Verbotenen Stadt in Peking, die auf Plänen aus früheren Dynastien beruht. Die rechteckige Anlage der T'ang-Hauptstadt Ch'ang An dürfte hier ein Vorbild gewesen sein. In ihrer reichen Ausstattung mit Gärten und künstlichen Landschaften drückt die Verbotene Stadt eine Vorliebe des chinesischen Geistes für ein ländliches, naturnahes Lebens aus, und sei es nur in nachgeahmter Form. Die Gärten der reichen Familien in den Städten oder im Umland haben in kleinerem Maßstab diesen Aspekt der Palastanlage nachgeahmt. In der Kunst der Landschaftsgestaltung weist die Ming-Dynastie Ähnlichkeiten mit dem viktorianischen England auf.

5 Tongjiang liegt am Fluß Songhua in der Provinz Heilungkiang, etwa zweihundert Kilometer südlich der Grenze Rußlands, in dem an Korea grenzenden nordöstlichen Zipfel Chinas, der früheren Mandschurei.

6 Meng Tzu (eigentlich Meng K'o, 371–289 v. Chr., in Europa unter seinem latinisierten Namen Mencius berühmt) war ein Vertreter der konfuzianischen Schule in der Zeit der ›Hundert Philosophenschulen‹ am Ende der Chou-Dynastie, die als goldenes Zeitalter der chinesischen Philosophie in die Geschichte eingegangen ist. Die unsicheren Verhältnisse während der ›Zeit der streitenden Reiche‹, die erst durch die Reichseinigung unter der Ch'in-Dynastie ein Ende fanden, verstärkten den Bedarf nach politischer und weltanschaulicher Orientierung, und zahlreiche wandernde Philosophen haben politischen Einfluß gewonnen, indem sie als Berater an den Hof lokaler Herrscher geholt wurden. Meng Tzu war am Hofe des Fürsten von Ch'i und an anderen Fürstenhöfen tätig, und auf ihn geht die Lehre vom Entzug des ›Himmlischen Mandats‹ (*Ko-ming*) zurück. Meng Tzu stellte erstmals das Volk an die erste Stelle seiner Werteskala und sprach ihm das Recht, ja die Pflicht zu, einen Herrscher zu stürzen, der sich des Himmlischen Mandats als unwürdig erwiesen hatte. Eine Revolution dürfe jedoch nicht die bestehende Gesellschaftsordnung umstoßen, der er, ganz in konfuzianischer Tradition, die wichtige Aufgabe der moralischen Festigung des Menschen zusprach. Erst in späteren Dynastien wurde Meng Tzus Rang als der nach Konfuzius wichtigste Denker des Konfuzianismus anerkannt. Er galt als ›zweiter Heiliger‹ hinter Konfuzius.

6 Nu Kua soll zugleich Schwester und Frau des Fu Hsi gewesen sein, einem der ›Drei Erhabenen‹ (*San-huang*), den legendären, kulturstiftenden Urkaisern Chinas. Wie bei Fu Hsi verschmelzen auch in Nu Kuas Fall historische und mythologische Überlieferungen. Die Legende um die Erschaffung der Menschen aus Tonfiguren, die David Wingrove anspricht, ist nur eine von zahllosen Geschichten, die sich um Nu Kua ranken. Auffällig ist die Rolle, die ihr bei der Entstehung der Musik und der Erfindung einzelner Musikinstrumente wie der Flöte zugesprochen wird. Künstlerische Darstellungen zeigen sie und Fu Hsi mit verschlungenen, schlangenartigen Unterleibern.

8 Ch'eng Yi (auch Ch'eng I, 1033–1107 n. Chr.), dessen Werk stets in Zusammenhang mit dem seines Bruders Ch'eng Hao (1032–1085 n. Chr.) genannt wird, gehört zu seiner Gruppe neokonfuzianischer Philosophen in der Sung-Epoche, die die konfuzianische Lehre mit taoistischem Gedankengut verschmolzen. Sie erhoben den alten Begriff *li* zu einem universellen Ordnungsprinzip, das das *T'ai-chi* der Taoisten ersetzte. Mit seinem Grundsatz ›Ein Prinzip, viele Manifestationen‹ hat Ch'eng Yi zur Ausbildung einer rationalistischen Philosophenschule beigetragen, der Ch'eng Chu, die ein Jahrzehnt nach seinem Tod von Chu Hsi (1130–1200 n. Chr.) gegründet wurde und divergierende Strömungen der taoistisch beeinflußten Philosophie miteinander versöhnte.

9 Lu Yu, der in der T'ang-Zeit gelebt haben soll, hat der Legende nach den sogenannten ›roten‹, eigentlich schwarzen Tee erfunden, der in China weniger beliebt als grüner Tee ist. Beim Kauf einer gewissen Menge von Tee-Utensilien erhält man heute noch eine Tonfigur des Teegottes als Geschenk dazu.

10 Das besagte Piktogramm kann zugleich ein Zeichen für

den Gott der Langlebigkeit (*shou-hsing*) sein, der oft als alter Mann mit einem Pfirsich, Symbol des Lebens, in der Hand dargestellt wird. Der Legende nach lebt er in einem Palast, in dessen Gärten unter anderem ein Kraut wächst, aus dem das Elixier der Unsterblichkeit gewonnen werden kann. Während der Reichsteilung bis zur Gründung der Sui-Dynastie, als der Taoismus sich von einer philosophischen Lehre in eine Volksreligion wandelte und sich insbesondere alchimistische Traditionen einverleibte, wurde tatsächlich intensiv nach dem Unsterblichkeitselixier geforscht, und Taoisten, die behaupteten, das Geheimnis zu kennen, genossen großzügige Vergünstigungen an den Höfen der verschiedenen nördlichen und südlichen Dynastien. Der volkstümliche Taoismus wurde auch mit praktischer Medizin assoziiert. Die Ablehnung seiner abergläubischen Tendenzen durch die konfuzianischen Gelehrten hat in China eine Trennung von Lehre und praktischer Forschung zur Folge gehabt, die eine dem Westen vergleichbare Entwicklung der exakten Wissenschaften verhinderte.

11 Domitian (51–96 n. Chr.) regierte das Römische Reich zu einer Zeit, als China auf der Suche nach Verbündeten gegen ihre nördlichen Feinde, die Hsiung Nu, Expeditionen nach Westen unternahm und dabei bis an das Kaspische Meer vorstieß. Ein Gesandter des Eroberers Pan Chao brachte Berichte über den Randbereich des Römischen Reiches, doch zu einem Kontakt mit dem Römischen Kaiser kam es nicht. Vermutlich wurde Pan Chaos Gesandter von parthischen Seeleuten, die eine Allianz zwischen den beiden Großreichen fürchteten, in die Irre geführt. Es gibt Hinweise darauf, daß auch Rom im Hinblick auf Handelsbeziehungen Kontaktversuche mit China unternahm.

12 Himmelstempel, wie der hier erwähnte, sind Zeugnisse der Anbetung des Himmels, wie sie im Staatskult der Han-Dynastie florierte. Die Han hatten das Feudalsystems der Chou-Dynastie, in der nur die Zugehörigkeit zu einer Adelssippe dem Einzelnen Macht und Rechte verleihen konnte, durch eine absolute Autorität des Staates ersetzt. Diese Autorität, behauptete der Staatskult, sei von der personifizierten himmlischen Macht, dem obersten Ahnen Shang Ti, direkt an seinen irdische Vertreter verliehen und mit der Pflicht verbunden worden, für das allgemeine Wohlergehen der Welt zu sorgen. Mit diesem Modell, das die moralische Vorbildfunktion des Herrschers betonte, ersetzten die konfuzianischen Gelehrten des Hofes ältere Glaubensvorstellungen, die gleichberechtigt Götter des Himmels und der Erde verehrten. Es entsprach eher der neuen Ordnung, die nach dem Niedergang des Feudalreiches entstanden war.

13 Die hier so beiläufig erwähnten Eunuchen haben an chinesischen Kaiserhöfen eine bisweilen verhängnisvolle Rolle gespielt. Sie waren die einzigen männlichen Personen, die die kaiserlichen Gemächer betreten durften, und hatten daher neben seinen Frauen und Konkubinen den größten Einfluß auf ihn. Im zweiten Jahrhundert nach Christi kamen die Kaiser oft als Halbwüchsige an den Hof und wurden von den Eunuchen großgezogen, erfuhren auch später nur durch die Eunuchen gefiltert von den Ereignissen der äußeren Welt. Die Eunuchen hatten so leichtes Spiel, auch Entscheidungen wie Beförderungen, Ernennungen und Verbannungen zu beeinflussen und bereicherten sich durch Bestechungen, griffen gelegentlich auch in das Machtgerangel um die Thronfolge ein. Unter der Regentschaft von Han Shun Ti (126–144 n. Chr.), der die Eunuchen als Verbündete gegen die Macht der Kaiserinfamilie Liang einsetzen wollte, entwickelten sich diese Umstände erstmals zu einer Bedrohung für die Integrität des Reiches.

14 Martha's Vineyard ist eine kleine Insel vor der Südostküste von Massachusetts, USA, die heute hauptsächlich vom sommerlichen Tourismus lebt. Buzzards Bay ist nicht nur der Name einer schmalen Bucht am Cape Cod an der Südostküste von Massachusetts, sondern auch der Name einer dort gelegenen Ortschaft, Sitz einer Marineakademie.

Einige Bemerkungen zur kulturellen Bedeutung des Wei Chi

Im ersten Band von CHUNG KUO* zitiert David Wingrove ein Gedicht des T'ang-Dichters Meng Chiao, das auf zahlreiche chinesische Fabeln und Legenden anspielt, in denen das einfache Volk, meist vertreten durch Reisigsammler oder Holzfäl-

---

* CHUNG KUO – ERSTES BUCH: DAS REICH DER MITTE, Heyne Science Fiction & Fantasy 5251, S. 9

ler, mit der Welt der Weisen und Heiligen in Berührung kommt, deren liebste Beschäftigung das Wei Chi-Spiel ist. Es sind schlichte Parabeln um die unterschiedlichen Zeitmaßstäbe, die in beiden Sphären herrschen. Wenn der Holzfäller, der zwei Mönche im Wald beim Wei Chi beobachtet hat, wieder nach seiner Axt greifen will, stellt er fest, daß sie längst verrottet ist. Kehrt er in sein Dorf zurück, sind viele Jahre vergangen, Freunde und Verwandte längst tot. Diese Geschichten enthüllen bereits etwas von der hohen Achtung, die dem Spiel in China (noch mehr in Japan) zukommt. Die Bezeichnung Spiel ist schon eine Untertreibung, denn das Wei Chi ist mehr als ein Zeitvertreib. Es ist eine Philosophie, eine Ethik und eine geistige Disziplin, deren Beherrschung vielfältige abstrakte Tugenden wie Über- und Voraussicht, Abwägen-Können, Harmoniegefühl, Flexibilität und Ausgleich zwischen Passivität und Aktivität voraussetzt. Mit Ausnahme des Schachspiels hat der Westen nichts hervorgebracht, was dem Wei Chi vergleichbar wäre. Gerade ein Vergleich mit dem Schach verdeutlicht auch den tief im östlichen Denken verwurzelten Charakter des Wei Chi. Im Schach stehen sich zwei Figurengruppen in frontaler Stellung gegenüber. Die Figuren haben unterschiedliche Bewegungs- und Handlungsmöglichkeiten. Alles dreht sich um die Verteidigung bzw. das Ausschalten der zentralen Figur des Königs. Das Spiel wird mit sämtlichen verfügbaren Figuren begonnen, am Ende ist das Brett mehr oder weniger leer.

Fast in jeder Hinsicht verhält sich das Wei Chi genau umgekehrt. Am Anfang ist das Brett leer, erst am Ende wird durch die Vollendung der Muster ein harmonischer Zustand erreicht. Alle Spielsteine sind gleichberechtigt und gewinnen ihre mehr oder weniger große Bedeutung nur durch die Rolle, die sie im Verhältnis zum Ganzen spielen. Niemals können sämtliche Spielsteine aufgebraucht werden. Durch die ungerade Zahl an Linien hat das Wei Chi-Brett einen Mittelpunkt, zu dem alle Seiten und Ecke symmetrisch stehen, was keinen Teil des Bretts von vornherein strategisch begünstigt. Die Zahl möglicher Spielzüge ist in der Frühphase einer Wei Chi-Partie um astronomische Größenordnungen höher als beim Schach. Jeder neu gesetzte Stein ist daher die Keimzelle zahlreicher Möglichkeiten, die sich erst im Zusammenhang mit weiteren Steinen entfalten. Der Spieler braucht ein Auge für das, was sich aus einer Konstellation entwickeln könnte, er muß die Fähigkeit mitbringen, einen Plan über größere Zeiträume hinweg zu verwirklichen. Nichts wird im Wei Chi so streng bestraft, als wenn ein Spieler nach schnellen Erfolgen schielt oder sich frühzeitig in lokale Auseinandersetzungen verstrickt.

Der Grundgedanke des Wei Chi ist die Harmonie des Ganzen. Das Ziel des Spiels besteht darin, ein möglichst großes Gebiet mit eigenen Steinen zu umgrenzen, nicht um jeden Preis den Gegner zu bekämpfen. Wei Chi-Spieler können über weite Strecken einer Partie mehr mit- als gegeneinander spielen. Beide versuchen in einem wechselseitigen Geben und Nehmen langfristig ihre strategischen Pläne zu verwirklichen, um in der Schlußphase den entscheidenden Vorsprung zu erringen. Wie groß dieser Vorsprung ist, spielt keine Rolle. Das Wei Chi kennt keine Vernichtung, nur die Gefangennahme, Hinderung oder Einschnürung des Gegners. Der Unterlegene einer Partie ist nicht geschlagen, sondern vom Vordringen in größere Bereiche des Bretts abgehalten worden.

Es mag erstaunen, daß ein Spiel, das so ausdrücklich auf harmonische Entfaltung Wert legt, zum Vorbild für die klassische chinesische Militärstrategie werden konnte. Doch auch die chinesische Kriegsführung kennt nicht bloß die Alternativen Untergang oder Sieg um jeden Preis. Frieden gilt in China als höchster Wert, und wenn er sich nur durch Nachgeben und Platzmachen erreichen läßt, wird auch dies hingenommen. Ein am Wei Chi geschulter Militärstratege verschleißt seine Kräfte nicht an einem übermächtigen Gegner, bringt keine für das Ganze sinnlosen Opfer, ist vorsichtig beim Vorstoß in feindliches Gebiet, wartet den richtigen Zeitpunkt zum Angreifen ab und scheut nicht, zu einem anderen Zeitpunkt wieder zurückzuweichen. China hat auf diese Weise viele Kriege mit weniger Schaden überstanden als seine feindlichen Invasoren. Mao Tse-tungs Ratschläge für den Partisanenkampf könnten aus einem Wei Chi-Lehrbuch stammen.

Das Wei Chi trägt auch einige ausgesprochen anti-individualistische Züge, die typisch für China sind: der Einzelne zählt nicht viel. Wie ein General gegenüber einem einzelnen Soldaten trägt zwar auch der Wei Chi-Spieler Verantwortung für jeden einzelnen Stein, kann diesen aber opfern, wenn es dem Fortschritt des Ganzen zuträglich ist. Die Ethik des Wei Chi stellt globale über lokale Erfolge, Sich-Einfügen über Egoismus, Erobern nicht über Opfern. Dazu gehört, daß nicht der Sieg, sondern die Freude und der geistige Gewinn an einer Partie als höchster Wert des Spiels gilt. Der Spieler, der mit Geschick und Raffinesse seine Strategie zu verwirklichen suchte, gilt nicht weniger als der stärkere Gegner, dem er unterlag.

In chinesischen Fabeln und Legenden werden dem Wei Chi, in dem es besonders buddhistische und taoistische Mönche zu höchster Meisterschaft brachten, magische und erleuchtende Fähigkeiten zugeschrieben. Engel und Heilige werden darin bevorzugt beim Wei Chi-Spiel angetroffen. Das Wort von der ›Mitte des Himmels‹ als Bezeichnung für den Mittelpunkt des Wei Chi-Brettes ist wörtlich zu verstehen: das Brett erscheint als Zugang zum Himmel, das Spiel als Einübung in höhere geistige Welten. Stärker als in China hat das Wei Chi in Japan unter seinem dortigen Namen Go Staat und Verwaltung seit der Tokugawa-Zeit (spätes 16. Jahrhundert) beeinflußt und eigene Institutionen und Staatsämter hervorgebracht. Der klassisch-gelehrte Stil der japanischen Meister ist heute noch abstrakter und beherrschter als der eher aggressive, fast anarchische Stil der chinesischen Spieler, die erst im zwanzigsten Jahrhundert wieder zur Spitze aufschließen konnten.

NACHBEMERKUNG DES ÜBERSETZERS

Aufmerksame Leser werden bemerkt haben, daß die Übersetzung des vorliegenden Romans in einigen Details von den bisherigen Bänden abweicht. Obwohl dies gegen das Prinzip verstößt, zusammenhängende Texte einheitlich zu übersetzen, gibt es dafür gute Gründe. Wie für den Verfasser ist auch für den Übersetzer die Arbeit an CHUNG KUO eine jener Tätigkeiten, an denen man wachsen muß. Kleinere Fehler in den ersten Etappen des Projekts sind da unvermeidlich, und sie wurden hier ebenso korrigiert wie gewisse Unsauberkeiten im Vokabular, die sich bei näherem Hinsehen nicht bewährt haben. Auf den ersten Blick mag es spitzfindig erscheinen, wenn z.B. ›royal‹ nun mit ›kaiserlich‹ statt mit ›königlich‹ übersetzt wird; in einem Roman über die chinesische Kultur besteht aber zwischen beidem ein erheblicher Unterschied. Da diverse Recherchen und Erkundigungen die Kenntnisse des Übersetzers von Band zu Band vertieft haben, wurde außerdem der Kommentar um einige Punkte ergänzt, die schon in früheren Teilen hätten erläutert werden können. Ich denke, der Qualität des Textes damit einen größeren Dienst erwiesen zu haben, als auf eine strikte Vereinheitlichung aller Bände zu beharren. In späteren Bänden könnten sich weitere Verbesserungen und Korrekturen ergeben. Es sei erwähnt, daß ich damit die Geduld meines Lektorats wohl auch in Zukunft arg strapazieren werde. Wolfgang Jeschke und seinen Mitarbeiterinnen Friedel Wahren und Gisela Frerichs sei daher nochmals für ihr Verständnis gedankt. Vielen Dank auch dem Wahl-Chinesen Thorsten Lauf und seiner Frau Wen, die mir eine Ahnung vom Umfang meiner Ahnungslosigkeit verschafft haben. David Wingrove, der sein Möglichstes zu dieser Übersetzung beigetragen hat, werde ich freundschaftlich verbunden bleiben.